Sur l'auteur

Sur l'auteur

Richard Powers est né à Evanston, dans l'Illinois, en 1957. *Trois fermiers s'en vont au bal*, son premier roman, a valu à l'auteur d'être cité par le magazine *Esquire* comme l'un des trois plus grands auteurs de la décennie, aux côtés de Martin Amis et de Don DeLillo. Richard Powers a écrit depuis une dizaine d'autres ouvrages, dont *Le temps où nous chantions*, élu meilleur livre de l'année 2003 par *The New York Times* et *The Washington Post*, *La Chambre aux échos*, couronné par le National Book Award et *L'Arbre-Monde*, Prix Pulitzer 2019 et Grand Prix de littérature américaine 2018. Publié en 1993 aux États-Unis et resté inédit en France, *Opération âme errante* est son quatrième roman.

Du même auteur
aux Éditions 10/18

RICHARD POWERS

OPÉRATION ÂME ERRANTE

Traduit de l'anglais (États-Unis)
par Jean-Yves Pellegrin

10/18

CHERCHE MIDI

Titre original :
Operation Wandering Soul

Éditeur original : William Morrow & Company, Inc.

ISBN 978-2-264-07633-5
Dépôt légal : septembre 2020

Kraft sillonne la Golden State – si seulement… « Sillonner » est au mieux une généreuse figure de rhétorique, marque d'un autre temps, d'un autre biome encore empreints de la vigueur désuète du milieu du siècle, évocation d'un déplacement plus linéaire que latéral. « Sillonner » vaut pour l'*Autobahn*, le Jet Stream, le Club Med. Comment dit-on en réalité, dans la langue du cru ? Sinuer. Serpenter. Slalomer.

Comme les fleuves, les autoroutes vieillissent et font des lacets. À cette heure du jour, le marquage au sol n'est qu'un prix de vente au détail conseillé, un appel aux consciences plus qu'une indication dont il faille se soucier. Reliques, souvenirs, écorchures laissées par les touristes sur la chaussée pour marquer l'emplacement de missions espagnoles anéanties.

Loin devant, la patrouille acrobatique des Blue Angels prépare le terrain pour un ballet aquatique à la Esther Williams. Le chassé-croisé languide des voitures sous sédatif glisse derrière le pare-brise de Kraft où flux et reflux s'annulent en un schéma de diffraction formant une onde stationnaire. À plusieurs capots du sien, conduite par un type aux cheveux bois de santal cramponné à son portable, une petite particule Alpha étincelante, moteur à injection, change de place avec une Stuttgart décapotable pilotée par une bombasse blonde qui chante en play-back la chanson sur laquelle est aussi réglé l'autoradio de Kraft. Huit secondes plus tard, sans rime ni raison, les deux véhicules permutent de nouveau. Cet échange se répète partout sur l'horizon des événements, décalage massif, synchronisé et oiseux, vers le rouge gravitationnel.

Heureusement, presque tout le monde ici possède un diplôme. L'auto-école : épine dorsale du certificat de fin d'études ! On peut quitter le lycée sans savoir faire une addition, connaître ses accords ou situer le Canada sur une carte mais, grâce à un rigoureux cursus obligatoire, savoir malgré tout viser l'horizon, respecter les distances de sécurité et anticiper les réactions des autres conducteurs.

L'œil tendu vers les hauts-fonds, saisissant ce que son moniteur, il y a presque vingt ans, appelait avec tendresse mais conviction la Vision d'ensemble, Kraft perçoit l'effet général pointilliste : des voitures s'écaillent les unes des autres en un flux continu et forment un moiré chatoyant comme un voilage qui se balance devant une moustiquaire. Par imitation inconsciente, il lâche le volant et, doigts écartés, fait glisser ses mains l'une sur l'autre devant lui. L'occasion (en ce pays de temps libre extensible et inexploitable) d'une expérience : un relâchement infinitésimal de l'accélérateur creuse un écart entre sa calandre et l'arrière de la Mercury Grand Marquis qui roule devant lui. À l'instant même où l'intervalle dépasse la longueur d'une voiture, les deux véhicules situés de chaque côté essaient l'un et l'autre de s'y insérer.

CQFD. Ce flot lustré de changement de voie continu n'est en rien le fruit d'une croyance par trop naïve en la progression réellement plus rapide de l'autre file. L'espace vide doit tout bonnement être comblé, d'un point de vue moral. Affaire d'intérêt général. Passer dans une file plus lente vous occupe tandis que vous zonez (zoner : voilà le mot !) à piètre allure au milieu des équipes de chantier qui posent l'enrobé du nouveau tronçon supplémentaire à seize voies. De quoi remplir la nanoseconde sans cela désœuvrée. Manière de s'imprégner de l'esprit accessoire de la frontière.

Kraft vire à l'ouest avec le troupeau. Il a lu quelque part, il y a un an, au temps de sa lune de miel (expression pour guide de voyage), qu'un kilomètre d'autoroute engloutit seize hectares de terres, à une vache près. Concept venu en droite ligne des nazis. Accotements, lignes médianes, doubles voies, sorties directes, bretelles d'accès : l'environnement de conduite intégral. Combien de milliers d'hectares saccagés rien qu'en Angelinanie ? Dieu du ciel ! Huit cents kilomètres en continu, du nord au sud, sans le moindre feu, me séparent de chez moi. Ajoutons-y les transversales est-ouest, les échangeurs, les virages en épingle, les affluents, et bientôt, on fonce droit dans le foncier.

Et combien de millions de tonnes de ces glissières de sécurité double file déroulant leur cordon hypnotique d'un bout à l'autre du pays qui le pistent malgré les toboggans des chicanes ? En un éclair franchement écœurant, Kraft songe au nombre de vies humaines consacrées à la fabrication de ce seul matériel. Quelque part, des forges tournent jour et nuit rien que pour satisfaire la demande suscitée par les remplacements, les accidents et l'usure due au temps. *Et vous faites quoi dans la vie ?* La réponse de Kraft à cette question (la carrière numéro un des feuilletons d'après-midi et des tragicomédies du soir, le petit boulot le plus prestigieux de l'Amérique parricide, moitié plombier, moitié Dieu) est assez gênante à concéder à des voisins de fauteuil à bord d'un avion. Mais ce pourrait être pire. Un dérapage au collège et il aurait fallu répondre : je fabrique les garde-fous des autoroutes. Non… juste le côté droit ; le convexe. Cela dit, nous envisageons de nous diversifier : bornes kilométriques et panneaux indicateurs – si les Japonais nous laissent du champ.

La radio remplit son office, le détournant avec succès d'une réflexion suivie. L'air du moment se transmue en un méchant morceau de death metal synthétique sous méthamphétamine qui explique pourquoi bergers et bouviers devraient faire ami-ami. Kraft envisage d'enclencher la recherche automatique et de se laisser dériver jusqu'à la prochaine station du cadran, mais la volonté d'aller débusquer ce qui rôde dans les hautes fréquences réellement antinomiennes lui fait défaut.

Il a le sentiment, mais il voudrait en apporter la preuve empirique, que l'air le plus diffusé sur les radios locales à chaque instant *t* influe de manière certaine sur les turbulences de la circulation. Ces Santa Ana audio, ces mélodies réfrigérées que les aérateurs soufflent avec l'air conditionné sous le tableau de bord et qui dressent le poil collectif des avant-bras dans chaque habitacle roulant estampillé Climatrol, donnent à tous des envies de… justement, viser l'horizon. Faire un carton. C'est arrivé pas mal de fois ces temps-ci : à l'étape – un type, des balles et bam ! – l'éclate ! Il faudrait organiser une collecte pour subventionner de quoi tracer la courbe de fréquence des fusillades sur autoroute en fonction du Top Ten.

Sur le service public, les interruptions de programme épisodiques en faveur du dernier appel aux armes présidentiel se bornent à masquer le sédatif du libre arbitre que fourguent actuellement, sous ses diverses espèces, les commanditaires de ces interludes. Comme de bien entendu, dès que le nouveau rythme en boîte de trois minutes bat son plein, là-bas, devant Kraft, à la barre de péage, la structure de contrôle prend la forme caractéristique de la réaction en chaîne dite du bouchon de curiosité.

Quelque chose s'est produit. Un Événement simple, sans mélange, Ici et Maintenant palpable, ou sa meilleure approximation contemporaine : la vue derrière le pare-brise. D'un bloc, les gens ralentissent pour regarder ; il ne s'agit pas d'imputer la faute à la bêtise ou au bitume glissant. Ni de jeter un œil à la pièce défaillante ou à la marque du fusil à pompe. Ce qu'ils veulent, c'est un petit aperçu ; pour une fois, voir ce visiteur de près, s'adjuger sa fiche signalétique, prendre sa carte de visite éphémère, regarder, hébétés, le familier oublié, relever le numéro de sa plaque d'immatriculation hideuse, venue des périphéries.

Kraft n'en a pas besoin. Tous les survivants de l'accident – ou de celui qui surviendra à la prochaine autoroute – se présenteront au Carver General presque en même temps que lui. Il apprendra tout sur eux par le menu, au petit-déjeuner, grâce aux urgentistes. L'enfer précis qu'il longe au pas pourrait même inclure un cas pédiatrique susceptible de lui échoir. C'est presque une tradition. Une sortie en famille au musée ou au centre commercial qui tourne à l'éparpillement sur la voie médiane. Et si ce n'est pas pour cette carcasse en flammes, ce sera pour celle qui attend au prochain virage accidenté.

Il s'insère dans la file de droite, ayant remarqué de longue date que neuf carambolages sur dix se produisent sur les voies extérieures. De l'autre côté du terre-plein, le flot qui arrive en sens inverse commence lui aussi à former un bouchon. Les conducteurs sentent une odeur de roussi. Dans les deux directions, on atteint le débit maximal : heure de pointe anticipée. Ici comme sur l'ensemble du réseau, toutes les heures sont engorgées. La planète entière et les malheureux congénères de Kraft seraient prêts à tout pour se transporter ailleurs. Il brûle d'impatience que les Chinois revendiquent ce dont nous nous enorgueillissons déjà tant : assez de sièges avant à l'échelle nationale pour asseoir chaque citoyen recensé et au-delà. La courbe de la mobilité poursuivra son flirt toujours plus serré avec l'asymptote, et un jour viendra, au tournant de la décennie, du siècle et du millénaire, où le dernier être vivant certifié bon pour la route, n'ayant pas encore choisi les transports en commun, s'aventurera sur sa bretelle d'accès au volant du premier véhicule qu'il se sera procuré – et là, paf ! bonjour l'embouteillage éternel.

Il a déjà vécu des évacuations mais jamais à cette échelle. Le légendaire exercice de défense passive est devenu réalité, frappé d'une panique d'autant plus grande que chaque participant agit sans concertation, en plein mirage d'indépendance. Vu l'apothéose ambiante des moyens de locomotion privés, Kraft a du mal à accréditer l'information outrancière prisée des guides de voyage selon laquelle la Cité des anges possédait autrefois le réseau de transports publics le plus étendu du pays. Ces récits au sujet de trams électriques d'un rouge flamboyant sonnent aujourd'hui comme des contes à la Hans Christian Andersen. Rien dans l'arsenal de l'ingéniosité humaine n'aurait pu conjurer l'avènement de cette autoroute. Sommet de l'entreprise privée, aussi inévitable et imparable que la mort.

Le mot « artère » enfonce le tranchant d'une image dans son lobe frontal. Artère sud. Artère afférente. Artère de contournement. Pile le genre de vaste réseau, robuste et élastique, dans lequel on l'a transfusé, lancé sur la trajectoire de la voie de droite, l'intima. Pourtant, impossible de distinguer avec certitude, dans une ville aussi sclérosée, les artères des veines. L'hème porteur d'oxygène convoie-t-il le chargement nécessaire jusqu'à la vallée tandis que les thrombocytes épuisés font refluer les résidus vers le Civic Center pour y être reconditionnés ? Ou bien le cycle se fait-il dans l'autre sens ? Même le guide routier des Thomas Brothers ne le précise pas. De la périphérie vers le centre ? L'inverse ? Vous n'êtes pas du coin l'ami, hein ? Par ici, on pratique plutôt le système circulatoire ouvert. Façon arthropode. Ce sang-là ne coule pas. Il file. Il slalome.

Kraft s'insère sur l'échangeur et s'engage en douceur sur la même route appelée différemment. Comme n'importe quel soir, peu importe la direction empruntée, les plaquettes rouges congestionnées palpitent devant lui, piètre épanchement veineux de plasma blanc bleuté qui revient par la gauche combler l'espace abandonné. De plus en plus ces derniers temps, il éprouve le besoin, au tréfonds de son nœud limbique, de reprendre le remède miracle de ses ancêtres chirurgiens : *Ouvrir la veine*. Débridement primitif. Laisser s'écouler le fluide infesté. Saigner ce corps resté trop longtemps sous pression. Créer un contre-courant, une déviation le long de cet isthme privilégié, circonscription au découpage électoral inéquitable, pour rallier directement la marina. S'en remettre à la règle du Golden State : les voitures sont attirées par le vide. Et pendant au moins quelques jours, l'excès de pus irait par extraordinaire gicler dans la baie.

Réactionnaire, peut-être. Mais il n'est pas le seul sur ces voies à entretenir des désirs tabous. Accrochée à la sortie qui mène à l'hôpital, une inscription rédigée à la main frémit depuis quelques jours dans la brise semi-tropicale. Ralentissant dangereusement pour le troisième jour d'affilée, Kraft en distingue enfin le texte. DESCENDS DE TA BAGNOLE.

Bien sûr. Pourquoi pas ? Dans ces parages, les panneaux sont bibliques. Panneaux pour des chaussures de sport à plusieurs centaines de dollars, pour des reconnaissances de dette ou de paternité, des coffrets de virulentes chansons contestataires, des thérapies comportementales, des agences publicitaires, des actrices au chômage, pour des panneaux d'affichage. Alors pourquoi pas un panneau proclamant une grève générale des banlieusards ? À la faveur de la nuit, un éco-terroriste autofinancé aura escaladé l'acier inoxydable, sauté sur le surplomb et, suspendu au-dessus d'une demi-douzaine de voies (où, en ces lieux, la circulation s'écoule même au cœur des ténèbres), composé son manifeste avec du ruban adhésif dans un endroit exposé où il reste néanmoins parfaitement illisible, sauf pour les incurables curieux de l'écrit.

Kraft retarde une circulation aussitôt furibonde, juste assez pour déchiffrer un post-scriptum griffonné en plus petit, qui a surgi la veille au soir. Un second maniaque trompe-la-mort a relevé le défi, escaladé le pylône puis, entre ciel et terre, sous DESCENDS DE TA BAGNOLE, ajouté ce codicille : ET BATS-TOI SI T'ES UN HOMME. Exercice du vieux droit octroyé par le 1er amendement, qui sera bien évidemment supprimé demain, aux frais du contribuable, par échafaudage et magouillage municipaux, au nom de la sécurité publique.

Il s'extrait de la file et emprunte les bretelles de surface. Avec la décélération et le retour aux feux de circulation, monte l'odeur âcre et sirupeuse, à l'attrait malsain, du vinyle moisi. L'arôme s'en est gâté depuis que Kraft sillonne le quartier, comme si les produits pétrochimiques pourrissaient à la manière des corps vivants. Chaque patine brun-bordeaux d'atmosphère condensée marque de son sceau un invisible millésime. Le résidu nocif, écheveaux dégradés de chaînes d'hydrocarbure aussi longues que les poils de ses narines, entre à présent dans le périmètre de son attention. Il n'en perçoit le parfum que les jours où le bouquet est un peu plus fruité que d'ordinaire. Même les stations radio ont renoncé depuis longtemps à conseiller aux personnes âgées ou aux insuffisants cardiaques de rester en intérieur.

Il contourne le célèbre quartier incendié durant une semaine un quart de siècle plus tôt. La voiture s'insinue dans les rues comme on recommande aux personnes de type scandinave d'y marcher quand le suicide ne peut être évité : les mains en évidence, le regard droit devant. D'un pas vif mais pas agressif. Avec l'air de savoir où on va.

C'est ce qu'il fait en tout cas, dans l'immédiat : six mois à tirer au fond de la mine aux mutilés. Au bout de trois semaines, ses viscères bêtement caucasiens se sont déjà résignés à se retrouver du mauvais côté des muscles rétracteurs, dès le premier feu rouge.

Service pédiatrique de l'hôpital public sans-le-sou. Étrange, direz-vous ? Hasard du tirage au sort, a soutenu son référent. Kraft a déjà fait le tour de la ville, baladé comme le milieu de terrain polyvalent d'une équipe en sureffectif dont la liste des joueurs ne tiendrait pas au dos d'une vignette à collectionner. Le service dépend du secteur : oncologie dans les Hills. Chirurgie thoracique sur le pourtour de LaLa Land où on répare les moteurs des stars. Chirurgie plastique à Trauma-sur-Mer. Le programme de formation exige que chacun aille faire un tour dans le public et il se trouve que Kraft est affecté en pédiatrie. Mais remerciez la divinité de votre choix. Il aurait pu tomber sur les urgences du coin. Et là, comment dire… c'eût été un meurtre.

Bien assez pénible déjà de devoir écouter le docteur Tommy Plummer des « urges » pérorer à la cantine du Carver devant un sandwich oignon-bacon et des bagels maculés de chocolat.

— Tu vois, Kraft, ainsi va le monde. La répartition des richesses est plutôt inique…

— « Inéquitable », Thomas.

— Si tu veux. J'ai les idées larges. Mais c'est un fait : si on continue à essorer les pauvres, on finira par essuyer des coups de feu tous les jours. Un type nous arrive hier soir. Grosse plaie intercostale en pointe qui lui traverse le grand pectoral. Ça passe à environ un centimètre de l'artère sous-clavière. « Ma copine. Elle m'a planté… » Je ne sais pas quel genre de couteau à viande ces gens utilisent, mais celui-là ressemblait à une grande dague de chasseur. Superbe entaille pratiquée du haut vers le bas. J'éponge le gars pendant qu'on l'endort et là je tombe sur une grosse cicatrice chéloïdienne, juste un poil à côté de la nouvelle entrée. Et bingo ! c'est marqué dans son dossier. Le gars a déjà été admis l'an dernier. Faudra que je lui demande s'il a toujours la même copine.

L'habituelle pavane des gradés : nous, on trime ici pendant que vous, les petites fiottes, vous glandez à Kiddieland. Du médimachisme. Mais quand travailler consiste à se faire piétiner jusqu'au sang du matin au soir, à quel passe-temps s'adonner sinon celui de l'art masochiste de la surenchère ? Plummer peut bien bicher en racontant les pires cauchemars éveillés de sa nuit de garde. Lui aussi n'est qu'intérimaire dans le no man's land. Si cet hôpital était sa résidence permanente, c'est lui aujourd'hui qui supplierait sa copine de le trucider.

Et cette fois, ma belle, fais en sorte de sectionner la sous-clavière.

Mais avec son cliché sciences politiques – marché de l'avenir inondé d'iniquité, injuste répartition des désirs insolvables, inégalité des chances si criante qu'elle tue dans l'œuf jusqu'aux prémices de l'espoir – Tommy le doc pourrait bien avoir mis le doigt sur quelque chose. La brèche entre le rêve et son accomplissement a dépassé de longue date le stade de la ligne de faille. Les dolines creusées partout dans la mythologie du progrès béent d'un bout à l'autre de la rue et engloutissent d'un seul coup des galeries commerciales entières. À chacun des trajets quotidiens de Kraft, des ensembles de *casas* se désintègrent à vue d'œil, s'effondrent, happés par la force de Coriolis de l'endettement et de la colère. Le trope national, le picaresque du voyageur de la Route 66, surplombe ici des falaises verticales qui marquent son saut prématuré dans le vide. Les reliefs les plus abrupts de la foi sont violemment rabaissés quand on les compare à ces lignes plus implacables, gouffres creusés entre l'aguichage et sa réalité publique.

Kraft atteint l'hôpital, édifice qui incarne pour lui la quintessence de l'intrigue avortée. Il est déjà passé par ici, oui, mais il ne saurait repérer clairement la première fois. Les rues sont un fouillis de magasins d'armes et spiritueux, boutiques d'enjoliveurs, hôtels borgnes, salons de beauté proposant quantité de rabais, grossistes en tôle, officines de transaction délabrées, pourvoyeurs d'onguents illégaux. Le fumet de la décrépitude monte de sous les trottoirs, derrière les grilles d'évacuation des échoppes, dans la plainte *sotto voce* de l'éternelle sirène annonçant un raid aérien, dans la Boombox ghetto blaster empruntée à titre permanent qui diffuse en bilingue « Hé pauvre con ! Un regard de côté. Un regard en arrière. Tu mates, tu meurs. Marche en cadence. Ou je te plante. Te plante le cul ».

Au-dessus de cette vaste fête de quartier en rez-de-chaussée, aux murs maçonnés de pourriture sèche, sa tour se dresse. Elle brille dans l'imminence, depuis l'entrée placée sous protection armée jusqu'au donjon crénelé. Fortification consolidée par l'État où s'administrent rééducation et remèdes, inaccessible depuis ce côté-ci de la contrescarpe.

Rafistoler le corps, le renvoyer chez lui ? À quoi bon ? Il faut l'entendre. La menace, le sifflement qui enveloppe le cadavre du quartier. Le rejet abject du *un jour peut-être* qui anime les aigus et la basse des bas-fonds, ici, à fleur de rue.

Il roule au pas vers le talus protégé, fouille le classeur rotatif des cartes en plastique que son portefeuille est devenu depuis peu : une pour le téléphone, une pour cajoler la pompe à essence, une pour extirper de l'argent d'un mur, une pour consolider ses crédits, et là : une pour lever la barrière du parking et se glisser à l'intérieur. Il insère son carnet de voyage magnétique dans la fente et Sésame ! Le monde des casse-tête logiques continue de tourner comme prévu, un jour encore, malgré les canots de sauvetage qui partout s'éloignent des docks, baptisés sans relâche à coups de magnum, façon Nuit de Cristal.

D'un pas furtif, il monte l'escalier de service, nourrissant le fantasme d'une douche chaude et antalgique, martèlement de l'eau qui détendrait sa poitrine oppressée comme autant de fillettes françaises pressant les vendanges de leurs pieds nus. Voilà le scénario le plus élaboré que sa libido cafardeuse puisse composer, étant donné les tours de garde qu'ils lui ont imposés au Carver. Ce *ils* omniprésent le repère avant même qu'il ait pu atteindre son casier et le passe aussitôt à tabac. Le meurtrit au sang. Du travail de pro, comme pour une exécution.

« Richard, il y a un problème avec ton bipeur ? »

Façon de dire pour Emily Post : *Tu l'as coupé, hein ? espèce de salopard.* Et là, sur la passerelle, ils lui balancent direct toute une pelletée de nouvelles admissions. À croire qu'un invraisemblable merdier d'humanité grouillante s'est accumulé et qu'il leur faille traiter à la chaîne huit nourrissons vagissants qui dégobillent, rien que pour rattraper le retard, quitte à tuer la moitié des patients pendant la manip.

Et ce tant que l'astre luit dans les cieux. Vieux choral qu'il se rappelle à demi. Kraft est trop épuisé pour se souvenir, en retrouver le titre, sans parler du déchant. Il se douche, environ quatorze heures plus tard. Mais ses épaules sont alors si moulues qu'il ne peut rien faire pour encourager les petites Françaises sinon leur adresser un pâle sourire et murmurer : *Combien le repas ?*

Il regarde sa montre puis la lumière que laisse filtrer une fenêtre pour déterminer si c'est le jour ou la nuit. Il rampe à quatre pattes jusqu'à la salle de garde où il fouille le bric-à-brac en quête de quelque chose à lire, de la littérature en couleurs qui l'assommera et le fera dormir. Mais summum de l'humour : Plummer et les gars des urgences ont raflé tous les *Penthouse* de la salle pour les remplacer par des numéros de *Carabines & armes de poing illustrées*.

Il faut faire avec. De toute manière, il ne se sent pas d'humeur pour les biographies faussement intimes. Et puis, il a eu son content d'anatomie, ça oui ! Assez pour que son corps tienne une éternité. Il se plonge donc dans le numéro de mai de *Tir & armes à feu illustrés* mais ne dépasse pas la couverture intérieure. Une pub en quadrichromie : « Prenez la Loi en main ». Jeu de mots, voyez-vous. « La Loi » est le nom d'un petit bijou semi-automatique. Sinistre présage car l'incitation s'affiche en regard de la décomposition culturelle, la double page pousse sous les feux de la conscience de Kraft la question qui chahute dans la coulisse de son cervelet depuis quelques semaines. Ne devrait-il pas se munir lui aussi d'une petite arme, histoire de faire allégeance aux statistiques ?

Jusqu'ici, pour survivre, sa seule ruse a consisté à adopter un profil souterrain, à disparaître sous la médiane la plus proche. Dans son appartement, il ne planque rien qui ait une quelconque valeur au détail. Son capricieux vélo dix vitesses. Une télé du siècle dernier, même pas adaptée à un magnétoscope. Un tourne-disque – croyez-le ou pas. Deux huiles originales des Abysses dont il n'a pu se séparer. Aucun voleur digne de ce nom, quelle que soit sa nationalité, n'ira s'emmerder à remuer la poussière. Si d'aventure un junkie entreprenant s'introduisait chez lui au pied-de-biche après avoir transposé le numéro d'appartement que la CB du Central de répartition des vandales lui a communiqué, il détalerait devant le décor post-holocauste de Kraft comme on fuit un lazaret. Un pistolet serait aussi superflu que tout autre équipement de première nécessité.

D'ailleurs, il ne rentre pas vraiment chez lui en ce moment, sauf pour régler ses factures d'eau et d'électricité. Il ne passe jamais beaucoup de temps sur place et celui-ci avoisine zéro depuis qu'il est interne interné à l'hôpital public du Donjon de la mort.

Mais hors de chez lui, ici au Carver, les chiffres du réel sont plus catastrophiques qu'il ne l'a jamais soupçonné, même dans ses plus sombres extrapolations. Il voit sinuer sur le tableau quotidien des admissions les colonnes humaines d'une conga plus longue que ce que la plus compétente des infirmières peut espérer trier et orienter. Marchant sur lui d'un pas lent, surchaussures aux pieds, elles se fondent en une mêlée à plusieurs voies de circulation dont la dérive est aussi amorphe que sur l'autoroute. Partisans d'un gang, adolescents et boutonneux, agresseurs, agressés – la moitié du monde mineur échoue dans son service de pédiatrie. Conscrits d'une infrastructure en déliquescence, leurs outils préférés sont la kalachnikov, l'Uzi, voire le M16 dont la récente envolée des ventes démontre l'efficacité des spots télé de Bob Hope qui affirment l'importance d'acheter américain et de prendre soin de la balance commerciale. « Croyez-le bien, ça fait toute la différence. »

Et encore, le Carver ne reçoit que les blessures susceptibles d'être refermées. Kraft a ouvert un peu les yeux, à vivre là, dans ces quartiers du libre-service, ceux qui ont littéralement allumé la mèche du miracle économique, ceux qui ont payé la note de tout cet éthos du « Achetez maintenant, réglez ailleurs ».

Pourquoi devrait-il rester tranquillement assis à attendre l'inévitable ? Au matin, le désir naissant d'acheter une arme lui semble un coup de sang imbécile, un ralliement à la paranoïa numéro un de son pays. Retour, en modèle réduit, aux fantasmes d'une politique étrangère collectivement refoulés. Mais le soir, un soir comme celui-ci, où il feuillette le catalogue des farces et attrapes des urgentistes, tandis que les sirènes têtues des admissions poussent leur plainte comme un chœur d'*Aïda* au tombeau, s'armer paraît simple affaire d'arithmétique. Faites la division : nombre de tués sur densité de population. Il ne survivra pas à ces vingt semaines. Il va se faire repasser sur le chemin du parking ou flinguer à la paresseuse sur l'autoroute depuis la voie de gauche.

La perspective de devoir tenir cinq mois de plus dans

cet endroit jette cul par-dessus tête les quelques restes de sympathies progressistes qui en lui ont survécu à la décennie du sauve-qui-peut. Il n'a pas besoin de prendre la loi en main. Mais pourquoi pas une bricole dans la boîte à gants, en guise de réfutation ? En attendant le jour où la loi cessera de dévorer les siens ?

Il sombre dans un sommeil non paradoxal, franchit les étapes de la néantude sans l'aide d'une piquouse. À quatre heures du matin, ils débarquent dans sa chambre et le réveillent à coups de bourrade. Cette nuit, un gosse de six ans dont il a recousu les boyaux deux jours plus tôt a rouvert sa plaie pendant un cauchemar récapitulatif. Un sauveur patenté décrète que la réparation doit être effectuée sur-le-champ. Et Kraft est de service. Doit-il y aller de son plein gré ou se laisser traîner dans ce délicieux cauchemar avec force ruades et hurlements ? Quinze minutes après avoir repris plus ou moins conscience, il coud. Petit cocktail de péritonite pour l'accueillir. Alors ce n'est pas plus mal de reprendre l'ouvrage. Tandis que ses doigts filent et sectionnent, la radio du bloc diffuse une petite musique d'ambiance : *Get It Right the First Time.*

Ensuite, il n'y a plus aucun sens à tenter de sauver l'idée même du sommeil. Réunion scientifique dans deux heures, après l'avant-programme du jour : la conférence *Morbidité et Mortalité*. Kraft peut au moins tenter un roupillon pendant la M et M, redoutable bilan des interventions qui ont tourné à la boucherie. Mais que faire maintenant, maintenant, maintenant ? Garder la cadence – matière en mouvement. Il va aller trouver Plummer, le ressusciter d'entre les morts et exiger qu'il lui rende ses magazines.

Mais le docteur Thomas est dans les tranchées depuis longtemps. Les « urges » ressemblent à la zone de guerre qu'elles sont de fait. Un chaos de chirurgiens – Milstein, Garber, même Flores –, deux ou trois anesthésistes, des infirmières de bloc qui courent partout, et celui que cherche Kraft, debout, d'un calme effrayant, les mains horriblement grossies par les moniteurs, qui trifouille des lombaires et fait valser des confettis de métal à la façon de palets lancés frappés sur la patinoire miniature de ce petit garçon. Kraft se brosse à nouveau les mains et inspecte la scène.

Plummer l'accueille avec un large sourire, chat du Cheshire. C'est toujours le dernier élément anatomique à disparaître.

— Tu vois ces flics là-haut dans la galerie d'observation ? Ils viennent inculper ce gaillard pour agression sexuelle sur une femme. J'aimerais bien qu'on m'inculpe pour ça. Pas toi, Krafty ? Dis donc, puisque tu t'es récuré et que tu ne fais rien pour justifier ton existence…

Kraft reste bêtement planté là, obligeant Plummer à lui mettre les points sur les *i*.

— … ça t'ennuierait, mon vieux, de me donner un coup de main ? Là : tiens-moi ce fil. Ça ne prendra qu'une minute.

Moins d'un mois d'ancienneté dans cette boîte et il s'est déjà bâti une réputation. Pas qu'une seule d'ailleurs, ce qui aurait pu limiter la casse. Il s'en trimballe plusieurs. Intéressant combien l'image d'une personne varie de manière insensée d'un service à l'autre. Des morphologies comportementales entières naissent d'une première impression assortie d'un petit coup de pouce de l'assistance. Kraft juge trop difficile de prouver aux gens que leurs projections favorites sont erronées. D'une souplesse infinie, tel est Kraft. Autant dire un lâche. C'est qu'il a grandi aux quatre coins de la planète. Peu importe : pour les six prochains mois, il s'en tiendra aux personnalités qu'on voudra lui attribuer.

Quelque chose en lui doit dégager cette malléabilité propre à Monsieur Patate. Burgess, chef du service de chirurgie, condamné à un demi-siècle de mort lente dans cette ville où les instructions sur les paquets de pop-corn au micro-ondes étirent douloureusement le temps consacré à la lecture, s'imagine aussitôt avoir trouvé en Kraft un lettré, une âme sœur, un fils à son image. Le docteur La Purge, comme l'a rebaptisé Plummer, déverse sur lui une moisson de romans épistémologiques alambiqués écrits par de jeunes contemporains de Kraft. Défrichage et rapport cet après-midi devant un xérès : un polar postmoderne plus épais que l'*Index Medicus* où le majordome tue l'auteur et kidnappe la narration. Ce foutu pavé inclut ses propres notes de lecture au milieu du gué, mais cette glose est encore plus opaque que l'histoire. Enfin bon… une petite pause parmi les révisions de la prochaine flopée d'examens.

Dans le même temps, le docteur Milstein, dit le Boulet, chef de clinique en pédiatrie, s'est laissé convaincre par les hochements de tête enthousiastes de Kraft que le nouveau stagiaire est un grand adepte de la voile. Il le nœud-coulantise devant la cafétéria, insiste pour qu'ils conviennent d'un jour où mettre le cap sur les îles à bord de son onze-mètres. Kraft se rabat sur l'excuse ingénieuse et parfaite : « Je suis de garde toute la semaine. » Un répit pour se rendre dans le coin librairie le plus proche et s'y procurer un manuel. Coincé entre La Purge et le Boulet : voilà bien le tracas qui oblige à naviguer au plus près entre Charybde et quinquina.

Parmi les autres titulaires, les docteurs Kean et

Braque (le père Chini et Miss Pêche) semblent décidés à voir en lui leur souffre-douleur, un enfant obstiné qui a besoin d'être vissé. Quand nous étions internes, on nous piquait avec des aiguilles à chapeau jusqu'à ce que nos plaies suppurent. Extase de chaque instant. Ils ont fait de nous les médecins exemplaires que tu as devant toi. Pas de bonne orthopédie sans coups de canne. Mais non, nous n'avons pas vraiment besoin que tu enfiles soixante-douze heures de garde. Ah bon, tu ne peux pas faire trois ablations des végétations et amygdales, un petit intestin, une appendicite et une vésicule en une journée ? Évidemment, si tu veux te lancer dans la médecine générale, nous pourrons toujours t'écrire de jolies lettres de recommandation. Avec ces gens-là, Kraft sourit beaucoup et demande à reprendre de tous les plats qu'on lui sert.

Et les infirmières en pédiatrie : ces petites sucrées concluent – allez comprendre – à cause peut-être de son visage poupin et glabre, de son charme au regard sombre, qu'il est totalement dépravé. Quelle que soit la vérité objective sur ce point, il ne peut égaler leurs propres aptitudes en la matière. Pendant ses visites, il longe leur poste ; l'une d'elles lance dans le téléphone : « Un instant. Le voilà justement. Je vous le passe. » Elle lui tend le combiné et allô, allô ? Il lui faut une minute pour comprendre qu'elles l'ont mis en relation avec un service sadomaso à distance ; à l'autre bout du fil il y a cette monstruosité féminine qui grogne et implore par d'étranges invocations qu'on lui lacère la peau. Une autre infirmière du service s'enferme avec lui dans une réserve et l'oblige à la regarder engloutir des doses massives de médicaments contre le rhume puis réclame d'être enveloppée dans soixante-quinze mètres de gaze chirurgicale. « Allez. On dirait que je suis morte depuis cent mille ans et que tu viens de tomber sur moi dans une pyramide. »

Pour Tommy Plummer, avec qui il a travaillé au Kaiser à l'autre bout de la ville, Kraft est un compagnon d'infortune, blasé et conspirateur. Le patient est à vous, docteur. La survie exige que le groupuscule de ses camarades d'internat rassemblés pour *Morbidité et Mortalité* – tous approchant à grands pas l'âge du Christ à l'heure de la crucifixion bien qu'ils aillent encore à l'école – reste traîner près de la machine à café (substance nocive ; agent inotrope stimulant la sécrétion des sucs gastriques) pour comparer leurs récits de massacre et échanger des blagues douteuses sur leurs beignets fourrés offerts en sacrifice public. Rituel fortifiant avant l'épreuve à venir où il leur faudra comparaître un à un devant l'équipe chirurgicale rassemblée et déclarer : quarante-deux admissions, trente-trois renvois, cinq complications, une grave. Un décès. Et dire pourquoi ils ont perdu le patient.

Sur la sellette, Kraft expose les données essentielles et confidentielles d'un dossier qui, par la plus ténue des grâces que dispense la roulette, n'a pas franchi les bornes de l'inacceptable, lui épargnant l'annonce d'un décès dans son service cette semaine. Pas de reproches à énumérer ; simple conjonction instructive d'anomalies – rien d'autre. Avant d'ouvrir ce gamin, personne ne pouvait prévoir qu'on y trouverait…

Le père Chini, organisateur de la réunion hebdomadaire, l'interrompt.

— Qu'est-ce qui vous a laissé croire que vous pouviez pratiquer une chirurgie élective sur un enfant dont le taux de potassium était si bas ?

— Mais que faut-il entendre par bas ? Cela ne dépend-il pas du contexte ? Avez-vous des directives dans cet hôpital qui définissent la pertinence d'une…

— On n'opère pas tant que le potassium n'est pas normal. C'est la procédure.

— Oui, mais je n'aurais jamais pensé que…

— Vous n'avez pas pensé. Voilà tout le problème. Et vous avez failli tuer ce gosse. En l'état actuel, savez-vous à quoi vous l'avez condamné pour les soixante prochaines années ?

Le récital monotone des complications probables submerge le protestant meurtri enfoui en Kraft, la voix au désert qui crie : *Sale petit fils de pute de pharisien !* 23 avril. Robinson, homme noir de cinquante et un ans. Admis pour des calculs rénaux. Reparti les pieds devant. Votre patient, docteur Kean ! À la première envie de hurler, Kraft expulse le frondeur qui peste en lui. S'autoriser un quelconque sentiment, et surtout la colère, est une forme vaine d'autodestruction. Chacun lutte contre ses émotions, les étouffe. Osez seulement dire *Je me suis fié à mon propre jugement* et vous vous faites écharper.

Kean pousse à fond son numéro de toubib télévisuel, il tourmente Kraft, attend qu'il laisse échapper son premier geignement de justification. Lorsqu'il refuse de rien concéder sinon la plus minimale des contritions hippocratiques, le père Chini se fend d'une absolution bouffonne qui tombe à plat devant tout l'auditoire : « Allez et ne péchez plus. »

Suite à quoi, Plummer le prend à part.

— Joli numéro, docteur Kraft. Quelle mouche t'a piqué ?

La mise en boîte comprend un mélange complexe de compassion et de sévices ajoutés. Quelle mouche en effet ? Pourquoi tolérer cette connerie de harcèlement ? Des semaines de quatre-vingts heures depuis cinq ans pour la moitié du salaire d'un conseiller financier, un sentiment exacerbé d'inadaptation galopante et un ulcère chronique, une vie privée réduite à néant, abrutie par un arsenal de supplices punitifs, le tout pour connaître le privilège de l'humiliation publique. D'où vient-elle, la certitude épouvantée qu'il finirait dans un caniveau, miséreux et affamé, s'il ne pouvait se constituer le plus épais des matelas moraux qu'on ait jamais vu, à l'épreuve des balles ?

Il tente d'aborder le sujet avec Burgess, histoire d'échapper à ses lectures inachevées pour la prochaine causerie littéraire de la semaine. « Le complexe de Moïse ? » suggère Burgess sur le point de se caresser le bouc. Le chef du service a sans nul doute raté sa vocation. Qu'est-ce qu'un adepte de la cure verbale fabrique un scalpel à la main ?

Exposer l'impact d'une adolescence en transit sur son sentiment adulte d'insécurité vaut à Kraft un solide crédit auprès du boss. Il explique comment la mobilisation perpétuelle des enfants de militaires l'a projeté sur tous les points chauds du globe avant la puberté. Il expose l'étude de cas qui consiste, avant l'âge de dix ans, à avoir laissé derrière soi des camarades sur chacune des quatre grandes masses terrestres du globe. Même avec Burgess dans le rôle du psychanalyste non diplômé, Kraft doit mentir un peu, imaginer un mécanisme à incriminer. S'inventer une révélation cathartique plausible qui explique pourquoi il s'est enferré dans un métier pour lequel il n'a jamais manifesté la moindre vocation, une vie de renoncement qu'il aurait pu esquiver avec joie, un intérim messianique dont une courte expérience aurait dû bien vite lui montrer la ridicule inanité.

N'a-t-il jamais rêvé, le sonde Burgess, d'une carrière plus aventureuse, plus ample ? Oui, certes. Pendant des années, en trois tours du monde et demi, le petit Kraft a emporté avec lui, malgré les vicissitudes des politiques locales, son cor d'harmonie. Quelque part, au fond des archives d'Associated Press, un tirage noir et blanc granuleux sur papier glacé montre, au début de la guerre indo-pakistanaise de 1965, une fanfare effrayée du corps diplomatique, évacuée de Lahore vers l'imprenable forteresse américaine de la région : Téhéran. Au premier plan poignant, Ricky Kraft salue bravement à la John-John, la main crispée sur l'étui de son instrument, comme s'il renfermait la mélodie que le monde à deux doigts de l'agonie mourait d'entendre.

L'année suivante, en Guyane britannique, pendant que le pays remanié se transformait en Guyana, Ricky lançait sur Mozart son premier assaut d'enfant. Quand il parvint à Djakarta, l'over-blowing l'avait emporté dans les hauts registres. Jusqu'à ses deux séjours de vingt-quatre mois dans des établissements qui passaient pour des lycées accrédités par le gouvernement, les termes « valve », « tube » et « pompes » ne revêtaient pour lui aucune connotation médicale.

La simplicité tomba en miettes en une seule nuit. Cette année polaire, de retour au pays, quand il devint manifeste que la crise énergétique n'était pas un embargo passager. L'année où le président invoqua un oxymore, « l'équivalent moral de la guerre », contre un autre, « les comportements actuels ». L'année où son père manigança sa dernière mission internationale.

Un février aux frimas amers, au-delà du dire. Quatre heures de l'après-midi et déjà un noir de suie. Sur Huntington Avenue devant le conservatoire, un jeune homme de vingt ans attendait que l'Arborway le ramène à son appartement glacial de Jamaica Plain. À travers le gant, sa main gelait sur la poignée de l'étui métallique, la condensation de son haleine, solidifiée au contact de l'air, formait des glaçons sur les poils de sa lèvre supérieure. À cet instant, il entendit quelque chose – le craquement du mortier entre les pierres du bâtiment contre lequel il s'appuyait, la tension des rails à l'approche du tram, les sons que rendait un vieil homme attaqué à la batte de base-ball du côté de Roxbury. Jamais plus après ce bruissement – celui du zéro absolu – il ne pourrait avoir chaud dans ce pays.

À son appartement, l'électricité était coupée depuis des heures et la tuyauterie avait claqué. Des geysers d'eau immobiles restaient suspendus dans l'air, au fond des lavabos des turbulences spectrales avaient fossilisé, figées sur place par quelque Midas. Sous l'amas de toutes les couvertures en sa possession, à la trame aussi relâchée que la mâchoire d'une victime d'infarctus, alors que les interstices du réseau cristallin de ses carreaux s'ouvraient grand au froid tenace de l'extérieur, Kraft se rappela le cheminement d'une décision.

L'ère de la musique avait pris fin. Il ne jouerait plus. Son cor déroulait les deux mètres de son ingouvernable spire. À la fin du semestre, il se fit rembourser une éducation sans valeur et rentra à la maison chez son père qui avait élu le Dakota du Nord, le plus froid, le plus morne et le plus vide des États de l'Union, pour y passer son veuvage. Là, il dormit pendant six mois, repoussant le coma à coups de frissons. À son réveil, Kraft entreprit aussitôt de s'inscrire en médecine.

Recommencer, repartir de zéro. Quelques années de retard valaient mieux qu'une éternelle impréparation. Tronc commun puis fac de médecine : quatre ans dans un bathyscaphe pressurisé. Chaque test était un galop d'essai en vue de l'Examen Final dont nul ne connaissait le jour ni l'heure mais dont l'échéance approchait immuablement, son unique question déjà pompée dans la prémonition écœurante de cet après-midi-là. À son premier pontage coronarien, aidant à clamper et exciser la veine saphène d'une cuisse charnue pour qu'elle aille remplacer des écluses en panne aux périphéries du cœur, Kraft n'avait éprouvé que la terreur tranquille de l'arrivée. Pas de sécurité, même ici. Mais cet amphithéâtre de chirurgie était une gare bien centrale où attendre l'obscur rendez-vous préparé pour lui.

Interne dans le plus austral des hôpitaux dont il ait pu forcer l'entrée, son cor l'accompagne encore, bagage superflu auquel il a renoncé sans se résoudre à le liquider. Dans son étui, à portée du lit que Kraft ne fréquente pas, il attend le concert improvisé, remis à plus tard, d'un orchestre itinérant, musicos clandestins de minuit venus lancer leurs riffs enfiévrés sur douze mesures bien méritées annonçant la marche de saints furtifs qui, quelque part, s'avancent.

Et voilà pourquoi, docteur Burgess, il est devenu chirurgien. Qu'y gagne-t-il ? Les raisons, voudrait-il dire au chef du service, n'expliquent rien. Elle est bien américaine, cette manie de trafiquer les intentions après coup. La médecine lui offre un espace de repli : pourquoi ne pas en rester là ?

Seul l'excès de travail atténue l'impression d'un rendez-vous toujours en passe d'être manqué. Et dans le domaine de l'acceptable, ce travail est plus prenant que n'importe quel autre. Pendant leurs séances de littérature arrosées de xérès, Kraft ne laisse rien paraître de tout cela. On n'avoue pas au chef du service de chirurgie que ce métier est une salle des pas perdus. Pourtant, le patron connaît un peu la chanson lui aussi. Froide consolation de l'ultra-compétence : gagner un répit, prolonger plus de vies qu'on n'en achève, purger un coin de l'hématome qui s'étend, écorner la parabole, gagner une minute qui doit valoir soixante secondes de mieux que le néant.

Les couloirs grouillent d'internes aujourd'hui. Chacun sourit derrière le patient qu'il examine, s'enquérant poliment de son taux de potassium. Kraft, après des semaines passées à courir dans ce labyrinthe pour rats, et toujours capable de s'y perdre, suit le Baedeker des bandes colorées tracées au sol, piste du souvenir gratuite qui mène au saint des saints de la pathologie.

Dans ces couloirs, l'estimation des pertes et profits humains fait l'objet d'un incessant calcul différentiel effectué avec la parfaite aisance d'un enfant qui récite ses tables de multiplication rabâchées. Trop de corps pour se sentir même blasé. Espace non déterministe, théâtre en rond implosé. Des nécessiteux bordent les coursives, mannequins de crash-test du capitalisme et fétus de paille. À la dérive, intubés, ensablés, à l'échouage pharmaceutique, assemblés en une collection disparate de meubles à roulettes pris à des surplus d'anciens combattants, ils se parlent à eux-mêmes, n'attendant plus aucune aide sinon l'habituel rapiéçage de circonstance. Urgence devenue quotidienne. Des DSH dans le jargon des internes : des détritus sous-humains.

Kraft fait le tour du service. Le premier patient post-opératoire pubescent sur la liste ne se trouve pas dans sa chambre. Il est probablement parti se shooter aux chiottes. Kraft devrait peut-être l'y rejoindre. Mais les narcotiques prisés d'aujourd'hui ne font pas partie de son vocabulaire. Deux autres incontournables de la même chambrée ont établi un perchoir précaire sur le rebord de la fenêtre où, à travers les barreaux, ils poussent des animaux en peluche enflammés vers une mort certaine, cinq étages plus bas.

Depuis la fenêtre, la vue révèle dans toutes les directions une étendue d'haciendas de plain-pied aussi complexe et scrupuleuse que la moisissure engloutissant une tranche de pain humide. Kraft repère, dans les méandres des rues sinueuses comme des rognures de métal usiné, d'autres hôpitaux, lieux de ses précédentes rotations dans le système de sous-traitance byzantin qui l'a expédié ici. Ce compagnonnage possède des vertus pédagogiques. Il permet de goûter un cocktail varié de protocoles et d'équipes. À chaque quartier (euphémisme dans cette métastase inassimilable de l'urbanisme), ses désastres exemplaires de la chair. Chaque étape est adaptée à sa destinée géographique : soins coronariens pour les nantis ; pédiatrie pour les démunis. Il eût été préférable que les démunis en eussent un peu plus en moins.

Chaque mini-centre commercial, chaque lacis de rues creuse son sillon socio-éco-pathologique. Pour acquérir une connaissance générale et pratique de chirurgie générale, rien ne remplace une tournée dans les tranchées. Les services courts lui offrent un point d'entrée dans des régions semi-autonomes à une petite banlieue de là, camps fermés que, sans cela, il n'aurait jamais eu l'espoir de visiter et où il n'aurait pas survécu. S'engager, voir du pays. Vieux concept des études à l'étranger, du programme d'échange, de la sortie scolaire. Sauf que cette fois, le musée est réel.

Le Carver General – œuvre de bienfaisance de la Cité des anges – lui montre ce qui partout ailleurs reste une obscène rumeur. Des maux du XIXe siècle, obsolètes et vaincus. Phtisie. Botulisme. Des infections que la littérature consigne au magasin de la nostalgie. Empoisonnement par la peinture. Parasites bizarres qui peuplent les abdomens. Il a guéri un enfant de la surdité en retirant de manière chirurgicale un pois chiche cru coincé au fond de son oreille. Six mois passés à œuvrer dans le public l'ont mis au contact de troubles du corps et de l'esprit que son parcours aléatoire sur le plan de la ville, derrière cette fenêtre, ne laisse même pas envisager.

S'il ne lui avait offert aucune autre révélation thérapeutique, le système de rotation lui aurait au moins fourni cette vue d'ensemble indispensable, clé du diagramme des maladies qui parcourent la ville, sillage qu'elles laissent au milieu des adresses qu'elles ravagent. Chaque nouvel hôpital ajoute à cette conviction issue de sa pratique : quelque chose se prépare, passé l'autoroute. Quelque chose que les pantouflards ne soupçonnent pas.

Mais ces enseignements personnels, profitables à son instruction, ne sont pas la vraie raison de sa présence au Carver. Le bénéfice pédagogique n'est en définitive qu'un alibi pour une opération complexe à frais partagés. Le travail réquisitionné est le seul moyen pérenne de fournir en personnel un hôpital gratuit de cette taille, institution qui serait autrement livrée à une équipe d'alcooliques, d'incompétents et de saints. Tout est affaire de trafic d'influence et de maquignonnage. Les gens des Hills n'envoient leurs garçons dans la vallée que s'ils peuvent s'assurer en échange deux pros du Hollywood Presbyterian Medical Center, flanqués d'un Diafoirus pris à un établissement de deuxième division dont le nom sera communiqué ultérieurement.

Les irrégularités de cette arnaque aux pots-de-vin ne sont que de banals remous dans une chaîne de chantages réciproques qui entrave la ville elle-même. La mise aux enchères byzantine de biens et services dépend d'un million de renvois d'ascenseur simultanés qui aboutissent tous en même temps. Les palaces des Anges ont été bâtis pour l'essentiel sur des ententes clandestines, des mises en perce illégale du pouvoir central, des créances non recouvrées, des marchands de sommeil, des bénéfices théoriques nébuleux, des documents sur papier sécurisé effacés à grands coups d'acide, et d'opportunes banqueroutes déclarées sur des souscriptions imaginaires. Mais pour l'heure, et les quelques instants à venir, le château de cartes tout entier réussit à tenir debout, superstructure étayée par du chewing-gum, des trombones et des accords paraphés.

Par tous les moyens, Kraft bat le rappel des enfants qu'il doit examiner. Une fois ses visites achevées, il ne lui reste plus qu'à venir à bout de ses consultations sans perdre connaissance ni sombrer dans l'un des nombreux états équivalents. La meilleure façon d'y parvenir est d'éviter de loucher sur l'après-midi ou de proposer des rendez-vous trop tardifs pour les hystériques et les cas hypothétiques. Les consultations sont un *Décaméron* ambulatoire de trois heures débité en tranches de quinze minutes pendant lesquelles, se pliant aux inventions infinies de la maladie, il doit jouer les animateurs de talk-show pour les affligés.

Une femme latino à la carrure agressive traîne par les deux poings une fillette de sept ans. Elle réclame que Kraft excise les reins de l'enfant sur place, dans le cabinet. Il feuillette en hâte un dictionnaire de poche bilingue qu'il garde sans cesse à portée de main, instrument aussi indispensable ces temps-ci qu'un stéthoscope, même s'il soupçonne des traductions fréquemment fantaisistes. Quelques imparfaits incertains plus tard, il devient évident que l'enfant est une couverture : le vrai problème réside en une rotondité de la taille d'une balle de softball – les grosses, celles qui font treize centimètres de diamètre et sont bourrées de kapok – située dans la région pelvienne de la mère. Kraft l'oriente vers le service approprié et, sous les protestations qu'elle lance en partant, appelle d'un coup de sonnette son invité suivant.

Qui est aujourd'hui… un patient déjà vu il y a deux semaines : un petit Turc dont Kraft n'a pas réussi à bien faire comprendre à ses parents (faute de dictionnaire) qu'il fallait nettoyer son pansement. Quatorze jours de suppuration ont fondu la gaze en une croûte poisseuse pire que la tumeur corrigée par l'incision. Kraft gratte l'épanchement, plaie Technicolor, et retire les fragments putréfiés tout en essayant de préserver les chairs, comme le restaurateur d'une fresque incapable de racler la crasse sans absorber la moitié du plâtre désagrégé.

Pendant ce temps, il échange avec la famille dans une macédoine d'anglais bigarrée, signaux de cambistes verbalisés tout aussi opaques que désastreux. Pour Kraft, la consultation consiste à trouver pendant quinze minutes d'ingénieuses listes de synonymes du mot « Pardon ? ». Même quand la langue ne fait pas obstacle, les visiteurs éprouvent souvent de grandes difficultés ne serait-ce qu'à expliquer l'état dans lequel ils se sont mis. Pourquoi au juste avez-vous laissé pendant trois semaines un élastique aussi serré autour de votre petit orteil ? Mais comment se fait-il que cette allumette consumée soit allée se loger si profond dans votre fosse nasale ?

En matière de grotesqueries, Kraft sera sans doute toujours battu par Plummer et ses *Contes de la zone des urgences*. Rien, tout simplement, n'égale les rats vivants enfermés dans des sacs plastique et enfoncés dans des rectums, ni même la pratique plus courante de la strangulation érotique qui dérape. Thomas raconte avec une grande délectation des histoires comme celle de cette femme qu'on leur envoie couverte de sang, la gorge ouverte, tranchée d'un coup de couteau oblique. D'abord des intraveineuses de gros calibre pour la stabiliser, puis ils découpent ses fringues et découvrent un appareil génital masculin qui explique sans l'ombre d'un doute la plaie au couteau. Non, impossible de dépasser les urgences dans le simple déploiement du spectaculaire.

Pourtant, à deux égards, la menuiserie des minots fait montre de supériorité théâtrale. Primo, le matériau est d'une petitesse fabuleuse, un miracle technologique de miniaturisation. Même pour redresser l'anatomie topographique d'un nourrisson de soixante centimètres, il faut presque des loupes chirurgicales. Et deuzio, la pédiatrie – la génération de demain, la vague d'avenir, l'espoir de l'Amérique et tout le tremblement – offre un aperçu quintessencié, non expurgé, de la véritable direction prise par la civilisation occidentale en son troisième millénaire.

Après trois heures de consultation, le flot dérivant de la détresse juvénile qui traverse son cabinet commence à rappeler les vains changements de file sur autoroute. Comme si Kraft était ici encore sur son trajet, bulle de fluide aspirée par les adhérences secrètes des capillaires. À la consultation, l'existence ne connaît pas la marche avant, seulement de petites turbulences, des changements de place, des perturbations aux marches de l'empire croulant. Il habite un après-midi où le vieux fantasme mélioriste cède le pas à la conservation minimale, et encore. Quand s'achève la consultation, Kraft est entré dans une longue période intercalaire et obscure qui se prolonge jusqu'à ce qu'il se retrouve à tamponner ses bras avec un désinfectant brun et moussant en vue d'une opération.

Le planning du jour est léger, l'équipe détendue. Quelqu'un a branché le moniteur de l'ophtalmologie sur les chaînes du câble et tous se sont attroupés devant un magazine d'information consacré à la bonté méconnue de quelques vipères à brushing réputées des prime time, bonnes âmes qui aiment mettre leur ultra-célébrité au service du tiers-monde moyennant de modestes cachets. L'interne incompétent du moment (coursier idéal pour falafels en tout genre) zappe entre cette émission et un docufiction à gros budget sur la mort d'astronautes américains dans une colossale boule de feu. Rien n'est réel tant qu'on ne l'a pas transformé en fiction.

L'ouverture de la cage thoracique d'une enfant de trois ans jette un froid sur la fête. Manipuler cette marionnette rappelle Geppetto : colle, papier mâché, visage sanglé au masque d'anesthésie comme un poisson accroché au barbillon. En un mouvement coordonné et inconscient, lancées ensemble vers une impossible ligne d'arrivée qu'elles ne pourront jamais atteindre, ses organelles rouge corail pompent comme si toute cette machinerie pantelante devait rejoindre un endroit précis avant le point du jour.

S'enfonçant à l'intérieur de la cavité, les doigts de Kraft explorent les lieux avec l'orgueil des propriétaires : toutes mes belles structures anatomiques, qui a osé foutre le bordel dans cette perfection ? Même quand elles se rappellent ne pas avoir conçu ce maillage inextricable, les mains de Kraft maintiennent encore que ceux qui ont observé ces rouages internes, isolé patiemment ces éléments palpitants, allant jusqu'à les remplacer ou leur imposer de nouveaux itinéraires, ceux-là seuls, membres du club sélect du service après-vente à domicile de Dieu, peuvent commencer à percer les voiles de cette troupe de figures fantasmatiques qui habite les régions supérieures de la conscience humaine, où le reste du monde passe son existence.

Tout est vrai dans ce que le grand public n'ose soupçonner : personne ne peut vivre avec une connaissance totale de l'anatomie. La chaleur et la pression des réparations apocalyptiques effectuées en nombre chaque jour font du cœur un inévitable autoclave. Après quelques heures de service, Kraft commence en effet à voir en ces corps nécessiteux et frissonnants, reliés à des moniteurs, autant de pièces de charcuterie. Ces temps-ci, le blocage s'installe sitôt qu'il arrive en salle opératoire.

L'incision ne se referme jamais. Elle s'attarde, au cinéma, seul devant un burger. Il se repasse le film de la dernière séance, même au beau milieu de la suivante. Partout, il voit des cicatrices – physiques irréprochables trahis par de minuscules fissures latérales. Poignets ceints d'un bracelet de honte, gorges pointillées d'un collier de sutures perlées. Au lit, quelques semaines plus tôt, en compagnie d'une beauté auburn assez multiple pour être la femme attendue, il avait posé une main caressante sur ce qui avait été autrefois une poitrine souple mais abritait à présent des implants. Ses doigts avaient senti la marque de la voie d'insertion bien refermée et il s'était retrouvé sur-le-champ aussi impuissant que le meilleur des poètes lyriques. Aucune explication possible ; il avait été contraint de demander à cette inconnue d'emporter loin de là sa silhouette parfaite.

Des côtes de trois ans, aux cartilages souples et suggestifs, se rétractent devant lui. L'écartement des membranes sous-cutanées révèle, comme des feuilles de thé, que le chirurgien doit finir par se blinder, restaurer le voile, revenir à temps aux faux-semblants qui permettent les liens occasionnels, les échanges humains. Chaque chirurgien, si habitué et endurci soit-il, s'efforce d'oublier ce qui lui fut imposé pendant le choc de l'internat : le pus est le nom de jeune fille de l'esprit. Du mucus, avant tout.

Kraft avait été choqué, six ans plus tôt, lors de sa première incursion dans une salle opératoire, du côté conscient du bistouri, en découvrant combien était prosaïque l'équipement de l'incision. Vous voulez dire qu'on les ouvre ici, comme ça, dans les tourbillons de l'air ? Un scalpel n'était rien d'autre que ce que Kraft rangeait dans le tiroir de sa cuisine – sans valeur ajoutée. Le bistouri électrique, un simple fer à souder sans autre attribution que de brûler la chair. Les volutes de fumée que ce pyrographe dégage sentent – et que pourraient-elles sentir d'autre ? – le steak grillé, merveilleuse pièce posée sur le barbecue du jardin un soir d'été. La première fois, il a salivé pour de bon avant d'induire les conséquences.

Il fait tourner sa sélection d'instruments, les convoque selon leur épaisseur, poids et courbure. Ses choix sont un mélange d'estimation experte et de jugement personnel. Les mêmes outils de base depuis les Babyloniens, à l'époque où le châtiment pour faute professionnelle consistait à couper les mains du chirurgien. L'attirail mis à disposition de Kraft sur le plateau n'a pas changé depuis un siècle : scalpels, ciseaux, aiguilles, fil, forceps, écarteurs et les indispensables pinces hémostatiques. Et leur emploi, malgré l'explosion de la technologie, n'a pas dépassé le paradoxe védique originel : infliger une blessure pour soigner une blessure. Puis maîtriser les dégâts engendrés par la blessure provoquée.

Ce qui a changé, et cela tout récemment, c'est l'influence du scalpel. De nos jours, l'incursion est une broutille : on envahit et on piétine les régions interdites presque à volonté. Les seules limites qui entravent le chirurgien restent l'éternel trio : choc opératoire, auto-infection et douleur. Des trois, la plus importante est la douleur.

Le rêve de la profession – la libre manipulation des entrailles – butait jusque récemment sur la nécessité de convaincre le corps que la destruction infligée est préférable à l'autre terme de l'alternative. L'anesthésie générale a marqué la première avancée majeure de cette espérance. Mieux. Kraft voudrait promouvoir cette découverte au rang de pierre angulaire de la cité imaginaire que la civilisation bâtit depuis ses débuts. Le pouvoir de déjouer le mécanisme de rejet inné du vivant divise l'histoire entière en un avant et un après : l'ère de la souffrance qui annihile tout et l'âge de la délivrance par coup d'État constitutionnel. Dans ses meilleurs jours, Kraft entrevoit même la perspective lointaine d'une existence tenable.

Enfoncer cette barrière, nier la douleur, fendre une étendue de chair à la scie à métaux, briser l'os et fouiller la moelle sans déclencher un seul coupe-circuit, cette chance démolit le monde, le relève et en refait la déco intérieure. La vie est restée prisonnière de chiens de garde postés devant la maison. Difficile de surestimer à quel point cette avancée réécrit tout le cirque de l'humanité, le remonte ailleurs. Les vocalises tout en fioritures de la philosophie n'ont désormais plus que l'ombre d'une chance pour dicter les termes d'une nouvelle trêve. Il n'est plus obligatoire que la douleur ait toujours le dernier mot. On peut faire mieux que la supporter.

Kraft essaie d'imaginer la réussite de la procédure, celle qui se déroule sous ses doigts, sans anesthésie. Une chose se mue en chrysalide à l'intérieur de cette enfant. Il leur faut se frayer un chemin jusqu'à elle en violant les minuscules nervures de la cage thoracique. Quelques pauvres tentatives d'explication à l'adresse de la petiote, une pinte de whisky versée de force dans son gosier à l'aide d'un entonnoir pour atténuer le picotement de surface. Puis la lame, si aiguisée que même le nerf coriace fond sous son tranchant. Deux adultes pour clouer à la table d'opération la créature qui se débat, et une prière pour que l'enfant s'évanouisse assez vite. Un hurlement pire que ceux qui ont jamais flotté au-dessus des camps de la mort, parce qu'il crie : *Vous étiez mes protecteurs ; je vous faisais confiance.* Affronter l'incision et écarter les berges. Attaquer le sternum à la lime douce de bijoutier, défaire avec soin toute la structure comme on découpe un coquelet. Le petit cerveau est alors tant inondé des signaux télégraphiques de la torture que le corps convulse. Kraft a lu les statistiques : sans came, sept fois sur dix, le choc provoque l'effondrement de l'organisme et lui arrache la vie.

Ou bien il y a l'autre solution, vieille comme le monde. Étaler la douleur sur deux ou trois ans, laisser la maladie libre de proliférer à l'intérieur de l'enfant chez qui elle se manifeste par de fréquents pics d'anxiété tout aussi intolérables, sur des semaines cette fois. Tenter la chance ténue de tuer la gosse rapidement ou la condamner à une mort certaine, rampante, tout en l'instruisant des promesses futures d'un monde débarrassé de la souffrance. Depuis que les nerfs se sont dotés d'une conscience, telles étaient les perspectives jusqu'à hier encore. Que l'humanité, après avoir vécu cette scène une seule fois, ait continué à élaborer des plans et des projets est presque aussi miraculeux que la découverte des substances chimiques capables de rendre supportable cette garden-party en cotillons, illusoire et transparente.

Juste derrière les replis de son oreille gauche, le Boulet, qui assiste Kraft, souffle d'une manière épique, comme le vent sculpte un canyon. Cette oscillation régulière ramène Kraft à l'enfant vivante allongée devant eux sur la table. Nasillard dans le meilleur des cas, le Boulet se met à ronronner tout de bon quand l'acte se fait minuscule. Mais ça vaut quand même mieux que le père Chini et son complexe de Napoléon. (« Il est petit sans doute, plaisante fréquemment Plummer, mais à la tombée du jour, il projette une ombre mi-longue. »)

Ensemble, les membres de l'équipe extirpent la masse qu'ils veulent atteindre, la clampent et la tranchent à sa racine insidieuse. Tandis qu'on enlève l'objet pour le déposer sur le plateau prévu à cet effet, le Boulet s'émerveille, admiratif : « Accroche ça à la pointe de ton sapin de Noël. »

Un bref instant, Kraft envisage de demander à quelqu'un de refermer l'incision à sa place, mais il choisit de ne pas mettre à l'épreuve sa courte ancienneté. Après tout, comme disait sa mère quand il partait à la pêche monté trop petit, il ne faut jamais confier un travail d'homme à un gamin. Il est allé jusque-là. Autant passer la ligne d'embut, même si toute l'équipe doit bien voir qu'il frise la narcolepsie.

Il coud comme le programme du point en zigzag d'une Singer. Ses nœuds de jambe de chien tracent des lignes aussi fantasques qu'un demi de mêlée retors, un Gale Sayers ou un Walter Payton. Cette enfant va grandir avec la *Victoire de Wellington* gravée sur le ventre – mince ligne rouge qui domine son devant. Si belle et sensuelle soit-elle, quelle que soit la noblesse de ses traits, cette marque demeurera et, jusqu'au dernier des hommes enfants, tous ses amants se demanderont : *Que t'est-il arrivé ?*

Quelques minutes passent, peut-être même une demi-heure, avant que Kraft s'aperçoive qu'ils ont fini. Vite : quel jour sommes-nous ? Et quel mois, d'ailleurs ? Il sait seulement que l'heure n'est pas encore venue de travailler à son compte.

Dehors sur le parking, c'est le coucher ou le lever du soleil. Faible lumière en tout cas. Celle que Chini préfère : la journée s'achève. L'heure des Napoléon d'un bout à l'autre du monde.

Il pourrait rentrer chez lui un moment, mais à quoi bon ? À cette heure, l'autoroute reste un égout à ciel ouvert. Une plaie qui suppurera jusqu'au moment où, par nécessité, on sortira les trams rouges de leur cocon de naphtaline.

Et puis, il lui faudrait faire demi-tour et revenir dans quelques heures. Ici, les repas sont déjà tout prêts. Une chambre de motel aux « urges », déjà réservée à son nom. Et puis à quand remonte la dernière fois où il a réussi à faire autre chose que regagner discrètement le service pour essayer de devenir un meilleur tâcheron qu'il ne l'a été aujourd'hui, un de ceux dont la technique, l'intuition et la connaissance pratique pourraient, dans un avenir viable, être enfin presque à la hauteur du corps détraqué, des pétitions infinies et anonymes déposées à sa porte ?

Une fillette trop petite pour ses douze ans, qui tangue encore après des mois passés sur la tôle ondulée qui l'a portée pendant neuf cent cinquante kilomètres en mer de Chine méridionale, se tient devant les élèves d'une classe d'histoire, dans les décombres des quartiers est de la Cité des anges, et devine où est passée la colonie perdue de Roanoke. Un an et demi d'anglais dispensé par les humanitaires évangéliques d'un camp de réfugiés aux Philippines et une batterie de semaines passées aux États-Unis la qualifient pour l'exposé oral, rite de passage immémorial. Elle choisit, pour une raison quelconque, l'histoire américaine.

Elle essaie d'expliquer ce que ce simple mot, gravé dans l'écorce d'un arbre, pourrait dire de la destination prise par la troupe perdue de Virginie. Elle prononce le mot à voix haute, l'incruste dans le tableau noir avec un morceau de craie qui se désintègre en sable pastel sous ses doigts : CROATOAN. Elle épelle le fragment laissé sur un autre arbre : CRO. Ce mot, signe solitaire d'une évacuation précipitée, resté là pour accueillir le gouverneur de la colonie à son retour d'un voyage de ravitaillement dans la mère patrie, ne recèle pour la fillette aucun mystère impénétrable. Il est aussi anglais, aussi lao, aussi lao-thaï, aussi thaï, aussi tagalog, aussi hispanique que n'importe laquelle des monnaies d'échange en circulation dans les colonies provisoires où elle a fait halte pour la nuit. À chaque camp de migrants, sa propre *lingua franca* transitoire construite par les accidents des grands flux de population. Et tous les mystérieux messages jamais écrits dans l'écorce silencieuse reviennent au même : Nous voilà donc partis. Ne nous attendez pas pour aller vous coucher.

Pour quelle autre raison recourrait-on aux mots ? Les mots, a-t-elle appris dans toutes sortes de programmes de rééducation placés sur sa route, n'ont ni origine ni point d'arrivée. Ils sont eux-mêmes l'urgence ambulante qu'ils tentent de décrire. Le *barrio*, là où elle vit maintenant, vient de l'espagnol, de l'arabe, de l'idée d'une idée d'une terre ouverte. Aucun mot ne saurait être plus anglais aujourd'hui, plus américain, même si la terre ouverte, ici, est verrouillée depuis un bail. Pas grave. Parce que le *barrio* actuel est tout aussi labouré et construit que cette terre ouverte désormais perdue. Avec le temps, le mot désigne autre chose. Il désigne ces Arabes qui s'infiltrent au nord, montent jusqu'en Espagne comme le fluide d'un baromètre. Il désigne les Espagnols incapables d'arrêter l'avancée des Maures, sinon en absorbant leur science, leurs mathématiques, leur impatience militante. Il désigne les rejetons marins des Anglais qui, sans réfléchir, sautent de leur île vers quelque chose de plus grand, incapables à leur tour de contenir les enfants de la Nouvelle-Espagne, sinon en les avalant tout rond, avec leur nourriture, leur musique – et leurs mots.

À peine née, elle connaissait ces grandes lignes, savait que les mots sont les éraflures laissées par les carrefours. Elle a encore en tête une carte compliquée de la linguistique des fleuves : géographie des sons, isoglosses de tous les habitants des vallées avec lesquels son peuple a autrefois fait affaire. Maures, conquistadores et pèlerins de la Caroline, raflés sur les places commerciales du moment, s'ajoutent simplement, en surimpression, sur la liste de la fillette. Elle imite la clameur des cours de récréation locales, passant sans effort aux cadences de l'espagnol comme à celles de l'anglais. Étant donné sa famille d'origine, les deux sont identiques, très proches cousins. Elle se partage entre eux, parle un patois exploratoire assez éclectique pour désarçonner de la même façon tous ceux qui l'écoutent.

Arrivée dans l'école, abandonnée sur le pas de la porte du chef d'établissement, elle n'a cherché qu'à plaire : prix assez modique d'une sécurité garantie. Et plaire semblait impliquer la résolution des énigmes posées devant elle. En arithmétique, géométrie et autres problèmes, ses résultats correspondaient à ceux d'une classe d'âge bien supérieure à celle de ses pairs, et de beaucoup de ses professeurs diplômés. Mais elle était incapable de paraphraser l'expression « battre le fer tant qu'il est chaud » ou de compléter les termes de l'analogie « La chaussure est à la chaussette ce que le pardessus est à... ». Plus accablant, elle ne parlait absolument pas, à moins d'y être forcée et, dans ce cas, se contentait de murmurer le strict minimum de syllabes insolites.

En céramique, minuscule, terrifiée, elle avançait sur des pinceaux aussi hésitants que les pattes d'un chevrotain. Tous ses membres auraient tenu à l'aise dans la boîte à sandwichs d'une élève de cours élémentaire. Chacun de ses gestes semblait calculé pour échapper aux incursions de ceux qui étaient plus grands qu'elle. L'infirmière scolaire avait refusé de croire à l'âge que cette petite avait annoncé et, bien sûr, pas d'extrait de naissance. Un problème de traduction des chiffres ? Non : dans un silence poli, comme si les adultes réclamaient une infinie patience, la fillette avait tracé sur une feuille autant de bâtons que le nombre de ses années. Simple bobard ? Mais qu'aurait-elle bien pu gagner à faire semblant d'être plus âgée ?

Qu'importe. Survivante ou non d'une traversée océanique, elle avait l'allure d'une enfant de cinq ans. Certes, elle parlait (quand elle parlait) d'une façon impressionnante pour qui a récemment acquis la langue, mais sans plus de précocité que d'autres petits Asiatiques de huit ans, venus de l'autre côté du Pacifique, jouent du violon. Bien qu'elle connût de vue l'alphabet latin, elle forçait à grand-peine son poing à le transcrire en caractères. Cursive facile, grâce à des flashcards, balle aux prisonniers sans réserve, tout cela était hors de question. Une pédagogie éclairée réclamait que la fillette commence trois classes en dessous de son âge. Et, obéissante, c'est là qu'elle commença.

Six semaines d'essais pratiques mettent la pédagogie en déroute. L'instit du cours élémentaire lui attribue un pupitre, prend une heure pour lui expliquer les matières, lui fournit des cartes, un manuel de mathématiques, un compas et un rapporteur, puis lui donne à lire un texte immaculé de la précédente décennie humiliée, intitulé *Notre monde qui s'éveille*, en disant « Nous allons travailler là-dessus ». Un code – la fillette en a l'intuition – qui signifie : « Dès que j'aurai appris à tes cinquante camarades de classe démunis à faire semblant de lire. »

Erreur de compréhension ou simple acte désespéré, Joy a bouclé ses lectures dès la fin de la semaine. Incrédule, l'institutrice nie l'évidence. Elle met la fillette à l'épreuve sur les derniers chapitres, puis ceux du milieu, les mélange, comme si la petite nouvelle était l'un de ces phénomènes de show télévisé, capables d'extraire de tête des racines carrées. Incollable bien que tout aussi minuscule, Joy bénéficie d'une promotion instantanée dans la classe supérieure. Là, son nouveau professeur découvre que la petite fille sait en réalité produire des phrases complètes, correctes, voire belles, mais dont les prédicats vont toujours se perdre dans le rayonnement de fond d'une classe hystérique.

Avant la fin du trimestre, elle bondit à nouveau d'une classe. On l'envoie faire un tour chez le conseiller d'orientation pour rafistoler les dégâts que son transbahutage bâclé a sûrement dû provoquer en elle. Le conseiller lui pose des questions incisives mais habilement déguisées comme « Préférerais-tu être un phoque dans une grande colonie de phoques qui se prélassent sur le rivage ou un aigle qui plane tout seul dans les hauteurs, très au-dessus des falaises ? ». Un phoque, sans hésiter. Ah bon, pourquoi ? Les aigles mangent des rats et les phoques du poisson ; elle a déjà goûté les deux et préfère de loin le poisson.

Joy prend pitié de cet homme et l'aide à en venir au fait sans plus de manières. « Le cours moyen, c'est bien mieux que le cours élémentaire », dit-elle d'elle-même. Oui, d'accord. Pourquoi ça ? « Au cours moyen, on est face à la rue et on peut regarder les passants toute la journée. » Je vois. Et quoi d'autre ? « On peut déplacer les tables ? » risque-t-elle, espérant contre tout espoir que cette réponse soit la bonne.

As-tu des inquiétudes particulières dont tu voudrais me parler ? Des choses tirées du fond de ta réserve secrète, des histoires du temps d'avant ? Son regard pétille un instant, s'échappe vers le *barrio*, vers la terre ouverte, un lieu où les senteurs et les sons qui l'ont élevée demeurent sur un petit arpent des tropiques, là où tous ceux qu'elle aime n'ont pas nécessairement été écorchés vifs. Avant qu'elle puisse les maîtriser, ses bras se lèvent comme ceux d'une armée de singes surpris s'élançant vers la sécurité d'une forêt tropicale. « Certains de mes amis ici n'arrivent pas à prononcer mon nom de famille. »

Le conseiller joint son rapport au dossier. On peut balader cette gamine jusqu'à la plus belle foirade institutionnelle jamais consignée dans les annales sans qu'elle remarque que ce chambardement radical et constant est tant soit peu inhabituel. Cela dit, griffonne le conseiller dans tous les coins du formulaire à l'exception de l'espace vierge réservé au logiciel de reconnaissance optique, il existe des pays de par le monde où une résidence permanente serait, pour cette enfant, bien pire que sa liste de visas provisoires.

Envoyée au cours moyen, à peu près là où elle aurait dû se trouver dès le départ, Joy exerce à plein ses droits de squatteur dans le Nouveau Monde. Elle tient consciencieusement son extrémité de la corde à sauter, la fait tournoyer comme, autrefois, des bobines en bois, en chantant à présent :

> Je la vois ! (Que vois-tu ?)
> Une fillette (Aux yeux bleus ?)
> Aux yeux verts. Cheveux d'or.
> (Et son nom ?) Margoton.
> (La vérité.) Marité.
> (LA VÉRITÉ… !)

À l'exception des phonèmes légèrement infléchis, déportés vers le système pentatonique, sa psalmodie est une parfaite imitation. À la cantine, elle demande, polie, quels aliments il est acceptable ou non de lancer à travers la pièce.

Ses progrès scolaires sont encore plus rapides. Elle a fini ses devoirs avant même qu'on les lui ait donnés. Certaines matières lui sont déjà connues, vues dans son centre de rétention à ciel ouvert sur l'île de Luçon. Sciences et mathématiques ne sont qu'affaire de jugeote, notées à l'aide de symboles ni plus difficiles ou arbitraires que les divers alphabets étrangers. Elle tombe amoureuse de la lecture des cartes : chaque endroit y est un réticule sur le quadrillage universel. Ce qu'ils appellent sciences sociales est le plus facile. Joy ne tarde pas à glaner les éléments du schéma organisateur de l'histoire. Ce pays – pas du tout un pays et tous les pays en un – est, comme la langue qu'on y parle, la main courante des invasions infligées et subies, des poudrières réunissant toutes les races de la terre, des basculements violents, des perpétuels virages trop serrés, des dos tournés aux instants décisifs du monde.

Son *Brief & Vray Récit des terres nouvelles* soutient tranquillement que CROATOAN était sans doute le nom mal orthographié d'un clan indien voisin. Nulle trace de massacre, ni de restes humains. D'après Joy, les colons se sont tout bonnement aventurés dans les terres, non pour échapper à cette force étrangère, mais pour s'y rallier. Elle a trouvé un livre dans la bibliothèque de l'école (avant-poste colonial du progrès à part entière) qui raconte comment d'autres Européens, un siècle plus tard, ont découvert une lointaine tribu indienne aux cheveux d'une couleur étrange et dont la langue véhiculait d'inexplicables fantômes de mots blancs, à l'inverse de ces esprits étymologiques qui habitaient encore les canoës, pécans, sconses, séquoias, toboggans et autres catalpas des colons.

Elle dépasse les dix minutes qui lui sont allouées, fait des gestes avec les mains, un peu écrasée par ses découvertes, reprenant les thèmes rabâchés de ce continent. Elle expose en longues voyelles ouvertes les carnets de route de l'expansion vers l'ouest, ces récits sur les Indiens blancs du Kentucky, les langues européennes qui ont accueilli les tout premiers étrangers remontant vers les hauts du Mississippi.

Elle exhorte ses camarades, les encourage d'un signe de la main qu'elle espère amical et stimulant, tout à ses spéculations sur les arrière-arrière-petits-enfants de Madoc, celui dont la troupe de Gallois a fait voile hors de la mappemonde en 1170 et n'a pu accoster qu'ici. Elle explique cela sans la moindre notion de ce que sont le pays de Galles, 1170, l'Europe ou le Missouri.

Et pourtant, l'avantage des grands débutants lui révèle que les classes établies sont trop privilégiées pour voir. Pas d'autochtones dans la salle. Pas même les pensionnaires ocre et ambre, originaires de tribus perdues qui ont traversé une langue de terre détruite, destinées à être ramenées des quatre coins de la Terre où elles s'étaient égarées. Elle raconte comment le survivant d'un naufrage, un certain Christos le Colon, alla s'échouer sur les rochers de l'école du célèbre Navigateur, la tête pleine d'écritures et de fantasmes enfantins. Et elle montre comment ces plans compliqués pour reconquérir la métropole de Dieu sur Terre ont conduit pas à pas, de désastre en désastre, à leur propre *barrio* des Anges.

Tout ce qu'elle relate, elle l'a déjà vécu : la manière dont ce premier équipage survit grâce aux promesses d'une révélation. Comment ce Christos prend Cuba pour le Japon. Comment il force ses hommes à jurer qu'ils se trouvent à la pointe de l'empire de Kubilaï Khan. Comment, dans l'estuaire de l'Orénoque, il goûte l'eau du quatrième fleuve du paradis qui coule depuis le sommet du globe en forme de larme. Comment il soumet le monde à un perpétuel déplacement.

Son histoire américaine est le carnet de voyage de dix siècles anxieux de migrations massives : les déshérités de la Terre, errants en quête de colonies, tombés sur cette masse continentale commode, violemment dressée, qui du jour au lendemain double la superficie du monde connu. Ils s'infiltrent dans les terres, sur une embarcation, sur un chariot couvert, sèment des pommiers tirés de sacs de toile, posent des rails, franchissent la roche qu'ils font exploser et, assistés d'un énorme bœuf bleu, déciment des forêts. Ils survivent grâce aux traces des Sept Cités, de la Ville sur la montagne, de la Nouvelle Jérusalem, dessinent à l'échelle les modèles architecturaux du renouveau urbain, terme de la migration. À chaque pas, fait d'hésitation et de correction de trajectoire, ils laissent derrière eux des notes griffonnées en hâte : *Ai rejoint les troupes avec nouvel équipement, juste derrière prochain méridien*.

Elle sauterait par-dessus la ligne continentale de partage des eaux, de CROATOAN à la Mission de la Reine des Anges, pour retrouver des âmes perdues, expliquer encore comment cette ville où elle a échoué fut elle-même fondée par un mélange de quarante-quatre Noirs et Peaux-Rouges, illettrés et migrants, tombés par hasard sur cette vallée infestée de rats dont ils imaginaient qu'elle les délivrerait. Elle courtiserait ses camarades, se ferait des amis, en racontant encore comment, en l'espace d'une vie d'homme, cette ville qu'ils partagent aujourd'hui a servi de petite Tokyo, petite

Weimar, petite Oaxaca, petite Hô Chi Minh-Ville. Sans parler d'Hollywood.

Mais son institutrice, stupéfaite, l'interrompt. Où as-tu appris tout ça ?

« Dans des livres, avoue-t-elle, coupable. Je suis désolée d'avoir dépassé le temps. »

L'institutrice, la troisième qu'elle ait eue en un peu moins d'un an, ne réagit pas. N'entend même pas. L'adulte se demande comment cette publicité ambulante pour la Croix-Rouge, format bonzaï, dans son T-shirt Hang Ten de récup, dont l'arrivée en un seul morceau constitue en soi le squelette d'un miracle, et qui (selon la rumeur en salle des profs) s'est nourrie des mois durant de calmars séchés, dort aujourd'hui avec une dizaine de ses congénères dans des draps rendus argentés par les parasites, mais s'estime au paradis d'avoir seulement un drap, qui a survécu en apprenant à maîtriser le réflexe du haut-le-cœur dans sa gorge, dont la tête a été rasée deux fois lors de son retour à la civilisation – comment ce petit bout de soie grège et rêche, ramenée d'une zone d'essais abandonnée que l'institutrice ne peut même pas imaginer et moins encore décrire en classe, est parvenue à concentrer en elle assez de pugnacité linguistique pour réaliser un exposé sur les gouverneurs des colonies, les chariots couverts et Christophe Colomb. Comment diable cette Joy des douleurs pourrait-elle accueillir, et plus encore décoder, ces incompréhensibles maillots flashy, les Slurpees, les balles fluo, le Slime et autres marques déposées, ces robots qui se métamorphosent en arsenaux intergalactiques – toutes ces marchandises avec lesquelles chaque instant passé sur cette côte l'assaille ?

Ces monnaies d'échange occultes de l'enfance achètent et vendent les exposés des autres élèves.

Andy Johnson trace à un rythme haletant le portrait en coulisse de son idole de la semaine, chanteur-acteur adulé par les foules, qui tabasse et cartonne. L'indécrottable Kelly Frank présente une série diffusée l'après-midi, dont le scénario s'inspire vaguement d'un jeu vidéo sur l'Armageddon, et pleurniche bêtement quand l'institutrice lui signifie que les dessins animés n'entrent pas, *de facto*, dans la catégorie des sujets non fictionnels. Les expéditions forcées de Joy ont sur ses camarades de classe un impact tout au plus inexistant. Même le plus dégourdi de la classe reste médusé, ses facultés mentales trop mutilées pour intégrer la première courbe des déplacements dont elle exécute le tracé. Si le groupe a fait preuve d'un calme étonnant et n'a montré aucune violence tout au long de son discours, son silence est celui, stupéfait, d'îliens incapables de voir se profiler les premiers mâts au bout de leur horizon.

La perplexité est toujours bilatérale. L'assimilation de la fillette se hisse sur une plateforme de fortune pas plus large que les semelles en caoutchouc expansé de ses chaussures de jogging. Derrière ses devoirs impeccables et sa prononciation chantante, sous sa maîtrise de codes vestimentaires subtils et ses poses effrontées, poings sur les hanches, elle flotte encore sur le courant. Elle vit sur une chaloupe depuis que les premières vagues de raids diurnes l'ont chassée de sa vallée. Des signes filtrent par les fines craquelures de ce visage au glacis céladon. La vérité transparaît, limpide, dans sa façon de courir sur les syllabes – *djo-ni a-peul-sid* – comme l'eau sur les pierres d'un ruisseau embarrassé. Dans sa façon de jeter un regard sur son auditoire, regard qui craint tant d'offenser qu'il ne parvient qu'à se tapir entre les contractions musculaires de l'apaisement. Elle n'a pas le choix, doit se plier au credo de tous les immigrants : ne pas faire de bruit, apprendre autant que possible et rester au centre de la pièce.

Que peut faire l'institutrice sinon donner un A à cette enfant, lui dire que son exposé est excellent, l'expédier encore – augmentant la confusion de la fillette – dans la classe supérieure à laquelle elle appartient de droit. Cette promotion ne résout rien. Ils ne peuvent pas l'aider, ne peuvent soulager cette respiration affligée. La fillette est à l'étroit dans ses jeans rêches comme des râpes, entortillée dans des vêtements qui l'enterrent vivante à chaque récréation. On devine sa quête furieuse de compétence chez les adultes. Affûtée et intraitable, elle attend le bus chaque matin dans l'odeur du safran, une écaille de feuille d'or encore accrochée à ses doigts. Les cloches du temple, la clameur stridente des marchands maintenant disparue : chaque supplément de la perpétuité quotidienne qu'elle purge dans cette école-centre commercial l'attire, de plus en plus comme une note à la Croatoan, vers la promesse de prochaines coordonnées, dans les profondeurs de ce continent encore intact et infondé.

Il y a bien un temple dans cette ville. Un pavillon dans le style classique de ceux de Sukhothaï se dresse à une dizaine de rues de l'appartement où on l'a logée. Un *chedî*, coincé entre un hypermarché de la location vidéo et un ICI ON VEND/ACHÈTE/ÉCHANGE TOUT. Ces pignons crénelés rehaussés de fleurons en forme de flammes lui auraient paru autrefois aussi étrangers que les boutiques de nouveautés de Melrose à un délégué de l'Iowa venu assister à une convention. L'architecture est celle d'un autre pays, à une centaine de kilomètres de sa vallée, aussi lointain et inaccessible que le royaume des singes du récit épique. Mais ici, ce temple est sa pierre de touche à elle dans un paysage aussi arbitraire que la langue qu'elle doit utiliser pour s'y frayer un chemin.

Ici, rien ne va de soi. De parfaits étrangers vous accueillent comme un parent longtemps perdu de vue, ils vous font fête, vous achètent des costumes marins, puis disparaissent à jamais sans laisser de trace. Le prix indiqué sur une marchandise est exactement ce que vous devez payer pour l'acheter. Dans les files d'attente, les gens laissent entre eux un espace et ils sont furieux si vous venez le combler. L'eau qui coule aux murs est potable mais celle des étangs et des ruisseaux vous tue à coup sûr. Les morts ne sont pas incinérés mais enterrés sur des parcelles spacieuses et décorées, tandis que les vivants installent leurs maisons sur un mètre carré de trottoir. Les armes sont légales mais pas les perroquets d'importation.

Voir à quel point personne n'est ici chez soi est son unique planche de salut. Les gens croisent son regard au supermarché et, dans un aveu, détournent les yeux. Elle lit avec ravissement que seule Mexico compte plus de Mexicains que la Cité des anges. Elle passe ses samedis dans d'exotiques marchés de rue, où une dizaine de gouvernements en exil établissent leurs demeures officieuses. Quelque chose fait bruisser son oreille avant que Joy ait repéré le profil du quartier : un murmure lui souffle combien cette communauté entière et même les intérêts particuliers sont provisoires.

L'ensemble des richesses est aux mains de gnomes transpacifiques. Les héros du sport sont tous originaires des Caraïbes. « Superfudgebuster » est le seul mot d'anglais que possède le vendeur du Mr. Igloo. Après l'école, sur le câble, les classiques en noir et blanc, avec au générique cette flopée de naufragés aux noms imprononçables venus d'ailleurs, parviennent toujours à la même conclusion : d'où que vous soyez, faites-vous passer pour quelqu'un du coin. Une vie déplacée conduit à toutes les fins qu'on veut.

Sans doute est-elle incapable de formuler ce conte aussi précisément, dans ce vocabulaire d'emprunt. Sa confusion est radicale. La ville où on l'a placée est truffée de failles temporelles, portes ouvertes sur les fragments préservés de chaque monde jamais venu au jour. Elles l'entraînent dans des voyages scolaires et des kermesses financées par de bonnes œuvres. Telle fosse à bitume préhistorique, en pleine ville, hérissée de dents de sabre ; telles missions coloniales espagnoles ; les musées de cire d'Hollywood ; les devantures du Wild West ; les tentaculaires bazars arabes ; les arcades de verre façon terrarium, grandes comme des villes où l'on peut habiter, qui renferment des mondes futuristes de vente au détail ; et ce château magique sorti d'un passé médiéval, qu'elle ne saurait distinguer de l'édifice original. Voilà ses réalités, les données de son éternel présent.

Elle n'y prête guère attention ; seuls comptent les détails bruts : ceux qui la mettent sur le chemin de l'école. Les usages insondables d'une carte de bibliothèque. Les pommes de terre racornies, impossibles à digérer, et le pain mou blanchi. Une cour de récréation où elle observe des enfants rire sottement en creusant le sable jusqu'au centre de la Terre pour déboucher en Chine, où les gens marchent sur les mains.

Le quartier où elle habite, quatrième au palmarès des plus dangereux de la ville, est pour elle un jardin de sécurité presque coupable. Aujourd'hui, elle dort au son des sirènes sans se réveiller. Même les altercations de minuit, le fracas et les coups de matraque dans le vestibule, sur le pas de sa chambre, ne la tirent plus complètement du sommeil.

Elle pousse le désir de ne pas attirer l'attention jusqu'à choisir des classeurs à trois anneaux, des couvertures pour ses livres, des barrettes et des blouses. Elle fabrique des fac-similés de ce qu'elle ne peut s'offrir : poupées vaudoues de substitution, statuettes d'argile expiatoires. Elle renonce à la popularité, rang hiérarchique dont elle ne peut même pas évaluer l'échelon. Joy ne singe les rejetons des Anges que pour préserver son titre de séjour, cet aberrant sursis à l'extradition, erreur presque certaine qui sera repérée et supprimée d'un instant à l'autre.

Le ver solitaire des savoirs qu'elle dévore ne fait que l'émacier davantage. Le sérieux de ses exposés, ces fiascos virtuoses, vendent la mèche. Invisibles, ils deviennent fluorescents sous la contrainte. Elle sert de couverture à l'un de ses parents planqué là-bas dans sa chambre de location, un père qui, la nuit, en proie à une pure terreur, répète la litanie des migrants : *réussir, s'adapter, esquiver.* Les démonstrations de gaieté de la fillette sont si transparentes que le jour où elle finit par se présenter à la récréation devant le bureau de l'institutrice en disant « Je souffre », l'enseignante elle-même fond en larmes. Oh ma pauvre petite, je le sais bien ; il suffit de te regarder.

Mais Joy, comme toujours, est plus littérale. Elle désigne un point au-dessus de sa cheville droite. Tu te l'es tordue ? D'un air grave, la fillette fait signe que non. On l'envoie à l'infirmerie, elle prend son tour parmi une rangée de chaises en métal, assise derrière les habituels angines et les simulateurs. L'infirmière repère un gonflement indiscutable. Et une légère décoloration, peut-être. Dans ses notes, pour d'obscures raisons interculturelles, elle accuse l'enfant de vouloir maquiller une blessure reçue en sport collectif. Et, c'est une habitude, elle orthographie de travers le nom de famille de la fillette.

Comme la foulure ne guérit pas au cours de la semaine suivante, l'infirmière entre dans une colère noire. Elle cuisine cette patiente perverse : qu'est-ce que tu ne me dis pas ? De nouveau elle palpe le gonflement réticent, avec rudesse mais sans aucune brutalité. Pendant cette manipulation de routine, Joy perd conscience sous le poids des tourments accumulés. S'évanouir plutôt que pleurer.

Le sentiment d'urgence commence à s'installer. Dans le dossier de la petite fille, l'infirmière ne trouve pas de numéro où joindre les parents. Il existe un père, apparemment, mais où le dénicher dans l'enfer des miasmes humains, nul ne le sait. Un messager dépêché à l'adresse indiquée trouve le bâtiment inhabité – inhabitable à en juger par sa carcasse. Selon l'expression consacrée, la petite n'est bénéficiaire d'aucune couverture maladie. Encore une mineure pour le programme d'aide d'accès aux soins.

Les institutions publiques se la renvoient, façon chaîne humaine. Aux urgences de l'hôpital public, un auxiliaire médical téméraire ouvre le parapluie, poussant l'examen juste assez loin pour mettre son cul à l'abri avant d'orienter la gamine vers le médecin de garde en pédiatrie qui est, comme toujours, débordé. L'un des internes en chirurgie du service pratique la biopsie. Il enfonce la canule et ne voit rien au-delà des anomalies engendrées par sa propre imagination débordante : des tissus en forme de test de Rorschach qui se transforment pas à pas en une molle garniture pour sandwich saupoudrée de parmesan. Le rapport du labo revient, frappé d'un « Échantillon tissulaire insuffisant ». Ne mégote pas, mon chou. Donne-nous de quoi nous amuser, assez de lamelles bien propres pour qu'on y fasse les taches nécessaires.

Pendant tout ce temps, on attend que le père de l'enfant se présente à l'hôpital. Bien que le volume de sa voix ne dépasse que d'un ton le seuil de l'audible, la fillette possède sans conteste assez d'ingéniosité verbale pour répondre à un questionnaire complet sur ses antécédents et son bilan de santé. Mais quand l'enquête revient sur l'identité de son parent ou de son tuteur légal, l'enfant se contente d'un haussement d'épaules. Elle le protège, sur ordre exprès donné au préalable. Le personnel des admissions a déjà vu ça. Encore un papa étranger en situation irrégulière, ou peut-être un résident dans la légalité, si déconcerté par le contre-interrogatoire en trois exemplaires du service de l'immigration, qu'il a pris la fuite sans la moindre idée de son statut légal et est trop effrayé pour le découvrir au fil de l'eau.

Mais l'hôpital ne peut rien entreprendre sans le consentement d'un adulte. L'impasse n'est levée qu'au moment où l'infirmière de nuit du service pédiatrie tombe littéralement sur le bonhomme. Deux heures du matin : elle entre dans la salle de soins pour remplacer, à un moment de loisir relatif, une mini-perfusion négligée pendant cette soirée surchargée. Devant le lit de Joy, elle trébuche et s'étale de tout son long sur un adulte endormi dans un couchage improvisé au pied du petit lit.

L'homme porte une chemisette de coton à manches courtes bon marché et un pantalon noir si ample qu'il l'a noué sur le devant comme un sarong. Il se réveille tant bien que mal. Animal débusqué, indécis, partagé entre la capitulation et l'abandon de sa fille dans la fuite. Ce moment d'hésitation laisse à l'infirmière le temps d'appeler un imposant garçon de salle qui a raté sa vocation de videur dans un club de strip-tease. Acculé, l'homme semble incapable de comprendre les tentatives d'apaisement par palabres interposés.

Bientôt, toute la salle se réveille. Déchaînement spontané du Moutard Circus. Shootés, sous traction, en phase terminale, les petits diables restent capables d'une fracassante exultation. Les adolescents malades facilitent et encouragent, au mieux de leurs aptitudes émoussées, cette rupture de la loi et de l'ordre. Le personnel doit mater la rébellion : canon à eau pour minots.

Les questions viennent avec le retour à la normale. Comment père et fille ont-ils fait pour se retrouver sans échanger de messages ? Ils n'ont pas pu : c'est la seule réponse envisageable. Comment un homme adulte a-t-il réussi à se faufiler devant l'ensemble du personnel médical sans se faire repérer ? Impossible, évidemment. Et pourtant, le grabat improvisé est là, tout à côté du lit.

Joy, terrifiée, sert d'interprète à son père encore plus effrayé. L'infirmière responsable dit : « Demande-lui de se calmer. Nous ne sommes pas de la police. Personne ne saura pour lui. Nous avons seulement besoin de sa coopération, rien d'autre. » Elle hésite à ajouter : *Dis-lui que tu risques de mourir s'il ne nous donne pas sa signature.*

La négociation est chaotique et s'étire en longueur. L'homme clame son innocence. Il se lance plusieurs fois dans l'histoire de sa fuite, détaillant avec soin les persécutions qui ont mortifié sa famille. Il explique le chemin jusqu'à la mer, semé de mines. Il déroule le récit complexe et spéculatif du sort de plusieurs de ses compagnons de traversée après que leur embarcation a touché terre, leurs destins plus grands ou plus abominables que le sien, et qui l'ont affranchi.

L'hôpital émet des objections à chaque instant : On s'en fiche. Ça ne nous regarde pas. Nous cherchons seulement à sauver votre fille. Les deux parties peinent à entendre la voix douce et sage de la traductrice simultanée qui faiblit entre eux.

Pas à pas, on règle les indispensables formalités. Un membre du personnel lit les mentions légales et en prépare une délicate paraphrase pour l'enfant de douze ans. De son côté, dans le dialecte de sa vallée, elle en reconstruit une version pour son père : tu acceptes de ne pas leur réclamer un tas de pognon si jamais ils font une erreur et qu'il m'arrive quelque chose de mauvais. Le vieil homme entreprend alors de raconter l'histoire d'un passager sur le bateau – un homme qui n'était même pas réfugié politique, donné à une riche famille dans le Nord, où il n'avait rien à faire sinon nettoyer leur piscine chaque matin et y verser un tas de produits deux fois par semaine. Sous les protestations du personnel, la fillette doit traduire cette histoire, succombant en silence à un sentiment de honte plus intime et rubescent qu'une atteinte osseuse.

L'échange baigne tout entier dans le sépia surréaliste des deux heures du matin. Quand on en vient enfin à la signature, même cet acte doit être médié. L'homme inscrit son nom à l'endroit indiqué, mais dans une écriture dérivée de la devanagari qui n'arrange les affaires d'absolument personne. L'équipe de nuit ignore si cette signature suffit. Une seule chose est certaine : il leur faut obtenir quelque chose du fugitif avant qu'il ne décampe et disparaisse à nouveau.

Ils lui demandent une transcription en alphabet latin. Une fois de plus, c'est à Joy de la fournir ; elle lit, prononce, réfléchit, convertit, humidifie la pointe de son stylo-bille et écrit en majuscules d'imprimerie, ballonnées et bombées (elle ne maîtrise pas encore l'écriture cursive) : WISAT STEPANEEVONG MAWKHAN. Mots tracés dans l'urgence qui resteront là, gravés dans l'écorce, quand tous les passagers de cette chambre s'en seront allés vers l'intérieur des terres sans laisser de trace.

À l'heure de ce qui, dans une autre vie, eût été la pause-café, l'évacuation avait tourné au délire. Le flot grossissant des enfants changeait les passages en ruelles, les ruelles en rues et les rues en cirques déchaînés. Des files d'évacués tanguaient à travers la ville, s'assemblaient comme des bancs de poissons au-dessus des carcasses de galions engloutis. Des escadrons submergeaient les ronds-points, assiégeaient les carrefours, festonnaient les remblais et engorgeaient les artères, défilé cinématographique marchant colonne par deux qu'aucune autorité n'avait plus le pouvoir d'administrer.

La ville était à présent une anarchie ordonnée, policée en hâte, domptée par l'urgence. *Du théâtre*, avait songé Chriswick en partant jouer son rôle d'un pas trébuchant dans la lumière voilée de septembre. Théâtre du gymkhana de l'histoire, répugnant et détaché des contingences.

On eût dit qu'une mère mondiale avait gravi la tour-lanterne de la cathédrale Saint-Paul et soufflé trois fois dans un énorme sifflet – signal du retour au bercail avant la nuit. Sauf que le mouvement enclenché chez les enfants dévoyés ne les emmenait plus vers leurs foyers mais hors les murs, au loin, dispersant tous les écoliers dans l'arrière-pays assoupi.

Rien, dans les deux millénaires d'archives de cette ville, n'égalait ceci. Par comparaison, les épidémies de peste occasionnelles et même les grands incendies semblaient bien faiblards. Chriswick et sa troupe d'assignés, pétrifiés sur les marches de l'école, regardaient la marée des minots de Londres refluer sous leurs yeux. Chriswick n'arrivait même pas à faire son propre comptage. Tout le quartier du Southwark serait vide à la nuit tombée.

Quinze ans d'organisation et déjà l'exercice grandeur nature du vendredi matin orchestré par l'ARP avait fait basculer la nation dans le chaos qu'il voulait prévenir. L'Air Raid Preparedness : au bout de quelques heures, on eût dit une sombre blague. Qui les avait préparés à cette préparation ? Ni sirènes ni cris. Pas de cloches annonçant l'ultime épreuve ; seul, au bord des chemins d'évacuation, le cortège des mamans éplorées du Southwark. Pour tout préavis, ils n'avaient reçu que l'appel au rassemblement du principal qui claironnait : « Allez, les garçons. Et vous aussi, les filles. En avant toute. Faites honneur à la Prince Edward. » Pique-nique sur le champ de manœuvres de l'apocalypse.

La classe de Chriswick avait salué d'une grande clameur l'annonce du principal. Nouvelle partie de rigolade, comme les trois répétitions pour du beurre de la fin de l'été. Tout était bon pour échapper aux leçons. Les malheureux n'avaient pas la moindre idée de ce qui les attendait. Non que leurs maîtres fussent mieux informés ; Chriswick lui-même, au Relais du pèlerin à peine douze mois plus tôt, avait vidé une bière à la nouvelle de cette prodigieuse lopette brandissant son petit chiffon de papier sur le tarmac. Délivrée du mal, toute la salle avait poussé une ovation pitoyable et liquide.

Ce matin, la délivrance avait disparu aussi vite que la ration de Cadbury distribuée par l'État. Dieu sait comment, les dactylos avaient réussi à produire une étiquette pour chaque enfant. Par un miracle encore plus grand, le personnel était plus ou moins parvenu à épingler les bonnes étiquettes sur les bons colis humains. Puis sur les musettes, les sacs, les baluchons personnels et bien sûr les étuis en carton, protection promise contre une mort massive à l'arme chimique. Chriswick et les autres préposés à l'escorte avaient enfilé leurs humiliants brassards blancs et, sous une banderole en drap de lit, ils étaient donc partis comme pour l'une de ces foutues réunions de la famille Baden-Powell.

Ils s'étaient mis en marche sans que Chriswick en sût davantage sur leur destination que ces idiots du sous-comité de l'ARP. Il avait fallu les intellects conjoints du ministère de la Guerre, du ministère de la Santé, de la police judiciaire et – ajouté dans un moment de faiblesse condescendante – celui de l'inspecteur en chef de l'Éducation – pour pondre ce plan d'évacuation de quatre millions de marmots hors des principales villes du pays en soixante-douze heures. Par malchance, personne dans la chaîne de commandement n'avait pensé à informer la Prince Edward, le bataillon de Chriswick, de la façon dont ils devaient s'y prendre pour rallier les rangs de ces quatre millions.

Chriswick conduisit son contingent vers les terrains de sport, au sud, dans l'attente d'un ordre. Comme rien ne venait, il longea à contre-courant les groupes en partance et prit à part l'un de ses collègues.

« Hunter, on va où exactement ? »

Ce cochon se contenta de hausser les épaules et répondit de sa plus belle intonation à la George Sanders :

« Voyons, mon vieux, dans la vallée de l'ombre de la mort. »

En rejoignant son groupe, Chriswick surprit une dizaine de gamins en train d'enfiler leurs masques, mimer des explosions et mourir bruyamment. Ces masques étaient un encombrement stupide. Qu'un enfant puisse supporter ce goût de caoutchouc dépassait Chriswick. Il avait entendu dire qu'un petit génie du ministère de l'Armée de l'air avait lancé la production de masques bleu et rouge vif avec de grandes oreilles de Mickey ; respirateurs pour les deux-cinq ans dans la lutte finale contre la subversion fasciste internationale de l'ordre mondial.

Chriswick n'avait pas signé pour ça. Autrefois, l'enseignement lui avait promis des horaires de travail raisonnables et de radieuses vacances d'été *ad vitam*. Mais à peine avait-il commencé à flageller ses premiers élèves pour une récitation massacrée que le gouvernement l'avait recruté dans l'armée territoriale. Et voici que le jour même où il venait donner son congé, l'école lui réservait cette surprise : mener, séance tenante, un troupeau de plusieurs dizaines de va-nu-pieds londoniens vers les havres imaginaires de verts pâturages, loin de là.

Il rassembla sa jeune troupe et forma les rangs derrière les masses en mouvement. Les enfants avançaient colonne par deux, comme rompus de naissance à cette formation. Mais malgré un pas cadencé de catéchiste exemplaire, le groupe n'avançait pas dans le flot des files d'écoliers. Un autre brassard blanc dirigea Chriswick vers un autobus à impériale garé le long du trottoir. Chriswick y fit monter les enfants et tressaillit devant le contrôleur – « Tu as leurs tickets, mon garçon ? » – puis flaira la plaisanterie.

Après une brève concertation avec le chauffeur, il

opta pour le London Bridge. Le trajet de dix minutes en prit le triple. L'arrêt était si encombré par les évacués que le bus ne put s'en approcher à moins de plusieurs rues. Chriswick eut la présence d'esprit de laisser les enfants à bord et de s'aventurer seul dans la mêlée pour déterminer le degré de démence atteint à cette halte. Il tourna en rond dans la cohue plusieurs minutes avant de repérer le panneau improvisé où figuraient les itinéraires. Un homme sans front parcourut ses listes en faisant claquer son dentier : « Pour vous, monsieur, ce sera Waterloo. »

Inutile même de grogner. Les amarres rompues, tout le pays allait à la dérive, emporté par l'improvisation. Et puis, il aurait pu tomber plus mal. Sur la gare Victoria ou Paddington, l'éternelle pleureuse. Quand il regagna le bus, la moitié des conserves de corned-beef et des poires en bocaux avait été engloutie, et plusieurs enfants avaient rendu tripes et boyaux sur les sièges en tissu écossais. Le chauffeur furieux consentait à les ramener à l'école mais n'irait pas plus loin. « Je ne peux pas glander toute la journée avec vous, chef. J'ai une ville à sauver, moi. » Ces bons vieux transports londoniens : incapables de reconnaître leur ville, même quand elle venait vomir sur leurs garnitures.

De retour à la Prince Edward, la compagnie de Chriswick rejoignit une douzaine d'autres groupes déroutés eux aussi et qui tentaient de s'orienter. Pour compliquer les frappes aériennes de l'ennemi, les mouvements de l'évacuation avaient été gardés top secret, tenus cachés même aux organisateurs. Londres était devenu un bonneteau gargantuesque, un tour de passe-passe grandeur nature. La logistique établie pour acheminer chaque bataillon à bon port avait dégénéré en ce problème cauchemardesque des ponts de Königsberg, problème que Chriswick espérait ardemment voir simplifié au plus vite par la RAF.

Les enfants commençaient à s'agiter et le pire de la matinée restait à venir. On n'attendait plus, semblait-il, de nouveaux transports en commun ; restait donc la marche. Au moins, une bonne randonnée entamerait un peu l'énergie des plus turbulents. Chriswick choisit de passer par Union Street et the Cut. Mais cet itinéraire était désastreux. La simple traversée de Blackfriars nécessita une petite intervention divine.

Au bout d'une heure de marche, nombre d'enfants priaient pour qu'une frappe directe mît fin à leur supplice. Presque arrivés à la gare, ils rencontrèrent le groupe de Jansen. Le professeur de sport avait transformé toute cette mésaventure en exercice paramilitaire. Il demandait à sa colonne de crier en cadence « Sommes-nous désabusés ? Pas à la Prince Edward ! Sommes-nous découragés ? Jamais à la Prince Edward ! ». À un, la file entière faisait un demi-tour droite. À deux, la cohorte sur deux rangs, longue comme une rue, traversait la chaussée d'un bond. À trois, un demi-tour gauche reformait les colonnes. La vieille rengaine disait vrai : *Britons never never never shall be slaves*.

Chriswick avait été stupide de croire qu'on n'en arriverait jamais là. La Bank of England, la BBC : elles s'étaient réfugiées à la campagne des mois plus tôt. La semaine précédente, il avait entendu dire que la National Gallery prospectait au pays de Galles, à la recherche de puits de mines désaffectés pour y planquer *Le Dernier Voyage du Téméraire*. À elle seule, la boîte aux lettres de Chriswick aurait dû suffire à emporter la conviction de tous. Mercredi dernier, il avait reçu un fascicule au titre piquant : *Occultez vos fenêtres*. Et aujourd'hui, sa propre classe luttait pour échapper à un destin qu'on croyait réservé aux royaumes des fées

– à la Chine et à l'Espagne. Un quart de l'Angleterre visible défilait dans la rue pour témoigner du fait que nous autres *happy few* ne sortirions pas vivants de cette journée et ne pourrions jamais rentrer sains et saufs chez nous.

À la gare Waterloo, dix mille enfants en effervescence se pressaient dans les salles d'attente et débordaient sur les quais. Cris frénétiques, larmes de panique, vessies et boyaux en crise éclaboussaient le grand hall. Les enfants étaient partout, chargés de précieux effets personnels. Ils portaient de petits seaux d'aisances frappés du nom de leur école, se lançaient dans d'ultimes parties d'osselets ou de billes, établissaient entre les volumes bleu et vert des *Fairy Books* d'Andrew Lang des taux de change au comptant de temps de guerre. Chriswick observait deux fillettes – elles n'avaient pas plus de six ans – qui, d'un calme glaçant, allaient main dans la main et demandaient à qui voulait bien les écouter de les aider à localiser le groupe des enfants abandonnés de Samaritan House.

Les ouailles de Chriswick, tout juste civilisées dans leurs bons jours, se mirent à exécuter des danses tribales recherchées. Mieux valait, semblait-il, les mettre dans des trains et, s'ils s'étaient trompés de convoi, laisser le ministère de la Guerre les en déloger. Agir d'abord, demander ensuite : il avait suffi d'une évacuation sans précédent pour que cette grande leçon de la conscience adulte éveillée à l'histoire devînt enfin une évidence.

L'accès aux quais faisait une scène d'émeute exemplaire. Un autre type sans front, armé d'un porte-bloc à pince, épingla le groupe de Chriswick avant qu'il ait pu embarquer.

« Alors comme ça, on est un poil en retard ? Vous étiez censés vous présenter il y a une heure.

— Oui. À dire vrai, la ville est un peu perturbée aujourd'hui.

— Écoutez-moi bien. J'ai sous ma responsabilité quinze mille enfants à acheminer jusqu'à une trentaine de trains qui comptent chacun vingt voitures desservant plus d'une centaine de villages. Alors ne venez pas pleurnicher.

— Ça va, pressons un peu !

— Soit. Mais soyons bien sûrs de nous comprendre vous et moi. Vous allez quai numéro douze, voiture F. »

Échange que l'on se rappellerait sans doute avec tendresse des années plus tard, souvenir d'une nation qui se serre les coudes dans l'épreuve.

Traversant la foule pour changer de quai, Chriswick entendit une annonce dans les haut-parleurs. Tout homme demandant son chemin avec un accent inhabituel serait roué de coups. Un panneau sur le quai numéro douze confirmait que le train au départ leur était bien réservé. Mais ni le quai ni le panneau ne révélaient quoi que ce fût de leur destination.

La vue d'une voiture vierge, toute prête à se faire ravager, aurait dû raviver l'esprit d'aventure en berne du groupe. Mais les enfants se mirent soudain à pleurer. Il leur apparaissait enfin que les vêtements rachetés aux prêteurs sur gages, les exorbitantes coupes glacées de la veille au soir étaient les indices certains de la fin des fins.

Le train s'ébranla. Dans un jardin sur trois en bordure de voie, on enterrait des abris antiaériens en acier ondulé. Sans conviction, Chriswick fit un effort pour parcourir la voiture. À l'avant, les filles s'époumonaient de leur accent classe ouvrière sur les interminables refrains de « Cinq oiseaux dans le nid ». À l'arrière, les garçons pissaient à tour de rôle par les fenêtres en hurlant : « Gaffe à ton sifflet. Tu vas te le faire couper ! » Il ne prit pas la peine de les réprimander.

Évacuer la ville avait dû paraître durer plusieurs éternités à ces enfants, même à ceux qui n'étaient encore jamais montés dans un train. Aux abords de Dartford, un volontaire de l'évacuation arriva enfin avec des instructions.

« Vous descendez à Canterbury.

— Bon Dieu, vous plaisantez.

— C'est ce qui est écrit ici.

— Mais Canterbury est encore une ville. Et c'est à mi-chemin de Berlin. Ils seront tous incinérés avant d'avoir…

— Chut, monsieur. *Non davanti ai bambini.* »

Tout ceci était d'un ridicule achevé. Évacuer des enfants vers Canterbury ! Autant expédier du charbon à Newcastle. La ville serait incendiée rien que pour sa valeur culturelle. L'idée venait forcément d'un major de Trinity College, aigri par son poste de gratte-papier à l'ARP, et de sa conception de la justice poétique : expédier une bande de mômes du Southwark vers le sanctuaire des saints martyrs.

Parvenus à destination, les enfants étaient usés. Pourtant, le plus dur attendait encore. La gare de Canterbury était habillée de banderoles, mais s'il y avait eu comité d'accueil, il était rentré chez lui depuis belle lurette. Chriswick rassembla ses petits devant la gare. L'après-midi commençait à tourner au froid piquant. Un agent d'hébergement aux manières abruptes se présenta. Lui avait un front, mais pas de menton.

« On nous a dit que vous arriviez à treize heures.

— Oui. En fait, ce n'était pas le cas.

— À l'évidence. »

Ils entassèrent les enfants dans des autobus et les conduisirent sur la place du marché devant le parvis de la cathédrale. Là, des habitants sous contrainte patriotique s'attroupèrent, évaluant la marchandise et lâchant de temps à autre d'un air sceptique « Je prends celui-là » ou « Vous avez deux filles d'environ onze ans ? Il nous faut une paire ».

Les gens venaient chercher une main-d'œuvre bon marché en remplacement de leur progéniture défunte – aide du gouvernement. Les sosies de Shirley Temple partirent en premier, attribuées aux pédophiles du cru. Quelques frères et sœurs refusaient d'être séparés ; d'autres membres d'une même fratrie se virent disséminés aux quatre coins de la ville sans seulement pouvoir échanger des adresses. L'agent d'hébergement notait à la va-vite qui allait chez qui mais Chriswick savait que ces griffonnages étaient pires qu'inutiles. Jamais on ne retrouverait ces enfants.

Le voyage d'aujourd'hui les avait déjà dispersés à tout jamais, avant même que la ville ne vienne lancer sur eux ses enchères comme sur les remplaçants d'une équipe de football. Et la vigoureuse classe moyenne de Canterbury gloussait devant les poux sur la tête de Hemming et les champignons derrière les oreilles de Davis : avant le soir, ces gens redoutables apprendraient des mots depuis longtemps bannis des vertes et riantes prairies d'Angleterre.

En une poignée d'heures, toute une nation s'était livrée à une chasse au trésor dont les conséquences égalaient au moins celles du dernier test-match du conflit mondial. Le pays comptait-il être de retour pour Noël, cette fois encore ? Ces enfants, distribués si librement sur le marché au beurre, grandiraient quoi qu'il advienne dans les foyers d'inconnus. Toute une génération semée au hasard, scientifiquement indifférenciée, de la ville à la campagne, du sud au nord, catholiques relogés à l'Église d'Angleterre, fans de

George Formby fondant sur les demeures des suzerains, indécrottables traîne-misère déposés sur les draps épais des privilégiés. D'un seul coup, presque sans réfléchir, l'île avait lancé une expérience sociologique irréversible.

À l'heure du thé, tous les pourvoyeurs avaient disparu, laissant Chriswick et l'agent d'hébergement avec les moins monnayables des enfants de South Bank. Une des jumelles Shillingford bramait que personne ne voulait d'eux tandis que l'autre criait, tout excitée, que cela signifiait leur retour à la maison. Le reste des rejetés, fourbus, restaient assis à tripoter leurs étuis de masque à gaz.

« Très bien, déclara l'agent. Ceux-là nous les placerons en faisant du porte-à-porte. »

C'est ce qu'ils firent, comme on livre du lait. Ils arpentèrent l'enceinte de la ville, frappèrent aux adresses connues pour leurs chambres inoccupées. Quand les résidents résistaient, l'agent les rudoyait. Les jumelles Shillingford furent séparées, l'une alla chez une femme couverte de bleus, dont le mari beuglait depuis une pièce cachée au fond de la maison, l'autre chez un veuf dont les pattes avaient trouvé la culotte de la fillette avant que la porte ne se fût refermée sur elle. L'agent d'hébergement marmonna qu'il rectifierait la situation le lendemain, ou quelque chose dans le genre. Levy fut attribué à une mère de cinq enfants qui passa aussitôt une main inquisitrice dans les cheveux du garçon, à la recherche de cornes.

À force, ils parvinrent à équarrir le groupe alors réduit à un triste quarteron de délaissés. L'agent jeta un coup d'œil sur sa montre.

« Vous m'excuserez un instant. Ma femme m'attend pour dîner. Je reviens tout de suite après. »

Ainsi Chriswick fut-il abandonné dans le noir, dans

une ville étrangère, seul avec une demi-douzaine d'enfants sales, frigorifiés, affamés, épuisés, anesthésiés, qui n'étaient pas les siens. Il entra dans une échoppe et, de sa poche, leur paya des frites assaisonnées de sel et de vinaigre.

Plus loin sur le chemin, une très vieille église paroissiale abritait la possibilité d'un lieu où s'asseoir. À la porte, un tout petit poing retint Chriswick par la jambe de son pantalon.

« Monsieur, de quelle sorte d'église s'agit-il ?

— Hein ? Oh, pour l'amour du ciel, Evans. Ne faites pas l'idiot. On se repose dix minutes, c'est tout. »

Evans n'évita l'effondrement qu'en infligeant à sa lèvre un méchant coup d'incisives.

« Je vous assure, monsieur. Je ne peux pas entrer si c'est une église… comme vous savez.

— C'est une église saxonne, mon garçon.

— Ah. Très bien dans ce cas. »

Les enfants s'écroulèrent sur les bancs. Deux ou trois trouvèrent la force d'exécuter une génuflexion. Pour ne pas se fabriquer un ulcère en nourrissant des projets meurtriers contre l'agent d'hébergement, le principal, les responsables de l'ARP et Hitler, Chriswick alla s'occuper devant une plaque destinée aux touristes (encore une plus vieille église d'Angleterre). Un timbre soudain, pure justesse, résonna dans l'espace, et Chriswick fit volte-face sous l'effet de la surprise.

En silence, pendant qu'il avait le dos tourné, le chœur s'était rempli de choristes. Des garçons, pas plus vieux que ceux de son groupe amoindri, se tenaient là, revêtus de surplis blancs sur des aubes pourpres. Ils devaient s'être cachés dans quelque sacristie avant d'entrer les uns derrière les autres tandis que Chriswick regardait ailleurs. Formant à présent deux rangs déférents qui se faisaient face dans les stalles, ils entonnèrent, sans la présence visible d'un adulte, des vêpres tardives.

Chriswick se précipita vers les bancs pour discipliner son groupe, le faire asseoir correctement ou le tirer hors de l'église tant que cela était encore possible. Mais rien n'en imposait la nécessité. D'abord, il n'y avait pas une âme en ces lieux que ses déportés de la Clink puissent déranger. Et puis les enfants de Chriswick, éberlués de voir une poignée de garçons de leur âge assurer tout seuls un office, restaient captivés sur leurs bancs, enchantés par le son.

Le verset incombait à un garçon qui ne pouvait pas avoir plus de quatorze ans. Il chantait le plain-chant en notes de tête d'une pureté vouée à disparaître une fois venue la conscience adulte. La dernière note tenue de la psalmodie flottait encore sous les voûtes quand survint en réponse la déferlante du chœur qui, se muant en conduit, s'épanouit en une polyphonie Renaissance.

Chriswick connaissait un peu la musique d'église. Il y avait pris part autrefois, plus jeune. Mais il ne parvenait pas à identifier cette composition. À l'instant où il songeait à Dunstable, le morceau glissa en avant d'un siècle et demi, vers Tallis ou Byrd. Au bout de la mesure suivante, il évoquait un de ces anachronismes impériaux du siècle dernier, retour à des jours meilleurs, quand tout autour de l'île le monde s'effondrait dans les flammes.

Au départ, le chant semblait romain mais devint bien vite très anglican. Le texte sombra dans l'anarchie – extraits et fragments du Livre de prières publiques. Chriswick n'était pas sûr, cela faisait trop longtemps, mais il croyait reconnaître des phrases, comme sur les photos de classe ces visages oubliés, restés pourtant familiers. Accorde la paix à notre temps, ô Seigneur. (On aurait pu penser que ce soir ils auraient supprimé ce passage d'un goût douteux.) Préserve-nous de tous les périls et de tous les dangers de cette nuit. Prends soin de tous ceux qui sont dans la nécessité et les tribulations. Tous les voyageurs par terre et par mer. Tous les malades et les jeunes enfants. Tous les prisonniers et les captifs. Les orphelins de père et les veuves. Protège-nous des subtilités et des ruses du démon et de l'homme.

Double étrangeté : le déroulé ne correspondait à celui d'aucun office que Chriswick eût jamais entendu. Pas de discours : ni invocations, ni lectures, ni prières. Rien qu'un pur chant porté par des voix d'un calibre impressionnant. Comment une petite grange paroissiale, si historique fût-elle, pouvait-elle rassembler semblable chorale ? Les voix d'enfants, sélectionnées d'ordinaire sur leur aptitude à interpréter deux cents chants par an en lecture à vue, tant que se maintenait la nuance des aigus, semblaient ici n'avoir été retenues qu'à une condition : une gorge transcendante. Chacun des douze garçons possédait une troublante maturité musicale ; ils chantaient depuis vingt minutes, *a cappella*, sans avoir dévié d'un ton.

Ce chant – au bout d'une évacuation, après des heures de fuite devant le pénultième bombardement aérien, scellant des vies entières par tirage au sort – était plus que Chriswick ne pouvait en supporter. Ces notes d'absolue justesse, sans aucun vibrato, incisaient ses muscles comme des scalpels angéliques. Une religion qui adorerait toujours ainsi le compterait encore parmi ses fidèles. Les parties en libre expansion, partagées entre douze garçons – dont les voix les plus graves s'élançaient vers l'innocence d'un ravissement aérien – interrogeaient la cicatrice laissée là où se trouvait auparavant l'abdomen de Chriswick.

Appels et réponses faisaient retentir des quintes si

nettes qu'il importait peu de savoir si cette pureté était contrefaite. De tous les produits de la race humaine, seule cette chose valait sans doute la peine d'être soustraite à l'approche des bombes. Ces voix de tête qui s'envolaient si haut disaient ce que vivre, ou être simplement quelque chose, signifiait. Mendier une adresse provisoire, être déplacé, être un enfant de chœur dans ce corps étranger et bas, attaqué depuis les hauteurs. Être un enfant de l'East End, fils d'un ivrogne, d'une mère assommée sous les tonnes de linge sale des autres, être un jeune homme que la duperie de ses bons résultats a incité à poursuivre des études pour devenir professeur et, par un hasard pervers, revenir à la Clink, adjoint désormais d'une guerre qui plongera toute l'Angleterre dans son dernier sommeil. Être un fonctionnaire affecté à la tâche aberrante d'ôter à ces enfants leur seule et maigre chance de trouver un foyer provisoire, ces enfants par adoption et par grâce, découvrant trop tard, en cet instant même, que tout ce qu'ils avaient jamais voulu faire de leur vie sur cette Terre était lancer bien haut un chant irréprochable, si dérisoire fût-il : *Fais de nous un peuple acceptable à tes yeux*.

Alerté par le silence, Chriswick leva les yeux et vit que les choristes regagnaient la sacristie en file indienne. Il les interpella : « Hé ! les enfants. » Le chœur se retourna dans un même mouvement comme s'il venait tout juste de s'apercevoir que la nef était habitée. Les paroles de Chriswick lancées dans l'église balayèrent les fils d'araignée qui retenaient les garçons. À un signal partagé, enfants de chœur et évacués élimés traversèrent le transept et convergèrent les uns vers les autres, se touchant, parlant vite, revenus à leur âge véritable.

Chriswick se trouva incapable de franchir les

quelques pas qui le séparaient de l'endroit où les enfants s'étaient assemblés. Il s'assit sur le banc et regarda cette rencontre entre deux espèces affectées d'une mutuelle incompréhension. Les enfants de chœur faisaient la cour aux deux cadettes du groupe, leur offrant du chocolat tiré par magie des poches de leurs aubes. Il entendit un de ses caïds complimenter un chanteur.

« On dirait entendre tout un tas de séraphins, et pas qu'un peu ! »

Chaque groupe reniflait l'autre, avec excitation. Les enfants harassés avaient trouvé un second souffle. Cette journée, ces vêpres avaient tant épuisé Chriswick qu'il pouvait à peine ouvrir la bouche. Du fond de la nef, il interpella le jeune garçon qui avait chanté en solo :

« Vous appartenez à la maîtrise de la cathédrale ? »

Le garçon eut un mouvement de surprise.

« Quelle cathédrale ? »

L'étonnement de Chriswick fut encore plus grand. Ce garçon était américain. Imperceptible pendant le chant, l'accent de la voix parlée ne laissait aucun doute. Quelque chose dans la réticence de l'enfant suggérait des alliances transatlantiques secrètes, des affaires d'État en avance sur l'époque.

« Où est votre maître de chœur ? Vous répétez pour une occasion particulière ?

— Nous sommes en tournée », répondit l'enfant dans un murmure ecclésial.

Stupéfaits par son accent, les gosses du Southwark s'attroupèrent. Le Yankee se mit alors à leur conter un récit de voyage fantastique, une aventure que Chriswick ne parvenait pas à entendre depuis le narthex. Le choriste leur tendit pour qu'ils l'examinent un pendentif de métal au bout d'une chaîne. Colifichet de la High Church, excellente copie de l'art anglo-normand, semblait-il à Chriswick de là où il se trouvait. Un ange tenant trompette, mais au visage étonnamment défiguré. Les gamins des rues le touchaient dans un silence admiratif.

Une intense fatigue s'abattit sur Chriswick, pesanteur au-delà du dicible. Le sommeil pénétra en lui jusqu'au cœur machinal qui l'avait fait avancer ces douze dernières heures. Il avait la sensation que Saint-Martin s'emplissait d'un gaz qui lui donnait envie de se recroqueviller et de tomber dans un état d'inconscience béni et perpétuel. Il se pinça les joues entre les ongles et s'ébroua. Péniblement, il se leva et quitta l'église par la porte ouest, pour prendre l'air.

Il resta dans le cimetière, en manque d'une cigarette et plus encore d'une pinte de bière. La nuit était d'encre ; les vêpres anglaises terminées. Où se trouvait l'agent d'hébergement ? Où pourraient-ils dormir cette nuit ? Peut-être valait-il mieux ramener à Londres le reliquat de la troupe, par train de nuit. Ils avaient déjà gâché assez de vies en condamnant ces enfants aux caprices d'inconnus. Chriswick ne croyait pas un instant que sur toute cette île un seul arpent de terre fût à l'abri du cauchemar annoncé.

La ville des pèlerins était prête à sa nuit de sacrifice. Ce soir, d'un bout à l'autre du pays – dans des villes abritées et oubliées, dans le Somerset, le Devon, le Dorset, sur de minuscules taches d'East Anglia nommées Diss, Watton, Scole, dans des localités en pierres du pays de Galles, dans les ports de la côte, à Seaford, Hastings, Skegness – niché dans les Midlands, ruisselant sur les fermes au large des landes, des vallons, des collines pelées, s'étirant jusqu'à Lands End de Penzance, le projet gagnait sa tanière. Les écoliers qui fuyaient Manchester, Birmingham, Liverpool, Leeds, Sheffield et Londres s'éparpillaient comme des ouvriers d'usine débauchant au coup de sirène de l'histoire. Venu du sud-est, vers la côte, Chriswick entendait un bourdonnement sourd et mécanique, lointain encore mais qui fondait sur les falaises à chaque tic-tac de la politique terrestre : la marée des moteurs, les flottilles de leur destruction commune, *via* les airs.

Il retourna dans l'église pour rassembler les derniers enfants et leur trouver un abri au moins temporaire. Mais l'édifice était désert, aussi vide que le placard de la Mère Hubbard. Chriswick, médusé, inspecta les niches et la sacristie. Il n'y avait pas de chapelle où un groupe de cette taille pouvait se cacher. Il était fatigué, fatigué au-delà des mots. Il ne parvenait même pas à exhumer d'un passé si lointain que l'heure précédente le nombre d'enfants entrés avec lui. Personne ne pouvait être sorti par la porte ouest sans qu'il le sût. Et pourtant, le chœur et l'assemblée improvisée avaient tous deux disparu.

Après la ville condamnée, les rues infranchissables du Southwark, la débâcle de la fuite, le chaos de Waterloo, l'humiliation du marché, le porte-à-porte désespéré, le dernier service chanté de l'innocence, les enfants s'étaient affranchis du réel. Les jeunes gens avaient abandonné Chriswick à la survie magique en laquelle les adultes pouvaient encore croire, à une heure si tardive.

Pour aller plus loin

Quel est le contexte historique de ces événements ?

Qui est « cette prodigieuse lopette brandissant son petit chiffon de papier sur le tarmac » ?

D'où provient l'allusion « dans la vallée de l'ombre de la mort » et comment ce trait ironique contribue-t-il à la description de l'évacuation ?

Où pensez-vous que les enfants disparaissent à la fin de l'histoire ?

Définissez : autobus à impériale, Cadbury, Paddington, anglo-normand, saxonne, Baden-Powell.

L'évacuation nationale des enfants décrite ici a réellement eu lieu. Faites une recherche sur cet événement insolite et réfléchissez à son impact sur la vie du pays.

Interrogez un contemporain qui a dû traverser une expérience similaire. Recueillez son histoire et racontez-la.

Ils l'étrillent, à deux doigts de lui ôter la vie. Dire qu'il adore chacun de ces instants serait exagéré, mais Kraft en redemande. Il encaisse et va de l'avant. D'où cela vient-il ? Il accuse le coup et revient en bêlant. On lui brise les reins, il rampe encore.

Et pas seulement à cause de son prêt étudiant qu'il pourrait aisément rembourser assis à un bureau dans un quelconque centre médico-social universitaire, payé à fourguer des antiacides et d'inoffensifs régimes à des étudiants surmenés. Quelque chose au fond de lui doit préférer cette situation : les patients au kilomètre que dévident des chaînes de montage bondées, cette danse-marathon du sacrifice, du service et du salut. Opérer à s'en évanouir. Seule une fatigue intolérable tient en respect le pire châtiment qui le guette aux heures creuses. Sitôt qu'on lui octroie plus de trois heures de liberté, il finit pendu au téléphone, à passer des appels longue distance pour philosopher avec des amis perdus de vue, prédire l'avenir, poser à ses connaissances des questions sinistres et proscrites.

Laissé trop longtemps oisif, il caresse l'idée de la réintégration sociale. Un peu de temps libre, et le voilà qui se met à croire en la possibilité de s'installer quelque part. Comme des bagages perdus, la mémoire des lieux reste nichée à la base de son cerveau. Nuits bleu ciel, sans soucis, passées à écouter de paresseuses musiques tandis que son attention vagabonde à des plaisanteries sans queue ni tête. Fête arrosée, flambée de bois, voix dans la cuisine qui échangent des titres de livres et de films comme des maîtresses défraîchies. Épaules étrangères ou intimes serrées de près. Hommes avec qui autopsier les récents résultats du championnat et le dernier plantage international. Femmes à qui déclarer un amour longtemps tu, rien que pour le geste. Deux jours de congé consécutifs aiguisent en lui un appétit pour toute la palette orchestrale oubliée des contacts humains. Pourquoi pas un emprunt cette fois, plutôt que ce bail de douze mois à perpétuité ?

Quand le temps libre se dilate trop, il s'en va sur le toit de l'hôpital potasser ses principes de chirurgie avec le Schwartz. Cette vue aérienne, où la distance parfait la métaphore des feux arrière thrombocytes, ne manque jamais de le calmer par son échelle. Cette pure superficie, point d'Angleterre baroque qui noue le tableau de distribution complexe de la civilisation, insiste sur le fait qu'il n'est nul besoin de se soucier des affaires en souffrance. Quelque part, elles sont toutes rayées de la liste des choses à faire, réglées dans les profondeurs des circuits de la ville. Dans une lointaine zone commerciale, un complexe de bureaux, ou un centre de recherche souterrain, quelqu'un s'en occupe, là-bas à la périphérie. Ou alors, dans la matrice d'une autre ville quelque part au sein de la mégapole, plus loin sur l'autoroute, en aval du flux continuel des données.

À l'heure des assauts massifs, quand son bipeur retentit toutes les trois secondes, que l'écran LCD du central téléphonique affiche l'empilement sisyphéen des fuites en souffrances impossibles à colmater, Kraft tend à s'égarer dans le dédain qu'engendre l'habitude. (Et quoi de plus habituel que tripoter de l'intérieur les parties intimes de patients mineurs, les mains placées non pas simplement *sur* leurs appareils génitaux miniatures mais *dessous* ?) La tentation qui surgit pendant ses perms informes est encore plus dangereuse. La sensiblerie s'installe, nourrie par la pire espèce de nostalgie. La nostalgie de ce qui n'est pas encore advenu.

Depuis le toit, parmi divers rais lumineux qui strient le large, loin du point d'impact du Carver, Kraft repère ses récents ports d'attache : le Hollywood Presbytarian, le Hills Brothers General, la clinique Sainte-Tomographie. À l'horizon, le prétendu profil de la ville est si bas (tous les édifices potentiellement élevés tergiversent à des altitudes de poule mouillée, chacun minaude : *Après vous. Non, je n'en ferai rien* ; à quoi bon, avec tout cet espace libre et le Big One qui s'apprête à rouler des mécaniques d'une fin de siècle à l'autre ?) que les adresses portées sur le CV de Kraft s'affichent autour de lui avec autant de clarté que les châteaux dessinés sur une carte postale du Rhin.

Il peut les embrasser d'un seul regard, quand le permettent les oxydes et noxides opaques. Ce smog photochimique, bordé avec amour par la couche d'inversion, a accueilli Cabrilho en personne, trois siècles avant l'apparition de la première voiture. De l'ozone déposé au mauvais endroit, voilà tout. Ce qu'il faudrait, c'est un plan de sauvetage à plusieurs milliards de dollars, une roue à aubes d'un rayon de huit kilomètres pour renvoyer le O_3 à sa juste place.

Avant de s'enfoncer trop loin dans la zone rouge de l'empathie humaine, Kraft se livre à un exercice de concentration prolongée. Il se rappelle comment, dans chacun des hôpitaux de la ville où il a purgé une peine, et dans les innombrables institutions où il n'a encore jamais mis les pieds – hôpitaux, fondations pour la recherche, laboratoires universitaires établis sur toute la côte, de Baja à Livermore et jusqu'aux cambrousses de Colombie-Britannique, puis au-delà des Aléoutiennes, en Asie centrale, *via* l'archipel indonésien polyglotte jusqu'au sous-continent indien et, à rebours d'Alexandre, vers le *Mare Nostrum*, l'Europe puis à nouveau, passé l'Atlantique, la côte est de l'Amérique du Nord dont le labyrinthique rhizome de fondations arrosées par le gouvernement se propage vers le sud, façon kudzu, piétinant les Dakota comme un increvable chiendent tout-terrain et en toute saison –, il se rappelle comment, dans chacun de ces établissements, se métabolise une seule et même femme. Une souche de sa culture habite les principales institutions médicales de la planète. Cette femme, un monde et même davantage, s'appelle Henrietta Lacks mais vit sous son pseudo, Helen Lane.

Elle est encore mieux connue par son surnom, HeLa, la lignée de cellules cancéreuses préférée des chercheurs à travers le monde. L'abréviation vient de l'idée qu'un microbiologiste cultivé se faisait de l'allusion littéraire. Hela, déesse nordique des morts. Cette HeLa est la déesse d'une vie éternelle et spectrale, métempsycose de la boîte de Petri. Depuis qu'on a gratté la paroi tumorale de son utérus il y a quarante ans, la vigoureuse Henrietta continue de vivre dans tous les hospices et relais de la Terre, jusque dans les entrailles du Carver et sa mine aux mutilés. Elle se divise, respire, ingère et transforme des nutriments – cancéreuse mais immortelle. Patientes sous le feuillage dru, les cellules d'Helen rêvent le rêve d'un monde unifié, dans l'attente du signal qui les appellera à s'élever comme de radieuses colombes.

C'est elle la Surâme du monde moderne ; Kraft est prêt à pousser le raisonnement jusque-là. Son étendue constitue l'index bitmap des millions de points formés par les lumières des hôpitaux qui sillonnent chaque ride de la Terre, tentant de se rassembler, d'écrire en toutes lettres une vaste déclaration visible depuis l'espace – peut-être l'« Ode à la joie » de Schiller, une flèche formant les contours d'une piste d'atterrissage aux dimensions continentales, une axiomatique de la géométrie humaine, ou simplement l'un de ces néons aguicheurs perdus dans un patelin galactique qui vous affirme TOUT ÇA, C'EST POUR VOUS.

Là-haut, dangereusement assis sur le rebord dépourvu de garde-corps – sans même une prise au cas où une bourrasque viendrait rompre son équilibre précaire –, Kraft entend Helen respirer dans l'air semi-aride. Elle va bientôt s'évader, devenir le plus vieil être humain vivant de la planète mais aussi le plus grand. Ses cellules, semées sous toutes les longitudes, commencent à se reconnecter, réapprennent à se parler. Il voit déjà, d'ici au pont du Golden State, s'établir les chaînes de métabolites locales.

Ce soir, les cabriolets sont de sortie, tortues de mer qui se pressent dans cet intervalle des marées lunaires pour gagner les plages où se tient l'orgie des œufs à enfouir. Longue caravane du désert aux capotes rabattues, qui vient fouetter les immeubles en contrebas, se faufiler au hasard, à tâtons, un occupant par machine, toutes équipées d'autoradios poussés à plein volume et réglés sur la même station. Elles contiennent tant de programmes en multidiffusion stéréo que, même du haut de tous ces étages, Kraft entend les messages désincarnés qui montent dans les airs et s'agrègent en un présentateur géant. Il se penche par-dessus le rebord, avec audace, loin en avant, tente de déplacer son centre de gravité et de changer de vie pour de bon. Des voitures monte le bouillonnement qui cette nuit incarne l'accent rassurant et omniprésent du cœur du pays, ricanement aigu annonçant les dix dernières années de shopping avant la liquidation totale.

Cette vue aérienne lui offre un aperçu des transactions du quartier après les heures ouvrées. Au milieu du pâté de maisons voisin, un quatuor de poids lourds improvise une concession sans comptoir. Spontanément, une file commence à se former et serpente dans une direction comprise en secret par ceux qui la suivent. Et les membres sélects du quart-monde ne sont pas les seuls à rejoindre la kermesse de ce soir. Des praticiens de toutes races, couleurs et croyances, comme on dit, spectre complet du plumage socio-économique, viennent y faire un saut. Chaque participant connaît la nature du lieu. Ils sont venus pour acheter et trouvent leur produit sans l'aide de spots publicitaires au budget colossal ni doubles pages en quadrichromie. Au bout d'un moment, Kraft finit par distinguer les formations en jeu – les arrières dans la profondeur, les ailiers qui patrouillent derrière la ligne médiane à l'affût du premier signe d'intrusion de membres extérieurs. Que retentisse un trille aigu à deux tons et aussitôt l'opération vente de charité se claquemure.

Audible longtemps avant d'être vue, avec son effroyable effet Doppler, en provenance des pires directions, une meute d'ambulances hurlantes se dirige vers l'hôpital. Les sirènes braillent au long de ces rues comme des gamins qui, lancés dans une furieuse partie de chat perché, essaient en même temps de crier « À la déli-délo ». Après cette attaque sur les flancs, le toit perd lui aussi son à-propos. Sa promesse de protection apparaît aussi anachronique que d'épais remparts à l'ère du salpêtre. Il n'y a aucun endroit, aucune banlieue assez reculée, aucune cachette où ils ne puissent biper Kraft ou invoquer son assistance, qu'il soit de garde ou non.

Mais, nom d'un monde en miettes, qu'est-ce qu'ils attendent donc de lui ? Quand en auront-ils enfin assez ? Jamais, répond la litanie des sirènes, rengaine disco de l'accident fracassant de dernière minute. La technique de Kraft sera toujours autant sollicitée qu'il existe de façons pour une vie d'enfant de déraper, d'échouer dans ce mouroir-relais sur la route du désastre.

Les façons sont nombreuses – plus qu'il ne peut en distinguer. Lors des réunions d'équipe, il n'en tient la main courante qu'à l'aide d'un abrégé mnémotechnique. Il rend visite à la Métastase de la cage thoracique, au Rein écrasé, à la Valve mitrale, à la Blessure par balle. Tous lui manifestent une confiance pathétique et lancent des acclamations enthousiastes quand il se présente à leur chevet, prononçant son nom sur le ton de la confidence, de l'intimité – *doc Kraft* – comme s'ils encourageaient un membre de leur équipe de stickball. Affligeants d'amitié, prompts au transfert, prêts à l'aimer plus que leur propre père. Comparaison injuste : pour la moitié, ils ne connaissent pas leur père.

Mais le Crabe violoniste connaît le sien. Son paternel a jugé sans queue ni tête l'ordonnance que maman a rapportée de la consultation gratuite pour la main du gamin infectée par de la cendre. La paluche du Crabe, elle, a jugé le contraire. Il est aujourd'hui de retour avec une pince énorme et gangréneuse qui empeste tant que Kraft peine à s'en approcher assez pour programmer un drainage immédiat.

Il ne peut s'attarder, doit dérouler la liste des patients. Vient ensuite le Sans-visage dont il contrôle la feuille de température, un prépubère dont le malheur a voulu qu'il naisse sans rien entre le plancher orbital et le palais osseux. L'équipe de chirurgie réparatrice travaille sur lui depuis des années et, après une demi-douzaine de reconstructions (même si « re », dans le cas du Sans-visage, est un abus de langage), l'enfant n'est plus tout à fait un monstre. Il ressemble encore furieusement à un Télécran mais il peut au moins se montrer en public. Kraft a demandé l'autorisation d'assister à la prochaine intervention. En guise de droit d'entrée, on l'a chargé d'administrer la fin de la prémédication. Il rend visite à l'enfant à la veille de la procédure. Le Sans-visage est courageux, gai, mais il s'abrite encore derrière la pose du vieux briscard blasé.

Quand il quitte le chevet du jeune garçon, Kraft est remplacé, façon relève de la garde, par le pédopsychiatre de l'équipe de rééducation. Le Sans-visage fait ce qui un jour, d'ici une demi-douzaine d'opérations supplémentaires, ressemblera à un très large sourire.

— Docteur Kraft, lance-t-il d'un ton poli et grotesque (accents de l'enfant star qui a trop revu sa leçon, sautant d'un bond par-dessus les années qui lui ont été extorquées). J'aimerais vous présenter mon amie Linda.

Kraft se retourne pour sacrifier aux civilités et se fige au premier regard porté sur la jeune femme. Son visage est une injonction au souvenir. Son expression est pleine de rappels, bouts de ficelle enroulés au doigt, pourris de longue date. Le brun domine son registre, avec des cheveux de jais et des yeux noirs qui font jaillir une perpétuelle surprise aux puits de l'improbable. Sa taille est assez marquée pour donner à sa blouse d'hôpital l'air d'une robe de soirée au bord d'une piscine. Des mains suffisamment potelées pour éviter la préciosité et des mollets pour lesquels on tuerait.

Dans un rire agressif, Linda attaque le Sans-visage à coups de chatouilles.

— Et voilà Chuck, mon vieux pote à moi.

Entre deux hurlements de plaisir, Chuck appelle le docteur Kraft pour qu'il intervienne et arrête cette folle.

Mais Kraft reste planté là, désarmé par un accès soudain de convenances. Et puis Chuck ne veut sans doute pas de son aide. L'enfant est si totalement amoureux de sa kinésithérapeute que Kraft n'a plus qu'à prendre son tour dans la file. Sans se soucier de lui, Linda interrompt ses chatouillis pour s'émerveiller à voix haute.

— Il y a à coup sûr beaucoup de créatures étonnantes sur la Terre du bon Dieu.

— « Créature », c'est le mot, rit Chuck dans une grimace qui accuse les montures en plastique glissées sous sa peau greffée.

Linda ouvre une bien jolie bouche toute ronde pour feindre l'indignation.

— Mais je devrais te…

Et elle se remet à le chatouiller. Comme des requins attirés par l'odeur d'un festin, les autres enfants dans la salle s'agglutinent pour prendre part à l'altercation.

— Holà ! s'exclame Linda. Du calme, la meute. Ça dérape. Écoutez ça, vous tous : « Je ne dois pas agresser les professionnels de santé. » À me copier un million de fois.

Ces mots soulèvent de grands cris aigus de plaisir ; pour tous, c'est la meilleure tranche de rigolade de la semaine. Pour certains, la meilleure depuis le jour où leur mère s'est changée en torche vivante en fumant du free base. Ils se mettent aussitôt à leurs devoirs. Comme les immigrants qu'ils sont sur ce continent, ils s'attaquent au problème en divisant le travail. Ils exécuteront leur punition sous forme d'immenses colonnes produites à la chaîne : un mot chacun. Je Je Je Je. Ne ne ne ne. Dois dois dois dois. Celui à qui échoit le mot *agresser* le décompose en *à graisser* et celui qui hérite des *professionnels* ne tombe même pas dans la marge d'erreur.

— Allons-y, dit Linda en tirant Kraft par sa manche de professionnel de santé. Filons tant que c'est possible.

Cette femme est ample, ample comme Kraft ne croyait même plus que cela fût encore possible.

Entre réminiscence du registre du personnel et coup d'œil furtif jeté sur le badge de Linda, il risque un « Estefan ? »

— Presque, claironne-t-elle. Espera. Et assimilez-moi ce *s* : ma mère est du Wisconsin, la Laiterie de l'Amérique.

Elle emprunte le couloir d'un pas rapide, déjà partie à la rencontre du prochain enfant sur sa liste.

— *Mestiza, I just met a pretty mestiza...*

— Nom d'un chien… murmure Kraft qui finit par entrer tout juste dans le rythme. Je croyais ce terme disparu avec la génétique d'avant-guerre.

— À vrai dire, nous sommes un genre de surplus militaire ici, au cas où vous n'auriez pas remarqué.

— Richard Kraft, dit-il en tendant une patte qu'elle est maintenant trop loin pour saisir.

— Oh, je sais très bien qui vous êtes. Et donc maintenant, vous allez m'inviter à déjeuner ?

— C'est ça ma réputation ?

— Oui ! crie un enfant balourd avant l'heure, qui vient de se faufiler entre eux. C'est ça ta réputation.

Linda saisit l'enfant au collet et lui indique quand il doit se présenter à son cabinet, au rez-de-chaussée.

— Alors. Vous disiez ?

Elle se tourne vers Kraft, le menton trop galbé pour être saillant, l'œil allumé d'une splendide surprise.

— Je m'apprêtais à confirmer les plus vilaines rumeurs à mon sujet.

— Entendu. Demain à midi. À la cafétéria, là où vous donnez toujours rendez-vous à l'infirmière Spiegel.

Ah, l'infirmière Spiegel, oui, bien sûr. Le monde est

petit, c'était une amitié, rien de plus, et patati, patata… Mais Mlle Espera ne reste pas à attendre ses ingénieuses dénégations. Elle déclare simplement :

— Je vous préviens, j'ai une tendance avérée à sauver les âmes.

— Messianique et de sang mêlé ? tente-t-il faiblement. Dangereux, on dirait.

Mais elle s'éloigne déjà et se glisse dans la chambre suivante. Au bout d'une minute, la salle retentit des cris d'une nouvelle mêlée.

En dépit des ragots qui l'éclaboussent, Kraft ne s'est engagé, d'après lui, que dans trois relations aux proportions menaçantes pour sa vie. Une longue suivie de deux brèves – la lettre *D* en morse, si tant est que cela veuille dire quelque chose. Il lui vient à l'esprit, fait exhumé de sa période radioamateur adolescente, qu'une longue et deux brèves suivies pour finir d'une autre longue donneraient un *X*. Comme la croix qui marque un emplacement, comme celle qui dit *Signez ici*. Un réticule. Variable algébrique par excellence. Doublure universelle.

Tandis qu'il s'éloigne, il ne peut réprimer dans sa démarche un rythme stupide. Il passe devant le poste des infirmières où il semblerait qu'on ait laissé traîner une oreille. Quelle que soit la source de l'info, l'infirmière Spiegel s'emploie à tordre le téléphone comme le cou d'un poulet et dit dans le combiné : « Non, le docteur Kraft n'est pas joignable pour l'instant. Il est en mode furtif. Puis-je prendre un message ? »

Il cherche Linda Espera et la trouve dans son dictionnaire bilingue de poche : espoir, espérance, patience, calme, attente. À l'affût, comme tout ce qui aspire, les sens en éveil.

Mais il n'a pas longtemps à attendre pour la revoir et apprendre pourquoi elle a accepté, malgré son pedigree, de le retrouver au déjeuner. La réponse vient promptement, impitoyable déconvenue. La jeune femme veut discuter de ses patients. Elle a apporté sa liste, même si à l'évidence elle n'a nul besoin de la consulter. Elle connaît tous ces enfants et pas seulement par plaintes interposées. Noms, dates, CV complets, le tout niché sous cette voluptueuse chevelure corbeau.

La mère fabriquait peut-être du fromage mais la fille vient d'un lieu situé bien au sud des royautés de l'homme blanc. Elle est très tactile, tout le temps, manipule beaucoup. Elle tripote la bouteille de ketchup, touche la cravate tressée de Kraft.

— J'aurais besoin d'un peu d'aide sur Suzi Banks, dit-elle en lui pressant l'avant-bras avec familiarité. Cette petite n'a pas prononcé un mot depuis que vous lui avez mis sa poche.

Elle trempe littéralement ses chips dans la sauce pimentée, les engloutit en époussetant des miettes sur la manche de Kraft et sourit d'un air coupable devant son bel appétit.

— Et Chuck. Mon Dieu ! Quel courage, ce gamin. Il n'a pas la moindre idée de ce qui l'attend une fois l'enfance terminée.

Elle donne une petite tape sur le dos de la main de Kraft en guise d'appel de détresse.

— Et… oh !

Elle l'attrape par l'épaule sans aucun signe d'embarras. Les convenances lui sont étrangères. Sa nature la porte à des comportements situés bien au-delà des usages plus communément observés dans les environs. De toute évidence, elle est constitutivement incapable de se soucier de celle qu'elle est ou de la façon dont on pourrait la percevoir. Elle connaît ces choses comme ses doigts connaissent déjà le profil de la clavicule de Kraft.

Il l'attrape par l'épaule en retour, côté opposé. Presse légèrement un point qu'il espère situé sur un méridien.

— Oui ? Oh ? Et donc ?

— Et, oh ! répète-t-elle avec un sourire trop appuyé pour laisser croire à de la coquetterie. L'un de vous doit me dire si vous estimez vraiment que le problème vertébral de Davie Diaz restera sans appel.

Ce « l'un de vous » en dit long sur le rôle qu'il joue à ses yeux.

— Le problème vertébral ? demande-t-il, dégoulinant de sécheresse.

Il a plutôt envie de dire « Davie ? ». Cette manie d'appeler les gens par leur prénom. Espera ? Davie ? Kraft s'estimerait heureux de reconnaître l'enfant s'il le voyait.

— Vous avez regardé son dossier, non ?

— Bien sûr que oui. Mais vous autres êtes si méfiants à l'écrit. Vous ne notez jamais rien qui puisse vous engager. Je veux entendre la vérité haut et fort.

Elle lui fait du pied sous la table, les orteils posés sur sa cambrure. Le visage de Linda le supplie d'un air taquin et benêt. Alors l'envie de quitter la table s'évapore.

On veut donc qu'il fasse l'expert, rien d'autre. Impossible d'échapper à l'ironie de la situation : il est assis en face d'un minois qui lui promet tous les délices d'une évasion définitive, ses lèvres sensuelles savourent la sauce piquante, le persuadent de parler. Mais parler boutique est la seule chose que Linda réclame. Vivante apothéose du bipeur. Des tendances messianiques ? Ça oui. Même le sexe, ultime refuge des hommes libres, vire à la simple campagne marketing, corrompu par l'altruisme.

Mais cette femme-là (voilà bien l'effrayant) est encore plus excitante malgré sa sainteté. Kraft la regarde parler : mains qui conjuguent, œil étincelant de pseudo-señorita, voix de trois octaves et demie qui déploie d'étonnants arpèges entre Bacall le baryton et Billy Burke la soprane. Alors il songe : voilà peut-être une femme avec qui même jouer à l'assistante sociale pourrait valoir le coup. Ils inventeraient leurs règles à eux au fur et à mesure. Deux fois, il tente de détourner la conversation, laisser là les sauvetages d'enfants et goûter un peu à ce baume réparateur entre adultes consentants. Pour l'heure, elle refuse de mordre à l'appât – un comble étant donné sa dentition. Elle s'en tient au cadre professionnel et montre des connaissances impressionnantes en anatomie, même si sa nomenclature laisse à désirer. Ah mais alors, il pourrait lui apprendre le vocabulaire technique.

Très bien. Il veut voir de quoi elle a l'air quand, forte de ses convictions, elle s'enflamme, attaquée sur ses principes. Un petit volcan mexicain qui crache : vous autres salauds de médecins, vous êtes tous pareils. Vous croyez que le traitement s'arrête une fois posées les bandelettes stériles. « Linn », la gronde-t-il. Surnom trop affectueux pour leur première demi-heure. Mais elle sourit de cette liberté et une superbe rougeur asymétrique se forme sur les plis de son front.

— Linn, la médecine à la sauce holistique, c'est un poil trop type A pour moi.

— Quoi… ? On rêve. C'est moi la personnalité de type A ? Quand vous autres, gamins, vous vous arrangez pour rester debout toute la nuit… ?

— Toute la nuit ? Pourquoi le singulier ?

— C'est ça. Donnez-moi raison. Restez debout toute la semaine si ça vous chante, allez faire tourner en l'air une douzaine d'assiettes en même temps. Avec un grand plateau d'instruments rutilants et coupants qui vous obéissent au doigt et à l'œil. Vous semez un bordel monstre et ensuite vous nous laissez des années de ménage par-derrière. Parlons-en des candidats à l'infarctus du myocarde. Vous êtes tellement à cran, à toujours frôler le pire, que vous n'êtes même pas capables d'entretenir une conversation acceptable pendant un dîner, je parie.

— Mettez-moi à l'épreuve.

— Seulement si c'est moi qui paie l'addition.

— Vous voyez ? Comportement de type A. Je le savais. Et en plus, vous criez au scandale.

— Allez quoi. Dites-vous que c'est un petit dessous-de-table. Vous vous faites bien inviter dans des night-clubs et autres tripots par les souteneurs des compagnies pharmaceutiques, non ?

— Jamais de la vie je ne me suis fait inviter dans un night-club par le souteneur d'une compagnie pharmaceutique.

— Non ? Mais vous acceptez les petits pots-de-vin ? Les stylos, les porte-clés…

— Niet. Nada.

— Les blocs-notes avec logo en en-tête ?

— Oui, bon…

— Eh bien voilà. Ça revient au même. Je vous invite à dîner. Et vous me rendez un petit service.

— J'adorerais vous rendre de petits services.

Il parvient enfin à réintroduire en douceur un peu de l'ancienne cadence.

Un éclat se diffuse sur son visage, espiègle.

— Ah oui ? Vraiment ?

Aguicheuse, peut-être, mais pénétrée d'un indubitable plaisir. Surprise, elle ? Impossible. Pas avec cette allure. Comment aurait-elle fait tout ce chemin, avec ces épaules, cette taille, ces pommettes, sans remarquer l'effet qu'elle produit sur la moitié des hommes partout où elle passe, et sur une poignée de femmes aussi.

— Oui, dit-il.

Il la laissera payer. Ce sera chacun leur tour, un repas sur deux. Elle pourra régler les places de théâtre et de concert symphonique, lui financera les vacances à Maui. Pour le remboursement de l'emprunt, ce sera fonction du revenu de chacun. Quant aux doubles obsèques, ils partageront les frais à parts égales.

Ils se conduisent tous deux admirablement jusqu'au moment où elle doit se rendre à ses rendez-vous de l'après-midi. Elle l'amuse en lui racontant comment elle a dû faire la preuve de sa citoyenneté lors de son dernier voyage de l'autre côté de la frontière.

— Ils se sont mis à me poser toutes ces questions auxquelles je n'avais plus songé depuis la fin du primaire. Dans la panique, j'ai confondu le *Star-Spangled Banner* avec le *Battle Hymn of the Republic*. J'ai fini par rentrer en donnant le nom de trois titulaires de l'équipe olympique américaine de hockey.

— Oh, de hockey, tiens donc. Alors, comme ça, on aime le brutal ?

— Désolée. C'est plus fort que moi. Quand je vois ces types énormes s'expédier dans la balustrade à grands coups de body-check… Humm.

— Les blessures psychologiques, ça compte ou pas ?

— Je crains que non. Il me faut du vrai bobo, du saignant.

Quand il lui propose de regarder ensemble des vidéos d'études chirurgicales, elle lui donne une tape sur l'avant-bras.

— Je suis peut-être perverse mais pas malade.

C'est exactement ça : intacte, énergique, vigoureuse. Voilà pourquoi elle rayonne en ces lieux, ministre de la Santé venue visiter un asile de pestiférés. Elle consent à l'accompagner au cinéma. Mais il doit s'agir d'une production récente et commerciale sur des ados qui foncent vers l'avenir ou de chers disparus revenus d'entre les morts.

— Au fait, ajoute-t-elle en manière d'avertissement mélancolique. Il faut peut-être garder ça à l'esprit : j'ai dix ans de moins que vous, voyez-vous.

— Qui de nous deux mettez-vous en garde ?

Ils se retrouvent dans l'un de ces multiplexes à écran géant. Bien sûr, ils ont fait voiture à part ; premier rendez-vous sur les rives du Pacifique oblige. Et ils veulent faire les choses dans les règles. Pour cette soirée, Kraft a introduit dans son bipeur les piles les plus faiblardes du marché. Il repère Linda depuis l'autre bout du hall bondé, comme si un projecteur était braqué sur elle. Ils sont un peu grisés l'un et l'autre. Elle achète assez de caramels pour gaver tous les Petits Chanteurs de Vienne jusqu'à leur mue.

Quand ils s'assoient, elle entame une conversation dont le sujet, cela va sans dire, passe à ses yeux pour la plus grande attraction au monde.

— Davie Diaz souffre le martyre. Vous avez dit qu'une certaine douleur était inévitable les deux ou trois premières semaines, je sais bien, mais je ne vois même pas par quel bout commencer avec lui. La petite Wilson, par contre, vous l'avez si magnifiquement recousue que c'est à peine si elle a besoin de moi.

Elle parle vite, comme si elle devait expulser de sa colonne d'air limitée plus de syllabes que n'en permet la pneumatique.

— Et Joy, vous en pensez quoi ?

— Là où y a pas de Joy, y a pas de plaisir.

— Gamin ! Vous êtes sûr d'avoir dix ans de plus que moi ? Douze ans, asiatique, de sexe féminin, présentant de graves lésions invasives…

Ses mots ressemblent à ceux des secouristes qui écument les allées en faisant vaciller leurs lampes torches.

— Joy. Avec ce nom de famille interminable. Du cambodgien ou que sais-je.

— Du pali, murmure-t-il.

Un souvenir qui a traversé des étendues immenses filtre aux commissures de ses lèvres. Mais la perspective est trop raccourcie pour être distinguée dans la salle qui s'obscurcit.

— Son nom. C'est du pali. Joy Stepaneevong.

Elle le regarde comme s'il venait de révéler qu'il était un acteur surjouant l'interdiction de s'affliger.

— Mais alors, vous êtes médecin pour de vrai ? Oh, Kraft. Qu'est-ce qu'on va bien pouvoir faire de cette petite ?

— À vrai dire, je ne l'ai pas rencontrée en personne. J'ai jeté un œil à ses…

— *Cojones !* Vous lui ouvrez le pied vendredi et vous n'êtes pas encore allé la voir ?

Adieu, le voyage à Maui. Et pour les doubles obsèques, retour aux factures séparées. L'exubérance meurt sur pied, remplacée par un petit sporange de déception racorni.

— Je pense trouver un moment pour le faire, déclare-t-il.

— Pardon. C'était déplacé.

Elle se ferme comme une huître, se recroqueville, se prépare au pire. Son retournement est instantané, et il y a en ce repli quelque chose de brutal et plein d'attente. D'une main meurtrie, elle dégage une de ses boucles de jais. Plus vite encore que leur premier flirt, l'amarre prometteuse se défait tout entière. Sa poitrine se soulève discrètement, sa lèvre délicate essaie de ne pas trembler, pour ne pas être démasquée.

— Non, s'empresse-t-il. C'est moi. Mauvaise période de mon cycle chirurgical.

Il arrive à la faire glousser, malgré elle. Oh Linn, parfaite inconnue, ai-je donc déjà besoin de toi ?

— Le fait est…

Allez, dis-le. Le fait est que si tu les connaissais tous par leur nom, si même tu te contentais de jouer ton cœur sur les seuls cas les plus susceptibles de survivre, tu finirais par tourner de l'œil, tu crèverais en moins d'une semaine sous l'effet de la décompression. Que sait-elle de la technique, de la distance essentielle et anesthésique qu'il faut garder vis-à-vis de l'accident ? Le genre d'attention dont elle fait preuve – si on se risquait une seule fois à le confesser tout haut – tuerait net l'art qui défie la mort.

— … Linda. Toutes les études le préconisent peut-être, mais tenir les patients par la main, moi, je n'y arrive pas.

À ces mots – les siens –, un second changement déride la surface de Linda. Aussi radical que sa chute dans la vulnérabilité, voici son retour. Elle tend vers lui le creux de sa main protectrice, pointe sur lui sa houlette.

— Allons, petit homme. Voyons ça.

Son muscle cardiaque cogne contre le châssis comme celui d'un adolescent. Elle lui prend la main, déplie l'un après l'autre chacun de ses doigts. Elle enroule sa paume dans la sienne pour la première fois, la tient comme elle embrasserait le fils prodigue.

— Je trouve que vous vous en sortez bien.

À ce signal, les lumières de la salle baissent et le film commence.

Pendant la projection, elle est merveilleuse. Elle anéantit physiquement l'accoudoir qui les sépare. À certains moments-clés de l'intrigue, elle le pousse du coude et, sur un carnet tiré de son sac à main, griffonne des numéros entourés d'un cercle. Par la suite, elle improvise longuement sur les pensées auxquelles chaque numéro correspond. Le numéro un renvoie, selon ses dires, à l'idée que les gens dans la vraie vie ne parlent pas comme ça. Le numéro deux correspond au fait que le scénario n'aurait pas dû confier au hasard l'échange de mallettes entre le Russe et l'Américain. Numéro trois : elle veut savoir à combien de tours la principale intrigue sentimentale du film fait grimper le compteur libidinal personnel de Kraft.

— Vous savez quoi ? demande-t-elle en improvisant devant lui. Si on reste de ce côté-ci du hall, ils ne recontrôlent pas nos tickets.

Les narines dilatées en signe de défi, elle l'invite à avaler cent quarante-quatre films pour le prix d'un. Et au fond, pourquoi pas ? Il est passé à côté de ce genre de trucs la première fois. Ils sautent donc de salle en salle, vagabondent d'une anthologie d'images à une autre dans le plus parfait style tragi-comico-historico-pastoral, gloussant devant les éternels milieux de narration ridiculement privés de toute notion de début ou de fin.

En un montage convergent, ils suivent l'histoire d'une femme victime d'un viol collectif dans un bar, le réexamen de la pègre de Chicago et celui des nazis qui vivent sans tapage à Cleveland, un scandale boursier volé aux manchettes des journaux de la veille, l'histoire vraie d'un gosse horriblement défiguré, un biopic indigeste sur les découvreurs de l'ADN, sur l'un des premiers magnats du cinéma et sur les premiers contre-magnats de l'automobile, sur les pionniers de la conquête spatiale ou des gars qui leur ressemblent de très près, sur Billy the Kid ou une meute d'ados fort approchants, des ados qui triomphent dans les reconstitutions historiques de grands événements sportifs, des ados qui déclenchent la troisième guerre mondiale par inadvertance, des aliens qui déclenchent la troisième guerre mondiale par inadvertance, et des adultes qui déclenchent la troisième guerre mondiale en toute connaissance de cause. Chaque fois, un événement virtuel est porté pour de bon à l'écran. Adapté d'une histoire vraie.

Des histoires comme dans les livres, le tout pour le prix d'une entrée. Retour à Shéhérazade, mais cette fois la belle petite mariée n'est plus seule à risquer sa tête si le charme du récit se rompt. Si le film casse ou si, à la prochaine facture d'énergie fossile impayée, le courant se tarit, si comme un seul homme les cabines de projection se proclament républiques autonomes, agissant partout au nom d'escadrons vengeurs et fondamentalistes, si Kraft et Espera se font pincer, renvoyer chez eux en liberté cinématographique surveillée, la sentence de mort ne s'abattra pas seulement sur cette soirée saute-fauteuil mais sur l'expérience intégrale de la démocratie des migrations, du libre marché, de la consommation de fictions et des premiers rendez-vous à deux voitures. Ce multiplexe prendra place aux côtés des ziggourats, des galions, des casques coloniaux – tout le bric-à-brac muséographique des emblèmes d'époques disparues au fil de l'expansion aveugle du monde.

Linda rit, l'entraîne par le bras dans une autre loge à spectacle. Au comble de son vertige à elle, il explore la bouche de la jeune femme avec la sienne.

Elle cesse de rire, assez pour lui rendre son baiser. Cet intervalle furtif révèle le nombre précis d'années qui, en réalité, les sépare. Synopsis du drame de deux professionnels de santé qui viennent tout juste de se rencontrer lors d'une sortie un samedi soir et mettent à l'épreuve le mythe du bonheur accessible entretenu dans cette vallée. Pourtant, il ne peut que s'interroger – malgré ces lèvres dont le contour original réclame toute son attention, malgré la complication de l'intrigue que laisse entrevoir la sensation de ses hanches, malgré la main qu'elle laisse vagabonder sur son dos, traçant le fil d'une histoire qui pourrait aller n'importe où –, il ne peut que se demander comment, au juste, les choses vont finir cette fois.

— Je dois aller faire des courses, annonce-t-il. Le genre de choses auxquelles il faut bien sacrifier de temps à autre.

— Faire des courses ? réplique Plummer, incrédule. Comme ceux qui vont faire leur marché ? Tu sais quand même bien, n'est-ce pas, que les épiceries sont aujourd'hui le dernier recours exclusif des réactionnaires invétérés et des plus nécessiteux ? C'est bien connu, mon vieux. Qui dans ce monde qui se respecte mange encore chez soi ?

Ils sont assis dans le sauna, audacieux mélange de vestiaire et de salle de repos, ainsi baptisé en raison de ses canalisations à nu qui sortent du plafond, desquament le papier peint et embuent le mobilier d'une fine couche de moisissure. Normalement, les nantis comme Kraft et Plummer devraient cracher un gros billet pour s'encanailler de la sorte. Mais ici, au dispensaire, pendant les gardes, c'est un de ces petits avantages en nature, exempts de droits de timbre, qu'offre l'existence. Si on y ajoute les salles que Plummer appelle les courts de squash et le jacuzzi – obscures installations de maintenance désormais utilisées par les internes lors de concours rituels d'endurcissement moral –, voilà un vrai petit chez-soi loin de chez soi.

Plummer, de très loin le plus endurci d'entre eux, a des idées bien arrêtées sur les magasins d'alimentation en cette corne du bois planétaire : d'indécrottables archaïsmes. D'habitude, Kraft les évite sans difficulté. Mais quand après l'heureux dénouement de mille et un films, il a demandé à l'adorable Linda un rendez-vous *bis*, il n'a pas su lui faire une proposition de restaurant qu'elle puisse trouver à la fois comestible et politiquement correct.

— Et pourquoi ne pas nous cuisiner quelque chose, Ricky ? Pour changer.

Changer, en effet. Kraft n'a pas introduit de nourriture sous son toit depuis des mois, hormis, à l'occasion, un paquet de biscuits apéritifs et une barquette PCB de confiture d'orange individuelle chapardée à la cantine subventionnée du Carver. Et pourtant, la perspective d'aller folâtrer dans les coins reculés de son antre avec une jeune femme aux origines métissées qui a encore la petite vingtaine suffit à le convaincre d'endurer la comédie avunculaire des chasseurs-cueilleurs, et d'aimer ça.

— Tu y vas seul ?

Plummer adopte le ton sobre d'un shérif adjoint.

— Bon Dieu, gamin. Fais bien attention là-bas.

Pour ne pas se forcer à sourire, Kraft demande à son compagnon de lame ce qu'il a prévu pour se nourrir ce soir.

— C'est une invitation ?

Absolument pas. Lis sur mes lèvres, comme aime à dire le commandant en chef, en cette époque où les actions parlent encore moins fort que le plus ténu des chuchotis.

— En fait, dit Plummer d'un ton mielleux, j'ai comme qui dirait des vues sur celle que tu as jetée aux orties, tu sais bien. Cette infirmière, la petite Spiegel ?

Une deuxième main, comme on disait du temps où on était mômes.

L'hydre affreuse des usages de la solitude pointe le bout de son mufle. Kraft est-il donc la dernière personne sur cette côte à ne pas avoir compris que lui et l'infirmière S. étaient faits l'un pour l'autre ?

— J'imagine qu'elle a eu le temps de se consoler, mais pas encore assez pour résister à la tentation d'un lot de consolation soudain et insensé. Je devrais peut-être l'inviter dans ce petit resto aux chandelles sur Far Point Pier…

— Far Point Pier a été emporté par les tempêtes du printemps dernier.

— Ah bon ? Première nouvelle. J'ai été très occupé. Eh bien, alors, pourquoi pas cette soupe populaire sur Ventura Boulevard ?

— Incendiée par des militants pour les droits des bêtes à cornes.

— Mais nom d'un chien, qu'est-ce qui arrive à cette ville ? La dope, monsieur Porto-Rico. Selon toi, jusqu'à quel point l'infirmière préférée de tous saurait-elle se montrer réceptive au phénomène Tastee-Freez ?

L'épicerie, quand Kraft se résout enfin à l'affronter, lui inflige l'ordinaire humiliation à éclairage fluorescent. Le Marché des halles, cette majestueuse piste de rollers, sent l'emblème historique. On croirait l'avant-dernière halte sur le chemin de la grande parade qui va de l'épicerie générale à papa aux splendeurs palatiales des grands magasins à la page. Planté là, au rayon des fruits et légumes, tandis qu'on pèse ses achats, Kraft réprime une envie de hurler « C'est bon, je vous fais confiance ». À l'étal de la boucherie, il aperçoit une femme aux lunettes noires qu'il croit pouvoir être la fille aînée d'une très ancienne sitcom familiale, un de ses fantasmes déterminants et masturbatoires. Elle le dissuade d'un regard qui dit « Un seul mot et j'alerte par radio la brigade d'intervention ».

La moitié des emballages portent sur leurs étiquettes imprimées de faux « prix du marché » en chiffres noirs barrés dans la même imprimerie d'une biffure rouge, code couleur universel du rabais. Le texte de repentir annonce : « Pour vous, ce sera seulement… » Jusqu'où nous prend-on pour des cons ? Ou plutôt, jusqu'où nous oblige-t-on à pousser la connerie ? Kraft oublie de peser ses lentilles en vrac et la caissière lui fait tout un cirque pédagogique, renvoie le sachet avec un coursier en s'excusant personnellement auprès de la file d'attente derrière Kraft pour sa nullité crasse.

Ce n'est qu'une fois les ingrédients rapportés chez lui que la rigolade commence pour de bon. Ça fait des années qu'il n'a rien cuisiné, si ce n'est avec son bistouri électrique, mais ça a tout l'air d'un jeu d'enfant. Pourquoi n'ai-je pas cuisiné plus souvent ? C'est vrai quoi, on t'indique à l'avance tous les ingrédients nécessaires. Ensuite on te montre étape par étape ce que tu dois faire exactement pour les assembler. C'est comme monter avec papa cette maquette du *Graf Spee* à l'échelle un machintième.

Il songe : si je suis capable d'enlever puis de remettre en place un rein vivant de sept centimètres, je peux bien bricoler un soufflé mort de vingt-trois centimètres. Bon Dieu, tout le monde sait cuisiner. Il faut les vitamines essentielles plus le fer et y ajouter, pour s'amuser, une pincée de parfaite séduction.

Elle sonne. Kraft jette un dernier regard paniqué sur son studio. Il a eu la prévoyance de tout planquer dans le placard à balais, et l'endroit fait net. Tête haute. Mais Mlle Espera n'a pas encore franchi le seuil que son visage affiche un O d'incrédulité, comme si elle venait d'être témoin d'un meurtre.

— Tu vis ici ?

— Quoi ? Qu'est-ce qui cloche ?

— Oh rien. Je… c'est un peu surprenant, voilà. Et d'ailleurs, ils te paient combien, dis-moi ? Tu as des dettes depuis la fac de médecine, c'est ça ?

Pas idéal comme première impression. Mais il lui reste son atout culinaire pour décrocher auprès de cette femme une affection éternelle ou six mois de luxure, selon ce qui durera le plus. Sorti du four, le soufflé ressemble à l'accident nucléaire de Three Mile Island. Kraft ne comprend pas. Il se lance avec elle dans une séance de *Morbidité et Mortalité*, parle de la recette, assure qu'il a tout fait comme on lui a dit. Linda lui explique la différence entre battre et incorporer, écart sémantique qu'il avait attribué à une recherche de variété rhétorique.

— Mais c'est délicieux, proteste-t-elle. Ça n'a pas du tout affecté le goût.

Et elle se met à rire la bouche pleine, faisant barrage aux projections de nourriture d'un geste dangereusement touchant. Elle tient à faire la vaisselle aussitôt qu'ils ont fini, avant que les micro-organismes ne puissent exercer leur droit de préemption. Et elle invoque tous ces petits rituels magiques en lesquels une femme transforme toujours les moindres pratiques.

— Et maintenant, dit-elle en s'essuyant les mains avec précaution dans l'unique torchon de l'appartement. On fait un peu d'aérobic ou quoi ?

En lui, le martèlement de multiples alarmes fait déguerpir un vol de faisans neurochimiques tapis dans leur sous-bois.

— Je crois que oui.

Elle le mordille en divers endroits du visage. Ils se laissent lentement tomber à genoux, les mains tendues à l'aveugle selon des angles violents, en quête d'un appui. Puis les voilà à leur aise, assis dans le giron l'un de l'autre, qui se pelotent en douceur, bouche contre bouche.

L'occasion n'a pas pour lui de précédent. À la dérive, amarres rompues, avec la bénédiction d'un petit surcroît de liberté, à la merci des courants équatoriaux. Ils commencent pour de bon leur exploration, avides mais timides, comme des étudiants en première année de médecine lâchés dans la nature avec le *Gray's*. Quel est le renflement de sa taille, le goût de son aisselle onduleuse ? Quelle surprise réserve le creux de son omoplate ? Comment le profil fuselé de son mollet se change-t-il imperceptiblement en cheville ? Tout d'un coup, il ne sait plus rien de l'anatomie en dehors de ses grandes lignes, ses contours génériques. La forme commune est remaniée de façon unique dans les particularités de ce corps.

Elle est si étrangère, si délicieusement autre. C'est ça ! Voilà pourquoi son propre corps est assoiffé d'étrangeté. Son appétit pour le plaisir sexuel s'éveille, suit son programme intime de redécouverte, encore et encore, de cette nouvelle instance. Millésime, conditions de fabrication, titrage, bouquet. Les membres de cette femme sont aussi uniques que les échantillons de lumière prélevés au soleil couchant. Ils se relâchent encore d'un cran, passent de la position assise à un affaissement qui les rapproche toujours davantage du tapis. Il semble qu'il y ait sans cesse chez elle une dernière boucle à défaire. Sa main, plus légère, plus longue, laisse ses tenseurs l'agripper d'une façon qu'il n'a encore jamais connue mécaniquement. Au sol, elle se pelotonne sur lui comme une petite fille, et sous le poids tout autre de ce corps, il retrouve le sien.

Des saveurs, décide-t-il. La vie, à tout moment de l'année, se résume toujours à des saveurs, des distances focales, des grossissements, la concentration d'ondes en fréquences visibles et brûlantes. Les textures du coton soyeux qu'il effeuille sont infinies. Les parfums exprimés par les passages nombreux de ce corps forment une concordance parfaite. À quoi ressemblera la prochaine parcelle anormale de sa peau ? Question du voyageur, la seule qu'il vaille la peine de se poser, s'étire à perpétuité.

Elle se met à le humer en tous sens, les yeux fermés, la tête penchée en avant, grisante. Elle le renifle comme un chien truffier. Elle bat des paupières, ses cils succulents lui lèchent le cou. D'une main, elle lui saisit la trachée ; le souvenir des récits de strangulation érotique vus aux urgences par Plummer traverse en un éclair le bulbe rachidien inondé de Kraft. Allez savoir ce qu'ils seraient capables de tester l'un sur l'autre. La facilité avec laquelle pourraient déraper les jeux de déguisement et toutes sortes d'accoutrements exotiques. Il n'est rien qu'ils ne sauraient découvrir en eux-mêmes. Elle approche la bouche de son oreille. Pour quel mot tabou ? Tout est possible, et à imaginer les interdits qu'elle s'apprête à essayer, il enfle au point de se répandre sur elle.

— Est-ce que je te plais ? murmure-t-elle dans le noir en effectuant sur lui un brusque mouvement de torsion.

Elle lui coince la tête, fraction décimale d'un nelson. Dans une minute, elle va lui brûler le haut du crâne.

— Alors ?

Réponds-moi. Est-ce là le prolongement de Linda dans des espaces plus étranges ou un double cruel, sinistre institutrice remplaçante, son identique jumelle ?

— Est-ce que tu me plais ?

Écho stupide.

— Oui ?

Elle lance cette question comme à travers le mégaphone d'un agent de police. Un grognement monte de sous son sternum tandis que d'une prise à trois points elle lui immobilise le visage. Oui ou non. Parle.

Par où pourrait-il commencer ? La caméra semble effectuer un lent travelling arrière à la verticale de ce match de catch postprandial jusqu'à ce que Kraft regarde d'en haut la Terre entière et tout son grouillement. La question de Linda devient celle que pose le monde, en cette minute précise, dans chaque fuseau horaire. Elle interroge chaque foyer, chaque *hacienda*, chaque cabane, chaque *Haus*, chaque établissement de cure, chaque taudis inscrit dans le répertoire de la planète, et une bonne partie de ses adresses clandestines. Les rencontres au sommet des grandes puissances tournent autour d'elle d'un pas léger. Les grands patrons la soumettent à de désolants votes par procuration. Les vétérans des noces d'argent murmurent des lèvres cette litanie au milieu des débris de faïence. Des actrices de renommée internationale, résille duveteuse des pollutions nocturnes des masses, la quémandent à des publics invisibles dans des salles obscures. L'infirmière Spiegel l'implore d'un regard vulnérable quand Plummer fait des avances directes à son échine. Et même ces avances sont une grossière paraphrase. À l'hôpital, les enfants terrifiés, criminels à demi endurcis dès le berceau, réclament par écrit quelque chose à leurs parents qui ne viennent jamais. Rejetés, ils reportent leur exigence sur de jeunes bénévoles de substitution venues les border pour la nuit.

Et cette femme sous ses mains lui fait la même demande, à lui, de but en blanc, expressément. Elle le menace, comme si sa réponse devait modifier quelque équilibre électoral. Un oui pourrait persuader une fraction du plébiscite mondial délaissé que d'autres chemins, outre l'abdication, sont encore ouverts ce soir.

Elle veut entendre qu'ils ont elle et lui un billet pour aller au bout du voyage, ne fût-ce qu'en troisième classe. Lui plaît-elle, à lui – le beau parti numéro un, occupant du studio 1275 en ce dédale insipide de béton armé précontraint, à l'angle riant et souverain de Mission Drive et de Délivrance, secteur D-5 page 77 dans le fabuleux abrégé cartographique de cette capitale du divertissement, dans la zone de plus ou moins libre échange à effondrement autoprogrammé la plus vaste du monde, à la pointe irrégulière de tout ce que la démocratie libérale doit encore devenir en cette nation phare, perchée en hauteur, guide emblématique et exemplaire, pour ainsi dire hors de contrôle depuis qu'ont vécu son ancienne cause première et force morale, son adage colonisateur…

Pas de gaspillage,
Racle et gratte,
Fais avec,
Ou alors sans –

… à lui, l'interne solitaire en cinquième année de chirurgie (qui a choisi l'exil dans cette discipline simplement parce qu'il croyait que couper et coller serait peut-être l'unique travail capable de prévenir sa rechute dans la solitude existentielle dont son cor d'harmonie ne le protégeait plus), lui plaît-elle, cette orchidée onduleuse que, pour la circonstance, il a cueillie et piquée, façon boutonnière, à sa chemise de créateur jaune d'or, en l'honneur de cette vieille connaissance, l'être aimé d'un soir. Me reconnais-tu ? Me connais-tu ? Me vois-tu ? M'approuves-tu ?

Il ne peut lui répondre et s'en tirer comme ça. Ne peut lui dire qu'il frissonne déjà quand elle sourit, quand sa tête décrit une certaine courbe, quand elle l'embrasse comme une adolescente au cerveau dérangé, quand elle rit comme une préado attardée devant ces mêmes baisers de cinéma, quand elle s'attaque aux problèmes de la profession avec le sérieux de qui croit encore possible pour la guérison de rentrer au moins dans ses fonds. Il n'ose dire comment elle promet de soulager la prochaine effusion de sang qu'il ne manquera pas de provoquer, de balayer comme des toiles d'araignée la bande de brutes en blouse qui l'attend au coin de la ruelle en se curant les ongles d'un air nonchalant à l'aide d'un grand couteau de chasse. Regarder la promesse de ses traits suffit à lui geler les boyaux autant qu'une vieille balle de tennis plongée dans l'azote liquide.

Depuis le sol où elle le plaque, il lève les yeux vers elle. Tant de pureté, de naïveté, ces sourcils à la courbe fantastique, la région de ses joues bâtie sur des masses graisseuses sous-tendues de muscles, aussi libre et inattribuée que la carte vide des pôles au siècle dernier. Elle est un de ces êtres légers, aériens et portés par la brise, capables de prendre leur plaisir à la source même de l'air. Il finit enfin par émettre un « J'aime ton visage ».

Elle se raidit, les poings serrés contre les parties compromises du corps de Kraft auxquelles elle pourrait infliger d'authentiques dommages si on l'y forçait.

— Mon visage ? Qu'est-ce qu'il a mon visage ?

La gamine du premier rendez-vous, à la voix perchée sur des rollers, qui volait de salle en salle, a disparu. La rééducatrice d'enfants ultra-compétente, concentrée sur ses consultations, la professionnelle qu'il a invitée à sortir, s'en est allée. Dans sa voix, le trille d'un piccolo, authentique crainte, pérore au centre de l'avant-scène par-dessus la centaine d'instruments d'une fanfare. *Il n'a rien, ton visage*, voudrait-il dire.

Je l'aime. Il y a en lui quelque chose que je n'arrive pas bien à cerner.

Mais il ne peut rien dire à haute voix. Elle se tord le cou de droite à gauche, nerveuse, comme une blonde glaciale hitchcockienne en quête d'un objet contondant. Sauf que, pour les besoins de l'intrigue internationale, ses cheveux à elle sont anthracite, sa peau couleur teinture d'iode. Alors elle bondit sur lui et use du même stratagème que celui employé pour séduire le garçon qui a un cratère à la place du nez. Elle se met à le chatouiller : même attaque frontale que celle qui fera d'elle pour toujours le premier et seul amour du Sans-visage.

Kraft, comme le petit Chuck, est chatouilleux à un point extrême et vertigineux. Il s'arc-boute, essaie de la repousser, mais elle se sert d'un truc oriental qui affecte le centre de gravité pour le maintenir sous elle. Il est deux fois plus lourd qu'elle et subit les affres de la torture. Cette femme sait exactement ce qu'elle veut faire. Il hurle, implore pitié, mais elle lui étrille les côtes flottantes, son vrai point sensible, et elle sourit.

— Continue, tu peux t'égosiller, mon petit bonhomme. Qui va te répondre ? Des cris en provenance de l'appartement d'un célibataire, dans ce quartier ? Même la police n'est pas assez stupide pour venir fourrer son nez là-dedans.

Elle lui plaque les poignets au sol avec ses genoux, lui effleure les flancs avec les longues mèches de ses cheveux jusqu'à ce qu'il se mette à hyperventiler. Lentement, épouvantablement, elle commente.

— Je ne sais pas pourquoi je me laisse entraîner dans cette histoire. Je déteste les médecins. Je me suis juré d'en faire un principe : ne jamais… Vous êtes tous des dingos. Et toi, tu es probablement un vrai taré, non ?

Les lèvres près de son téton exposé, elle laisse s'écouler de petits échappements d'air sur sa chair rendue atrocement sensible. Il se débat, rit de douleur, les yeux comme la Zélande après le bombardement de ses digues.

— Oh, le pauvre petit malade. Le pauvre petit estropié. Ça te fait mal ? Allez. Laisse-toi faire. Un peu de rééducation fonctionnelle. Tu en as grand besoin. Fais-moi confiance. Je peux t'aider.

Le vol rapide des feintes et des embuscades rejoint son nid primitif en un lent tourbillon. Les attaques enfantines portées aux flancs mûrissent peu à peu, se muent en effleurage, en tapotement. *Oui, là*, disent ses doigts. Nous savons. Exprime-toi. Tu peux toujours tenter le coup. Personne ne blessera personne. Un brin de kiné, voilà tout. Ce que le psy a ordonné, rien de plus.

D'abord, il faut avoir foi dans le traitement éclair. En cela plus qu'en toute autre chose, même si le service de pédiatrie y oppose un vivant démenti.

Encore étudiante, bien avant que la pratique de la rééducation ait terni l'éclat de la théorie, Espera avait déjà la foi. Deux ans après ses débuts dans une institution où la panacée des machines rutilantes est une fiction moins que risible, sa foi en la méthode est certifiée. Le traitement de choix tient en de menus exercices et quelques séances de lecture à voix haute. La pragmatique n'autorise nulle autre thérapie. L'action de Linda se résume à sonner le rassemblement du voyage d'étude en déroute, à le ramener sur le terrain des souvenirs où les participants peuvent aujourd'hui encore se sentir chez eux.

Ici, dans cet établissement de soins public, il lui est impossible d'espérer le dernier cri quand l'État pleure misère. Des procédures, considérées comme le strict minimum vital dans d'autres cliniques juste derrière l'autoroute, lui sont refusées. Les subventions allouées à la médecine physique et de réadaptation – vagues billets à ordre qu'on lui agite sous le nez d'un trimestre fiscal à l'autre – ne peuvent même pas répondre à l'urgence. Au lieu de baignoires d'hydrothérapie, ils ont des douches chaudes. Leurs appareils d'électrostimulation ressemblent à des lucioles et font un bruit similaire. Même ses vélos de rééducation et ses tables de massage bancales ont été achetés au rabais à un fournisseur mis en examen dans une arnaque sophistiquée qui inclut le pillage à grande échelle de conteneurs de l'Armée du Salut.

Privée du matériel high-tech de la physiothérapie, elle doit inventer des remèdes. Chacun de ses bricolages est adapté autant que possible à la destruction exposée devant elle. De ce point de vue, l'indigence de sa clientèle constitue à dire vrai une aide. Quand la transaction financière représente l'exception, la comptabilité ordinaire est, sinon abandonnée, du moins suffisamment relâchée pour autoriser l'expérimentation.

Le Carver est de ces endroits qu'on utilise pour lancer une carrière ou pondre des articles qui vous permettent ensuite de décrocher un véritable emploi rémunéré. Linda élève ses digues sous l'œil de grands administrateurs en pédiatrie qui n'ont pas vu d'enfants depuis belle lurette, les leurs y compris. Elle serait la seule à vouloir s'installer à demeure dans ce bidonville de la santé. Au fond de son cœur, elle fait déjà valoir son droit à l'achat. Plus conseillère psychologique que médecin, elle maîtrise la réparation des tissus musculaires et leur réharmonisation, la thérapie par le chaud et le froid, et les exercices derrière tous les secours de fortune portés aux victimes de catastrophe. Mais elle accompagne tout cela de jeux purs et simples, obtient des guérisons à force de séduction et de taquinerie. À son aise dans cet établissement mis au pain sec et à l'eau, elle dirige des chorales improvisées, administre de fausses punitions, distille des trésors, improvise ses propres scénarios réparateurs. Du théâtre pour tous ; chaque soirée est celle des comédiens amateurs.

De combien de façons une vie d'enfant peut-elle déraper ? Laissons les anomalies chromosomiques et congénitales, les malformations du squelette. Oublions les incurables, ceux que Linda elle-même ne pourrait jamais rafistoler. Ne comptons que les cas assez graves pour contraindre l'institution à les soigner. Laissons de côté le cauchemar des infirmières en néonat, l'arrêt cardio-respiratoire inexplicable, le collapsus cardio-vasculaire qui surgit, les nuits d'hiver. Concentrons-nous sur les préadolescents, la spécialité de Linda si ce luxe lui était donné.

Commençons par la liste des maladies infectieuses classiques : les varioles et véroles dont, à la fac, les manuels élitistes de Linda affirmaient l'éradication dans les pays industrialisés. Ajoutons-y les infections respiratoires, le bouquet des troubles asthmatiformes, la mucoviscidose, la tuberculose miliaire. Les endo-, myo-, péricardites. Toutes les maladies du sang connues, aussi nombreuses à elles seules que les pages d'un livre. La leucémie lymphoblastique, ce locataire de printemps venu répandre ses avoirs putrescents dans chaque branche de l'arbre à jeux. Les maladies de l'appareil digestif, les insuffisances rénales chroniques, les systèmes endocriniens précoces ou en berne, les troubles convulsifs. Les paralysies et toute une légion d'autres lésions et tumeurs, la méningite, le diabète – liste d'invités mortels aux fêtes d'anniversaire qui tétaniserait le plus impassible des cliniciens s'il se donnait le temps d'y réfléchir.

Espera a suffisamment étudié la nomenclature latine pour arracher à tout examen de fin de semestre sa substantifique et concise réponse. Ses consultations quotidiennes lui fournissent une maîtrise suffisante du dictionnaire médical pour répliquer du tac au tac au jargon des chirurgiens. Et pourtant, elle jure encore par l'eau-de-vie jaillie d'un puits artésien sans aucun sédiment pharmaceutique. Dans cet édifice malade, elle a vu de ses propres yeux le placebo aqueux opérer jusque dans les dortoirs de la mort. Elle a réduit la tumeur primaire – ce secret que partagent toutes les maladies infantiles quels que soient leurs diagnostics différentiels – grâce au traitement éclair. A vu l'espoir s'ouvrir comme l'iris à la lumière.

Comptons aussi les attaques lancées par des choses qui, pour l'heure, n'ont pas d'appellation médicale. Qu'importe : chaque atteinte est d'un seul tenant. L'étiologie exacte des coups assénés par le réel est presque sans importance. Toutes les défaillances jaillissent d'une même source souterraine. Les cas pédiatriques de Linda sont brisés par une première maladie bien avant d'être frappés par le trauma qui dépêche l'ambulance. Malnutrition, états confusionnels, pellagre, anémie, démence – ces variétés régionales de maltraitance propres aux hôpitaux publics – laissent tous des traces, une pâleur partagée qui laque la peau de chacun de ses enfants.

Ce coupable, père de tous les maux, prête aussi la main aux accidents, principaux destructeurs des moins de dix-huit ans. Il se tapit derrière l'ingestion avide de poisons ménagers, derrière l'erreur de manipulation d'un pistolet, derrière les stabilisateurs de bicyclette qui font tournoyer dans l'air l'aluminium mutilé de leurs flancs après un accident avec délit de fuite. Même les brûlures sont, au mieux, du second degré : elle a lu une étude démontrant que tout pyromane est un enfant en manque d'amour.

Cette semaine, parmi ses patients en résidence et en consultation externe, elle compte Chuck, l'enfant né sans visage ; Jorge et Roberto, jumeaux préadolescents abonnés aux overdoses ; la petite Joy à la noirceur qui grimpe le long de sa cheville ; Davie Diaz et Suzi Banks, brutalement ectomisés ; un nouveau venu, Nicolino, qui dépérit d'une manière invraisemblable ; Ben, le double amputé. Elle ne dispose que d'un seul traitement pour les ramener tous. Et c'est bien ce qu'elle va faire, aussi loin qu'ils sont prêts à la suivre. Elle ne peut rien pour les parties irrémédiablement perdues. Mais elle a quelque chose à déposer dans ces étendues ombreuses, ces régions en chacun d'eux où la toute première fable inviolable du moi se dresse encore, intacte, prête à réagir à un brin de nourriture, d'exercice, de chaleur et d'amusement. Elle peut semer un commencement en cet espace qui attend d'être démenti, cette parcelle encore capable de guérison sitôt qu'un récit neuf et scandaleusement naïf l'aura touchée.

Linda possédait ce germe bien avant ses six années d'études dans le Nord, du côté de la baie de San Francisco. En première année déjà, elle l'avait intégré à sa démarche, temps de l'innocence en dentelle où elle vivait dans un état de perpétuelle attente suscité par des brises tempérées. Ses connaissances personnelles avaient retenu l'attention d'une bonne partie du corps enseignant, ce qui lui conférait la séduction trompeuse et libérale d'une pom-pom girl mais sans l'attitude hautaine de ces bêcheuses de confréries étudiantes. Il lui suffisait de vivre pour savoir comment réussir dans le monde de la santé sans qu'aucune inscription à la moindre heure de cours lui fût nécessaire. Depuis toujours, elle connaissait l'unique avancée majeure de la médecine contemporaine, celle qui avait fini par lancer l'organisation des soins hospitaliers sur son actuelle trajectoire : comprendre que soigner la blessure n'est que le début de la guérison.

Telle était la découverte capitale imposée à un monde industrialisé par l'arrivée, au pas de sa porte, d'un surplus permanent de petits vétérans estropiés qui, pour la première fois, survivaient à leur traitement dans des proportions qu'on ne pouvait plus négliger. D'instinct, Linda grappillait ce savoir quand ses professeurs en déclamaient la formule depuis le théâtre de leurs salles d'opération. L'élève de maternelle qui, dans un sursaut à hurler d'effroi, sort d'un rêve sous anesthésie et découvre sur toute la longueur de son abdomen l'entaille immense, cramoisie, hérissée de fils et suintante, revient naturellement à sa conviction première, enfouie sous les tissus d'anciennes cicatrices chéloïdiennes : Je le savais. Vous avez voulu me tuer. Vous m'avez découpée au couteau ! En cet instant, négligez vos devoirs envers la patiente, qu'une parole manque à faire entrer ce cri en rémission, et toutes les incisions médiatrices, si bénéfiques soient-elles, resteront ouvertes à jamais, purulentes sous la peau, jusqu'à l'ultime épanchement, à l'heure de la seconde mort de cette enfant au fond d'une ruelle.

Comment faire, donc, pour remembrer au mieux le terrain que la cavalerie et l'infanterie combinées du roi, incapables de négociation, ont péniblement labouré dans leur impuissance ? (Lisant à voix haute cette comptine, Linda se demande, les lèvres tordues en une expression de scepticisme salutaire, comment, s'il vous plaît, des chevaux pourraient bien concourir à un quelconque rétablissement.) S'il ne s'agissait que de musculature – réapprendre le balancement de la batte ou le coup de pédale –, de simples références professionnelles suffiraient pour aborder tous les cas. Même le maniement subtil d'un crayon, gouvernail de cette navigation immensément complexe sur les étendues vides d'une page, peut être rappelé de nulle part, réappris en petit comité.

De la chaleur, un brin de courant alternatif, de mobilisation articulaire passive, d'hydrothérapie et de musculation peuvent opérer des miracles. Autant que possible, aussi régulièrement que possible. Vous avez appris cela autrefois en partant de zéro, vous pouvez répéter le processus, reprendre au ras du sol, avec les parties de votre corps que la fortune vous a laissées. Affaire de routine. Rigoureuse, brutale, accablante parfois, mais simple et directe. Un peu de technique, de persévérance ordinaire, et voilà résumé le profil de l'emploi.

Des corps en formation sont capables de guérir, plus vite parfois qu'Espera ne peut les y inciter à force de suggestion. Les os d'âge tendre réfutent l'excision. Les cerveaux immatures se remodèlent pour compenser une perte de capacités, un peu comme si la jeunesse se rappelait l'astuce de l'étoile de mer et du lézard qui régénèrent leurs parties perdues. Une fonction quasi complète se rétablit presque aussi vite qu'elle a été mise à mal. Les algorithmes infaillibles de Linda rendent même la parole aux muets. Elle a enseigné la technique de la voix œsophagienne à une chambrée de croasseurs qui avaient tout juste dépassé le stade du têtard. Aspirez une goulée d'air, avalez-la comme de la nourriture. Expulsez-la de l'œsophage, façonnez-la avec la glotte, le nez, la langue pour produire de véritables noms. Prêts ? Tous en chœur ! Elle les avait fait chanter *Up a Lazy River* d'un rot zélé. Et elle les aurait entraînés à tire-d'aile dans un *Vol du bourdon* si une tempête de rires n'avait tari les réserves œsophagiennes.

Marcher, se balancer, chanter, manger, fléchir,

prendre, cligner, respirer, s'asseoir, pisser, lancer, voir, crier – on peut emmener en promenade de santé toutes ces procédures de première urgence. On peut s'en rapprocher à force de par cœur bête et méchant, répété, accumulé, un peu comme ces heures d'après-midi passées à l'étage devant un pupitre à répéter *La clarinette, la clarinette fait doua-doua-doua-nette*. Mais le métier d'Espera consiste à prendre au sérieux cette vieille plaisanterie : leur réapprendre à jouer d'un instrument même s'ils n'en ont jamais pratiqué avant.

Mais il y a anguille sous roche. Toute destruction s'enfonce dans des couches profondes. Le scalpel tranche bien plus que du muscle, bien plus que la simple mécanique. Chaque enfant venu emprunter d'un pas traînant la rampe d'accès de son cabinet est une hiérarchie démantibulée. Des systèmes entiers ont été ébranlés, dissociés les uns des autres. Le squelette peut se mouvoir impeccablement au bout d'une année ou de trois, les voies de circulation se rouvrir généreusement. Mais les liens plus amples sont perdus. Le plus simple des gestes, la pression qui courbe le dos de la main en un signe d'au revoir n'est plus ce qu'elle voulait dire autrefois. La volonté se décolle, aussi net que la rétine dans une bagarre à la récréation.

L'inclinaison impatiente, qui hésite à sauter par-dessus la corde, commence seulement dans les pieds. Les jambes ne sont que le premier fusible. Une fois les quadriceps bandés et fléchis, il faut qu'une étincelle se propage, s'enflamme. Le saut véritable est désir. Le Magellan d'une motivation doit se frayer un chemin sur la mappemonde cérébrale jusqu'à ce que le quorum entier de l'organisme soit prêt à s'élancer dans le défilé des fouets en rotation. Essayez donc de leur inculquer le rythme, délicate diplomatie de la projection et de la perception de la profondeur. Enseignez le souhait, dispensez des leçons quotidiennes de confiance en soi. Tentez d'instiller le désir : croire que se jeter dans le tournoiement des cordes est d'une importance primordiale. Convainquez-les que le lasso tressé, brandi dans les airs pour déployer les cycloïdes de ses arcs de cours d'école, vacillant comme la précession des équinoxes au-dessus d'un navigateur, n'est pas infesté d'éclats de verre et ne les coupera pas en rondelles comme la faux du percepteur. Ah ! Pour enseigner cela, il faut un diplôme supérieur.

Qui plus est, le saut est en soi chose triviale. Le tintinnabulement tribal qui l'accompagne est affaire plus délicate.

Qui sont ces enfants que les chirurgiens lui refilent pour les remettre d'aplomb ? Ici, dans le califat du Sud ensoleillé, ils composent un buffet varié des nations les moins favorisées. Parmi eux, aucun innocent élémentaire. Elle a connu des petites filles au regard vide, qu'il fallait caler dans leur lit, indifférentes à tout sauf aux émissions télévisées. Elle a traité les allergies galopantes du quart-monde, ces meurtrissures noires et boursouflées qui ne peuvent être qu'une seule chose. Elle converse avec des bonimenteurs effrénés qui grommellent dans des sabirs frénétiques et cadencés qu'elle est incapable de comprendre.

Ses patients font mentir toutes les histoires qu'elle voudrait leur lire : torses décharnés, gravés aux insignes des gangs. Échines frappées de scorbut qui se voûtent, accablées par leur premier dîner équilibré. Gamins de dix ans qui confectionnent du pâté d'œil avec des armes de fabrication artisanales. Dont le visage traverse le pare-brise des voitures qu'ils volent. Qui, dès le collège, rejouent en miniature le cycle de la délinquance qui résume toute la vie de leurs parents : expulsion, casier, conditionnelle, récidive. Qui crachent dans des verres à eau et se nettoient les dents avec un index au goût salé ou le coin d'un sous-vêtement crasseux.

Pourtant elle les connaît tous par leur nom et leur passé médical, presque avant de les rencontrer dans leurs chemises cartonnées. Elle peut identifier chacune de ses demi-*compatriota* sur le trombinoscope de sa classe, du temps de l'école primaire dans un Wisconsin grotesque de privilèges féeriques. Les vies qui auraient pu être, et dont la flamme n'est pas encore éteinte sur les visages, lui semblent des remakes hallucinés des Julie Axelrod et autres John Lartz préservés du temps, visages au stade de la prophase, figés pour la petite Linda Espera à l'âge où elle les a vus pour la dernière fois. Elle le sait : chacun de ces déportés sans visa tuerait pour une occasion de revenir aux après-midi de toboggan bienveillants et de cochon pendu, s'il le pouvait.

La maladie, l'accident qui les mène à elle, n'est que la pointe d'un jonc acéré dont la longueur dépasse de plusieurs existences les quelques années accordées à ces victimes. Elle a ramené à la vie des enfants parvenus à l'extrémité du désespoir, leur a rendu l'intégrité, hormis ici un refus d'uriner ou là un besoin compulsif de pisser à longueur de temps. Ou de manger à en perdre conscience, ou de s'affamer jusqu'à n'être plus rien qu'un souffle. De crier en présence de certaines couleurs, de certains sons, ou de se recroqueviller sous l'effet d'une douleur imaginaire. De refuser de parler, ou de ne plus savoir s'arrêter. Elle a vu un enfant préférer se pincer le doigt dans un lit pliant plutôt que de se laisser renvoyer chez lui.

Quels médicaments peut-elle bien leur fourguer pendant les quelques semaines où l'État accepte de régler l'ardoise ? Il lui faudrait l'équivalent psychique de cet onguent antipaludéen tiré de treize variétés de renoncule. Du sucre roux et de la betterave contre la coqueluche. Des pansements en toiles d'araignée et poudre de vesse-de-loup pour soigner les plaies. Des sorciers indiens contre les brûlures et les saignements. Rien ne les sortira d'affaire hormis les remèdes de bonne femme des immigrants. Traitements éclairs pour ceux qu'on a abandonnés à une terre neuve.

Une seule et même check-list informe chacune des thérapies d'Espera. Si leurs jambes ont la bougeotte, elle les emmène faire un footing. Des parcours de plus en plus longs à travers les services, dans les cages d'escalier de secours, sur le pourtour des parkings – des trottes dans le quartier dont elle élargit graduellement le périmètre jusqu'à ce qu'ils filent sans se retourner et disparaissent. S'ils ont la voix qui flanche ou qui cafouille, alors elle les fait monter sur les planches de la rhétorique amateur, les toges des débatteurs taillées dans des tuniques de chirurgien, le rideau de scène frappé du logo de l'hôpital. Une saison de discours et les voilà qui abandonnent le carcan du podium, sortent par la coulisse imaginaire à la recherche d'une matière plus *in situ*. S'ils continuent à hurler dans leur sommeil à cause d'immeubles en flammes, elle les affecte à une équipe de concepteurs occupés à dessiner toute une cité utopique, à commencer par ses bouches d'incendie. Ceux qui ont été déchus de l'oreille absolue, elle les recrute pour qu'ils aillent interpréter des chants de Noël en gériatrie et si, plus que des sonorités euro-diatoniques, leur « Divin Enfant » évoque un sinueux mariachi ou le *nay* de l'arabe des rues, cela ne donne au chœur que plus de vertus médicinales.

La lecture à voix haute les aide tout autant qu'autre chose. Cela ne fait certes pas partie des obligations statutaires de Linda, n'est pas compris dans ce pour quoi on la paie si chichement. Pure affaire de volontariat ou, au mieux, de petite main d'hôpital. Mais rien ne vaut la lecture quand il s'agit de bâtir la confiance de part et d'autre. Lorsque les parents rentrent chez eux – si ! répète-t-elle aux médecins venus frayer dans les bas-fonds, quand l'un des petits de la couvée manque à l'appel, même les mères célibataires qui vivent d'allocations s'en aperçoivent –, une fois achevée la tournée officielle de ses malades, Linda revient en douce dans le lazaret, soulevant des cris de demande. Résultats sportifs, paroles de chansons pop, synopsis de soap operas, fanzines, faits divers, récits incroyables mais vrais, recueils de solutions pour jeux vidéo : ils réclament tout imprimé en provenance du monde extérieur.

La thérapie par la lecture vaut autant pour Linda que pour eux. Elle la ramène à un temps prépragmatique où elle croyait encore pouvoir vivre d'une manière quelconque du plaisir partagé des mots. À dix-huit ans, le mystère qui se déployait autour d'elle comme les volutes d'une orchidée, l'érotique de la prosodie sociale lui avaient laissé entrevoir le temps d'un semestre que l'option littérature pourrait bien faire une spécialité légitime, voire responsable. En ces jours-là, le destin de l'Occident en son moment charnière et indécis semblait dépendre de la signification du mot « lâche » dans les vers « Un enfant accroupi, plein de tristesse, lâche / Un bateau frêle comme un papillon de mai ». Elle les entend à nouveau aujourd'hui, à haute voix – poésie, vers antiques si étranges et illégalement étrangers en ce lieu que, l'espace de quelques strophes, ils tiennent sous leur pouvoir envoûtant même des enfants endurcis et mourants.

La lecture à voix haute, le plus vieux des remèdes répertoriés, plus ancien que les tout premiers emplâtres :

la seule ruse dont Espera dispose pour forcer ses patients à assimiler par voie orale, à hautes doses, tout le régime des dénouements fictifs, bourgeois et bienheureux, qui leur a fait défaut. Les contes sont le seul vaccin disponible contre la vie qu'ils continuent de vomir faute d'antigènes. Elle leur lit des histoires qui l'auraient fait grimacer à huit ans, sachant que si on n'introduit pas dans leurs estomacs distendus par les carences ne serait-ce qu'une pointe de la fable extravagante du rétablissement, jamais ils ne survivront à leur propre guérison. Des enfants déjà perdus, voués à des addictions ataviques, assis en demi-cercle, captivés, écoutent leur kiné au noir leur lire un bouquin qu'elle a trouvé dans la bibliothèque du service, volume récupéré chez Dieu sait quel improbable revendeur d'aberrantes babioles dont les prix atteignent des montants absurdes dignes du kitsch hystérique des designers : plateaux blasonnés d'hôtesses des années cinquante qui font un salut militaire ou appliques murales confectionnées avec les calandres d'affligeantes berlines Chevrolet. Linda parcourt le dos du livre et coche un à un les contes de cette anthologie : *Un pays chaque soir pendant un an*.

L'histoire de ce soir vient d'une lointaine contrée nordique. Comment se fait-il – principal mystère pour ceux qui étudient la littérature enfantine – que, toutes époques confondues, les plus riches évocations de destinations cachées viennent du Nord ? L'écart est plus grand qu'entre le brocart et le lin. Espera a sa petite idée : le Sud veut voir en l'enfant l'embryon d'un adulte quand le Nord sait depuis toujours que l'adulte n'est qu'un enfant déplacé. Est-ce le climat glacial qui fait cristalliser l'imagination ou existe-t-il un Andersen, un Grimm du Sud que son anthologie n'aurait pas encore découverts ? Elle leur lit ce soir l'histoire de la femme de l'aubergiste au bord de la mer du Nord, rêvant d'un inépuisable trésor qui se trouverait devant la Bourse de la grande ville. Là-bas, à la Bourse, un courtier rit de sa crédulité. « Ah, moi, j'ai rêvé que je trouvais la fortune sous le lit d'une auberge au bord de la mer du Nord. » La bonne femme se précipite chez elle, arrache son plancher et découvre son royaume. Voilà la clé de la thérapie par le récit, la cure des rêves entremêlés.

Le chirurgien avec qui elle a bêtement flirté pénètre dans le service en pilote automatique, se plante là et l'observe. En cet instant, elle a l'impression d'être une petite fille à ses lectures. Ce tableau anachronique se dissipe pendant qu'il la regarde, flocon de neige incongru à cinq branches qui fond dans le creux de la main. Elle maintient la cadence jusqu'au milieu d'une histoire avant qu'il se retire, croyant ne pas être vu. Même dans la lumière déclinante, chaque enfant à l'écoute sait bien que derrière la fenêtre de l'hôpital les quartiers est de la Cité des anges sont toujours là, à un ou deux ans de l'incendie qu'ils allumeront, explosant à nouveau sous la pression de besoins quotidiens inassouvis, du viol routinier des droits établis, des fouilles au corps aléatoires et des arrestations. Il leur suffit de lever les yeux pour voir la silhouette d'une ville qui s'empresse d'annuler toutes les clauses du contrat social qu'elle a tout juste toléré jusqu'à présent. Tout ce qu'elle leur lit raconte sous forme codée leur dérive sans gouvernail, livrée à son propre cours débridé, lancée vers sa fin.

L'heure des histoires est pure offrande. Dans un pays qui tient les financements publics pour une atteinte aux libertés individuelles, les batailles fiscales garantissent que toutes les dépenses demeurent occultes, dissimulées dans des crédits renouvelables, jusqu'à échéance du remboursement en une fois, impossible à honorer. Linda n'a jamais trouvé le temps de faire de l'économie pendant ses études. C'est peut-être pour ça que seule ou presque, elle voit jusqu'à cette minute même que chaque avancée de la société a été payée en liquidant le principal et en hypothéquant ce qui n'est pas encore né. Nul besoin d'avoir l'esprit macroéconomique pour comprendre que la courbe des dépenses finira par rencontrer celle des coûts. Elle leur lit un autre conte dans lequel la vie entière se nourrit de souhaits et d'intérêt.

Là où la nécessité n'est pas rémunérée, Linda doit donner de son temps, prolonger la kinésithérapie jusqu'à devenir mi-institutrice, mi-soigneur, mi-metteur en scène, mi-entraîneur, mi-psychologue. Quand elle lit à voix haute pour trop de monde, trop tard dans la nuit, quand l'histoire qui protège ses auditeurs de l'horreur véritable est trop nordique, trop glaciale dans ses enchantements, quand le temps de son dénouement prévisible se fait trop immédiat et trop réel, elle rédige, dès la fin du récit, un bulletin scolaire pour l'intégralité du projet humain défaillant, évaluation pédagogique de cette petite victime mondiale des armes à feu, invalide recroquevillée à ses pieds pour la soirée.

Mathématiques et sciences : A. D'énormes aptitudes. Progrès rapides sur tous les fronts…

Pratiques du langage : B –. Des capacités mais manque encore de discipline. Se met à baragouiner sous l'effet de l'excitation. La calligraphie prête à sourire.

Sciences sociales : C. Décevant. Ne parvient pas, malgré toutes les occasions récemment offertes, à s'élever au-dessus de son provincialisme. Se montre peu sensible aux affaires internationales.

Économie : C –. Extrêmement inégal. Des progrès impressionnants dans certains domaines au détriment des autres. N'a pas encore assimilé les bases…

Éducation civique et sciences politiques : D. N'essaie même pas. Plaide le *nolo contendere* à l'examen de fin d'année.

Arts et musique : B +. Des surprises permanentes. Éclectique et insatiable. Une créativité en plein essor. S'attendre à un probable grand remaniement.

Histoire : Inachevé.

Hygiène et santé : F. Cinq millions d'enfants meurent de diarrhée chaque année, nom de Dieu !

Devant des résultats si mitigés, cette créature peut-elle seulement rêver d'un diplôme ? Quels cours de soutien, quelles thérapies pourraient donc bien fonctionner à cette heure ? Une chirurgie radicale, lui chuchoterait à l'oreille son peut-être petit ami. En dehors d'une politique totale de terre brûlée, nul programme n'a la moindre chance d'améliorer la situation.

Heureusement, elle n'a jamais été de ceux qui se soucient des probabilités. Il vient un âge où être réaliste perd simplement tout caractère pratique. Le travail auquel elle se consacre à longueur de temps ne sauvera peut-être personne. Possible qu'elle ne puisse rien faire, même pour les tout-petits aux membres rognés, aux organes excisés, sinon cacher sous une couche de maquillage une cicatrice dont l'enfant mutilé ne se relèvera jamais intact. Peut-être pourra-t-elle au mieux retarder la nuit du paiement intégral, l'irrépressible crise de hurlements de peur consignée dans le service pédiatrique de la personnalité, au cours de ces années dites de formation. Mais ce que Linda leur donne sera toujours plus que ce qu'ils avaient en arrivant.

Et si elle partage ses convictions professionnelles – disons avec ce nouvel homme, déjà trop usé par le réel à trente-trois ans pour la suivre, ce médecin blasé qui poursuit une carrière dont elle ferait mieux de ne pas se mêler, et préfère visiblement qu'elle ne sache jamais rien de lui –, si elle lui montre les essais cliniques de ses filtres secrets de guérison, comprendra-t-il ? Pourrait-elle même convaincre son nouveau chirurgien que feindre, agir comme si la vie pouvait encore aboutir à une libération inattendue, reste le meilleur moyen de ne pas mourir au beau milieu de la fable ? Réussirait-elle à le faire asseoir dans le cercle de ses enfants affligés qui écoutent, pour prendre part aux promesses de la fiction, au plaisir – notre seule et unique obligation morale ?

Il n'est pas plus vieux, ni plus diminué que le plus gravement atteint de ses enfants. Et elle n'a que cela, ce ministère bricolé, usé, pour montrer à qui est assez têtu pour s'en souvenir comment on l'a jeté au milieu d'une intrigue qui réclame seulement qu'on en suive le cours. Vous allez quelque part. *Vous allez quelque part*. Clamez-le haut et fort, pratiquez la phonétique, la rime, le spasme musculaire, la forme de la courbe narrative : début, développement, complication, dénouement. Telle est la raison de l'être, ce pour quoi les os ont été fabriqués, ce par quoi ils ont été brisés, la terre que vise tout bond en avant, le lien, la conclusion en suspens, la thérapie du corps entier, la cure par la lecture. Un conte le soir. Chaque fois, un pays pendant un an.

(Soir 57, Japon.)

Ainsi commence le monde. Au début, le Tout n'était rien moins qu'un œuf trouble, plein de semences et de turbulences. Au bout d'un temps bien au-delà de ce qu'on peut dire, les parties plus lourdes ont commencé à se déposer et les plus légères à flotter par-dessus pour former la plaine des hauteurs célestes. Sur cette plaine, trois dieux nés de personne ont vécu une éternité, puis se sont volatilisés, sont retournés au néant.

Comment ça se peut ça, naître de personne ? Il faut bien que tout le monde...

Chut, voyons. C'est une invention ; c'est comme ça que ça commence. Ensuite arrivèrent, tout seuls, quelques couples de dieux qui habitaient au milieu de ce nulle part à la dérive. Les plus jeunes s'appelaient Izanami et Izanagi, ou Elle-qui-invite et Lui-qui-invite. Elle et Lui reçurent de leurs aînés l'ordre de constituer un monde solide à partir des eaux bourbeuses et informes qui coulaient sous la haute plaine des cieux. Postés sur le pont céleste, ils plongèrent une lance sertie de pierres précieuses dans le bouillon limoneux sous leurs pieds et l'agitèrent doucement. Ils sortirent leur lance des eaux. Une goutte salée qui perlait à la hampe tomba pour former Onogoro, la première île.

Elle-qui-invite et Lui-qui-invite descendirent sur l'île et entreprirent de l'explorer. Lentement, ils se mirent à tourner l'un autour de l'autre devant le pilier dressé au centre du monde solide. Lentement, ils se découvrirent l'un l'autre et apprirent qu'ils avaient envie l'un de l'autre.

Holà ! Leurs ennuis commencent. Quand mon papa nous a surpris mon grand frère et moi...

Non, ma puce. Ça n'a rien à voir. Rappelle-toi : ces dieux-là n'avaient pas de parents. Lentement, à force d'expérience et de hasard, Elle-qui-invite et Lui-qui-invite apprirent à faire un bébé. Mais leur premier enfant naquit avec un défaut. Ne sachant pas comment on doit faire la cour, Elle avait enfreint les règles sans le vouloir. Et le premier petit qui posa les yeux sur le monde naquit donc difforme.

Eh ! Comme moi, tu veux dire ?

Oui, Chuck. Un peu comme toi mon bonhomme. Elle et Lui appelèrent leur garçon Hiroku, l'Enfant-Sangsue. Ils ne savaient pas ce qu'ils devaient en faire, alors ils lui fabriquèrent une embarcation en roseau et le lancèrent vers le large. Vous voyez donc que le tout premier enfant jamais conçu a été abandonné. Sitôt l'Enfant-Sangsue avait-il disparu au loin que ses parents se mirent à faire d'autres bébés, davantage de divinités pour couvrir chaque arpent de la création.

Parmi leurs nouveaux enfants, il y avait les huit îles principales du monde. Elle-qui-invite mourut brûlée en donnant naissance à son dernier enfant, Feu. Un flot de dieux s'épancha de son corps agonisant. D'autres dieux émergèrent des larmes montées aux yeux de son mari. Pris de colère, Lui-qui-invite fit tournoyer sa grande lame et trancha la tête de Feu, son fils. Du cou sanglant surgit Tonnerre accompagné de plusieurs autres dieux.

L'âme d'Elle-qui-invite descendit dans le Yomi, le

pays de l'ombre, où, dans un accès de folie, Lui-qui-invite la suivit. Il voulait la retrouver et la ramener à la vie. Mais sa femme avait déjà mangé de la nourriture préparée au pays de l'ombre et ne pouvait donc plus revenir. La défunte Elle avertit son mari de ne pas la regarder. Mais il désobéit à son ordre. Il observa son visage et vit quelque chose d'atroce. Sa femme pourrissait. Des vers la recouvraient. Chut ! Oui, comme ceux qu'on trouve dans les vieilles poubelles. Terrifié, Lui-qui-invite courut rejoindre le monde. Blessée et en colère, Elle lança alors une horde de Furies aux trousses de son mari.

Quand il eut regagné la surface, Lui-qui-invite scella l'entrée du pays de l'ombre avec un énorme rocher. Sa femme entra en fureur. Elle menaça de tuer mille de leurs enfants chaque jour que Lui la laisserait prise au piège. Mais Lui se contenta de ricaner. Il dit qu'il engendrerait mille cinq cents nouveaux enfants pour chaque millier qu'Elle tuerait. Elle et Lui savaient qu'ils en avaient fini l'un et l'autre.

Lui, pour se purifier, se baigna dans les eaux. Tandis qu'il se lavait, d'autres dieux sortirent de Lui. De l'eau qui sourdait de son œil gauche naquit le Soleil, et du droit, la Lune. De son nez, sortit Susanoo, dieu du Vent et de l'Orage.

De son nez ? C'est dégueu. Mais le garçon dans le bateau, la Sangsue. Qu'est-ce qu'il devient ?

L'histoire ne le dit pas. Il a dû flotter longtemps, très longtemps. Le roseau, ça peut être bien étanche dans ce genre d'histoires. Mais l'océan peut aussi être assez grand. L'Enfant-Sangsue a dû dériver au gré du courant pendant des années, de plus en plus loin, jusque dans des endroits où on n'avait jamais entendu parler de la terre.

Peut-être l'embarcation était-elle assemblée avec de

petites attaches en métal. C'est ça ; une fois j'ai lu un truc dans ce genre-là. Il a défait une de ces agrafes et s'est fabriqué un brin de métal miroitant qu'il a laissé pendiller dans l'eau, juste pour s'amuser, parce que c'était joli. Et voilà comment, par hasard, l'enfant a appris que les poissons mordent aux hameçons. Et il a découvert qu'en mangeant du poisson il pouvait vivre pour ainsi dire aussi longtemps qu'il le souhaitait.

Ah oui ? Bon d'accord. C'est possible. Lis-nous-en une autre.

(Soir 139, Italie centrale. Des frères jumeaux nés d'une vierge vestale et du dieu de la Guerre sont condamnés par le roi à être noyés dans le Tibre. Par miracle, le tonneau dans lequel ils ont été placés flotte. Ils sont découverts et allaités par une louve plus aimante que des parents humains. Les enfants trouvés grandissent et inventent l'Occident.)

Continue. Encore.

(Soir 21, Proche-Orient. Un autre tyran terrifié qui ordonne la mort par noyade de tous les enfants mâles issus d'une certaine tribu. La mère fabrique une petite arche en jonc pour son garçon et le dépose parmi les roseaux au bord du fleuve. La fille du tyran trouve le nourrisson et prend à son service la propre mère de l'enfant pour l'allaiter. L'enfant grandit et apporte la loi de Dieu aux…)

Pourquoi par noyade ? Pourquoi tout le temps de l'eau ? Pourquoi des petits bateaux ?

En effet, c'est étrange, non ? Il y en a partout. Regardez ça : Soir 308, Mississippi. Soir 145, Norvège. Soir 98, Cachemire. Soir 114, Zimbabwe.

(D'un bout à l'autre de la planète : tentatives de noyade, petits corps ligotés, délibérément rejetés à la mer. D'un bout à l'autre de la chronologie, ils disparaissent dans le flot, sont emportés par le courant.

Une histoire sur deux dans toute anthologie : enfants séquestrés, enfermés dans des tonneaux, passés sous la quille, attachés à des radeaux, happés par la mer qui se retire. Une poignée de miraculés, tenus en réserve à des fins ultérieures.)

Et il y a tout le temps une maman ou un papa qui veut les tuer.

Oui, c'est vrai ! Et remarquez comment ces histoires accusent toujours un beau-parent quelconque, ou alors un père adoptif, un roi. Je vous fiche mon billet que c'est de la culpabilité. Ces animaux-là ont quelque chose à cacher, croyez-moi. Quand ils ne flanquent pas les mômes dans des coffres pour les noyer, ils les laissent sur le parvis d'une église ou sur le bord d'une route hors de la ville. Ou bien regardez ça : abandonnés au fond des bois, emmurés, changés en pierres d'angle, écrasés dans le lit partagé avec les parents…

(… emmaillotés dans des langes trop serrés, mis au monde avec un coup de massue derrière le crâne ou une canule en forme de papillon enfoncée dans la trachée, entortillés dans un vieux chiffon, ou, pour une efficacité maximale – Soir 3, Grèce – mangés).

Génial ! C'est vraiment arrivé des trucs comme ça ?

(Avant-dernier soir, îles du Pacifique : les deux tiers de la progéniture. Afrique occidentale : tous les jumeaux. Sarawak : de jeunes garçons pendus à des branches d'arbre. Chine : des filles à qui l'on donne aussitôt une seconde chance de revenir métamorphosées en fils. Allemagne, Italie, France : on recense 1,8 « naissance viable » pour les garçons contre une pour les filles. Sud-est de l'Angleterre : trois enfants noyés dans un étang, deux dans un puits, cinq enterrés, deux étouffés sous un oreiller, deux abandonnés dans un fossé, un jeté sur un tas de fumier, un projeté contre une colonne de lit, deux au cou brisé… Chicago ;

Houston ; Portland, Oregon : discrets accidents mortels et banlieusards, pernicieuses négligences, rafles policières quotidiennes qui dégouttent des radios dans le noir, sur des stations où l'on cause jusqu'au bout de la nuit, volume baissé, entre deux refrains de cette vieille chanson populaire, *Je suis enfant de ce pays*.)

Pourquoi ?

(Contes 101 et 343 : contrôle des naissances post-partum. *Parce que nous somme trop nombreux*. Contes 45, 83, 162 : remèdes expéditifs à la privation, à l'illégitimité, à l'inceste. Ce cortège historique dans les 200 : assistance charitable de la nature qui étouffe ceux auxquels il manque un poumon, laisse crever de faim les acéphales. Nourrissons polaires livrés aux étendues de la banquise, à l'exception des plus robustes. Massacres d'enfants – simple prolongement des cas de maltraitance représentés ici, dans ce cercle qui écoute. Dossier 219 : « Elle ne voulait pas m'aimer, cette petite salope de quatre ans. Alors je lui ai brûlé la plante des pieds à la cigarette. » Une étape supplémentaire est franchie à présent. Dernier coup de boutoir, ou de four ou de puits ou d'oreiller, pour extirper cette créature qui restera toujours un battement de cœur hors de contrôle. Les enfants sont des créatures mauvaises. Un démon les habite. On peut reconnaître à leur cri les enfants échangés. Un enfant a besoin de pain et de punition. Nous devons les terrifier pour les rendre bons. Cette chose allait me survivre, alors je l'ai tuée.

(Ces rafles de nuit définitives accompagnées de sirènes ne sont que les dernières tentatives parentales pour conjurer la prophétie. Pour tuer en eux l'enfant toujours désemparé que leurs propres parents n'ont pas su achever. Le mot d'ordre vient de la capitale impériale, ou est lancé par quelque gouverneur de province à deux sous : limiter les dégâts infligés à l'ordre ancien. Publier l'ordonnance de la tuerie, mandater le massacre de colmatage, réserver pour chaque menace imminente qui plane sur le statu quo un billet gratuit dans un wagon de marchandises. Le pouvoir investi ne connaît pas de pire danger que ces révolutionnaires incarnés : tout corps qui respire et n'est pas encore en âge de voter.)

Je ne sais pas, mon lapin. J'aimerais pouvoir te le dire.

Allez. Lis. Lis encore. Trouve-nous-en une bien démente.

(Soir 12, Palestine. Les troupes d'élite du roi Hérode, des pères issus de cette région de l'empire, passent de maison en maison pour accomplir leur ménage de l'ombre. Étudiants de la terreur politique, ils savent que le coup frappé à la porte à deux heures du matin est le plus efficace. Ces hommes de main suivent aveuglément les ordres, peu motivés par la sécurité nationale. La mission qui leur incombe vise la recherche et la destruction intensives. Pour atteindre le seul élément potentiellement déstabilisateur, le commandant en chef en exercice est décidé à sacrifier tout otage innocent qui se trouve être là. Les soldats, agents de l'État, œuvrent dans une ignorance cultivée, égorgent dans le noir : ils piègent des bambins dans des ruelles, bouclent la place, nettoient les poches de résistance sur le marché aux volailles, envoient des enfants *ad patres* avec méthode, comme dans un rêve de renouveau urbain.)

(Tableau grotesque, mais les soldats sont désormais trop embourbés dans ce récit pour battre en retraite. Des phalanges d'élite éviscèrent ceux qui dans cette province viennent juste d'apprendre la propreté. L'onde d'une charge érotique se propage une fois de plus dans la classe des soldats professionnels qui tiennent à la pointe de leurs sabres au clair des chairs prépubères.)

(Comment se fait-il que ce récit semble si familier, aussi pénétrant que les reportages des dernières éditions ou qu'un nouveau décompte de victimes bientôt destiné à rester gravé dans les mémoires ? Les génocides d'étudiants qui germent au mois de juin, toujours de l'autre côté du monde comme les variétés expérimentales d'un riz miracle, parviennent ici en novembre, prolifèrent hors les murs et fleurissent sous les fenêtres du service de pédiatrie.)

(La graine rédemptrice – une famille de fugitifs s'éclipse par l'escalier de service, un nourrisson échappe au bain de sang pour fonder l'ordre nouveau, promouvant à la félicité éternelle les petits massacrés. Fin de cette séance tardive de lecture, arrêtée sitôt advenue. Le chemin de l'avenir est pavé de cadavres de trente-cinq centimètres. Telle est leur fonction magique, incantatoire. Toutes les petites épouses de la pauvreté, toutes les mères célibataires qui fuient devant une nouvelle bouche hurlante, tous les maquignons roués qui rechignent à investir dans des filles – tous ne sont que de simples pions, manipulés et ignorants, utilisés pour accomplir la prophétie. On a beau les tuer aujourd'hui, ces enfants pèlerins apportent du sang à l'autel de l'espèce et forment le propergol solide du progrès.)

(Quand l'histoire dépasse les horreurs du monde extérieur, quelle espérance les lectures de Linda sont-elles censées préserver ? Un cauchemar brut régnera cette nuit sur le dortoir. Chaque éclaboussure provoquée par les massues d'Hérode plongées dans ces tendres poitrines suscite un coup symétrique parmi les auditeurs acharnés. Révoltés, quatre gladiateurs essaient furieusement de s'arracher les uns aux autres leurs pansements chirurgicaux.)

Tchac ! Paf ! T'es mort. Youhou ! Non, pardon, pas ça. Encore une histoire, encore une. On arrête, promis.

Il est tard. Allez les enfants, au lit. Je vais avoir des ennuis à cause de vous.

Non ! Encore une. D'accord, si tu ne veux plus lire, dis-nous au moins ce qui arrivé à ce garçon. Le difforme, dans le bateau.

Eh bien, je ne sais pas. D'après vous ? Il… dérive, c'est tout. Son embarcation tient la mer, il pêche, tout seul à la surface d'un miroir infini. Il se laisse glisser sur le courant océanique. De temps à autre, même si le temps ne signifie rien pour lui puisque rien ne change, il aperçoit un autre bateau au loin à l'horizon. Mais il ne lance jamais de signaux ou d'appel : il se contente de regarder fixement sans bien savoir ce qu'il voit. La nuit, il s'endort et rêve d'un univers entier peuplé de créatures intelligentes, comme lui, mais…

... sur la terre ferme ?

Dans un hôpital ?

Partout dans le monde ?

Exactement. Vous êtes des petits génies. Mais parce qu'il n'a jamais rencontré d'autres êtres vivants…

... à part les poissons...

… à part les poissons…

... et les chevals de mer...

Les chevaux de mer, espèce d'analpha-bêtasse.

Parce qu'il n'a jamais rencontré d'autres êtres humains, il ne s'aperçoit même pas qu'il est seul. Il ne connaît pas le nom des océans et il passe les frontières des eaux territoriales comme un rien. Pour lui, ce n'est qu'un liquide profond ou pas, tantôt froid tantôt chaud.

Est-ce qu'il ramasse d'autres enfants en chemin ?

Oui bien sûr, pourquoi pas ? Mais pas au tout début. Au début, quand il approche assez de la terre ferme pour comprendre de quoi il s'agit, ça lui flanque une peur bleue. Les endroits durs, c'est comme ça qu'il appelle les îles. Et il voit aussitôt ce qu'elles ont d'incroyablement dangereux. On ne peut pas naviguer dessus ; un bateau s'y retrouverait tout à fait coincé ou alors il se disloquerait immédiatement après avoir touché la côte. Et comment pourrait-on pêcher dans des endroits pareils ? L'hameçon resterait à traîner sur le dur, inutile.

Il s'en tient aux larges courants. Au bout d'un temps très très long, ses yeux deviennent si perçants à force de scruter les abysses à la recherche de poissons qu'ils parviennent à distinguer des bancs entiers même à une lieue de profondeur sous l'obscurité totale. Vous comprenez, il n'a rien d'autre à regarder hormis les nuages et les vagues et, à l'occasion, une nappe de varech géant. Les années passent sans même un mât à l'horizon. Lentement, il exerce son regard, apprend à voir par-dessus la courbure de la Terre.

N'importe quoi !

Si, je t'assure. Et son ouïe s'affine aussi. Dans tout son univers, il n'existe aucune distraction. Alors même le son le plus ténu mérite qu'il se concentre dessus. Il y parvient si bien qu'il repère les chants que les baleines s'adressent les unes aux autres. Il se concentre jusqu'à pouvoir entendre même le cliquettement des coraux. Il entend des bruits qui viennent de partout. Un jour, après plusieurs siècles, il entend, à des milliers de lieues, puis voit, bien avant qu'elle ne dépasse l'horizon, une chose fort étrange.

Une flotte de porte-avions ?

Des jet-skis ?

Des jet-skis ? Pour l'amour du ciel. Vous êtes désespérants, savez-vous ? De vrais bons à rien.

Un message dans une bouteille ?

Voilà qui est mieux. Sauf qu'il ne s'agit pas d'un simple petit message dans une misérable bouteille. À coups de pagaie, il approche son embarcation en roseau, plisse les yeux pour faire le point. Il remarque

que l'eau change de température, de couleur. Ces petits flocons gris clair s'accumulent, deviennent plus fournis jusqu'à former un essaim compact qui danse sur la mer autour de lui.

Il est dans la mer des Sargasses !

Mais comment tu sais ça, toi ?

Je l'ai vu sur une carte.

Pas de problème, ma chérie. C'était juste pour savoir. Bref, c'est bien là qu'il se trouve. Une mer dans la mer : le déversoir de tout le tourbillon des eaux. C'est là qu'elles s'accumulent, toutes les bouteilles venues de chaque port d'escale dans cette moitié de l'hémisphère : messages lancés depuis l'Afrique occidentale et l'Espagne, depuis les Canaries, les Açores, Madère, l'Islande, l'embouchure du Sénégal ; billets en provenance de Paramaribo, Port-d'Espagne, San Juan ; lettres jetées sans espoir depuis les Keys et les côtes de Caroline, livrées en secret aux baies du côté de Baltimore, Brooklyn et Boston, ou balancées par-dessus bord depuis des paquebots.

... des sous-marins en détresse...

... des avions privés tombés en mer...

Chacun de ces millions de flacons a été brassé dans la boucle sur plusieurs cycles. Certains tournent depuis des décennies. D'autres lancent des appels de détresse prescrits depuis des siècles, et d'autres encore datent à peine de ce matin. La force centripète les aspire vers le centre des Sargasses. Tout ce verre – fumé, émeraude, gris, turquoise, bleu ciel, à la transparence magique – flotte simplement, immobile. Cimetière d'éléphants des SOS.

Il en ouvre une et regarde la feuille de papier à l'intérieur. Bien sûr, il ne sait pas lire et, évidemment, il ne saurait comprendre aucune de ces langues étrangères. Mais il a beaucoup de temps. Lentement, il apprend.

Impossible.

Comment ça, impossible ? Puisque je te dis qu'il a beaucoup de temps. Il travaille sur le premier message jusqu'à ce que les mots apparaissent : « Tulipe souriante, vendredi bancal, évaporation. » *Non*, songe-t-il. *Ça ne peut pas être ça*, et il recommence. Il travaille jusqu'à ce que le message finisse par dire : « Venez m'aider. » Il essaie une deuxième bouteille, et celle-là dit : « Venez me donner à manger. » Blessé à la Barbade. Grugé au Groenland.

Chaque rouleau de papier inclut sa carte miniature. Des croix marquent des endroits. Il comprend : le globe fourmille d'autres créatures exactement comme lui, sauf qu'elles ont des ennuis. À travers ces billets, il apprend à connaître la société des hommes. Et il voit qu'il n'est rien de plus que cette silhouette solitaire dans un minuscule canot, qui regarde cette étendue de bouteilles répandues sur la mer. Plus de requêtes qu'un dieu ne pourrait en lire en toute une vie.

Il se dit que la meilleure chose à faire serait peut-être de couler le troupeau entier des appels à l'aide. Un à un, remplir d'eau les flacons, sans les lire. Les expédier vers la sécurité du fond océanique où ils pourront attendre le jour d'une éventuelle réponse. Mais il y en a trop, même pour cela.

Il décide de suivre l'une des cartes. Ses yeux et ses oreilles, devenus surpuissants à force de vide, lui indiquent le chemin. Il associe les langues qu'il a appris à lire avec ce lointain gazouillis de fond qu'il a toujours cru venir d'un genre d'oiseau terrestre. La carte, les sons et la vie de la Terre par-delà l'horizon conduisent la Sangsue tout près d'un continent où quelque chose d'important s'annonce. Il la détecte dans l'air, cette sensation d'attente terrible qu'il n'a éprouvée nulle part ailleurs sur toute la côte ininterrompue de l'océan.

La Sangsue jette l'ancre à bonne distance du bord et essaie de comprendre quel ébranlement immense et silencieux approche. Chaque menue principauté sur le patchwork de cette masse terrestre, chaque habitant, de l'empereur au brigand, semble courir en tous sens pour devancer le temps. Les gens du continent eux-mêmes n'ont pas saisi ce qui se passe. Quelque chose se déploie, mais si lentement qu'il se perd encore dans le mythe.

Partout sur le continent, des enfants balancent ces bouteilles dans les fleuves où elles descendent jusqu'à la mer. Depuis son mouillage au large, la Sangsue entend tout. Il entend les bruits qui claquent aux alentours des villages et des villes. Il entend les gens faire le décompte des jours, dans l'attente de quelque chose qui semble se rapprocher à chaque recul. Il voit les signes et les prodiges pousser comme du chiendent. Il regarde des bandes de hors-la-loi, de soldats, de savants et de paysans ravager le territoire dans toutes les directions.

Chacun est terrifié à la perspective d'apprendre au réveil la nouvelle qu'il espère le plus. Des murs de forteresses poussent comme des champignons. Des plaines occidentales desséchées jusqu'aux fjords gelés, une frénésie de danse se propage. Dans certaines provinces, tous ceux qui ont moins de douze ans sont emportés et dansent durant des semaines, jusqu'à tomber. Depuis le large, la chose est évidente : le continent entier est effrayé, et pas qu'un peu. Inflation, chômage, peste. Ça va si mal que des pays adoptent à l'unanimité des remèdes scandaleux. Des gamins deviennent évêques. Des villes entières sont confiées à leurs plus jeunes résidents.

À l'extrême pointe de ce continent, la Sangsue aperçoit un autre enfant maltraité, difforme, qui a bâti une tour de guet d'où il peut scruter les étendues de la mer en quête d'une échappatoire.

Henri le Navigateur ?

Mais comment diable peux-tu savoir une chose pareille ? Tu écoutes rudement bien à l'école. À force de fixer l'horizon pendant plusieurs semaines d'affilée depuis le sommet de sa tour au… Où était-ce déjà ?

Au Portugal.

C'est ça. À force de fixer l'horizon depuis sa tour au Portugal, le Navigateur s'est entraîné à voir derrière la courbure de la Terre. Il est convaincu de l'exactitude des récits qui rapportent l'existence d'un fleuve de l'Éden quelque part, juste après la prochaine terre. Il essaie de voir un peu plus loin que les confins du monde, passé le prochain cap où la côte amorce un virage.

Mais ce matin-là, en pleine inspection, le Navigateur éprouve un choc : voilà une île au large, une île qu'il n'avait pas remarquée jusqu'alors. Regardant encore, il voit qu'il ne s'agit pas d'une île mais d'un canot. Et il y a un enfant dedans, noirci, rabougri, difforme. Une minute plus tard le regard de l'enfant ancestral et le sien se croisent. L'enfant du bateau se dresse et le Navigateur reçoit un second choc : l'enfant a le visage d'un vieil ami du temps de l'école. Le Navigateur connaît ce visage de si longue date qu'il ne parvient pas à mettre un nom dessus.

La Sangsue semble le reconnaître lui aussi. Un large sourire apparaît sur ses lèvres et il se met à agiter les bras, de grands mouvements de battoir qui partent des genoux et finissent au-dessus des épaules où il déverse l'air ramené dans le creux de ses mains. *Allez ! Qu'est-ce qui te retient ?* Le Navigateur n'a besoin de nulle autre preuve. Ce garçon vient d'Orient, à l'évidence : ses cheveux, sa peau, ses yeux – tout, même si le Navigateur n'a jamais vu d'Oriental sinon en imagination.

Si celui-ci est venu par la mer, alors le Navigateur a deviné juste à propos de son itinéraire. Il laisse échapper un cri de joie, audible jusqu'à Lisbonne. Il répond à l'Enfant-Sangsue d'un signe frénétique : *Attends ; on arrive tout de suite.*

C'est le signal de l'évasion. Les enfants d'Europe disposent enfin d'une infaillible échappatoire. Ils peuvent quitter leurs foyers. Ils commencent à s'entasser dans des bateaux, par pleins pays…

Mais ce n'est pas ça. Ce n'est pas comme ça que... (Soir 366, Cité des anges.)

Oh, Joy. Je suis désolée. Je n'ai pas réfléchi. Ça m'était complètement sorti de l'esprit. Oh pardonne-moi, mon enfant. Ce n'est qu'une histoire.

Il a une théorie sur la popularité pathologique des séries télé hospitalières – humour à vif de salle de garde et aiguillon brutal d'une nation qui fait mine de ne pas entretenir de relations professionnelles avec la mort. Ce déversement perpétuel de drame et de sirènes polyphoniques, où des hordes de chirurgiens font des embardées dans des couloirs en poussant des dessertes à roulettes longues comme des cadavres, truffées de codes bleus (ou de la couleur dont l'industrie du divertissement les affuble aujourd'hui), doit son épouvantable clamp sur les sites de fixation de l'imagination à la dose continue de méthadone émotionnelle qu'il procure aux foyers américains.

Kraft a en tête cette image de familles nucléaires, partout, en bivouac dans leurs séjours, qui lapent le téton du désastre, tètent jusqu'à la dernière goutte la ration recommandée de nutriments quotidiens. Les panoramiques et fondus des clichés visuels de l'affliction ont pris les airs vaporeux de la familiarité, comme autrefois une grand-messe derrière un jubé, suivie depuis le fond de la nef. Guère étonnant. Chaque écolière sait aujourd'hui ce qu'il en est de l'incompréhensible. Elle l'a vu sur écran LCD couleur portatif, télégénisé, scandé sur les ondes commerciales, aussi libre et réitéré qu'une ritournelle de bac à sable.

Des pelletées de messages se bousculent sur les fréquences publiques. Le premier d'entre eux, conclut Kraft avec lassitude – assis dans cette salle de repos qui manque décidément de photogénie, où il se repasse encore la vidéo mentale des derniers docufictions du réel –, dit que l'apocalypse totale ne diffère des engueulades domestiques et des accidents de la route que par leur nombre de décibels. Ces séries indiquent aussi qu'aucune catastrophe n'est à ce point réelle qu'on ne puisse la ramener à une urgence rituelle.

La sérialisation apprivoise la chose exactement comme l'art de se tenir à table dissimule la sordide réalité de la nutrition. Sans faillir, aux alentours de la quarante-neuvième minute, les fugueurs rentrent au bercail, les papas Hitler fondent en larmes, les fistons chéris accros à la dope décrochent (en convulsant comme des dingues pendant quarante-cinq longues secondes) et les gamines à couettes s'extirpent de leur poumon d'acier pour le couplet habituel sur le pouvoir des souhaits. Il en ressort que votre propre récit-cadre, dépourvu d'intrigue, trouvera lui aussi son sens, son exceptionnelle conclusion, au fil du temps.

La réalité (pourrait-il expliquer aux scénaristes moyennant le versement à vie d'un modeste appointement d'expert-conseil) est infiniment plus calme. Pas de hurlements. Les patients arrivent comme des tas de bas de laine déposés à contrecœur au guichet d'une banque. L'épreuve de force reste imperceptiblement prosaïque, murée dans un silence de mort, comme dit le cliché. Un souffle perdure, pervers, dans ces amas à peine vivants, isobares comme les veines du bois sous les écorchures d'une table de bar fatiguée.

Même ici, dans le ventre de ce bâtiment, à l'entrée

des urgences, petit état de siège souverain des internes, tout ce branle-bas s'accomplit dans une atmosphère si feutrée, si proche du train normal des choses, qu'il est facile de passer à côté. Les receveurs sélectionnés de l'accident, qui portent dans la main un globe oculaire, retiennent par les tendons sectionnés un pouce noirci et nécrotique, arrivent d'un pas tranquille et sans tapage. Les auxiliaires médicaux, les escortes policières observent le silence. Les caïds des bandes d'adolescents au visage tailladé ont déjà dit ce qu'ils avaient à dire.

Si un conjoint ou un proche venu accompagner la victime se lance, sous la pression irréelle du moment, dans un saut carpé depuis le grand plongeoir de la désolation, il reste bien en dessous du *sotto voce* ou se voit à son tour escorté dans le calme vers une autre région de la forêt thérapeutique pour y recevoir son sédatif personnel. Une grosse masse gélatineuse peut bien déborder d'un crâne ouvert, la salle reste sage et méthodique. Les acteurs vedettes ne laissent rien échapper sinon un diplomatique « Sans commentaires ». Jamais un mot sur l'ici et le maintenant, et moins encore sur la suite à venir.

Disposant d'une minute de temps mort au milieu de l'urgence générale, Kraft lance la roue de la mémoire. Il s'amuse à d'informelles simulations probabilistes qu'il fait tourner sur sa petite roulette de prime time. Dans le même temps, il mémorise les toutes dernières complications répertoriées par le *New England Journal of Medicine* et dicte à un mini-enregistreur de la taille d'une boîte d'allumettes une interminable lettre sans queue ni tête : « Chère Bank of America, Un grand merci pour ce nouvel avis mensuel plein d'attention. Personne chez vous ne sait sans doute le prix de ce réconfort régulier… »

Cette activité multitâche l'occupe pendant dix minutes entières. Il entreprend de feuilleter le dernier remix de genres en libre-service dans la bibliothèque du personnel : *Le Messie minute, ou comment survivre aux soixante prochaines secondes.* Il tient le livre broché de la main gauche tandis que de la droite il trace distraitement une calligraphie chinoise dont il imagine qu'elle signifie « Sers le peuple » et « Lutte contre le moi ».

Il se retire dans son cabinet de fortune, retourne à la table qu'il a fuie tout ce temps. Posté en embuscade, Tommy Plummer s'emploie à coller au mur un entrefilet, demande de rançon, citation à l'usage de Kraft :

L'enfançon couché dans le berceau est à la fois restif et plein d'affection ; et quoique son corps soit de peu d'estenduë, il a grand cœur et se trouve de mesme tout à fait enclin au mal… Si l'on souffre que cette estencelle croisse, elle fera rage et consumera la maison entière.

Référence au troisième prépubère pyromane dont le service de pédiatrie a dû restaurer le cuir ce mois-ci.

— Ces toubibs du XVIIe siècle, ils connaissaient leur affaire, lui explique Thomas. Seul moyen de sauver la structure : y foutre le feu à titre préventif, avec le mouflet endormi à l'étage. Où donc la médecine moderne a-t-elle merdé ? Tu peux m'expliquer, champion ?

Plummer n'est pas vraiment ce que Kraft pourrait appeler un ami mais de tous les chirurgiens titulaires, il offre les meilleures perspectives de diversion humaine. Même le supplice de la compagnie l'emporte sur le choix alternatif de l'aujourd'hui. Il doit se préparer à une partie de pêche à la pelle mécanique dans la cheville de cette petite princesse asiatique réfugiée de douze ans et cet horizon réduit à néant son habituelle distance esthétique.

Thomas lui emboîte le pas sur le chemin de la salle d'opération. Il semble n'avoir rien de mieux à faire dans cet épisode que de jouer les utilités.

— Une affaire bien merdique, dit Kraft couvert jusqu'aux coudes de désinfectant.

— Non, mon petit Ritchie. Là tu parles de la résection de l'intestin grêle programmée en fin d'après-midi. Ça, c'est dégueu.

— Merdique.

Kraft ne prête nulle attention à Plummer.

— Minable. D'abord, tu expulses cette famille de son village. Ensuite tu rayes le village de la carte et tu fous tout le monde dans un camp. Après quoi, tu envahis le camp.

— Mais tu parles de qui quand tu dis « tu » ? J'ai eu fort à faire cette année, crois-moi.

— Persuade-les qu'un canot de sauvetage – mais oui, un canot… avec la petite qui a la gerbe dedans… un canot pour traverser la moitié du Pacifique… Et là, trimballe cette môme d'une zone d'attente à l'autre. Puis transfère-la ici, évidemment, dans ce trou à fast-foods franchisés, aux toits goudronnés hérissés d'antennes…

— Elle ne devrait pas d'abord se faire violer par des pêcheurs thaïs ? Elles ne se font pas toujours violer par… ?

Kraft le dévisage d'un air absent, revenu de tout, même du dégoût. Les épaules de Plummer se soulèvent en un petit *bah* d'indifférence. Possible que les blagues sur les boat people ne soient plus à la page cette saison. Il feuillette en hâte son répertoire en quête de miettes drolatiques sur les aiguillons électriques d'Amérique du Sud ou les Éthiopiens efflanqués.

Kraft se met à détacher les syllabes, ce qui n'est jamais bon signe.

— Bienvenue aux États-Unis.

Quelque chose dans son timbre indique que Plummer est le type même du spécimen culturel visé.

— Ben quoi ? C'est pas nous qui avons flingué la moelle osseuse de cette gamine. McDo ne lui a pas bousillé la jambe. Bon, d'accord, Dow Chemical n'est peut-être pas blanc-bleu dans l'histoire. Mais dis-moi, mon vieux : il lui serait arrivé quoi, bordel, à cette petite poupée de porcelaine si elle était restée au Cambodge ?

— Au Laos.

— Si tu veux. Si elle ne s'était pas carapatée, si elle n'avait pas mis les bouts, si le Département d'État, par pure magnanimité, ne l'avait pas autorisée à venir ici ? Explique-moi ce qu'elle serait devenue si elle s'était pointée dans son pays avec cette saloperie bien louche qui lui ronge la cheville. Ces abatteurs de jungle lui auraient tartiné la jambe avec un peu de noix de bétel et retiré tout le truc à la machette en partant de la taille.

La gravité ratatine Kraft en l'empoignant pas les trapèzes. Il a trop de séances d'électrochoc derrière lui pour se donner la peine de répondre. Ses muqueuses sont arides, déjà desséchées par dix ans de formation sur le chemin de cette garde à perpétuité. Quand enfin il parvient à parler, il s'adresse à un auditoire pris en otage et invisible.

— Elle est l'image même de la docilité enthousiaste. Elle parle en mélodies. Étudie dans son lit parce qu'elle ne veut pas prendre du retard par rapport à ses camarades de classe. Elle demande aux infirmières des livres sur la procédure que nous allons employer. Elles lui répondent : « Tu ne préférerais pas faire des coloriages ? » Elle fait non de la tête, mais avec respect, pour éviter de les gêner. Assise dans son lit, elle bûche l'algèbre, l'histoire, répond à tous les questionnaires à la fin de chaque chapitre, sans jamais loucher sur les solutions, et elle note les réponses dans ce petit carnet à spirale. Elle endure la douleur sans même sourciller…

— Tu m'étonnes. Je lui ai pulvérisé le pied le soir où on l'a admise. Elle s'est contentée de lever la tête et de sourire à tout bout de champ avec indulgence.

— Et puis d'un coup, elle perd complètement les pédales, elle décompense au premier bulletin sur la circulation crachoté par un journaliste survolant en hélico la Harbor Freeway.

— C'est vrai qu'on a retrouvé son vieux recroquevillé sous le lit au milieu de la nuit ? Planqué là pour échapper aux services de l'immigration ? Et qu'il a fallu se servir de la gosse pour le convaincre de signer la décharge ? J'ai entendu dire qu'il avait écrit « Méricain », mais en Lousish.

— Non.

Le regard de Kraft suit une route migratoire autour de la salle d'opération, se familiarise avec les sorties de secours.

— Le mot était *Mawkhan*. Un dialecte régional. C'est un titre professionnel. Ça dit que ce gars est docteur.

— Ben voyons. Si ce type est toubib, moi, je suis…

— On sait tous qui tu es, Thomas. On attend seulement que l'Ordre des médecins ait débrouillé l'affaire.

— Quoi ? Tu déconnes, là ? Ce mec est docteur ? Dans quelle spécialité ?

— Il possède une qualification en matière de guérisons par rappel des âmes errantes, soupire Kraft. *Si je me rappelle bien les termes exacts.*

— Nom d'une vache sacrée ! Qu'on m'amène ce gaillard. Il nous faut quelqu'un comme lui aux urgences.

— À ce propos.

Kraft, les mains levées devant lui pour les garder propres, lance du coude un signe d'invitation en direction de la salle où la petite fille est déjà endormie, anesthésiée au gaz sur la table, comme le soir étendu contre le ciel.

Mais Plummer saisit cette occasion pour tirer sa révérence dans la précipitation.

— Le moins que je puisse faire pour toi, vieux camarade, c'est de te laisser faire de moi ton débiteur.

Kraft diffère le moment d'une réplique bien sentie, le temps de pouvoir y réfléchir.

Et le voilà donc qui incise en suivant le tracé à la craie de l'arpenteur, enfonçant trop doucement la lame dans ce bracelet de cheville brun, oubliant tout ce qu'il sait de la supériorité de la coupe franche sur le mouvement de scie. Ses huit années d'examens sont soudain aussi irrémédiablement effacées que le nom des États et leurs capitales ou celui des présidents. Sur plus de cinq cents muscles squelettiques, il s'estimerait heureux de pouvoir en nommer une dizaine et d'en identifier la moitié à vue. Le vernis sophistiqué de la science s'écaille de toute part pour ne laisser que la procédure en cours, ici et maintenant, sous ses mains. D'étranges nodules, petites pointes de gravillon néfastes et vivantes, sont lâchés dans la nature et grandissent à l'intérieur de la fillette. Il doit les localiser de la seule manière possible. Il sonde la région au toucher, repère des structures à la fois bénignes et insidieuses, des choses qui, à la même époque deux ans plus tôt, n'eussent été pour lui qu'une brume marbrée. Il desserre l'étreinte du collier invasif, traque celui-ci du bout de ses doigts gainés de caoutchouc, le distingue des striations pulpeuses et enveloppantes de l'hôte.

Le choc ressenti lorsque, bouche bée, il a regardé pour la première fois dans une vie ouverte lui déchire à nouveau les tripes. Le paysage a exactement l'aspect qu'il doit revêtir. À quoi d'autre pourrait-il ressembler ? Une pièce de chateaubriand marinée et persillée, mais animée d'une pulsation. Elle se dresse un peu d'un côté, environ une fois par seconde, puis revient en place. Il se fraye un passage à travers les couches du derme qu'il écarte, s'approchant doucement de l'endroit où, d'une incision, il pourra séparer de son nerf d'attache l'écœurante chrysalide qu'ils trouveront là. Comment peut-il décrire cette chose sinon au moyen de la toute dernière métaphore matérielle du temps présent ? Voilà le problème, ma p'tite dame : une fuite sur la conduite de carburant. Un circuit intégré défectueux. Des esprits malins venus squatter dans le local technique. Mais ouvrir le boîtier annule votre garantie constructeur.

L'atelier de révision du corps n'est en rien aux mains d'un seul homme. Ce qu'on a prévu d'accomplir ce matin est un nouveau miracle en réunion. La chirurgie constitue le plus improbable des remèdes collectifs et bureaucratiques depuis les traducteurs de la King James. Une équipe de relais au complet se passe continuellement le témoin entre l'autoclave et le corps ouvert. Toute décision, si symbolique soit-elle, exige un référendum. Kraft n'est qu'un fonctionnaire parmi une demi-douzaine d'autres qui s'activent dans la salle et il n'est pas, de loin, le joueur le plus essentiel. La place d'avant-centre revient sans doute à cette dame aux yeux rivés sur les moniteurs, la main sur les valves des gaz.

Mais celui qui manie le scalpel à tout instant *t* devient le détenteur de la balle. Tout comme le public confond parfois le virtuose dans son bel habit de soirée avec le compositeur, l'équipe chirurgicale peut elle-même prendre pour l'ingénieur concepteur le type qui fourre son auriculaire dans la valve cardiaque.

Aujourd'hui, Kraft est l'homme de paille du cartel

international, sa mule, celui dont ils se servent pour passer la douane, violer les frontières et rentrer vite fait au bercail en toute impunité grâce à un faux passeport diplomatique. Il lutte contre sa maladresse foncière et humaine comme les chimpanzés de ces spectacles sur glace qui font ce qu'ils peuvent pour rester debout sur leurs patins. Tous les trésors de dextérité qu'il parvient à rassembler dépendent d'une réserve de connaissances techniques baroques tant par l'ampleur que par les ornements. Les équations quadratiques du second degré peuvent être résolues par toute personne dotée d'une intelligence supérieure, disposant de la patience nécessaire, d'une mémoire infaillible et de la possibilité de se vouer à douze ans de servage.

Kraft tripote un écarteur. Les voilà qui établissent leur camp de base juste au-dessus du pied de cette fillette. Dans l'hinterland absolu, aux marches les plus reculées de la vie, aussi loin du noyau de ce mystère autogéré que la circulation le permet. Et pourtant, le terrain est déjà effroyablement somptueux. Des fleuves tendineux creusent leurs canyons dans des strates si méticuleuses qu'elles dépassent l'aptitude du plus subtil des illustrateurs médicaux à en établir le relevé. La couleur, la texture, l'extensibilité, la résistance à la traction de ces conduites, traverses et câbles, les interfaces délicates des ligaments et des capillaires qui connectent des tissus antagonistes, tous les intermédiaires de cette fabuleuse économie politique, dont la complexité est reflétée le long de cet empilement hiérarchique jusqu'aux collagènes invisibles – cette préadolescente vivante et excavée mise à nu – ici, à portée de doigt, au ras de la paroi enveloppante, souple mais qui ne livre rien à ses correspondants, les instruments tâtonnants et invasifs de Kraft.

Une incision directe dans la masse incriminée et il

pourrait peut-être arrêter là l'incursion. Mettre dans le mille et offrir à cette petite fille en cadeau d'anniversaire soixante années supplémentaires de souvenirs à consigner dans ses scrapbooks. Ou alors, pratiquer une petite entaille en sens inverse, presque identique, une autre incision dans les règles de l'art, mais cette fois le mal anarchiste se fait la belle et le pied est fichu.

Il n'est pas taillé pour ces prises de décision permanentes, ces manœuvres perpétuelles dans l'intervalle millimétrique qui sépare le sauveur du fossoyeur. À tâtons le long de la fente, Kraft tombe sur la trace tactile de ce secret du métier partagé par tous les chirurgiens. Encore quelques années comme ça et il pourra dire adieu à tout lien social, à toute participation aux méandres de la personnalité. Quel intérêt peut-on encore trouver au produit fini quand on a en tenu le moteur dans ses mains à bout portant, arbitrairement ?

Cette proximité avec la racine mise à nu emporte tout. Les innombrables pathologies référencées dans le Merck prennent les dimensions d'un jeu de société involontaire. Kraft ne peut serrer une main inconnue sans deviner des chaînes montagneuses tumorales sous chaque verrue. Toute personne avec qui il converse a des tressautements à la commissure des lèvres qui signalent une imminente crise Bravais-Jacksonienne. Le gargouillis des estomacs ulcérés couvre le bruit de la pièce. Et en cet instant même, lançant un regard à l'anesthésiste, il voit la paroi des veines à l'intérieur de son cerveau jouer avec l'idée d'une obstruction.

Même en tirant dessus, la tente du derme humain semble d'une envergure insuffisante pour abriter les visages de l'équipe chirurgicale rassemblée ou fédérer leurs entrailles. Il voit, en dessous, les amas de graisse hideux qui meurent d'envie de gicler et se répandre partout. Sous le joli boyau de la saucisse : des réseaux de torrents nerveux pulvérisés en voiles vaporeux. Il a jeté un coup d'œil sous l'emballage et s'est endurci, comme un gosse fatigué des parcs d'attractions parce qu'il a aperçu par hasard la machinerie dissimulée sous la plasticine de la marionnette parlante.

Kraft sait déjà comment il finira. Pire que le boucher végétarien, le prêtre agnostique, le professeur de littérature qui déteste les livres, le notaire contrefacteur. Sa destinée l'attend quelques marches en dessous du plus vil d'entre eux. Il a l'impression qu'il ne peut pas dérailler, il a déjà fait la moitié du chemin : le docteur hypocondriaque. Le bénévole misanthrope.

L'Évangéliste, songe Kraft tandis qu'il repousse une masse récalcitrante de muscle tibial antérieur, parlait sans savoir. Rien de ce que le système nerveux est capable de croire ne peut résister à une main fourrée au plus profond de la plaie. Seuls ceux qui se trouvent du côté conscient de l'anesthésie générale pendant une opération pourront jamais connaître le sens véritable de cette parabole. Rien n'anéantit un homme autant qu'un poing enfoncé jusqu'au poignet dans un côté ouvert, enfoncé jusqu'à la garde. Kraft voudrait bien en retoucher la conclusion, juste un peu, pour lui restituer sa vérité : heureux ceux qui croient, même quand ils ont vu. Et plus heureux encore ceux qui n'ont pas vu et restent libres de croire tout ce qu'ils veulent.

Ces pensées lui durent le temps approximatif d'une systole. Puis le bruissement des bavardages de son équipe les chasse. Le son diffusé en bruit de fond l'emporte dans une transe sans pensées. Il suit la procédure dans un coma de concentration, comme un batteur qui attend de frapper la balle. Quand il atteint la région du soulèvement, sa coupe vire au conservatisme. Il sent qu'il retire trop peu de tissu. Chaque égratignure trop superficielle manque un peu la cible, prend le risque d'une réouverture forcée d'ici quelques semaines, plus haut sur le membre. Pourtant sa lame devient timide, flirte presque avec l'indifférence face à ce bracelet de cheville.

L'astuce consiste à se désengager. Il doit renvoyer cette jambe de poulain palpitante aux planches des purs modèles anatomiques. Le champ opératoire d'étoffe verte installé autour de la plaie fonctionne à merveille. Kraft doit faire le reste, imaginer, quand il détache les nodules invasifs les plus incontestables, qu'à bord d'une pelle mécanique il désengorge la Golden State et déverse dans la baie tous les petits bijoux d'importation. Quand la configuration du terrain rend de plus en plus difficile l'enlèvement des souches incriminées, il change de rêverie. Il caresse la fibre rosée du plat de la lame et il a la sensation intense du satin contre le dos de sa main.

Une portion de son cerveau s'éjecte du cockpit où se forment les images et le voici étendu de tout son long aux côtés de sa kinésithérapeute personnelle dont les yeux sombres, passeurs de frontière, rougeoient comme les spires d'un poêle électrique. Oh, Linda, par pitié : donne-lui une autre chance, si tu es toujours en vie, si tu te souviens de lui, s'il survit à cette procédure. La voilà, la plus ténue de toutes ses rêveries : si l'ordre social qui s'effondre à vue d'œil tient jusqu'à sa prochaine soirée de congé, il se pourrait qu'il la revoie.

La rêverie se déploie d'elle-même. Linda le pressera de lui dire comment les choses se sont passées et il répondra, désinvolte : Joy Stepaneevong ? Ah oui. La petite boat people. Eh bien, nous lui avons enlevé ce truc sans avoir rien eu à couper de ce qui est à elle. Je ne te l'avais pas dit ? Ça paie toujours de ne pas trop s'alarmer dans ce genre d'affaire. À vrai dire, l'opération s'est déroulée assez simplement d'un bout à l'autre.

La fillette est comme neuve : plus de maladie. On l'a nettoyée de fond en comble en trois coups de balayette.

Pour arracher cette Linda à l'accident horrible qui l'attend comme un amant embusqué au premier coin sombre d'une rue, il doit obtenir cette fin d'alerte là. Lui éviter le pire est son seul désir. Il voudrait lui tendre ce pronostic parfait et virginal comme un Valentin téméraire, avec deux fois plus d'audace. Cette malade est, plus que toute autre, celle qu'elle veut.

Cependant, pour la main qui coupe en suivant le protocole standard de l'excision, connaître l'enjeu, c'est courir au désastre. Ce cas ne doit rien représenter de plus qu'un autre dans la grande parade des vies sur lesquelles il a déjà statué. Si jamais il en sent le poids particulier, ne serait-ce qu'en théorie, la fillette et lui sont morts tous les deux.

Des lieutenants autonomes propulsent ses doigts, détruisant aussi peu de tissu innocent sur le bord du chemin qu'ils peuvent se le permettre. Il sait qu'il y va un peu fort. Il entend ses ratés s'inscrire dans la respiration lourde et torturée du Boulet. Celui-ci rôde derrière l'épaule de Kraft, déplaçant de grosses masses d'air à chaque exhalation. De vastes systèmes frontaux en provenance du cercle polaire arctique de cet homme dévalent directement dans l'oreille interne de Kraft.

Mais, une minute : impossible qu'il s'agisse du docteur Milstein, que – selon l'euphémisme en vigueur – Kraft assiste en cet instant même. Milstein est à San Diego pour un colloque. Kraft fait un petit accident ischémique transitoire, ou alors il souffre du combo surmenage-carence affective, phénomène dont on pourrait bien tirer un article au service de neurologie. Le cerveau rattrape à la volée une petite balle spatio-temporelle de racketball, rien de plus. Par élimination, si celui qui respire bruyamment dans le dos de Kraft sous la charlotte et la blouse n'est pas Milstein, il doit alors s'agir du père Chini. « Kean le Court ». Le petit Napoléon.

Ce fait saute à la conscience de Kraft à l'instant où ledit assistant se lance dans un déversement de directives administratives.

— Mais coupez quelque chose. Coupez, bon Dieu. Non, pas là. Qu'est-ce qu'ils ont glandé avec vous à la fac de médecine ? Vous avez eu votre internat dans une pochette-surprise, ma parole ? Vous avez peur de quoi, mon petit ?

De quoi en effet ? Si Kraft a peur de quelque chose, c'est bien de ce qui arrive ensuite. Le docteur Kean commence à s'agiter dans un brouillard d'autorité frustrée.

— Allez. Donnez-moi ça.

Et comme une flèche, il empoigne la main de Kraft ; le geste le plus siphonné du ciboulot qui soit. Kraft parvient à le repousser avec un mélange de raison, de diplomatie et de résistance rageuse.

Kean ira se plaindre à Burgess cet après-midi, et demain le Grand Chef convoquera Kraft pour une discussion, le réprimandera à peine pour son insubordination, puis lui demandera ses impressions sur l'exemplaire en plusieurs volumes de *L'Homme sans qualités* qu'il lui a prêté la semaine dernière. Que serait ce métier sans sa dose de l'incontournable syndrome du gentil et du méchant papa ? D'une réalité démoniaque, même les usines médicales doivent se conformer au scénario de l'Hôpital TV.

Ils referment la fillette pendant que le père Chini continue à faire fulminer sa postcombustion féroce. Kraft a le sentiment d'avoir laissé à l'enfant une chance raisonnable en lui conservant la majeure partie du pied. Pas une fois, tout au long de la procédure, il n'est monté vers le nord pour jeter un regard sur son visage. C'est bien la dernière chose qu'il réclamerait en cet instant. Sur la peau autour de la plaie, la couleur teinture d'iode déjà insupportablement familière est assez accablante comme ça. Il n'a vu que le fuseau d'un unique mollet, forme qui reste aussi distincte à travers les populations du globe que le sont les visages, les corpulences ou les chevelures. Mais cet effilement polynomial, Kraft pourrait le dessiner à main levée. Il le connaissait d'instinct autrefois, dans une précédente incarnation, avant que ce métier n'élise en lui sa résidence sous-cutanée.

Il suture, perce latéralement de son aiguille l'écosystème complexe. Il remonte par boucles successives dans le millefeuille d'une manière connue pour laisser la moindre cicatrice en surface. Tandis qu'il coud, une ritournelle trop ressassée gambade dans sa tête sur un rythme trochaïque, une psalmodie rimée, mémorisée naguère quand il apprenait l'alphabet. Pas l'anémique suite de vingt-six lettres à la *Ah, vous dirai-je, maman*. Sa comptine à lui enseignait un abécédaire qui se déployait en plus de quarante-cinq symboles, diagramme de diffusion de phonèmes trop subtils pour l'oreille et plus encore pour une glotte étrangère. Un poème, un chant en réalité, dans une langue où tout poème devient chant car chaque mot y est une note.

Sa langue n'est pas celle de la petite fille mais le dialecte voisin. Kraft parlait, autrefois, un idiome cousin de la langue que le père de Joy avait utilisée pour signer le renoncement à ses droits et espérances. Il l'avait appris à l'âge précis de cette fillette, l'âge où les enfants appliqués de ce continent jadis bienheureux doivent d'ordinaire employer leurs ressources mentales à retenir ce paragraphe et demi qui dit « Nous le peuple… ». Le rythme des syllabes demeure intact en lui mais le propos en est perdu depuis longtemps :

lettre d'intention oubliée dans un coffre-fort bien après le délai d'expiration. Miteuses, criblées de trous, des bribes de la psalmodie alphabétique reconstituent un ensemble. La satisfaction enfle en lui et retombe aussitôt, affligée par la quantité de lettres désormais irrécupérable, sans aucun mot à glisser dans les blancs de la mélodie.

Les fragments dont il parvient à se souvenir gisent là comme des épaves polies par le flot, détritus venus des rives à demi conscientes d'un lieu qu'il a habité autrefois et quitté quand il était bon de s'en aller. Il fredonne les résidus ressassés du chant, de quoi lui trotter dans la cervelle et repousser peut-être les accents du dernier spot publicitaire arythmique de dix secondes au budget astronomique pour un soda accompagné d'une police d'assurance. Il fredonne : *g* comme poulet. *K* comme œuf. La mélodie l'entraîne dans la suite perfide des *ng*, *bph* – des sons que sa langue se rappelle encore mais sans pouvoir persuader les muscles. *Y* comme les géants mythologiques, gardiens des portes. *H* comme la chouette qui hulule par-dessus les frontières des alphabets de tous les temps.

Joy revient à elle : bien… *après* ; ce mot dont elle est tombée. La première chose qu'elle demande à savoir quand, au sortir de l'anesthésie, elle se condense à nouveau, est combien de temps s'est évaporé depuis son dernier éveil. Les heures manquantes comptent davantage pour elle que ce qui manque à son pied, encore emmailloté. Elle ne se demande pas « Comment l'opération s'est passée ? » ou « Est-ce que je remarcherai ? ». Douce, elle interroge une infirmière, la voix comme au fin fond d'un puits : « Combien de temps suis-je partie ? » Soucieuse peut-être du tracas qu'elle aura suscité, du lieu où elle s'en est allée durant cet intérim inexplicable.

On lui donne une réponse qui ne répond pas à sa question. Qu'importe ; la voilà de retour, revenue de l'endroit qui ne laisse dans son souvenir qu'un ruban de gaze. De ce côté-ci, elle doit se remettre à travailler pour vivre. L'application de la petite fille revient quand l'effet de l'antidouleur décline. Avec un zèle enragé, la tête penchée sur sa tablette de lit, elle rédige un mot de remerciement à l'attention de son chirurgien.

Elle utilise une large feuille de papier à trois lignes dont celles du haut et du bas sont fermement tracées tandis que la médiane forme un engageant pointillé pâle. Le style pressant de l'écolière transforme la lettre en l'un de ces plaidoyers commandités en faveur d'un petit Polonais qui a décidé de passer à l'Ouest malgré le rapatriement de ses parents, ou pour le premier panda né en Amérique du Nord. L'ampleur du projet force Joy à oser les cursives, même si des milliers d'ovales et d'immelmanns répétés la séparent encore de la maîtrise.

« Cher docteur Kraft, merci d'avoir retiré de ma jambe la tumeur invasive. » Elle copie ce mot avec soin dans la documentation qu'elle a obligé la kinésithérapeute à lui fournir. Le mot n'est pas long ; il est même plus court que le nom de famille de la fillette. Pour qui ne baigne pas dans la langue depuis la naissance, ce terme qui désigne la créature tapie en elle n'est pas plus compliqué qu'un autre. « Je suis sûre que vous avez fait un travail très satisfaisant et que la tumeur ne reviendra plus. Tous mes regards se tournent vers l'avenir et la douleur est faible pour le moment. Je suis désolée que vous ayez dû faire cela mais je suis contente que vous soyez mon médecin, un si bon médecin. » Au bas de la page, elle dessine une créature ailée, entre le géant janissaire et l'ange gardien. Elle plie en quatre l'épais papier et confie le billet avec méfiance à une infirmière en pédiatrie à qui elle fait jurer-cracher de le remettre promptement à son destinataire.

La douleur est faible pour le moment : le message parvient à Kraft glissé parmi des pochettes de radios, des rapports de biopsies, les listings des nouvelles admissions de la semaine, une note de service non signée qui enjoint tout le personnel de se faire vacciner contre la dernière épidémie en date, et un avis de la police au sujet de plusieurs agressions récentes, dont une mortelle, dans le parking souterrain de l'hôpital. Il déplie le billet et lit sans comprendre. Qu'est-ce qu'on lui veut encore ?

Il serre toujours le texte entre ses doigts quand de nouveau il revient à lui, dans sa salle de repos, ce motel tout au bord de l'autoroute chirurgicale. Il scotche le billet sur le mur de parpaings à la tête du lit, là où il peut y jeter un œil de temps à autre derrière un coin du *Carabines & armes de poing illustrées*. Je suis désolée que vous ayez dû faire cela. Je suis désolée que vous ayez dû faire cela.

Il s'endort – cent ans, comme stipulé. En son absence, les pousses et les vrilles des lianes parasites du temps envahissent la ville entière, clouent sur place les véhicules, les transports, bloquent les relais, les fax, gèlent pour de bon toutes les liquidités et chaque moyen de transaction.

— Le plus important, selon moi, sera d'éviter qu'elle exerce une traction latérale sur la…

L'adorable Linda lève les bras en signe d'exaspération.

— Le plus important, selon moi, sera de faire en sorte que ses radios restent claires.

Elle est un brin de mauvais poil ce matin, et à juste

titre peut-être. Kraft inhale une grande bouffée d'air dont la qualité a atteint le seuil d'alerte et tente de donner un autre tour à la conversation.

— Écoute, je t'ai vue à l'œuvre. Je sais que tu es une pro.

— Merci.

Elle est aussi proche de l'acerbe que le permet son tempérament.

— Ravie de l'apprendre.

— Et ne crois pas que j'essaie de te dire ce que tu dois faire.

— Mais juste comment le faire ?

D'accord. D'accord. D'ordinaire, selon les règles du jeu qu'ils ont déjà établies, c'est à lui d'essayer de détourner leurs conversations rationnées, de les orienter vers des recettes de fondue, la restauration de vieux meubles ou tout autre sujet plutôt que de laisser la médecine contaminer davantage la dernière candidate en lice à la seule bonne chose de son existence. Mais aujourd'hui, pendant ces rares heures partagées, ils frisent un renversement majeur des rôles. Kraft n'arrive pas à lâcher la bride aux suites opératoires du cas Stepaneevong. Il a abordé le sujet trois fois en autant de pâtés de maisons et le petit refrain du rondo de la mauvaise conscience va finir par leur pourrir l'après-midi jusqu'au trognon.

Ils marchent (*sic*) – oui, à pied ! – sur Melrose, lui en jeans et blouse propre, elle dans ce merveilleux cocon rose pastel, soyeux et moulant, de ceux dont il avait oublié l'existence depuis des années. Ils se consacrent au passe-temps national de l'après-shopping. Une heure plus tôt, Linda a acheté un radioréveil et elle se livre à présent avec application à l'exercice des comparaisons tardives, pour juger si elle a bien ou mal joué. Kraft se contente de suivre le mouvement à ses côtés, prêt à tout pour ne pas être abandonné à lui-même l'espace d'une heure sans cadre.

Il s'efforce de ne pas se cramponner à elle tandis qu'il l'utilise comme bouclier ambulant. Sous l'ombre de son aile seulement – aile à demi nue et belle comme celle d'un mannequin –, il ose envisager les vingt-quatre heures ultimes de cette LIQUIDATION TOTALE AVANT FERMETURE. JACQUES LE JOBARD A DIT : ON BAZARDE TOUT. SAUTEZ SUR L'OCCASE AVANT QU'ON SE RAVISE. Sous leurs yeux, dix siècles tâtonnants et irrésolus de culture recensée partent en fumée dans la braderie d'une VENTE ÉCLAIR. Il ne leur reste plus rien à faire sinon marcher en savourant le grand embrasement de la vente au détail à son apogée.

— Entrons là-dedans, dit Linda.

Elle désigne une petite boutique à thème d'un goût très sûr appelée La Puce à l'oreille. Elle rassemble, pour les besoins du commerce, des objets divers et variés à l'usage inconcevable qui partagent le plus ténu des dénominateurs communs : le motif ornemental de l'insecte. Must de l'année.

— On n'a jamais trop de sauterelles chez soi, s'enthousiasme Kraft.

Linda lui donne un petit coup de genou dans les reins.

— Au fait, je t'ai parlé du risque qu'elle a de faire une hyperextension de la… ?

— Dis donc, l'interrompt Linda qui l'attrape par l'échancrure de sa blouse sans col pour le plaquer contre elle en le tirant un peu vers le bas, vers ses dents découvertes. Où est-il passé le rouleur de mécaniques arrogant et blasé, le champion du recousez-moi-ça que j'ai appris à connaître et à aimer ?

— Aimer, tu dis ? On n'a pas tellement ça en stock par ici, ma p'tite dame. Vous avez encore la facture ?

Vous avez dû vous tromper de rayon. De magasin. De zone commerciale.

— Écoute, Richard. Joy est un ange – une patiente comme il n'en existe pas, une enfant comme on n'en fait pas. La simple idée de marcher avec des béquilles lui fait horreur, et même si je le voulais, je ne saurais pas lui apprendre à les garder. D'ailleurs, pourquoi le voudrais-je ? De quoi faut-il la protéger ? Aucune des foulures qu'elle risque de se faire ne pourrait être plus grave que de simples escarres. Sa perception des choses vaut une dizaine de nos avis rassemblés. Qui mieux qu'elle peut savoir ce dont son pied est capable et à quel moment ? Le seul danger qu'elle ait à craindre, c'est…

— Oui ? lance-t-il d'un ton ultra-détaché.

Quoi donc ? Ma rigidité ?

— Si tant est qu'elle ait un quelconque problème, il vient de son moral.

— Son moral ? Qu'est-ce que c'est encore que cette connerie ?

— Tout doux, mon gars. Je roule pour toi, n'oublie pas.

Elle lui rafraîchit la mémoire en effleurant du bout des doigts ses côtes flottantes

— Nous parlons d'une petite fille très robuste. Elle a fait venir ses livres de classe. Elle trime sur la géométrie plane des heures durant. Quand elle arrête, c'est uniquement pour remettre ça sur le haut Moyen Âge. Et après, c'est à moi qu'elle demande de noter ses devoirs.

Kraft caresse d'un air absent une manique Rive Gauche qui a l'aspect et le toucher d'un cafard.

— Où est le problème alors ?

— Tu te rappelles, toi, la différence entre Louis le Gros et Charles le Chauve ?

— Si ça pouvait servir à quelque chose, j'arriverais

sans doute à les reconnaître lors d'une séance d'identification.

— Oublie le pitre au fond de la classe. Rick, c'est tellement bizarre. Elle sourit poliment quand je lis des contes aux autres enfants. Après quoi, je lui demande ce qu'elle voudrait écouter et elle me répond *La Richesse des nations*. Elle ne rit jamais, n'est jamais excitée, effrayée ou impatiente. À croire qu'elle n'a pas la moindre idée de ce qui lui arrive.

Explique-lui, alors, a-t-il envie de dire. Explique-lui qu'il y a des risques qu'on doive recommencer et lui enlever un autre bout de jambe. Explique-lui ce que les médicaments ou les rayons vont faire de son visage de poupée, de ses cheveux, de ses exercices scolaires de concentration. Explique-lui les chances qu'elle a de ne pas rester assez longtemps parmi nous pour sortir du collège. Explique-lui comment la chose vient sans bruit, sans cri de menace, sans signal d'alarme stylisé. Comment les gens arrivent-ils à vivre ? Comment arrivons-nous à vivre ?

— Mais puisque nous abordons le sujet, enchaîne Linda, aimablement timide.

Elle tente – devant cet étalage soudain de bonnes dispositions – de le rallier, en tant que simple camarade, à des cas tout aussi déchirants que celui de la petite Joy. Joleene Weeks, qui refuse de s'exprimer autrement qu'en tirant sur le cordon de Peppa la Pipelette, sa poupée parlante, pour produire des messages aléatoires. Markie C., qui, à la cantine, adore enfoncer bien profond des couverts dans son membre prothétique pour le simple plaisir d'ébranler l'assistance. Kraft écoute poliment, aussi sage que la petite Laotienne devant le conte de fées du soir.

Ils arpentent encore le bazar babylonien de Melrose, cinq kilomètres d'étals ininterrompus dans une foire sur rue d'une bizarrerie sans pareille. Le merchandising de choc atteint ici des sommets. Assurément, la science détermine comment délester d'un billet le blasé invétéré. Les richesses de l'Orient, le butin des croisades, la farandole des marchandises réglée sur le carrousel des dernières fantaisies aux combinatoires d'une épuisante inventivité – tous deviennent commercialisables du fait même de leur rigoureuse improbabilité. La pyramide du par-ici-mon-petit et des achats d'impulsion en caisse aspire à une plus haute étrangeté, à un art conceptuel du déni de mort à l'heure précise où s'achèvent les préparatifs du plus grand et du plus décadent crépuscule des mieux encore. Vestes aux couleurs terres rares électriques. Aimants en forme d'appareils génitaux de singe à fixer à votre tableau de bord. Casquettes qui portent l'inscription « Kafka ». Haltères numériques pour cadres d'entreprise. Pèse-personne de salle de bains pour séances d'autocoaching. Mascara programmable. Pronostiqueur de pluie à énergie solaire. Vêtements porteurs de tous les messages lisibles qu'on puisse concevoir, à l'exception d'un « S'il vous plaît, restez parler avec moi ».

Restez malade, dit Kraft presque à haute voix. Restez au lit. Fini le lève-toi et marche. Ne sortez plus de chez vous.

La mode, remarque-t-il, se révèle plus insidieuse encore que cette obsolescence programmée imaginée par les gens. Elle implique de machiner à l'intérieur de chaque bien et service un précipité de laideur aliénante à effet retard qui conduira l'acheteur acharné à se relever un beau matin de cette incroyable cuite en se demandant « Mais qu'est-ce qui m'a pris ? ». Puis, transfert électronique d'argent en poche, il filera remettre ça pour soigner sa gueule de bois. Chaque rasade rafraîchissante de produits de consommation doit être arrosée d'une dose cachée d'eau salée attisant le besoin qu'on promettait de satisfaire. L'engouement sert à fournir les déchets du lendemain et la nostalgie à prix majoré du surlendemain. Et nous ne cesserons pas de grimper, d'œuvrer, d'assembler, de commercer, de fabriquer, de solder et de fermer boutique tant qu'il y aura une facturette associée à chaque insatisfaction exploitable, une caisse enregistreuse entre chaque angoisse et son véritable soulagement.

Ici, c'est le carnaval perpétuel, le Rio de la vente au détail. Si improbable que cela paraisse, au milieu de toutes ces boutiques à thème – les échoppes d'oiseaux coureurs, de culottes ouvertes à l'entrejambe, les magasins années trente, années quarante, années cinquante (Kraft voit venir le jour où la jeunesse abyssale de son âge adulte sera un vieux millésime en vogue, les trajectoires de collision de la tendance et du rétro se télescopant de plein fouet), les officines d'information, les comptoirs où les revers de veste et les ourlets staliniens se transforment en kitsch pailleté, les dépôts fluo de déchets industriels haute couture qui vendent des éléments de choix pris à la série chimique des actinides et au-delà – au milieu de tous ces pourvoyeurs de besoins synthétiques, Kraft et Linda tombent sur une librairie.

— Hé ! Regarde ça. C'est exactement comme cette scène, dans ce film.

L'un ou l'autre de ceux jamais tournés sur le désastre d'un avenir lointain.

— Tu sais bien, quand ils finissent devant la statue de la Liberté à moitié enfouie dans le sable.

Et bon Dieu de bon Dieu ! ils étaient sur la Terre depuis le début.

Ils entrent et regardent, se soustraient un instant à la promenade publique des peurs, trouvent un abri contre la fin des temps. Même ce vieux sanctuaire est envahi, déjà prostré, partout infiltré par les titres de la malveillance : *Penser et agir comme Gengis Khan*, *Aimez vos dysfonctionnements*, *Faites de la douce Alice une merveille de malice* et *McMassacre ! Les dessous de l'histoire*. Qu'importe ; c'est tout ce qui reste, le seul refuge qu'il leur sera autorisé. Ils sont coincés dehors sur le seuil, à la pointe absolue de la réalisation des rêves.

Kraft et Linda se séparent devant le comptoir pour suivre leurs chemins préférés et obsessionnels parmi les rayonnages. Elle commence par les récits de voyage, passe aux œuvres de fiction et finit dans la section alimentation. Lui va errer du côté de la musique, parcourt les livres de photographie et s'enfonce dans les biographies. Chacun revient à la caisse muni d'un petit trésor et ne le montre qu'une fois sorti du magasin, gêné devant les noms de ses besoins personnels de lecture.

— Une minute, dit-il, rattrapé par une pensée au bout de quelques mètres sur le trottoir. Attends-moi ici.

Il lui empoigne les épaules, signal codé de sa supplique. Ne bouge pas de là sinon nous ne nous retrouverons jamais.

Il repart vers la librairie en courant. Elle le perd de vue derrière la vitre de la devanture tandis qu'il essaie tant bien que mal de négocier une catégorie devenue étrangère pour lui. Il ressort un paquet à la main et déchire l'emballage accidentellement en le lui présentant. *Le Jardin secret*, *Alice au pays des merveilles*, *Le Magicien d'Oz*, *Peter Pan*.

— Donne-les-lui, toussote Kraft sur un ton neutre.

— Oh, répond Linda en caressant les livres du doigt pour éviter son regard. Les classiques. Tu crois que… ?

— Quoi ? Il faudrait quelque chose de plus simple ? D'un peu plus actuel ?

— Non, non. C'est juste que… S'il te plaît, tu ne

veux pas tenir en place une minute ? Ne te fâche pas. Rentre la lèvre. Je ne t'ai pas encore frappé.

Elle pose la main sur son cou et apaise Kraft.

— J'allais juste te demander si tu ne pensais pas que ce serait mieux si tu les lui donnais en personne. Elle croit que tu es Dieu, tu sais.

Kraft s'apprête à décamper devant ce monosyllabe. En fait, il a déjà décampé, filé en silence, repris sa garde.

— Fais-le pour moi, tu veux ?

Rien que cette toute petite chose. Pour l'amour de moi. Pour l'amour de Dieu. Glisse-lui un livre pour enfant, pour une fois, quand elle aura le dos tourné.

Il les a tous lus, autrefois, dans le temps, à des vies de là. Y a tracé son chemin en écornant les pages, est descendu dans chacun de ces pertuis portatifs, infaillibles *Guides bleus* vers un lieu parallèle, insoupçonné, aux abords de la ville et tout à portée de main. Les municipalités du Peut-être sont de toujours : les couvertures illustrées couleurs pastel en fournissent la preuve frappante à la pelote emberlificotée de son cortex quand de nouveau il les manipule. Immédiats, plus proches même qu'il n'en a conscience, si proches qu'il a dû passer sans cesse sur ces puits sans s'en apercevoir. Les enfants tombent dedans à tout bout de champ, presque par accident. Ici même. Une chute libre par-dessus la grande haie. Depuis la fenêtre de la chambre. Derrière la lourde tapisserie. Juste à l'intérieur de la prochaine reliure pastel.

Ces endroits étaient de toute évidence très semblables à celui qu'il habitait et où il était censé jouer, attendre, travailler, grandir ou se perdre. Ils constituaient une doublure raisonnable du territoire dans son ensemble, sauf qu'une règle y était retouchée, une loi naturelle estimée enfin à sa juste valeur. Là-bas, tout était d'une exacte similitude, à ceci près peut-être que vieillir s'y révélait un mythe, la maladie, une menace amplement surestimée, le temps, un état stable et les pensées, réalités.

Les adultes ne pouvaient, *de facto*, ni localiser ni reconnaître ces lieux. Corollaire tautologique. Une fois obtenus naturalisation et permis de travail, une fois acceptée la perspective trompeuse d'un séjour de longue durée, sitôt les termes du contrat de bail entérinés, l'éventualité de quitter son chez-soi sur de simples spéculations devenait trop exorbitante. Posséder une adresse ici frappait d'embargo tout commerce avec les provinces intimes de la déportation. Mais pour un enfant élevé au contrôle douanier et au vote par correspondance, pour un voyageur à tarif réduit en phase terminale de transit, pour un petit garçon nourri aux contes d'un pays bienheureux accessible seulement par d'éternels détours à travers chaque sultanat de fortune qui eût jamais tangué sur le pont supérieur des assemblées générales, ces jardins secrets et domaines perdus, ces récits du pays des merveilles et des contrées imaginaires étaient de simples prolongements, brochures touristiques en provenance d'États souverains situés juste après le prochain contrôle de passeport.

Les vallées perdues étaient monnaie courante pour un enfant qui avait accompli deux fois le tour du monde avant sa première fracture. (Fracture à la clavicule causée par une chute du haut d'un jacquier auquel il avait grimpé dans l'effort désespéré d'apercevoir les îles Nicobar depuis le continent indien. Il était revenu à lui deux jours plus tard dans le lit d'un hôpital de campagne en serrant dans ses poings un régiment de Gurkhas, ses petits soldats préférés.) Ses parents déménageaient tous les deux ans, que cela leur soit nécessaire ou non. Ils effectuaient de grands bonds multipliés par des temps fractionnés en petits nombres entiers. L'enfant les suivait toujours, s'inclinant devant leurs désirs comme en la plupart des circonstances accessoires.

En pareille existence, la liste des lieux réels était aussi mystérieuse que les endroits clandestins et secrets dessinés par les livres. Jusqu'à ses huit ans, Ricky entretint l'intuition que son père travaillait pour une multinationale pétrolière. Il s'accrocha au guide de cette fiction bien après que les indices eurent refusé de concorder. Pendant quelques années encore, juste avant que l'adolescence se fût installée pour de bon, il se contenta de dire que son père appartenait au corps diplomatique. Puis ce fut Air America ou « Je ne sais pas ». Pour finir, il cessa tout simplement d'évoquer le sujet.

Quelle que fût l'identité des véritables employeurs de son père, ils exigeaient des déménagements fréquents et radicaux. Chaque fois que la famille démontait le décor, démantelait la maison du moment pour l'entreposer dans des caisses, l'excitation de la lecture revenait et agitait l'enfant, réveillée par son désir ordinaire et la folle espérance d'être laissé là, oublié dans la bataille. Il les trouverait une fois pour toutes, les chemins capricieux, la porte vagabonde étrangement invisibles, fondus dans l'herbe et les pierres environnantes.

Rompu aux campagnes de bagages à refaire, l'enfant devint sage, capable de rester assis pendant d'infinies périodes déracinées. S'il parvenait à survivre à l'intervalle rébarbatif entre deux haltes, peut-être saurait-il reconnaître le nouvel endroit à peine arrivé là-bas, y trouver aussitôt son chemin, celui dont l'imagination et sa bibliothèque décimée tous les deux ans attestaient l'existence. La halte attendue ne se situait jamais sur les routes à pique-nique habituelles indiquées dans les guides Michelin. L'année passée à Séoul et les six mois à Buenos Aires étaient chose banale comparés à quelques escales techniques sommaires en des lieux plus reculés inscrits sur la feuille de route familiale.

Il était enfant unique, pupille solitaire du gouvernement intérimaire de ses parents. Des années avant l'heure, dans son lit, le petit Ricky avait déjà croisé à la lumière d'une lampe de poche le récit de ce qu'il adviendrait des siens : emportés par le choléra au Pendjab. Criblés d'une volée de flèches à pointe de cyanure. Fauchés sur le pont d'un navire dans le Pacifique par l'impétuosité prématurée du courant équatorial sud. Ils reviendraient, une éternité plus tard, avec le récit d'un étrange héritage, ou bien ne reviendraient pas : les livres restaient réservés et divisés sur ce point.

Ses parents compensaient son isolement en l'envoyant dans une kyrielle d'écoles internationales. Parfois des précepteurs privés lui faisaient rattraper le niveau d'instruction du fuseau horaire local. Des établissements, trop divers pour qu'il puisse en tenir le compte, s'annonçaient à nouveaux frais tous les un ou deux ans. Ceux-ci lui administraient la liste complète des leçons de la terreur qu'inspirent les pairs, les violentes rivalités de cour de récréation et les perquisitions spirituelles systématiques. Mais grand avantage du chambardement perpétuel, tous les ans ou tous les deux ans, les compteurs étaient remis à zéro. Il retenait ainsi chaque leçon tirée des contacts humains, sans connaître aucun de leurs inconvénients durables.

Dans chaque nouvelle maison temporaire, on lui autorisait autant de livres qu'il pouvait en amasser. Mais à la fin du séjour, revenu l'inévitable déménagement, l'enfant devait raboter sa bibliothèque pour qu'elle tienne dans une seule caisse. Des jouets, bien sûr, l'accompagnaient : tout petit, une vachette mécanique animée par un pendule, qu'il avait laissée marcher trop près du bord d'une falaise dans les Andes. Un peu plus âgé, une visionneuse View-Master assortie d'une poignée de vues donnant de la mort du pape Jean XXIII une vivante impression en 3D. Dans certains pays, l'enceinte familiale était envahie par des animaux domestiques et de basse-cour : des chiens borgnes, un gibbon sadique qui fondait sur sa proie depuis le toit du quartier des domestiques, un mainate à qui on avait appris à crier « Aux voleurs ! » en trois langues.

L'enfant démontrait ses propres aptitudes de mainate à maîtriser les dialectes régionaux moins d'une semaine après son arrivée. Par absorption et imitation, il commençait à baragouiner avec le nouveau contingent de marchands ambulants dans un inextricable mélange de farsi, de coréen, d'ourdou et de *lingua franca* caribéenne, en bousculant les mots, en les avalant, sans plus se rappeler d'où chacun venait, ni en quel endroit du monde on pouvait espérer les employer avec succès.

Ces termes surgissaient spontanément, même dans les conversations avec ses parents. (Adulte encore, il rêvait parfois dans des idiomes depuis longtemps inaccessibles à un rappel conscient.) Le français se révélait souvent utile, mais avec tant de mots identiques à ceux de sa langue maternelle, il était trop simple pour être considéré comme une langue étrangère. Il savait compter jusqu'à cent dans trois types de chinois différents, savait prier sans comprendre en arabe et jurer avec assez d'efficacité pour finir pendu aux multiples branches maîtresses de l'arbre généalogique des langues.

Une fois, ils tombèrent par hasard sur l'une des portes d'entrée de l'à côté. La puberté ne l'avait pas encore frappé de plein fouet et il avait donc l'œil assez clair pour reconnaître aussitôt la plus belle des villes qu'il eût jamais vue. La géographie s'était montrée ridiculement généreuse avec ce décor. La cité se dressait dans une arène de pierre dure aussi immaculée que des draps blanchis, matériau parfait pour ériger des tours de lin pur au bord d'une mer turquoise. Un port naturellement protégé en faisait un tremplin idéal, une base pour trente siècles de commerce lucratif.

Un climat cristallin et tonifiant maintenait sur la ville un été naissant d'un bout à l'autre de l'année. L'air contenait des antidotes à la plupart des infections anémiantes. La nourriture coulait des arbres et du flanc des animaux jusque sur les marchés qui fleurissaient partout dans le dédale virginal des rues. Ricky pouvait rester assis des après-midi entiers au milieu des terrasses empilées parmi des vieillards oisifs. Ceux-ci tiraient paresseusement sur leurs narguilés et approvisionnaient l'enfant en figues et boissons gazeuses aussi longtemps qu'il restait écouter leurs histoires de rokhs, de bandes de voleurs en maraude et de navires phéniciens engloutis, rongés depuis trop longtemps pour un renflouement.

Voilà une ville qui, avec assez de temps, de soleil et de richesse s'était périlleusement approchée de la transcendance. Elle se trouvait à mi-chemin de devenir ce que toutes les villes sont en germe. Animée d'une bienveillance naturelle, elle avait grandi pour devenir le lieu de rassemblement des gens dispersés. Les syllabes de l'arabe, du français, du turc, de l'anglais, de l'italien et du kurde négociaient entre elles dans les quartiers marchands. La vie troublait le silence des églises de croisés, enveloppait de son flot les mosquées de mosaïque, s'avançait d'un pas précautionneux parmi les ruines romaines qui gisaient, sitôt passé le pourtour des collines, à l'extérieur de la ville.

Assis dans les cafés où l'on fumait, à l'écoute des

récits que les anciens collectaient pour lui seul – histoires de rochers errants, de navires intelligents capables de flairer les courants océaniques, de muids de vin qui se remplissaient goutte à goutte en une nuit –, l'enfant comprenait : ce pays était le kilomètre zéro d'où tous les élans migratoires avaient pris leur départ. Y rester en poste pour la vie était au-delà du luxe. Il aurait passé son temps, équipé d'un tuba, à pêcher des oursins dans les grottes du bord de mer, se nourrissant pour survivre de fromage de chèvre, de viande d'agneau et d'olives venues des montagnes arides d'azur.

Après neuf mois seulement, l'enfant fut arraché à cet endroit. Le père de Ricky était rentré un jour et avait promulgué l'ordre habituel du déménagement.

— Aucun avenir dans cette ville pour les gens comme nous. La situation est désespérée. On nous délocalise.

Poursuivre les affaires était contre-indiqué. La maison mère jetait l'éponge.

Comme toujours, les prévisions d'initié de son père révélèrent pires que prophétiques. En quelques semaines, les premières fumerolles, encore invisibles sinon à l'œil exercé, commencèrent à s'élever au-dessus de l'aérodrome, à flotter sur le port et à infiltrer les petites rues. Cinq ans plus tard, avec l'assistance extérieure habituelle, Beyrouth serait irréversiblement démembré. Pendant les deux prochaines décennies, l'étincelante fondation blanche au bord de la mer serait pilonnée à coups de mortier jusqu'à n'être plus qu'un moignon tremblant.

Elle avait été l'unique endroit incontournable, la ville qui, trois millénaires durant, avait marché d'un pas sûr vers le projet d'un royaume vivable, ici en cette vie. Cette capitale qui avait vacillé au bord de l'ultime délivrance s'était désintégrée avant de l'atteindre. Au fil des ans, l'enfant regardait de loin la ville descendre dans la spirale de la violence factieuse dont elle ne se relèverait pas. Il consigna cette leçon dans sa mémoire à long terme et en confirma la véracité à plusieurs reprises. Paris, New York, Tokyo : tous connaîtraient une chute aussi rapide et totale, toutes les îles bienheureuses du monde – aspirées par le fond.

L'évacuation de sa famille enlevée à un Beyrouth d'une beauté encore saisissante fut banale et sans surprise. Le départ advint aussi tranquillement que s'annonce, toujours au deuxième chapitre, l'étrange propriétaire des lieux. L'enfant prit ce bannissement comme il venait. À cette époque, il se tenait prêt au départ, avec armes et bagages, pour n'importe quelle destination, à jamais, en l'espace d'un week-end.

Après Beyrouth, la famille alla errer du côté du Proche-Orient pendant le bref intervalle, même pour son père, d'une poignée de séjours. Ils se dirigèrent un temps vers Chypre, solide comme le roc. Là-bas, sous une toile de tente, devant un téléviseur portatif dont le son était étouffé par le bruit d'un générateur au gaz de la taille d'une petite fabrique de munitions, tous trois regardèrent une machine granuleuse inidentifiable se heurter à un paysage plus granuleux et plus méconnaissable encore. Sous le nuage de parasites de la bande-son, Ricky crut distinguer la voix d'un homme qui disait : « Euh… Houston ? » Il entendit l'urgence de la stupéfaction dans cette pause interminable, cette attente lourde de toutes les questions incrédules que l'effervescence technologique ne serait jamais en mesure de traiter. Des paroles pleines de l'incongruité hébétée et interdite du langage : comment peut-on jamais annoncer ceci ? « Euh… Ici, base de la Tranquillité… »

Il envisagea de tirer à pile ou face pour savoir lequel de ces deux noms était le plus improbablement lunaire. Tous deux étaient des constructions imaginaires, des signes pointant vers une colonie perdue au large de ce nulle part sans oxygène. Un petit pas, une cabriole à faible gravité qui en prolongeait la série infinie et convergeait vers la tranquillité, vers une base extraterrestre dont l'enfant n'avait jamais douté un seul instant tout au long de ses jours qu'elle serait rétablie de son vivant. Son père lui avait dit de se rappeler ce moment en vue d'un grand examen de conduite à venir. Ce conseil le faisait sourire. Se rappeler ? Il n'avait jamais oublié. Seulement attendu que l'alunissage le rattrape.

Possède le sujet. Prends note. Ceci est important. Son école était un projet pratique en sciences sociales collecté aux points chauds du globe. Générateurs portatifs sous une tente pliable chypriote ; tableau noir à craie adossé à un baobab gros comme une salle de classe ; musée des monstres dans leurs bocaux de formol sur les marchés du dimanche d'un bout à l'autre de l'Asie ; histoire naturelle complète à chaque purge de l'organisme contre les parasites de l'eau subsaharienne ; chaque nouvelle affectation fortuite devenait un programme d'étude. Au long de ses années de formation, il avait récupéré ses apprentissages là où il le pouvait.

Et Ricky était l'un des meilleurs éléments de cette école vagabonde. Il lui fallait rarement se pencher deux fois sur un problème et il ne s'abaissait jamais à faire des devoirs. La ronde traditionnelle des règles d'algèbre et d'économie, les maquettes de circuits électriques et les posters des cônes de déjection à leurs divers stades étaient un jeu d'enfant auprès des coalitions hétéroclites et changeantes des cours de récréation ou, parfois, de l'instruction religieuse obligatoire qui lui laissaient autant de chances qu'à un poisson hors de l'eau.

En sport, sa trop grande honnêteté l'empêchait toujours de viser plus haut que la médiocrité. Il aimait les Coupes du monde multinationales improvisées mais tâchait de faire en sorte que toutes les rencontres se soldent par un match nul. Avec l'aisance d'un presque autochtone, il avait appris la résistance du teck ou du cèdre local à la traction, nonobstant sa chute depuis la cime du jacquier. Du fromager au rotin, on pouvait extrapoler les paraboles décrites par un ballon. Mais entrer dans la compétition ? À quoi bon ? Cela ne menait nulle part.

Ses camarades de classe venaient comme lui de familles lancées à la dérive dans cette tournée mondiale. Fils et filles de militaires, de missionnaires, de mandataires des Nations unies qui œuvraient sur le terrain pour des agences bien intentionnées mais livrées à elles-mêmes. En matière de compagnie durable, les petites écoles situées dans d'insignifiants villages offraient ce qu'il y a de mieux. Les gens en poste dans des endroits écartés avaient tendance à rester plus longtemps. Les grandes villes, elles, affichaient des taux de roulement notoirement élevés.

Les amis de Ricky disparaissaient plus vite que l'eau d'un oued. Quand ils ne recevaient pas un nouvel ordre de mutation, ses copains lui faisaient tout bonnement le coup de mourir. Il avait perdu, emportés par des kidnappeurs, deux camarades de streetball à São Paulo et son meilleur ami en Indonésie fut retrouvé recroquevillé dans son lit, la main crispée sur un sachet en plastique qui contenait des produits à inhaler. Comme ces demeures rencontrées par hasard au cœur d'une nuit d'orage, sur une route déserte que n'indique aucune carte, ses amis s'évaporaient avant qu'il ait pu revenir les chercher à la lumière du jour. Des visages de toutes les nations défilaient devant lui à une allure aussi furieuse que le ballon d'un jeu pervers de balle aux prisonniers dont le supplice consistait à ne se voir jamais touché ni même effleuré.

Il développa bien vite ce que son père appelait un capital personnel. L'autonomie : synonyme réputé de son caractère national. Il ne savait rien des États-Unis mythiques. Le maigre accès qu'il avait aux us et coutumes de sa terre natale ne faisait qu'accroître sa perplexité. Voir Mrs. Carmichael ou le petit Dennis-san aux cheveux blonds parler japonais ou hindi sur des téléviseurs noir et blanc délabrés à la réception abyssale le faisait rire jusqu'à ce qu'il comprît suffisamment l'idiome du cru pour être déconcerté par les dialogues.

Pour remplir toutes les heures d'une journée, il dessinait les cartes complexes de jeux inventés auxquels il pouvait s'amuser seul. Il apprit par lui-même à jouer de l'harmonium et du tama. Il se trouvait toujours des jardiniers ou des cuisiniers qui aient quelques moments à lui consacrer. Auprès de ces amis adultes, il acquit des savoirs d'une inépuisable utilité, comme la manière de traiter l'écorce du citron ou la façon dont on dispose un cocotier à donner son lait, celle dont on subtilise un chou ou un peu du sucre.

Mais aucune de ces activités ne comblait l'étendue de temps qui lui était assignée. Enfant égaré, en liberté dans les confins et les corridors illimités desservis par Air America, il pouvait presque palper les pays dissimulés tout contre lesquels il se tenait. Seul le pays qu'il cherchait était assez vaste pour accueillir ses conjectures innées. Il le trouvait dans ses lectures du soir, sur les cartes et dans les récits de voyage de la littérature enfantine locale dont il ne s'était pas encore désintéressé. Le dernier été de son enfance, le père et la mère de Ricky, par devoir parental, l'emmenèrent visiter sa patrie inconnue. Ils avaient le sentiment que le jeune garçon devrait en posséder une connaissance plus approfondie que celle du Lincoln Memorial et du parc de Yosemite acquise par livres d'images et View-Master interposés. Ricky aimait les États-Unis, où on ne passait devant un tribunal que pour des délits supposés et où on ne quittait jamais sa voiture, même pour manger. Le système burlesque des poids et mesures lui donna cependant du fil à retordre. Et chose surprenante, malgré des supermarchés aussi grands que les zones de guérilla autonomes où il avait vécu, les compatriotes de Ricky n'avaient pas encore découvert le café à l'anis versé sur de la glace pilée, ni les délices du calmar séché qu'on se coinçait dans la joue pendant tout un après-midi. Certains matins, il se réveillait trop tôt, se demandant avec anxiété, jusqu'à ce que la conscience le rattrape, où étaient passés les cris des vendeurs ambulants.

Cette visite revêtait une importance évidente aux yeux de ses parents, et leur fils faisait de son mieux pour qu'elle soit une réussite. Peu après leur arrivée par la côte atlantique, ils assistèrent à une fête populaire appelée Opening Day. Ses parents l'emmenèrent à son premier match de base-ball disputé par ceux que son père ne cessait d'appeler « la nouvelle équipe de New York » et leurs adversaires acharnés de Chicago. Ils avaient pris place dans les gradins supérieurs à côté d'une famille de l'Illinois qui, bien qu'on en fût au premier jour de la saison, avait déployé une banderole : RENDEZ-VOUS L'AN PROCHAIN. Ricky avait demandé une explication à son père mais celui-ci, gêné, l'avait fait taire.

Cette première prise de contact avec le sport national fut un désastre. Ricky s'appliquait à écouter les explications compliquées de son père sur des violences appelées « l'amorti-suicide » ou « le frappe et court ». Il criait en espagnol des encouragements bien intentionnés à tous les joueurs latino-américains. Mais pendant la dixième manche âprement disputée, il se retrouva sous les gradins à jouer aux toupies de combat avec six étudiants des Balkans bénéficiaires d'un programme d'échange, aussi perdus que lui.

Désavoués mais magnanimes, ses parents l'emmenèrent aux chutes du Niagara. Là-bas, Ricky reconnut avec enthousiasme qu'elles étaient d'un volume impressionnant, même si par la taille, bien sûr, ces chutes restaient loin derrière le Salto Ángel ou le Salto Cuquenán. Enfiler un vêtement de pluie pour monter à bord du *Maid of the Mist* l'amusa beaucoup. Les embruns, le spectacle et les statistiques hydrauliques étaient plus renversants les uns que les autres, mais ce qui le ravit par-dessus tout fut une coupure de presse jaunie collée au mur d'une boutique de souvenirs :

MIRACLE AUX CHUTES

Un garçon de sept ans survit à un plongeon depuis le Fer à cheval.

Il prit soin d'additionner l'âge du miraculé à celui de la coupure de presse. La somme obtenue égalait le chiffre exact qu'il attendait. Un enfant de son âge était tombé du haut de l'impossible falaise aquatique à bord d'un canot à deux places. Le saut de la mort depuis une hauteur de cinquante et un mètres n'avait été qu'un jeu d'enfant, mais au pied des chutes, l'implacable bouillonnement dévoreur de roche avait tué sur le coup la sœur du petit garçon. Cependant, le contemporain de Ricky, perdu dans la furie en fusion pendant un laps de trois minutes, avait surgi à l'air libre, inconscient, roué de coups et meurtri, chaque brindille de son corps brisée en mille morceaux, mais – chose inconcevable – il fut repêché vivant.

Personne hormis un enfant n'aurait pu survivre au plongeon depuis le Fer à cheval. Ricky relut le récit, confirmant dans son esprit la seule explication possible du miracle : ces trois minutes d'absence, non élucidées. Un enfant de son âge, sauvé pour ne pas être tombé dans la foreuse du courant mais quelque part juste à côté.

Il demanda à acheter la coupure de presse ; elle n'était pas à vendre. Il resta donc dans la boutique le temps de consigner le récit dans sa mémoire. Ses parents durent le tirer par la manche pour l'extirper de là. Il refusa de partir sans voir une fois encore les célèbres chutes, dernier coup d'œil pour la route. Même averti de l'endroit, il ne vit cependant pas où l'enfant avait effectué sa courte percée.

Comme des combattants affrontant les Indiens, la famille se lança dans sa campagne de l'Ouest, se frayant un chemin parmi tous les monuments patriotiques incontournables. Ils avaient vu la Old North Church, la statue de la Liberté, l'Independence Hall. À présent, ils mettaient le cap sur Gettysburg et pousseraient ensuite jusqu'aux chaînes de montage de General Motors. Au tiers du parcours, dans l'une de ces villes de l'Ohio dont le nom commence par un C, après être resté poliment au garde-à-vous pendant la visite guidée d'une quelconque résidence présidentielle, Ricky convainquit sa mère de l'emmener au musée d'Histoire naturelle où il espérait voir quelques oiseaux momifiés. Il avait un faible pour eux depuis le temps où, en Égypte, il prenait le bus chaque matin près de l'entrée d'un réseau de grottes où des adolescents avaient découvert voilà peu sept cent mille ibis embaumés.

Au musée, la collection des cadavres de volatiles sacrés se révéla d'une indigence affligeante. La salle égyptienne abritait en revanche, emmailloté et minuscule à vous crever le cœur, le corps d'un enfant de trois mille ans. Tous trois restèrent face au roi-dieu miniature, le père de Ricky impatient de retourner aux choses d'Amérique, sa mère le tirant d'un côté ou de l'autre pour qu'il ne gêne pas d'autres familles qui pourraient avoir envie de regarder. En fin de compte, d'un ton définitif, hochant la tête devant cette créature qui avait cinq cents ans de plus que Socrate, le père de Ricky lança d'un air contrit : « Ce n'était même pas un adolescent ! »

Sa mère répondit, attristée : « Si c'est pas malheureux. »

Après cet échange, Ricky comprit que ses parents ne lui étaient d'aucun secours. Et à cet instant précis, il devint adulte. Il se trouvait seul, au milieu de ce toponyme tamponné sur son passeport. De toutes parts, des bribes d'appels de détresse lancés par des enfants perdus le bombardaient, le submergeant d'un nuage d'ondes courtes. Il fixa les hiéroglyphes tracés sur la face interne du couvercle du cercueil jusqu'à ce qu'ils paraissent danser. Le plus vieux livre d'images qui existât : il aurait dû savoir le lire comme on respire. Mais il se vit incapable d'en déchiffrer la première phrase illustrée.

À la fin de l'été, juste avant de repartir pour d'autres rivages, la famille emmena sa voiture de location au kilométrage désormais élevé sur une modeste piste à deux voies pour franchir l'étendue considérable de vide qui s'étire du mont Rushmore au Grand Canyon. Ricky avait beaucoup apprécié les énormes nez de pierre, assez grands pour qu'un homme y habite. D'un ton sincère, il avait demandé à ses parents si la nation avait le quelconque projet d'ajouter le président en exercice à cette montagne après sa mort. Évasifs, ils avaient ri.

Ils se dirigèrent vers le sud-ouest en reliant les points tracés par les pavillons des parcs nationaux exposés au public. Des vitrines aussi larges que le désert tout entier exhibaient leurs fonds de grenier : dents de dinosaure, pointes de flèche, timbres du Pony Express à l'oblitération manuscrite. Plaques de lanterne magique montrant l'épouse du maire qui joue à la squaw avec une petite Peau-Rouge dans son porte-bébé qu'elle a sanglé sur le front. La robe dans laquelle la petite Indienne fut trouvée, confectionnée dans de la toile à sac prise après l'embuscade fatale d'un convoi de colons.

À des centaines de vides kilométriques du monument répertorié le plus proche, la voiture se mit à émettre de petites stridulations énigmatiques. Conduit d'un bout à l'autre du pays, le véhicule semblait avoir fait le plein de visites touristiques pour une vie entière de combustion. Le père de Ricky ménagea la monture pour qu'elle les achemine encore sur une vingtaine de kilomètres jusqu'à une station que n'identifiait le logo d'aucune compagnie. Son seul signe distinctif consistait en l'un de ces frontons qui ornent la façade des cinémas, où des lettres noires délabrées s'alignaient comme une brigade indisciplinée de coolies employés à la construction des chemins de fer :

AVEZ-VOUS ENTENDU LA PAROLE
QUI SAUVE ?
Snack, essence, presse

La femme du propriétaire antédiluvien prit l'initiative d'occuper l'enfant pendant que les trois autres adultes s'efforçaient de tirer au clair les antiphonies insolubles du moteur à quatre temps.

— Les dernières personnes à passer par ici, lui dit la femme, avaient une bien curieuse histoire à raconter. C'était l'autre mardi, tard dans la soirée. Un petit couple, des jeunes mariés en lune de miel sur les routes de campagne. Imagine-toi un peu leur étonnement quand ils ont vu cette jeune fille toute seule, pas plus vieille que toi, qui faisait du stop là, au milieu de nulle part, à des centaines de kilomètres de tout. Dans sa belle robe du dimanche. Ça les a tellement surpris, m'ont-ils dit, que contre toute raison, ils ont pris cette enfant avec eux. Quelque chose, un hurlement de coyote l'avaient effrayée et elle était partie en courant. Ils ont dit aussi qu'elle parlait comme quelqu'un qui vient de loin.

La femme s'adressait à lui à mi-voix, avec bienveillance ; son timbre était plein d'indulgence conspiratrice.

— Une étrangère, comme toi.

Ricky ne la corrigea pas. Et il n'interrompit pas non plus cette femme au quart indienne pour dire qu'il connaissait déjà la fin de l'histoire. Comment l'autostoppeuse avait insisté pour s'asseoir sur la banquette arrière. Avait répondu poliment d'un simple oui ou non, dans sa robe de fête, à toutes les questions. Et comment le couple, s'étant retourné au moment de la déposer au croisement indiqué, avait trouvé la banquette vide. Aucune trace de la jeune fille, rien qui puisse indiquer d'où elle venait ni où elle s'en était allée.

— Pour autant qu'on le sache, elle est tombée sur ce tronçon de route depuis les hauteurs célestes. Et je parie qu'elle y est retournée.

Ricky se montra réservé. À sa connaissance, très peu de jeunes filles de son âge tombaient du ciel, et moins encore faisaient demi-tour pour y disparaître à nouveau. Elle devait bien venir de quelque part. Comme tout le monde ; c'était là le seul fondement de géographie sur lequel s'accordait chacune des écoles qu'il avait fréquentées. Et il apparaissait encore plus évident que cette jeune fille se rendait en un lieu bien précis. À coup sûr, elle avait trouvé sa destination, l'avait atteinte pendant que ses chauffeurs avaient le dos tourné.

La carte adéquate, la triangulation appropriée pourraient sans doute cerner le périmètre du point de fuite vers lequel tendait cette enfant. La cartographie révélerait une surface criblée de puits qui drainaient les errants sur cette plaine offerte, les attiraient par ruse dans leur profondeur et tiraient sur eux la couverture. Depuis le ciel au-dessus d'une demi-douzaine de continents, il avait vu comment cette carte pourrait opérer. La surface de la Terre, courbe continue, dense et ignée à l'origine, s'érodait et s'élevait à des rythmes différents. Lentement, l'eau, le vent et le soleil la filigranaient de veines, favorisaient ou dépouillaient tel ou tel endroit aux sols variés, laissaient derrière eux des caractéristiques régionales qui oscillaient entre le bienfait et le fléau au fil du temps.

Dans le manteau, des courants de convexion de la taille d'une planète faisaient bouillonner l'écorce et la redistribuaient. Certains endroits héritaient du granite, d'autres de l'obsidienne. La chaux sédimentait. La roche se voilait pour former des crêtes fragiles. La longueur et le profil d'une cuvette, une chaîne montagneuse qui retient la pluie ou l'octroie : ces éléments expliquaient les secrets et les horreurs particulières de chacun des endroits où il avait vécu. Le climat suivait la ligne de partage. D'un côté, se formaient des forêts ; des déserts empoussiéraient l'autre versant.

La surface du monde était piquée de sources de richesses – arbres minuscules qui valaient bois de construction, ovales couleur moka annonciateurs de café, triangles synonymes d'étain.

La géographie constituait la seule explication qu'on ait jamais fournie aux guerres, échanges, famines, couleurs de peau, langues, coutumes, taux de mortalité, migration du pouvoir vers l'ouest, pauvreté inextirpable des tropiques. La géographie disait pourquoi ces gens du peuple haoussa avaient jugé ses cheveux si bizarres qu'il leur avait fallu les caresser comme un porte-bonheur. La géographie faisait retentir le son assourdi des fléchettes lancées contre les murs d'un club anglo-américain de Singapour par des fonctionnaires passablement éméchés sur lesquels le soleil s'était couché depuis peu. La raison des choses telles qu'elles sont se trouvait dans les registres silencieux des températures moyennes, des degrés de salinité, des superficies, des chutes de neige, des vitesses du vent, des altitudes, de la fertilité des sols.

Si, au bord de la mesa, ici dans cette région de broussailles sèches, une vie avait rompu ses amarres, si une jeune auto-stoppeuse s'était procuré un visa de sortie magnifiquement contrefait, c'était pour échapper aux préjugés du patelin, au jeu injuste des forces propulsées depuis l'axe en rotation de la Terre. Des compagnons de route qu'il ne rencontrerait jamais, des amis aux récits de voyage qui dépassaient de beaucoup les siens, affluaient de partout à la surface entière de cette planète ridée, surgis d'invisibles crevasses, comme des bulles issues de la carbonatation dans les parois d'un verre à eau. Des lieux enfouis dans les abîmes de ces continents devaient absorber ce flot permanent. C'était la seule façon d'expliquer comment, après s'être déployés à la source de leur Nil pour s'écouler de manière atypique vers le nord en un delta vaste comme le monde, puis avoir dévalé les chutes du Niagara dans un canot, ces migrants pouvaient encore disparaître au désert, une nuit, sur une route de nulle part dans les Dakota.

— Cette fille, demanda Ricky poliment à la femme au quart indienne, cette auto-stoppeuse. Où demandait-elle qu'on la dépose ?

— Elle ne l'a jamais dit. C'était plutôt « N'importe où sur votre chemin. Ça m'ira bien ». Évidemment, par là-bas, il n'y a pas des masses d'endroits où se faire déposer.

— Elle portait quelque chose ? Un sac à dos, peut-être ? Des livres ?

La femme se contenta de lui lancer un regard étrange, lui tapota le sommet du crâne et alla s'enquérir de la réparation.

Dans l'avion qui volait vers l'ouest au-dessus du dernier arpent de côte, Ricky remercia ses parents pour ces vacances. Oui, acquiesçait-il d'un ton coopératif, il était américain et il avait la certitude que ce fait lui apparaîtrait évident dès qu'il aurait l'occasion de passer plus de temps dans ce pays. Oui, il l'espérait, un jour, quand il entrerait à l'université peut-être. Où préférerait-il s'installer ? Oh, à Saint-Louis, pourquoi pas. Ou à Portland. À Newport News. À Asheville bien sûr. N'importe où. Dans les hauteurs célestes.

Il s'installa pour la durée du vol, l'affaire d'une journée et d'une nuit complètes, à destination d'une ville dont le nom de baptême était la Cité des anges, capitale d'une terre appelée Pays des hommes libres par les gens du cru. Il avait pris un livre pour le voyage. *Où es-tu ?* demandait en ouverture la voix blessée, le ton meurtri de cette histoire de l'année. Sur des pages entières, tout au long de l'existence du petit garçon de ce livre, la voix sondait une douleur chronique, recherchait un lieu qui, à l'exception du chemin y conduisant, était à tous égards d'une intolérable proximité. Au-dessus de l'océan, en plein milieu du Pacifique, Kraft releva la tête pour s'apercevoir soudain qu'il avait passé le temps des fictions.

Les classiques des lecteurs en herbe

Peter Pan

Par J. M. Barrie

Livre publié en 1911 sous le titre original *Peter et Wendy* et en 1921 sous le titre *Peter Pan et Wendy.* Première publication aux États-Unis…

ISBN…

Tous droits réservés. Copyright 1911, 1921, 19…

Aucune partie du présent ouvrage ne peut être reproduite, sous quelque…

Le saviez-vous ? Ce livre fait partie du « legs Peter Pan ». Cela signifie que les droits d'auteur de J. M. Barrie sur cet ouvrage aident les médecins et infirmières à guérir les petits patients de l'hôpital pour enfants de Great Ormond Street à Londres.

legs *n. m.* : Don en argent ou en biens patrimoniaux transmis par testament. Synonymes : héritage, succession.

droits d'auteur : Partie de la somme rapportée à son auteur par la vente d'un livre, d'un brevet, d'une œuvre de l'imagination…

Barrie, Sir James Matthew (9 mai 1860-9 juin 1937).

Écrivain écossais, auteur de *Peter Pan*. Barrie était le neuvième des dix enfants d'un ouvrier tisserand. Quand il eut six ans, un de ses frères aînés mourut dans un accident de patins à glace. La famille ne s'en est jamais consolée. Pour la mère de Barrie, le jeune garçon décédé devait rester à jamais un enfant qui…

Chapitre un. Peter Pan arrive

Tous les enfants grandissent, sauf un. Ils le savent très tôt et Wendy en fut informée de la manière suivante. Un jour…

La main sur le cœur, Mme Darling s'écria : « Oh, pourquoi ne peux-tu rester toujours ainsi ? » Ce furent les seuls mots qu'ils échangèrent à ce propos, mais dorénavant…

dorénavant *adv.* : À partir du moment présent. À l'avenir.

Chapitre trois. Partons…

— Mais où habites-tu maintenant ?

— Avec les enfants perdus.

— De qui s'agit-il ?

— Des enfants tombés de leur landau au cours de perambulations… Si on ne les réclame pas dans les sept jours, ils sont envoyés au loin, au pays imaginaire pour rembourser…

perambulation *n. f. (rare)* : 1) Action de se promener. 2) Arpentage…

per ardua ad astra *loc. lat.* : À travers les difficultés, jusqu'aux étoiles.

… et elle fut un rien déçue quand il admit venir à la fenêtre de la chambre des enfants non pour la voir elle mais pour écouter des histoires.

— Tu sais, je ne connais pas d'histoires. Et aucun des enfants perdus n'en connaît.

balle perdue, chien perdu, cire perdue (mouler à), colonie perdue, femme perdue, horizons perdus, paradis perdu, soldat perdu, temps perdu (À la recherche du), tribus perdues…

Pierre l'Ermite (1050 ?-1115). Religieux français qui prêcha la première croisade. Il combattit au siège d'Antioche et entra victorieux dans Jérusalem aux côtés…

Pierre de Hamelin (1716 ?-1785). En 1724, un enfant sauvage fut découvert tandis qu'il sautait d'arbre en arbre comme un écureuil dans les forêts voisines de Hamelin, dans l'actuelle Allemagne. L'enfant fut emmené en Angleterre, sous la protection du roi George Ier, où il…

Peter Pan. L'enfant qui ne voulait pas grandir, héros de J. M. Barrie…

Chapitre quatre. Le voyage

… ils approchaient du pays imaginaire… peut-être pas tant grâce aux indications de Peter ou de Clochette que parce que l'île s'était lancée à leur recherche…

Chose étrange, tous la reconnurent au premier coup d'œil et jusqu'à ce que la peur les assaille, ils la saluèrent non comme un éden dont on a longtemps rêvé et que l'on voit enfin mais comme une vieille amie…

edelweiss…

éden *n. m.* : 1) Paradis terrestre dans la Genèse. 2) Lieu de délices. 3) Paradis qui n'existe que dans l'imagination. Voir aussi Utopie, Canaan, Cocagne, Eldorado, Shangri-La, Arcadie… pays des Lotophages, pays des merveilles, pays des rêves, pays des fées… Terre promise, autre monde, millénium…

millénium *n. m.* : Règne triomphant de mille ans…

millénarisme *n. m.* : Forme de l'eschatologie (eschatologie *n. f.* : Étude des fins dernières…) qui traite de la finalité et des perspectives ultimes de la communauté humaine. Il pose les questions suivantes : quelle est la destinée finale de ce monde et de ses habitants ? Le genre humain parviendra-t-il jamais à rejoindre le paradis terrestre dont il s'approche et qu'il attend perpétuellement ? Quels sont la visée et le fin mot du domaine des hommes ?

(**domaine** *n. m.* : Terre possédée par un propriétaire…)

Dans sa version chrétienne en particulier, la formule millénariste se présente de deux manières : le pré- et le postmillénarisme. Dans le premier, un retour fracassant du Christ mettra fin à l'histoire et inaugurera un règne de mille ans, ultime période de droiture transcendante avant… Dans le second, l'unification mondiale de la foi culminera avec le retour du Christ et les affres d'une dernière…

La croyance en l'achèvement imminent du monde a imprégné l'Église des origines et les prédictions répétées sur la fin très prochaine des temps ont fait irruption tout au long du Moyen Âge. Pourtant, l'attente millénariste n'a cessé de croître à l'époque moderne parallèlement à l'expansion déroutante des affaires humaines. Le peuplement des États-Unis est émaillé de modèles millénaristes : ville située sur une montagne, Destinée manifeste, mouvement de l'Évangile social, *Battle Hymn of the Republic*, fondamentalisme sous ses diverses figures, guerre qui mettra fin à toutes les guerres, Nouvelle Frontière, Grande Société…

Le colonialisme, l'impérialisme et les diverses croisades de l'ère industrielle destinées à établir un ordre mondial arborent les signes typiques du messianisme. Chez Marx, l'apothéose historique du communisme, bien que séculière, revêtait une évidente tournure millénariste. Hitler et son Reich de mille ans ravivaient la vision apocalyptique médiévale d'un Joachim de Flore. La ferveur politique radicale qui caractérise aujourd'hui la communauté internationale – des Gardes rouges à la Révolution islamique – se comprend peut-être mieux en termes eschatologiques qu'en termes économiques…

Au long de l'histoire, les millénarismes ont tourné autour de thèmes communs. D'abord, croire que nous sommes entrés dans les derniers temps, les derniers jours, et que des présages visibles autour de nous nous alertent sur le fait que l'achèvement de l'histoire n'est pas une affaire de générations mais d'années. Bien que le désespoir et l'excitation prospèrent sur la question de la consommation des siècles, la date de la fin des temps a été arrêtée selon les cas à l'an 948, 975, 1033, 1236, 1260, 1284, 1367, 1420, 1588, 1666, 1792…

Les formules qui calculent le commencement de la nouvelle ère ont tendance à produire des dates situées à l'horizon immédiat. Le sentiment millénariste s'accompagne souvent d'un regain de l'occultisme : croyance en la réincarnation, rituels de purification, visites de créatures venues d'ailleurs, expériences de décorporation, dimensions alternatives…

La signature la plus courante de la pensée millénariste est la conviction que l'heure de vérité de la civilisation vient juste de sonner, moment sans précédent de danger et de chance à saisir, de calamité universelle et de convergence…

Les espérances militantes se réveillent aux périodes de bouleversements sociaux. La pression transformatrice du XIXe siècle a produit une quantité extraordinaire de cultes prophétiques issus de cultures divergentes. Les mahdistes du Soudan ont infligé à l'Empire britannique plusieurs défaites spectaculaires et établi un royaume islamique millénariste avant d'être écrasés par Kitchener en 1898. Isaiah Shembe, le messie zulu, prêcha l'avènement de la Nouvelle Jérusalem pour les seuls croyants noirs. La Danse des esprits des Indiens des plaines attendait les inondations et les tornades qui ravageraient la Terre et chasseraient la menace de l'anéantissement. Des dizaines de milliers de disciples américains de William Miller attendirent le Second Avènement dans la nuit du 22 octobre 1844. En Europe, le sentiment croissant de la fin des temps inspira les soulèvements anarchistes, la théosophie, les salutistes, les…

Le plus dévastateur des mouvements millénaristes de ce siècle fut la révolte des Taiping. Recalé aux examens de la fonction publique, un nommé Hong Xiuquan apprit dans une vision qu'il était le frère cadet de Jésus-Christ. Après avoir proclamé son Royaume céleste de la Grande Paix, Hong réunit plus d'un million d'adeptes dévoués. Avec sa milice de croyants, il déferla dans la vallée du Yangzi Jiang et prit la ville de Nankin. Cette manœuvre hâta le déclenchement d'une décennie de guerre civile pendant laquelle les millénaristes faillirent renverser la dynastie Qing et lui arracher le contrôle de la Chine. À la fin du conflit, la moitié du pays était en ruine et un total de vingt millions de vies avaient été sacrifiées : ce fut la deuxième guerre la plus sanglante de l'histoire, juste derrière la Seconde Guerre mondiale, elle-même dernière bataille eschatologique.

Notre propre époque de dislocation a engendré une vague d'attentes imminentes allant des mouvements New Age au culte du cargo sur des îles dont les pistes d'atterrissage perdues dans la jungle, ou les avions en bois rituels guident les esprits livreurs en toute sécurité vers la Terre…

L'idée d'un progrès de l'histoire pourrait elle-même dériver d'un espoir en l'avènement d'un nouveau ciel et d'une nouvelle terre. La prédiction de la fin, comme le « progrès » historique, est de toujours. Et pourtant, l'eschatologie millénariste n'est pas statique ; il se pourrait plutôt qu'elle s'intensifie de manière continue. Ce n'est pas parce que l'attente a été déçue jusqu'à aujourd'hui, soutiennent les fidèles, qu'elle le sera toujours…

Le millénarisme est né d'une aspiration à la confédération et de la peur de l'effondrement, du désir de savoir où va le monde, du besoin d'achèvement. Nous cherchons à nous consoler de nos histoires au demeurant aléatoires en les reliant à un destin commun. Mais notre fin, souligne l'eschatologie, réside dans le ferment de notre commencement. Les prédictions de la parousie donnent souvent un rôle central aux enfants. L'histoire est un mythe qui se propage, où des innocents disparus sont emportés par une catastrophe, conduits jusqu'à leur legs oublié…

(**legs** : coché d'un minuscule trait de crayon fantomatique.)

À coup sûr, aucune intrigue ne saurait être si sadique qu'elle mette fin, par arbitraire, à sa seule chance de perpétuation. L'épidémie d'enlèvements d'enfants, de maltraitance et d'exploitation qui se déploie à travers le monde ressemble aux yeux de beaucoup à cette épreuve longtemps attendue qui présage du retour définitif de l'innocence. « Un massacre d'enfants, s'écrie le capitaine Crochet, quintessence parmi les faucheurs millénaristes. Il y a quelque chose de grandiose dans cette idée ! »

Chapitre dix-sept. Bien des années ont passé

… comme si dès son arrivée sur le continent elle avait déjà des questions à poser…

C'était un petit garçon, et elle une grande personne… Quelque chose en elle pleurait : « Femme, femme, laisse-moi. »

… et les choses continueront ainsi, tant que les enfants seront joyeux, innocents et sans-cœur.

sans-cœur *adj.* : …

Une petite fille hurle. À travers les feuilles de graphite et l'air conducteur, annihilant le paradis de l'obscurité, un hurlement filtre. Une chose jeune, verte comme l'herbe fraîchement coupée, un chuchotement de panique dans le combiné muet de la nuit. Le son s'insinue dans le tympan, trop glaçant pour être bravé, trop distant pour être localisé ou pour qu'on y réponde.

Son *acciaccatura* imite les gloussements d'une cour d'école. Mais à la deuxième syllabe, elle se gauchit, comme le beau dessin de la jeunesse qui devient cette sorcière dissimulée en lui. Un crépitement s'arrime, hideux, aux murs de son immeuble. Centimètre par centimètre, il suit la brique, atteint la fenêtre de la chambre et tapote aux carreaux comme un homme agrippé aux parois extérieures de la pièce lancée dans le tunnel de la montagne de minuit. Comme déjà mort, le hurlement cogne par intervalles atroces, ongles qui grattent la vitre de façon automatique, réflexe convulsif qui continue de frapper faiblement pour qu'on le laisse entrer.

La panique, comme toujours, va se percher dans le soprane, terreur sans voix coincée dans les aigus. Le cri perçant d'une flûte de Pan sort d'une fillette allongée dans une rue déserte, les jambes brisées, pliées derrière la nuque, le ventre marqué au pochoir par la bande de roulement d'un pneu. Ou alors elle gémit sous la menace d'une arme, étouffe un cri qui, elle le sait, poussera son agresseur haletant à la tuer. Une fillette crie depuis le fond d'une colonne d'eau aux mètres cubes innombrables. Ses mots désormais inaudibles s'affolent dans les hauts registres.

Elle choisit la nuit, naturellement, ce vieux narcotique toujours prompt à prêter la main dans ce genre d'affaires. La plainte persifle sous le couvert de l'obscurité : Viens-y pour voir, exerce contre moi tes droits inaliénables, tes contributions annuelles au PNB. Mesure-moi donc avec tes petites marques au crayon sur le mur de la cuisine. Un seul accroc, aigu et étranglé, suffit à défaire toute la trame. Le désastre passe le coin de sa rue et Kraft doit se lever d'un bond, sur-le-champ, sans prendre le temps de s'habiller, il doit courir et prévenir l'impensable.

La peur glace ses tenseurs, le retient prostré, drogué. Impossible : au moindre mouvement, le délire lui enserrera la tête. Il ne peut que rester là, figé, à faire le mort et attendre, cloué de terreur sur ses draps trempés. Un gaz fantomatique s'infiltre par les croisées – chloroforme sur un chiffon graisseux placé sous ses narines. Il est paralysé par ce qu'il verrait s'il se précipitait en criant à la fenêtre. Une enfant de paille blême dans une robe qui flambe, une albinos en feu. Un bébé noir, nu, dont le sang s'écoule d'un sillon tracé en plein milieu de son visage. Une Asiatique, effarée, tout juste sortie d'un téléporteur, qui va hurlant de quartier en quartier, sans comprendre, jusqu'à ce que ses pieds enflés ne soient plus que des battoirs à vif extraits du fourreau de la peau.

Un deuxième cri qui le tétanise suit, dans le sillage du premier. Celui-là est plus faible, bêlement de colère ou de chagrin empesé. Un enfant braille au fond de la spirale descendante de l'histoire en désintégration. Il vagit en proie à un saisissement pétrifiant : *Ça ne va pas. Mais où sont passés les… ? Ce n'est pas…* Élevée dans un sous-sol aux profondeurs sous-cutanées de la ville, nourrie aux moisissures et à l'eau chargée de plomb, libérée dans le seul but de susciter l'horreur, une bête, une créature sauvage, est lâchée dans l'appartement.

Le bruit hésite entre le cri de détresse et le soupir qui monte d'un bain d'acide. Cette enfant en devient deux et leurs mugissements alternés retentissent à des intervalles qui vont diminuant. Leurs hurlements bouleversants commencent à se chevaucher. Combien sont-ils ? Toute une communauté qui appelle depuis son enclos, à une ou deux rues de là.

Un brame aussi spectral – versé à la cuiller, ici dans le creux de son oreille – fait tomber les règles, les écaille comme une couche de peinture bon marché. La sécurité vole en éclats de carton-pâte. Le choc choisit son heure, celle où quiconque pourrait lui résister est rendu docile par le sommeil et la confusion de l'esprit. Une fillette, la nuit, est battue à en perdre connaissance, dans une rue où une fenêtre sur deux affiche à ses carreaux le slogan HALTE À LA DÉLINQUANCE frappé sur la paume d'une main, signe franc-maçonnique et secret des Voisins vigilants. Des hurlements de petite fille ramènent le système nerveux de Kraft à son désordre aléatoire, et son cœur à la panique poisseuse. Un cri, à cette heure… une petite fille, seule, si tard…

Les ambulances épuisées ne se présentent pas. Les sirènes ne font même pas mine de retentir. À portée d'oreille, bousculés, tirés du sommeil, les quartiers est de la Cité des anges écoutent, paupières serrées, veilleuses sous le boisseau, armes à feu prêtes à l'emploi sur la table de chevet. La civilisation, projet d'aménagement des zones insalubres de l'âme, se retourne dans son lit et fait la morte. Entraînement au suicide.

Il hume l'air de la pièce. Si elles parvenaient à le trouver, ses narines en extrairaient une carotte pour l'analyser. Il dort depuis une éternité et plus. Tout près de sombrer. Submergé encore. En sempiternelle phase de réveil. À quoi ? Il est de garde sans doute, au Motel Residente. À la manœuvre, le Boulet et le père Chini ont brûlé une étape cruciale : l'anesthésie générale. Le cri retentit dans la salle d'opération où, Dieu sait comment, ils ont posé des micros pour que les cris…

Mais il ne peut s'agir de l'hôpital. La pièce n'a pas cet arôme chimique des chairs putrides badigeonnées de Listerine. Il doit se trouver dans la maison qu'il vient d'acheter avec cette superbe… Non. Il est ailleurs. Dans une maison qu'il n'aurait jamais dû quitter. Pour combien de temps ? Où diable ? Le cri perçant le traverse à nouveau. Pénètre ses tympans comme un poison. Froide mécanique, il entend cent fois mieux que lorsqu'il ne dort pas.

Sans avoir besoin de fracturer la fenêtre, le virus sonore s'insinue dans les interstices des structures cristallines du verre. Sortie d'un tube à essai, prête à cribler ses poumons d'un million de micro-seringues dans l'obscurité, une toxine de laboratoire disperse dans l'air de l'appartement un « À l'aide » fatal. Sournoise, elle s'avance, inassouvie, d'une petitesse indestructible. Dans la cervelle de Kraft, elle se fait un lit douillet.

Elle le fait imploser. Cette terreur de petite fille s'injecte en lui, devient sienne. Une peur plus terrible qu'il n'en a jamais connu, trop lointaine pour les comparaisons de la mémoire. Phobie effrénée de l'anthrax, trépidante mais immobile. Son cadavre à venir se verrouille sous l'effroi, à l'exception d'un cœur palpitant, gorgé de vasodilatateurs. Des scénarios grotesques le mettent en lambeaux, petites mises en bouche avant notre grande attraction. Test de Rorschach d'une milliseconde, profondeurs du subconscient ensevelies sous des tumuli : le visage de la fillette mangé par les rats des bambous. Sa mise à sac méthodique par des bérets verts. Des brutes adipeuses qui ondulent sur elle, armées de rasoirs souillés de mucus.

Son cerveau hurle : *Sauve-la maintenant.* Mais la moindre contraction musculaire l'incinérerait aussitôt. Sa colonne vertébrale fond sur toute la longueur. Les ordres envoyés aux muscles refusent d'atteindre les confins de son corps. L'urgence permanente de ses journées l'a entraîné à cet instant où lui seul doit décider de toute issue. Mais voilà qu'il se fige face à un facteur inconnu situé au-delà de son seuil d'alerte. Ce hurlement pourrait être n'importe quoi. Les fictions prolifèrent. Il est incapable de bouger.

Incapable de regarder. Déjà il sait à qui il a affaire, qui vient ici réclamer une aide qu'il ne peut plus donner. En boitillant, elle a traversé la ville, à pied, enjambé l'autoroute infranchissable, morte déjà. Elle vient par ici, clopin-clopant, pour lui dire que cette histoire cauchemardesque a déjà pris de vitesse les pires craintes du médecin. Son moi intime, le vrai Kraft – celui d'avant toute délibération –, entre dans la danse. Et au son de la plainte qui retentit juste derrière sa porte, il reste allongé, immobile dans l'obscurité, et dissimule, nie que cette adresse est la sienne. La pulsion du délit de fuite prend racine en lui, maintenant que tout menace ruine. Et le reste de son existence, passée à se justifier…

À chaque seconde qui s'égrène, il devient plus difficile de se défaire de la comédie de l'immobilité. Chaque tic-tac le condamne davantage à vivre jusqu'au bout dans la honte. Elle va mourir là, dehors, accrochée à sa fenêtre. Avec un peu de chance, un coup de vent au lever du jour l'enverra se décomposer sur la pelouse de quelqu'un d'autre avant que la police ne remonte jusqu'à lui. Il se blottit au creux de l'ultime déni dans le ricanement de la nuit.

Quelque chose en lui explose, un rayonnement de fond diffus. Une lame de lumière blanche traverse les phosphores sous ses paupières. Kraft se propulse vers le haut, repousse de toutes ses forces les glaces flottantes qui le noient tendrement. Et aussi sec qu'un coupe-circuit saturé, il claque.

Enclenchée, la gravité comprime son pelvis, le plie en deux. Il se redresse, le buste raide, à angle droit comme une poupée actionnée par un ressort. Privé de langue, un bredouillement inarticulé tente de s'arracher à ses lèvres, mais les muscles du visage lui opposent la muraille d'un dernier veto. Le larynx, la gorge, la bouche tapissée de gaze refusent la mobilisation. Il vient de subir, ou subit en cet instant même, une attaque cérébrale, un orage neuronal. Entravé par tout ce matériau, le mot – morceau d'écorce de bouleau – mène sa barque par-delà l'obstacle et produit un *nnn-ee-ooon. Non.*

Son hurlement noie celui de la petite fille, l'éradique, mais non sans que l'appel aigu se soit changé en une alerte plus domestique, plus proche de son oreille. Il est réveillé, crie qu'on intervienne, réclame des procédures d'urgence, ces extraordinaires bouche-trous qu'il connaît par cœur. Des pensées lui viennent une à une, soldats de plomb qui se déversent par la brèche ouverte dans un syllogisme déglingué. Mon lit : en sortir. Poser les pieds par terre. Ma chambre. Mon appartement. Porte de ce côté-là, à une heure, nord-nord-est. L'atteindre avant qu'elle se scelle à jamais.

Quelque chose s'avance vers lui pour l'agripper avant

qu'il ait pu déguerpir. Une main, un autre humain dans ses draps.

— Ricky ?

L'atterrissage est aussi brutal que l'avait été l'explosion de violence. La torture dans la rue cesse à l'instant où Linda – innocemment nue, là, près de lui, sienne à crédit pour un temps éphémère – change de respiration. Les hurlements ne sont plus qu'une légère obstruction dans ses fosses nasales, amplifiée par l'oreille de Kraft posée tout près de son souffle. La terreur vient de la proximité, comme une simple cellule vue au microscope révèle tout un Armageddon.

— Ricky ? Qu'est-ce qu'il y a ? Qu'est-ce qui se passe ?

Il s'effondre en elle, coupant court à une chute plus rude. Rien. Il ne se passe rien. Une nuit ordinaire, indiscernable, exactement comme celle qu'il a demandée en secret dans ses prières avant qu'ils ne s'endorment, des siècles plus tôt.

— Rien du tout. Ça va… J'ai cru…

Cru que la fillette était venue le chercher, comme une petite fiancée massacrée.

— Je me suis rappelé un truc, c'est tout… Je t'assure. Rendors-toi.

— Me rendormir ? dit-elle incrédule, souriante, d'un air de réprimande. Ricky, tu trembles.

— C'est vrai, concède-t-il.

Des trémolos sur toute la longueur du corps, par intervalles, remplacent le cri maintenant réduit au silence.

— Hypothermie ? avance-t-il.

Piètre conjecture. Et pourtant, c'est en partie vrai ; il est glacé et frissonne à en mourir dans le dissipateur thermique du compromis humain qu'il a choisi exprès pour son climat de serre chaude.

— Aussi, si tu arrêtais de me voler toute la couverture…

— La couverture ?

Les syllabes éberluées volent dans toutes les directions, furieuses, effarées à son approche, comme des enfants qui s'éparpillent devant le chasseur d'un jeu de colin-maillard. Elle le retient contre lui malgré ses protestations. Elle offre à sa tête l'hospitalité de sa nudité, moitié clé du paradis, moitié clé au cou.

— Es-tu bien sûr d'avoir dix ans de plus que moi ?

Un cas plus sérieux que le plus désespéré de ses patients. Des membres mats, une peau aussi parfaite qu'un chamois sans fin, une thermothérapie tout en fermeté qui se presse contre lui : Linda. Elle est venue le soustraire au souvenir. Elle lui a été envoyée à cet instant décisif pour l'affranchir de ses déserts. Reconnaissant, il envisage de le lui dire. Elle est bien celle qui pourrait apporter une explication au hurlement, le rendre docile. *Écoute.* J'ai entendu dans ta respiration le cri du dernier enfant laissé sur Terre, après que tous les autres ont été emmenés.

Mais même s'il se confiait à elle, ils resteraient seuls. Tous deux, sans protection, revêtus seulement de ce calme résidentiel factice, vulnérables désormais à plus d'attaques que ne peut en recenser le catalogue. S'il lui parlait, s'il la retenait davantage, il ne parviendrait qu'à la pétrifier, la glacerait elle aussi. Déjà ses tétons nus ont la chair de poule, ils se crispent comme une bouche sous la punition de l'alun. Ou bien se dressent-ils pour une autre raison, un motif autre que le froid du désert ? Un désir qu'éveille sa peur sans mélange, l'éventualité d'une souffrance illimitée en un temps où la personnalité, tenue pour un affût sans valeur, est rejetée ?

Il teste cette chair de poule, y pose sa langue.

Il cherche sur le corps de Linda des cachettes dissimulées parmi ses moraines qui ont bien dû entendre quelque chose et l'enregistrer. Alors, Linda au sang mêlé, souple comme un jaguar, qui tressaille devant lui maintenant à l'idée de ce qu'il pourrait lui faire, pousse un gémissement. Puis d'autres. Elle appelle dans des langues étranges – oui, *là* – sans se soucier de qui les entend derrière les minces cloisons. L'amour abandonné aux cris de la dévastation limitrophe.

Les nuits où, dans ce qui lui sert de conscience, le besoin de perdre toute connaissance fait ses maraudes comme un pied-bot valse sur un parquet, ces nuits où même l'ultime conflagration ne pourrait le réveiller, il doit encore s'appuyer ce casino de proximité ouvert vingt-quatre heures sur vingt-quatre, garder l'œil ouvert à coups de produits pharmaceutiques pour distribuer des cartes de tout ou rien à la table de poker. Et les autres nuits, celles que lui accordent magistralement les tours de garde pour qu'il aille se faire l'outrage du sommeil, il ne parvient pas à dormir. Affaire d'imaginaire, rien moins qu'une forme d'impuissance sublimée (la vraie lui étant par bonheur épargnée). Pourtant, surgis du fin fond d'un imperturbable néant de stade quatre, des préavis d'alertes et de châtiments célestes rendent impensable, voire obscène l'idée même de deux heures de moindre vigilance.

Par chance, le travail offre tout un éventail de substituts aux narcotiques. Ce matin, ils ont reconstruit l'oreille de Tony la Terreur. Au début, quand la police le leur a amené tout sanguinolent, la moitié du crâne ouvert après une embrouille des rues, rose et suintant comme un melon au pique-nique du 4 Juillet, les parents de Tony ont tenté de nier l'avoir jamais vu. Ce n'est qu'une fois assurée par l'officier que l'enquête n'avait rien à voir avec leurs opérations de vente au détail improvisées que la mère de Tony s'était mise à pleurnicher. Vite fait, elle avait épongé son fils et pansé la plaie avec un extrait de racine à peu près aussi efficace qu'un cataplasme sur une jambe de bois.

Les deux flics, de purs novices, avaient conduit aux urgences Tony et son pavillon auriculaire gauche tranché. « Dans de la glace, selon Plummer, mais tiens-toi bien : l'oreille était à l'intérieur du sac de glaçons en train de fondre. Bonne pour les vers. Je n'aurais même pas filé ce truc à bouffer à mon crapaud cornu. »

C'était il y a deux mois. Pendant la période nécessaire à une guérison suffisante de la tête de Tony pour que Kraft envisage de lui redonner forme, les policiers, à l'insu de qui n'appartenait pas à leur petit fief autonome, avaient rendu plusieurs visites à la Terreur pour lui expliquer qu'ils interdiraient la moindre chirurgie tant que Tony ne leur aurait pas tout dit. Le service avait relevé leurs noms et Tony, persuadé de le devoir à la magnanimité de ceux qui font respecter la loi en Amérique, avait été programmé pour la première étape de la reconstruction de son oreille.

Admis ce matin dans le service de chirurgie, la Terreur avait exprimé le regret de perdre le statut instantané que son rudimentaire moignon gauche lui avait valu auprès des autres gosses de pédiatrie. Il semblait presque ravi à l'idée de se réveiller avec une nouvelle cicatrice, dans la partie inférieure du thorax celle-là, à l'endroit où Kraft prélèverait le morceau de structure cartilagineuse dont il avait besoin pour façonner le béquet de remplacement. L'implant tiendrait jusqu'à ce que Tony perde à nouveau son matos, en prison, dans une quelconque bagarre.

Cette intervention est l'unique couper-coller au programme du jour. Le travail est le seul baume apaisant capable de combattre la chose qui n'a cessé de coaguler depuis sa partie de pêche dans la cheville de la petite boat people. Et heureusement, le ronron du boulot perdure bien après la fin des opérations sexy. Les facs de médecine adeptes de l'hyperconcurrence devraient diffuser l'information par tous les canaux : faire carrière aujourd'hui dans le chamanisme professionnel consiste autant en la pratique de la blessure qui soigne qu'en la surveillance des suites opératoires et l'activité comptable pure et dure. Après avoir suffisamment rougi de sang la salle blanche pour la journée, Kraft peut encore compter sur la troïka canonique des distractions – rapports, archivage, exhumation de dossiers – pour échapper à la vidéothèque déprimante de ses dernières cassettes mentales.

La documentation est la clé de voûte. Données et paperasse protectrice. Kraft a désormais appris à ne jamais dire à un patient « Ça a l'air d'aller » sans consigner la date, l'heure et l'état physique relatifs à cette déclaration. Résultat, les formalités administratives l'accaparent bien plus que le bistouri. Au point que le Beyrouth Général a dû lui assigner un bureau où il va s'enterrer sous les formulaires.

Assis dans son espace réquisitionné, il extrait les messages d'un dictaphone et, comme des lépidoptères conservés dans le formol, en épingle les formules à un rapport officiel. Il laisse la porte ouverte ; sans quoi, une atmosphère de tranquillité trompeuse s'installe à l'intérieur. De temps à autre, il remonte respirer à la surface pour lancer en flanc-garde un œil furtif vers le couloir. À un moment, vers la millionième de ces inspections routinières, il manque bondir hors de sa propre boîte crânienne. Un super vieillard miniature coiffé d'une casquette des Dodgers et vêtu d'un cardigan trop ample s'est glissé en silence dans l'encadrement de la porte et se tient là, le fixant du regard.

Depuis un bon moment, à l'évidence. C'est un de ces hommes dégarnis et sous-gonflés, à la peau affaissée, qui traînent dans Griffith Park munis d'un sac en papier et d'une canne, et font la conversation à des cockers pitoyables en des langues parlées seulement dans certains villages de montagne cachés qui apparaissent une fois l'an. Le vioque se contente de l'aviser du fond myope des puits de mine creusés de part et d'autre de son nez crochu. Noyé dans son habituel brouillard latin, Kraft n'arrive même pas à citer à la barre un « Oui ? » officiellement inquisiteur.

Avant que Richard ait pu déterminer ce qui cloche dans ce tableau (« Monsieur, vous êtes en pédiatrie ici. La gérontologie, c'est au troisième »), grand-papa crache un « Qu'est-ce que t'en as à foutre, mon pote ? » puis disparaît. D'un pas feutré de rhumatisant, ce Walter Brennan version rase-mottes s'engage dans le couloir, exact portrait d'une gargouille qui pointe à l'heure de fermeture, baisse le rideau et se dirige d'un pas de pierre vers l'arc-boutant le plus proche pour y attraper son bus.

La voix de ce vieux machin choque plus encore que son profil aquilin. Son élocution de petit vieillard est en tout point conforme à son niveau général de sénilité. Mais là où Kraft attendait le timbre rocailleux d'un Lionel Barrymore, il ne trouve qu'un sifflet aux aigus perturbants. Mai en décembre. Étrange, insituable, déconcertant. Mais après tout. Comme dit le bonhomme : Qu'est-ce que t'en as à foutre ? Laisse courir. Ce n'est pas ta spécialité ; en tout cas, pas pour ce stage-ci.

Une minute encore, Kraft reste crispé au-dessus de son dictaphone. Il jette un nouveau regard vers la porte.

Son manque de sommeil a-t-il progressé au point de lui fournir des images ? Soudain, vient le déclic du diagnostic différentiel. Abasourdi, Richard pâlit et se redresse lentement. Le syndrome de Hutchinson-Gilford. La véritable progéria. Visible après un an ou deux d'une petite enfance normale. Les symptômes commencent à donner leur pleine mesure vers les six ans. À dix, on est sexagénaire. Kraft se dirige d'un pas chancelant vers son étagère de livres et, catatonique, feuillette les ouvrages de référence, déjà informé de ce qu'il va y trouver. Il n'existe dans toute la littérature mondiale qu'une cinquantaine de cas connus. Kraft rejoint le couloir en titubant mais grand-papa, l'un des enfants antédiluviens les plus rares de la création, s'en est allé.

Un cas de progéria, ici, dans une institution gratuite qui parvient à peine à pratiquer une ablation des amygdales sans renvoyer le gamin les pieds devant ? Un hôpital où la moitié des cadres sont alcooliques et où la moitié des internes ont trafiqué leur CV ? Comment le Carver pourrait-il seulement imaginer suivre un cas pareil ? À la seconde où ce môme a franchi la porte, on aurait dû l'évacuer par pont aérien vers Boston sans escale. Il se trame là-dessous des choses pas très hippocratiques. Soit le médecin des admissions ne sait pas à quoi il a affaire – mais c'est impossible : ce nez effilé, ce crâne dont la chevelure a disparu, cette peau jaunie, ravagée, parcheminée façon vélin médiéval… Soit ce gamin ratatiné s'est fait happer dans le baillage d'un quelconque Barnum médical.

Cela ne semble guère concevable : voilà un enfant précipité vers la vieillesse à une vitesse furieusement accélérée, et à aucun moment il n'aurait attiré l'attention des grands manitous de la recherche ? Même le médecin de famille, si crasse son incompétence soit-elle, a dû certainement remarquer le moment où, à six mois d'intervalle, ce gosse s'est mis à prendre dix ans entre deux visites de contrôle. Puis Kraft remet les pieds sur terre et se rappelle où il est. Ici, le gros de la clientèle n'aurait pas les moyens de s'offrir des contrôles périodiques, même si l'existence de la chose lui était connue. Mais à coup sûr, l'infirmière scolaire, les enseignants, l'assistante sociale du quartier…

Laisse tomber. Oublie cette affaire. Cours les yeux fermés dans la direction opposée en chantant mains sur les oreilles *The Star-Spangled Banner*. L'admission de cet enfant n'a à l'évidence aucun rapport avec la chirurgie. Aussi, elle échappe au seul calcul rapide que Kraft puisse s'autoriser depuis des années : *Quel impact sur la charge de travail immédiate ? Faut-il que je m'occupe de ça tout seul ?*

Mais l'affreuse et aberrante rareté de la chose le hante. Un petit garçon qui a le tiers de son âge à ceci près qu'il est deux fois plus vieux que lui. Ce visage étrangement maladif. Un visage d'arrière-grand-père, hors d'âge et usé, mais qui doit durer encore un demi-siècle avant la retraite. Demi-siècle que jamais il ne franchira. Un visage extraterrestre, parahumain, un masque qui viole la séquence immuable allant de l'innocence à l'expérience et de l'expérience à la décrépitude, en mélangeant les étapes de la croissance pour en faire une parodie monstrueuse. Conséquence tragique d'une invention folle, rayon bionique, machine visionnaire conçue pour ouvrir la voie au raccourci fulgurant d'une transformation, mais affreusement bâclée, placée sous scellés dans les profondeurs de la croûte terrestre, oubliée de tous sauf de quelques enfants qui, sans voir le panneau ACCÈS CONDAMNÉ qui pourrit au-dessus de l'entrée, se sont aventurés en jouant dans le puits et, par accident, ont pris de plein fouet la déflagration accélératrice de cellules.

Il tente de se remettre au travail. Mais il a beau rembobiner et repasser le flot d'absurdités urgentes enregistrées sur son dictaphone, il ne parvient pas à le transcrire. Il pose l'appareil, l'échange contre le téléphone et compose le numéro d'un poste qui lui est vite devenu aussi habituel que celui des laborantins.

— Passez-moi Espera, s'il vous plaît.

Un bruissement, puis une voix familière chuchote dans le combiné.

— Mon carabinou ? (Les convenances de Kraft la font glousser.) C'est toi ? Je croyais t'avoir dit de ne jamais m'appeler au bureau.

— Écoute, Linda…

Écouter quoi ? Le compte rendu d'une parfaite improbabilité ? Des conjectures abracadabrantes ? La bande-son d'une musique d'ambiance qui se perd abominablement dans le bruit ? Le sang qui bat dans ses oreilles, aussi audible que le ressac ? Le silence de mort à l'autre bout du fil, le bûcher de questions qui s'accumulent sur la main courante ?

— Je viens de… Le gamin, celui qui est vieux…

Le nom propre de la maladie refuse de se déployer hors du manuel technique.

— Ah. Tu as fait la connaissance de Nicolino ?

Cette parole le convainc de sa parfaite inaptitude à savoir s'y prendre avec cette femme. Le fossé qui les sépare – une génération ou presque selon les critères des nations émergentes et des patientes du service d'obstétrique-gynécologie – est, en comparaison, insignifiant. La fracture de leurs passés respectifs sans commune mesure pourrait être réduite. Même l'abîme insurmontable du sexe – ils sont tous deux imbibés de cocktails hormonaux inintelligibles l'un à l'autre –

serait franchi en un petit bond. Mais ça, cette équanimité face à l'inassimilable, classe Linda dans un autre genre. Exogène. Il ne peut même pas entreprendre de lui parler.

Il l'a appelée pour qu'elle l'aide à comprendre ce que fabrique dans les couloirs qui jouxtent son bureau, coiffé d'une casquette des Dodgers et sans protection, ce tirage historique à cinquante contre Dieu sait combien de milliards. Mais Linda (il aurait pu s'en douter), déjà à tu et à toi avec l'étonnement, attribue à cet enfant une rareté d'un ordre de magnitude encore supérieur. Il est l'unique. Seul au milieu de tous ces milliards accumulés qui ne s'arrêtent pas au jour présent mais ne cessent de grandir vers un à jamais sans issue. Il aurait pu s'en douter : il fallait que ce fût Nicolino.

— Linda ? As-tu la moindre idée de ce qu'est ce gosse ?

— Oui. Un sale petit impertinent. Il s'est présenté à son premier rendez-vous en kinésithérapie et m'a fait des avances malhonnêtes.

La rancœur de Kraft envers cette femme s'évanouit en un éclair, remplacée par une jalousie meurtrière à l'encontre d'un vieux vicelard préadolescent.

— Qu'est-ce qu'il a dit ?

— Il a dit « T'es bonne toi » ou un truc dans le genre. Et il a enchaîné sur un autre couplet, s'est lamenté sur sa jeunesse évanouie.

Kraft doit étrangler un rire mais dans la douleur, masse solide, indélogeable, au fond de la trachée.

— Qu'est-ce qu'il fout ici ?

— Il essaie d'attirer l'attention du corps médical, j'imagine. Pardon… (Elle retient un rire coupable.) Ses parents ne veulent pas transformer leur petit garçon en phénomène d'étude ambulant. « Remettez-nous Nico sur pied et rendez-le-nous. C'est notre seul enfant ! »

Quand j'ai entendu ça, je me suis dit tout de suite : Ah ! voilà pourquoi le petit Nico est gâté pourri. Mais tu sais quoi ? Il se trouve justement qu'il n'est pas enfant unique. Il a environ une demi-douzaine de sœurs. À croire qu'elles ne comptent pas. C'est dans l'islam ça ou quoi ?

— Va savoir.

— Tu n'es pas un genre de spécialiste ?

— Tu n'as pas dit à ces gens qu'un peu de recherche pourrait aider le prochain gamin qui décidera de passer en gériatrie du jour au lendemain ?

Linda soupire, exaspérée par l'une et l'autre attitude.

— Qu'est-ce que tu veux y faire ? C'est leur gosse après tout. Oh, Nico, lui, adorerait monter sur les tréteaux, j'en suis sûre. Il sauterait sur l'occasion d'aller faire l'insolent avec les chercheurs en médecine les plus en vue du pays. Mais c'est la maman qui a le dernier mot, non ? « Donnez-moi une nouvelle génération de mères et je vous donnerai un monde nouveau. »

— Redis-moi ça.

— Tu ne connais pas ? C'est dans un livre. Pas un manuel. Mais t'inquiète, celui-là n'est pas au programme de l'examen.

Qu'il raccroche maintenant et la prise de bec va faire tache d'huile. Il la sent déjà qui progresse vers la réaction en chaîne. Il n'a même pas envie d'intervenir, de calmer le jeu. Le simple fait de renvoyer la pique lui demanderait trop d'énergie. Bouder reste cependant trop évident. Il ne ferait que donner à Linda une occasion supplémentaire de l'asticoter. Il lui faut adopter un ton poli et neutre mais point trop glacial, puis s'éclipser.

Mais il ne trouve rien de plus à demander. Il n'a même pas besoin de s'enquérir du motif de l'admission. Âge moyen de la mort : treize ans. Rares sont les vrais cas de progéria parvenant à l'âge adulte qui les nargue. Rupture cardio-vasculaire, artériosclérose, maladies cardiaques, vaisseaux qui pissent le sang dans un cuir chevelu desséché, détérioration systémique des organes. L'horloge biologique de l'enfant s'arrête tout simplement plus tôt, comme les bureaux qui, fermant à la Saint-Sylvestre, dételLent après seulement une demi-matinée de travail. Nicolino meurt d'une parodie de vieillesse. Kraft ne trouve pas d'autres mots, à moins de s'en tenir, comme dans les journaux, à une « mort naturelle ».

Linda est insouciante, indifférente à ces imbroglios. Puisqu'il ne meuble pas le silence, elle s'en charge.

— Au fait, tu t'y connais, toi, en statistiques des Dodgers ?

— Tu t'adresses à la mauvaise personne.

Mauvaise dans tous les sens du terme. Linda : quitte-moi. Ne gâche pas tes vingt ans un jour de plus pour cette cause perdue. Reviens quand tu auras sillonné le reste de l'État, fait le tour des hommes qui aiment faire des choses la nuit, ceux dont les élans répondront aux tiens, qui nourriront ta flamme, te feront briller et te garderont aussi vivante et souple que tu l'es encore. Reviens quand tu seras prête à la raideur, prête à faire une fin. Je n'aurai pas bougé.

— Ah, c'est vrai. Désolée. Tu as eu une enfance difficile, n'est-ce pas ? J'allais oublier. Mowgli, le gosse de la jungle. Ni bonbons ni dents de vampire en cire remplies de sirop. Ni passe-temps national. Tout s'explique.

Il sent ses muscles lancer la manœuvre d'échappement, le biceps qui se déroule pour reposer sur leur support les cinq cents kilos du combiné, quand il l'entend demander « Tu as mieux dormi cette nuit ? ». Ses mots brillent de l'éclat confus et douloureux d'un *moi non plus* refoulé – et tu sais pourquoi ? Alors, il n'en peut plus. Il est en manque de son altérité à elle. Accro à chaque distraction qu'elle lui offre sitôt le travail terminé. Dépendant déjà, il suit le chemin familier et bourbeux de l'accoutumance. Il aura bientôt besoin d'elle même le jour. Un shoot au matin, une bouffée, pour se mettre en train.

Il l'aime d'un amour absurde, immature. Son sang tressaute sous la panoplie complète du lycéen en proie à l'attente et à l'effroi. Sans Kean dans le box d'à côté, il se déclarerait sur-le-champ. Et pourtant, il n'en fera rien, pas même lors de leur prochaine nuit d'intimité. Comment, sinon par le silence, espérer la garder contre lui, toujours, et faire en sorte, l'heure venue, qu'elle soit encore une inconnue ?

Elle ne lui demande pas, comme sa voix le laisse néanmoins entendre, *Tu es de garde cette nuit ?*. Ses mots feignent au contraire le courage qu'ils n'ont ni l'un ni l'autre.

— Il n'y a rien à craindre, tu sais.

Mais si. Tout est à craindre. Il faut fuir le monde dans son entier. Des fillettes, sur leurs tiges coupées, traversent en boitant une ville exténuée pour lui tendre des embuscades dans le noir. Des petits vieux qui ont une éternité de plus que lui viennent errer dans le service de pédiatrie pour lui claquer dans les doigts. Comment se confier à elle sans lui faire prendre ses jambes à son cou ?

Il n'en sait pas plus sur la progéria qu'il ne peut se permettre d'en apprendre. Et il ne peut se permettre d'apprendre que ce dont il a besoin pour donner le change et décrocher son prochain certificat, rien de plus. D'ailleurs, qu'est-ce que ça peut te foutre, mon pote ? Rien de rien.

Personne, à l'évidence, n'a le début d'un indice sur l'étiologie de la chose. Sans la moindre preuve à l'appui, la petite école de campagne de la pensée porte ses soupçons sur une cause héréditaire. Oui, pourquoi pas ? Classons ce truc en haut de la pile des « maladies congénitales », celles qui foutent le merdier dans les commandes principales et vous tordent le corps dans tous les sens comme un pauvre Pinocchio. Entre « Pi », « no » et « cchio », les blancs se comblent de toutes les permutations que connaît une marionnette meurtrie : les microcéphalies (les têtes réduites, comme on dit dans les cercles moins policés), les myéloméningocèles, hernie des méninges et d'éléments neurologiques à l'arrière du carré de côtes, tout le bar à salades de l'androgynie et du crétinisme, l'hypo- et l'hyperthyroïdie, les organes en feu ou qui s'attaquent eux-mêmes, les hanches, membres et articulations squelettiques pointés dans toutes les directions, sauf celles qui sont utiles. Ou qui, tout bêtement, manquent à l'appel. Volés. Jamais livrés.

Les maladies génétiques sont le cauchemar absolu de Kraft. Corruption à la source, au point de fabrication. L'obscène venu fourrer son groin près de l'innocence moléculaire, sucer son téton infantile comme les mouches lapent une plaie suppurante. À quoi ça rime si, même là, la visée déjà peut se disperser ? Le matin jette sa première ombre sur le service. Et il y a pire : tous ces diagrammes – le Sans-visage, la Néphrose, la CIV – nés quelques heures à peine avant les grandes découvertes qui auraient pu les sauver.

Ils sont, peut-être, la dernière génération terrassée avant l'arrivée de l'arsenal génétique ultime. Des remèdes sont en marche, juste au coin de la rue, tout près d'ici. Des traitements imaginaires, des diagnostics de conte de fées, des dépistages complets *in utero* et, par paquets, des segments de chromosomes de substitution qui remplaceront les instructions défaillantes. Les médecins qui lui succéderont lanceront toutes les interventions imaginables, textes aux vertus curatives conçus par la pensée, en fournissant simplement la bonne combinaison de mots magiques. Kraft et le reste de la dernière promotion des sorciers n'ont que leurs corrections chirurgicales malhabiles, leurs coups de scalpel brutaux, efficaces parfois mais toujours au prix exorbitant d'une mutilation, nécessaire raccommodage au tarif ruineux avant la grande braderie du lendemain qui vous le fera moitié moins cher.

Aucune preuve tangible ne démontre que la progéria est bel et bien une entorse faite au récit originel. Et pourtant, la mettre dans le panier des maladies congénitales l'emporte sur les alternatives pathologiques. Un enfant chauve, de très petite taille, ratatiné, à la peau jaunie comme du vieux papier journal, au système circulatoire si corrodé qu'il ne vaut plus un clou. Il ne s'agit manifestement pas d'une maladie infectieuse, même parmi les plus franchement exotiques. Et si c'était une contagion ? Des gosses qui se refilent la progéria, qui chopent un coup de vieux aussi facilement qu'on attrape le croup ? De pleins jardins d'enfants transformés en maisons de retraite en quelques semaines. « La Chance aux chansons » reprogrammée vite fait pour inclure les dessins animés du samedi matin. À l'heure qu'il est, ce serait une véritable peste, digne de l'époque de Kraft.

Un facteur environnemental est au moins concevable. Accumulation dans quelque tissu secret d'une toxine non identifiée au comportement fantasque. Mais le mal ne fait pas de percées géographiques, ne touche pas de communautés particulières, comme celles aujourd'hui banales et familières même à ceux qui, comme Kraft, évitent avec soin le feuilleton des infos et ses scoops. L'alimentation alors ? Seuls Dieu et les assistantes sociales savent de quelles spécialités on nourrit la jeunesse aux limites orientales de la ville en cette saison. Mais si l'âge était ingérable, la Californie du Sud – le concept holiste dans son intégralité – serait noyée sous les octogénaires juvéniles.

La cause se trouve peut-être à l'extrémité sinistre du spectre. Un micro-impact dû au hasard. Une lésion. Un dégât subi à travers le placenta, ou survenu à la naissance. Un mécanisme de régulation balayé par un choc infligé à l'organisme. Un coup à la tête, délibéré ou – toujours cet euphémisme ridicule – accidentel. Les accidents arrivent mais les statistiques ne concordent pas. Rien que les pistolets tuent dix enfants américains par jour. Or seuls cinquante de ces petits vieillards apparaissent dans l'ensemble des sources historiques. S'il s'agit d'une blessure, elle est étrange alors, secrète, interne, voire moléculaire ; pas l'une de ces violences plus indiquées dont cette culture crépusculaire est toujours plus experte.

L'étiologie ne peut aider Kraft, comme c'est si souvent le cas. Comment ce phénomène – ce Nico – a pu prendre six décennies en autant d'anniversaires importe moins que ce qu'il convient de faire. Que soient remerciés les tout-puissants bureaucrates qui épargnent à Kraft d'avoir à s'occuper de ce cas. Qui peut espérer proposer un traitement à cet enfant ? Il est cassant comme du verre, desséché, tout en arêtes. Le derme comme de la pâte phyllo. Mais ce n'est pas à cause de la vieillesse. Ni sénilité, ni dégénérescence du système nerveux central. La moitié de ses organes sont intacts. L'enfant a encore du ressort dans les jambes, même s'il ressemble plus à un entraîneur posté sur la touche qu'à un coureur.

Bon Dieu, ce môme est un gosse. Quel que soit ou non ce truc, son vieillissement anormal est une maladie infantile. Et voilà bien résumé tout le désespoir de la situation. Ce prétendu service de pédiatrie, présidé par Monsieur Je-contrôle-tout, le docteur Joseph Milstein, est d'un monolithisme à peu près aussi mythique que l'empire aux vingt-cinq langues situé à l'autre bout du monde, qui en cet instant même éclate en un foyer de territoires querelleurs. Leur service n'est rien moins qu'une courbe haricot magique, une gaussienne hors gabarit qui commence par un bout à la petite enfance et se termine à l'autre par l'adolescence, avec au milieu une bonne grosse valeur dominante de cas pour lesquels il n'existe pas de noms adéquats.

La pédiatrie n'est pas une discipline. C'est un fourre-tout par défaut. Kraft peine à en relier les deux provinces principales, elles-mêmes désespérément sommaires : de la naissance à la station verticale, puis de la station verticale à l'âge de voter ou presque. Quel est, s'il vous plaît, le dénominateur commun entre une pyélonéphrite et un syndrome de Münchhausen par procuration ? Dans un cas, ce sont les reins qui rendent les parents fous ; dans l'autre, ce sont les parents qui font tourner les reins en bourrique. Cette spécialité a été inventée par le genre de gars qui va en librairie se commander un mètre cinquante de bouquins à la reliure rouge et pas plus hauts que vingt centimètres. Comme lui a dit un jour le docteur Braque (et l'ironie passe les limites de la rhétorique de Miss Pêche), « si tu peux ouvrir la cage thoracique d'un bébé de quatorze mois, tu peux empêcher une ado de quatorze ans de s'ouvrir les veines ».

La communauté internationale, estime Kraft depuis sa vigie de troisième main, poursuit en ce moment même un programme intensif de recherche et de développement destiné à dénicher les scénarios monstrueux et délectables de la prochaine déflagration collective. Vraiment, les choses sont en marche. Les infos du soir étalent les horreurs qui leur font cortège dans un chapelet de vidéos musicales de trois minutes propres à éradiquer la pensée. Les calottes glaciaires fondent. Les réserves de combustible approchent l'asymptote sans que personne puisse rien y faire. La dette s'accumule plus vite que le capital mondial. Les ordinateurs du fisc menacent de provoquer la panne du système financier planétaire qui nous pend au nez depuis longtemps en effectuant, au hasard pour l'essentiel, crédits et débits. L'astrologue du président et le secrétaire à la Défense cochent ensemble les signes d'alerte critique de la check-list de Patmos. Et la Cité des anges, où vivre est incroyable pour ceux qui vont mourir, a sur tout autre candidat prometteur une longueur d'avance d'une décennie et demie.

Mais le service de pédiatrie fournit à Kraft un épilogue de substitution. Les infirmières, qu'il s'efforce d'éviter pour des raisons insuffisamment enfouies dans son passé en dents de scie, font état d'un pic considérable dans les cas de prématurés, de MSN, de pharmacodépendance fœtale, de déficiences auto-immunes héritées – courbes dressées pour s'élancer à l'assaut d'altitudes éthérées par-dessus les cimes de la feuille quadrillée. L'éventualité d'un patinage annuel du ratio filles-garçons, pas seulement à l'échelle de l'État mais dans l'ensemble des pays dits, par euphémisme, « développés », enflamme son imagination. Un décalage du spectre vers le rose éloigne du chocolat la démographie pour la rapprocher sensiblement de la vanille. La diminution presque imperceptible mais constante de 0,1 pour cent du nombre annuel des naissances viables de garçons, combinée à une récente et légère augmentation du taux de mortalité des bébés mâles, révèle rien moins que le glissement imperturbable du monde vers une féminisation assortie d'une chute inévitable et brutale – quoique tardive – de la procréation.

Ne serait-ce pas là l'ultime coup de théâtre ? Après toutes les menaces si flagrantes, les prévisions désastreuses aussi abondantes que des bons alimentaires, les pas en avant concertés des « équilibristes deux et demi » sur le fil délibéré de la masse critique – finir par mourir à petit feu d'un irréversible basculement du rapport des sexes causé par un effet invisible de l'eau potable sur la motilité des gamètes ? Bien sûr, face au pêle-mêle des apocalypses agressivement masculines, l'espérance de voir l'espèce s'éteindre d'une manière plus douce, repue de féminité, tient selon Kraft du vœu pieux.

Mais d'ici l'avènement de la fin collective choisie entre toutes, ou la fin de cette affectation et le début de la suivante (au département des Anciens Combattants, une promenade de santé en comparaison), et quelle que soit celle qui viendra en premier, il est tenu d'administrer ses menus soulagements à ces êtres souffrants qui n'ont rien en commun sinon la tendreté de leur inexpérience. Des monstres, phénomènes de foire du gène, de l'accident, du pathologique, font une course de relais dans les couloirs, des pointes de vitesse sur cinquante mètres, sans médaille au bout, sans record, sans destination. Ils défilent, colonnes de pèlerins traumatisés, drapeaux en berne. Qu'est-ce que t'en as à foutre ?

— Très bien. Maintenant retourne-toi sur le côté. Bouge ton bras comme ça.

— Ça suffit là. Tu me tues.

— Ne fais pas ton bébé.

— Non, attends. Arrête. Je t'assure, Linda. J'ai besoin de mes deux bras. Raison professionnelle.

— Oh, allez. Pourquoi faut-il que les hommes se mettent à couiner à la moindre petite douleur thérapeutique ?

— Comment ça, les hommes ? La vache ! Je crois que tu me l'as déboîté.

— C'est qu'il devait en avoir besoin. C'est pour ton bien. Je n'ai jamais vu une personne à mobilité aussi réduite.

— Ah oui ? Eh bien, c'est le fruit d'une discipline consciencieuse observée pendant des années.

— Une discipline ? Espèce d'ongulé ! Tu mériterais que je t'apprenne ce que c'est.

— Tu en serais bien capable.

— Tu veux que je te remette sur pied, oui ou non ?

— Je tiens encore debout.

— C'est ce que disent tous les gars qui viennent me voir. Ta petite mascotte du moment, Tony la Terreur. La brute machiste modèle miniature. Il vient pleurnicher dans mon bureau que ça lui fait mal quand il grimace.

— « Ne grimace pas alors. »

— Non. Évite plutôt de te faire couper l'oreille la prochaine fois. Et si tu veux parler du vrai courage…

— Je devrais chanter *Thank Heaven for Little Girls*, c'est ça ? À ce propos, tu les lui as donnés ?

— Donné quoi. À qui ?

— Les livres. À Joy.

— Bien sûr que je les lui ai donnés. Tu crois peut-être que je les ai mis à gauche pour les revendre à la sauvette ?

— Qu'est-ce qu'elle a dit ?

— Quand je les lui ai apportés, elle a juste… Désolée. Tu sais, ces yeux… C'est comme si elle me disait : « Il faut que je te protège de ce que tu ignores au sujet de ce monde. » Elle m'a abondamment remerciée et m'a implorée de te remercier aussi, puis elle m'a regardée, très sérieuse, et elle a dit : « Vous voulez me faire la lecture ? » Comme si c'était officiellement la seule façon de procéder. Comme si ces bouquins faisaient partie d'une…

— Et qu'est-ce que tu as répondu ?

— Tu veux bien te taire et me laisser finir ? Je lui ai demandé : « Ça te ferait plaisir que je te les lise ? » Elle s'est alors entourée de moult précautions : « Je crois que je préférerais regarder ça de près pendant mon temps libre. »

— Son temps libre ? Par rapport à quoi ?

— Par rapport aux plages d'étude qu'elle s'est elle-même fixées. On a des examens à réussir, tu ne savais pas ?

— Ah, mon Dieu.

— Voilà. Comme ça. Un peu sur le nerf radial…

— Et elle les a lus ?

— Comparé à la journée et demie qu'elle met d'ordinaire à expédier ses manuels d'histoire et ses almanachs, elle s'y est offert ce qui doit lui paraître une tranquille promenade. Ensuite elle a voulu me les rendre avec sa politesse habituelle. Quand je lui ai dit qu'ils étaient à elle, elle m'a répondu qu'elle avait quelques questions à me poser. « Pourquoi, quand on le pousse dans le jardin sur sa chaise roulante, le petit garçon dit "Je vais vivre pour toujours" ? Et l'autre garçon, celui qui n'a jamais grandi. Comment est-ce possible ? » Ce ne sont pas exactement les préoccupations d'une enfant de douze ans.

— Échec total en somme.

— Oh, je ne sais pas. Qui peut dire ce dont est capable l'imagination de Joy ? Qu'elle soit restée en phase avec la réalité est stupéfiant.

— Je ne parle pas d'elle mais de moi. Échec total dans le choix des titres.

— Je ne dirais pas ça non plus. Bien, passons au plan transversal.

— Aïe ! Bon Dieu, mais qu'est-ce que tu me fais ?

— Je ne sais pas trop. Mais tu adores ça, pas vrai ? Admets-le. Admets-le ou je t'arrache l'aileron.

— D'accord, d'accord.

— Déshabille-moi.

— Pardon ? Ici ? Au milieu de…

— Allez, allez ! Il faut que je le fasse moi-même ou quoi ?

— Espera ! Oh, nom de… Chut. Arrête. On va nous entendre.

— Et après ? On se dira « Tiens, tiens. Voilà le bon vieux docteur Kraft qui se tire sur la tige ».

— Vieux ?

— Assez pour savoir ce qu'il fait.

— Oh, oh ! Je crois hélas entendre mon bipeur.

— Regardez-moi ce large sourire. J'ignorais que tu pouvais déclencher cet engin rien que par la pensée.

Il ne dit pas au revoir et ne fixe pas d'heure ni de lieu de rendez-vous pour finir ce qu'ils ont commencé. Il ne lui explique pas non plus que le danger pèse sur bien autre chose que le pied de Joy, que s'en sortir en y laissant un simple mollet serait une délivrance. C'est sa vieille planche de salut : en dire aussi peu qu'il est contractuellement nécessaire de le faire.

Et quand ensuite il revoit l'enfant, pour une série de scans, elle l'accueille avec un sourire qui serait timide s'il n'était à l'évidence crispé. Il songe : la douleur. Elle commence. Elle va la tordre, la faire crier et implorer qu'on la tue.

Mais ce n'est pas la douleur. Pas encore. Autre chose rend terreux ce teint de pétales bruns.

— Docteur Kraft, lui dit-elle avec excitation en avalant ses consonnes, noyées parmi les rescapés fantomatiques des rehauts d'une langue asiatique perdue. (Fantomatiques pour elle comme pour lui.) Je l'ai vu. Il est ici. Ici même. À cet étage. Le garçon ! Celui qui ne grandissait jamais !

(Un livre broché se hisse au sommet de la pile des devoirs. Sa couverture ocre reflète le fantasme d'un cartographe : terre de la Foi, terre des Infidèles, Terre promise, chacune bornée par l'océan inconnu que traversent bravement deux petits vaisseaux intrépides et un monstre marin cracheur d'eau. Un nœud d'encre enserre le titre de l'ouvrage : Le monde s'éveille, Troisième partie. *Sa boucle est pleine des zzzzzz d'un ronfleur. La reliure est cassée et un cahier cousu s'en détache.)*

… les sauvetages entrepris aux heures sombres – ces rustines auxquelles on recourt quand tout s'effondre – feraient un objet d'étude fécond. La psychologie du déclin – comprendre que le progrès s'est inversé et que l'histoire entre dans une période de décadence longue, voire incurable – doit être l'une des convictions les plus révélatrices de la civilisation. Mais ces spéculations dépassent le cadre de l'effort entrepris ici…

… un intervalle étroit de neuf années dans l'Europe du début du XVIe siècle. Peu de périodes ont connu un bouillonnement aussi ambivalent que les années 1527 à 1535. La dissémination de la chose imprimée grâce aux caractères mobiles, l'expansion rapide du commerce, les progrès en médecine emmenés par Paracelse et son éminent traité de chirurgie, une densité de génie artistique jamais plus égalée et l'exode quotidien de navires lancés vers l'ouest dans une course stimulante entre nations suscitaient le plus grand optimisme.

Mais cette période d'essor eut un envers non moins considérable. L'ampleur des intrigues politiques et la dislocation du corps social ôtèrent toute conviction, même aux plus grands talents de l'époque. Signes et présages – la comète de 1531, les computations des gnostiques pointant le quinzième centenaire de la mort du Sauveur, l'accomplissement prophétique par Christophe Colomb du rassemblement des races dispersées à la surface du globe (collision dont le monde ne s'est pas encore relevé) – formèrent l'assise d'un très substantiel chiliasme. Les incursions renouvelées des Turcs, la révolte de Münster, l'inlassable kyrielle des famines et des mauvaises récoltes, le retour de la peste, la répartition calamiteuse des richesses, le schisme de la seule institution qui ait maintenu l'Europe en vie mille ans après l'effondrement de l'empire d'Occident, et le nouveau calendrier du Jugement selon Luther – imminence immuable : tout cela témoigne d'un climat d'attente et d'effroi.

Pour une confédération multinationale de haute culture, aussi vaste que l'Europe occidentale, ces années sonnèrent bel et bien le glas de l'histoire. Pizarro et ses deux cents soldats, partis tendre une embuscade sur la grand-place de Cajamarca, avaient fait prisonnier l'empereur inca et massacré les quatre mille hommes de sa garde rapprochée. L'hégémonie de Cuzco mise à bas, un empire aussi remarquable que ceux que le monde eut jamais connus s'était évanoui dans la légende.

Depuis les ports de la métropole, un eldorado fabuleux surgi de la mer à point nommé semblait dénouer les problèmes insolubles de la surpopulation, de l'inflation, de la stagnation, du chômage et de la violence insatiable. Pourtant, l'infusion soudaine de nouvelles marchandises – tabac, tubercules, maïs, or, vies humaines – ne fit qu'ajouter au désordre des populations. En 1527, l'Europe entière sillonnait les mers en caraques et caravelles. Bâtir une flotte était alors un rite de passage pour les nations, chasse itinérante et frénétique aux marchandises et aux ressources. Mais en vertu d'un processus devenu loi historique, une augmentation soudaine et souvent inflationniste des enjeux économiques entraîna un accroissement proportionnel du risque désastreux de…

(Ici, un passage couvert de vigoureuses spirales de Crayola écarlates, jaune canari, bleu-vert Adriatique.)

… avait provoqué la colère de Charles Quint après les menées de Cognac. L'empereur répliqua en levant une troupe de mercenaires sous les ordres de Frundsberg. Nous avons la chance de posséder, presque intact, le journal de Michel Klotz, commandant de lansquenets luthériens enrôlé dans la bande du *condottiere*, document remarquable sur le sac de Rome qui nous offre, comme celui de Cellini dans le camp adverse, un compte rendu de première main. Klotz décrit la désolation que les lansquenets ont semée à travers la Lombardie où ils se sont mêlés à l'armée du duc de Bourbon pour emprunter la Via Emilia et marcher ensemble sur la Ville éternelle.

En son for intérieur, Klotz approuvait les efforts faits jusqu'à la dernière minute pour improviser une trêve entre le pape et l'empereur. Mais les termes de l'accord proposé par Clément et accepté par l'agent de Charles étaient trop subtils pour les vingt mille hommes des soldatesques allemande et espagnole échauffés par des promesses de pillage et de butin. Klotz ne pouvait pas plus refréner l'ardeur de sa petite brigade que

Frundsberg ou le duc de Bourbon le déchaînement de l'armée tout entière. Animée d'une volonté propre, la force marchait désormais sur la capitale de la chrétienté.

Quand vint le mois d'avril, Rome comprit enfin qu'elle était la cible de ce défilé. À Pâques, un reclus affolé courut à travers les rues pour appeler les enfants bâtards de Sodome à se repentir sous peine de destruction. On lança, mais trop tard, des préparatifs de défense désespérés. La garde du pape était surpassée en nombre, à au moins cinq contre un. L'usage habile des remparts et de l'artillerie existante permit d'éclaircir les cohortes d'assaillants. Bientôt, cependant, le pape fut contraint de se replier sur le château Saint-Ange. Cellini nous raconte comment à lui seul…

(Deux autres pages surchargées de Crayola, devenues jardin de pierreries parmi lequel flottent des figurines désincarnées, des navires, des feux d'artifice et plusieurs H et O majuscules qu'accompagne une parade amorphe de houlettes de bergers.)

On confia à Antonio da Sangallo le Jeune le soin de sauvegarder l'interminable inventaire des splendeurs artistiques du trésor pontifical. Antonio, neveu des frères Sangallo, architectes célèbres, dirigeait alors un projet de construction dont le financement (fondé sur des levées d'impôts excessives, la vente d'indulgences papales et autres manœuvres du même acabit) avait hâté l'effritement désastreux du monde occidental…

Maintes pièces du trésor furent fondues plutôt que d'être abandonnées aux mains des envahisseurs venus du Nord. Cellini lui-même – qui tenait Antonio pour un vulgaire menuisier – détruisit en personne quelques-uns de ses chefs-d'œuvre uniques et quelques réalisations de ses plus illustres contemporains et devanciers.

Mais Sangallo avait un autre projet, tout aussi incongru, pour préserver de la tourmente les ouvrages majeurs de la civilisation. Les grandes lignes de ces mesures secrètes transparaissent seulement dans les blancs du récit. Le maître bâtisseur travaillait jour et nuit aux frontières du Vatican pour remplir des sacs de sable destinés à combler la chapelle privée de Sixte, espérant ainsi empêcher que tombe le mortier des fresques de Botticelli, du Pérugin, de Ghirlandaio, et absorber les chocs infligés par les bombardements au tabernacle de la *Création*, ouvrage de Michel-Ange déjà mondialement célèbre. Antonio travaillait sans relâche ni grand espoir de soustraire ces triomphes de l'imagination au nouvel assaut de la réalité. Il entassait du sable, bien conscient que ce siège dévastateur n'était ni le premier, ni le dernier, ni même le plus insensé que la politique puisse mettre en place.

Le plan audacieux d'Antonio fut exécuté dans la nuit du 6 mai quand le flot des envahisseurs se déversa par les brèches des murailles en un tourbillon de fumée et de feu d'artillerie. Dans les appartements pontificaux désormais barricadés, il rassembla autant d'adolescents errants qu'il put en trouver alentour. Ces garnements des rues constituaient une couverture idéale, derniers corps qu'un pillard mercenaire songerait à secouer. De sa propre initiative, Sangallo distribua des médaillons inestimables, des camées, des portraits, des reliquaires, des vases, de la verrerie précieuse et des bijoux à cette bande de jeunes coupe-jarrets, avec pour instructions d'emporter ces richesses, les menaçant de damnation éternelle s'ils omettaient de restituer le plus menu de ces échantillons d'art sacré une fois le danger éloigné.

Et c'est ainsi qu'une part considérable de la plus riche collection d'artefacts européens investit les quartiers pauvres, dans les coutures déchirées de chemises d'enfants dont aucun n'avait eu le privilège d'aller jamais à l'école…

Fasciné et horrifié, Klotz relate les événements de ces huit journées. Ses soldats professionnels avaient dégénéré en une horde sanguinaire qui tuait au hasard par pur plaisir, saccageait les églises, les bibliothèques et les *palazzi*, ravageait l'université, allumant des incendies avec des manuscrits irremplaçables, pillait tout ce qu'il lui semblait possible de mettre en gage, emportait toute surface peinte transportable et par dépit détruisait la plupart de celles qui ne l'étaient pas, torturait des éminences, paradait en habits de cardinaux, profanait des autels, proclamait Luther pape, et à la pointe de l'épée, forçait des nonnes, des jeunes femmes et des fillettes à rejoindre la piazza del Popolo pour prendre part à un carnaval promiscu de viols.

(Le mot « promiscu » maladroitement cerné de points d'exclamation grossiers.)

Luxe absurde, les maraudeurs pénétrèrent dans l'orphelinat de l'hôpital Santo Spirito pour massacrer ceux qui, sans défense, croyaient avoir trouvé là un sanctuaire. Le pape fut retenu prisonnier dans le Castello ; la loi et la décence avaient pris fin. Il n'est guère étonnant que le Sage de Rotterdam ait vu dans le sac de Rome « non la destruction d'une ville mais celle du monde en son entier ».

La part des dépouilles adjugées à Klotz, si on en croit son témoignage, fut modeste. Il passa les deux premiers jours à vouloir restaurer le décorum. Tandis que la résistance pontificale cédait, il parcourait les rues, essayant d'atténuer la brutalité de ses hommes. Il décrit longuement le sauvetage d'un tout petit garçon et d'une toute petite fille arrachés aux mains d'un cavalier ivre de pillage. Le soudard avait découvert des broches détenues par ces enfants – une épingle en filigrane incrusté, un grotesque ailé en argent, période romane, et une terre-cuite florentine. Klotz tua l'assaillant avec une évidente satisfaction.

Suit un long passage parfois pathétique dans lequel Klotz explique avoir pris les deux enfants sous sa protection personnelle quand languissaient les derniers jours féroces du sac. Un combat intérieur lancinant entre l'élan altruiste qui le poussait à secourir ces réfugiés de guerre puis, semble-t-il, d'insistantes pulsions plus viles et ingouvernables…

(Deux pages proprement excisées à l'aide d'une lame de rasoir ou son équivalent moral.)

… au retour de Klotz en Allemagne et sa promotion dans les rangs des armées impériales. Huit ans après le sac de Rome, il prit part à un autre siège. Cette fois, ses troupes furent déployées contre l'exacte antithèse de la capitale catholique : le bastion anabaptiste de Münster, la Nouvelle Jérusalem protestante.

Le mouvement anabaptiste, soulèvement spontané de sectes millénaristes, prit de l'ampleur en Allemagne et aux Pays-Bas dans la période trouble de la fin des années 1520 et le début des années 1530. Hans Hut, relieur de son état, devenu prophète, mourut mystérieusement dans une prison d'Augsbourg en 1527 après avoir annoncé le retour du Christ pour l'année suivante. Le visionnaire errant, Melchior Hoffman, rassembla un large cercle de partisans en prêchant l'avènement d'un temps d'épreuves qu'une apocalypse viendrait couronner en 1533. Et cette année-là, les foules qui attendaient la fin des fins se mirent à transformer la prospère ville hanséatique de Münster en une parodie grotesque de la Cité de Dieu sur Terre.

Début février 1534, le marchand Knipperdolling et le Hollandais Jan Bockelson (Jean de Leyde) coururent les rues de la ville en vociférant, exhortant les habitants au repentir. Ils parvinrent à déclencher un soulèvement armé d'anabaptistes convertis qui prirent d'assaut l'hôtel de ville. Le conseil, affaibli par des querelles intestines et rempli de luthériens prêts à défendre âprement leur liberté de culte, ne fit rien pour s'opposer à la révolte. Appuyé par l'arrivée de son maître spirituel, Jan Matthijs, l'ascète barbu et émacié de Haarlem, Bockelson s'empara bien vite du pouvoir. Une populace en armes expulsa de la ville tous les mécréants, s'attribua leurs biens et condamna à mourir dans une tempête de neige un flot d'expropriés qui comptait des femmes enceintes et des nouveau-nés.

Les proclamateurs hollandais du second avènement purent ainsi établir une théocratie absolue, île des Élus inspirée par Dieu au déluge final de l'histoire. Matthijs mit en œuvre le communalisme utopique qui allait rendre la ville folle en quelques mois. La détention d'argent fut abolie et la propriété répartie entre tous. Tous les livres à l'exception de la Bible allèrent flamber au bûcher sur le parvis de la cathédrale. Les exécutions publiques de voix dissidentes se déroulaient au son des cantiques.

Pour rétablir l'ordre, l'évêque de Münster fit dresser des levées de terre autour de la ville. Mais ses troupes étaient trop faibles pour établir un siège entièrement efficace. À Pâques, devenu le dictateur absolu de la cité, Matthijs, qui prétendait avoir reçu de Dieu l'assurance de la victoire, sortit à cheval avec une poignée d'hommes pour disperser l'armée des assiégeants. Matthijs et son commando-suicide furent taillés en pièces sans ménagement.

Derrière les murs, Bockelson fut investi du commandement. Obéissant à des révélations mystiques, il instaura une rotation stricte du travail et nomma une instance gouvernementale constituée de douze anciens. Il institua la polygamie et força au mariage toutes les femmes en dessous d'un certain âge. Avant la fin de l'année, la polygamie avait dégénéré en une sorte de promiscuité obligatoire et galopante. Bockelson échauffait si bien l'esprit des deux mille hommes de sa petite garnison que ceux-ci résistèrent à maintes reprises aux attaques de forces épiscopales plusieurs fois supérieures en nombre.

En septembre, un orfèvre nommé Dusentschur alla se poster sur le Prinzipalmarkt pour annoncer que Dieu avait choisi Bockelson comme roi des rois, souverain de toutes les nations et Messie des derniers jours. Bockelson reçut aussitôt l'ordination sous les murmures grandissants que noyait la fanfare. Les rues, les portes, les jours de la semaine, même les enfants reçurent de nouveaux noms. Une monnaie ornementale fut battue et Bockelson s'entoura des fastes d'une cour fantaisiste et chamarrée. Quand il réquisitionnait des marchandises auprès des pauvres pour financer cette splendeur, le nouveau roi leur certifiait que le jour était proche où les pierres se changeraient en pain et la boue en or. L'âge de l'esprit était là qui donnerait aux Enfants de Dieu l'héritage d'une terre plus riche que dans leurs rêves les plus fous.

Des soulèvements anabaptistes éclatèrent par sympathie d'un bout à l'autre des contrées du Nord. Saisissant enfin l'ampleur des événements de Münster, les États de l'empire s'associèrent pour envoyer argent et soldats et renverser le royaume messianique de Bockelson. Quand Klotz arriva pour sceller le blocus en janvier 1535, la vie dans la cité avait succombé à un dernier cauchemar macabre. De fantastiques trésors de scénographie étaient déployés devant la population affamée : des tournois d'athlètes, des comédies-masques, des messes obscènes célébrées en la cathédrale. Des trompettes allaient et venaient à toute heure, faisant retentir des sonneries concertées, signal du rassemblement sur la place où les habitants, menacés de mort, devaient écouter les dernières inspirations du roi.

Bien des événements rapportés par Klotz, si invraisemblables puissent-ils paraître, sont corroborés par des sources *intra-muros*. En mai, Bockelson déclencha l'exécution massive de ses sujets hystériques et faméliques. Beaucoup de croyants étaient prêts à monter au ciel avec lui. Au début, on autorisait ceux qui retrouvaient la raison à quitter la ville mais les forces impériales refusaient de les laisser traverser les lignes. Klotz décrit ces créatures qui rampaient comme des animaux dans les douves creusées entre les remparts et les levées de terre des assaillants, broutant l'herbe, implorant leur mise à mort. Ceux-là eurent encore de la chance ; les apostats qui suivirent furent écartelés et cloués un peu partout dans la ville.

Klotz eut pour mission de bombarder les remparts nord du côté de la Buddenturm à coups de tracts qui suppliaient les citoyens de livrer leur roi afin d'éviter un massacre. Il rapporte qu'au terme atroce du siège la garnison désespérée se réduisait à une poignée d'enfants affamés. Quand les assiégeants percèrent enfin les défenses de la ville et défirent les dernières résistances fanatiques, ils durent se frayer un chemin au milieu d'un carnage qui dépasse l'imagination. Des empilements de cadavres bordaient les rues, la plupart si mutilés par l'exécution, les charognards ou la maladie qu'on ne pouvait plus distinguer les jeunes des vieillards.

Les chefs anabaptistes survivants, Bockelson et Knipperdolling, furent brûlés au fer rouge jusqu'à ce que mort s'ensuive. Klotz raconte que le roi ne laissa échapper aucun son et n'abjura pas sous la torture. Leurs corps furent suspendus dans des cages de plomb aux flèches de la Lambertikirche.

À ce moment précis, Michel-Ange, vieux misanthrope aigri par l'histoire, retourna dans la chapelle Sixtine débarrassée du sable de Sangallo pour ajouter à la *Création* du plafond une note de bas de page propre à tout transformer : le terrifiant *Jugement*, la plus impitoyable des œuvres de l'art occidental…

(Des fleurs de Crayola, des maisons, des cheminées surmontées de volutes de fumée bleu de Prusse, quelques mots simples, le visage sommaire d'une petite fille, un avion de chasse qui crache ses plantureuses chenilles arc-en-ciel de mitraille…)

Mais oui, bien sûr. Au bout des arabesques syllogistiques de l'innocence, la conclusion lui apparaît de plus en plus évidente. L'intelligence de Joy brille d'un éclat aussi vif que, la nuit sous les couvertures, le halo de la lampe torche du lecteur précoce. Kraft remonte pas à pas le fil de sa logique. Et le raisonnement est d'une étrange justesse. Toujours experte, Joy déduit ce que Kraft n'a pas su voir. Le croulant à casquette n'est pas un garçonnet propulsé dans un corps d'une vieillesse inouïe, mais juste l'inverse. Le petit nouveau est l'équivalent laotien du mythique Mathusalem, esprit plus ancien que des générations entières, qui refuse, pervers, de se détacher de son enfance.

L'explication à laquelle elle aboutit est plus simple, plus resserrée. Un enfant qui se racornit à l'intérieur de sa gangue reste vert au cœur. Elle demande le nom du petit garçon. Kraft le lui donne, comme si, à l'instar de Linda, il l'avait su de toute éternité. Il la voit faire rouler sur sa langue les syllabes cliniques. Elle essaie le nom à voix haute. « Nicolino. » Un des enfants perdus, sans aucun doute. Tombé du landau à Kensington Gardens. Rongé par le temps à l'extérieur, mais intact pour l'essentiel. Tous les enfants, sauf un, grandissent. Je l'ai vu ; il vient de filer derrière la fenêtre du service.

— Ce livre que vous m'avez donné…

Il sait quelle protestation elle s'efforce de formuler : chaque mot y est une vérité littérale, documentaire.

Kraft songe à ajouter la progéria à la pile des devoirs que Joy accumule auprès de son lit. Peter Prog, le plus fantastique des invalides du pavillon, pourrait dépasser tous les recueils de textes qu'elle a méticuleusement rassemblés. L'enfant qui ne grandissait jamais : la réalité pratique et brutale fait de Joy un conte de fées non moins féroce. Elle aura besoin d'un mythe bien plus délirant – jusqu'à l'absurde, jusqu'au magique – pour survivre au mystère qui l'attend.

Il lui faudra croire à bien pire et plus extravagant. Kraft ne peut même pas dresser la liste des conditions de la foi tant les instruments de mesure ont entamé sa propre capacité à croire. Il lui faudra espérer que l'escalade de la souffrance cache une surprise, intentionnellement camouflée jusqu'au rebondissement salvateur. Il lui faudra croire encore que le médecin qu'elle vénère ne l'empoisonne pas par plaisir à coups de gin-fizz émétiques et de cocktails chimiothérapiques. Qu'elle croie donc. Qu'elle échappe, une fois, aux rigueurs de l'examen, qu'elle adhère et souscrive à tout credo divinatoire capable de l'aider à saisir le pourquoi des damnés de la pouponnière. Mieux vaut croire en la première transparence venue plutôt que d'aboutir à la seule vérité incontournable dont Kraft, s'il le pouvait, nierait lui-même l'existence : tous les enfants doivent grandir, sauf cette croyante.

Et il suffit de quarante-huit heures pour démontrer la supériorité sans faille du jugement de Joy sur le petit nouveau. Nicolino n'est pas un enfant ; c'est un phénomène, un agitateur d'une envergure perverse à laquelle, en ce monde que Linda veut encore appeler création, nul ne peut prétendre avant l'âge de la retraite.

Il emménage avec deux nécessaires de voyage flambant neufs et, avant la fin de la semaine, possède le pavillon dont il a aussi antidaté l'acte de propriété. Après dix jours, il règne sur cette satanée volière vérolée par la maladie comme s'il en était ainsi depuis la nuit des temps.

Joy a raison : il ne s'agit pas d'un petit garçon cacochyme. Nicolino est sans conteste un vieillard dont les griffes noueuses s'agrippent au terrain de jeux. Linda n'est pas la seule à qui il fasse du plat. La majeure partie du personnel féminin – et Kraft ne peut qu'admirer le goût très sûr du gaillard – tient réunion dans le poste des infirmières à une fréquence interloquée pour comparer des incrédulités. Est-ce que ce gamin a bien dit ce que je crois ?

En visite dans le service, Kraft lui-même entend ce coureur précoce faire des avances à Suzi Banks, miss Colostomie. Il demande à voir ce qui fait une bosse sous sa robe. Et dans la foulée pour ainsi dire, le mini-pacha drague Joleene Weeks, dont la réaction à un dérèglement lymphatique aigu la pousse à une forme d'autisme auto-immune.

— Tu es mignonne, lui dit-il. Quand l'as-tu fait pour la première fois ?

— Fait quoi ? parvient-elle à répondre – son premier pas verbal et chancelant sans le soutien de Peppa la Pipelette en plus d'une semaine.

— On est timide, hein ? J'aime ça chez une femme. « Méfie-toi de l'eau qui dort. »

L'eau qui dort ? Kraft est presque sûr que cette expression a disparu avec la démocratie américaine. D'où sort-il donc, ce môme ? Quand il engage avec Nico sa première conversation, Kraft risque la question en l'accompagnant de l'équivalent verbal d'une petite tape sur le sommet du crâne. Alors comme ça, tu n'es pas d'ici, n'est-ce pas ? Réponse cassante : « Je viens du coin de la rue. Lisez donc mon dossier, docteur Crac. »

Insolence dénaturée par le temps, plus étrange que grossière. Qui a appris à parler à cette petite canaille ? Son professeur d'élocution est démasqué quand au bout de quelques jours le vieux bonhomme sort de nulle part plusieurs tombereaux de bandes dessinées – une bibliothèque complète de premier ordre. Séries intégrales et contiguës qui couvrent tout le spectre de l'illustré, des demi-dieux classiques aux chéloniens adolescents, contemporains et édulcorés. La collection va des vieux *Arthropodmen* et *Vigilante Patrols* aux *Tender Traumas* et autres *Tales from Beyond Terror* (dont les têtes d'affiche sont des personnages-bulles gonflables) en passant par les *Grandes Intrigues illustrées* (qui contiennent *Les Ambassadeurs* et *La Montagne magique* en bandes dessinées quadrichromes), les aventures d'Arnie et de son pote Jimjam au lycée de Brookvale (établissement à la mixité raciale ridiculement récente), Aiguillons verts et Masques noirs, rats et félins anthropomorphes, femmes chauves-souris… toute la collection des indéboulonnables, mais aussi quelques titres si obscurs qu'ils n'ont guère survécu à leur premier numéro, sans parler du rayon européen et sa poche impériale de résistance gauloise, les deux petits Belges qui se fourrent sans cesse dans des guêpiers monumentaux et un reporter cosmopolite à houppette qui a entre quinze et cent cinquante ans.

Nico ne déballe pas seulement cette bibliothèque rabelaisienne mais aussi un épais registre de son invention, vaguement relié, qui accompagne la collection. À l'intérieur, en lettres capitales tracées par un handicapé moteur sous tonifiant musculaire, il a référencé chaque fascicule avec sa maison d'édition, sa date de publication, lieu d'acquisition, synopsis de l'aventure et, bien entendu, prix de revente estimé au plus juste. Son système de tarification n'a qu'un pied, pointure fillette, dans le monde de l'offre et de la demande. À titre d'exemple, un ancien numéro de *Cosmic Sentinel* assez rare pour requérir – même du temps où Kraft faisait commerce international de ses avoirs – le gros de l'allocation annuelle d'un gosse de dix ans issu de la classe moyenne, cote à peu près autant qu'un insignifiant feuilleton de salle d'attente à trois sous la botte.

Le barème marchand de Nicolino n'a rien à voir avec la rareté négociable. Ses critères sont bien différents : valeur d'usage, lisibilité, étincelle catalytique ou autre regard subjectif glissé sous le capot. Quelle que soit la formule employée pour fixer les prix, Nicolino impose un ordre mercantile à l'économie anarchique et naïve du service de pédiatrie. Chaque article de son catalogue d'illustrés est en libre accès mais seulement après acquittement du tarif correspondant.

Il établit un système de troc : pas d'argent. « Gaffe, sinon on aura ces sagouins de fédéraux sur le dos. » Les albums des autres enfants, tirés d'un fonds de cadeaux offerts aux malades naguère en libre partage, vont rejoindre la corbeille, soumis à un système rigoureux de débit et de crédit. Nicolino accepte toutes les monnaies d'échange : consoles de jeux LCD cassées, barres de Mars (avec une décote de cinquante pour cent si la friandise est déjà sortie de son étui), anneaux musicaux – tout ce qui est revendable. De jour en jour, Nico introduit des nouveautés sur le marché, fait apparaître par génération spontanée de pleines cargaisons de cure-dents imprégnés de cannelle, des disques iridescents pour kaléidoscopes ou du sable à modeler. Des chambrées d'apathiques démoralisés bruissent bientôt de la plus grande foire aux échanges depuis l'invention des chèques cadeaux.

Il est pointilleux à l'extrême : ni bonus ni malus.

Si un numéro des *Fantastic Forces* lui revient à peu près en l'état, sa valeur d'origine est restituée ou disons l'équivalent en stylos arroseurs multicolores. Il ne lâche cependant rien sur les taux de change. Pas question de céder un bon *Saviors of the Universe* contre moins de deux histoires de fantômes poids moyen, plus un illustré adapté d'une histoire à l'eau de rose. Si bien que sa collection s'accroît sans cesse. Mais aussi, chose curieuse, les stocks satellites plus modestes de ses partenaires d'échange. Sous la forme d'un mouvement perpétuel, les petites industries magiques du pavillon commencent à créer de la richesse.

Mais cette zone de libre entreprise est le moindre impact de Nicolino sur la nation des enfants malades. Il répartit ses habitants, en phase terminale ou de passage, en groupes d'électeurs, vagues partis politiques qu'il contraint alors à désigner par référendum leur infirmière en chef et leur interne préférés. Il présente les résultats au personnel, griffonnés au crayon sur un bout de papier malpropre et tout écorné tiré d'un carnet à spirale. Quand le mandat ne produit pas les changements réclamés, le nouveau patron du service – plus ou moins assuré du soutien de ses électeurs – se met à parler grève de la faim et s'autoproclame gouvernement du peuple en exil.

Il bouscule peu à peu le rythme du pavillon, l'emmène juste un cran en dessous du sien. Nico ne tient pas longtemps en place, même pour nouer ses lacets. Il rassemble ses troupes, les répartit en équipes de recherche et développement spécialisées dans la résolution de rébus. Il les fait plancher sur des prototypes de véhicules d'évasion. Il les enrôle dans une opération puzzle : *Le Jardin des délices* en 1 496 pièces étalées sur son lit faute de trouver ailleurs une surface plane suffisante. Il leur apprend à chanter des rimes inoffensives qui tournent à l'obscène quand on les reprend en canon. Il organise des parties acharnées et interminables de chat perché. Il accorde aux plus loyaux de ses plus hauts dignitaires des titres qui leur échoient à tour de rôle, des charges et des privilèges. Il met au point des tableaux de gains, joue des cagnottes sur des événements sportifs avec des tonnes de tees de golf colorés en guise de jetons. Il commandite des parties d'étirage de caramel, des concours d'avions en papier (les récompenses vont aussi bien aux concepts extravagants qu'aux records de distance), des séances marathons de tampon à la pomme de terre – activités retenues pour leur seule capacité à semer derrière elles le carnage.

Il ne dort pas. Une voix sans doute le tourmente, l'incite à étriller le temps, pour autant qu'il lui en reste. À des heures impossibles, il se présente au chevet d'amis plus que consentants et leur chuchote « Vous ne dormez pas ? » jusqu'à ce qu'ils se réveillent. Suit alors la première des expéditions : à l'insu des adultes de la garde de nuit, ils filent avec précaution, invisibles, vers toute destination susceptible d'être atteinte sans déclencher une alarme. Ils visent l'héliport sur le toit ou font une descente dans les cuisines comme s'il s'agissait du royaume perdu du prêtre Jean ou de la source du Nil. Là, ils fondent sur tous les trophées qui traînent et qu'ils peuvent emporter sans se faire pincer.

En moins de temps qu'il ne lui en faut pour prendre dix ans, Nicolino se rallie l'ensemble de la boutique. Ceux que son nez crochu et sa calvitie effrayaient tout particulièrement deviennent ses partisans les plus dévoués. Telle est la source de son pouvoir forcené : convaincre les autres qu'il n'y a rien à craindre. Faire simplement partie du lot. Sur le devant de la scène, en pleine lumière, voilà bien le seul endroit où il puisse passer inaperçu. En quelques jours, Nico trouve sa voie : il est le chef de file de ces victimes, race de ceux que la ruine a choisis, les bannis du jardin public.

Seule la petite boat people le traite avec un mélange de soupçon et d'étonnement.

— Qu'est-ce qu'elle a Machine-truc-vong ? demande Nicolino à Chuck, le Sans-visage, dont le fantastique handicap le promeut, malgré son bon cœur angélique, au rang de bras droit et de premier complice.

Chuck hausse les épaules.

— Je crois qu'elle doit se faire enlever un truc à la cheville.

— C'est pas ça que je demande, Chuckie. Comment ça se fait qu'elle a toujours la tête dans le cul et le nez dans les dicos ? Nous ici, on monte de super combines. Et pendant ce temps-là, qu'est-ce qu'elle glande celle-là ? Elle potasse.

— Peut-être qu'on va trop vite pour elle. Elle est encore un peu bancale.

— Bancale ? Ha ! Regarde plutôt Ben, un vrai ballon de plage. Double amputation ! N'empêche qu'il est sur tous les coups, lui.

— Je ne sais pas, Nico. Peut-être qu'on…

— Peut-être qu'on ferait bien d'aller lui causer à la frangine, voilà ce que je dis. Tu crois que ça lui plairait un de ces machins-là ?

Il inspecte rapidement sa planque d'illustrés et en tire un *Sergent Shrapnel* entièrement dédié au combat corps à corps sur une île du Pacifique infestée de galeries souterraines et de casemates ennemies qui grouillent de rats des bambous géants. Un instant d'hésitation de la part de Chuck, et Nico exaspéré lève au ciel des bras ravagés par la vieillesse.

— Mais quoi ? Tu pousses là ! C'est un de mes meilleurs magazines.

Pour le prouver, il sort son registre mais Chuck tient bon.

— Non, non, Nico. Je ne le sens pas. Elle, ce qu'elle aime lire, ce sont ces…

— Je sais bien ce qu'elle aime lire. Et c'est tout le problème, non ? Attends voir ! J'ai trouvé. Voilà ce qu'il nous faut.

Il fouille dans ses amoncellements de butin hors BD et finit par exhumer un sachet en plastique pas plus gros que son poing.

— Suis-moi, Chuck. On va lui dire un mot à cette petite bonne femme.

Les préliminaires sont maladroits. Ou disons plutôt qu'il n'y en a pas. Depuis sa position horizontale, Joy les regarde approcher, effrayée, sur le qui-vive, comme si elle savait de longue date que cette visite était inévitable.

— Tiens, dit Nico en arrivant près de son lit.

Il colle dans les mains de la fillette une offrande destinée à acheter la paix. Le patron demeure imperturbable malgré les ricanements contenus de toutes parts. Mais il est quand même un peu troublé quand Joy, drôle de créature, se refuse à demander ce que contient le sachet et préfère lire l'étiquette.

Le sachet est rempli de minuscules bulbes bruns qui gigotent comme s'ils étaient vivants. Muette, elle observe ces amas de pop-corn éclater au hasard avec une vigueur accrue quand elle les prend dans la main. Sur l'étiquette est inscrit :

Pois sauteurs du Mexique

Nées dans la seule maison qu'elles connaîtront jamais, épuisant peu à peu leurs réserves limitées de nourriture, ces minuscules larves se propulsent constamment contre la paroi de leur étroite prison…

— C'est immense, non ? lui souffle Nico.

— Intense, confirme aussitôt Chuck.

Mais Joy lève les yeux après un moment d'incompréhension.

— Triste.

— Triste ?

Nico ne parvient pas à retenir la note d'indignation morale dans sa voix empreinte de dignité.

— Très triste.

Chuck intervient, malheureux arbitre qui tient à faire valoir les mérites des deux points de vue.

— Oui mais enfin, elles ne peuvent pas se sentir malheureuses là-dedans, hein ? Parce qu'elles n'ont jamais rien connu d'autre. Elles ne savent pas, ne peuvent même pas se figurer…

— Alors pourquoi se donnent-elles tant de mal pour essayer de sortir ?

L'objection de Joy, terrible de certitude, est timide au point de disparaître. Mais elle regarde Chuck avec indulgence ; lui au moins fait de son mieux.

— Crénom d'une pipe. Écoute-moi bien, toi. Dégage de mon système stellaire. Va dérailler ailleurs. Jamais entendu pareilles bêtises. Il n'y a pas plus cool que ces bidules. Faut être complètement à la ramasse pour ne pas le voir. Et en plus, ces machins-là sont illégaux ! As-tu seulement idée de ce qu'il faut faire pour qu'un seul de ces bébés échappe aux agents des douanes postés partout aux frontières ?

— La moitié des enfants dans cet hôpital a échappé aux…

— Attends une minute, intervient Chuck. Elles doivent bien avoir un moyen de sortir. Sinon, comment elles feraient pour… ?

— Comment elles feraient pour quoi, espèce de bibitte à patate ?

— Comment l'espèce ferait pour… tu sais bien ?

— Procréer ? suggère Joy dont le volume sonore approche celui de la parole.

— « Procréer », Chouki ? C'est ça le mot que tu cherches ?

Crachant presque de mépris, Nico bouscule son camarade.

La question renvoie Joy à ses haricots magiques avec une intensité nouvelle. Cette prison pourrait se révéler plus complexe que l'étiquette ne le laisse entendre.

— Merci. Je vais en prendre soin, dit-elle en regardant dans les yeux l'homme qui n'a jamais perdu son enfance.

Le traité est tendu mais c'est bien celui que Nicolino est venu établir.

— Parfait. Faisons comme ça. Et maintenant, explique-moi quelque chose. Comment ça se fait que tu restes couchée là à faire tout le temps des devoirs ?

— J'ai mal à la jambe.

— Non, c'est pour les devoirs que je demande. Enfin bon sang, c'est les vacances ici.

— Mais on doit encore décrocher nos diplômes.

— Houlà dis donc ! Tu me fous la pétoche toi. Des diplômes ? Pour quoi faire ?

Nico essaie d'essuyer le bandeau intérieur de sa casquette sans la retirer.

— Bon. Passons. Admettons juste pour rire que je te suive. Qu'est-ce qu'on doit savoir pour les examens ? Vas-y. J'écoute. Diplôme-moi pour voir. Apprends-moi quelque chose.

Elle lui lance un regard étrange et pénétrant. Ses yeux lui disent : Tu peux laisser tomber ton déguisement. Inutile de faire semblant avec moi. J'ai lu ta biographie. Deux fois. Et voici venu le moment où je suis censée t'enseigner la fin de l'histoire que tu écoutais en secret, derrière la fenêtre, aux heures tardives d'une nuit interrompue.

Ce regard, cette accusation – je sais qui tu es – le déconcertent.

— Hé ! Chouki. Viens, on met les bouts. On a du boulot, nous.

Chuck hésite un instant, son visage bandé se tord pour tenter de parvenir à une explication assez ample, capable d'apaiser tout le monde. Il tourne les talons pour s'en aller trottiner derrière le boss quand Joy les rappelle.

— Attends une minute. Lino ?

Elle avale les syllabes initiales : ignorance ou première tentative maladroite de familiarité ? Convoqué, le garçon revient au bord du lit, aimable et nonchalant.

— Je voulais te demander.

Sans relâcher l'étreinte constante de son regard scrutateur, elle s'empare d'un mince volume qu'elle conserve auprès d'elle depuis qu'elle l'a reçu quelques jours plus tôt. Elle fixe ce visage séculaire et crispé dans l'espoir que la surprise le forcera à laisser tomber le masque.

— Tu connais cette histoire ?

Si Joy déclenche le spasme musculaire attendu, il ne se voit pas. Nico s'empare des cent cinquante pages, les feuillette en partant de la fin, lit la dédicace et le titre.

— Je te l'échange contre deux super-héros, un magazine de SF et la babiole qui te tente.

Il relève la tête. Son regard défie celui de cette cheville de bois trop finement menuisée, cette fille évanescente.

— Et j'ajoute un œuf fourré en chocolat, état neuf. Parce que je suis sympa.

Pour d'évidentes raisons, le retraité prématuré devient le chouchou de Linda. Tout gamin qui non seulement se plie volontiers à l'exercice amateur de lecture thérapeutique mais improvise aussi des apartés est un patient selon son cœur. Lors de ses visites, Linda apprend rapidement comment obtenir de lui la réaction maximum en lui lançant un « Alors, ça baigne le vioque ? »

Il rayonne devant ce sobriquet, fait mine d'avoir une crise de paralysie, mêle à sa voix déjà déconcertante un chevrotement parodique et piaille : « Faut pas se plaindre. Encore que… On pourrait… » ou bien « Si ça baigne ? Attends voir que je vérifie. »

Bref, elle le cherche. Cet après-midi-là, Linda trouve Nico et une fraction de sa bande en bivouac devant la télévision.

— Alors, quel est le programme ?

Occasion parfaite pour les inciter, une fois n'est pas coutume, à lui raconter une histoire.

— Une émission débile sur un avenir en couleurs que ce chat à la con a tenu à nous imposer.

La trahison de Nico envers le sortilège qui envoûte une demi-douzaine de ses congénères crispe d'une douloureuse incompréhension plusieurs visages meurtris. La meilleure part de Nico, qui proteste misérablement depuis son traditionnel perchoir sur la clavicule droite de l'enfant, pousse celui-ci à expier sa grossièreté en employant la méthode éprouvée de la deuxième couche.

— Ouais. Vous m'avez bien entendu, messieurs. Ce programme est merdique.

— Nico ! gronde Linda.

Voilà le genre de petite comédie qu'il monte rien que pour elle. Dommage que cette frime soit le seul fait de son jeune prétendant (jeune ou vieux ou Dieu sait quoi) au langage fleuri.

— Oh pardon, m'dame. Je voulais dire « ce programme de mes… ».

— Arrête ! Ça suffit. Quelqu'un peut m'expliquer l'histoire ?

Mais les autres sont trop intimidés à présent pour proposer un synopsis et Son Altesse, voulant punir Linda, boude royalement. Alors autant se poser là et regarder un peu. Linda s'installe, essaie de saisir le principe de cette saga-feuilleton. L'action se situe dans l'inévitable grand chaparral de l'espace infini. Linda voit qu'il s'agit du plus reculé des univers car les canons, les bombes et les différents engins d'une extravagante complexité fonctionnent tous à l'énergie protonique. Entrelacs toujours plus vastes et délirants, niveaux de manipulation d'énergie sans cesse accrus : et voilà toute l'affaire, comme dit la vieille chansonnette.

D'un côté, ils possèdent le téléporteur, aboutissement ultime de tout le saint-frusquin de la civilisation. De l'autre, le sort de la galaxie reste suspendu à une foule de combats corps à corps menés avec l'équivalent de toises électriques. L'histoire se déroule dans deux mondes différents. L'un d'eux ne tient tout simplement plus la route face à un public averti. Il semble que dans celui-ci, un personnage, mélange d'architecte, d'ingénieur civil et de voix qui crie dans le désert…

— Attendez ! C'est qui celui-là ? Je ne comprends jamais ce qu'ils racontent quand ils causent dans leurs machines à écho.

Suzi Banks lève la tête d'un air soupçonneux et lance un regard vers Nicolino puis vers Mlle Espera.

— Beezaholi, murmure-t-elle d'une voix timide et traînante de petite fille, aussi impénétrable que les effets sonores du dessin animé.

— Comment tu dis ? Pizzaioli ? Tu veux bien m'épeler ça ?

Nico lance un *chut !* violent qui ne parvient pas à étouffer le regain du groupe. Soudain, venues de toutes les directions, des paraphrases fusent vers Linda, comme si raconter procurait autant de plaisir que regarder se propager la vague de l'événement.

— Beezaholi.

— Il est méchant.

— Il n'est pas méchant. C'est lui qui va sauver M-31.

— C'est quoi M-31 ?

— Là où vivent les Dromadairiens.

— Les Andromédiens, banane !

— Oh, ces gars-là, dit Linda. Je me rappelle. De vieilles connaissances. Qu'est-ce qui les embête cette fois ?

Les détecteurs de tonalité ultra-sensibles de l'enfance menacent de déclencher une réaction de soupçon en chaîne qui brouille tous les canaux de communication. Le beau Chuck vient à la rescousse de Linda.

— Risque de mort thermique de la galaxie, un truc velu.

— Le soleil leur explose à la figure ?

— Non ! s'écrie un quatuor exaspéré. Il s'éteint doucement.

Bécasse. Révise donc ta thermodynamique stellaire.

Immobile, son étincelle refroidit, se fige. Course contre les derniers tic-tac du minuteur thermique avant que la vie ne s'évanouisse dans le vide glacial. L'attrait de cette fable est aussi familier que les calottes polaires qui empiètent sur la planète, visibles même d'ici, dans les zones subtropicales enfumées de la Cité des anges. Chaque jour, un petit filet de ressources disponibles s'échappe de façon irréversible par les failles du système. Voitures qui ralentissent, appareils qui rouillent, voisins qui capitulent en silence. Si Linda elle-même le ressent, ces gamins, eux, doivent être affolés. Rubans thermosensibles encore tout neufs, ressorts thermostatiques en parfait état de marche, ils ont dû détecter depuis longtemps l'approche du zéro absolu et ils restent là à s'étonner que la planète ne fasse aucun préparatif.

Beezaholi choisit cette trêve pour marmonner dans sa barbe :

— *Il faut donner au Cyclogénéron des dimensions que personne n'a encore imaginées. Il doit couvrir le diamètre du système stellaire ! C'est le seul moyen d'imprimer aux particules l'accélération nécessaire pour nous donner tout pouvoir sur les lois mêmes de...*

— C'est quoi, un Cyclogénéron ? demande Linda.

Agacement renouvelé devant ce perpétuel embarras face à l'évidence. Mais les faits sont aussi illimités que leurs soubassements inassouvis. Plus ces enfants donnent à Linda, plus ils reçoivent.

— C'est cet anneau de métal modèle méga géant...

— En réalité, c'est plutôt un tore. Un donut.

— Ben voyons. Un donut en métal grand comme la galaxie ? Vous vous payez ma tête ?

— Tu la vends combien ?

— Et il est recouvert de solénoïdes hyperélectriques déments qui accélèrent les particules subatomiques...

— Et à l'autre bout, ça déchaîne une sacrée force cosmique.

— À l'autre bout ? Comment un donut aurait-il... ?

— Beezaholi a essayé d'expliquer ça aux Dromédiens. Mais Rathgor, celui qui contrôle le Radix planétaire...

— Pas seulement Rathgor. Tous les Phagolytes. À croire qu'ils refusent de...

— Les quoi???

— *Écoute bien, Rathgor*, dit Beezaholi. *Si nous ne reportons pas tout de suite l'énergie que nous gaspillons dans les Amorphicoms sur la construction du...*

— Il a dit « Amorphicoms » ?

— C'est comme d'immenses jets privés…

— Je croyais qu'ils pouvaient se téléporter.

— Les engins, c'est une espèce d'avantage en nature. En fait, ce sont des cabines ultra-cool auxquelles tu te connectes pour vivre des sensations extrêmes…

— *Renoncer à nos Amorphicoms, Beezaholi ? Tu plaisantes, voyons. Évoque seulement cette idée devant le conseil du peuple et tu déclencheras…*

— Bien dit, le Rath ! Pas question. L'Amorphi, c'est le truc le plus top qui soit dans ce coin du…

— *Et pourquoi devrions-nous y renoncer, espèce de vieux fou braillard ? Pour nous soumettre à tes délires ?*

— Beezy a raison. Ils ont besoin du Cyclogénéron. Sans ça, bonjour la Cité de la mort thermique. C'en sera fini de M-31 tel que nous le connaissons.

— *Notre peuple ne renoncera jamais aux plaisirs pour lesquels il a si durement lutté. On tue pour posséder un Amorphi. Le pilotage corporel est la plus gratifiante des expériences connues…*

— Ils consomment méchamment, concède Jorge.

— Et c'est comme une drogue, ajoute Roberto, le jumeau de Jorge qui partage parfois sa seringue.

— Ils pompent le Grid à mort.

— Le Grid ? chuchote Linda.

— *Inutile. Même si je parvenais à rallier tout le Radix planétaire, nous ne posséderions encore qu'une fraction de l'énergie nécessaire pour construire le Cyclogénéron. L'intégralité du Grid exploitable n'y suffirait pas…*

— Peut-on m'expliquer pourquoi il lui faut un accélérateur de la taille d'une… ?

— M'enfin ! Donne cette vitesse-là à des particules pour qu'elles entrent en collision et tu peux tout faire !

Une nouvelle étoile. Créer de nouvelles forces. Ce que tu veux.

— *Il ne reste... qu'un seul espoir. Rétablir... le contact interplanétaire avec... Héliotria.*

— J'abandonne.

— Héliotria. Le deuxième monde.

— Mais oui ! J'en étais sûr. L'évêque Perpetuus. Les Moines voyageurs. L'Ikonankh.

— Évidemment, monsieur Grosse Tête. Ça fait une demi-plombe que j'aurais pu te le dire.

— *Bien des choses ont changé depuis le dernier contact d'Andromède avec Héliotria. Le bon évêque Perpetuus doit être mort depuis des générations.*

— Quelqu'un veut bien venir à mon secours ?

— Chut ! Il y a longtemps, ils ont hyper-exploité cette autre planète où des moines en robe de bure se promenaient en chantant tout le temps, et l'abbé en chef leur a filé cette espèce de joyau…

— Ça ressemble plutôt à une statuette en métal.

— Et tant qu'ils avaient cette figurine donnée par les moines d'Héliotria, les Andromédiens pouvaient ouvrir une brèche dans le tissu spatio-temporel entre les deux planètes. Sauf que ça, c'était avant. Maintenant, on est dans le futur lointain.

— *Je dois restituer l'Ikonankh à Hélio...*

— Ne prends pas ce risque, mon pote.

— *... où elle servira de puissante balise, attirant vers notre galaxie, par le portail spatial, tous ceux qui possèdent des compétences particulières. Ceux que les Héliotriens appellent...*

Un petit accident de Suzi Banks avec son nouveau matériel empêche Linda d'assister au passage polychrome de l'Ikonankh par la déchirure qu'elle ouvre dans l'espace. Elle revient juste à temps pour s'exclamer :

— Oh ! Re-re-regardez ! Vous voyez ce qu'elle fait ? Comment se fait-il que cette chose ne s'en prenne qu'aux enfants ?

— Parce que…

Le Mathusalem miniature condescend enfin à lui adresser la parole.

— … ils sont le cœur de cible de ce genre de foutaises. Les vrais adultes ne gâchent pas leur vie à regarder ce boniment Ravensburger.

— N'empêche que tu es toujours là, toi.

— Les Dodgers ne jouent pas avant deux heures, dit Nico que trahit un éclair infime. Halte-là. Si tu me chatouilles, ma petite, je te promets une mort lente.

— Minute !

Linda interrompt leur dispute.

— Je viens de comprendre. Ils sont tous très vieux là-bas, sur M-31, pas vrai ? Ils n'ont pas de…

— Bien vu. Personne ne sait comment c'est arrivé. Ça a toujours été ainsi.

— Oh.

Le monosyllabe monte du fond de sa gorge, enrobé d'un peu de mucus, bonbon au citron acidulé qui a pris le mauvais chemin. Elle va s'étouffer avec, avec l'image de cette classe déboussolée du mardi après-midi, regroupée autour du feu à fables pour recueillir la faible étincelle que le faisceau d'électrons pourrait encore émettre, l'appui fragile qu'il voudra bien offrir, la demi-heure de sursis avant la mort thermique. Aucun d'entre eux ne sait. Regardez. Regardez à présent ce que fait la pièce de métal primitive. Elle reste là, immobile, pendant que glissent, plus vite que Linda ne peut les suivre, les lubies insatiables d'Héliotria agitées de soubresauts. Elle attire à elle des mains encore à vif, aux pouces irrités par la succion, les rassemble dans l'urgence et les catapulte, ajoute leurs ergs à la somme totale pour accroître le Grid qui reste éternellement juste sous le seuil du suffisant.

Linda voit l'Ikonankh flotter devant elle, remplir l'écran. Elle observe cette breloque venue battre le rappel, la regarde qui taraude la trame phosphorescente du tube cathodique, la traverse et se pose dans cette pièce. Elle prend corps, palpite, agite ses ailes de métal. Venue recruter les ultimes secours pour les omnipotents condamnés de l'univers, embrigader ces télépathes inconscients, robustes dans leur innocence, elle les met au travail, à l'assemblage, au service, au retardement de l'invention la plus désespérée que la nécessité ait jamais engendrée.

Pendant ce temps, dans une autre galaxie au bout du couloir, Kraft joue les seconds désinvoltes sur une réparation urgente bricolée par Plummer à l'endroit d'un garçon de onze ans qui voyageait de manière semi-métaphorique à la place du mort, dans une voiture obtenue par deux grands frères du gang à l'aide d'un prêt accordé par un organisme local. Efficacement assisté par un stimulant qui laissera ensuite toutes sortes de taux exotiques dans son sang, le conducteur avait propulsé le véhicule dans l'arrière d'un camion de livraison de pizzas vingt-quatre heures sur vingt-quatre orné d'un motif en forme de tomate. Au moment de l'impact, son jeune complice se curait les dents avec une pique en bois.

Ses compagnons de virée n'avaient consenti à lui donner pour tout nom que « la Rapparition », titre qu'il avait selon eux remporté légalement à l'issue d'une brillante *battle* en public. L'intéressé n'étant plus en état de subir un interrogatoire, c'est donc sous cette identité qu'il fut inscrit au registre des urgences. La réparation préliminaire effectuée par Plummer consistait à retirer de leur logement dans le voile du palais les plus gros fragments du cure-dents. « Le mouvement fait face ; jamais il ne s'efface ; impossible que tu le casses », furent au sortir de l'anesthésie les premières paroles pâteuses de la Rapparition revenu à la surface.

Le tiraillement des coutures le met au supplice mais il parvient à articuler ces mots. Lorsque l'enfant échoit à Kraft pour la suite du raccommodage, il est devenu le pacificateur adulé du Carver. Quand Tony la Terreur et côtes rafistolées, les rois de l'attelle, s'arrachent les points de suture dans des luttes territoriales sanglantes, la Rapparition s'interpose et déclame :

Un plaidoyer
Pour l'unité
Entre Lui et Toi
Entre Elle et Moi.
C'est notre mission
Pas de vexation.
Écoute la Rapparition :
Dieu t'a donné l'analyse
Brise ce qui te paralyse.

Kraft n'aurait pas pu exposer le problème plus succinctement. La procédure complémentaire du jour vise à réparer un peu les dégâts occasionnés aux dactyles de la Rapparition par le ravaudage provisoire de Plummer. Rien d'extraordinaire. En fait, c'est presque une partition d'opéra-bouffe, comparée à la plupart des cas que la société pousse ces jours-ci sous le bistouri de Kraft. Mais l'opération n'en reste pas moins une longue et éreintante transaction, minutieuse et délicate, aux répercussions considérables pour qui a préféré le discours aux autres armes offensives plus mortelles comprises dans l'arsenal de l'agression. Ouvrage d'artisan relevant de la construction, à ranger incontestablement parmi les rares travaux à la pièce que Kraft se voit confier en ces lieux.

Resté sous l'influence des cadences de la Rapparition, dans un effort à demi désespéré de croire en la possibilité d'une légèreté lindaesque devant des blessures impossibles à dissoudre, ou tout bêtement sonné par le surmenage, Kraft note en refermant la plaie qu'un tempo enlevé à la Potato Chips prend son cerveau pour une batterie électronique. Ce petit rythme pernicieux murmure : Allez hop ! Prends ta guimbarde *(hé)*, j'ai dit hop ! *(stop, stop, stop)* tous au violon ! Et mêlé à cela, comme la sous-couche d'un vieux papier peint indécollable à moins d'arracher avec lui la moitié du plâtre, le contrepoint renaissant de cette phrase : *Lulla lullaby, my sweet little baby. What meanest thou to cry?*

Il éprouve la sensation qu'on attend de lui quelque chose, rendez-vous prévu et inscrit dans son agenda par une secrétaire inconnue. Il le sent peser, le désastre particulier, l'effondrement public prédéterminé venu s'inviter pour la soirée, ce parasite qui repère le parfait point d'attache et s'avance, aussi inéluctable dans sa progression qu'un studieux mathématicien du primaire approchant d'un irrationnel à coups de racines approximatives. Des armées de présages se rassemblent, adoptent la seule formation que Kraft leur autorise ces temps-ci : la liste courte, le catalogue abrégé qui remplace le récit plus complet de la capitulation annoncée. Alphabets génériques, glossaires de pathologies collectives qu'on n'a pas envie de voir plus longuement énumérées.

Quel est cet endroit ? La plus légère attention l'éclaire : l'évidence est partout et s'accroît avec le déclin de la lumière. Spirale de la pauvreté. Défilé de banqueroutes en cascade. Recettes insuffisantes même pour couvrir le service de la dette. Tarifs dégressifs qui récompensent la mentalité de l'achat en masse. Illettrisme transmis de génération en génération comme seul héritage familial, entretenu même par chaque ficelle des manuels de marketing, parce que les pros du merchandising, comme les politiciens, prospèrent sur le terreau d'un électorat boiteux. Gamins de dix ans capables de reconnaître le calibre et la marque d'un pistolet rien qu'au bruit, surtout dans le noir. Toxines qui percolent dans les aquifères et que ne pourra plus jamais éliminer aucun filtrage. Pendant ce temps, l'indice des indicateurs économiques avancés – richesse évaluée par la capacité à semer le désastre – trafique ses comptes pour rendre son message tolérable, voire parfaitement optimiste aux oreilles du peuple qui s'est autoproclamé le mieux informé de la Terre. Dans l'antique règlement de comptes entre les deux branches de l'alternative, Thanatos a sans conteste le plus d'avenir.

Elle est pâle, prosaïque et sans prétention, cette interminable liste de la fin des temps. Kraft la sent se vider de sa substance sous ses doigts qui suturent. Il prend un plaisir facile à confirmer ses pires craintes, à grimper avec des mots jusque sur le toit de l'hôpital, dans ses habits ensanglantés de chirurgien, pour attendre la comète de l'année qui viendra tout anéantir. Anémique, dénuée même de tout scandale. On ne les rencontre pas tous les jours, les symptômes les plus sinistres portés sur sa liste. Ce sont des amorces de conversation, des chansonnettes faciles, légères, espiègles, entonnées dans les cocktails au bruissement des touillettes qui percent les veines. Mais de ce fait, d'autant plus atroces. Quand on vous sert l'écroulement en apéritif, c'est bien qu'il est enfin arrivé. Quand elle s'annonce en silence dans un acquiescement blasé, c'est que la fin est vraiment là.

Cette polyphonie cogne dans la tête de Kraft tandis

qu'il pousse son aiguille, pénètre et s'enfonce, perfore à coups répétés la peau de tambour souple et tendue qui tapisse le palais de la Rapparition. Allez hop ! Prends ta guimbarde – *hé !* tous au violon. *Lulla, lu la la*, et là hélas ! Vois ce carnage, le sang versé des enfants, pour toi doux Sauveur.

Kraft se sent naviguer autour d'affleurements osseux jamais nommés avant qu'il les heurte avec son nécessaire de couture. La conduite des voix de cette ritournelle obsédante devient trop dense pour qu'il empêche les parties concurrentes de dériver. Ses sibilances (une dizaine de notes à la suite, reprises chacune deux cent cinquante fois peut-être au cours de l'opération, fragments alternatifs soufflés dans le minuscule interstice ouvert des décennies plus tôt par un éclat d'émail entre ses incisives centrales, éclat que pour une raison quelconque il n'a jamais fait réparer) exaspèrent les membres de l'équipe, et pas qu'un peu.

Il sait à quel point les joyeux trilles de ces boucles flûtées doivent leur taper sur le système institutionnel. Mais pas moyen de se retenir. C'est le son. *Eh !* C'est le son de son cor, le plus ancien de ses avoirs permanents, avec son certificat de naissance, délaissé, injouable depuis longtemps, mais qui patiente toujours au fond du placard, dans cet appartement qui lui tient lieu de domicile plus pérenne. Le son d'une chose venue de son répertoire effacé, un morceau de passé musical qu'il s'oblige à faire remonter des oubliettes. Un *sauve-moi* métallique, aigu, *obbligato*, opposé au palmarès de l'inévitable. Ce sifflotement idiot est la réincarnation de l'enchantement salutaire des terrains de jeux. À moins qu'il ne suive un écho aléatoire, association d'une série de notes déclenchée par la conjonction accidentelle des rafistolages de prépubères qu'on lui sert ces temps-ci, *si si la sol*.

Récapitulation miniature du black-out général séparant chez Kraft la préadolescence de la trentaine, la salle d'opération s'évapore. Le cadre change pour l'un de ces magasins hard-discount réservés à leurs adhérents, contribution majeure de sa ville à l'amélioration du monde. L'endroit fourmille de rabais autoproclamés, mais seulement pour qui dispose des fonds nécessaires à l'établissement d'une carte de membre avec photo. Les droits d'entrée sont modestes ; juste assez élevés pour exclure le quart-monde. Les seuls illégaux autorisés dans l'étroit périmètre des salles d'exposition sont embauchés au noir pour entretenir les ponts à perpétuité avec un badigeon anticloques.

Recoudre la Rapparition, quitter ses vêtements de chirurgien, descendre au parking souterrain, mener en trombe son évasion automobile de la forteresse Carver, négocier l'autoroute, trouver le chemin de cet entrepôt et présenter encore un badge à son nom pour obtenir l'autorisation d'accès : toutes ces étapes se confondent au mieux en un flou. Il conserve une mémoire générique du processus global, souvenir de celui qui n'a pas lu un livre mais seulement son résumé. Il tâte sa ceinture à la recherche de son bipeur mais ne le sent pas. Il éprouve cependant la quasi-servitude d'être encore de garde.

La perte de mémoire : sans hésiter, la totalité ou presque des textes que Kraft a dû mémoriser classe la chose dans la catégorie du « Pas très bon ». Plus alarmant, il ne parvient pas à s'irriter de sa brève disparition. Il est prêt à se laisser porter par les symptômes, à se ranger derrière eux pour conserver sa souplesse au cas où il lui faudrait viser un diagnostic plus large. Et pourtant, jusqu'où ira-t-il sans une étude complète, à commencer par une histoire médicale et un bilan dignes de ce nom ? Il est devenu le genre exact de patient qu'il redoute le plus, ceux dont Plummer fait la matière de ses parodies permanentes. Des maladies infantiles ? Pourquoi pas ? Des traces de cette affection dans votre famille ? Vous voulez dire, chez mon père ou ma mère par exemple… ?

Il n'a pas la moindre idée de ce pour quoi il est ici. C'est-à-dire, ici dans ce magasin, sans parler de lieux plus vastes et impondérables. En cet instant, il ne se rappelle même plus pourquoi au juste il a payé une cotisation, sinon pour démontrer que vingt dollars pouvaient encore lui ouvrir quelque part la porte d'un club anesthésiant.

Eh bien, soit, va pour la vente au détail, le pur pouvoir de diversion de la chose. Et nourrissons l'espoir qu'en ces lieux, au milieu des marchandises disponibles, puisse se trouver le meilleur endroit où manifester contre le pogrom silencieux déjà en cours. Dans cet ossuaire des bonnes occases, l'une ou l'autre de ces fosses d'évacuation doit receler l'article de prix que cherchait Kraft lorsque les lumières se sont éteintes. Mets-lui la main dessus, emprisonne le ballon, glace le loup, perche le chat, et un-deux-trois, soleil !

Le problème, c'est que le produit qu'il cherche pourrait être n'importe quoi, tout ce dont ce magnifique et déchirant pays en désordre baisse les prix dans la course actuelle à la liquidation des stocks. Peut-être a-t-il le besoin urgent d'une quelconque machine à traitement de texte, de données, de l'eau, des déchets, de la calvitie, de l'amour ? Il pourrait s'agir de ce rafraîchisseur Thermos pour cannettes de bière à intelligence artificielle. Ou encore ceci : un faux pavé tactile à fixer sur sa porte d'entrée pour simuler un système d'alarme, publicité instantanée qui signalerait aux cambrioleurs adhérents adeptes des bonnes affaires que le domicile de Kraft est en réalité prostré et sans défense. Un porte-clés qui vient quand on le siffle ? Un enregistreur qui se déclenche huit secondes avant qu'on le mette en marche ? Une version perso et domestique d'un classique du septième art tiré de la réserve privée : *Sept fiancées pour sept samouraïs*, par exemple ?

Kraft suppose qu'il ne peut s'agir de ce dernier article car il lui faudrait d'abord acheter un magnétoscope. Il ne l'a pas fait jusqu'ici, sachant que tout appareil sur lequel il pourrait jeter son dévolu serait frappé d'obsolescence (comme dit l'expression obsolescente du moment) dix minutes avant qu'il soit parvenu à en régler les potentiomètres. Quoi qu'il en soit, l'électronique domestique suffit à suspendre avec bonheur ses facultés spéculatives pendant plus d'une heure. Fasciné et stupéfait, il tombe en arrêt devant une image gargantuesque surgie d'un immense téléviseur numérique stéréo à écran plat extra-large, plus grand à vrai dire que sa vie entière de loisirs inoffensifs et délassants. Le spectre sinistre tirant sur le vert qui valse en haut de l'écran lui semble étrangement familier malgré les couleurs qui bavent. Il bouge quand Kraft bouge, esquive et boxe dans le vide en parfaite synchronie avec lui… mais oui, bien sûr ! Bonjour, docteur Kraft. Je passe à la télé.

Ses premières pensées : Comment savaient-ils que j'allais venir ? Et d'abord, comment m'ont-ils pris en vidéo ? Cette parfaite idiotie dure assez pour donner à Kraft le sentiment d'un décalage, comme s'il était, lui, la marionnette disciplinée qui suit le mouvement et singe la chorégraphie enseignée par son alter ego à l'écran. Quand il comprend qu'il s'agit de direct, il manque se démancher le cou en essayant de se voir de face. Pourquoi n'arrive-t-il pas à porter le regard – celui-ci ou bien celui-là – plus loin que le côté de sa tête ? Le problème ne vient pas d'un obstacle dressé sur son visage, d'un quelconque blocage du vieux joint de Cardan. Il se trouve simplement que l'écran est ici et la caméra là-bas ; voilà pourquoi, conclut-il, chaque image raconte une histoire. Et chaque histoire est perpendiculaire à elle-même.

Il s'empare du caméscope et joue avec. Il balaye le magasin, pointe l'objectif vers les autres caméras, vers un miroir situé non loin de là, tenant l'imitateur à bout de bras et estimant l'effet produit sur l'écran. Il braque l'appareil vers l'écran lui-même. Grave erreur. Combien de minutes de sa vie perd-il encore à cartographier le bord de la gueule infernale et dévorante de la récursivité ?

Une rangée de moniteurs démoniaques tapisse à perte de vue l'allée du fond. Plusieurs centaines d'entre eux superposent leurs bandes-son simultanées en une cacophonie qui ferait passer les compositions d'Ives pour des homophonies monacales. Les écrans agglutinés forment l'œil à facettes d'une sauterelle colossale. Ils jettent leurs filets au hasard sur une demi-douzaine de signaux vidéo et les exhibent en un assemblage de motifs impénétrables. Le bloc d'un linteau d'images, interrompu par un autre, reprend plus loin dans le plan sous la forme d'un trapézoïde irrégulier. Pour Kraft, les chaînes coagulent en un unique programme élargi dont tout pédiatre à temps partiel reconnaîtrait instantanément le thème : enfants livrés à eux-mêmes, dehors aux heures trop tardives de la nuit, trop loin de chez eux, qui émigrent, font campagne, colonisent, sont déplacés, dispersés, fuient devant la torture et la mort.

Il est tombé sur l'une de ces demi-heures réservées au matraquage de l'effroi. Encore un JT, comme il s'en fabrique aujourd'hui vingt-quatre heures sur vingt-quatre. Les images paradent. *Zeitgeist* de l'accroche visuelle. Un paquet de signaux a été détourné par l'urgence d'une dernière dépêche consacrée à la poudrière de l'année dont Kraft n'avait que vaguement assimilé l'existence. Il se concentre sur le reportage, étonné de la rapidité avec laquelle celui-ci a glissé du précoce au précaire. Le langage de la confrontation directe – mépris du public caché derrière toute action menée dans l'intérêt du public – amorce une escalade qui dépasse en stridence la théâtralité ordinaire. Sans fin et impuissant, le jeu diplomatique international de la poulette dans la voiture à papa commence à accumuler son quota de victimes. De sinistres secrétaires d'État venus hocher la tête au grand direct et exclure toutes négociations savourent l'aura électrique de l'imminence qu'une fois encore, d'un bout à l'autre du réseau, au moment du démembrement final, l'incapacité des spectateurs de tout pays à soutenir leur attention aura fait tourner à l'ennui.

Le duel au soleil de ce soir s'est appliqué à la surenchère, multipliant virages et chicanes pendant que Kraft avait le dos tourné. Chaque camp accuse les autres de désinformation et cette spirale sème la confusion d'une manière toujours plus sophistiquée. Les prétentions à des mandats historiques se heurtent à de nouveaux ordres mondiaux. Sur une chaîne concurrente, des prêcheurs implorateurs renvoient à un nouveau Megiddo le compte à rebours prophétique. Nabuchodonosor est revenu au pouvoir. Des ingénieurs travaillent à la construction grandeur nature de vivantes répliques de Babylone. Des missiles antichars à guidage optique jouent les anges incinérateurs. Des légions d'infidèles se massent en vue de l'ultime confrontation avec les émissaires de l'expansionnisme néfaste. Elle a un air de déjà-vu, la vieille voie de la simplification. Tous les détails sont fournis dans ce catalogue vendu à des millions d'exemplaires : commandez-le maintenant en appelant le numéro non surtaxé qui s'affiche sur votre écran.

Où est donc la Rapparition quand on a besoin de lui ? En quelques hypermètres bien placés, le minuscule poète pourrait désamorcer ce baril de poudre qui s'emballe. Vous savez, un petit mix dans ce genre-là :

On dit que cette folie accomplit les Écritures
Avec Bélial et Némésis à la signature ;
Tu me dis que l'invivable
est bien moins qu'horrible
Car nous marchons vers l'épreuve
dont parle la Sainte Bible.

Oui, installons ce gosse dans le fauteuil d'un télévangéliste du droit de réponse sur l'autre chaîne et on gagnera peut-être assez de parts de marché pour survivre. Mais Kraft en personne a alité l'enfant, lui a tapissé la bouche d'un lacis sanguinolent.

Sur un autre bloc de téléviseurs, des punks chics et branchés partis sonder l'envers anarcho-vacillant du monde font mine (comme le trekkeur solitaire suivi à travers le désert de Gobi par les vingt-cinq membres d'une équipe de tournage invisible, ou le tout premier avion fragile touchant le sol d'une île déserte, filmé en contre-plongée par une caméra désincarnée) de ne pas dépendre d'une production à un million de dollars très montée, lisse et ultra-cosmétique, qui donne dans la posture. Tout à côté, un autre secteur de la roue des couleurs affirme avec obstination que seul un donut de la taille d'une galaxie sauvera l'univers.

Au-dessus de cette rangée d'écrans, un nimbus ovale vomit une de ces bandes-annonces façon *Mystères de stars : le Mag*. La reconstitution authentique du jour inclut moult détails sur la passion inextinguible, sans doute non partagée, d'Eva Braun pour Robert Taylor, et l'ambition assidue nourrie par Soekarno de coucher avec Marilyn Monroe. Deux histoires entièrement vraies, jurent les présentateurs ; alors, que le Grand Audimat nous vienne en aide.

Une annonce du service public, dans le style main courante tournée en cinéma vérité, fait le point sur l'épidémie récente de disparitions des tout-petits – deux millions chaque année, dont deux bons tiers enlevés par des parents séparés –, puis passe en fondu d'un bref aperçu de la législation sur la protection de l'enfance à une publicité pour une officine juridique spécialisée dans le règlement des litiges. Cette offre, nulle et non avenue dans les États où elle est interdite, est encadrée par deux colonnes de plans larges, tous dans des tons imperceptiblement différents, où une jeune Britannique affligeante, quatorze ans au plus, explique à son Ricain de soldat qu'elle refuse de le faire, guerre ou pas guerre, à moins de rester debout, meilleure méthode contraceptive à leur disposition. Il la plaque doucement contre le mur et lui fournit des étriers en fourrant deux bouteilles de Coca (vides) dans les poches latérales de son pantalon kaki tandis que le cadre se resserre doucement sur cet instant d'intimité partagée dans la belle texture de l'obscurité, infinie et interchangeable, aux frontières du temps.

Cette petite balade en coupe transversale sur le mandala du cadran suffit à rappeler à Kraft ce que la recherche incontestable met au jour sans relâche et enterre aussitôt : l'espèce humaine est psychotique au sens clinique du terme. Pathétique, intrinsèquement dérangée, victime dès la naissance et par nature d'un irréversible empoisonnement au mercure. Qu'espérer d'autre, d'ailleurs, d'un ornithorynque abâtardi fait de bric et de broc, d'une créature à l'esprit époxydé jusqu'au trognon somatique ? Du premier au dernier, aussi loin que remontent les archives, tous sont des attardés mentaux victimes de la thalidomide. Sur un ensemble de tubes cathodiques, des androgynes ondulants chantent à tue-tête le slogan d'une chaîne : « Nous vous clouons au poste. » Dans la diagonale voisine, la rangée minoritaire des moniteurs « éducatifs » renvoie à un passé dont le nom, Dieu sait pourquoi, évoque quelque chose à Kraft, même s'il ne parvient pas à mettre un visage dessus.

Au début, il prend ce signal pour un événement plus actuel. Mais après avoir barboté une minute dans le courant, il s'aperçoit que le flot débouche juste en amont du présent. Cavalcade des années… combien au juste ? En quelle époque sommes-nous aujourd'hui ? Kraft reste à contempler fixement le résumé d'événements auxquels il a assisté naguère, pour certains en direct quand, assez jeune encore, il pouvait y tramer un semblant de sens. La rediffusion se déploie sous ses yeux, ravive la douleur, deuxième morsure du remords.

Il regarde monter les eaux d'un fleuve quelque part dans le Sud ensoleillé. Elles ont déjà grossi par le passé, ont même débordé, mais jamais à ce point. La Florissante, rescapée d'innombrables augures antérieurs, patelin paumé de prêteurs sur gages, sorti de terre pour rallumer le flambeau de l'Occident, est en train de sombrer. L'alliance fragile de Florence avec son artère pulmonaire a été tranchée. Nerveuses, des caméras portatives noir et blanc empruntent les rues, saccagées par la boue et changées en cloaque, de ce qui fut naguère la plus angélique des cités des anges.

Les lumières crues des projecteurs jouent sur le Ponte Vecchio ou se pressent sous une loggia. Ici et là, des taches de sculpture dansent sur quatre mètres d'eau. La *piazza* devient *lago*, et huit siècles de secours et de réconfort apportés par l'art sont perdus. Des *signori* effarés de l'Office central des restaurations expliquent qu'ils ont renoncé aux mosaïques et aux fresques pour se concentrer sur le transfert de nombreux papiers et toiles inestimables vers des zones aussi éloignées que possible des atteintes de la crue limoneuse. Tous ceux qui ne sont pas occupés à sauver leur vie sont recrutés : prisonniers, soldats, écoles entières…

À ce signal de la bande-son, nouveau plan sur un autre déferlement de boue concomitant. Au Nord à présent, en octobre de la même année. Du centre de l'histoire à ses marges exploitées. Une pitoyable bourgade minière du pays de Galles, une population trop petite pour faire l'objet d'un recensement en règle. Une vue du désastre depuis la salle de classe condamnée. Ce qu'ils voyaient au-dehors, le spectacle de cette montagne qui se soulève, dévale la bourbe de ses propres résidus, s'immobilise, annihilant simplement le bâtiment comme un chapeau de feutre oublié sur une chaise. À l'intérieur, la nouvelle génération de la ville au complet, cent seize enfants studieux, diplômés en puissance destinés à la mine pour la plupart, qui bûchent les additions, la grammaire, l'histoire – le Blitz, cette fameuse évacuation –, lèvent la tête pendant une minute avant d'être ensevelis à la fosse commune, engloutis dans un spasme par la terre qui glisse. Tête levée, ils voient une tribu de visages de leur âge qui les scrutent par la fenêtre de la classe, les pressent de sortir, pour un ailleurs, au-delà de la sécurité.

Mais maintenant est déjà trop tard. Le glissement de terrain se coule d'un élément à l'autre, se mue en tempête de sable, guerre au désert desséchant. En cette même année à marquer d'une pierre, des enfants-soldats entrent une fois de plus dans la cité de la Fondation de Dieu, pendant que d'autres enfants-soldats fuient la ville sacrée par ses ruelles séculières. Partout l'écriture s'accomplit plus vite qu'il n'est possible de l'écrire. Dans le même temps (qu'est-ce que cette petite expression absurde peut encore signifier ? s'interroge Kraft) que ce saint affrontement, des armées d'étudiants protestent sur trois autres continents. L'appel à la victoire de la foi sur le doute balaye d'un seul coup les dernières toiles d'araignée qui accrochaient encore. Une demi-douzaine de rêves de libération simultanés sont revendiqués par ceux encore assez jeunes pour n'avoir rien à perdre sinon l'enfance qu'on leur a déjà refusée.

Une fillette de six ans chassée des rues de Birmingham à la lance à eau est remplacée par la foule de ses contemporains qui pénètrent dans le centre-ville en chantant. Ici même, à une rue de l'*alma mater* de Kraft, des émeutiers adolescents laissent s'épancher les terreurs dont ils ont hérité à la naissance. À nouveau, il les regarde conduire l'État dans l'impasse, pour un temps, avant que les inévitables housses mortuaires tranchent le débat. La séquence d'actualités met le cap sur la face cachée de la boule. Là, dans des manifestations de masse avec pancartes, des lycéens maoïstes qui ont abandonné leurs études intimident le quart de la planète. En marche vers l'an un, des écoliers français, espagnols, chiliens, indonésiens et rhodésiens bousculent le calendrier révolutionnaire. Un exosquelette de bébé igbo successioniste aux yeux vitreux, mangé par les mouches, plie ses membres grêles, se contorsionne pour atteindre le téton d'une mère pas plus gros ni plus humide qu'un grain de beauté ratatiné.

Aucun fil directeur ne peut expliquer, et moins encore excuser, l'onde de choc de cet assaut d'images. L'arbitraire de la réponse qui s'impose – la chronologie, un *digest* de vos jeunes années – consterne Kraft. Soit. Les images présentées dans cet exemplier de la désintégration se tiennent toutes dans l'intervalle de quoi ? – une petite poignée de mois ? Mais cette fenêtre partagée n'apporte toujours aucune explication et ne dit pas non plus ce qui a pris au monteur délirant de cette émission d'enchaîner ces lieux pris au hasard. Syllogisme vide, variables sans domaine : ceci *puis* ceci *puis* ceci…

Ses narines se dilatent au souvenir de la puanteur d'un certain paysage lunaire de parpaings, grêlé, poreux, au revêtement plastique d'un vert institutionnel. Il en éprouve la sensation toute proche, plaquée sur son visage lors d'un quelconque exercice d'alerte – incendie, tornade, raid, effondrement politique. Lui et quelques centaines d'autres, accroupis des heures durant, pris à tour de rôle de fous rires et de haut-le-cœur, tassés dans les angles avares entre mur et sol. L'odeur lui reste dans la gorge comme si elle en était de nouveau tapissée, le mucus de la mémoire ramené en surface par l'irruption de cette procession. Si ces débordements d'images ont le moindre point commun, il s'agit du fil qui traverse tous les autres canaux ouverts de la libre association d'idées. L'unique moyen terme, le seul thème en magasin : novices qui décampent, réfugiés en fuite, quittant des villes incendiées par d'autres comme eux, qui ne sont pas plus proches de l'âge légal.

Des cités des anges : le voilà qui chauffe à présent, qui brûle, oui. Ce doit être ça, le lien qu'il est censé trouver. Mais cet euphorama paniqué, ce parc à thème de boutiques pour centres commerciaux, vaguement confédérées, réservées aux seuls adhérents – qui s'asphyxie et s'immole, drogué, châtré, dispendieux, prêt à retomber dans le pire cul-de-basse-fosse débilitant du tiers-monde –, cette adresse actuelle, que peut-elle bien avoir de commun avec la toute première : la cité à laquelle Kraft parlait naguère dans son idiome maternel, avant que sa facilité pour les langues s'atrophie et le renvoie aux dictionnaires bilingues de poche ?

Cela lui revient avec la force des premières découvertes. Il a vécu autrefois dans un autre endroit du même nom, bien qu'orthographié dans un alphabet beaucoup plus ample. Une ville appelée la Cité des anges, dans un pays appelé le Pays des hommes libres. Un peuple appelé le Peuple libre, même si le monde extérieur ne connaissait ces trois noms que sous leur translittération maladroite.

Et ce défilé d'images, cette brochette indéfiniment extensible de théâtres d'opération pour ces Nuits de Cristal que promettent tous les exercices d'alerte des écoles : Florence, Aberfan, Madrid, Detroit, Prague, Paris, Hong Kong, Hanoï, Newark, Belfast, Harare, Jérusalem. Suite d'homonymes qui partagent pourtant quelque chose de plus abrupt, enfoui sous les toponymes. Tous sont des banlieues célestes qui ont mal tourné. Des étapes solitaires, moyennes arithmétiques indépendantes interposées entre le séraphin rayonnant de son enfance et cet endroit, ce succube qui a pris la suite.

Un rapide changement de plan en apporte à Kraft la confirmation, presque plus vite qu'il ne peut formuler ses conjectures. La voilà devant lui, en simultané sur une douzaine d'écrans diffus, chaque appareil ordonnant ses attelages de faisceaux électroniques pour former des motifs qui murmurent des géométries au-delà de l'axiome, des corollaires par-delà les tout nouveaux affleurements du pouvoir de démonstration d'Euclide. Il la voit sur l'écran, c'est bien elle, au-delà du doute raisonnable, qui court nue au milieu des cratères de la rue, ses vêtements roussis ont disparu et emporté sa peau.

Elle court, en proie à une panique aveugle, pour échapper à une chose lâchée depuis le ciel. Elle boite, appuyant sur la cheville que Kraft a lui-même récemment excisée, petite fille incapable de dépasser dans sa course le bord d'attaque de sa propre terreur animale, elle échappe et tout à la fois se jette au cœur du prochain éboulement de fracas aérien. Elle se précipite – très bientôt précipitée dans la mort peut-être – vers l'objectif impartial (mais un homme derrière l'appareil, charognard de l'image, reste là à filmer). Elle se précipite à l'intérieur d'une photographie mondialement connue, figée à jamais douze ans avant même la naissance de la fillette de Kraft.

Et elle n'est pas seule. Plan après plan, tout le canon des cas du service de pédiatrie l'accompagne. Le Sans-visage remplit l'écran, les traits miraculeusement intacts juste avant d'être à nouveau fracassés par la matraque d'un policier de Chicago. Puis la Rapparition se lance dans une *battle* en portugais-bantu à la gloire du Front de libération du Mozambique. Joleene Weeks apparaît, tenant ce qui ressemble d'abord à sa poupée parlante mais, comble d'horreur, n'est pas une poupée : mère et enfant halètent toutes deux, respirant par les creux de leur cage thoracique, dans une région du… ce pourrait être n'importe où. Il se rappelle ces endroits, non ? Le Biafra, le Dacca de l'époque ?

Même si ses coordonnées exactes se sont brouillées en deux décennies sous sédation, il ne peut manquer de reconnaître le visage suivant, aussi frais dans sa mémoire que s'il l'avait vu pour la première fois à peine quelques jours plus tôt. C'est le nouveau venu, l'enfant vieux, un ou deux ans plus âgé et pourtant plus jeune d'un demi-siècle. Toujours chauve ou plutôt rasé. Tiré de la prison souterraine où on l'avait enterré vivant. Comme une pièce d'agneau à la verticale, on le fait tourner sur lui-même devant la caméra, le corps entièrement tavelé de brûlures bleues, roquefort affiné en cave à l'aiguillon de cuivre.

Et celui-là ne sort pas des entrailles de telle ou telle

capitale provisoire à une journée de marche forcée de la province du Chaco. Lui vient de plus près. D'aussi près qu'il est possible, au ras du proche, aussi accolé à lui que le permettent la vidéo et l'imagination.

Après un interlude si brumeux qu'il en est inexistant, Kraft est de retour dans son appartement. La séquence de l'autoroute manque complètement à l'appel. Il a négocié ces profusions de voies sans en garder le souvenir, même après ce qu'il espère n'être qu'un moment plus tard.

Mais il sait qu'il est chez lui parce que la dame qui habite sur le même palier – autrefois, avant la Conquête de l'Ouest, on appelait ça des voisins (une femme, la cinquantaine, sans origine raciale déterminée, un peu dyspnéique, portée sur les objets en céramique frappés de messages à l'optimisme ironique, mastectomie totale dans le courant de l'année dernière) – se tient sur le pas de sa porte pour lui faire renifler des filets de poulet. Elle est, il ne sait plus en combien de temps, le premier être humain qu'il se rappelle voir en dehors d'un sous-sol ou du complexe industrialo-marchand.

— Je les ai achetés au Food Parade il n'y a pas deux heures et j'ai l'impression qu'ils sentent le pourri. Vous diriez que ça sent le pourri vous aussi ? Dites-moi franchement, parce que je ne veux pas les leur rapporter et me faire traiter de folle.

Kraft hume les filets. Il ne sent rien, ni micro ni macro, rien d'animal, de végétal, de minéral, et rien de ces hybrides plus récents du commerce. Il ne perçoit même pas l'odeur du poulet *an sich*.

— Oui, dit-il, surpris par son approche clinique. Vous avez peut-être raison.

— Vous êtes sûr ?

Elle chante ces mots sur les trois notes du vieux jingle de NBC. Devant lui, le paon aux couleurs vivantes fait la roue.

Ensuite, comme dans une séquence accélérée, le revoilà devant cette même porte mais il l'ouvre cette fois pour répondre à un deuxième coup de sonnette. C'est cette femme, Linda, les bras chargés de paquets, tout un tas de paquets, sachets au papier humide et aromatique. Voyant qu'il ne s'écarte pas, elle se faufile à l'intérieur en lui donnant au passage un coup d'épaule espiègle.

— Bonjour, mon cœur. Je sors tout juste de l'hôpital.

— De l'hôp… Tu vas bien ?

Les sourcils de Linda ondulent sur leurs arcades, deux chenilles parties reconnaître en hâte l'arête du nez. Son cou se contracte sous l'effet d'un réflexe résiduel. Un demi-soupir et elle se met à pouffer.

— Oh, j'y suis. Hôpital, malade. Très drôle. Je me suis arrêtée en chemin pour prendre de la bouffe. La fantaisie m'a pris de manger chinois.

— Manger chinois ?

— Pour l'amour du ciel, assieds-toi. Ouvre la bouche, ferme les yeux et tu…

Après le dîner, elle se dresse d'un bond et dit :

— Ne bouge pas. Je vais faire la vaisselle.

— D'accord.

De toute façon, il n'est pas en mesure de bouger.

— Je rigole, idiot.

Elle froisse les sempiternelles assiettes en plastique et les multiples sachets, forme une grosse boule qu'elle expédie dans la poubelle depuis la ligne des six mètres vingt-cinq. Il reste assis, immobile, à fixer l'endroit qu'avait occupé le repas. Elle se coule derrière lui, l'embrasse sur le sommet du crâne.

Son échine se convulse, à mi-patte de la célèbre grenouille galvanisée.

— Quoi ?

— Comment ça « quoi » ? Détends-toi. Les vagues d'assaut sont terminées pour aujourd'hui.

Il tourne la tête d'un geste brusque pour la dévisager. Assaut ? Que sait-elle au juste ?

— Dure journée ? Ils t'ont refait le coup des tuyaux en caoutchouc ?

Les doigts de Linda s'enfoncent directement dans ses épaules. Ça fait du bien. Un soulagement indescriptible lui révèle ce qui couvait à son insu dans ce nœud de tissus confus. En même temps, la douleur est insoutenable, pire que celle qu'elle exorcise. Frappe chirurgicale lancée en représailles, à laquelle il ne peut que se soumettre. Et Linda ne l'a pas encore incisé. Il ne s'agit là que des préparatifs, du nettoyage désinfectant.

La friction s'amplifie, plus profonde, plus large, elle rayonne depuis les sterno-cléido-mastoïdiens comme des dioxines se diffusant dans la chaîne alimentaire. Elle doit le sentir qui succombe car elle adopte la cadence du maître de galère dans *Ben Hur*, derrière ses timbales.

— Montre-moi ton affaire, d'accord ? lui roucoule-t-elle à l'oreille. Ouvre la boutique aux consommatrices.

Ces mots ne semblent pas venir de la Linda qu'il connaît. Mais après tout, c'est peut-être ça la réponse. Maintenant que la pression équivaut à un rudoiement, les hormones affluent depuis son organisme, équipées de la technologie d'un missile de croisière : précises et foudroyantes, même à grande distance.

Mais la décharge ne vaut pas délivrance. Pire, son état de vague conviction ressurgit et verrouille en lui les sites récepteurs. Une tentative d'attirer son attention émoussée rôde aux jointures de son appartement. Cette tribu, cette meute d'yeux derrière la fenêtre de l'école, qui fait signe avec fureur : vite ! partez d'ici ! Les mouvements compacts, voire coordonnés des milices de mineurs qui se sont déjà forgé un programme s'étirent à l'infini à travers l'espace et le temps. Un seul motif dominant répète en boucle deux noms, deux mots qui campent sous la tente à oxygène dégonflée et irriguaient autrefois dans son cerveau le centre du langage. Le premier, un nom de lieu, déjà établi. Celui de l'endroit où, enfant, il a connu sa mobilisation à lui, le même nom que celui de l'endroit où, par euphémisme, il « vit » aujourd'hui.

Le deuxième n'est pas un *où* mais un *quoi*. Il s'agit de l'appellation donnée à cette première manœuvre stratégique – emblème, métonyme, nom repris chaque fois quand l'histoire lance ses rafles sur les innocents habituels. Il ne peut rien reconstituer de l'original – ni le siècle, ni l'endroit, ni le mobile avoué. Il doit exister quelque part un récit auquel il pourrait se rapporter pour retrouver les grandes lignes d'un événement dont il n'est même pas certain qu'il soit arrivé.

Il ratisse les pièces de son appartement, passe au dragueur de mines les étagères que devrait occuper l'encyclopédie générale. Mais rien, sinon une friche d'articles de médecine, de vieux numéros de *Morbidité et Mortalité*, des tirés à part consacrés à de nouvelles techniques, des manuels pour réviser ses examens, des aide-mémoire pour ses tests de formation continue.

— Qu'est-ce que tu cherches, mon joli ? demande Linda qui a flairé la préoccupation.

Il ne prend pas la peine de lui répondre et cherche encore. Qui pourrait-il appeler ? Il doit y avoir un numéro vert, un élu local, une de ces officines du service public qui traitent le radon, les odeurs de gaz, les cadavres d'écureuil coincés dans les murs. Il est preneur, acceptera tout compte rendu, y compris la docufiction, la reconstitution, l'inspiré de faits réels.

En désespoir de cause, ne sachant même plus ce qu'il cherche, il se tourne vers les affaires éparses que cette femme a traînées jusqu'ici avec elle. Son nécessaire de voyage. Alors c'est ça ? Ils sont ensemble, à la colle ? Cette… grand Dieu ! cette presque gamine, cette petite écolière, encore adolescente il y a deux ans à peine, passe ici des nuits entières, dort ici ? Il va se faire choper, écoper d'une sanction, finir en institution, condamné en guise de châtiment à opérer toute sa vie des amygdales.

En dernier recours, il fouille dans le tas de documents de Linda. Le tout dernier numéro de sa publication professionnelle, *Revue scientifique de kinésithérapie*. Ces noms, qui les invente ? *Restauration postopératoire de l'amplitude de flexion* : petite lecture facile pour la plage. Ridicule collection d'outils de travail pour les forcenés du dévouement. Un livre avec illustrations, *Un pays chaque soir pendant un an*, qu'il feuillette avidement mais sans succès. C'est un de ces livres aux déluges d'aquarelles magiques, peinturlurés par un coloriste des plus fantasque, contraint peut-être de tenir son pinceau avec la bouche. Et un lot de bandes dessinées à la reliure cartonnée.

— Oh, ça, c'est un troc avec Nico. Tu n'imagineras jamais ce qu'il m'a demandé en échange.

Soudain, voilà ce qu'il cherchait, exposé devant lui. Au milieu des illustrés humoristiques se trouve la pièce placée comme un fait exprès, un de ces trésors classiques de l'histoire en images, dans la collection « Comme si vous y étiez ». Il aurait dû se douter que la tribu transportée finirait tôt ou tard par tourner la chose de cette manière-là.

— J'ai dû l'échanger contre deux morceaux de…

Mais Linda s'interrompt à la vue de ce qui s'empare de Kraft. Sa main caresse le dessin sur la couverture glacée, inextricable colonne de croisés médiévaux, enfantins et sans armes, qui s'étire, ininterrompue, vers un horizon infini. D'une voix qui ne correspond même pas à une imitation proche de la sienne, s'adressant non pas à Linda mais aux silhouettes qui flottent derrière sa fenêtre, un petit garçon tapi en lui demande : « Qui sont donc ces… ? »

Sa langue traîne derrière le mot qu'elle ne peut rattraper et qui lui file entre les doigts, juste devant le piège tendu pour lui. Ces gamins. Ces enfants.

Perché dans le ciel, à des kilomètres de haut, un narrateur de livre illustré observe une carte sur laquelle un océan gravé à l'eau-forte enserre hardiment des blocs continentaux dans des courants d'une palette très pure. Des cadres successifs resserrent peu à peu le regard et de grandes formes s'affermissent. Des calottes glaciaires gris acier, austères splendeurs, bordent les frontières. Des côtes s'avancent dans la mer sous un bouillonnement de nuages. Des eaux s'étirent au-delà des frontières du savoir, tachetées ici et là de détails à l'attention du lorgneur scrupuleux – monstres marins croisés au hasard, visage joufflu du vent qui souffle – étendue extrême d'une masse de haute mer qui pourrait être n'importe quoi mais devient, pour les spectateurs avertis placés devant ce portail de papier, le visage plaqué contre les fenêtres à meneaux qui quadrillent les pages, une flottille de bouteilles si compacte qu'elle forme un seul et même message de détresse, lisible seulement depuis trois mille mètres d'altitude.

Mais cette armada abandonnée de pétitions en bouteille n'est qu'un tremblement capricieux, une ondulation de la plume de l'illustrateur, un léger changement de teinte dans le tapis couleur noisette posé sur la surface des profondeurs du désastre. Des châteaux dressés sur des falaises apparaissent avant que le grossissement le permette. Des monastères criblent la grève, dévots de ténuité. Les ports ceints de murs, minuscules mais à la maçonnerie compliquée, leurs labours et leurs fiefs empilés autour d'un trône comme des tapis en solde, restent l'exception, petites haltes dans le continuum des bois et des terres sauvages.

L'œil narrateur s'attarde encore un instant dans les hauteurs. La spéculation de l'arpenteur l'ouvre un peu plus que ne l'autorisent ces collines fortifiées. Puis, renonçant à la vue d'ensemble, il descend comme un ciboire aux allures de colombe façonné par un orfèvre, abaissé sur la surface de ce monde noyé dans le péché. Les vignettes s'alignent sur la tangente de la Terre, à vue de pèlerin. L'attention se porte sur des routes en contrebas, chemins grouillants de voyageurs. Il en est un pour chaque raison imaginable dans le calendrier de la religion.

Ici, à ras de terre, la foi processionne dans un condensé d'almanach. Chaque image discrète fête un nouveau saint, le motif d'une nouvelle migration massive. Sur un échiquier de cases semées de couleurs, des chercheurs prennent leurs quartiers à Saint-Jacques-de-Compostelle, envahissent Amritsar, Lumbini ou Ayodhya. Ils partent à l'aventure vénérer les ossements de saint Pierre à Rome. Ils gravissent le mont Abû, cheminent vers Canterbury. Ils s'imaginent les quatre montagnes saintes, les cinq trônes, les sept rivières sacrées. Ils marchent sur Bodhgaya, Lourdes, Assise, Sarnath, Turin, Goa, Tours, Nankana Sahib, Guadalupe, Kushinagar, Fátima, Marburg, les monts de Parasnath et de Girnar. Le monde imaginé est un hadj qui se dresse, pèlerinage que chaque croyant doit accomplir au moins une fois, fût-ce par procuration.

Contrition, vénération, purification, dévotion, mémorial, salut : les raisons du déplacement balayent un arc aussi ample que le mouvement de pendule du bâton de ces marcheurs. Des silhouettes dessinées, bordeaux et vert sombre, cheminent vers la source de toute grâce, de toute politique, le berceau de l'histoire. Le périple est lent mais chargé d'urgence, assez pressant en tout cas pour nécessiter ce guide illustré. À croire, insistent les dessins, que mille kilomètres à pied suffisent à redresser les choses.

La page couverte de vignettes accompagne cette parade jusqu'à des étendues un peu plus sacrées, un peu plus proches, ne serait-ce que parce qu'elles marquent les stations de grotesques effusions de sang. L'encre et l'aquarelle serpentines dessinent des files de suppliants prêts à sacrifier toute assise terrestre pour atteindre ces sites sacrés. Et là, en bas de la page, plus loin que ne peut espérer porter le regard, scintille l'éclat du but : un temple, une crypte, un lieu de bataille, les premières universités de l'empire, écoles buissonnières où les pèlerins pourraient s'inscrire.

Juste au-dessus des images, des caractères colorés flottent maintenant. Le profil arachnéen des lettres suffit à dire un désir de mouvement, une pulsion sise sous la nappe phréatique de l'âme. « Un pèlerinage, dit la légende, est le parcours d'une vie individuelle rendu visible, reconstitué dans l'espace de quelques jours. » Sous ces mots, une troupe de voyageurs passe auprès d'une maison familière et accueillante, en route pour le lointain paysage. La vignette qui suit aussitôt représente la fenêtre elle-même, dessinée depuis l'intérieur : vue de la troupe qui s'éloigne en priant l'œil resté à la maison de la suivre, de la rejoindre. Va-t'en quelque part. Qu'importe si tu n'es pas rentré pour dîner. La souffrance et le froid, les brutalités, le pillage en chemin ne sont que des traits de plume estompés, trempés dans l'or et la pourpre. L'histoire ne fournit que cet unique aller-retour, ce décor d'oasis qui mène plus haut dans les montagnes, cette seule chance de récapituler le premier voyage aventureux de l'embryon sur la mer.

« Un unique espoir, dût-il rester à jamais secret, frappe au cœur de toute conscience en éveil. » Pour un trésor de lectures enfantines, la langue du commentateur est fleurie, mais l'étonnement des œuvres visuelles qui l'accompagnent justifie le texte. Et d'ailleurs, qui lit ces propos liminaires ? Tout est dans le voir. Attendez seulement, marchez et vous finirez par atteindre la destination. L'endroit évoqué se cache juste derrière la prochaine colline. Il se montrera de votre vivant, d'ici une demi-page ou deux.

À la manière de fresques, des frises sévères et pourtant sensuelles disent le besoin de refaire tout le chemin en miniature. Des rectangles qui vont grossissant s'accumulent pour afficher en double page une vue éclatante des rivales fabuleuses : La Mecque, et en face, à l'autre bout du feuillet agrafé en son milieu, Jérusalem, le Saint-Sépulcre. Chaque vignette de l'histoire rapproche le chercheur de ce but ultime, le modèle réduit de la Cité de Dieu sur Terre. Vu de très loin, on dirait un simple rassemblement, un hachurage inquiet à l'horizon. Quand il reste encore des kilomètres de plaine à parcourir, les tours se profilent puis les murailles. Et enfin seulement, la porte colossale apparaît, s'ouvre, scintillant d'antiques promesses, ornée des tables de la révélation, détaillées et complexes, gravées en action de grâce sur toute sa surface cyclopéenne.

Les costumes, le style, l'époque et le lieu s'éclairent à présent. Il s'agit de l'interrègne de la grande foi, époque où la majeure partie du monde sait que sa résidence touche presque à son terme. Le globe est délabré : il ne se corrode que pour retrouver bientôt son état primitif.

Sa surâme migre, passe par une boucle lente qui resserre son étreinte pour parvenir aux fins dernières. Cultures de crise, cultes du cargo, mouvements nativistes et messianiques : sur cette surface semée de routes, chacun survit au présent en y voyant une station, un détour impénétrable vers la prochaine hégire, la prochaine image, la prochaine vignette.

Les cols qui conduisent aux tombeaux des bienheureux martyrs, les routes commerciales languissantes sont à présent encombrés de danger et de salut. Un mélange émeraude de peur et de nécessité allume des horizons hérissés de clochers. La plume et la couleur n'osent encore deviner le terminus de la topographie, les contours de la fin qui se hâte ; elles se contentent d'aviver l'espoir du pèlerin que l'arrivée ne peut être loin, que le terme de ce jour d'errance est en vue.

On voit le Grand Guide touristique – l'Oint du Seigneur, le Mahdi ou le Douzième Imam, le Mahayana rédempteur, le Nanabozo – préparer ses nombreux retours. Dans chaque ville où passe la procession, l'ordre ancien est liquidé. Le *novum* est prêt à se distinguer. Des contours étranges, réifiés, miraculeux et inattendus, s'apprêtent à surgir des décombres de la Terre. « Une fois advenu le Quatrième Royaume… » prédisent les surtitres. « Une fois advenu le Troisième Âge… » La révolution, le retour de la libération, l'inondation, le renouveau transformateur… Le pèlerinage massif déferle sur ces collines ocre, s'arrête à tous les points d'abcès de la civilisation pour demander l'aumône. Soudain, les haltes se font révélation : cette campagne privée, déguisée, ce jihad sous un autre nom se dirige vers l'emblème de tous les lieux prophétisés : la cité du bout du monde.

Une saga enluminée reconstitue les premières excursions de l'œil. Parcourir ces plantureuses pages de psautier, c'est presque traverser les vignettes et regarder depuis l'envers pour surprendre le jeune lecteur caché de nouveau sous les draps, la nuit venue. Des flèches qui mènent de case en case dessinent une allée pavée d'images que le premier propriétaire de cette bande dessinée s'est empressé de suivre à la lueur de sa lampe de poche pour arriver à la fin de l'histoire. Ce chemin est un raccourci de sept cents ans vers un antique destin.

Retour à l'enfance, au temps où l'Occident médiéval campe au fond de ses douves défensives qui se remplissent rapidement de gravats. Fébrile, la chrétienté attend sa fin imminente depuis douze siècles. Elle l'attend à cet instant précis, plus certaine que jamais du moment présent. La mélodie de Dieu court à sa conclusion.

« Certes, concède une série de vignettes récapitulatives, par le passé, d'autres guetteurs d'horloge se sont trompés. » Beaucoup s'attendent à ce que la terre et les cieux anciens s'embrasent à l'heure précise où l'Oint, l'Antéchrist Sylvestre II, célébrera la messe de minuit, le 31 décembre 999. Par anticipation, de brillantes comètes ont flamboyé. Quand retentit la cloche de la transsubstantiation, on se jette à terre d'un bout à l'autre du continent, dans l'attente. Face à la déconvenue du sursis, des calculs hâtifs comptent trente années de grâce. Et quand ce délai expire à son tour, les voyants s'accordent sur une nouvelle date butoir.

Les chiffres se révèlent malléables. On se débarrasse du calendrier plutôt que de renoncer à la course vers l'apocalypse illustrée que celui-ci a été conçu pour prédire. « Il ne s'agit pas de l'an mil ! » s'exclame un calculateur gnostique dans sa froide cellule de pierre. Le rectificatif étonné qui lui sort de la bouche s'inscrit dans une bulle aussi ancienne que les bandes dessinées ecclésiastiques de la période romane. « Mais des mille ans de règne de la majesté sur la Terre ! » Suivent deux vignettes au bord festonné pour indiquer qu'elles proviennent de la vision intérieure du moine : tombeaux ouverts, martyrs ressuscités pour servir de rois dans la nouvelle machine mondiale enfin parachevée.

On l'annonce à présent *urbi et orbi*, on le proclame en toutes contrées par des légendes et des images : le dernier empereur, ultime successeur des rois francs, va bientôt lever une armée et accomplir la longue traversée de la mer du Milieu pour recouvrer par la force le signe terrestre de la métropole céleste. Là-bas, les hommes ouvriront la voie au Second Avènement. Des pèlerins rentrent cabossés de Terre sainte, des cris de protestation emplissent l'air au-dessus de leur tête. Quand une bulle d'appel au secours vient du pape Urbain II qui, depuis un balcon dans le sud de la France, conjure les foules de transformer leurs saccages anarchiques en un seul et même pèlerinage saint et militant, son « *Deus vult* » est amplifié un million de fois. Tous les ordres et classes sociales s'enflamment. L'Europe s'engage dans cette nouvelle ère qu'elle prophétise depuis longtemps

Mais la chute de la Ville sainte ne mène pas à la dernière bataille. Musulmans et juifs sont massacrés comme il se doit pour faire place aux nouveaux habitants de Jérusalem. Des États souverains sont tracés sur la carte du Levant ; des diamants désignent les villes que se répartissent les généraux pèlerins : Antioche à un tel, les rives de Tripoli à un autre, Saint-Jean-d'Acre et Beyrouth à un troisième. Sitôt le nouvel ordre mondial établi, Imad ad-Din Zengi, Nur ad-Din et Saladin montent à leur tour de saintes manœuvres d'encerclement.

Au contact de l'étranger, l'Occident bande ses muscles et lance dans le débat mondial une nouvelle vague de fidèles à charge eschatologique. La France et l'Allemagne, les princes de Bohême, de Souabe, de Pologne et de Byzance unissent leurs forces sous la croix. Des armées de nationaux incompatibles déferlent sur le Proche-Orient. Mais entre les alliés, des attentes millénaristes rivales se révèlent fatales. La deuxième croisade s'achève par un assaut insensé sur Damas, exécuté en un désastreux dégradé qui tourne à l'indigo et au noir.

La cité du Royaume des cieux sur la Terre, dirigée un temps par un lépreux de treize ans, vacille au bord du gouffre, fracassée par des querelles sectaires. Une fois encore, les armées de croisés se pressent pour l'Armageddon et sont détruites, une fois de plus. Jérusalem tombe à nouveau, perdue avant que Dieu ait pu y installer sa bureaucratie transcéleste. La fin de l'histoire est reportée à quelques pages plus tard.

Un troisième appel à l'épreuve de force voulue par Dieu retentit d'un bout à l'autre d'une confédération catholique désormais trop sophistiquée pour l'entendre comme au premier jour, un siècle plus tôt. L'Anglais Cœur de Lion s'engage, avec la Sicile, les Flandres et les Danois. Ils s'emparent de Chypre pour en faire une pierre de gué. Par le continent, Frédéric Barberousse, fougueux septuagénaire, mène les Allemands à une éclatante victoire, pour finir noyé – ironique fouillis d'encre – dans la traversée d'un cours d'eau.

La ferveur spirituelle se dégrade, transformée en une cynique course aux fiefs. La guerre sainte cède le pas à l'habileté politique, adroite manœuvre de la dernière campagne. Le coup de massue international lancé pour reprendre Jérusalem, dévié en sous-main par des éminences grises vénitiennes, ne se solde pas par le siège de bastions infidèles mais par le sac brutal de la chrétienne Constantinople. Les soldats de la Croix parviennent à séparer pour toujours les deux Églises. Ils massacrent Byzance et la découpent en quartiers – magnifiquement dessinés en vues aérienne et tactique –, infligent une blessure incurable à ce joyau qui formait de si longue date la première ligne de défense contre les percées de l'Orient.

Tout ceci se déroule en quatre pages et quart, à raison d'une douzaine de rectangles colorés par planche. Puis le cadre se resserre encore d'un cran. La route qui serpente au fil des siècles s'incline vers une vallée où se cache cette fois le petit garçon de l'histoire. (Devant la déferlante de ces récits de soulèvement, le lecteur à la lampe de poche s'étonne de les retrouver toujours, eux, la brigade des déplacés : mêmes noms chaque fois, même âge, même chance infime de parvenir à destination à la lueur des bougies, sans parler du retour.)

« Au printemps de l'an 1212, intervient avec autorité un cartouche, un jeune garçon pas plus vieux que toi garde des moutons dans un pâturage près du minuscule village de Cloyes-sur-le-Loir, au centre de la France. » À deux siècles de là, une petite sainte traversera son hameau à la tête d'une armée, en route pour sa mission salvatrice. « Étienne, ce garçon au seuil de l'adolescence, n'a jamais eu l'usage d'un patronyme jusqu'ici. Avant peu, le monde le connaîtra sous le nom d'Étienne de Cloyes. » Son troupeau est agité, sur le qui-vive, malgré la douceur de l'air.

Étienne vit en des temps fabuleux, même s'il lui est impossible de le savoir. Des déploiements se trament de toutes parts. Sitôt passé les frontières de son monde au tracé net, des bourgades reçoivent avec zèle des chartes qui en font des villes, des universités éclosent, des cités se regroupent en ligues marchandes. Une fièvre de nouveaux chantiers se répand sur les plaines comme un chiendent en fleur. Le dernier ouvrage ouest de Notre-Dame de Paris et les premières pierres de la cathédrale de Reims sont en place à l'instant où Étienne empêche une brebis de deux ans, qui a une faiblesse à la patte avant gauche, de glisser au bas d'un talus caillouteux.

Il ne sait ni lire ni écrire et n'a même jamais eu besoin de signer quoi que ce soit. Un peu d'arithmétique élémentaire, oui, à coup sûr : agneaux, brebis, boucs, prise et perte de poids, heures passées à brouter. Sa connaissance de la médecine, de la météorologie, voire de l'histoire naturelle recèle toute la finesse de celle d'un ouvrier de terrain. Il sait reconnaître cent treize variétés de plantes, diagnostiquer quinze maladies différentes et prévoir le temps qu'il fera pendant les quatre prochaines heures. Il a visité Vendôme une fois et à la dernière Saint-Marc il a assisté à la Litanie majeure dans la cathédrale de Chartres, célébration dont le hasard changera la conscience de la race humaine. Il sort le troupeau après le lever du soleil, le fait pâturer de champ en champ jusqu'à ce que la grêle ou l'obscurité force les bêtes à rentrer. Il converse avec elles, les appelle chacune par leur nom.

L'espace d'une vignette, il prie, chante des psaumes. Mais maintenant que son troupeau est en sécurité, la chienne satisfaite, le temps bien stable, le printemps trop doux pour admettre l'existence d'un danger, il dort en cachette, un quart d'heure cet après-midi, l'attention en veille. La chienne le tire de sa sieste clandestine en aboyant, déconcertée, sur la silhouette noire qui gravit le chemin menant au coteau isolé sur lequel ils se trouvent.

Cette silhouette n'est pas celle de son père, ni d'aucune connaissance venue du village pour sonner l'alerte. Étienne ne voit pas pour quelle raison, hormis une catastrophe, quelqu'un voudrait grimper tout en haut de ces champs. Des brigands attendraient le crépuscule ; les autres sont arrimés à leurs travaux.

Tandis que l'apparition approche, Étienne distingue le manteau et la coiffe d'un pèlerin. L'homme a dû s'écarter de plusieurs kilomètres du chemin de la cathédrale. Et seul en plus ! Étienne appelle le vagabond, pensant le remettre sur la bonne route. Mais l'homme le devance, interrompt la bulle de son discours par une autre et salue par son nom le petit berger effaré.

— Qui êtes-vous ? demande Étienne à l'homme qui approche. Je ne crois pas vous connaître.

— Vraiment ? sourit l'inconnu.

Un frisson court le long de l'échine de l'enfant.

— Je t'ai réveillé ?

En gros plan, Étienne terrifié parvient à secouer la tête. Le pèlerin l'admoneste gravement d'un simple regard.

— Je voudrais que tu portes une lettre.

— Je ne sais pas lire, bafouille Étienne.

— Un messager n'est pas censé savoir. Mais je vais te dire ce que contient ce billet. « J'ai vu la Cité du Seigneur, comme parée pour son époux. Pourquoi la délaisser maintenant que la fête est si proche ? »

De son bâton, Étienne tapote le flanc de la chienne pour l'empêcher de grogner.

— C'est du code ?

Le voyageur fouille dans son sac. Il en retire une croûte moisie qu'il partage avec l'enfant. La pauvreté de cet homme dope la confiance d'Étienne. En le remerciant pour cette nourriture, il demande :

— Où dois-je porter cette lettre ?

Puis il ajoute avec espoir :

— Le village est juste par là.

Le pèlerin dépose dans les mains de l'enfant un parchemin alourdi par un sceau.

— Tu iras porter ceci au roi de France.

Au contact de la main de l'homme, Étienne tombe à genoux ct se met à pleurer. Dans des sanglots, il réussit à haleter :

— Pourquoi moi ?

Le Pèlerin, déjà rendu au milieu de la côte, lui lance la réponse qu'Étienne redoute le plus :

— Je choisis un de ceux qui exercent ma profession.

Les moutons innocents s'agenouillent dans le pré comme une seule et même bête, priant pour une absolution.

La nuit venue, après avoir rentré son troupeau, alors que sa famille s'attroupe bruyamment autour d'un repas tardif, Étienne annonce à son bol de soupe :

— Je dois partir pour la ville.

Son père lui flanque un coup de coude sur la tête, automatique, professionnel. Les plus jeunes pouffent de rire et récoltent un traitement similaire.

L'interlude comique tourne au tollé quand Étienne précise son propos. Il ne parle pas de Vendôme ni même d'Orléans, déjà situé à une impossible distance de cinquante kilomètres.

— Je dois aller à Paris.

Le père lance un regard las vers la mère pour qu'elle punisse cet affront. Elle assomme le garçon et lui lave la bouche avec du saindoux brûlant. Les participants au dîner se séparent rapidement.

Il pourrait leur parler du message et de l'homme qui le lui a remis. Un mot, et sa famille tomberait à ses pieds pour implorer son pardon. Mais pour des raisons laissées hors illustration, il préfère quitter discrètement la maison de très bonne heure avant le point du jour, après avoir volé la meilleure paire de chaussures de marche et des morceaux de couenne racornie destinés à la mangeoire. Il attache fermement la lettre à son avant-bras. Il s'éloigne de la ferme en hâte au milieu de l'obscurité, court vers un point choisi au hasard, dans n'importe quelle direction dès lors qu'elle est lointaine et invisible.

Quand la lumière commence à croître, Étienne rencontre un village et s'oriente. Il se tourne vers le nord-est et marche sans s'arrêter. Il lui faudra des semaines pour atteindre le but qu'on lui a fixé. Il erre seul à une époque où le voyageur adulte moyen ne tiendrait pas un après-midi face à l'ingéniosité humaine. « Le pèlerin ne m'aurait pas envoyé sans pourvoir à ma sécurité. » Il s'arrête pour la nuit dans une meule de foin, le ventre tourmenté, comme blessé par une faux.

Un ange le réveille au lever du jour. Raccord graphique : une belle petite fille, qui a peut-être un an de moins que lui, lui secoue l'épaule : « Réveille-toi ! À quoi tu rêves là ? »

Il réclame un peu de lait et un morceau de pain que son ange lui fournit avec dédain. Puis Étienne lui chuchote que le Sauveur l'a envoyé trouver le roi de France pour lui porter un message à propos de la fin du monde. Elle persifle jusqu'à ce qu'il remonte sa manche et lui montre la missive attachée là. Elle touche délicatement l'un de ses muscles et il sent la décharge d'une douleur délicieuse – incompréhensible changement. Elle le scrute, étonnée, et supplie qu'il la laisse l'accompagner.

— Va alors. Rassemble des provisions, autant que tu peux en porter. Ensuite retrouve-moi là-bas près de l'échalier.

Elle revient avec une sœur que la cause enflamme elle aussi, chargée de nourriture, de vêtements et même d'une couverture. En milieu de matinée, ils sont cinq, ayant croisé en chemin deux amis des fillettes, du même village qu'elles, auprès de qui ils se sont vantés de leur mission. Ils dorment dans un champ sans clôture, ensemble, heureux comme jamais, et chantent des airs religieux jusqu'à perdre conscience.

Ils voyagent plus en sécurité à présent, chapardant à l'occasion un œuf ou deux pour le petit-déjeuner du Seigneur. À l'adulte qui rarement s'arrête et met la petite troupe au défi de fournir un itinéraire, la fillette ment avec douceur : « Nous enlevons les mauvaises herbes autour des calvaires. » Étienne ne peut s'empêcher de le remarquer ; le visage de la fillette gagne en beauté et rosit d'excitation quand elle invente cette vérité. Ils sont rejoints par un garçon prénommé Luc, plus riche à lui tout seul que la bande entière, et un autre prénommé Henri qui possède un chien doté d'un talent utile pour déterrer les carottes. Ils partagent tout, selon les besoins. La nuit, ils échangent des tours de garde.

Avant la fin de la semaine, ils sont au nombre de vingt. Étienne trouve de plus en plus difficile de tenir le compte de son troupeau qui grossit. Ils ne peuvent plus se déplacer sans attirer l'attention. Mais une chose étonnante se produit quand ils atteignent cette masse critique. Une famille de fermiers leur offre un abri à l'intérieur d'une basse-cour et le lendemain matin les renvoie chargés de denrées. Cette transaction improbable se répète le soir suivant. Les gens ne demandent rien sinon qu'on se souvienne d'eux sur la route du pèlerinage.

Une nuit, ils couchent dans l'une de ces cours de ferme, une cinquantaine d'enfants entre huit et seize ans, allongés avec bonheur parmi les stalles des animaux. Ils ont déjà atteint les bois qui encerclent les domaines royaux. Ils entreront dans la capitale d'ici quelques jours. Étienne est allongé dans la stalle à côté de celle de son ange au féminin. Un des garçons plus âgés, qui s'est enfui d'un monastère, vient le trouver.

— Que dit cette lettre, Étienne ?

Étienne sourit en lui-même et récite le passage que le pèlerin lui a dévoilé. La troupe entière connaît le message par cœur, et le novice fugitif le réclame tout comme la plus jeune d'entre eux demande chaque soir pour s'endormir l'histoire du coq, du lièvre et de la vache.

— Elle est en français ?

— Comment le saurais-je, répond Étienne en haussant les épaules. C'est si important ?

— Ces mots font allusion à ceux de saint Jean qui décrit sa vision sur l'île de Patmos.

— A-allusion ? bégaie Étienne, pris d'un soupçon.

— Tu sais ce que ce billet signifie ? Ça veut dire que nos parents ont manqué à leur engagement envers nous.

Étienne se frotte l'arrière de la tête encore douloureux après le châtiment dont sa mère n'aurait jamais deviné qu'il devait être son au revoir.

— Et pas seulement nos parents.

L'aîné utilise toute l'habileté rhétorique que les moines lui ont transmise.

— Toute la génération des anciens. Ils ont perdu de vue les désirs de Dieu.

En un rapide flash-back pastel, il raconte à Étienne les quatre grandes campagnes menées pour reprendre la Ville sainte, la triste dégradation en un siècle et quart de cette quête bénie – de la première flamme inspirée au sac de la capitale de l'Église d'Orient.

Une transformation s'opère en Étienne tandis qu'il réfléchit au message qu'on lui a confié. Soudain, sa signification s'éclaire. Le roi qu'ils doivent servir en tant que messagers n'est pas le monarque humain et corrompu. À eux, la troupe de ces quelques dizaines d'enfants, de satisfaire par eux-mêmes les volontés du Créateur. Ils réussiront là où leurs parents ont échoué. Ils doivent convertir les incroyants, reprendre le Saint-Sépulcre, assiéger d'amour la ville de Jérusalem, accomplir ce que la force des armes n'a pu opérer.

Oui – telle était l'intention du pèlerin dès le commencement. *Je choisis un de ceux qui exercent ma profes-*

sion. Au matin, Étienne trouve une force et une douceur renouvelées. Il s'adresse à ses ouailles rassemblées avec un mélange d'amour et de ferveur.

— Nous ne marchons pas vers Paris, en fin de compte.

Non ? Vers où alors ?

Vers la mer, par le chemin le plus expédient. Sur les flots pour gagner les tours de la Civitas Dei. Celui qui ne peut aspirer à cette destination avec un amour parfait, qu'il s'en retourne maintenant, vers la France, vers le monde des choses.

Aucun enfant ne s'en retourne. La troupe s'arrête pour visiter Saint-Denis où un sermon enflammé du jeune garçon oppose le sort des deux sépulcres, celui-ci florissant, alors que celui du Seigneur se délabre aux mains des païens. Tous ceux qui sont assez jeunes pour entendre vont grossir les rangs de l'infanterie enfantine. Les parents ne parviennent pas à réduire le flot des volontaires. Le roi de France, comme le redoutait Étienne, interdit la croisade et les professeurs de l'université terrestre la déclarent inspirée par Satan. C'est bien la confirmation qu'il attend : ils doivent affronter seuls la situation.

Les enfants obliquent vers le sud où la cascade de leur marche s'empare de l'esprit des campagnes. Quand ils atteignent Dijon, où ils se rassemblent dans la basilique, ils sont plusieurs milliers. « Et pourtant, demande l'interlude textuel, même dix mille enfants peuvent-ils s'opposer aux guerriers de l'islam ? Un seul enfant suffirait à la réussite de l'entreprise là où le compromis de l'âge adulte a échoué ? Un seul petit enfant a autrefois accompli bien davantage. »

Tenaillé par la résolution, Étienne déboute tout requérant âgé de plus de seize ans. Cette fois, la cause doit être pure, vierge de ces taches qui surgissent, passé les premiers âges de l'innocence. L'ange, sa première recrue, contaminée par le sérieux d'Étienne, rase sa chevelure éclatante et prend l'habitude de marcher à l'arrière avec le train des équipages. Étienne continue de penser à elle la nuit, malgré le jeûne, la flagellation et la prière.

Ils avancent en deux colonnes immenses, fil si long que, du milieu, on ne peut en voir la fin. Un mélange de dialectes emplit l'air, traduit par magie. Ici et là, des enfants adoptent un uniforme – robe grise, bâton de pèlerin, pièces de tissu cousues en forme de croix sur la poitrine. Les nuits regorgent de récits autour du feu : fables, contes, légendes, chansons de geste, inventions bigarrées conçues pour relier chaque existence à de plus vastes contours. Mais aucun de ces apartés ne peut égaler l'allégorie qu'ils forment à présent. Le jour, en marchant, ils chantent – plusieurs milliers de voix à l'unisson d'une monodie : « Ô Seigneur, ramène-nous à la Vraie Croix. »

Étrange année, au-delà de l'interprétable. D'un bout à l'autre du pays, des rapports font état de conclaves animaux sans précédent – poissons, volatiles, grenouilles, insectes venus siéger en masse dans des diètes pour y rendre leurs arbitrages. Des chiens de France et de Navarre s'assemblent pour mener leur guerre civile. Les bêtes savent, car elles sont sans tache.

Plus loin en Bourgogne, sur la route, dans le flamboiement du milieu de l'été, une voix près d'Étienne lance un « Bonjour ! » surpris. Étienne se retourne pour saluer cette voix, mais nulle part on ne l'appelle.

Il a trop marché ; il commence à entendre des choses. Mais il doit marcher bien plus encore pour atteindre sa destination.

— Bonjour ? murmure Étienne en lui-même plus qu'au fantôme.

— C'est comme ça qu'il faut s'y prendre !

La voix revient. Elle n'est pas à plus de trente centimètres de son oreille.

— C'est ça. Ça marche !

Un gros plan saisit l'angoisse sur le visage d'Étienne. Mais sa peau, dans l'éclat de la jeunesse, continue de proclamer bienheureux ceux qui croient sans avoir vu.

— Qui es-tu ? Et où es-tu ?

Une cascade de rires trahit le fait que l'interlocuteur caché est encore plus jeune qu'Étienne – dix ans au mieux.

— Je m'appelle Nicolas. Je viens de Cologne.

(Un insert montre la silhouette des flèches de la ville et donne un coup de projecteur sur son plus grand trésor : la fabuleuse châsse d'or des Rois mages qui renferme trois squelettes, dont celui d'un jeune garçon aux dents de lait, rapportés de croisade par Barberousse en guise de butin.)

— En ce moment, nous campons à l'extérieur de Koblenz.

Tandis qu'il parle, le visage de Nicolas vacille et prend forme dans l'air au-dessus de l'avant-garde de la troupe française.

— Cologne ?

Pris d'une panique de provincial, Étienne lève au ciel ses bras recouverts d'une tunique.

— Mais je ne parle pas allemand !

— Pas d'inquiétude, rit Nicolas. Moi je ne parle pas un mot de français.

Les dessins colorés s'éclairent en de superbes cadres fractionnés : un Nicolas fantomatique flotte au-dessus de la vallée du Rhône ; un Étienne désincarné, mirage symétrique, au-dessus du Rhin. Les enfants qui marchent au plus près d'Étienne dans la colonne serpentine ne voient rien et n'entendent rien ; la route qui les conduit en Provence est magnifiquement méditerranéenne et vide. Au bout d'une demi-heure, la nouvelle se répand dans les rangs français que leur chef a entrepris de faire le commerce de miracles.

Les deux garçons se jaugent l'un l'autre, sans savoir s'ils doivent s'affronter pour établir une supériorité ou se jurer fraternité. Nicolas finit par faire la moue.

— Nous avons entendu parler de ce que tu fais là-bas et nous voulons nous joindre à vous au Moyen-Orient.

— Nous ? Combien êtes-vous ?

L'Allemand attendait cette question.

— À l'heure actuelle, onze mille trois cent quarante-sept. Mais le lieutenant de sixième bataillon compte encore. Nous formons une file de neuf kilomètres et demi quand nous sommes en ligne.

Avec une pointe de fierté, l'enfant demande sur le ton du défi :

— Et vous, vous êtes combien ?

À l'autre bout de la transmission aérienne invisible et privée, Étienne hausse gauloisement les épaules. Nicolas marmonne l'équivalent en *Plattdeutsch* d'un « Vive la différence ». Étienne entend, dans le murmure du bruit de fond, plusieurs milliers de voix aiguës qui entonnent le choral « *Schönster Herr Jesu, Herrscher aller Erden* ».

Les garçons restent en contact permanent et correspondent au moins une fois chaque soir. Nicolas se plaît à lancer à longueur de journée des charges sur les oreilles d'Étienne pour publier des communiqués sur le nombre croissant de ses troupes. Étienne, dont les forces grandissent aussi dans des proportions absurdes, met doucement Nicolas en garde de temps à autre.

— Souviens-toi, si nous remportons la bataille à Saint-Jean-d'Acre et au-delà, ce sera par l'amour et l'amour seulement.

Ces aimables remontrances débouchent toujours sur des grognements.

— Bon, d'accord. Mais l'amour peut avoir besoin d'un peu de muscles, non ?

Étienne finit par aimer ce cadet, même impétueux. Ils ont de merveilleuses discussions théologiques pour savoir si le royaume qu'ils préparent se lèvera, en fin de compte, sur cette Terre ou au bout du pont céleste. Étienne encourage Nicolas à s'essayer à la guérison des malades plutôt que d'abandonner en chemin ceux de sa compagnie. En retour, Nicolas suggère à Étienne des moyens de coordonner les mouvements des bandes de migrants dont il est désormais impossible de tenir le compte.

Nicolas devient le confident d'Étienne, dépositaire de ses espoirs et rempart contre ses nuits de doute.

— Comment vais-je faire traverser la Méditerranée sans encombre à une armée de dizaines de milliers d'enfants ? murmure Étienne à l'oreille de son compagnon de dix ans, tard un soir, depuis un campement situé à une semaine de la côte.

— Ha ! Ce sera facile. Les eaux vont s'ouvrir devant notre foi, comme la mer devant Moïse.

Cette réponse est transmise d'un bout à l'autre de la colonne d'Étienne.

— Moi, en revanche, réplique Nicolas, j'ai de vrais problèmes. Comment suis-je censé faire franchir les Alpes à vingt mille enfants ?

Les difficultés logistiques de Nicolas ne sont bientôt plus de son ressort. Il mène son entreprise immaculée jusqu'au col du monastère du Mont-Cenis. Là, la sortie éducative apocalyptique commence à se désorganiser. Ses premier et deuxième bataillons, à la patience d'ange, prennent le chemin le plus court vers la mer, par la vallée d'Ampezzo. Les troupes des troisième, quatrième et cinquième bataillons choisissent un terrain moins dévastateur en suivant les berges de l'Adige *via* Trente et Vérone. Nicolas convainc les autres qu'ils doivent traverser la Lombardie et faire route vers Gênes pour y retrouver saint Étienne et les Français.

Quand Étienne parvient à Marseille, l'Europe entière sait ce qui est en train de se produire. La traversée continentale accomplie par des enfants innocents lancés à la poursuite du millénium enflamme les imaginations depuis l'Angleterre jusqu'en Hongrie. Les gens affluent sur les routes pour se porter à la rencontre de la croisade, marchent des jours durant rien que pour voir passer les bataillons. La foi renouvelle un monde moribond par cet assaut de force naïve emmené par un petit enfant.

À l'approche des côtes, les colonnes scandent ouvertement le refrain de la foi. *Les eaux vont s'ouvrir, faire un pont de terre pour nous laisser passer. Dieu nous a menés jusqu'ici. Tous les océans vont s'assécher ; le monde, sans divisions, ne fera plus qu'un.*

Ils défilent, confiants, jusqu'à la mer. Mais la mer – découverte stupéfiante – reste cruellement la mer. Devant l'étendue d'eau insensible qui s'étire jusqu'aux limites de la vision, les plus jeunes de l'avant-garde s'effondrent dans des pleurs amers. « C'est impossible ! » L'avant-goût de l'échec emplit trente mille bouches, un échec d'une telle ampleur que l'humanité ne peut ni le comprendre ni y survivre.

Mais dans le port, un miracle attend les croisés d'Étienne. Toute une flotte s'est assemblée là, comme préparée par Dieu. Des marchands se tiennent prêts à conduire l'armée sainte à la destination qui mettra un point final à l'histoire. *Causa Dei, absque pretio.* (*Non !* s'écrie le lecteur à la lampe de poche. *Attention ! Ces hommes sont mauvais ; on le voit à leurs atours et aux plis de leurs visages.* Mais cette vue d'en haut

– périscope prophétique formé de deux miroirs inclinés à angle droit par rapport à toutes choses – n'informe pas le niveau du pèlerin.)

Étienne supervise l'embarquement délicat. Une joie profonde et incrédule se répand en lui au spectacle de la force répartie sur les dromons, les buzas, les galées, les caraques – agents maritimes d'un monde en expansion. Un jour, il aperçoit, perchée sur le château arrière périlleux d'un galion, la jeune fille dans toute sa beauté tondue à ras. Il s'oublie, oublie leur chasteté naissante et l'appelle.

— Nous nous retrouverons devant le dôme du Rocher, répond-elle en adressant à son saint un sourire radieux.

Même s'il tient Nicolas informé de l'embarquement, Étienne sait que ses milliers de croisés ne peuvent attendre l'arrivée des Allemands sur la côte. Nicolas, pris par les efforts qu'il doit consentir pour suivre la marche de ses troupes éparpillées à présent dans les villes lombardes, fait signe à son commandant associé de poursuivre sa route.

— Continue. Nous sommes juste derrière toi. Laisse-nous seulement une ou deux brutes basanées à baptiser.

Étienne quitte l'abri du port sur le dernier navire en partance. Ivre de joie, il jette un regard en arrière sur le continent qui disparaît. Tout autour de lui, les équipages enfantins de la flotte chantent *Veni Creator Spiritus*. Il essaie d'entrer en contact avec Nicolas afin qu'il entende. Mais pour la première fois, aucune apparition ne se forme dans l'air vide.

À cet instant, le petit Allemand égaré traverse d'un pas trébuchant la vallée du Pô. L'usure a réduit sa faction à quelques milliers de pèlerins. Une rumeur s'insinue – en vagues lavis d'aquarelle – venue des autres phalanges : histoires d'enfants enlevés par des paysans, la virginité de leurs divers orifices souillée par des aristocrates toscans. Fatigués, des petits de dix ans cèdent à des vices acquis auxquels ils s'adonnent de leur plein gré sous l'effet d'une rapide dépendance. La recherche de la Vraie Croix se mue en un combat contre une chute totale dans le chaos.

Les bataillons occidentaux de Nicolas s'efforcent de poursuivre. Quelques milliers d'enfants se rassemblent à Gênes. Certains s'y installent pour fonder – rapide prospective – de célèbres familles patriciennes. D'autres poussent jusqu'au Saint-Siège. Chaque corps de murs et de tours, chaque masure misérable, même rencontrés de ce côté-ci du monde divisé (le mauvais côté) déclenche un cri d'excitation : « C'est Jérusalem ? C'est Jérusalem, ça ? »

À Rome, bien plus tard, le pape les accueille et mortifie l'Europe chrétienne en déclarant : « Voyez comme ces innocents s'activent aux préparatifs de la reconquête tandis que nous somnolons. » Pris de pitié devant des membres roses qui ont connu plus de sacrifices que n'en réserve une vie, il décharge les enfants de leurs vœux. Il promet à tous qu'ils ont déjà posé un pied au paradis. Il leur dit de reprendre la route, une fois adultes, s'ils désirent toujours devenir pèlerins. Mais il interdit la poursuite de l'expédition.

Le chemin du retour est plus froid, plus pénible, moins probable, plus sombre qu'on ne peut le peindre. Chacun voyage seul. Les innocents qui enfin atteignent le Nord reviennent si corrompus qu'on ne peut les guérir. Et la terre où ils retournent n'est pas leur chez-eux. On n'entend plus parler de l'enfant Nicolas qui prêchait la fin de l'histoire. Échoué quelque part entre Gênes et le Saint-Gothard, entre Gog et Magog.

L'Europe attend avec impatience des nouvelles de l'entreprise d'Étienne. La croisade dure depuis si longtemps qu'elle semble dater du démarrage même du temps. À l'arrière, on ne serait qu'à moitié surpris si d'un mois à l'autre parvenait l'annonce de la conquête. On presse de questions tous les voyageurs pour entendre un mot de la conflagration promise, pure et sans bain de sang celle-là, qui transformera la Création usée jusqu'à la corde.

Mais ce mot ne vient pas. L'attente s'estompe, vire sans heurt au désintérêt. Quelques mois après que tous ont renoncé à des nouvelles, un récit trouve le chemin du continent. Deux équipages d'enfants ont été pris dans une tempête spectaculaire et leurs navires se sont brisés sur les rochers au large de l'île de San Pietro, au sud-ouest de la Sardaigne. Les milliers de petits corps rejetés par les vagues, rassemblés dans une modeste crypte, échappent miraculeusement à la décomposition. Le lieu de ce Signe commence à attirer des pèlerins venus de nombreuses contrées. L'emplacement est marqué à la hâte par une chapelle édifiée sur ordre du pape, nouveau Saint-Sépulcre accompagné de l'inscription : ECCLESIA NOVORUM INNOCENTIUM. Douze prébendiers le gardent dans une perpétuelle prière. Le sanctuaire, dessiné en accéléré, disparaît au fil des siècles pour être redécouvert un demi-millénaire plus tard par des voyageurs qui font le tour de l'Europe, saisis par l'émerveillement et l'incompréhension.

Dix-huit ans après le départ massif, un homme desséché, prématurément vieilli par la torture, regagne le Nord chrétien et affirme être un enfant croisé. La flottille a déjà sombré dans le mythe et l'histoire de son prêtre errant – reprise par Albéric de Rosate, de Champré et Bacon (*Les Classiques illustrés* de l'époque) – est au mieux une curiosité. Pendant une bonne partie du siècle déclinant, des voyageurs de retour du Moyen-Orient parlent d'esclaves musulmans au teint clair, en Algérie et à Alexandrie, qui s'expriment dans un étrange sabir, mélange d'arabe et de langues romanes. Telle est la fin légendaire de la cargaison des enfants : ils ont été monnayés sur le marché au comptant international, vendus aux Sarrasins par des négociants sans foi, martyrs d'un épisode de la téléologie, mais ils ont transmis à leurs propres enfants ce vœu qu'ils n'ont pas oublié : « Nos pieds se tiendront dans tes murs, ô Jérusalem. »

On estime que cent mille innocents sont ainsi perdus, vendus, tués, trahis, évacués de ce monde par l'action de la foi. Et les fenêtres d'images ne se referment pas ici. Elles s'ouvrent encore sur quelques espaces de continuité éparse : l'exode d'Erfurt. Une migration massive d'enfants vers le Mont-Saint-Michel. La Kinderzeche. Des danses folles, des disparitions, des successions royales au long des siècles : toutes ont droit à leur illustration sur une planche aux subdivisions aussi complexes et éclatantes que les plus beaux vitraux, son modèle gothique. Mais sur l'enfant berger, sur Étienne lui-même, plus de légende. On le voit, fantomatique, regarder dans la direction du vent depuis le pont d'un château flottant, l'œil rivé sur les derniers jours qui, une fois encore, décrivent des cercles dans les hauteurs.

L'ultime vignette colorée – la dernière, la toute dernière – se démarque d'une manière radicale du style de l'artiste. Elle délaisse d'un bond l'esthétique archaïque de la « Bibliothèque dorée » pour celle d'une photo de la United Press International : des enfants-soldats, en une autre année marquante, marchent une fois de plus sous la porte des Lions pour investir la Fondation de Dieu pendant que d'autres enfants-soldats fuient la ville sacrée par ses ruelles séculières. La mère de toutes les batailles. Au-dessus de leurs têtes, dans les hauteurs, invisibles aux radars, volent les Stealth de l'Armageddon, engins exterminateurs assemblés dans les industries de la Cité des anges, celles-là mêmes dont les dépassements offrent à leur État, ce croisé appauvri, un petit surplus de temps imaginaire.

« Se pourrait-il, demande l'encadré à un lecteur qui s'est endormi depuis longtemps ou est passé à autre chose de plus vivant – disons un *Sergent Shrapnel* ou sa réincarnation high-tech à guidage laser –, se pourrait-il que le germe du millénium, ce rêve trouble vers lequel le monde chemine encore d'un pas hésitant, fût semé en un lieu possédé jadis, puis perdu et oublié, sauf des fables ? » Dans l'enfance illustrée, les dessins de l'histoire.

Eh bien, oui, ça se pourrait, concède celui qui fut autrefois un petit garçon, dont la main replace avec une précision chirurgicale le tract dans la pile des lectures du soir de la kinésithérapeute. Ça se pourrait. Toutes les prédictions sont des souvenirs pervertis. Il leur faudra rentrer au bercail après une longue errance. Faute d'un autre endroit où aller. Elles sont déjà là, tout autour de lui. Chaque jour, les troupes de choc brutales de la loi en uniforme bleu les traînent dans cet hôpital – enfin, celles sur lesquelles elles n'ont pas vidé leurs chargeurs. La maladie les mène jusqu'à lui par le bout du nez. Il les enjambe, dans leurs embuscades de caniveau, juste à la sortie des Alhambra chics de la vente au détail, au pied des tours champignons, devant les parkings de haute sécurité, puisqu'il n'y a plus de place où l'innocence puisse camper. *Ad mare stultorum, Tendebat iter puerorum.* La mer s'ouvrira devant eux. Elle sera obligée. Il n'y a pas d'autre endroit assez vaste pour les contenir tous.

Oui, comment peut-il ne pas l'avoir vu ? Ce lieu se disloque. N'est-ce pas là ce qui flambe sur toutes les chaînes, suinte des radios dans le bourdonnement des causeries du soir, fait des apparitions sur le plateau de « Clash Info », est laissé, façon reportage en direct de nos correspondants, sur son répondeur en son absence ? L'espace étroit dont il vient a déjà pris fin – brûlé, raffiné. Il a capitulé au même moment, dans le temps même qu'il aura fallu à cet enfant pour penser ceci, consommer ce manuscrit enluminé, en tourner les pages, feuilleter, voir, croire, recevoir la vieille liste des infinitifs, lire du bout des lèvres la traditionnelle conclusion, cette formule : L'année prochaine, à la Cité des anges.

L'enfant est survolté, devient intenable. Il veut tout, tout de suite. Réclame un feu roulant de dégâts aux normes militaires. Ce qui n'est pas disponible en magasin, il le fabrique lui-même. Allez : nouveau jeu. Grand prix de modèles réduits dans l'escalier de secours. Spéculation multi-joueurs sur le marché financier avec cotations réelles et billets de Monopoly. Meurtre dans l'obscurité accompagné de fous rires étouffés, trop sourds pour que les infirmières de nuit entendent. Chasse aux hélicos sur le toit, observation médusée des admissions du jour. Il doit vivre, en l'espace des trois prochaines semaines, les soixante années qu'il a accumulées sans en faire l'expérience. Il entraîne le pavillon dans une campagne de chaos non-stop et frénétique. Seul le fait de savoir que tout s'arrêtera d'un seul coup et bientôt retient les pros de lui coller une baffe.

Linda avait anticipé cette réaction le jour même où Nico était arrivé. C'était parfaitement limpide : *Aimez-moi, oubliez ma laideur de rhinocéros* – cas d'école du vieillard. Malgré tout, elle lutte de plus en plus souvent corne contre corne avec lui. Certains jours, elle se fiche bien de savoir ce qui motive ce chambard constant et vindicatif. Elle aimerait lui flanquer d'abord une rouste et jouer plus tard les assistantes sociales.

Pour les mises en cause plus profondes de la vie hospitalière – « Vous appelez ça de la bouffe ? Laissez-moi passer en cuisine. Dites, si on installait un ciné dans cette taule ? Un casino ? Des danseuses de revue ? » – bon courage à lui. Mais le jour où il débarque dans un groupe de suivi des myopathies de Duchenne et essaie, hystérique, d'humilier les quatre malades pour les tirer de leur dégénérescence musculaire progressive en les menaçant d'en faire des sacs pour délimiter un terrain de base-ball, Nicolino et Linda ont leur premier accrochage.

Problème : trois des quatre garçons que désintègre la dystrophie font bloc avec leur harceleur. Laissez-le. On l'aime bien Nico. C'est notre grand esprit à nous, celui qui a un plan pour s'emparer du commandement. (Nous, après tout, nous vivrons peut-être assez longtemps pour atteindre l'âge extrême de trente ans.) Vote de sympathie en faveur d'un enfant frappé par un sort encore plus sinistre que le leur. Mais il y a plus que de la compassion dans cette déférence envers le nouvel ordre médical instauré par Nico. Les autres attendaient précisément qu'un Boss Tweed minuscule se pointe pour leur dire quoi faire ensuite. Pas seulement un nouveau venu, mais bien celui-là.

Qui a un jour exploité des impubères à des fins de campagne, si bien intentionnée soit-elle, qui a fait trotter des minaudeurs pasteurisés pour conte de fées, criblés de taches de rousseur, pour promouvoir l'éclat de leur santé, a oublié la réalité du terrain. S'est aventuré trop loin dans l'entre-deux. *Rappelez-vous les enfants. Et les enfants alors ? Personne ne fait donc attention aux enfants ?* Foutaises. Linda estime pour sa part que ces représentants de commerce confondent l'innocence et le manque d'occasion. Ça fait trop longtemps qu'ils ne se sont pas mis à genoux pour regarder la chose de près.

Ici, à hauteur de demi-portion, la situation est infernale. Empoignades, méchanceté et pas de quartier.

L'enfance n'est pas ce cortège de mômes pétillants qui apprennent au monde à chanter. Place à la nouvelle génération : résultat de ces cinquante dernières années, disent les lectures d'Espera. Elle a étudié le dossier à l'école. Il fut un temps où la théorie des ménages voyait en toute cette engeance des changelins, êtres sous- ou semi-humains perversement truculents. Le traitement préconisé consistait à chasser les démons de leurs minuscules logis malodorants à coups de trique. Pas étonnant que l'enfance se venge de ses plaies purulentes infligées à la lancette par des siècles d'âge adulte sitôt après que Linda a tourné les talons.

La pureté est une duperie de grandes personnes. Le doux enfant n'est qu'une icône, un outil dans cette lutte de pouvoir, la grande lutte, la première, la quintessentielle, la prototypique guerre sainte entre l'exploiteur suprême et sa victime. Les vrais enfants – ceux qui mutilent les animaux domestiques, ceux qui refusent de pisser tant que leur vessie n'éclate pas, ceux qui farfouillent dans les armoires à pharmacie – ont tous perdu leur innocence bien avant de savoir parler. La première volée parentale vindicative la leur a extirpée.

Il fallait s'y attendre. Les enfants de Linda forment une délégation *ad hoc* de coupables opprimés, sous-payés, issus des minorités, durement malades, ulcérés, impuissants, privés du droit de vote et regardés avec condescendance. Ils savent intuitivement au fond de leur cœur à subterfuges qu'ils sont les rats de laboratoire, les boucs émissaires et les bêtes de somme de ceux qui ont tous les droits – ces adultes qui les dominent, qui y trouvent leur intérêt, ces despotes avantagés dès l'origine.

D'où leur attirance incroyable pour un enfant adulte.

Seul ce facteur peut expliquer que Nico ait fait irruption et pris le pouvoir en quelques jours. Tout est inscrit sur l'emballage. Ce gars-là est vieux, il traduit l'obligation naturelle de soumission aux aînés. Mais en même temps, c'est un agent double, un traître à sa classe. Cet adulte-là a tout plaqué pour rebrousser chemin. Et il n'est pas meilleur champion que celui qui revient de derrière les lignes ennemies.

Batailler avec lui, affirmer son autorité, est la dernière chose que souhaite Linda. Mais que faire quand ce monstre traite de sac à patates son camarade quadriplégique ? Quand il menace d'accrocher le cathéter d'un ami au moteur de son fauteuil roulant si le simulateur n'essaie pas au moins de se mettre debout ? Quand, testant son propre remède sur Ben, un dépressif à tendance suicidaire, il confie à ce double amputé un skate-board très prisé et lui ordonne de rouler ou de mourir ?

Les patients de Linda refusent de se protéger contre ce thérapeute terroriste autoproclamé. Et sa protection à elle, ils n'en veulent pas. Ils préfèrent céder sans délai à cette tendance universelle des opprimés, victimes toujours prêtes à échanger une cruauté contre une autre sur le terrain du symbole. C'est peut-être un tyran, mais c'est notre tyran à nous. Mieux vaut celui-là plutôt que l'un des vôtres.

Et les vrais adultes, qui ont lu son dossier médical, se montrent tout aussi disposés à laisser Nico donner libre cours à son déchaînement. La honte les paralyse à la simple idée de lui interdire de courir dans les couloirs. Nico, toujours doté du don qu'ont les enfants de lire dans les pensées, sait qu'il peut tout se permettre. Rien ne peut l'arrêter, mélange mutant d'un Mickey Rooney fou furieux et d'un Freddie Bartholomew à qui on aurait lâché la bride, juste avant que le prêtre boxeur vienne lui remettre les idées en place.

Sauf que cette fois, aucun prêtre réformateur ne va se pointer. Les parents de Nico ont préparé le départ imminent de leur unique enfant-homme en l'assurant du fait que toute parole de sa bouche est une loi sacrée. Le seul père de substitution dont Linda essaie par ruse d'obtenir de l'aide se plaint doucement à côté d'elle dans un lit devenu soudain sibérien. « Je te l'ai déjà dit. Laisse-moi en dehors de cette affaire. Ce n'est pas. Un cas. Chirurgical. »

Elle a envie de le frapper. Gifler son visage impassible pour sa façon de la traiter comme… comme une enfant têtue. Elle le ferait sur-le-champ si elle pensait que cela pouvait être profitable. Dans l'état où Richard se trouve, le coup ne réussirait même pas à l'exciter. Il parle de nouveau, c'est toujours ça, et Linda ne peut que le laisser faire.

« Je ne suis pas de garde. Je ne devrais même pas être au courant de l'existence de ce gamin. » Il lâche ces mots avec une férocité qui déplace le souci de Linda de l'enfant-homme à l'homme-enfant. Une chose est claire, quelles que soient les autres étiologies larvées venues nicher ici. Face à ce visiteur insolite, Ricky lui aussi perd son sang-froid.

Son interne *in absentia* est allongé sur le dos, dans le noir, dans son lit à elle. Même la nuit qu'il passe ici est pour lui une concession majeure. Il garde les bras croisés sur la blouse de chirurgien qu'il n'a pas retirée. Raide, comme l'assistante sous hypnose d'un magicien ou comme un chevalier gothique posant pour la plateforme supérieure de sa dernière couchette de pierre sculptée. Aborder l'affaire Nico, quelle grossière erreur de calcul. Les voilà revenus aux frictions de leur premier tête-à-tête, la charge érotique en moins. Elle sent tournailler en lui le lent fouissement de théories nébuleuses qu'elle voulait prévenir. *Je sais*, entend-elle penser les muscles de Richard forcés au relâchement. Je sais qui est cette créature.

Elle n'ose même pas lui demander ce qu'il croit savoir. Il irait se dissoudre à ses propres dépens dans un rire ironique, se terrer dans une casemate plus profonde encore, alors même qu'il se tourne pour jouer avec elle. Un jeu plus indifférent à chacune de leurs incursions successives. Caresses devenues soudoiement. Elle ne peut même plus dire – *déjà ? après seulement trois semaines cette fois ?* – ce qu'elle attend le plus de lui. Ce qu'elle se garde bien de vouloir ou d'exprimer. Lui dire comment, à chaque nouvelle séparation, elle éprouve l'envie toujours plus frénétique de le sentir en elle, vivant, à l'abri, en sécurité, hâterait le jour où la seule vue de son besoin impatient le frapperait d'impuissance.

Elle refrène le désir impulsif de lui toucher la poitrine, sentant déjà venir de sa part l'écho obligé et préétabli. Une panique subite s'empare d'elle, ici, dans son propre lit, envahi par cet invité. Elle a dû le choisir pour cela, avant de le connaître. Mais en réalité, elle savait déjà. Connaissait sa réputation de coureur d'infirmières. Connaissait sa profession brutale, sa façon sardonique de dire « Le patient est à vous, docteur ». Savait qu'il était exactement l'homme qui pourrait lui faire revivre le scénario de son cauchemar personnel, cette perpétuelle saisie conservatoire qu'elle semble résolue à imaginer.

Elle ne peut rien lui demander. Toute requête leur serait fatale à l'un comme à l'autre. Une confrontation est la dernière chose qu'elle souhaite. Le seul fait de savoir qu'elle n'ose pas demander fait d'elle une esclave que ronge l'irrésistible question. Hésitante, elle essaie son épaule, la sent se contracter pour feindre le relâchement. Elle se coule vers son oreille. Quelle forme prendra ce soir la compulsion, quel substitut de trêve ? Parle à cet enfant. Remets-le sur la bonne voie, arrache-le à la confusion de la cruauté. Prends-le sous ton aile. Prends soin de cette impuissance. Donne-lui la protection que toi seul peux lui offrir.

Ou elle pourrait lui parler pour de bon. Pourrait au moins laisser s'exprimer les accusations murmurées contre son aîné dans la trahison. Cet homme, tellement plus âgé qu'elle, d'une décennie ; était-ce la clé de l'attirance secrète ? Assez vieux pour être son petit oncle crapuleux. Il est étendu là, en travers du champ de mines au mélange de fibres acryliques, victime déjà de ce tournoi à élimination directe par mort subite. Il est allongé, bras croisés, rejetant, refusant l'explication qu'elle attend de lui. Elle a besoin qu'il dise, une seule fois, ce qui se cache derrière l'innocence feinte de ces visages poupins et rayonnants de premiers de la classe. Ne vois-tu pas pourquoi cet enfant est intenable ? Le désarroi de celui qui est dans la dépendance, cette confiance hébétée, égarée.

Elle franchit l'écart qui les sépare et se blottit contre lui, sachant combien ce contact va épuiser les quelques ressources de caresses qu'il lui reste encore pour elle. Mais elle a tant besoin de cette chose qu'elle acceptera même le sexe en remplacement, puisqu'il ne peut rien offrir d'autre. Ce frottement – statique, qui estompe, fait diversion, purge l'instant des vieilles blessures. C'est la moindre de ses deux réclamations ; façon de ne plus avoir à se demander quand les sévices personnels – les cachotteries voilées, les transgressions et les « fais-moi mal » dissimulés – reprendront cette fois-ci.

Il y a plus de torts à redresser que d'heures dans une journée. Une seule réponse, bien sûr : le travail inlassable, ce même engagement et cette énergie sans faille grâce auxquels, parti de zéro ou presque, il est parvenu à réunir la collection complète des *Cavaliers de la fin des temps*, volume 3, numéros 1 à 161. Cela dit, il ne commet pas l'erreur de vouloir monter cette arnaque tout seul. Il s'accorde le luxe de déléguer son autorité sur les parties à forte main-d'œuvre. Il a confié à son corps d'ingénieurs la tâche de construire une petite vigie sur le toit, près de la plateforme des hélicos, d'où ils espèrent lancer bientôt de mini-fusées en cours de fabrication par Chuckie et le Brain Trust, suivant des spécifications de son cru aux droits déposés : combustibles divers et variés pris dans des armoires à fournitures et mis à feu dans des poches de perfusion d'un litre.

D'accord, toutes les affaires qu'ils ont montées jusqu'ici n'étaient que du pipi de chat à côté de cette campagne majeure. Mais il refuse, pour garantir la sécurité du projet, de parler des opérations à venir. Et puis, il improvise un peu. Il n'est pas très sûr lui-même de ce qu'il cherche à faire. D'une certaine façon, la petite Joy semble jouer un rôle-clé dans ce grand projet. Il retourne la voir à plusieurs reprises, lui rend d'obséquieuses visites, cimente leur trêve prudente avec de petits cadeaux incongrus : de la pâte à modeler desséchée dont il jure qu'elle reprendra vie si on la trempe dans l'eau, la moitié d'une paire de talkies-walkies, des livres sans valeur abandonnés à marée basse par le flot des transactions, des titres que seule Joy accepterait de lire. *Sièges décisifs du XVI*[e] *siècle* ou *Nos amis de l'autre côté du Pacifique*.

— Alors, tu vas mieux ?

— Je ne sais pas, répond-elle gravement, réticente au mensonge.

Il donne un coup de pied dans sa béquille et lui fait

perdre l'équilibre par traîtrise. Elle pousse un bêlement, un « Aïe ! » de surprise et de douleur.

— Désolé. Je faisais juste une petite expérience.

Elle le dévisage sans comprendre, retriever dont l'arrière-train est écrasé sous la chaise longue de son maître inattentif.

— Écoute, j'ai dit que j'étais désolé. Tiens…

Il soulève sa casquette.

— Vas-y. Tire-moi les cheveux. Enfin, ce qu'il en reste.

Elle dissimule son petit sourire derrière le dos d'une main feuille d'automne. Elle oublie cette cruauté gratuite plus vite qu'aucune explication ne peut le justifier. La douleur quitte son visage sans laisser de traces résiduelles, remplacée par une autre souffrance teinture d'iode chaque fois qu'elle le regarde à la dérobée. À l'intérieur de ses propres cellules quelque chose correspond, à la décennie près, à la vieillesse instantanée de ce garçon. Quelque chose en elle crie : « Petite fille, petite fille, laisse-moi. »

Les sorties en compagnie de la Stepaneevong rendent les lieutenants en chef de Nico plus que nerveux. À quoi bon ? À quoi va-t-elle nous aider ? Allez, viens : allons voler quelques cathéters et fabriquer un système de communication. Ou non, attendez plutôt : on dirait que le deuxième étage, c'est M-31 et que le cinquième, c'est Héliotria. Le Cyclogénéron est terminé à quatre-vingt-dix pour cent mais il nous manque encore un petit trigawatt-heure de jus…

Mais celui devant qui ils rivalisent d'invention se trouve à des mondes de là. Parfois la préoccupation le rend morose et il aboie : « Grandissez, bon sang ! On est où là ? Au pays de Oui-Oui ? »

Ses réprimandes cinglantes démoralisent les échelons supérieurs du commandement. Seul point encourageant dans cet acharnement énigmatique que met Nico à palabrer avec l'élément étranger : plus ils se parlent, moins ils semblent en avoir besoin.

Il lui apporte un ballon de football en plastique – demi-régime cruel du bâton et de la carotte. À son grand étonnement, elle réussit à maintenir le ballon en l'air en s'aidant seulement des genoux, des coudes, de la tête et des épaules, même quand elle s'appuie sur son orthèse.

— Hé ! Où tu as appris ça ?

Mais elle ne peut pas répondre tant que le ballon est en l'air.

Il attend donc avec impatience qu'elle rate son coup, ce qui pourrait ne jamais arriver.

— Écoute, Joyeuse, lance-t-il. Il est possible qu'on ne te dise pas toute la vérité, d'accord ?

Elle exécute un lob particulièrement habile avec l'intérieur de son pied valide.

— Je veux dire par là que tu pourrais bien être rayée de la liste, donnée déjà pour morte, et ne pas le savoir.

Si elle fournit une réponse, il est le seul à l'entendre.

— Bon. Alors mettons que tu doives y passer, postule-t-il en la regardant avec des hochements de tête admiratifs.

Elle compte doucement à voix haute. Ses frappes aériennes dépassent les quatre-vingts.

— Avec tout le respect que je te dois, Joyeuse, je voudrais te faire comprendre que, tant qu'à y rester, que ce soit au moins gravé dans les annales. C'est la seule chose qui vaille.

Elle fait entendre un petit rire qui rompt sa concentration. Le ballon roule dans le couloir et elle le suit en boitillant.

— Je ne suis pas si douée que ça, dit-elle.

Son rire résonne encore doucement comme de timides

billets de la Saint-Valentin, anonymes et prématurés. Une pointe de mauvaise conscience la tenaille. Ses livres l'attendent ; elle s'est montrée négligente. Elle ne devrait pas rester là à jouer toute la journée.

— Seulement moyenne. D'où je viens, on arrive à maintenir un ballon en l'air pendant toute une…

— Je ne parle pas de ça. Mais d'un truc vraiment captivant. Un projet tout neuf. Attends une minute. J'y suis. Ça, c'est de la bombe. Un classique ! Il faut qu'on écrive à « Tous ensemble » sur TV-25 pour leur raconter l'histoire de cette petite Asiatique qui déprécie dans un dispensaire et ne va sans doute pas s'en sortir, mais le seul truc qui lui fasse tenir encore à la vie, c'est son rêve obstiné d'entrer dans le *Guinness des records* comme destinataire du plus grand nombre de cartes de prompt rétablissement de tous les temps. Qu'est-ce que tu en dis ?

— Qui dépérit.

— Si tu préfères. Allez, quoi. Les gens adorent ce genre de mômeries pathétiques. Ça enflamme l'imagination régionale. Une campagne de bons sentiments. Le courage face au naufrage. Votez avec un timbre. Sortez vos mouchoirs et tout le bordel. Alors, t'en dis quoi ?

Elle sourit comme elle n'a encore jamais souri en cette vie et relance le ballon en l'air. Huit, neuf, dix, onze.

— Frappez dans vos mains, dit-elle tout à coup.

— Quoi ?

— Frappez dans vos mains. Ne laissez pas mourir Clochette.

Nico fait l'innocent tant qu'elle ne lui fournit pas d'explication. Le livre que je t'ai prêté ? Il s'aperçoit qu'il ne l'a pas encore lu. Faute de temps. Cet hôpital va à vau-l'eau et ça depuis des années. Du coup, rien que pour stabiliser la situation, il doit mobiliser chaque heure de son calendrier. La lecture est un luxe strictement réservé à ceux qui ont du temps à brûler.

— Tu sais ce qui cloche ici ? déclare Nico à une Linda toute froissée.

La frangine pédale dans la semoule ; on dirait qu'elle a dormi dans sa jolie petite tenue de kiné.

— Je dis « Tu sais ce qui cloche ici… ? ». Et toi tu es censée me répondre « Non, Nico. Qu'est-ce qui cloche ? ».

— Je dois vraiment ? Bon, bon. Alors dis-moi ce qui cloche.

— Tout le monde est foutrement malade. Il faut qu'on mette les voiles avant de finir enragés. J'ai vu comment ça se passe. *Le Pionnier*, numéro 23. La colonie entière perd le nord et ils tournent complètement dingos à cause de la fièvre de l'enfermement. Hé ! Un match de base-ball. Ça, ce serait au poil. Qu'est-ce que t'en penses, ma poupée ? Tu pourrais nous dégoter un match à domicile avec les Dodgers ?

— Ma poupée ? Montre-moi un peu tes bandes dessinées.

— Ha ! Reviens avec les Navy SEALs et on verra après. Allez, quoi. Demande à ce prétendu chirurgien de nous emmener. Vous le faites, pas vrai ?

— Faire quoi ?

— Oh, pardon. Je croyais que tu étais assez grande pour ces choses-là.

— Espèce de petit *braguillas* !

À quoi il répond dans une langue qu'elle ne veut même pas identifier.

— Sortir les malades au long cours, ce n'est pas une mauvaise idée en soi. Mais le base-ball ? C'est un peu conventionnel, non ? Pas d'Amorphicoms ? De Grid ? De mort thermique galactique ?

— Cette merde-là, on n'en a besoin que lorsque rien d'autre ne se présente.

— Nico, je ne vais pas te le répéter.

— Promis ? Dé-so-lé. Je voulais dire « cette sottise ».

— Comment vas-tu faire se tenir à carreau une pleine patrouille de tes contemporains dans les tribunes pendant neuf manches complètes ?

— On n'emmènera que les infirmes. Tu sais, ceux qui ne peuvent pas bouger.

— Quel petit démon nous avons là. Très bien, appelons ce prétendu chirurgien. Mais je n'arrive pas à croire que je fais ça pour toi.

Kraft a préparé la batterie des refus catégoriques du gars enterré dans son bunker qui a du boulot jusqu'à la fin de ses jours et au-delà.

— Mauvaise pioche et mauvais plan. Primo, quand vais-je bien pouvoir trouver le temps de… ?

— Tu n'es pas de service vendredi et samedi, lui dit-elle doucement. J'ai vérifié le tableau des gardes.

— Tu as quoi ?

Elle le surveille, mesure sa sincérité. Elle s'est dépêchée ce matin de lui couper la retraite. Le voilà soudain très loin, indifférent, invulnérable, passif. Même le silence accablant qui s'installe entre eux semble voluptueux, un terreau où il serait possible de prospérer.

— Ce ne sera pas forcément une torture, tu sais. Il se pourrait même que ça te plaise.

— Mais bien sûr. Conduire un cortège de Halloween rongé par la maladie au milieu d'une masse suante de demi-humains agressifs imbibés de bière ? Lâcher la meute dans le Dodger Stadium ? Faire sauter les verrous ? Avant la mi-temps, ils auront commis plusieurs forfaits dans une dizaine d'États différents.

— La mi-temps ?

Elle ricane malgré le chœur des signaux d'alerte précoce.

— Tu as peut-être raison. Mauvaise pioche.

Entre eux, la plaisanterie retombe en cercles amples et tristes qui s'élargissent dans toutes les directions.

Il la tient à distance de receveur, repousse la seule bonne chose de son existence, son quasi-flirt avec le salut. Un gâchis, calculé, volontaire.

— Euh, j'ai assisté à un match, une fois, tente-t-il de protester.

Il voudrait lui expliquer que la meilleure conduite dans l'existence consiste à éviter la répétition de certains scénarios originels et déprimants. Mais il a perdu la cadence de l'humour. Il n'arrive même pas à penser à cette débâcle en tribune aux côtés d'un père qui lui a enseigné toutes les techniques de survie, hormis les feintes et les amortis, toutes les complexités de l'ordre international, sauf la place qu'il y tient.

Doucement, dans le combiné, Linda lui propose la rédemption.

— J'irai avec toi si tu le permets.

Il veut lui dire qu'elle doit s'éloigner de lui, vite et proprement. Qu'il ne l'ait pas encore éconduite l'incrimine déjà. Il comprend tout à coup. Ils vont s'enfoncer dans un de ces équilibres de la terreur où ils ne pourront ni l'un ni l'autre échapper aux dommages collatéraux occasionnés par leur tendresse mutuelle.

Son *non*, déduit-elle de ses objections répétées, est un *oui* déguisé. Malgré ses protestations au caractère de plus en plus rituel, elle le retient pour la double rencontre du samedi contre l'équipe très haute en couleur mais éternellement malchanceuse des Cubs de Chicago.

— Un adversaire facile. Deux victoires à domicile. Ça devrait déjà minimiser le nombre de bouteilles de bière à fragmentation.

— Oh, génial, capitule-t-il. Et j'aurai le droit de mater les pom-pom girls au moins ?

— Incorrigible. Tu es incorrigible.

Quand elle raccroche, dans sa voix, l'éclat coupant d'un au revoir laisse entendre qu'elle entrevoit déjà toutes les façons dont il l'abandonnera.

Kraft essaie de convaincre Plummer de sous-traiter pour lui. Le lésionnaire du Carver se terre dans les toilettes des internes, planté devant un urinoir. Tandis qu'il arrange sa blouse kaki, il chante « Rien ne vaut au matin de se réveiller dans un vagin ».

— Très joli, Thomas. Tu as composé ça tout seul ?

— Tu rigoles ? Est-ce que j'ai l'air d'un génie ?

— Là, tout de suite ? Non.

— Ce genre de bijou n'est pas « composé ». Au moment opportun, il jaillit d'un millier de sources simultanées. Du jour au lendemain, il entre dans le trésor national de la langue.

— Puisqu'on en parle, tu t'y connais en base-ball ?

Il lui expose sa requête.

— J'assurerai les urgences à ta place.

— Et je peux avoir la fille en prime ?

— La fille ? Bon Dieu.

Quel massacre en perspective.

— Enfin, Thomas. Je te croyais sur l'infirmière Spiegel en ce moment.

— Histoire ancienne. Tu peux la rayer. Touchée coulée. Une croix de plus sur mon vieux tableau de chasse. Il me semblait t'avoir déjà expliqué ma tactique, camarade : te suivre à la trace et grignoter toutes les miettes que tu n'as pas digérées. Tu es mon mentor, mon vieux. Et si tu veux causer génie naturel…

Le monde, chose bien connue, se répartit en deux catégories de personnes. Ce que sont au juste ces catégories fait l'objet de perpétuelles spéculations. Qu'importe ; quelle que soit la ligne de partage, Plummer n'appartient ni à l'un ni à l'autre camp. Il se situe au-delà du bien et du mal, de la liberté et de la dignité, du chagrin et de la pitié – en bref, il est le parfait apprenti chirurgien.

Ce que Kraft n'est pas, comme en témoigne l'inexplicable sensation de bien-être qu'il éprouve sitôt entré dans l'enceinte dont il gravit l'entonnoir de lumière, environné de 55 878 spectateurs emportés par une excitation autant synesthétique qu'aléatoire. Linda et lui mènent leur troupeau d'une douzaine de gamins, ou disons plutôt que, s'élançant vers le grand air, lesdits gamins tolèrent cette mascarade d'autorité. Le plus jeune du groupe est un bonhomme de huit ans salement endurci par le milieu urbain. Quant au plus vieux… eh bien, il est mort depuis des décennies.

Chuck, la tête enveloppée dans des bandelettes plus serrées que celles de la Momie, arbore un casque de batteur trop grand pour lui de plusieurs tailles, qui dissimule ainsi l'essentiel de son visage. Joleene s'est laissé persuader à titre provisoire d'échanger sa poupée parlante contre le totem en peluche d'un voltigeur.

— Alors, ça ressemble à ça un Dodger ? murmure Kraft à l'oreille de Linda. Je me demandais justement.

La fillette tire sans relâche sur le cordon qui retient la tête de cette chose muette et menace de l'arracher.

Le Crabe violoniste lance des plaisanteries à propos de sa main gauche qui, elle, n'a pas besoin d'un gant. Ali, récemment admis avec une bestiole grosse comme une assiette au fond des tripes, et qui raconte à tout le monde qu'il vient de Perse pour ne pas se faire tabasser, nasille « Commencez ! Commencez ! » tel un muezzin depuis le minaret de son siège en tribune. Nerveux, les frères Hernandez jettent d'incessants regards alentour, apeurés à l'idée de croiser l'un de leurs associés d'avant l'hôpital. La Rapparition, muet et farci de compresses en coton (il n'aurait même pas dû quitter le lit), griffonne ses alexandrins sur l'intérieur d'une boîte de pop-corn puis les transmet pour déclamation publique à Kyle dont le larynx est à peu près la seule partie de son organisme encore en état de marche.

Nicolino obtient un programme grâce à l'échange judicieux d'un vieux numéro de *Captain America*. Il pratique tour à tour le déversement de chaux verbale sur les chaussures en cuir du collectif d'arbitrage et l'inscription de marques ésotériques sur sa fiche de scores, perfectionnant ainsi le système officiel déjà byzantin du comptage des points. Il essaie de fixer à jamais dans les annales l'intégralité du match, jusqu'aux trajectoires des moindres balles hors jeu et la localisation sur les gradins de chaque veinard qui en a attrapé une au vol. Il débite à jet continu son boniment de statisticien. Quand des batteurs du camp des gentils réussissent leurs trois frappes, il hurle « Oui, ça, c'est beau, ça, c'est beau ». Pour ceux qui manquent leur coup, le refrain devient « Oui, ça va venir, ça va venir ». Les gens assis à proximité, après s'être une première fois tordu le cou dans un geste de surprise, prennent la tangente pour ne pas avoir à regarder de plus près ce perturbateur sénescent.

Joy est assise entre Kraft et Linda, des orthèses d'aluminium fixées à chacun de ses genoux d'idole. À la recherche d'un sens, elle étudie le match avec acharnement, attendant jusqu'à la septième manche que les choses commencent enfin. Toujours à mi-voix mais dans le respect des convenances, elle demande qu'on la guide vers une herméneutique, et quand Kraft ne connaît pas les réponses à ses questions, il invente. Il invente beaucoup.

— Docteur Kraft, combien y a-t-il d'équipes ?

— Deux.

Il lance un regard vers Linda.

— Deux, c'est bien ça ?

— Bon, mais ces hommes noirs alors ?

— Noirs… Oh, tu veux dire ceux qui sont habillés en noir. Eh bien, ils passent d'un camp à l'autre, selon l'équipe qui mène au score. Ça rétablit l'équilibre.

— Et ceux-là ? Ceux qui sont en blanc ?

— Ceux-là ? Ce sont des vendeurs de bière. Pas des protagonistes officiels… à ma connaissance.

À côté de cette petite fille, il est nerveux, agité, plus crispé que ne peuvent l'expliquer ses mauvais souvenirs associés au terrain. Il sent Linda, la professionnelle, poser sur lui un regard clinique et elle a raison. Comment est-il censé lui expliquer, lui dire ? Voilà, j'en ai la preuve de plus en plus irréfutable, enfin non, pas la preuve, la conviction, d'accord, l'intuition… Ces enfants, ce service, ce stage en pédiatrie : ils… comment dire ? Ils font bloc. Ils convergent sur lui. Et tout dépend de sa capacité à découvrir pourquoi. Ce qu'ils cherchent. Où ils vont.

Entre les questions de Joy – « Pourquoi cet homme au milieu est-il placé sur le monticule ? Combien de points marque le petit garçon quand il ramasse les bâtons qu'on a jetés ? » – il glisse son contre-interrogatoire personnel. Il lui demande s'il lui reste un quelconque souvenir de son ancienne maison, de son village, du bassin fluvial dont on l'a chassée.

— Un peu. Le balai de paille de ma mère. Notre chien qui n'avait qu'un œil. Le marché. Le parfum de certains fruits. Docteur Kraft, comment se fait-il qu'ils aient tous cette grosse bosse au coin de la bouche ?

— Ah ça. Ce sont des chiques, du tabac à mâcher. Si on réussit, sans se faire voir, à cracher la sienne par-dessus l'un de ces panneaux marqués « 330 », on gagne la partie. Le parfum des fruits, l'encourage-t-il. Durians ? Mangoustes ? *Luk ngob ?*

Elle détache les yeux du terrain si fascinant et les fixe sur lui. Il le reçoit en plein visage, ce regard terrible et inquisiteur qui voudrait se cacher, même quand il appelle l'impossible sauvetage. Il file vers lui comme une flèche, à la fois oblique et frontal, injonction et dérobade. Que sais-tu au juste ? Mais l'instant d'après, elle se détend. Il n'y a pas de quoi s'inquiéter. Il ne sait rien des détails de l'atrocité, ne maîtrise pas vraiment le terrain du cauchemar. Un savoir superficiel et inoffensif, conclut-elle, car elle prend un air affable, la mâchoire crispée de celle qui est prête à fuir cède la place à un sourire.

— Vous avez déjà mangé un durian ?

— Plein.

Et pour le prouver, Kraft se lance dans une imitation, assez convenable attendu l'intervalle des ans, du cri d'un marchand des rues. Les vendeurs de cacahuètes le regardent de travers : c'est quoi ton truc dans la vie, la branlette ? Deux familles à la fécondité militante assises au bout de la rangée surmontent assez longtemps leur bonne éducation pour dévisager cette bande bigarrée d'enfants au chef tonitruant. Non, décide Kraft, en écoutant l'écho résiduel de ses cris à l'inflexion impeccable glisser vers la zone d'échauffement des lanceurs la plus proche. C'est trop loin, trop démesuré, la rupture trop invraisemblable. Un seul regard jeté par-dessus le gouffre qui sépare ici et là-bas suffira à la tuer.

Linda manque tomber de son strapontin aux lattes de bois.

— Mais ça sort d'où ce truc ?

Comment pourrait-il lui dire ? *D'un endroit appelé la Cité des anges, le Pays des hommes libres.*

Joy le scrute de nouveau et la peur remonte dans ses instruments.

— Redites-moi ça, s'il vous plaît, docteur Kraft.

Il répète sa strophe de noms de fruits, doucement cette fois, pour ne pas violer le passe-temps national. Alors, dans un dialecte tonal qu'il parvient presque à comprendre, elle dit : « C'est presque comme ça qu'on les appelle. »

Ils ne doivent plus avancer d'un pas. Ils errent déjà trop près de cette province divisée et partagée. Ils ne veulent ni l'un ni l'autre s'approcher davantage du point où leurs trajectoires se croisent, aux tangentes d'extraditions antérieures. Soudain, il n'y a plus entre eux que le base-ball, partie acharnée de questions-réponses sur les points, les frappes, les fautes, les lancers, les vols de base – tout le flot sémiotique. Ils s'enfuient au premier soupçon d'une géographie d'enfance partagée, l'un par culpabilité, l'autre par honte. Ils reculent devant le recoupement, comme un joueur de champ devant une balle longue dont il a lourdement sous-estimé la portée.

— Est-ce que les deux équipes peuvent gagner ? se tracasse-t-elle à voix haute.

— Euh, Linda ?

— Eh bien, en un mot, non.

— Non ? reprend Kraft en écho. Voilà, tu as ta réponse. C'est bien américain ça, tu ne trouves pas ? Mieux vaut se battre sans fin plutôt que de faire match nul, on dirait.

L'accent dans sa voix fait sourire Joy, ces pitreries auxquelles il se livre pour elle. Quoi qu'il choisisse, cet homme ne sera jamais capable de faire le mal. Il est le seul adulte sur Terre qui ne lui parle pas comme à une enfant. Elle lui prend la main, geste universellement compris des vieux camarades mangeurs de durian.

— Combien de temps dure un match ?

— Ça, c'est facile. Jusqu'à ce qu'il soit fini. C'est une espèce de truc déterministe du XIXe siècle.

— Et où est le Grand Casey ?

Des miettes de Cracker Jack jaillissent de la bouche des deux adultes qui s'étouffent. La fillette est anéantie par sa gaffe. Elle n'a à l'évidence aucune idée de ce qu'elle vient de dire. Cette récitation, tirée de l'un des textes déterministes et obsolètes du XIXe siècle que l'on apprend dans son secteur scolaire défavorisé, et qu'elle a mémorisée aveuglément, peut revêtir à ses yeux n'importe quelle signification une fois passée par le filtre de perpétuels bouleversements. Le Grand Casey : nom donné à la position d'un joueur comme l'arrêt-court ou la première base ? Le Grand Casey, dispositif décisif, *deus ex apparatus* qu'on envoie sur le marbre au moment le plus crucial ? Un titre honorifique, un grade, la récompense de toute une vie ? Pour elle en tout cas, il s'agit d'un élément aussi essentiel au genre que le marin à l'épopée ou la cocotte aux affaires de tribunal.

— Docteur Kraft, je ne comprends pas ce jeu stupide.

Cette âme qui n'a pas bronché quand le médecin des urgences lui a broyé la cheville, qui s'est réveillée des douleurs de l'excision pour écrire au chirurgien un mot de remerciement, se met à présent à pleurer sans bruit. Cent soins et excuses de la part de Linda et Kraft ne peuvent la convaincre qu'elle n'a rien fait de mal.

— Je n'y comprends rien moi non plus, dit-il en lui reprenant la main qu'elle a arrachée à la sienne. Il semblerait qu'il s'agisse d'un genre de drame rituel, lui explique-t-il. Un baume pour la nation. Une espérance. Une histoire, une allégorie, une fable, un rêve.

Il se pourrait qu'il soit en train de piocher au bluff dans les dernières lectures en souffrance prescrites par le Grand Chef, ces prédictions opaques, impénétrables, annonçant les soulèvements et les revers qui nous attendent alors que nous nous enfonçons en titubant dans l'obscurité.

— C'est une saleté de match de base-ball ! hurle Nico dans le mégaphone qu'il s'est fabriqué en roulant sa fiche de scores. Qu'est-ce que vous débitez comme âneries, vous autres ?

Mais comment a-t-il fait pour les entendre par-dessus le bruit de la foule, à l'autre bout de cette rangée d'as de la batte ?

Nicolino fait lui aussi sa culbute émotionnelle, résultat d'une trahison délibérée et malveillante des Dodgers.

— Lamentable, dit-il en secouant sa boîte crânienne dégarnie qu'il cache dans ses mains. Ces mecs ne seraient pas foutus d'atteindre une base sur une erreur défensive, même s'ils avaient promis en public des coups de circuit à une douzaine de mômes agonisants.

Les frères Hernandez émettent en stéréo des grognements féroces et approbateurs. En réalité, les gars du coin font de leur mieux mais sont victimes par deux fois d'une splendide paralysie face aux conscrits d'ordinaire malchanceux de la deuxième ville du pays, qui ressemblent ce jour-là à des bourreaux de classe mondiale.

Tout le monde est passablement écœuré, mais les remords des fans ne peuvent entièrement saboter cette journée de répit et de liberté. Kyle, qui a apporté son walkman, ne cesse de répéter aux autres sur un ton étonné « Les enfants du Carver sont ici aujourd'hui », de la manière exacte dont le présentateur éméché a annoncé leur présence dans le public, entre les chapitres du Rotary Club et les escadrons décimés des maisons de retraite. Sur le chemin qui les ramène au car, les frères Hernandez prennent le large mais Kraft, encore assez leste pour les courser, intercepte la trajectoire qu'ils décrivent sur le parking, gauchie par leur vie dans la rue, paresseuse et hors limites.

Il voit la fillette monter dans le car et veut l'aider à gravir les marches incommodes. Il est mortifié quand celle-ci l'envoie promener. À un rythme impressionnant, elle s'éloigne d'un pas déterminé dans l'allée exiguë. Elle abandonne ses attelles à l'arrière du car et se glisse dans un fauteuil derrière les deux vieux de la vieille aux casquettes L.A. abaissées sur leurs becs décharnés.

— « Il n'y a pas de joie à Mudville », psalmodie Joy d'un ton ingénu sans s'adresser à quiconque, mots récités autrefois devant une classe à présent oubliée, en doublette avec l'Adresse de Gettysburg.

— La ferme ! finit par lancer Nico.

— Pitié, ajoute Chuck.

Kraft attire Linda dans le fauteuil à côté du sien avant qu'elle ait pu se faufiler jusqu'aux enfants. Il lui tient la main, enrubanne les doigts de la première fille qui passe, la seule disponible. Il lui confie à l'oreille ce qu'il vient de voir à l'instant : l'échange de tirs à armes légères d'un flirt naissant. Linda jette un regard par-dessus l'épaule pour voir de ses yeux cette chose saisissante. Mais elle n'aperçoit rien sinon les deux garçons à l'arrière qui trament déjà les détails de leur prochaine expédition.

Quand celle-ci débute, elle est la dernière chose au monde qu'un adulte aurait pu prévoir. Des semaines de vie d'enfant dilatée passent ; des années s'égrènent à l'horloge biologique accélérée de Nico. C'est-à-dire – en temps réel – une journée, une journée et demie peut-être. Nico se présente comme prévu à sa séance « jolie poupée » et réclame.

— Il faut que tu nous apprennes à danser.

— Danser ! Qu'est-ce que tu veux dire… ?

— D'après toi ?

Il est réfractaire au compromis.

— Danser. Danser. Tu as déjà entendu ce mot-là, non ? *Le Beau Danube bleu*. La fièvre du samedi soir. La semaine de la soul. Qu'est-ce que tu veux que je te dise ?

— C'est un défi ? Quelqu'un t'a poussé à me demander ça ?

— Personne ne me pousse à rien.

— D'accord, très bien. Calme-toi. Dis-moi seulement comment une idée pareille a pu…

— Je ne sais pas, dit-il, soucieux comme elle ne l'a encore jamais vu.

Il retire sa casquette de base-ball et passe la main sur son crâne parcheminé. Le geste est parfait. C'est une chose qu'il a dû voir faire par des bonshommes chauves dans un antique dessin animé.

— C'est juste que je me dis… il faut qu'on apprenne quelques pas. On en aura besoin si jamais…

— Si quoi ? Qui ça « on » ?

Il contracte ses tempes grises, serre les dents qu'il n'a pas encore perdues.

— Les filles en feront frétiller leurs stupides petits bracelets de cheville. Les garçons s'y mettront et ça leur plaira.

Pourquoi pas ? Une séance de motricité en groupe n'est qu'à un pas de deux de ses propres méthodes thérapeutiques. Si Linda réussit à faire passer la moitié des pas chassés qu'elle utilise en rééducation, c'est uniquement parce que ces proto-criminels des rues endurcis, ces malades et blessés n'arrivent pas à croire qu'elle est originaire de cette planète. Mais elle n'oserait jamais proposer d'elle-même une activité de ce genre sans le parrainage de Nico.

Contre toute vraisemblance, il convainc ses estafiers de venir assister à un cours de quadrille. Gauches et lourds, les membres du gang des grisons filent entre les haies de participants comme un chapelet de bombes larguées depuis une soute. Linda leur donne du bras dessus-bras dessous folklorique, du déhanché latéral en huit, des fouettés qui ne font pas « trop fifille » et limite les contacts physiques au strict minimum furtif. Elle propose toutes sortes de choses : danse hopi, mexicaine, ashanti. Ce qui marche le mieux sont les enchaînements et les formations auxquels même les cannes et les fauteuils roulants peuvent se mêler.

Le groupe dépasse rapidement les vagues compétences de Linda. Les plus doués partent d'un niveau supérieur au sien. Convalescent, la Rapparition concocte un enchaînement de gymnastique compliqué en chute libre à trois étapes super syncopé, sans parenté avec les mouvements qu'elle a déjà vu exécuter par un corps. Les plus proches cousins toujours en vie de cette chorégraphie sont ces lointains ballets pour cordes à sauter presque oubliés, héritage bâtard des mélanges confus que Linda a glanés à travers la ville. Double dutch, double irish, un deux trois, Popeye, mais ce sont ici des mutants si décalés qu'il n'en reste rien de reconnaissable sinon la peur du saut et les cadences de la grenouille qui se marie.

La nuit dernière, la nuit d'avant,
À ma porte, vingt-quatre brigands…
Je suis né dans une poêle à frire ;
J'ai quel âge, peux-tu le dire… ?

La p'tite dame P., habillée de noir,
Morte la nuit dernière
À deux heures moins le quart.
Avant de mourir, elle m'a dit ceci :
Ils vont te descendre si tu ne files pas d'ici…
Appelle le docteur, appelle l'hosto.
Appelle la dame au sac en croco…

Grand-père, grand-mère, tu n'es pas vraiment malade. Tu n'as qu'à faire un saut de six et puis voilà.

Tout ce que Linda peut leur donner reste insuffisant. Elle est bien loin du compte. Vaguement affligé, Nico vient la trouver après un échauffement.

— Bon, tu es géniale, rien à dire. Mais on va devoir faire appel aux pros.

Elle donne des coups de fil, assez dupe à présent pour croire elle aussi que la prochaine étape du projet collectif réclame ces leçons. Elle réserve son dernier appel à celui que, par consentement mutuel, elle évite de joindre ces temps-ci depuis Dieu sait combien de générations.

— Ça te dirait d'emmener une fille danser ?

Danser ? Fille ? Les capillaires font pénétrer leur sève en Kraft – malvenue mais irrésistible. Au son de cette invitation, des portions de sa peau se fripent comme des habits neufs. Emmener une fille danser : mots-gabarits qui suscitent partout des images sur la carte du cortex cérébral. Ils promettent l'espoir depuis longtemps abandonné de ces bals de promo à vous figer le cœur. Attente aux froufrous de taffetas soyeux, même ici, en cette apothéose abrasive du pays de la gratification instantanée où le sommet du sex-appeal consiste à titiller doucement le double arbre à cames à chaque feu rouge, l'air blasé derrière des lunettes de soleil enveloppantes à verres polarisants, empaqueté dans des sweat-shirts phosphorescents couverts de slogans et de logos d'enseigne. (Pourquoi, s'interroge Kraft depuis son arrivée dans cet État, doit-on payer deux fois plus cher pour porter ce genre de lectures publicitaires, alors qu'on embauchait autrefois des hommes-sandwichs pour les colporter ?)

Mais : emmener une fille danser. Une fille, dit-elle, lui faisant l'offrande de ce terme régressif, politiquement répréhensible, en guise de concession décadente, cernée d'un crêpe, impudique pour une nuit. Qui eût cru qu'une romance d'un soir sur piste de danse fût encore possible, ici, entre tous les lieux tentaculaires de la planète ? Qui se serait douté qu'il restait, dans ces cent trente cauchemars d'haciendas réunis, des pistes de danse, quelque part sur les lèvres ouvertes de la faille, coincées entre les destins historiques d'ingénieurs capitalistes vengeurs, à un million de dollars le ranch, et les déshérités punk-noir à la je-te-plante-parce-que-tu-me-baises qui hantent le centre-ville dans un état perpétuel de pré-contrecoup.

Mais emmener une fille danser. Oui. Oh oui ; où tu voudras. Oui, même au – où ça ? – au Women's Club de Pasadena ? Soit, si c'est là le dernier bastion du fox-trot sur ce tremplin national de quinze millions d'âmes d'où la marche vers l'Ouest exécute son grand plongeon dans le Pacifique.

Quand vient la soirée des débutants, Kraft saute au volant de sa voiture et laisse le véhicule faire à son idée. Ces temps-ci, il a pris l'habitude de l'utiliser à peu près comme une cuvette de W-C à guidage laser. Se glisser dans l'habitacle, boucler la ceinture, se connecter à l'interface homme-machine, calculer les coordonnées et les regarder apparaître comme par magie sur le vieil écran plasma collé au pare-brise d'autrefois. Aux heures de travail, de détente, de repas, de collation, de ce que vous voudrez. Parfois, pour se détendre, il s'amuse à monter et descendre la rampe d'accès en colimaçon de son parking. La semaine dernière, il a roulé aux limites de la municipalité pendant au moins une heure ou deux à la recherche d'un endroit où recycler ses bouteilles vides.

Il se gare sur le parking du Women's Club cinq minutes avant le départ de la première fournée des néophytes du box step. Il a enfilé ses meilleures chaussures. Elles sont graissées et prêtes à tout, sauf à danser le jitterbug.

Elle l'attend en se balançant doucement sur les marches. *O beautiful for spacious skies*... Elle porte la plus légère des robes de coton qu'on puisse concevoir, drapé aérien qui souligne la courbe parfaite de ses hanches, tout brodé de feuillages mythiques magenta et cyan qui courent sur son corps comme un cortège d'amours enfantines un jour de marché, dans une ville de conte de fées en fête, aux confins méridionaux du réalisme magique. Cette femme est originaire pour moitié d'un autre pays totalement étranger. Que sait-il d'elle ? Que sait-il des terres étrangères et plus encore de celle où il est né ?

Il pose la main sur sa taille voilée de coton, à la finesse trop délicate. Elle ondule comme la végétation du désert, comme le panache d'un tallipot en fleur. Que doit-il faire ? Allumer un cierge ? Déposer aux pieds de la petite mère célibataire de Dieu un *gracias recibido* sur billet manuscrit ? Façonner à l'image du membre revitalisé un bout de céramique maison pour le suspendre près de l'autel ? Elle l'embrasse, le prend par l'épaule et le conduit à l'intérieur où il s'acquitte de ses deux dollars cinquante tandis qu'elle montre son reçu. Ils entrent dans la salle de réunion aménagée en piste de danse et, avant qu'il ait eu le temps de comprendre, tourner les talons et partir en courant, il tombe dans leur embuscade. *Docteur Kraft. Docteur Kraft. Nous savions que vous viendriez.*

Presque au complet, le consortium du base-ball est accompagné d'une nouvelle escouade de recrues. Les pieds plats – pour le dire sans ménagement – ne danseront pas ce soir. Quelques-uns sont incapables de piloter leurs fonctions motrices, de mettre tant soit peu leur torse en mouvement. Ben, par exemple – patient auquel Kraft a apporté son aide –, ne peut strictement rien bouger en dessous de la poitrine. Mais chaque participant est opiniâtre, résolu et réclame des leçons pour se préparer à un affrontement indéterminé sur piste de danse.

— On a eu un peu de mal à l'entrée, tu peux me croire, lui dit Linda. Dès qu'ils nous ont vus débarquer dans l'allée, ils ont voulu appeler la police pour une petite arrestation en douceur, comme celles qu'on réserve à ceux qui chahutent le président pendant son discours devant la conférence des jeunes entrepreneurs.

Elle parle à toute allure pour empêcher que la bouche de Richard ne crie à la trahison.

— S'ils avaient pu embarquer une dizaine d'enfants sans attirer l'attention, ils l'auraient fait. Ils ont essayé de nous jeter dehors mais aujourd'hui, c'est la soirée des débutants. Impossible de venir à un autre moment et j'ai payé plein pot pour tout le monde ; d'ailleurs, ce n'est pas illégal la discrimination liée à l'âge dans certains… heu… endroits ?

Linda le tire par la manche tout en lui écrasant amoureusement l'orteil sous le sien. N'est-ce pas, monsieur le débaucheur de jeunettes ? Elle le frôle à la dérobée, sourit comme si elle ne s'était pas autant amusée depuis la fac et ce jour où elle a enrubanné de papier-toilette le pavillon d'une association étudiante rivale.

Le professeur de danse, plus rouge que les chaussons de Moira Shearer, et son partenaire de démonstration coréen sont encore tenaillés par un malaise majuscule devant cette armée d'enfants infirmes venus prendre leur traitement Arthur Murray. Le professeur ouvre la séance par une de ces protestations de généreuse tolérance, enthousiastes et troublées.

— Comme vous l'aurez sûrement remarqué, nous avons un certain nombre de petits visiteurs ce soir…

La salle est pour le moins bondée, ce qui réduit la vulnérabilité.

— Et tout le monde, comme d'habitude, est bienvenu. Alors que ceux qui veulent danser et ont besoin de partenaires forment une double colonne et se mettent deux par deux.

Puis elle se dirige vers le magnétophone portatif où attend la première bande-son de la soirée.

La première chanson ? Un grand crooner américain et lunaire, Bing Crosby ou Johnny Fontane, parti flâner dans *Le Stalag sous les étoiles*. Elle passe le morceau pour accompagner la formation sombre et affligée des deux files en quête de partenaires. Kraft, encore sous le coup du subterfuge, se range derrière le dernier homme. Il regarde s'engrener les rouages de l'appariement : le monsieur au cache sur l'œil échoit à la dame atteinte de Parkinson, l'homme au lourd trousseau de clés accroché à la ceinture va à cette minuscule Philippine terrifiée venue chercher à un cours de danse la seule activité sociale qui dans ce pays neuf ne nécessiterait pas, croyait-elle, de parler anglais.

Il remarque comment les enfants ont truqué la file, se dépêchant de compter en tandem pour se faufiler aux places qui leur assurent de tomber sur leur vis-

tous les thés dansants jamais parrainés par le Conseil officiel des danses de salon. Leurs pas témoignent à mi-voix d'influences clandestines, refoulées ou reniées : ibériques, cubaines, noire, noire, noire. En plus de la caracole du pistolet, ils dansent des madisons, des quadrilles de la Frontière, dansent sur les vieux airs des pionniers de la Chisholm. On rentre au pays, à ce qu'ils disent. Adieu et bon vent, adieu et bon vent. Nous arrivons, père Abraham, et sommes trois cent mille de plus.

Quand ils ont du mal à maîtriser le talon-pointe adéquat, ils inventent leurs propres enchaînements. Observant du coin de l'œil ces danseurs-nés, Kraft a les jambes coupées. Le professeur navigue dans la salle, donne à chaque boiteux des conseils particuliers. Voilà. Tu le tiens. Et un… et deux… et trois, glisser, et deux… et trois, re-viens. Certains membres de la bande ont un niveau plus qu'acceptable. Bon même. Seuls d'épisodiques « Arrête de m'écrabouiller le pied, espèce d'*Homo sapiens* : on voit ton épiderme » trahissent le fait que le cours de ce soir est rempli de demi-portions du troisième âge, soldats de la cinquième colonne.

Et les habitués – qui sont-ils ? Si comme l'indique l'emballage, ils viennent des beaux quartiers, ils n'en restent pas moins un vivant témoignage des débris qui jonchent même les caniveaux les mieux entretenus. Le couple qui tangente le tournoiement de Linda procède à un échange de biographies. Elle est mère célibataire de trois enfants et son dernier mari a récemment enlevé sa fille cadette puis disparu dans l'invisible trou à rats des zones commerciales entre Sherman Oaks et Van Nuys. Son partenaire pour cette première partie de soirée a été reconnu coupable d'homicide involontaire avec conduite en état d'ivresse et condamné il y a peu à verser un dollar par mois aux parents de la

à-vis – la moindre des humiliations potentielles. Oui, ça lui revient à présent. La division avec retenue pour un positionnement calculé dans la file de la cantine, à la récréation, sur le terrain de sport, dans les sorties éducatives, à l'arrêt de bus. Compter à rebours de quatre en quatre. Convertir en minutes, secondes et battements de cœur les heures qui vous séparent de la cloche libératrice. Agrandir les marges d'un quart de pouce. Calculer pour chaque manche les points nécessaires ou les coups de circuit, estimer la note minimum à l'examen final pour obtenir la moyenne. Les exercices de questions-réponses d'un bout à l'autre du globe – les calculs innombrables aux départs des voyages. Combien de miles jusqu'à Babylone ?

Hormis les plus invalides, tous prennent part au jeu, saisissent leur partenaire et se répartissent de manière incertaine sur la piste improvisée. Joy, qui sur sa jambe boiteuse pourrait exécuter les figures demandées mieux que certains participants farouches mais enjoués, reste sur sa chaise pendant la première période. Assise à côté de Ben le démembré, elle chuchote et glousse dans le creux de ses mains en montrant du doigt des couples mal assortis et des pratiques maladroites. D'un bout à l'autre de la salle de bal impromptue, comme des cohortes de Pygmées venus infiltrer la *Residenz* de la Cité d'émeraude, les déshérités des rues s'apprêtent à mettre en scène une production naturaliste du *Chevalier à la rose*.

La crainte des foudres de Nico n'est pas le seul aiguillon qui les motive, même si quelques regards furieux lancés à point nommé par le boss aident à maintenir l'ordre dans les rangs. Ceux qui sont aptes à la danse forment des couples sans trop traîner des pieds, et seul la Rapparition se voit attribuer une adulte : une dame au rinçage bleu, en robe à paillettes bien ajustée sur un ventre souligné, parfaitement éberluée devant ce compagnon que la conga du sort lui a désigné ce soir.

Kraft atteint le bout de la queue serpentine pour découvrir qu'une enfant d'autrefois s'est elle aussi souvenue des astuces persistantes de son jeune temps pour truquer les files. « Salut, beau gosse », lance-t-elle d'un ton aguicheur en l'attrapant par le stéthoscope pour l'entraîner dans un coin près de l'estrade d'où ils peuvent observer à loisir la démonstration de danse qui se met en place à l'instant même.

Dieu sait comment ces gens justifient qu'on vende de telles réjouissances sous l'étiquette « soirée des débutants ». La pédagogique Ginger, équipée d'un laryngophone sans fil, se met à gazouiller : « Vous vous rappelez tous la semaine dernière quand nous avons appris… » Non, Kraft ne se rappelle pas la semaine dernière. Il a déjà du mal à se souvenir de cet après-midi. Et tenter de décomposer les magnifiques pas fluides sur lesquels flottent le professeur et son Astaire asiatique revient à vouloir analyser une calligraphie arabe.

— Allez, Achab, implore Linda, remue-moi cette jambe.

C'est ça ou se transformer en spectacle saisissant, dénoncé par des mineurs irréguliers et pouilleux, ceux-là mêmes que Kraft a recousus de ses mains. Tout le monde se souvient du fox-trot, non ? Et ce qu'on a vu la semaine dernière ? Le pogo, le frug ? Le professeur relance le magnétophone : les têtes de lecture détectent et les enceintes entonnent une simulation de *Night and Day*, mélodie qui dissipe le monde hors piste, réduit à des gesticulations de somnambule les derniers points chauds du globe. Cette chanson, cette femme qui ondule doucement tout contre lui, les enfants qui de tous côtés

exécutent les consignes en trébuchant, le spot pathétique de deux cents watts du Women's Club tenant lieu de pleine lune le séduisent comme le boum-boum-boum du tam-tam. Alors soit, allons-y. Fredonne quelques mesures et je ferai semblant.

Les chansons se suivent et ressemblent bientôt à un atlas historique tout en couleurs du cours de danse au grand complet. Programme intégral diaboliquement distribué pour les conduire du fox-trot au tango et du tango à *It Don't Mean a Thing (if It Ain't Go That Swing)*. Un pas pour chaque chose et à chaqu chose son pas. Ils dansent sur *Blue Skies*, sur *Storm Weather*, *Misty*, *Paper Moon*, *April Showers*, *I Ca See Clearly Now (the Rain Is Gone)*. Oh, comme i dansent sur *The Anniversary Waltz*. Ils s'en vont au p de la samba parmi les grands airs de Friml & Ro berg, ces bons dévots – plus indigène que ça, tu meu Ils dansent des polkas nord-américaines métissé moitié cantiques protestants, moitié *The Yellow R of Texas*. Ils enchaînent un *Tramp ! Tramp ! Tram* qui tape dur, une ribambelle de danses paysannes, *Foggy Mountain Breakdown* reconditionné, un *W the Saints* saturé d'attente imminente et une dépo tion résignée de *Hobo's Blues* en wagon à besti Clin d'œil à la mère patrie, ils ont droit à une ver rumba dégoulinante de ce hit pseudo franglais des Four (un des titres du Top 40 les moins prisés de K lorsqu'il était enfant). Et puisqu'on est aux Éta-t tats-Unis, la bande-son compte de nombreux m balistiques qui vont de « Nous avons fait feu les Angliches chargeaient encore » à *Pistol Pa Mama*. Sur le « Pose ça, maman, ou tu vas b quelqu'un », Kraft regarde cabrioler son récent t facial par projectiles de petit calibre.

Ils exécutent des shimmys endiablés réprouvé

victime pendant une période de dix-huit ans – l'âge du mort.

Ils sont tous là : Arabes aux lunettes noires, aspirants robots de l'aérobic sur leurs jambes tuyaux de poêle, propriétaires qui décéderont à l'hôtel, *mestizos* de tous les cocktails génétiques imaginables, âmes timides qui ont purgé une peine dans la prison du moi pour avoir arraché sur un matelas neuf la vignette du fabricant. Un homme a la puissante stature – Karoc, Modoc, Yuroc ? – transforme le box step demandé en une triste sténographie de la Danse des esprits, le pas lourd, pied gauche à la traîne, fredonnant un *hu, hu, hu* dans l'espoir d'un retour à la sécurité aborigène, loin de ce lieu où promesse et menace approchent l'une et l'autre du point de rupture.

À l'autre bout de la salle bondée, Kraft croit apercevoir le docteur Burgess qui tape du pied avec docilité au son des consignes. Mais nom de Dieu, comment est-ce possible ? Lui, ici ? Comme ça ? Regards furtifs répétés, mais Kraft ne peut toujours pas dire s'il s'agit du Grand Chef en personne ou d'un homme qui lui a emprunté son corps pour aller faire rebondir cette balle de chair en pleine digestion pendant que Burgess reste lire chez lui de grands classiques écrits par des hommes blancs et morts.

La densité des corps sur la piste de danse, l'échantillon des mélodies dont les enceintes bon marché dévident la liste – inventaire historique des péchés de la nation, aussi riche que l'abécédaire brodé d'un puritain –, les polos de golf, les culottes de torero à la Mary Richards, les chaussures en espèces menacées qui toutes exécutent leurs *shuffle ball changes* pour ce que valent encore ces pas, étrillent les flancs de Kraft, le taraudent, lui pilonnent le thorax comme des scouts martelant un mannequin de secourisme. Pathétique, pitoyable, insistante, venue mendier des miettes d'amour de salon, chacune des masses auprès desquelles il effectue des manœuvres serrées, les poches de colostomie, les implants mammaires, les plasties abdominales ratées, met sa poitrine au pillage et lui ouvre les tripes.

Linda rit, forcée de marcher sur les longues péniches de Kraft si elle ne veut pas passer sous la quille.

— Ouh là, avancez, les toutous. Gauche. Gauche. Droite. Main sur le cœur. Oui, même quand vous regardez vers le sud.

Il ne peut que serrer davantage cette femme, la suivre sur ce champ de mines comme si elle était sa sonde. Cette femme qui a jugé profitable de traîner jusqu'ici le service de pédiatrie : la moitié des ambulants et un tiers des inertes. Cette fille traversée par une colonne d'altruisme, vide de Torricelli aussi impossible à combler que les jauges du Téléthon. Le professeur s'approche pour corriger les glissés nonchalants de Kraft. Oui, au beau milieu de *Stompin' at the Savoy*, la troupe entière des jeunes éléments se fige sur place et goûte au plaisir d'une bonne rigolade à ses dépens.

La pause venue, quand la nuée des charognards attaque et dévore le festin de Tang et de Sprits disposé sur la table pliante avant que les plus de quarante ans aient seulement pu s'en approcher, Kraft demande à Linda :

— Ça ne serait pas le moment de sonner la fin de soirée ?

— Quoi ? Tu es fou ? On n'a pas encore appris le lindy hop.

Une personne de couleur haute comme trois pommes marmonne près du coude de Kraft :

Voilà donc les danses de la Nation dirigeante

Celles des Blancs et de leurs fêtes élégantes,
Le lindy hop pas davantage ne m'enchante.

La partenaire de la Rapparition pendant la première période, séduite par ce poète et sa prosodie urbaine (dont elle ne saisit pas un traître mot), ramenée semble-t-il au temps glorieux où elle fut la gouvernante de Marie-Antoinette, entreprend de répondre, récitation pour récitation. « "Un petit garçon perdu" de Blake, annonce-t-elle dans le registre spectral d'un engoulevent. "La fange était profonde, l'enfant plein de larmes, et la brume s'élevait…" *Des Chants d'expérience*, "Une petite fille perdue" : "Enfants de l'âge futur, qui lisez ces pages indignées, sachez que fut un temps…" » Des membres aussi minces et frêles que la pointe ultra-fine d'une plume sur papier pelure d'oignon se tendent vers les doigts de la Rapparition qui frappe en retour dans ces mains ouvertes.

Au contact surprenant des deux teintes si hostiles l'une à l'autre, le quatuor des Mills Brothers surgit de nulle part. « Vous n'êtes rien. Tant que personne. Ne vous aime. » Appel à reformer les rangs pour trouver un nouveau partenaire. Une chanson, une interprétation tributaire de toutes les ritournelles indigènes jamais tentées sous ces latitudes.

D'un regard, rapide section plane, Kraft embrasse la salle convertie en piste de danse. Le type à l'énorme trousseau ; l'apeurée du Pacifique, match retour du *Kon-Tiki* ; le conducteur en état d'ivresse, lesté de son insoutenable pénitence ; les trentenaires aux professions libérales, adeptes des masques d'argile et des détoxinations ioniques, avec leurs chaussures à coussin d'air ; la parkinsonienne qui serre l'une dans l'autre ses griffes tremblantes ; l'ancien combattant qui essaie de le cacher ; les flics en permission et leurs opposants cambrioleurs en quarts fractionnés ; les meneurs et les menés, les secoueurs et les secoués ; les longs à la détente et les mèches courtes ; les Visages pâles et les Peaux-Rouges ; les vieux amants ; les joyeuses bandes qui un demi-siècle plus tôt se trémoussaient sur les standards de Benny Goodman – ici, ce soir, ils font semblant d'être à nouveau des débutants. C'en est trop pour Kraft. Comment peut-il vivre ? Ce lieu… ce lieu bouleversant, magnifique, ravageur, impérialiste, périlleux, écrasé de remords, anarcho-puritain, aux bombes intelligentes, aux toits de tôle, à la doctrine Monroe… Remède caramel et corrosif, palliatif universel, les Mills Brothers, qui en ont vu de toutes les couleurs (qui d'autre, bien sûr ? On blesse toujours ceux qu'on aime), exécutent à la bouche, leur marque de fabrique, un interlude instrumental alangui des enfants bâtards de Dixieland. Ils ne reviennent que pour l'affirmer : « Vous n'êtes personne. Avant que quelqu'un. Ne tienne à vous. »

Allez, on se remue, on entre dans la danse. « Très bien, mesdames et messieurs. Prêts pour la suite de ce que vous êtes venus chercher ? » Kraft, terrifié à la perspective de subir encore l'impitoyable file des appariements, se retourne pour chercher Linda. Sa cavalière protectrice est partie rendre visite à Joy et à Ben à qui elle fait voir de près, démonstration contagieuse, tous les pas subtils qu'on ne distingue pas depuis le banc de touche. Kraft la rejoint et la kidnappe pour le tour de danse suivant. À l'instant où elle dit au revoir en riant aux deux enfants qui restent faire tapisserie, Ben lui lance un mot. Que dit-il ? Quelque chose ou rien. Personne avant que quelqu'un… Tu as fière allure sur la piste. Amuse-toi bien ! Je suis content d'être là pour voir ça. Tu peux m'obtenir le remboursement de mon ticket d'entrée ?

Kraft perd le message dans l'hilarité générale du

regroupement. Mais quel que soit ce mot, il fige Linda, la secoue, lui bloque le plexus. Elle se retourne, essaie de maîtriser ses lèvres, s'arrache à l'étreinte de Kraft et court prendre l'enfant dans ses bras. Elle le soulève tout entier, ou du moins ce qu'il reste de la partie supérieure de son corps, souche brutale et vivante, ébranchée jusqu'au tronc, réduite à rien, à la racine, au vif têtu, au germe. Un sourire de chiot contrit illumine le visage de Ben, rouge de plaisir. La boîte à concert commence à jouer un *Satin Doll* sexy et soigné, et Linda, en accord parfait avec la cadence du « A-vance, et en-semble, et glissé, et re-tour » scandé par le professeur, traverse la piste pour eux deux.

Le mistigri reste seul. Non, pas seul : pire. Kraft est à un mètre cinquante de celle dont la présence l'a le plus perturbé à son arrivée, cette fillette qu'il voulait éviter avec toute la force d'une amourette pubescente. Il sent Joy qui le jauge depuis sa place au milieu des chaises vides rangées contre le mur. Son silence est éloquent, plus oppressant que jamais. Kraft s'entend penser : peut-être devrait-il lui dire maintenant et administrer une injection létale au héros qu'elle vénère. Expliquer qu'il l'a sans doute démolie, tuée ou pire. Ta cheville… J'ai… L'atteinte pourrait s'étendre. Jusqu'en haut de la jambe et au-delà. Elle le fixe, passive – sait déjà tout.

Il fait la moitié d'un pas vers elle, et il doit lui dire maintenant. Raconte-moi tes rêves, et moi… Lui dire ce qui joue contre elle. Lui dire ce qu'elle ne vivra pas assez longtemps pour l'entendre de la bouche d'un homme. Lui dire, dans cette langue qu'ils partagent presque, qu'elle comprend à moitié et qu'il n'a qu'à moitié oubliée malgré les efforts d'une vie adulte. Il lui prend la main ; elle a tendu la sienne avant même qu'il n'approche. Elle le regarde, en adoration, attend poliment. Docteur Kraft ? Il détourne les yeux et dans le dialecte thaï de cette enfant lui demande : « Un petit tour de piste ? »

Mais elle appartient à un autre. L'expédition au dancing ne contribue guère à apaiser Nico ou à empêcher sa prochaine entreprise maniaque. Il supplie les responsables du matériel technique de le fournir en pièces hors d'usage et se met à travailler avec son premier cercle sur une machine à la Wells dont il refuse de dévoiler la fonction. Il instaure un régime strict d'exercices quotidiens, le genre préparation militaire. Il se démène comme un forcené pour répondre aux solliciteurs qui le harcèlent.

La chose, la révélation, est si proche qu'une crise de panique s'empare peu à peu de lui. Vu de l'extérieur, on dirait un accès de démence sénile. De l'intérieur, il semble plus remonté qu'un adolescent, mais un an avant le déluge de gonadotrophine qui expliquerait ce comportement.

— Sacredieu ! Cette taule est d'un ennui hallucinogène. Il faut qu'on se bouge. Et fissa. Tant que c'est encore jouable.

Jambes écartées sous une table de lit mobile, il écrit au monde des lettres déchaînées dont il dissimule le texte derrière le rempart de son coude. Il se débat avec son stylo comme un débutant au cor d'harmonie bataille avec les pistons pour monter une gamme. Certaines de ses missives sont frappées d'un sceau TOP SECRET. Les autres, il les poste pour de vrai, Linda s'occupant de la levée.

Un de ces programmes pathétiques d'information factice et frelatée diffusés sur une chaîne locale reprend l'histoire que Nico lui fournit. « Au Carver Hospital, il y a ce soir une petite fille arrivée sur nos côtes depuis peu. Mais même dans son pays d'origine, on sait ce que sont les cartes de bon rétablissement. Elle s'appelle Joy et rien ne lui ferait plus plaisir que d'entrer dans le *Livre des records* pour le plus grand nombre… »

Ils dépêchent une équipe de tournage dirigée par une petite sorcière médiatique détestable qui essaie de ne rien toucher dans le service des enfants sauf pendant les quelques secondes du direct. Là, devant l'objectif grand ouvert, elle pose sur la tête impassible de Joy une main affectueuse. La présentatrice la retire dès que les caméras cessent de tourner et inspecte ses paumes pour voir si des poignées de cheveux n'y sont pas restées collées. « Bon Dieu, souffle-t-elle distinctement à son équipe comme si elle venait de découvrir des crottes de rat sur les résistances de ses plaques électriques. On est à Alopé City. »

À peine le sujet diffusé, les cartes commencent à affluer. Vœux de rétablissement surréalistes en provenance d'un monde malade. Des cartes dans onze langues différentes, y compris celle de Joy, plus tout un tas de dialectes sans grammaire. Certaines sont muettes, simples images, petites bandes dessinées au Crayola qui prétendent raconter à la fillette toute son histoire, depuis le jour où elle a échappé de justesse à des forces meurtrières et antidémocratiques jusqu'à sa guérison définitive par la technologie et son affectation dans le ranch familial où l'attendent des jours heureux. Cartes à trois dollars pièce, sans signature, achetées dans des boutiques. Photocopies envoyées en masse. Délicates confections réalisées par les petites mains de groupes paroissiaux. Témoignages de sympathie et mots de condoléances griffonnés au dos de boîtes de comprimés pour le rhume. Lettres interminables en minuscules pattes de mouche qui disent la perte d'enfants emportés par la même maladie, sans jamais la nommer. Qui disent ma fille n'est pas ma vraie fille, ma vraie fille a été échangée ou maquillée ou dissimulée. Vraies filles qui se croient adoptées. Filles adoptées, filles abandonnées qui, au grand jamais, ne l'auraient soupçonné. Mères convaincues que Joy est leur fille.

Quand affluent les cageots de communiqués, Nico s'assied au pied du lit de Joy. Il exige d'être prem's à les lire, comme si les cartes lui étaient en réalité destinées et qu'il avait été contraint de se servir de Stepaneevong pour des raisons pratiques. Il dévore les BD et les dessins qu'il fait passer en gloussant tout bas, satisfait d'avoir roulé son monde. Les lettres compliquées, celles des adultes fêlés, Joy doit les lui lire. Puis ils établissent ensemble un système d'acheminement par lequel les brassées de courrier sont mises à disposition de tous avant d'être restituées pour le décompte officiel destiné au *Livre des records*. Voilà au moins une occupation.

Mais la chose est malsaine et ne sert qu'à entretenir la folie de la danse qui s'est emparée du pavillon. Chaque vœu de bon rétablissement est un clou de cercueil, une aiguille d'acupuncture tournée et retournée dans la plaie suppurante jusqu'à ce que le patient ne sente plus rien, sinon l'étonnement d'être retenu ici contre son gré.

Consciente du risque, Linda se présente au chevet des enfants un après-midi pendant que l'équipe assignée au dépouillement des cartes du jour lit laborieusement sans même un sourire.

— Ça vous dirait un peu de théâtre amateur ? lance-t-elle à la cantonade.

Personne ne réagit jusqu'à ce que Joy fixe ouvertement le tyran qui a pris le contrôle des opérations.

— Tu veux dire, monter une pièce ? demande Nico.

Mais tu veux me bousiller l'estomac, c'est ça ? Une pièce avec des petits costumes qui font froufrou, du maquillage et tout le tremblement ? L'infantilisme total des…

Elle l'attend au tournant.

— L'infantilisme des petits sauts de lapin au Women's Club de Pasadena ?

— Ça, c'est différent. Il s'agissait… d'une préparation.

Au beau milieu de sa phrase, on le voit qui comprend : ce message égaré, porté par un coursier involontaire, est lui aussi une préparation. La chose qu'il cherchait, exactement.

— Qu'est-ce que tu proposes ?

Linda tire de sa sacoche la vieille anthologie, *Un pays chaque soir pendant un an*, terme promis devenu à présent luxe impossible. Nico émet un grognement qui exprime plus que de la répulsion.

— « L'Enfant-oie ».

— Je préfère qu'on me torde le cou.

— « L'Enfant-loup », « L'Enfant-lézard ».

— Trois essais. Laisse tomber le règne animal.

— « Un verrou sur Gerry's Rock ».

— Pardon ?

— C'est le titre. « Un verrou sur… »

Nico laisse échapper un pet sonore suivi par d'unanimes *hou !* de dégoût. Mais Linda sait qu'elle les tient à présent.

— « Aladdin », « Sinbad », « Le Chaudron magique » « Petit Filou joue le faux marié », « La Queue de feu d'Hanuman », « Le Geai paré des plumes du paon », « Les Îles magnétiques ».

— Oh, bien sûr. Ne compte pas sur moi pour me déguiser en quelque chose de moins gros qu'une modeste masse terrestre.

— « Les Trois Fils d'or », « Les Bottes de sept lieues », « La grenouille qui faisait du lait ».

— Je t'ai déjà dit de liquider les bestioles.

— « Beezaholi et le Cyclogénéron » ? suggère une voix effrayée parmi les ministres sans portefeuille.

— Oui, dit Linda. Pourquoi pas ? Deux ou trois diodes, du papier d'alu…

— Laisse tomber, poupée. *Niet !* Continue.

Linda soupire, langoureuse Lillie Gantry, et retourne à la table des matières. « Les Wati-kutjaras », « Le Faux Chirurgien esthétique » « L'Enfant de pierre eskimo », « Le Maire de… ». Joy se faufile acrobatiquement sous le bras de Linda, faisant peser son poids sur ses phalanges, aussi souple qu'une mendiante estropiée. Ses doigts glissent le long de la liste des scénarios potentiels deux fois plus vite que la fausse mère ne peut les égrener à haute voix. Elle passe les titres au crible en remuant silencieusement les lèvres, à la recherche de l'un d'entre eux en particulier. Quand elle le trouve – ce dont elle ne doutait pas un instant –, elle l'énonce sur le ton monocorde d'une conclusion sans surprise, interrompant un autre être humain pour la première et la dernière fois de son existence.

Il s'agit de ce titre sinistre, titre bien connu, le dernier dont Linda aurait cru que des enfants de cette ville puissent vouloir l'écouter et plus encore l'interpréter en costumes, à cette époque si tardive. Mais l'effet produit sur Nicolino, et par association sur son clan extatique de gardes républicains, suffit à lui donner la chair de poule.

— Fais-moi voir ça. Passe-moi ce bouquin.

Il feuillette l'histoire en question et l'attaque avec la virulence d'un analphabète fonctionnel. La voilà. La raison de cette interminable préparation frénétique. L'explication, le pourquoi des leçons de danse.

— D'accord, tranche-t-il sur le ton définitif du producteur. Voilà l'histoire qu'on va monter. Toi, tu mettras en scène. Nous, les éclopés, on va tous interpréter deux rôles pour jouer chaque équipe grouillante.

Maintenant, où va-t-on trouver quarante costumes de rats, un grand plongeoir et une flûte ?

Comment ça commence déjà ? L'éternel étranger qu'on n'a pas invité se présente aux abords de la ville un matin pour une expertise approfondie. Après avoir confronté l'idéale spirale ascendante à la check-list du réel, il marmonne à part soi une conclusion en forme de magistrale litote : « Graves problèmes d'infrastructure. »

« Mauvais état », précise-t-il – plaisant euphémisme. Un tour rapide sur les murailles de la ville confirme l'évidence. De n'importe quelle tour d'enceinte, il suffit d'un peu d'attention pour comprendre la situation. Même si le problème n'était que superficiel, il serait déjà insoluble : le plâtre des maisons se délabre, les colombages de mauvaise qualité pourrissent sitôt assemblés. Les égouts à ciel ouvert retournent à l'état de mares putrides dont l'ampleur dépasse tout colmatage tenté pour évacuer la bourbe nauséabonde. Le quartier des taudis s'étend comme un désert au cœur de la ville, mais le secteur commercial vicié ne peut se permettre de retirer la bonde du cloaque pour lancer la nécessaire reconstruction.

Le Rathaus rutilant est un monument d'imposture, ses frais de fonctionnement saignent à blanc l'assiette de l'impôt. Les édifices des guildes sont à genoux, étançonnés par des subsides, la lévitation et la magie d'une politique de déficit budgétaire. L'édification séculaire de la basilique s'est interrompue au beau milieu d'un arc-boutant. Cauchemar urbain quintessentiel atteint grâce à ce que, dans un prochain il-était-une-fois, les écoles du primaire appelleront « instruction civique » : appauvrir le passé et hypothéquer l'avenir pour financer un présent non viable et béat d'optimisme. « La cible est facile », se dit l'expert indépendant en hochant la tête dans un sourire.

L'homme descend des remparts et se dirige vers la galerie commerciale malade du centre-ville. C'est jour de marché et il s'installe entre un poissonnier, une halle au boudin et un étal de fromages affinés jusqu'à la pourriture. L'étranger n'a pas mangé depuis des jours et profite de toute pitance qu'il peut absorber par inhalation.

Il s'assoit sans cérémonie, en tailleur, à même le sol. Il ouvre une besace de cuir souple dont il tire de quoi écrire. Après avoir déroulé non sans peine un bout de parchemin devant lui, il commence à consigner : « Printemps de l'an de grâce 1284. Suis arrivé. Ai trouvé un trou ruineux aux prétentions superlatives, bien engagé dans l'effondrement prédit. » Une femme qui a ralenti le pas pour regarder bouche bée le numéro bizarre de ce performeur de centre commercial s'éloigne d'un air soupçonneux quand il lève la tête. Une autre – qui tient une botte de carottes par les fanes et le prend pour un mendiant ou un émissaire du pape venu collecter de l'argent en vue d'une louable offensive terrestre – lance quelques piécettes sur son parchemin. L'étranger les rend poliment.

Il retourne à ses écritures et à l'art subtil de la dédramatisation. Un attroupement d'enfants se tient à distance, laissant échapper de petits rires. « Problèmes insolubles au niveau des installations matérielles, écrit-il avec une certaine liberté orthographique. Situation désespérée mais pas urgente. Rien qu'on ne puisse glisser sous le tapis le temps d'un nouveau découvert d'un ou deux jours. »

Deux sommités désignées vont reconnaître le bout de l'alignement d'étals où se trouve l'écrivain. Ils affectent de faire partie d'un groupe absorbé par la démonstration d'un liquide nettoyant, mais des regards en coin lancés en direction de l'intrus les trahissent. Un troisième sous-secrétaire vient furtivement leur prêter main-forte. « C'est le costume, grimace l'étranger en balayant d'un revers de main une peluche imaginaire sur ses fringues multicolores. Les bigarrures, ça marche à tous les coups. »

Le costume, si voyant soit-il, n'est que la vitrine de l'alerte rouge. Le seul fait de savoir lire et écrire, de se poser là et de prendre des notes de voyage, en public qui plus est, constitue une violation du statu quo passible de poursuites. Mais faisant exprès de ne pas remarquer l'assemblée générale *pro forma* convoquée en son honneur, le visiteur poursuit avec méthode ses annotations.

Au bout de quelques minutes, cette démonstration flagrante d'écriture en public use la patience des représentants réunis. Hésitants, ils approchent de l'endroit où la menace est assise et font d'abord halte devant les fromages pour renifler avec nonchalance le fumet d'un limburger. Ils stoppent net devant le scribe, comme rattrapés par une pensée.

— Bonjour, réussit à dire dans un fac-similé acceptable de surprise l'aîné du détachement.

— Bonjour à vous, répond l'inconnu, âme de l'énigme.

— Oui, certes. Bien sûr.

Le représentant bafouille comme un écolier.

— Nous voyons que vous…

D'un geste impuissant, il désigne la plume et le parchemin.

— Que j'écris ? souffle l'inconnu.

— Oui. Précisément. Êtes-vous de l'abbaye ?

L'étranger inspecte ses vêtements comme s'il cherchait lui-même à résoudre cette devinette.

— Les frères d'ici ont-ils renoncé à la bure ?

— Non, bien sûr que non.

D'un regard assassin, l'interrogateur transmet la remontrance à ses subalternes.

— Alors, peut-être vendez-vous quelque chose ?

L'inconnu sourit avec indulgence. Plus chaleureux. Il se penche en avant.

— Je suis là pour vous aider.

— Chut ! le réduit au silence l'un des dignitaires qui jette alentour des regards furieux pour voir si quelqu'un a entendu.

Tout le monde a entendu, mais le comité de pilotage *ad hoc* étouffe la déclaration de l'étranger avec une vigueur dissimulée. Ils le tirent hors de la Marktplatz et le poussent par une entrée de service dans la cave du Rathaus. Ils l'entraînent dans une remise et le forcent à s'asseoir, façon interrogatoire. Le politicard en chef, scrutant les visages de l'assemblée pour savoir si poser la question n'en révèle pas déjà trop, pâlit et demande :

— Qui vous a dit que nous avions besoin d'aide ?

Aussitôt, l'interrogé retrouve sa cadence naturelle.

— Mes amis, vos problèmes sont visibles d'aussi loin que les flèches de Hildesheim.

Cette marque d'effronterie soulève un tollé parmi les représentants. Calomnie, mensonges, diffamation, révélation : Qui vous l'a dit ? La grogne se fait intestine ; ils s'admonestent les uns les autres dans leur patois local. Après plusieurs explosions de récriminations mutuelles, une des huiles est envoyée chercher le bourgmestre. Durant l'attente, l'inconnu tire de sa besace de cuir un chevalet sur trépied télescopique qu'il se met à monter.

Quand arrivent le bourgmestre et le reste du conseil municipal convoqué en hâte, les représentants se montrent assez fins politiciens pour laisser le visiteur mener l'entretien à sa façon. À cela, l'homme au costume bigarré est parfaitement préparé. Il dispose sur le chevalet plusieurs parchemins rigides aux vives enluminures et commence.

— Messieurs, ne nous voilons pas la face plus longtemps. Votre ville bien-aimée cache de graves problèmes d'infrastructure.

Joachim, le tailleur de pierre – fantoche dont les éminences grises se servent pour amadouer des classes laborieuses de plus en plus indisciplinées –, l'interrompt.

— Qu'est-ce que c'est, une infrastructure ?

Les autres membres du conseil bêlent qu'il s'agit des routes.

— Oui, les routes, développe l'inconnu. Et les ponts. Les murs, les bâtiments, les canalisations. Les zones commerciales, industrielles, résidentielles. Tout ça, c'est cuit. Flambé comme une crêpe.

Joachim demande qu'on lui explique la formule mais il récolte des huées.

L'inconnu fait défiler ses diagrammes sur parchemin, graphiques peints à la détrempe aux couleurs aussi criardes que son scandaleux accoutrement.

— Voici pour votre ville le rendement pondéré par habitant comparé à celui de Goslar, Paderborn et Lemgo sur les quarante derniers trimestres.

Les courbes au vigoureux tracé point par point sont

superposées à une vue en coupe d'une cathédrale romane à demi achevée. Goslar, Paderborn et Lemgo sont tous bien confortablement installés dans le triforium.

L'équipe locale, en revanche, s'enfonce vers la crypte. Productivité en chute libre, déséquilibre écrasant de la balance commerciale, manque de compétitivité, consommation vorace et intenable.

— Et voici les chiffres du chômage, de la mortalité infantile et de l'émigration.

Chaque ensemble de chiffres soulève des grognements d'acquiescement parmi le conseil captif et démasqué.

— Pas besoin de vous faire un dessin, messieurs : la tendance générale est au chancelant.

L'inconnu possède des graphiques pour tout. Des camemberts pour la chute de la production alimentaire, des bulles pour l'inflation, des histogrammes pour la hausse de la consommation d'alcool et de la surpopulation carcérale, des courbes pour les distributions de pain aux pauvres. En fait, entre une balance des paiements négative, le service de la dette, la dépréciation du capital, un défaut d'investissement, l'augmentation démographique, la contamination de l'eau, l'épuisement des sols et l'érosion, la baisse des recettes fiscales, la corruption, la fraude, la dévaluation monétaire, la fuite des cerveaux, les délocalisations, les maladies, le fardeau de la défense, le coût des services sociaux qui poussent comme des champignons, la ville va droit à un infini naufrage.

Cette conférence place les puissants du cru face à ce qu'ils savent de longue date et refusent de voir : chaque année, la ville tape toujours plus dans le principal pour rembourser les emprunts d'urgence contractés l'année précédente. La consommation mord sur la production et sa fringale s'accroît à mesure que la ressource s'amenuise. Dit très simplement, la ville se consume et court à sa perte. Tous les graphiques convergent sur ce point : la banqueroute se profile à quelques années de là, quand il n'y aura plus de ressources à gaspiller – plus rien.

— Ce qu'il nous faut, messieurs, c'est un programme strict d'ajustement structurel.

L'inconnu passe à une page qui comporte simplement ces deux mots dont les initiales sont brodées d'une luxuriante végétation de scriptorium, truffée de démons et de demi-anges. Cette fois-ci, Joachim le tailleur de pierre ne prend même pas la peine de réclamer une définition.

— Mais nous avons tout essayé, gémit le bourgmestre. Croyez-moi. L'injection de capitaux. Les mesures d'incitation fiscale. Une campagne « Achetez local ». Des zones d'urbanisation prioritaire. Une politique d'austérité.

À son visage, il semble que la dernière disposition mentionnée soit sur le point de lui déclencher une hernie.

— Ce qu'il faut, interrompt sur un ton vif le responsable du Trésor, c'est nous rapprocher de la toute jeune Ligue hanséatique.

— Voulez-vous bien nous lâcher avec votre Ligue hanséatique ? crie le bourgmestre. Elle se fout bien de notre gueule, la Hanse.

Le responsable du Trésor glapit, profondément blessé.

— Elle roulera bientôt sur l'or, la Hanse.

— Elle vaudra peau de zob, ta Hanse !

— Le corridor de Dantzig ! lance le chef de la guilde des archers.

— Ce qu'il faut, c'est réduire substantiellement la pression engendrée par la surpopulation, dit l'abbé pour contribuer au débat.

— Mais la croissance démographique ne commence à fléchir que bien longtemps après l'augmentation du niveau de vie.

Et pour le prouver, l'inconnu montre un autre graphique.

Cette observation déclenche dans la pièce une volée de théories et de recommandations concurrentes, toutes stridentes et tristement familières, toutes ineptes et inutiles. Pendant l'échauffourée, le conférencier bigarré attend patiemment, accoudé à sa tribune improvisée. La salle finit par retomber dans un silence épuisé. Le bourgmestre demande alors à cet inconnu, cet immigrant illégal mal lavé qu'aucun d'entre eux ne connaît ni d'Ève ni d'Adam :

— Dites-nous donc. Nous vous en supplions. Quel est notre problème ?

L'étranger sourit, savoure ce moment servi sur un plateau. Il pose un nouveau bout de parchemin sur le chevalet et prononce le mot qui y est inscrit en lettres flamboyantes.

— Les rats.

Le conseil est d'abord trop abasourdi pour réagir. Puis il lâche un rire sarcastique, de rigueur en la circonstance.

— Les rats ?

— Les rats. Tout spécimen de la vaste espèce murine des rongeurs…

Le bourgmestre laisse échapper un ricanement nerveux.

— Comment les rats peuvent-ils être le problème ? Ils ont aussi des rats à Paderborn.

— Et à Goslar ! s'indigne Joachim, secrètement ravi d'avoir suivi le syllogisme.

— Oui, concède l'inconnu. Mais aucune de ces villes n'a des rats comme ceux de Hamelin.

Bien vite, avant de perdre l'avantage de la surprise, il tire de son sac une flopée de nouveaux graphiques. L'impact de la population de vermine sur la diminution des réserves de nourriture. Sur la dépréciation des valeurs immobilières : égouts, caves, empierrement des routes, nouveaux projets de constructions résidentielles. Sur l'augmentation des maladies ; dépenses de santé, éducation et aides sociales. Sur les revenus du tourisme et les investissements étrangers.

— Séparément, aucune de ces incidences n'est désastreuse. Mais ensemble, elles créent un effet de seuil qui empêche la ville de prendre son envol économique.

Les grandes lumières de Hamelin se concertent. En l'absence d'explication plus plausible, ils sont enclins à accepter la relation de cause à effet. En outre, l'inconnu dispose de tous les chiffres, et qui, à cette époque si tardive, oserait encore se montrer médiéval au point de contester les statistiques ?

La discussion passe de l'examen des causes à celui des contre-mesures. Le commandant de la guilde des archers déclare qu'il faut laisser ses troupes s'en charger. Avec un programme systématique de supériorité militaire, des frappes ciblées et de la volonté, ils peuvent régler ce petit problème à poil brun d'ici l'automne 89.

— Mais avons-nous jusqu'à l'automne 89 ? demande le bourgmestre.

L'étranger répond d'un simple haussement d'épaules.

Le responsable du Trésor penche pour une importation massive de chats achetés en gros sur le marché au comptant. D'autres émettent des objections et font valoir : a) qu'il est douteux de pouvoir se procurer assez de félins ; b) qu'il n'y a pas suffisamment de crédit à l'importation pour financer pareille entreprise ; c) qu'il faudra prévoir ensuite une dépense équivalente pour obtenir un contingent de canidés qui compensera et corrigera la situation.

L'ingéniosité locale est bientôt épuisée. Le conseil

n'a d'autre recours que de se tourner vers l'inconnu pour l'interroger sur ses recommandations.

— Le genre *Rattus*, explique celui-ci avec précaution, est pervers. Rien ne sert de raisonner avec lui. Il prolifère jusqu'à provoquer l'effondrement de tout le biotope. Il accroît son triomphe jusqu'à enterrer toute concurrence et entraîner avec lui la faillite de son hôte. Son intelligence innée déjoue la plupart des pièges. Le poison est trop bon pour lui. Et il ne craint pas assez Dieu pour répondre aux admonestations religieuses. En fait, il n'y a qu'une seule chose que le rat écoute.

L'inconnu attend jusqu'à ce qu'on l'implore. Puis il dévoile le mot avec ce timing parfait du partisan de l'économie de marché.

— La musique.

La moitié du conseil se soulève en criant à l'imposture et à l'absurde. Les autres restent sceptiques, lèvres pincées. Seul l'abbé confirme : une fois, il a vu sa tante Agatha réduire par le chant un trio de jeunes rongeurs à un silence contrit le temps de trois antiennes du Kyrie.

L'inconnu tire de sa besace le plus étrange des instruments à bec jamais vus sur les bords de la Weser. Il est minuscule, tient davantage de l'ocarina effilé que de la flûte. Son frêle cylindre travaillé par un orfèvre est semé de trous sur toute la longueur du corps.

— J'ai bien peur que ce soit là mon seul curriculum vitæ. Mais je vous garantis qu'avec ceci je vous débarrasserai de tous les problèmes, ou bien vous ne me devrez rien.

— Et combien vous devrons-nous si vous réussissez ? demande le perspicace bourgmestre.

Le joueur de flûte lui adresse un sourire étrange et donne un chiffre tout juste inférieur au total des réserves de monnaie fiduciaire de la Marche du Nord. Lesdits honoraires suscitent toutes sortes de regards obliques et sournois parmi les membres du conseil. Il leur est parfaitement impossible de verser une telle somme, même approchante : c'est infaisable sur le plan fiscal, comme l'indiquent les rapports trimestriels.

Et pourtant, il leur faut payer ce prix aujourd'hui ou payer bien davantage à long terme. Le conseil incline collectivement la tête avec l'air d'impuissance d'un fonctionnaire pris la main dans le Trésor public. Le bourgmestre tousse avec désinvolture.

— Très bien. Pas de problème. Et un bonus substantiel si vous finissez le travail rapidement.

Seul ce lourdaud de tailleur de pierre que l'intégrité rend obtus oppose une résistance.

— Mais nous faisions des économies. Nous en avons besoin pour finir la basilique.

Le bourgmestre prend une profonde inspiration et adopte sa plus belle voix de candidat condescendant en campagne, celle qu'il réserve aux idiots, aux enfants et aux indigents patentés.

— Nous travaillons sur cette église depuis deux siècles, mon petit. Ça continuera comme ça pendant encore deux ou trois éternités.

Sur le ton dégagé du négociateur qui n'a pas les moyens de mettre ses menaces à exécution, le maire répète que le joueur de flûte ne touchera pas un pfennig tant qu'il n'aura pas été démontré par une commission d'enquête, tierce et objective, que la ville est débarrassée de ses rats. Le joueur de flûte acquiesce, étrangement amusé une fois de plus.

Le jour de la purge promise, le joueur de flûte demande que toutes les cloches de la ville sonnent pendant un temps absurde. Des carillons de toutes catégories entrent en collision et résonnent joyeusement sur des septièmes diaboliques à faire grincer les dents. Timide, avec précaution, le premier museau furtif d'un rat précurseur sort de sa cave bunker. D'autres suivent, surgis de tuyaux d'évacuation et d'interstices dans les clayonnages, curieux d'apprendre combien de temps peut durer la torture de cette note sensible avant sa résolution régulière. Quand les cloches s'interrompent d'un coup, sans résolution, les rongeurs exposés titubent comme assommés par le maillet illicite d'un glockenspiel.

Le joueur de flûte se poste alors de manière stratégique au centre de la Marktplatz et tire le cylindre séraphique sorti des mains d'un orfèvre. Il annonce le premier morceau de son récital : une idylle onomatopéique pour flûte de Pan composée par un Français dont aucune des bestioles n'a jamais entendu parler. Mais dès les premières notes plaintives d'une impossible harmonie modale, elles sont fichues. La chansonnette mimétique, gonflant comme les rapides d'un fleuve en crue, écume enchanteresse et grosse de ce qui serait presque un récit, chemine vers l'annonce possible et sans cesse repoussée d'un nouvel avènement : la venue longtemps attendue d'une extase formelle.

Elle revient, destinée à toute créature qui a des oreilles pour entendre. Comme il est grand ce lieu, comme elle est familière cette ineffable étrangeté. L'intervalle se remplit de drumlins et de rifts, suites d'accords qui dans un éclair s'affranchissent de la pénombre croissante de la politique. Le morceau évoque des appels à l'aide par-delà les frontières, l'étreinte de la membrane, un destin auquel ces notes ne s'autorisent qu'une allusion, comme des parents scrupuleux devant leur progéniture mineure. La musique – étouffante mégère de l'intimité, basilique à bout de financements – fait de nouveau retentir l'affirmation insistante : l'âme chemine vers un ailleurs, prise dans un interminable transport, en cette parabole du saut exécuté depuis la structure en feu, livrée à l'apothéose aérienne qu'elle vise dès l'origine, malgré la panique temporaire et transitoire qui la retient au sol.

Une grosse rate brune, embobinée par le coup du lapin de ce doux épanchement, s'éloigne à demi de son abri pour mieux entendre l'explication murmurée tout près. Ses plus proches parents – qui, pris d'une sainte terreur, lui piaulent *Reviens, idiote ; tu es folle* – s'interrompent au milieu de leurs couinements, dressent leurs petites têtes coniques, intrigués par une invitation poignante, vaguement reconnue et toujours perceptible, nichée dans les notes. Suis-moi et succombe. L'air ressemble à l'une de ces lettres d'amour égarées, déposées enfin sur un pas de porte oublieux juste un peu plus haut dans l'avenue, des générations après que son destinataire s'en est allé.

Le joueur de flûte complète les pentatoniques françaises en se lançant dans une sonate solo composée par un provincial de Thuringe, mélodie venue de plus près mais toujours quasi inconnue des rongeurs mélomanes de Hamelin. Au premier trait en arpèges d'un *la* mineur, les rats commencent à grouiller en bruissant. Mais qu'est-ce donc ? Enfin, voilà un morceau où l'on puisse apprendre quelque chose : le dessin complet de l'architecte, l'antisèche, la réponse à l'antique question de l'origine du mal, le toucher auquel les sens aspirent ardemment, qui apaise l'angoisse, adoucit la crise, dépose du bout des doigts un baume sur les crêtes de la folie industrielle.

Passé quelques mesures, les hordes de rats découvrent qu'elles ne veulent rien hormis l'abandon, le sacrifice, embrasser leur destinée, si terribles que soient le chapitre et le verset postés en embuscade. Ils demandent seulement que le coup soit rapide et sans demi-mesure, que la consommation des siècles vienne maintenant, qu'elle les consume dans la forge qui palpite, qu'elle les ravisse de réponses.

Les habitants, enjoints au préalable de garder porte close, assistent derrière leurs fenêtres au déroulement de ce théâtre épique de l'absurde. Bientôt les rats ondulent au grand jour, des groupes se forment partout sur la place, auditoire éperdu d'adoration. Ils se pressent aux premières loges hors de prix que se disputent même les vendeurs de billets à la sauvette – tout est bon pour se rapprocher, se masser contre le joueur de flûte qui donne souffle à son inspiration. Un ou deux humains adultes quittent furtivement leurs chaumières armés d'une pelle à grain ou d'un maillet, ivres d'excitation devant cette occasion baroque de fracasser autant de crânes de rats assemblés qu'il est possible avant les rappels. Mais un regard oblique du joueur de flûte suffit à renvoyer dare-dare ces explorateurs.

Les rats : la lie des mammifères, abandonnée et abusée, produit des foyers de rongeurs brisés, lécheurs de louches, tueurs de chats, bouffeurs de bébés, pilleurs et rongeurs des torchis de la civilisation, ravage ambulant de l'incisive, terroristes aléatoires, cadeau surprise de la peste. Une paroisse pestilentielle, véritable banque nationale dirigée par des bouches aveugles ! Qui en Saxe aurait imaginé que le peuple rat eût fait tant de vaincus ? Chaque spécimen est une psychohistoire à l'arrêt, l'étude d'un défigurement criminel. Ils déferlent par des tunnels cachés, dégringolent des toits, sortent tout droit de leurs cachettes d'honneur dans le chœur des églises pour entendre ceci : le son d'une délivrance apaisante, reportée si longtemps, *sine die*, le diminuendo d'un cylindre dont les pignons s'alignent en cliquetant dans la serrure du plan divin.

Ils s'attroupent sur la place principale comme venus assister au somptueux gala de charité d'un groupe de superstars élevé au panthéon de l'hôte des cieux : concert live en faveur de la Révélation. Aide à l'Apocalypse. Quand toutes les places debout ont disparu, la vermine envahit les corbeilles et le poulailler, s'octroie les balcons qui donnent sur le marché, s'accroche aux poutres putrides et aux gouttières du Rathaus. Les surplombs et les corniches se peuplent de rats mal assurés qui pendillent aux enseignes des échoppes et aux pignons. Des rats grimpent sur les épaules les uns des autres pour édifier des ziggourats de rongeurs qui forment un tapis vivant et ininterrompu, épais par endroits de quatre ou cinq fourrures.

Le son surgit de leur passé collectif et oublié, détaille tout ce qui adviendra encore à leur race, à toutes les races. Devant ce que font sourdre en eux ces modulations, quelques-uns parmi les plus impressionnables éclatent en sanglots. D'autres frissonnent comme rat en paille sous l'effet de cette euphorie somatique, lissent leur queue reptilienne, pointent au ciel leur museau hérissé de moustaches, rendant grâce à la Providence d'être vivants, simplement, pour assister à cet instant. Les habitants étonnés ne sauraient dire quelle révélation partagée traverse cette jonchée de rats au mètre cube. Le solo de flûte les transporte en masse jusqu'au lieu de la promesse, point de vue qui leur offre l'aperçu privilégié d'un dessein universel enchanteur. Ravissement rhapsodique du rat : la vaste minoterie de la création sème à tout vent.

En voyant passer sur ces millions de petits museaux pointus une téléologie tonale révélée, plusieurs habitants veulent crier qu'on épargne ces créatures. D'autres sont remplis du désir de rejoindre à toutes jambes les bêtes condamnées pour s'agenouiller auprès de la multitude émerveillée. Mais personne ne le fait. Le contrat de la ville avec l'utile est scellé ; il est trop tard pour le dénoncer en tout cas. Le joueur de flûte tourne le dos aux spectateurs assemblés et soulève un grondement de protestation dans l'agrégat des rats. Mais il n'éloigne pas la flûte de ses lèvres. La musique persiste, constant tourbillon de paix qui dépasse l'entendement pris à cette boucle infinie de quintes.

Le joueur de flûte avance d'un rien dans la Osterstrasse, se dirige pas à pas vers la Weser. Animée d'une froide volupté, la foule – non, la nation, la confédération mondiale des rats –, refusant d'abandonner ce qui entretient ici une insoutenable proximité avec la délivrance une fois pour toutes, se presse derrière le musicien. Par bonheur, les rues ont été évacuées, barrées et fléchées, pour la catharsis venue y parader. Les vagues de petites bêtes timorées et tremblantes s'écoulent par les canaux des rues vers les murailles de la ville, mammifères inférieurs fondus en un flot de rats tombant les uns sur les autres, enflant comme une houle, formant rouleaux et tourbillons purifiants. Mais cette marée vivante ne souffre pas qu'on bouscule les coutumes : nulle panique ni effondrement. Pas le moindre piétinement ; mais plutôt une danse euphorique et compacte sur les pavés frappés en mesure au son de la mélodie qui s'envole, chaque figurant dans cette formation étant aussi certain de son tempo précis que de ce magnifique couchant.

Plus tassés que les feuilles d'automne ou la boue printanière, ils engorgent l'avenue est sur toute sa longueur. La rue est une file continue de suppliants en chemin vers quelque inimaginable sanctuaire des rats. Quand les premiers rangs des danseurs en extase comprennent à quel champ du potier on les destine, seule la plus ténue et passagère des objections se propage dans la colonne. La détresse passe ; le courage revient. Les inflexions de la flûte révèlent combien leur existence de vermine était intenable jusqu'à ce que le pacte caché dans ce petit tour de phrase vienne les délivrer. La sarabande garantit à chaque moustache frémissante qu'elle est désormais liée à un destin bien préférable à toute autre fin plus douce et plus sûre.

Sur les berges mêmes de la Weser, et quand le joueur de flûte fait un pas de côté pour ne laisser que les rapides meurtriers du flot entre l'avant-garde et sa destination finale, l'hésitation est plus brève que la pensée et plus facile à écarter. Les rats de tête s'épanchent dans le sacrifice fluvial exigé. Il n'est de prix trop lourd à payer dont ils ne s'acquitteraient sans un souris, attendu la récompense. Ils se dressent et plongent dans les eaux comme… comme des lemmings. Heureux, même, de sombrer, amoureux à demi d'une mort retentissante, du moment que résonnent encore à leurs minuscules oreilles les sons prometteurs et les airs suaves, jusqu'à l'instant où le courant se referme sur eux.

L'évidence enfin fait des ricochets dans les rangs de la caravane animale. Aucune nouvelle ne se répand plus vite que celle de l'accomplissement. L'alerte remonte le flot plus rapidement que le flot ne peut avancer sur elle. Ainsi les rats au bout de la queue, qui s'empilent joyeusement plus qu'ils ne poussent vers l'avant, hors d'atteinte de la mélodie fatale, pourraient sans mal en appeler à leur instinct inné de survie et se sauver. Sans effort, ils pourraient rompre les rangs, tourner le dos au désastre, regagner la ville et commencer, difficile labeur, à reconstituer la population de nuisibles décimée.

Mais aucun rat ne le fait. Pendant trois quarts d'heure, un désir plus puissant les pousse à continuer la promenade et à s'enfoncer presque avec gratitude dans un fleuve dont pas même une patte avant ne ressort. Oui, ici ou là, une mère s'arrête le long de la berge grouillante de corps bruns qui plongent, et de temps en temps un vieux retraité fond en larmes, perdu, quand il boit le bouillon. Mais tous choisissent ce moment de clarté cristalline, le reçoivent de bon cœur comme un vrai cadeau du ciel venu à point nommé, bien préférable à un retour aux souffrances quotidiennes et à l'ignorance qui furent leur lot jusqu'à cet instant. Écouter la musique qui tranquillise l'âme, faire la paix et mettre fin à l'expérience ne requiert aucune bravoure. Aucun courage, aucune force sinon la joie.

Le dernier rat corpulent de ce défilé long d'une lieue plonge dans l'eau en exécutant une sorte de salut militaire énergique pour remercier le joueur de flûte qui, alors seulement, cesse de jouer. Sitôt disparu le leurre de cette musique primordiale, l'unique survivant retrouve son équanimité sapée. Revenant à lui à la toute dernière extrémité, il refait surface, se redresse dans le courant et emploie son ultime réserve d'ardeur à piloter son corps meurtri vers le royaume des rats en aval du fleuve, où – c'est là l'unique raison de son salut – il prépare un récit manuscrit, compte rendu de première main, sur la proximité de l'extase et de l'horreur.

L'épouvantable transhumance accomplie, le musicien éloigne enfin la flûte de ses lèvres. Satisfait d'avoir exécuté la chose avec toute la clémence possible, il fixe du regard le lieu de la cascade de rats et les voit encore sous forme de phosphènes quand il serre fort les paupières. Quel est l'intérêt, s'interroge-t-il, la finalité du froid verdict de la sagesse ? Il sourit d'un air sinistre et regagne la ville, conscient déjà du sale petit épilogue comptable qui l'attend là-bas.

Comme prévu, à son retour dans l'enceinte de Hamelin, aucun cortège d'habitants reconnaissants ne se forme pour jeter sur lui des brassées de serpentins. Il est accueilli sous la porte occidentale par un ensemble de regards hébétés et plusieurs de ces questions que les réponses importunent.

— Mais que diable avez-vous donc mis dans cette musique ? C'est du brutal, on dirait ?

— Dites, vous n'êtes pas du coin ou je me trompe ?

Et aussi sec, sans se donner le temps d'en éprouver une honte respectable, la ville manque à sa promesse.

— Vous avez vu ça ? Cette vermine a coulé à pic et s'est spontanément liquidée. Comme si elle savait ce qui l'attendait.

Le joueur de flûte, qui avait anticipé cet opportunisme, hoche tristement la tête. À peine les carcasses flottantes cessent-elles de grouiller au fond des puits, les cloisons en torchis de répandre les maladies, les stocks de grain de se transsubstantier en chapelets de petites crottes dures, à peine la ville est-elle arrachée aux incisives de l'enfer, soustraite une fois encore à ce qu'on nomme par ici le jour du Jugement, que les gens s'habituent à croire en un destin dont l'intention était, dès le départ, de lever la malédiction diabolique avant qu'elle ne devienne une vraie source d'embarras.

L'ampleur du salut est trop grande pour laisser place à la gratitude. Le temps que le sauveur atteigne le quartier des entrepôts, Hamelin a déjà remanié les rapports des témoins oculaires. La ville est, a toujours été et restera rien de moins que perpétuellement bénie, comme il se doit.

L'idée lui trotte dans un coin de la tête : il devrait se trouver un autre métier qui ferait la part belle à la stature morale de ses partenaires commerciaux. Bandit de grand chemin, par exemple, ou grossiste en plomb fondu. Mais il laisse là les consolations de la philosophie et se rend à son rendez-vous perdu d'avance avec le trésorier.

— Nous voulons que vous sachiez combien le conseil apprécie ce que vous avez fait pour les citoyens de la ville et de tous les environs. Les papiers nécessaires au décaissement vont prendre un certain temps. En attendant, nous aimerions vous offrir ce gage de la très sincère reconnaissance de Hamelin…

Le joueur de flûte prend une chambre *mit Frühstück* au-dessus de la halle aux viandes. Une fois par semaine, à l'heure réservée aux doléances publiques, il dépose une réclamation devant le conseil pour le versement de son dû. Chaque semaine, on le supplie de se montrer patient ; il faut comprendre que tous les capitaux de la municipalité ne sont pas en monnaie sonnante et trébuchante. Pour réunir une somme aussi énorme que celle qu'ils lui doivent, certaines plus-values à long terme doivent être perçues. Aucune entreprise au monde ne peut débourser du jour au lendemain quatre-vingt-dix pour cent de sa situation net. Pareil remboursement conduirait à l'évaporation des liquidités.

Après une courte période de déférence outrancière, le joueur de flûte se présente devant les officiers municipaux avec un vague ultimatum. Le trésorier, saisi par la crainte paranoïaque que le musicien puisse nuire à la réputation de Hamelin auprès de la Hanse, lui assure que la somme sera disponible, en totalité, d'ici le début du prochain trimestre fiscal. Mais à la date indiquée, un nouveau retard imprévisible se fait jour. Le joueur de flûte se tient au fond de la salle du conseil municipal et baisse la tête.

— Je vois, dit-il poliment. Non, je vous assure. Je comprends parfaitement.

Il prend congé du Rathaus, convaincu d'avoir fait ce qui était en son pouvoir pour agir en toute bonne foi.

Le dimanche suivant, quand la plupart des adultes sont encore à l'église, il règle sa note de *Gastzimmer* et prend sa besace. Puis, pour la dernière fois en ce lieu, en cette vie, il reprend position sur la Marktplatz – comme un moine en habit multicolore, jambes serrées, la flûte aux lèvres – et ouvre le concert. Les vagues de la toute première mélodie surgie de sous l'embouchure se contractent et se dilatent, dressent la carte d'une république de stupéfiante droiture. Pour ceux qui en ont été bannis depuis peu seulement, la musique libère le souvenir d'une ambition viscérale. Des enfants plongés jusqu'aux genoux dans les jeux du printemps, qui d'un maman-s'il-te-plaît à l'autre vont leur pas à pas chancelant, tombent soudain sur l'accord universel, juste là, tangent à toute chose.

La longue ligne qui file sa mélodie est un grésil sur un appui de fenêtre, la séduction d'une branche qui bruisse en interrogeant un carreau et attire les occupants hors de leurs maisons. Les harmonies intérieures qu'elle laisse entendre sont lourdes de faim et de soif. De vieux amis dont on garde le souvenir – précis à l'exception du nom – rimaillent dans le noir, hantent les ruelles à colombages. Ils se rassemblent sous les avant-toits aux heures trop tardives de la nuit, refusant de rentrer quand on les appelle pour le coucher. Ce son est le chant d'un oiseau, d'une chauve-souris, ange ou ptérosaure disparu. C'est le *chut !* d'une enveloppe qu'on ouvre d'un coup de lame, une respiration qui palpite à un demi-oreiller de là. Des fanfares sur le belvédère, des marches martiales mélancoliques, des sopranes aigus dans les hauts du chœur, un cri de douleur poussé sur un lit d'hôpital voisin, des harmonicas têtus de part et d'autre d'une ligne de front que la violence a fait taire, une bête prise au piège sous un boisseau, le tic-tac de la trotteuse, la clameur persistante, entendue à des kilomètres, d'une ville qui se vide, la série des harmoniques du silence nocturne.

La flûte accomplit le travail d'une légère rosée matinale qui révèle sur chaque mètre carré du monde familier, étiolé par le commerce, le voile fleuri dont en réalité il se couvre. Les contours de la mélodie dessinent rien moins que ce ravissement dont on apprend aux mineurs sans recours qu'il faut l'attendre en chaque conte du soir. Et à la première séduction venue frapper l'oreille, tous ceux qui ont encore la mauvaise idée d'être des enfants affluent au-dehors par les portes des maisons et, pris de curiosité, relèvent la tête puis éclatent de rire devant celui qu'ils reconnaissent. Oh ! C'est toi, mon vieux. Qu'est-ce qui t'a donc retenu si longtemps ?

Les adultes, cependant, restent universellement figés. Sur le chemin de l'église, occupés à faucher les prés, à ranger la vaisselle, ils n'entendent rien et surtout pas leurs petits partis voir en douce qui d'autre en ce monde connaît la mélodie obsédante logée dans leur tête depuis… quand ? – la nuit dernière, la nuit des temps, vingt-quatre siècles qui frappent à ma porte ? Chaque journalier meurtri, enrôlé de force, saigné à mort tous les soirs, chaque niquedouille brutalisé, encore sous le seuil magique de l'âge limite, prend goût à cette musique comme une âme nouvelle au bain amniotique.

Les plus jeunes la suivent mieux qu'ils ne suivent pour l'heure le langage. Une minuscule fillette blonde dont les cuisses de vermisseau sont partout marquées de bleus entonne une partie de déchant. Une autre, douze ans peut-être – à la chair plus dure, aux plaies suppurantes plus secrètes et circonspectes que lui inflige son père – se met à tourner sur elle-même *a tempo*. Elle entraîne derrière elle d'autres corps pris de folie qui décrivent en tournoyant d'imprudents épicycles de Ptolémée à travers un marché rempli d'enfants venus s'aligner sur le son comme la limaille sur la rosace invisible d'un aimant.

Tout ce carnaval se consolide en une fraction de temps, dans l'intervalle entre le pas figé d'un adulte et le pas suivant. Frappant et tapant sur des tambours de fortune, soufflant dans des fifres de leur fabrication, les enfants en marche investissent la place. Chez ceux en qui la musique est mort-née, étranglée dans les linges ensanglantés de l'accouchement (le cordon de la mélodie entortillé autour du cou bleui), le chant se débat et prend le large. Des rythmes galopent comme de petits frères disparus, rattrapant le temps perdu en cette nuit de liberté, la seule de l'année.

L'étincelle du solo de flûte déclenche la formation d'une immense file qui se compte en sauts à la corde, en jeux de balançoire et de bascule, en parties de tac-tac, en acrobaties : tous les métronomes affolés de l'idiome natal. Venues de partout, des voix – appels et réponses dans les plus hauts registres – reprennent la mélodie, improvisent des paroles, posent une partie obligée sur l'air du joueur de flûte :

Combien de lieues devons-nous parcourir ?
Chut, petit enfant ; amuse-toi. Nul ne peut le dire.
Arriverons-nous à la lueur des bougies ?
Un jour peut-être ; mais sûrement pas cette nuit.

Un garçon, qui a fêté son septième anniversaire sous terre dans des galeries de sel pas plus larges que son corps émacié, retourne jouer aux combats de toupies avec un camarade qui l'an dernier a dû tuer d'un coup de tesson de bouteille son père devenu fou. Des fillettes esclaves s'agenouillent devant des osselets. D'autres dansent des gavottes en portant sur la hanche un minuscule bébé, vraies mamans qui jouent avec la poupée de l'an dernier. Une tribu de métis à demi mongols chevauchent des dadas imaginaires. Montés les uns sur les autres, ils bataillent, croisent des épées de bois et chantent sans répit. Certains enfants se déguisent avec des nappes et des châles. D'autres tirent à la corde, jouent au chat ou à cache-cache. Sur le marché éclate la fête de tous les passe-temps enfantins jamais imaginés ou en attente d'invention. Chacun est un pas dans une danse bariolée, improvisée et immense.

Moins nombreux, museau pour museau, que ceux du précédent concert, les mammifères venus noircir la place à l'occasion de cette reprise sont plus enthousiastes et numineux. Plus assurés. Leurs yeux, leurs mains, leurs voix claires, la scansion partagée de leurs cœurs sont déjà transportés. Ils connaissent cette chanson aussi bien qu'ils respirent, depuis la première fessée, première maltraitance, infligée par la sage-femme. Trois notes suaves et l'espoir qui les fait vivre se réalise enfin. Enfin ils partent, et c'est aujourd'hui. En cet instant arrêté. Cette fois, il n'y aura pas de retard. Enveloppés de ces notes surnaturelles qu'ils subdivisent, appuyant sur la veine du ton, pris dans la bulle de lumière rougeoyante du flux sonore, les enfants les plus rapides et les plus vifs sont déjà passés sur l'autre rive, la face lointaine. Passés au travers. Par-dessus. Dans le bleu ciel.

Dans une ruelle qui coupe l'axe principal de la ville, la seule bande d'enfants que la mélodie n'a pas encore transformés chemine à grand-peine vers la place. Confinés à l'extérieur des murailles, ils habitent la maison de la désolation : personne n'a songé à les avertir ; seuls les renseignent le son porté par l'air estival et la finesse de l'ouïe quand il n'y a rien à écouter. Les adultes de la maison aux pestiférés, trop loin de la musique pour qu'elle les paralyse, ne se donnent même pas la peine de lever la main sur cet exode.

La troupe des malades se hâte vers le marché. Plus ils se pressent, plus le but disparaît loin devant. Leurs sautillements impatients sont disciplinés, circonscrits par des enfants kapos autoproclamés, responsables de cette marche. Un garçon de douze ans, dont la blessure n'est pas immédiatement visible, agite les bras devant lui comme des feuilles de palmier ou ces petits drapeaux que distribuent les libérateurs pour rehausser leur accueil.

— Plus vite, gémit-il. Dé-pêche ! Ils vont partir dans une minute.

Ses pieds raclent maladroitement les pavés mais il ne baisse pas les yeux.

— La ferme ! ordonne le plus âgé ; ou plutôt, *Tiens ta langue*, comme on dit à cette époque dans la région.

Il est bien plus âgé que cela n'est possible. Ridé, sa peau pendille sous l'effet d'une maladie qui a poussé ses parents à l'abandonner sans autre forme de procès. Sa tête, lisse et moite, dépourvue de cheveux, ne tient pas sur ses épaules. Il s'appuie d'une main sur la clavicule d'un petit aveugle qu'il guide plus ou moins et soutient de l'autre une fillette dont la jambe a été coupée au-dessus du genou par un croissant de fer roman.

— On va aussi vite qu'on peut.

— Je peux aller plus vite, siffle la petite fille.

Sur les pavés, elle essaie d'accélérer le mouvement de sa béquille lourde comme une souche. Mais si elle fait deux fois plus de pas, ses enjambées sont aussi deux fois plus courtes.

— Du calme, dit l'enfant chauve. On va y arriver.

Le son de la flûte de Pan et des chœurs ramassés en chemin flotte dans les airs au-dessus de leurs têtes. La houle de cette comptine les pétrifie de désir : faire fondre le dernier kilomètre par la simple force de la volonté.

— On va y arriver ou je vous étripe tous, ajoute-t-il gaiement. Ils vont nous attendre.

Il crache un chicot.

— C'est obligé.

Mais le peloton de tête se détache déjà. La mélodie soustrait à la bande ses éclaireurs. Les invalides situés à l'avant piquent un sprint vers le marché en riant comme des imbéciles. Tous ceux que la maladie n'entrave pas accélèrent et, jetant en arrière un regard réticent, haussent les épaules en signe d'excuse et de justification.

— Hé ! Attendez. Restez groupés.

Mais le son est maintenant trop proche pour qu'on lui résiste. L'appel, cristallin comme un ruisseau et incomparablement plus rafraîchissant, dépasse en force la loyauté, la dette ou les liens tissés dans la maison des pestiférés. La trahison est un crime en ce monde seulement. Les notes qu'ils entendent pardonnent tout.

Parmi les derniers traînards titubants, la fillette est la plus acharnée. La première, elle retourne à la rude pragmatique de la marche. Elle se propulse avec difficulté, le nez froncé par la réflexion.

— On trouvera une autre ville là-bas, tu crois ?

Son visage au teint sombre, d'une rondeur gracieuse, ne vient pas de tout près. Son père était un cavalier. Ceci explique la forme de ses yeux et les volutes de ses oreilles, voire ce que le bon Dieu a fait à sa jambe même si Son instrument fut avant tout un chenet.

— Est-ce que ce sera une ville ?

La question tombe au milieu d'une bande de traîne-la-patte de plus en plus clairsemée. La béquille humaine sur laquelle la fillette s'appuie – le garçon au cou de tortue – s'en saisit.

— Bah, va savoir. Ce sera ce que tu veux. Quelle importance ?

Il voudrait la secouer, l'envoyer valser en lui flanquant un coup de pied dans le genou qui lui reste.

— Tu ne le sens donc pas ? Tu vas retrouver ta guibolle là-bas. Quant à moi, fini la foire aux monstres. Après ça, on marchera tous sur nos deux jambes.

Au loin, les cris de ravissement collectif affirment qu'ils vont émigrer, aujourd'hui même, tous autant qu'ils sont, vers un lieu où on ne les attachera plus, où on ne les mettra plus en cage, où ils ne seront plus expédiés chez des inconnus, pendus à des arbres ou exhibés au bord des routes pour y mourir, où on ne les déshabillera plus dans des caves pour les fouetter et expier les péchés de leurs parents, où on ne leur montrera plus de cadavres et d'exécutions pour faire leur instruction morale, où on ne les enfermera plus dans des placards parce qu'ils ont fait un cauchemar, où on ne marquera plus au fer rouge les parties les plus tendres de leur anatomie, où ils ne se feront plus tripoter par amusement, étrangler pour avoir dit oui, où ils ne seront plus laissés en gage à un créancier, échangés, vendus à sept ans, condamnés à une vie d'apprentissage. L'air que la flûte joue au loin les délivre du mal, met fin à cette torture : l'enfance.

— Mais personne n'ira nulle part si on ne se magne pas le train.

Les deux clampins qu'il houspille sur la route poussent un soupir d'affection exaspérée. Le dernier groupe défaillant, à bout de forces, se ressaisit dans l'urgence de la situation. Le monstre soulève l'aveugle et court avec lui en le portant comme un sac de betteraves sur plusieurs mètres. La fillette rit et essaie d'avancer assez vite sur sa béquille pour les rattraper.

Ils prennent le dernier virage de la rue serpentine. Les bâtisses entassées aux plâtres rafistolés se changent en une vaste étendue de plaine. Les deux enfants qui voient retiennent leur souffle sous la gifle violente du spectacle exposé devant eux.

Celui qui n'a pas d'yeux s'écrie :

— Qu'est-ce qu'il y a ? Dites-moi !

La petite fille pénètre en boitant dans cette scène salvatrice. Elle lutte pour trouver ses mots.

— Je ne peux pas. C'est impossible à décrire. C'est merveilleux. Il y a des enfants partout. Et c'est pour de vrai.

— Où sont les parents ?

— Ils sont tous… arrêtés.

— Arrêtés ? Comment ça, arrêtés ?

Dans un hurlement, l'enfant aveugle réclame une description et devant la joie de ce qu'il pensait ne jamais connaître mais espérait dès avant sa naissance, avant la cécité, sa terreur rageuse fait place à des rires incrédules mêlés de sanglots. Les incohérences de la fillette débordent son imagination enténébrée.

— Non. Attends. N'en dis pas plus !

À ce signal, sur le temps frappé du « plus », la silhouette au centre de la scène tourne les talons. Contrairement aux rats lors de la représentation en matinée, la masse des enfants qui jouent n'émet aucune protestation. Les danses, les sauts à la corde, les cavalcades sur chevaux de bois montent d'un degré en intensité. Les enfants mettent le cap sur la musique en marche comme des comètes prises au lasso du soleil. Le chapiteau tout entier migre peu à peu, quitte le marché, emprunte une rue discrète et forme un tapis plus épais, plus dense que celui des rongeurs.

— Allons-y ! s'écrie l'aveugle. Ils se mettent en route ! Ils se mettent en route !

Le trio de malades suit d'un pas trébuchant la traîne des festivités. Mais l'allégresse se retire plus vite que la marée furtive en mer Baltique. La rapidité du départ (une foule lancée au pas d'un messager chargé de prévenir une catastrophe) leur laisse entrevoir la longueur du voyage, les kilomètres qui s'annoncent.

Une ville d'adultes statufiés décline derrière eux. Sur la route, ils croisent un parent ou deux figés dans l'émail en pleine course. Un duché d'enfants, dans un monde où la moitié de l'humanité a moins de quinze ans, s'apprête à échapper au règne meurtrier des adultes, à glisser intact entre les mailles du filet sans attirer l'attention. Jeté au large au cœur d'un dimanche, sur la grand-route, dans le scintillement de juin.

Quand le trio d'estropiés franchit la porte nord, la flûte, imperceptible fanal, les devance de sept lieues. L'enfant encore mobile essaie de tirer ses compagnons plus vivement, les admoneste, les pousse, les cajole. Il maugrée dans sa barbe : « Oh, Seigneur, Seigneur. Bougez-vous le cul ! » Il court vers l'avant sur une centaine de pas pour estimer l'allure à laquelle s'éloigne l'avant-garde. La folle danse de masse semble puiser son énergie dans sa propre cadence exténuante. Le tempo, la vitesse de déplacement de ce quadrille, est trop rapide pour être soutenu. Ceux qui ne connaissent pas les bons pas n'ont aucune chance.

Encore un instant et même l'aveugle panique. Il entend que la comptine chantée par l'enfant le plus proche se fait désormais lointaine.

— Hé ! Attendez. Pas si vite.

Chaque syllabe est un cri poussé par un joueur hystérique dans la dernière partie de balle aux prisonniers du monde. Ils entendent à peine la flûte ; le flûtiste ne les entend donc pas. Le désastre, ici, à une coudée de la fin : se peut-il donc que l'histoire ait été « écrite » ainsi ? Penser ce mot suffit à ce qu'il s'impose à eux, et les voilà fichus.

L'enfant intact lève les bras au ciel, crucifié. Geste invisible pour l'aveugle et trop clair pour l'infirme. Furieuse, la fillette attaque du talon le chemin de terre et pendant quelques instants elle réussit bel et bien à tenir le rythme de l'arrière-garde enfantine, à rester à sa portée. Mais avant d'avoir trouvé la force de s'élancer encore, elle lève les yeux et s'immobilise sur place.

— Quoi ? Qu'est-ce qu'il y a ? crie l'aveugle.

L'enfant vieux s'est arrêté lui aussi et regarde. Aucun ne veut répondre à la question du plus petit d'entre eux. Que pourraient-ils dire ? Qui pourrait trouver la volonté journalistique de raconter qu'un portail de bleu a ouvert le ciel en grand, que la face nord du Koppelberg s'est fendue comme s'écartent les pans d'une bibliothèque secrète et que tous les enfants souffrants de Hamelin s'y engouffrent ?

— Courez tous les deux, dit la fillette d'un ton sec.

Elle ne leur accorde même pas une seconde superflue de protestation.

— Allez !

D'un pas qui leur laisse l'ombre d'une chance, les deux garçons s'efforcent d'avancer. Mais le pire se confirme au bout de quelques enjambées. Jamais ils ne rattraperont le groupe ensemble quand l'un d'eux a besoin d'un guide. Le dernier enfant aura disparu et l'impossible ouverture sera scellée avant qu'ils l'aient atteinte. La compensation promise avant le commencement des temps, plus grande que tout ce que la vie en ce monde a jamais offert, leur filera sous le nez, à un jet de pierre.

Le petit garçon perdu s'arrête brusquement et refuse de bouger.

— Fous le camp, fils de pute, scande-t-il, un sourire de renoncement au coin des lèvres.

La fillette et lui retourneront à une mort citadine, sans compagnons, condamnés à ne jamais savoir, seul reste d'une génération entière d'anciens camarades de jeux emportée par une épidémie d'euphorie.

— Allez… Et que je ne te revoie plus.

Son guide, dont la peau redevient lisse, dont les cheveux repoussent par touffes (effet, visible même de loin, du passage ouvert dans le flanc de la Terre), court à grand-peine, étreint par l'angoisse. Dix pas en avant puis cinq en arrière. L'aveugle tend un doigt sévère dans une direction qui n'est pas tout à fait la bonne, condamnant le déserteur à un misérable galop. Dans un petit cri de triomphe amer, l'enfant abandonné crie « Nicolaï ! ». Il dénoue la cordelette qu'il porte autour du cou à laquelle il avait attaché pour la route un déjeuner enveloppé dans un sac. Il le lance devant lui avec force, avec rage. Le phénomène de foire se précipite pour le récupérer et lance en arrière un regard de joie contristé que l'enfant ne voit pas et que la fillette ne peut atteindre. Puis il disparaît lui aussi sur la route, dans l'éventrement de la montagne, trou béant au milieu de l'air nu.

La petite boiteuse se traîne à la hauteur du dernier humain de son âge. Désormais, la solitude sera le plus clément des dons que la vie ait à leur faire. Son petit frère est tombé dans le gravier, face contre terre. Elle le relève, époussette ses vêtements.

— Viens, dit-elle en l'attrapant sous le bras pour l'aider lui autant qu'elle-même.

Au moins peuvent-ils se rendre à tâtons jusqu'à l'endroit où les autres ont disparu, fixer dans leur mémoire la porte qui s'est refermée devant eux, leur refusant de peu son remède contre l'innocence.

Mais à l'heure où les adultes drogués par la mélodie reviennent à eux, le chambranle, les charnières, les montants de l'impossible passage se sont déjà évanouis, fondus à nouveau dans le flanc de la colline. Le récit strident des témoins directs épargnés par la fossilisation ne résistera pas à l'horreur d'avoir survécu. Cette édition *variorum* à demi effacée – le joueur de flûte, les rats – est la seule version des événements conservée à ce jour, scénario bâtard, compromis situé quelque part entre la réalité des faits et ce que tolère l'admissible. Pour l'aveugle et la boiteuse restés là : la marque d'un souvenir laissé par une évacuation.

Depuis le parapet de la porte nord, Joachim le tailleur de pierre, sorti le premier du sommeil provoqué par le sortilège, regarde une colonne d'enfants, tout un front oriental, disparaître dans la légende. Avec eux, ses trois rejetons se volatilisent, trois petits pour qui il a appris – précocement – à éprouver de l'affection. Il reste là à observer deux formes oubliées qui s'aident l'une l'autre sur le chemin. Il espère, dans un moment d'égarement, qu'il puisse s'agir de ses enfants. Mais ensuite, voyant les ravages qui affligent leur démarche, il espère, coupable, que les siens s'en sont allés.

Il pense : *Tout ceci s'est déjà produit. Quand l'ai-je donc vu ?* Mais c'est impossible. Il n'est pas assez vieux. Le premier exercice de la fin des fins a quitté la ville voilà longtemps. L'expansion coloniale, enfantée par des volontaires adolescents, ou cette naïveté militante et affolée : des récits qui ne se déploient nulle part sinon dans la voix chantante de sa mère et que ne consigne aucune archive hormis celle située à la base de son cerveau. Pourtant dans cette vieille histoire, le tailleur de pierre reconnaît l'anéantissement présent, comme si la reconnaissance, le souvenir, n'était rien de plus qu'un galop d'essai avant l'achèvement.

Les enfants sont partis vers l'est, ont traversé la petite jungle de lettres qui sépare le *Liebestraum* du *Lebensraum*, laissant à Hamelin plus d'espace vital qu'il ne sera jamais capable d'en remplir. Joachim quitte les remparts crénelés et se tient, raide, anesthésié, dans la rue qui les a engloutis. Les deux derniers enfants seront investis de tous les privilèges que la ville a à offrir. Il y veillera personnellement. Friandises gratuites à volonté, pour la vie.

* * *

Comment ça commence déjà ? Un personnage vêtu de vert… Il faut retrouver ce témoignage – le rapport écrit (ils le sont toujours) – pour offrir à un enfant malade, confiné dans sa chambre, une compensation médicinale et adoucir les jours qui lui restent. Retrouver ces vers oubliés il y a si longtemps, délaissés à l'époque en faveur des somptueuses illustrations. Cette fabuleuse scène de rue à l'inépuisable complexité, tout en accumulations et raccourcis, creusée par les colonnes tortueuses de ces animaux que la musique apaise. Retrouver ce poème, la transcription lacunaire rangée sur son étagère dans la bibliothèque du canon littéraire, artifice culte, comme ces avions-totems sculptés dans des rondins et mis en attente sur de fausses pistes d'envol au milieu de la jungle.

« Car il nous a conduits, dit-il, vers un pays joyeux, voisin de la ville et à portée de main. »

Voisin de la ville ? Oui ; de son institution brutale la plus proche, en tout cas. Aussi proche que l'artère dans une gorge exposée. Aussi proche que le câble du nerf qui s'enfonce dans le tunnel vertébral.

Pour la dernière fois, cette idée vient à l'esprit de l'auditeur somnolent en quête d'un supplément d'évasion avant le coucher. Elle lui tombe dessus dans un coup de tonnerre, comme la montagne se refermant sur lui – éclair soudain et glacial : *C'est arrivé pour de bon*, un jour précis, à une date bien attestée. Le musicien magicien est grossièrement inspiré d'un modèle étrange, un événement oublié aujourd'hui à force de transmissions répétées. Oublié, sauf dans ses grandes lignes qui correspondent bien à un fait existant. Une bande d'enfants assez nombreuse s'en est allée à la fin des temps, comme cela arrive périodiquement et à toute heure, d'année en année à intervalles réguliers, franchissant ce portique chatoyant et instable, que l'illustration et les vers de la légende donnent au mieux pour vaporeux.

Dans le dernier verrouillage accidentel et tragique, l'atermoyeur ensommeillé, qui alors se redresse d'un bond, entrevoit ces lieux où l'on ne parvient jamais dans les histoires. *Ils sont tous là, si près, accessibles au marcheur*. Voisins de la ville. À portée de main.

Et là, dans la moins corrompue des transcriptions retrouvées, se trouve une coda, à l'exact opposé de celle que le monde adulte pétrifié garde en mémoire. Elle raconte qu'il existe en Transylvanie une peuplade

D'étrangers qui attribuent
Leurs coutumes et costumes extravagants –
Sur lesquels leurs voisins insistent tant –
Au fait que leurs pères et mères ont surgi
De quelque prison souterraine
Où ils furent trépanés
En grand nombre voilà longtemps…

Une prison dont seule une trépanation inverse peut les délivrer. Une frappe chirurgicale : le trépan du récit enfoncé dans la boîte crânienne jusqu'au cœur ardent. La troupe locale d'estropiés qui a choisi ce récit pour son exercice de théâtre amateur y reconnaît la vague silhouette de son propre sort, la catastrophe qui sans cesse l'abandonne ici. Et – juste ciel ! – celui qui les trépane, le premier chirurgien adulte somnolent qu'ils désignent pour cette sale térébration, défoncer le crâne à coups de tarière et libérer l'âme, comprend enfin – illumination rebutante : mais c'est bien sûr ! Voilà d'où vient cette tribu. Sa bizarrerie, ses drôles de vêtements, cette multitude de langues. Depuis un souterrain, ils ont surgi dans la Transylvanie des anges, irrésistiblement attirés par ce chant d'adieu obscurément familier. Mais cette fois, ils ne peuvent se cacher où ce chant les mène.

Les rues de la ville baignent dans le sang de la crise. Esclaves et bêtes que l'on fouettait chaque jour, les enfants, une fois disparus, poussent au remords collégial leurs parents assemblés. Cris et vêtements déchirés forment les nouveaux chants de la Marktplatz. Le temps de l'apitoiement sur soi est à jamais révolu mais aucun de ceux qui devraient le comprendre ne s'y résout.

Le conseil municipal convoque une réunion de crise dans le Ratskeller.

— Je vous assure, crie le bourgmestre paniqué devant la salle qui hurle, nous pouvons en faire d'autres.

L'entrée de Joachim porte une accusation plus grave que celle du Christ demandant dans un murmure : *Vous n'avez pas pu veiller dix minutes avec moi ?* Son chagrin réduit instantanément l'assemblée au silence. Le conseiller fantoche et illettré, utilisé par les marchands pour amadouer la classe des artisans, s'avance, raide comme la pierre, vers les registres de la ville, pose la main sur les feuillets et ordonne :

— Écrivez.

En ce jour, par notre manque commun d'imagination, notre incapacité à protéger…

Le tailleur de pierre dicte le message précis que transmettra le mythe fixé une fois pour toutes afin d'alerter les futurs malades, les appeler au soulèvement et suivre leur retour sidéré. « Le 26 juin 1284, par bêtise et manque d'oreille collectif, nous avons tué nos enfants. »

Côté casting, inutile de partir en expédition à travers la ville pour rejoindre l'enceinte des studios, ces panoramas instantanés d'un réalisme filmé en décors surnaturels. Inutile de battre le rappel des cantines de tournage où des centurions déjeunent avec des soldats de l'empire galactique, des sénateurs avec des psychopathes, de faux docteurs avec de prétendus enfants. Ils sont autosuffisants : les rôles sont déjà distribués, ici même, au sein de leur propre institution.

Nico le sait dès l'instant où, choisissant dans le répertoire thérapeutique proposé par Linda, il décrète qu'ils monteront cette pièce-là. Le phénomène de foire rabougri, dégagé des obligations de l'âge, a déjà tout en tête. Il n'est pas un seul patient du pavillon qui, en prenant modèle sur son contrôleur judiciaire préféré, ne puisse entrer dans la peau d'un politicard adulte à la vue courte et au service de ses seuls intérêts. Pour jouer les habitants paralysés, ils n'ont qu'à singer les infirmières du service et les garçons de salle. Après tout, il leur suffit de rester plantés là comme des accessoires pétrifiés, une fois que tout est joué. En ce qui concerne le fonctionnaire sous contrat, âme au grand cœur, bien intentionné mais finalement réduit à de maladroits tâtonnements – soyons fous ! Pourquoi pas la chou-

choute de tout un chacun, la Mexicali du Minnesota dans son premier rôle travesti ? Nico est même prêt à laisser à Miss MinneMex le titre de productrice dès lors qu'elle n'oublie pas qui est le directeur artistique.

Les rats, ils en sont pourvus dans les disproportions habituelles du secteur, de ce côté-ci de la barrière, dans l'il-était-une-fois de la zone. On les entend courir derrière les plâtres, on les voit se prélasser au soleil sur le toit ou surfer sur les flaques d'eau stagnantes du parking. Trouver des milliers de figurants rats n'est pas un problème, et si jamais un mouvement social éclatait, un coup de ces ratoureux du syndicat des acteurs, ils pourraient toujours compter sur les cafards – ceux qui sont gros comme le poing d'un enfant – pour jouer les doublures. Et dans le rôle principal, Nico verrait bien ce type, joueur de flûte crypto-messianique prêt à l'emploi comme jamais plus le destin n'en mettra sur sa route.

Non. Le casting ne présente qu'une seule difficulté insurmontable. Ils n'ont pas d'enfants sous la main.

Des nains, peut-être. Des avortons, des nabots, des Pygmées, des Lilliputiens – équarris jusqu'au tronc, rétrécis, atrophiés, sans voix au chapitre. Des vieillards en culottes courtes, ratatinés et hypernécrosés, qui s'endorment sur les toilettes avec des aiguilles hypodermiques grosses comme des pailles de milk-shake plantées partout où leurs membres sont encore assez tendres pour être percés. Des mamans de onze ans, mères de leur propre demi-sœur ou de leur petite nièce. Des nourrissons qui s'automutilent. Des survivants des *barrios*. Des tueurs de la mafia adolescents et leurs victimes, des cas de jurisprudence et des attentes de procès pour port de quincaillerie accablante. Des intermédiaires à la solde de trafics clandestins à un million de dollars la semaine. Ceux qui, leur traitement terminé, passeront directement par la case prison pour meurtre ou pire encore. Ils sont régulièrement approvisionnés en mineurs à l'écriture ronde et maladroite, éleveurs de mycoses et pisse-au-lit. Mais aucun d'eux n'est un enfant.

Chat perché ? Toupies ? Chevauchées ? Il faudrait pousser la suspension de l'incrédulité à son point de rupture, y compris chez les théâtreux de chez théâtreux. Ils n'ont même pas une jolie petite fermière crédible sous la main. La réa vient de leur envoyer une fillette, déposée à la porte de Linda après quelques semaines de « Je vous salue Marie » qu'elle a passées branchée aux équipements de maintien artificiel. Elle a la forme et la taille d'un thorax de teckel, deux côtes brisées, le crâne fracturé et le torse maculé de nappes visqueuses et brillantes dans les tons bleu-vert, colonie de champignons sur la peau d'une poire Williams chancelante.

« *Le Naufrage de l'Hesperus*, comme l'appelle Plummer dans le parler anesthésié des pros. Une cacahuète sur une voie de chemin de fer. La môme avait une maladie inflammatoire pelvienne si grave qu'on a dû pratiquer une double ablation des ovaires. » Un an ! Et le responsable (l'actuel petit ami de maman qui cherchait à se distraire pendant le dernier accouchement de celle-ci) se trouve n'en avoir que quinze. La gosse, comme toujours, a pris perpète. Linda doit la soigner pour une faiblesse persistante des membres et la refiler ensuite à l'assistante sociale à qui il revient de régler le problème une fois pour toutes avec l'aide d'un Nicolas et d'une Pimprenelle à l'anatomie exacte.

Voilà donc les enfants dont ils disposent.

Mais Nico sait qu'ils auront besoin même de cette créature mutilée. Ils doivent l'habiller avec des haillons de paysanne et la confier par acte notarié à une grande sœur de substitution, couverte elle-même de rustiques cicatrices chéloïdiennes depuis le cou jusqu'au bas-ventre. Donner ce bébé en offrande pour la faire sauter en l'air au rythme de la chansonnette libératrice. À bien relire le synopsis, voilà exactement le pourquoi, le secret de l'attrait qu'exerce cette histoire. Le jour où, sept cents ans plus tôt, leurs lointains homologues meurtris, maltraités et sans avenir, ont quitté la ville en douce est aussi celui qui stoppera les faits dans leur élan pragmatique et dispensera enfin de chat perché ceux que leur dossier médical condamne. Plus besoin de grimper sur le dos les uns des autres. De croire au théâtre amateur. De mimer les jeux de l'enfance.

Nico reprend l'idée comme si elle venait de lui. Il se lance dans un Blitz promotionnel massif pour vendre l'histoire aux autres pensionnaires. Persuader les garçons passe par les habituels bakchichs et menaces de représailles : dettes annulées pour coopération, épisodes décisifs d'histoires illustrées mis sous séquestre pour refus d'obtempérer. La plupart des savants des rues estiment, non sans raison, que ce projet représente une énième exploitation dégradante, impérialiste, hégémonique, euro-centrique et raciste, bonne pour les tantouzes. Pourquoi – bordel – devraient-ils se déguiser en une bande de petits Boches qui vont au casse-pipe ? Et pas l'ombre d'une séquence d'arts martiaux dans tout le scénar.

Nicolino, inspiré, coopte les récalcitrants.

— Toi : on a besoin de toi pour faire le roi des rats, Son Altesse des poids lourds en personne. Un fils de pute commac, gras et moche, flippant comme pas deux. Et toi, tu peux être le Jules César des rongeurs, celui qui survit pour tout raconter après. Toi, tu auras le droit d'être le brutal en chef, celui qui bat les bébés. On te mettra torse nu et on te filera un masque de hockey. Imagine un peu comment tes tatouages vont déchirer sous les projos.

Il les tient dès l'instant où ils se mettent à marchander des rôles de choix. Ceci laisse à Nico la liberté de se concentrer sur les filles. En pratique, il n'a besoin que de la bénédiction de l'une d'entre elles : la princesse boat people, la Stepaneevong. Celle qui, au départ, a choisi cette fable. Sans avoir rien fait pour ça (elle se trouve soit dans les couloirs où elle apprend à boiter sans béquille, soit dans son lit où elle bûche un hypothétique examen final), la voilà devenue la grande cheftaine vénérée. C'est foutrement injuste, mais allez comprendre. À croire que toutes les écervelées de la corde à sauter, les survivants garantis sur facture ont vent de ce qui se trame et, de honte, s'inclinent devant elle.

Il se rend à son chevet, sans acolyte cette fois, sans second collé à ses basques. Il se tient à côté de son épaule, casquette à la main, pensant peut-être que les dernières touffes solitaires de duvet sur son crâne évacué peuvent lui valoir quelques points de sympathie.

— Salut, Joyeuse ! Alors, qu'est-ce qu'on a aujourd'hui ? Trigo ? Bio ? Physique nucléaire ? Orthographe ?

— Histoire, répond-elle en dissimulant derrière deux doigts les coins crispés de sa bouche.

Elle a appris à cacher son excitation comme une graine d'hiver sous la neige.

— Encore ? Ça ne s'arrête donc jamais cette affaire-là ? Il faudra que je te montre ce grand *Trésor classique des histoires illustrées*, celui où toute une armée de mômes – dans la bande, on serait les plus vieux, je t'assure – part à l'assaut des sbires pour leur botter le cul. L'histoire est vraie. C'est ça l'incroyable.

— Qu'est-ce qui s'est passé ? demande-t-elle à mi-voix sur un ton des plus pressant.

— Je l'ai fourgué aux adultes contre rançon.

Elle veut parler de la croisade, pas de l'album, mais elle ne rectifie pas. Nico s'empare de la pile de livres qu'il parcourt nerveusement, tripotant les marque-pages découpés dans du papier. Rome, Münster, Londres, Roanoke, Vientiane : chacun désigne l'emplacement d'une prison souterraine attenante, points d'arrivée et de départ. Les bouts de papier échappent à ses doigts paralysés et se dispersent sur le sol comme des confettis.

— Crénom de Dieu ! Tu lis des bouquins bizarres, laisse-moi te le dire.

Elle le fixe de ses yeux immenses, implacables et noirs.

— Quel rôle ? lui demande-t-elle en prenant une voix plus douce que pour la plus douce des confessions. Quel rôle veux-tu que je joue ?

La question lui coupe la chique, mais c'est parfait. La voilà qui signe le projet des deux mains et des deux pieds – si on peut dire. Marché conclu ; du gâteau. Emballé, c'est pesé. Affaire classée. Pas d'affrontement, pas d'âpres négociations. C'est elle qui rassemblera le troupeau des femmes et elles suivront en frétillant de la queue. Il suffira d'un petit ajustement de la marge de négociation, et fini les suppliques ; il sera sorti de l'auberge comme on dit. Le difficile derrière lui, pratiquement réglé. Mais en réalité, ils commencent à peine à effleurer le problème.

Bien sûr, elle sait déjà. Comme elle savait pouvoir compter sur lui pour kidnapper sa sélection de contes et prendre les rênes de la production. Comme elle savait, en feuilletant pour la première fois le livre d'images, que Hamelin, halte programmée des trains de déportation de l'histoire, devait figurer sur l'itinéraire.

Il tourne en rond, sur la défensive, troublé.

— Après tout, il faut bien que quelqu'un s'y colle,

non ? Qui est capable ici de réussir un truc pareil ? L'étage grouille de cibles ambulantes. Des malades, des difformes et des illégaux. Toi : d'accord. Tu es notre génie suprême. Tout le monde le sait. Mais tu as un handicap. Tu ne comprends pas ce pays. Cet endroit. Ils croient pouvoir nous acheter avec des conserves de pêches toxiques et des cubes de Jell-O. Si ça ne marche pas, ils nous enfoncent des tubes dans tous les orifices disponibles, nous parquent devant une vidéo et menacent de nous renvoyer chez nous si ça va mieux. Je le jure sur ma dernière feuille de papier cul, ils essaient de nous dézinguer.

— Dézinguer ?

Joy cherche des yeux son dictionnaire bilingue parmi ses ouvrages de référence désespérants.

— Dézinguer, déboulonner. Ben quoi ? Toi y en a pas comprendre ? Nous expédier. Nous foutre en l'air. Nous donner le coup de pouce. Nous faire avaler notre bulletin de naissance.

— Nous tuer, tu veux dire ?

Elle écarquille des yeux impossibles. C'est la vérité qu'ils attendaient de se dire à l'oreille. Cette vérité-là.

— Pourquoi ?

— Oh ! Regardez-moi ce petit ange ! Ils n'aiment pas les gens comme nous, au cas où t'aurais pas remarqué. On fait désordre dans leurs registres, on fout le bazar dans leur calcul de lits. Et nous tuer leur coûte bien moins cher que de nous offrir notre petit royaume dans la jungle.

— Mais ils s'occupent de nous.

— Non mais écoutez-moi ça ! Je dois rire ou gerber, là ? « S'occuper de nous », ah oui ! Bon, d'accord, ils ne vont pas jusqu'à nous faire l'injection létale. Mais ils se cassent bien le cul à nous rendre cet endroit aussi vivable qu'une croisière en radeau sur la mer de

Chine… Oh merde. Pardon, Joyeuse. C'est juste une façon de parler, tu sais ?

Le dérapage est assez grave pour faire capoter la transaction, la condamner à la mort subite du nourrisson. Mais Miss Mer de Chine méridionale ne lui inflige pour toute punition qu'un petit sourire serein. *Pauvre gamin*, dit son regard. Pauvre gamin inoffensif ; comme j'aimerais mettre du rose sur tes bajoues flapies, du rouge à lèvres sur ta bouche gercée, nouer des rubans de soie aux quelques brins de cheveux qui te restent !

Leur complicité rend Nico furieux. Si elle n'était pas essentielle à la réussite de son plan, elle serait transformée à l'heure qu'il est en appât à brochet ou en ver de terre rampant dans un autre monde. Puis dans un frisson fulgurant, lui vient une autre illumination encore plus alarmante : lui aussi est essentiel au plan de Joy. Ses jambes peut-être ? Sa mobilité ? Elle se sert de lui comme exécuteur testamentaire, le gars assez agité pour mettre en scène l'histoire que, dans un but tout personnel, elle a choisie.

À bout portant l'un de l'autre, ils tombent d'accord : *Nous devons jouer cette pièce ou mourir.* Répéter l'incantation lointaine et traverser la cluse étroite, la franchir ou se faire liquider, dézinguer à trois petits pas de la déchirure qu'ils auront rouverte dans le mur sans faille de la cellule. Sur l'île des enfants perdus, il se moquerait d'elle en gloussant, la menacerait avec un objet tranchant, bondirait par la fenêtre, accroché aux poulies et filins dessinés par l'illustrateur en charge de ce numéro. Mais en ce monde, il se contente de mordiller ses cuticules sanguinolentes et relève ses boucles de cheveux inexistantes.

— Alors, siffle-t-il. Qu'est-ce que tu en dis ?

À Joy maintenant, l'effroyable compromis.

— Quel rôle ? demande-t-elle à nouveau, tête basse.

Puisqu'elle lui a remis le pouvoir exécutif, elle doit se soumettre et accepter le rôle que ce pouvoir voudra bicn lui assigner.

— Je pourrais fabriquer les costumes, dit-elle d'une voix plaintive. Souffler le texte. Chercher les différentes versions de l'histoire. Il doit y en avoir tout un tas.

La pression sème le désordre dans son intonation, fait galoper toutes ses syllabes.

— Je pourrais écrire les programmes. J'ai une écriture très soignée.

Bien plus que n'importe lequel de ses pairs nés dans les vingt-six lettres de l'alphabet. L'avantage des grands débutants.

— Oui, oui. D'accord. Je suis sûr que tu écris très bien. Seulement, vois-tu, on a déjà quelqu'un pour ça. Ce dont on a vraiment besoin maintenant…

Il triture la languette de réglage en plastique à l'arrière de sa casquette. Il n'arrive pas à le dire. Dire ce dont nous avons vraiment besoin.

— Quel rôle me fais-tu jouer ?

Les mots bruissent comme de la soie sauvage, cette soie sauvage qui refuse de brûler. Sa voix, chaque fois plus douce, ressemble au refrain de ces rondes éternelles communes à toutes cultures. Elle tire sur les voyelles comme sur un cerf-volant de combat engagé dans une dispute vive et bariolée, tout là-haut dans le ciel, très loin, invisible à l'œil.

— Nico ?

Il ne veut pas lui dire ce qu'elle sait déjà.

— Je suis la boiteuse, c'est ça ?

— Tu es l'infirme, confirme-t-il d'un ton sec. L'éclopée.

Les narines dilatées, il pointe vers elle le rostre de son nez et la foudroie du regard : *Rendez-vous au tribu-*

nal ! Mais la confrontation se solde par un haussement d'épaules.

Elle met à l'essai l'idée de ne jamais parvenir au but, d'être l'éternelle laissée-pour-compte. Leur république d'enfants séparatiste réussira, tous parviendront à s'échapper en vertu de son histoire à elle, de son sacrifice, tous arriveront à bon port, sauf elle. Ce savoir agit comme une touche de gel cicatrisant, froide et circonscrite. Elle s'y attendait à moitié, depuis le début de ses études concertées. Mais à présent, un accord de principe conclu entre eux transforme cet horrible jardin d'enfants, et le départ devient réel.

Alors qu'ils passent tous deux aux préparatifs, envisagent les détails du décor et de la mise en scène, la voix rocailleuse et sénescente de Nico se fait plus sourde, à demi compatissante. Il détourne de Joy son visage sombre tandis qu'elle se penche sur leur plan audacieux. Peut-être sent-il même, pour la seule et unique fois dans sa vie resserrée et accélérée, les contours de la culpabilité, l'impitoyable petit rôle qu'il dépose dans les mains de cette fillette.

Ainsi la bigarrure est-elle leur seul vêtement et bigarrée la seule équipe capable d'exécuter le projet avec une telle férocité. Mickey et Judy, transcription des races de la Terre marquées à l'avance, les déshérités de la planète – *Andy Hardy va au trou ; Andy en cabane* – envahissent le bureau de Linda. Ils se pressent dans le corridor situé derrière le service de néonat, infestent la salle de thérapie par le jeu, privatisent les couloirs pour répéter.

Chacun est mis à contribution. Les plus petits apprennent à faire des roulades avant, la roue et toutes les autres acrobaties de saltimbanques qu'ils peuvent négocier. Des gamins de huit ans suicidaires, qui la semaine dernière encore essayaient de s'enfermer dans des sacs plastique haute résistance destinés à l'enlèvement des poubelles, peignent des toiles de fond – ville, montagne, ciel – de grands espaces comme n'en ont jamais respiré leurs poumons racornis par les émanations. La Rapparition, le Crabe violoniste, le Sans-visage et les frères Hernandez (acteurs déjà de leur propre production expéditive en un acte) prennent part à cette collaboration comme s'ils entraient dans le gang suprême et platonique, l'entreprise à laquelle aspirent sans exception les cinq cents autres clubs de baston de la Cité des anges. *La marea de Dios*. La meute d'attaque du Tout-Puissant, en ses débuts sur les planches.

Dès le départ, les préparatifs échappent au contrôle de Linda. Son assistance se limite au respect des zones fluctuantes de violation territoriale. Toute suggestion qu'elle irait leur faire serait aussi bienvenue qu'un petit chien sur une plage nudiste. Chacun de ses bégaiements d'institutrice – « Des torches allumées ? Ce n'est peut-être pas très lumineux comme idée » – ressemble, même à ses yeux, à de misérables petites entraves assassines. Chacun de ses encouragements sonne comme une acclamation condescendante, une réprimande déguisée, un frein de plus opposé à l'impétueuse turbine de l'innocence.

Pourtant rien de ce qu'elle pourrait faire ne risque d'enrayer la machine plus d'un instant. Ils sont plus forts qu'elle à présent, pour la simple raison qu'ils savent d'où ils viennent. Ils sont issus de toutes les enclaves proliférantes de la pauvreté dans cette ville en voie de balkanisation, banlieue tentaculaire aux dimensions de l'État, occupée à démembrer morceau après morceau son moi inassimilable. Leur vaisseau amiral est celui de la nation, l'avant-garde de l'Ouest, l'indicateur des temps majeurs à venir, le coup d'accélérateur vers la prochaine éternité. Ils sont nés en sachant qu'ils n'étaient pas ici chez eux. S'échangeant des répliques dans une trentaine de langues maternelles différentes, tous ces apprentis tragédiens comiques jouent avec l'élégance naturelle de ceux qui savent où il leur faut aller.

Les regarder ouvre en Linda l'entaille du souvenir. Oh mon Dieu ! ces fillettes qui chantent *a cappella* la ritournelle pour la route, ce refrain qu'ensemble elles ont inventé. C'est elle tout craché. La petite fille irascible aux yeux noirs qui tire sur l'ourlet de sa robe au premier rang sur la photo de classe. Que lui est-il arrivé ? Au fond de quel trou sans fin est-elle tombée ? Quelle fiole infecte marquée BOIS-MOI l'a donc fait enfler de façon si grotesque qu'elle ne puisse tenir sur l'une des chaises de Pygmée installées au fond de la salle de répétition ?

Un colossal manque de courage, insidieux, viral, transmis par voies sexuelles, contracté auprès de Kraft, s'empare d'elle ; c'en est trop. Elle ne peut plus les regarder et moins encore leur souffler la réplique. Elle voit en chacun d'eux les bébés que Richard et elle se sont bien gardés de jamais avoir ensemble. Voici les âmes des nourrissons qu'ils auraient étouffés à la naissance sous l'oreiller d'un excès de précaution. Chaque enfant sur scène devient un prodige trop poignant pour qu'on l'applaudisse. La terreur parentale qui la paralyse, elle et son compagnon mal assorti, la chasse de la salle de répétition avec des marques de morsure au bout des doigts. Quand elle y revient sur la pointe des pieds, elle se dit à elle-même : Jouez la vertu si vous ne l'avez pas.

Coiffés de leurs pathétiques couvre-chefs en papier, ces enfants, ses patients de choc, forcent leur jeu comme si cet instant de théâtre leur ouvrait enfin les yeux : cette vie, cette vie qui nous a manqué, celle qu'on nous a enlevée ? Voici enfin qu'elle nous est restituée en costumes. Ma place. Mon entrée. Ma réplique.

Sur scène, l'alignement qu'ils forment met en évidence le symptôme révélateur. Une bonne partie de la revue est chauve ou en passe de le devenir. Pas seulement Nico et son duvet de pêche ou les jumeaux tête d'allumettes qui attendent la repousse de leurs boucles. Pas seulement le club des irradiés ou les chouchous de la chimio qui sourient de leur transformation éclair en bande de skinheads. La rampe de fortune rehausse d'un vif éclat une caboche sur deux dans la troupe. L'hôpital est-il situé sur l'une des décharges bouillonnantes des quartiers est qui distille son poison et l'accumule plus vite dans les tissus des tout-petits ? Les machines de laboratoire du bâtiment ont-elles une fuite qui inonde les couloirs d'un rayonnement auquel seuls les enfants sont sensibles ?

Il s'agit d'un phénomène plus vaste, conclut Linda. Le thème traverse son almanach d'histoires : la chevelure choquante des très jeunes : les nouveau-nés hopis à crête de plumes. Bébé Zal, dans le *Shâh Nâmeh*, chenu comme une hermine en hiver. Il se profile, éternel signe précurseur, ce Maintenant prêt à s'annoncer. Et le voici qui déferle, par pleins régiments de rats sans un poil sur le caillou, de retour à l'acte II pour jouer leurs propres doublures : une troupe de dépossédés, pelés et pleins d'attente, frais émoulus de leur école de danse mondaine. Ceux qui ne perdent pas leurs cheveux par signe symptomatique ou effet secondaire s'associent à ce numéro de camouflage par homochromie inversée, où la feuille décide de se fondre à la couleur de l'espèce rare venue rôder à sa surface. Tous couvrent ceux qui se sont déjà fait repérer. *Prenez-moi aussi.*

L'ardeur qu'ils jettent sans compter dans cette entreprise dépasse toutes les autres thérapies cumulées de

Linda. Pure énergie. Chaque djinn vaque à son occupation sans qu'on le lui demande. La troupe se déploie dans tout l'hôpital à la recherche de bricoles récupérables. Ils fabriquent des costumes et des toiles de fond avec des bassins hygiéniques chapardés, de la gaze, des draps et des cathéters. Chacun inspecte les réalisations des autres et tous ébauchent ensemble des scènes, inventent des répliques. La fureur d'écrire traverse ces illettrés comme une épidémie d'oreillons se répand dans une garderie à l'heure de la sieste. Et le monde qu'ils construisent dans la salle de jeux aux pastels appuyés, l'impotente Cité des anges n'en a pas vu de pareil depuis sa dernière émigration massive. Des créneaux faits de boîtes en carton drapées de rayonne projettent une avant-scène qui ne laisse presque pas de place au public – quel qu'il soit. Les murailles fictives de la ville sont entièrement couvertes d'une héraldique enfantine aux stucs délirants. Les rues forment un amas labyrinthique : le lacis des voies séculaires de l'évacuation.

Cette ville hanséatique surréaliste est rehaussée par l'étrange cadre narratif que Nico met en scène. Dans son projet – coup de génie intuitif – un poète fait la lecture à deux enfants sur leur lit de douleur. Le rimailleur informe les malades, *mutatis mutandis*, de leur guérison prochaine sous un autre nom. (La Rapparition, perché sur un meuble télé, scande cet extrait boiteux de Browning que lui seul sait faire chanter : « C'est comme si mon arrière-grand-père, sorti à l'appel de la dernière trompette, avait emprunté ce chemin en quittant sa tombe peinte. »)

La fable prend littéralement forme devant les deux malades chroniques, elle est voisine de la ville et à portée de main, dans cette pièce à laquelle poète et souffreteux prennent part et échangent leurs rôles. Les acteurs qui les rejoignent pour étoffer l'histoire se passent tour à tour le relais des divers profils de l'analogie – tous les participants en présence : conte, conteur, conté.

Linda, qui regarde en pointillé, commence à se demander si cette pièce est destinée à une quelconque représentation publique. Elle a plutôt le sentiment qu'il s'agit d'un exercice d'entraînement collectif et acharné, une simulation. Des manœuvres peut-être : apprendre par cœur les sept signes d'alerte, présages de la disparition qui approche. Plus ils mémorisent leur texte, plus ils improvisent.

Dans le même temps, le rythme s'accélère, approche du frénétique. La thérapeute en est réduite à rester assise là à battre ses cartes aide-mémoire devenues inutiles. Ils ne la gardent que pour une seule raison : elle ne leur a pas encore fourni leur acteur vedette.

En conséquence, les enfants doivent jouer autour d'un emplacement vide au fond de la scène. Ils en arpentent la périphérie, à la suite d'un musicien présent seulement par implication. *In absentia*, l'inconnu à la flûte gagne même en force de conviction. Les arbres qui jouent sur scène, les rochers, les rats, le fleuve, les politicards de la ville, la montagne magique à l'arrière-plan, les enfants mis à l'honneur – tous feignent d'être le soliste absentéiste.

Une interprète en particulier se prépare âprement à la venue retardée de l'acteur principal. Linda la clinicienne doit l'exclure du terrain une demi-douzaine de fois, précaution dont Joy la remercie en boudant d'un air qui serait hostile si cette fillette était capable d'hostilité. La petite apparition boiteuse répète comme une forcenée, oubliant que la perfection n'est pas nécessaire tant que le public n'est pas là. Ou peut-être ne l'oublie-t-elle pas mais décide que l'instant présent constitue toujours son propre public. Après tout, nul ne connaît l'heure de la première. Elle déclame son texte et, les bras au ciel, animée par l'inépuisable ferveur de l'amateur, se rend sur son emplacement marqué au chatterton.

Nico, dans le rôle du tyran à la Cecil B. DeMillé-nariste, aboie sur tout le monde, sauf elle. C'est un deux contre un. Ou plutôt, c'est la bande tout entière liguée contre une seule et même autorité. Chacun dans la troupe conspire pour empêcher Linda de venir mettre dans leurs affaires son grain de pour-votre-bien.

Le bien de Joy consiste seulement en ceci : s'approcher, ne serait-ce que pendant la couturière, du lieu qui lui est interdit dans le livret définitif. En obtenir ici un petit aperçu rendra plus supportable le dernier bannissement. Quand vient pour elle le moment de traverser la scène en boitillant, une infirme rompue à la méthode Stanislavski, plus vraie que nature, pousse son tibia ulcéré au-delà de ses limites. Elle se décompose et fait une embardée. Linda la regarde s'effondrer au ralenti. Instant bien connu d'horreur maternelle : à la fin, le meilleur des parents doit se résoudre à laisser tomber ses enfants.

Et tomber, ils le feront tous, à commencer par cette petite boat people qui casse et se répand sur le sol. Lectrice omnivore, excellente élève résolue à l'assimilation, elle reste pourtant stupéfaite devant cette interrogation surprise. Elle se recroqueville sur le tapis de la salle de thérapie par le jeu en hurlant si fort que même Linda n'ose faire un pas vers elle. Silencieuse à chaque étape de la déportation, stoïque tout au long de la furieuse dérive transpacifique de ses cellules, la voilà qui hurle sur la ligne d'arrivée. Sur la scène, devant les cris glaçants et magiques de Joy, chaque phénomène en costume de petit miséreux revient à la réalité. La douleur désignée convulse chaque visage de la troupe. Pas ça. Pas Joy la silencieuse. À terre, au-delà de la douleur, emportée dans les spasmes de la torture.

Ses membres s'arc-boutent, se tordent comme les cendres d'un moine qui s'immole. Mais son angoisse est sans rapport avec la douleur, sans rapport même avec ce nerf ouvert au rasoir et couvert de chaux. Ses os ne sont pas la seule cause de ses contorsions. L'éclair d'une implication insupportable la traverse avant qu'elle ait touché le sol. Des syllabes atrophiées montent de sa gorge : « Non. Pas maintenant ! »

Pas de nouveau, veut-elle dire, insensible à son propre supplice mais peinée pour cette petite fille qu'elle interprète, condamnée à échouer près du but. Elle passe des hurlements hystériques à de sourds vagissements puis à des raisonnements rapides et posés avec quiconque cherche à la toucher. Tout va bien. Juste une seconde, s'il vous plaît. Achevons cette répétition et ensuite on pourra jeter un coup d'œil à sa jambe.

Après plusieurs minutes d'impasse désespérée, Linda fait appeler les auxiliaires médicaux. Ceux-ci concluent qu'un judicieux soupçon de pharmacologie sera le plus persuasif des arguments. Persuadée malgré elle, la petite fille s'endort et disparaît.

Espera essaie d'alerter Kraft mais celui-ci semble enfin avoir atteint son cher nulle part. Il n'est pas en salle de repos, ni chez lui, ni à côté d'aucun poste de transmission connu.

Il se trouve qu'il est aux urgences où il a répondu à une demande d'assistance, cette vieille réplique éculée de Plummer : « Dis donc, docteur Kraft. Il y a ici un patient avec ton nom gravé partout dessus. » Gravé à la machine, précisons-le. Un gamin de sept ans qui a découvert la différence entre une main et une scie à ruban. Quand Kraft émerge enfin de la salle d'opération, une femme à l'allure vaguement familière l'attend pour l'intercepter.

— C'est Joy, lui dit Linda.

Kraft hoche la tête d'un air entendu, comme s'il reconnaissait presque le visage de cette femme ou comprenait les mots qui sortaient de sa bouche.

Une bande d'enfants erre dans la suite où l'on prépare leur collègue à l'inévitable. Ils ne viennent pas tant pour elle que pour assagir leur propre terreur, s'assurer que la créature qu'ils ont vue sur scène recroquevillée par la douleur était un effet de la lumière.

Tous les acteurs principaux du spectacle répondent présents à l'appel. Ils sont conduits, comme toujours, par le jouet du temps, le principal des acteurs principaux. Nico joue avec les contrepoids du cadre de traction.

— On suspend la production jusqu'à ce que tu puisses revenir, lui assure-t-il.

Elle lui adresse un regard triste : elle est morne notre ville depuis que mes camarades de jeux s'en sont allés. Elle s'est calmée depuis sa chute mouvementée mais quelque chose en elle retourne sans relâche une phrase lointaine dont les autres n'ont pas encore eu vent. Elle se redresse assez pour répondre.

— Vous ne pouvez pas attendre. Ce n'est pas possible, Nico. Tu le savais bien quand tu m'as confié ce rôle.

Un petit coup d'œil circulaire, un vote rapide et pragmatique à main levée.

— Non, tu as raison.

La proposition n'était que pour l'effet. Pris au piège de cette gentillesse gratuite comme l'aile d'une mouche coincée sous la lamelle d'un microscope, il promène son regard alentour. Ses yeux vont et viennent à la recherche d'un autre sujet de conversation. Quelque chose veut affirmer qu'il existe toujours une route, un chemin perpendiculaire à tous ceux qu'ils pourraient encore emprunter. Et soudain, dans un sourire aussi épanoui que celui qu'il arborait le jour de son admission, il en voit un.

— Mais par les couilles de Jiminy Cricket ! Vise-moi ça.

Il se fraye avec difficulté un chemin parmi les sacs de toile déposés dans le coin de la pièce, remplis chacun de plusieurs milliers de cartes de prompt rétablissement. Son projet préféré pour la pauvre estropiée, du temps où il n'était encore qu'un blanc-bec ordinaire atteint de progéria à la recherche d'un nouveau jeu. Du temps où le prompt rétablissement restait un sport de compétition. Il lance un coup de pied dans l'un des sacs, s'empoigne les orteils et sautille sur une jambe parmi des rires étouffés.

— De toute façon, c'est dans la poche ce record.

Mais Joy compulse en silence le classeur à trois anneaux qui ne l'a pas quittée depuis qu'elle a échoué son canot de sauvetage ici, dans cet hémisphère. Elle fouille parmi les communiqués que lui a adressés une Amérique friande de messages. Elle en tire une coupure de presse consacrée à un petit Britannique atteint d'une tumeur au cerveau, évacué vers ce continent de francs-tireurs en blouse blanche et parfois de faiseurs de miracles, où on trouve toujours quelqu'un qui veuille bien vous opérer de n'importe quoi. Ce garçon qui a enflammé l'imagination des infos locales mais aussi de World News a déjà emmagasiné assez de cartes pour dépasser de plusieurs ordres de magnitude son butin à elle. Trente-trois millions de vœux et il continue de solliciter la communauté internationale pour en obtenir davantage. Pire, ajoutant l'insulte à la blessure, le vainqueur se porte mieux.

— Nom de Dieu, Joyeuse.

Nicolino retourne le morceau de papier, lisant désespérément la moitié d'horoscope inscrite au dos. Ses griffes tremblent sous le poids de ce chiffon désastreux. Le timing impeccable de la maladie démolit la combine qui, comme promis à demi-mot, devait protéger Joy. Il roule le morceau de journal en boule, écrase avec lui la longue liste des mensonges coordonnés que l'enfance veut leur transmettre depuis l'origine.

À présent, même ceux qui ont le plus besoin de remédiation bilingue percent à jour ce conte de fées. La vieille bique venue faire croire aux jeunes lecteurs charmés qu'elle est leur mère les recrache à quatre paragraphes du « ils vécurent heureux », les laisse en plan dans le plus féroce des nulle part. Ou dans un lieu pire encore, plus malsain, plus béant de *non* et de *jamais* : cette Cité d'émeraude qui, en cet instant, ici même, derrière les fenêtres du service de pédiatrie, fait flamber ses avenirs non renouvelables.

Trouver le père se révèle plus facile la deuxième fois. Malgré les promesses de loyauté de l'hôpital, la signature de Wisat sur la décharge a alerté les chalutiers à grands filets du gouvernement. L'immigration l'a épinglé et le laisse dans l'incertitude depuis la première excursion de Joy en salle d'opération. Il veut tellement revoir la fillette et savoir ce qui l'attend qu'il accepte même de revenir sur les lieux de la trahison.

Le seul obstacle à l'obtention d'une nouvelle série d'autorisations réside dans les mots. Ils laissent Kraft, le carabin de service, annoncer la chose aux victimes. « L'ampleur des invasions fémorales indique la présence immédiate d'un processus agressif… » La petite fille, qui une fois encore sert d'interprète, se contente de regarder son médecin avec de grands yeux charitables. Elle se demande comment les deux hommes qui aujourd'hui comptent le plus pour elle dans sa double existence peuvent occuper le même espace tout en étant incapables de se parler.

Kraft remarque le silence, le suspens auquel la traduction devrait faire suite. Il lève les yeux de ses graphiques annotés et saisit le regard de Joy fixé sur lui. À son tour, il fixe ce regard qu'il n'a cessé d'éviter pour des raisons plus nombreuses que les erreurs commises au fil du traitement. Un regard de douze ans, noir comme la laque des barques de cérémonie, noir comme les kimonos de soie sur lesquels une génération d'écoliers plus âgés que lui d'un an ou deux reçut l'ordre de vider ses chargeurs.

Il calcule à rebours l'année où il vit ces yeux pour la première fois, où ils s'imprimèrent sur sa rétine. Il avait à tout casser deux ans de plus qu'elle en cette heure préopératoire. Et la fillette ; la fillette, en 1969… À quoi bon faire mine de compter ? La fillette avait l'âge qu'elle aura toujours. La fillette, déjà, même alors, avait douze ans.

Il se pétrifie sous son regard, réaction de défense sur laquelle se rabattent les animaux nocturnes surpris par la lumière. Sous le verrou assidu de sa pupille et de son iris, Kraft penche la tête de côté pour, d'un geste dissociatif, chasser la douleur, comme s'il refusait de voir qui est cette enfant. Mesurée comme un dictaphone, elle répète son pronostic. « À moins d'une amputation radicale, la patiente est morte, bonne pour l'abattoir. »

Elle le regarde en clignant des yeux, sans tressaillir ni reculer. Ce regard est celui d'une fille de la campagne – trop jeune d'un an pour la torsade de soie qui liera sa chevelure à celle d'un autre – apercevant pour la première fois le compagnon que lui attribue à vie un mariage arrangé. Son regard interroge, curieux ; regard déguisé, fausse monnaie. Elle se tourne vers son père et lui joue une transcription presque fidèle de la sentence. « La patiente » reste « la patiente », « morte » reste « morte ». Mais pour protéger son médecin, « amputation radicale » devient « opération ».

Seulement : les sons qu'elle produit, le théâtre d'ombres épique que ses syllabes projettent sur le visage de son père. Kraft secoue l'onde stationnaire du sommeil. Il s'ébroue comme un chien frissonnant au sortir de la vague. Les cinq tons du dialecte lui parviennent depuis un poste d'écoute situé à l'intérieur de la cochlée. Il regarde le vieil homme intégrer la condamnation de sa fille. Ce verdict n'est qu'une frappe isolée de plus dans la série familière des offensives, abrégé des inondations, des famines et des génocides de la semaine. Ce qui est devenu une seconde nature ne peut vous choquer. Portée par cette langue tonale, la nouvelle du sort qui attend la petite fille est déjà une vieille amie, antique poème récité une fois de plus autour d'un feu qui expire.

L'enfer qui recommence pour elle est une simple note au bas d'une annexe dans les rouleaux du registre de la mort en continu. La fillette partira-t-elle de la même manière que sa mère ? Ira-t-elle rejoindre ses frères et sœurs, la petite armée des rejetons qui devait protéger le guérisseur professionnel aux jours de sa dernière infirmité ? Va-t-elle donc disparaître elle aussi, comme le pays, la terre, les récoltes, les bêtes, les meubles préférés ? De la cime aux racines, l'arbre généalogique de la Bodhi consiste en descendants et ancêtres morts – ceux qui l'étaient à la naissance, ceux qui ne sont pas nés, ceux qui ont été rappelés à une naissance atroce. La vie n'existe que pour émousser la persévérance des vivants, les éteindre peu à peu chaque fois qu'une de ses branches est coupée puis jetée au feu.

Le père scrute le dos de ses mains, obscure recherche.

Il hausse les épaules en signe d'absolution. *Ça arrive.* Geste du professionnel, attitude du Mawkhan accrédité. Il sait, déjà, ce que le cycle a en tête pour la substance vitale déviée de sa fille et ne demande qu'à faciliter ce projet.

Il ne réclame qu'une chose, une chose que sa fille polyglotte et cosmopolite serait impuissante à traduire, même dans sa propre langue. Pourtant, d'une certaine manière, Kraft a l'intuition de cette requête toute simple, ou plutôt il la retrouve. L'autre homme de médecine voudrait procéder de son côté à une opération rapide et ensuite il laissera la jambe – l'invasion fémorale, son sang, sa vie, sa petite fille – entre les mains de l'actuelle culture dominante. Une seule technique, puis il s'en remettra à la pointe de la technologie guérisseuse.

Père et enfant échangent en hâte quelques mots indispensables dans leur langue privée. Kraft (revenu à lui, revenu dans le jeu, tandis que sa cervelle, embrumée par plusieurs années d'insomnie passées au service des autres, se reconstitue autour de la gamme perdue des cinq tons) découvre qu'il parvient à suivre la conversation. Non pas son contenu : les mots pris individuellement filent devant lui en un flou cinétique. Mais la forme, l'inflexion d'un sens s'insinue en lui, se blottit sous son bras bon gré mal gré et l'étreint en criant « Ricky ! ». Les mots se tiennent tout près d'une langue qu'il a parlée autrefois et ne peut plus faire sourdre aujourd'hui sinon sous forme de fragments agrammaticaux bons pour le musée.

Mais l'aisance, comme toute maladie infantile, porte en elle le germe de la première contamination. Il se concentre sur le torrent rapide des mots jusqu'à ce qu'un tourbillon phonétique se forme au-dessus de lui : *farang*. L'étranger. L'albinos. Toi, mon ami ; ils parlent de toi. Et ce mot – partagé en tant de régions, du Maroc à l'arrière-pays de Mandalay –, terme courant de l'altérité, le libère de ses entraves. La chose insaisissable qui défie son handicap lui revient par le chemin des écoliers, intacte.

Et maintenant, il lui faut – comment dit-on ? – en toucher un mot. Interrompant la paire héréditaire dans ses préparatifs d'urgence, il laisse échapper une phrase. Sans projet particulier plus pressant que cette première urgence, il se met à chanter :

Chahng, chahng, chahng, chahng, chahng,
Nang kuay hen chahng rue prow ?

(Dis-moi, petite : as-tu jamais vu un éléphant ?)

Wisat sursaute, son calme s'effrite. Même si sa fille lui a confié avoir échangé quelques mots non blancs avec ce *farang*, elle n'a rien dit de sa possession par des esprits. Le vieil homme ne parvient pas à comprendre de quel monde a surgi cette éruption.

— C'est du thaï, papa, lui souffle sa fille dans la même langue en l'appelant par l'un des rares termes dont la racine est aussi largement partagée que celle du mot *étranger*.

Bien sûr que c'est du thaï. De quoi pourrait-il s'agir en cette extrémité ombreuse du monde, dans cette ville aux mille langues, inventées ici pour moitié ?

— L'éléphant est une grande créature et point du tout légère, chante le père Wisat qui change de langue aussi facilement qu'il le faisait pour ses clients dans la vallée de l'autre côté de la frontière.

Cette version est un peu différente de celle que le Ricky d'autrefois se rappelle. Mais la mélodie reste la même comme le rythme des paroles.

— Son nez est vraiment long et on l'appelle fréquemment une trompe, répond Kraft en cadence.

Les deux hommes rient du chevauchement de leurs savoirs périphériques. Ils terminent la chanson ensemble tandis que la fillette pour qui ils semblent chanter regarde, un sourire douloureux aux lèvres, sachant que les adultes ne peuvent pas se faire de souci tant qu'ils s'occupent de la sorte.

Parvenu à la fin de la chanson, Kraft sait à nouveau parler, vraiment parler, après toute une vie privée de mots. Il peut formuler ce que n'importe quelle partie de lui a besoin d'exprimer. Et le thaï du vieux Laotien est du même niveau que le sien. Ce recouvrement instantané de la langue peut-il signifier que le farsi est toujours en lui, et l'urdu, et les prières arabes ? Avec celui qui est devenu presque un voisin, il parle de petits riens – de géographie et d'affinités, de fruits préférés, introuvables par ici, même dans le plus exotique bazar de la Cité des anges. De lieux dont il est impossible de retrouver le chemin, même armé de la meilleure des cartes.

— *Dee*, déclare Wisat dont la voyelle sonne à l'oreille de Kraft comme celle d'un quasi-autochtone. *Dee maak*. Parfait ! Nous n'avons rien à craindre alors ?

— Comment ça ? demande Kraft qui trouve ses mots sans marquer d'arrêt. Qu'est-ce qui est parfait ?

— Que vous veniez d'ailleurs. Comme nous. Mais vous, vous avez peut-être fait la traversée au sec ? D'un seul bond ?

Il regarde Kraft, une étincelle au coin du pli épicanthique ; les moins défavorisés font toujours des cibles de choix. Kraft se demande quel âge a cet homme. Certes, il est le père de cette petite de douze ans. Mais il a au minimum cent quarante-quatre ans.

Il devrait le détromper. Devrait lui annoncer la couleur : je suis d'ici. C'est juste que je suis parti quand j'étais enfant. Ensuite je suis revenu, puis reparti, puis… Il voudrait bien fournir des explications mais la chronologie lui échappe et il ne peut pas dire d'où il est, au juste.

Sans prêter attention à cela, Wisat précise sa pensée.

— Le problème avec les Américains, c'est qu'ils croient que tout commence et finit ici et maintenant. Sans retour, sans terre. Imaginez un peu : sans ancêtres ! Comment peut-on vivre ? Ce doit être terrible. Même leurs plus petites actions meurent sitôt accomplies !

— Une nation de tournebrides, marmonne Kraft en anglais.

Même s'il disposait du vocabulaire, l'expression ne pourrait se traduire. Intelligible seulement pour ceux qui ne possèdent d'autre commencement et d'autre fin que les leurs. D'autres temps que celui-ci.

Wisat déclare qu'aucune personne croyant que ses actes sont leurs propres conséquences ne devrait être autorisée à attaquer à la scie la maison des esprits où vit la moelle d'un autre. On devrait leur interdire de soigner, pas tant par égard pour le karma du patient que pour celui du chirurgien.

Kraft perd le fil de la discussion. Le simple parfum de ces syllabes avalées le renvoie à un temps où chaque son et chaque senteur attendait d'être servi à son tour, où toute la boutique sensorielle bruissait d'un savoir anticipé, où la nouveauté semblait saturée d'une explication proche et culminante. Premières études, Haendel ou Haydn, Sainte-Sophie, le jasmin, les cacahuètes grillées, *khong wong yai*, les monnaies d'échange en vigueur sur le marché noir, les fouets tressés à la main, les squelettes d'iguanodon, une virée dans le Sud : tout cela, cette multiplicité, cette diversité, déposée aux pieds de l'âge adulte coupable. Vaguement familiers déjà, ces carrefours sur le plan des choses qu'on porte inscrits en soi, qui lancent à la fois comme une question et un ordre : *Tu te souviens ?* Tu te souviens. Petite, as-tu déjà vu un éléphant ?

Un vacarme rappelle Kraft à la réalité, du chahut dans la rue. Un son explosif surgi d'un ghetto blaster sur la vitre qui crépite, assorti de cris aigus – beuglement ambiant du bruit de fond. Avant même que l'enveloppe sonore ait quitté la cascade bouillonnante du bruit, tous les chiens dans un périmètre de trois kilomètres autour du Carver se mettent à hurler. C'est exactement pour ça que les soldats venaient les empoisonner en douce au préalable.

Cacophonie effarée mais assez quotidienne pour que Kraft ne bronche même pas, n'était la réaction de la petite fille. D'un mouvement brutal, elle répète le saut de l'ange qu'elle a exécuté sur scène. Quand le son déclencheur – ce cimeterre qui cingle, cingle, cingle l'air aqueux – devient perceptible à l'oreille humaine, elle se précipite vers son père dans un cri, un mot : le surnom de la terreur.

Son geste est d'autant plus étonnant qu'elle n'a plus guère en dessous de la taille que deux rubans de papier crépon humide. Saisie par la peur, elle retourne à sa langue maternelle. C'est à Wisat de traduire maintenant en laissant voir ses dents sous l'effet de la gêne paternelle.

— Les libellules.

Kraft les entend approcher : une petite flottille de pales montées sur rotor, et Plummer à la réception, impuissant. C'est alors qu'il comprend : quel âge a donc cette pousse de soja ? Il regarde le dossier, vérifie que sa date de naissance est bien postérieure au dernier UH-1 chassé des limites de ce continent. Même à supposer que sa guerre à elle fût de celles qui s'attardent, qui traînent en secret, sans publicité, au-delà de la capacité de concentration des Américains : des libellules ? Même s'il restait encore des hélicoptères de combat après la naissance de l'enfant, qui les pilotait, les entretenait ? Et à quelles fins, dans quelle pathétique vallée sans valeur, sinon pour déporter le vieux chaman, annuler sa femme, exciser toute sa descendance à l'exception du dernier nouveau-né et lui infliger cette cicatrice permanente, l'appel d'une monstrueuse mère de métal qui cingle, cingle, cingle – papillon de Lorenz devenu fou ?

Cette question en allume une dizaine d'autres dans l'esprit de Kraft, questions qui auraient dû lui venir bien plus tôt. Comment ces deux paysans, réfugiés d'une guerre permanente, ont-ils pu arriver jusqu'ici ? Comment ont-ils fait pour quitter le pays, régler tous les frais de sortie ? Qui auraient-ils pu payer ? Ils n'avaient aucun moyen de s'échapper. Donc, conclut Kraft, il est impossible qu'ils soient ici.

La fillette tremble sous l'effet d'un conditionnement qu'elle n'a pas pu recevoir en main propre. Terreur acquise, peur des hélicos apprise devant de vieilles actualités, à l'écoute des récits de son père ou au contact quotidien des bénéficiaires d'herbicide tombé du ciel. Il y en a assez, dans cette ville remplie d'évadés venus de toutes les jungles en flammes que cette ville a incendiées. Elle habite près de chez Hmong qui ne peut pas soulever une fourchette sans qu'il faille convoquer un conseil de famille. Elle va à l'école avec les petits-enfants des Nissei qui furent internés dans les camps. Elle mange avec des Asiatiques qui n'ont jamais vu de vrais piments. Elle étudie avec des Asiatiques incapables de trouver la Chine dans un atlas. Elle joue avec les enfants de la poudre à éclairs, dont plusieurs centaines de milliers sont admis en l'espace de quelques années. Demi-enfants de pères qui croyaient n'être jamais retrouvés. Mères qui n'ont jamais cessé de chercher. Asiatiques échappés de leurs nécropoles natales, passés en contrebande au tarif du marché, ou expédiés sur Oahu et Guam dans des cercueils américains vides, ne devant leur survie qu'à une mort imitée. Asiatiques venus ici longtemps avant le premier Européen, avant l'invention du mot *Asie*. Asiatiques qui ne saisiront jamais ce qui passe pour raisonnable de ce côté-ci du Pacifique. Elle pourrait avoir contracté auprès de n'importe lequel d'entre eux cette terreur du ciel enflammé.

Kraft détourne les yeux devant l'étreinte paniquée de Joy pour ne pas humilier l'enfant davantage. Il prend le premier volume sur la pile de ses livres d'étude, posé bien en évidence, pour qu'il le voie, sur *Étoiles et planètes* et *Apprenons l'électricité*. Mince édition brochée à la couverture pastel, intitulée *De l'autre côté du miroir* : il lui faut attendre l'exorde avant de se souvenir qu'il a acheté ce livre pour Joy dans une malheureuse tentative de l'inciter à des lectures d'un niveau inférieur au sien, indignes d'elle.

Ô belle enfant au front si doux,
Aux yeux tout imprégnés de rêve !
Malgré le temps trop bref et la demi-existence
Qui nous sépare,
Tu accueilleras d'un sourire radieux
Ce conte offert par un cœur aimant.

Parvenu à la fin du sixain, il se rappelle enfin l'endroit où il a acheté ce volume, la ville, le jour, la femme qui l'accompagnait, le nom de cette femme et pourquoi il la fuit. Rappel trop proche pour être un souvenir. Le souvenir est loin à présent, à une demi-existence de là, à Krung Thep, cette autre Cité des anges où l'immigrant à demeure, c'était lui.

Une main noueuse attrape la sienne et la recouvre tandis qu'elle feuillette les pages. Wisat, désignant le mince volume, fait entendre un petit rire. Il s'adresse au *farang* en français, vieille langue impériale de l'occupation.

— Vous êtes un homme bon.

Kraft relève la tête. La petite fille, de retour, dissimule son visage penaud. Sur les cinq tons, la plus musicale des langues jamais inventées pour dire des choses humaines, Kraft lui chante :

— Nous allons devoir te couper toute la jambe. Et ça ne suffira peut-être pas.

Le père et la fille semblent surpris qu'il rende ce verdict public. Ils lui adressent le regard des indigents de la médecine, le regard de ceux qui connaissent des commencements et des fins plus vastes.

À mi-voix, Wisat demande à Joy quelque chose que Kraft ne saisit pas. La fillette fouille dans son sac de fournitures scolaires aux couleurs, cette année, de robots japonais pourfendeurs du crime qui se transforment en chasseurs F-15. La sacoche est remplie de crayons HB à bout carré, de colle comestible et de rapporteurs en acier conservés avec soin même s'ils sont trop faussés pour être utilisables. Elle en tire un éclair d'argent qu'elle confie à son père.

À son tour, celui-ci le tend à Kraft en prononçant une formule d'offrande venue d'un pays qui n'appartient à aucun des deux hommes. Kraft reçoit le cadeau en marmonnant un mot de remerciement qui fut autrefois chez lui une seconde nature, mais jamais la sienne. Il prend d'abord ce présent pour un petit Bouddha. Il s'agit en fait d'une pendeloque occidentale, ailée et métallique.

— Qu'est-ce que c'est ? demande-t-il, sentant sa peau devenir voltaïque.

Mais Kraft sait déjà ce qu'est cette chose. C'est l'ange suspendu au surplis de son père, sur le seul portrait qu'il possède de celui-ci en enfant de chœur.

— C'est un porte… un porte…

— Bonheur ?

À porter quand il coupera le membre de Joy, afin que tout aille bien pour celui-ci sur le chemin qui le mènera de la cavité articulaire à l'incinérateur.

Elle lui adresse un regard de remerciement empressé et copie le mot avec application dans son carnet.

— D'où vient-il ?

Nouvelle consternation face à ce besoin que le médecin du Nouveau Monde a de poser ouvertement les questions. Joy hausse les épaules. Il vient d'où viennent tous les porte-bonheur. D'un geste vague, elle désigne le toit où se posent à l'instant les libellules d'urgence médicale.

— Il est tombé du ciel.

Du ciel, bien sûr. D'où tombent tous les porte-bonheur. Le premier mot, la formule d'invocation, l'il-était-une-fois singulier et délaissé lui revient en mémoire. Il peut à présent donner à Joy la part manquante de son ange déchu, la clé. *Plus de douze ans avant ta naissance* – il lui doit cela ; c'est son apport à lui dans cet échange d'enfants otages –, *un garçon de ton âge est tombé du haut de ce même bleu.*

C'est toujours par là qu'il arrivait. Et repartait, un an ou deux plus tard, quand son père s'en allait vers une nouvelle région de ce qu'on appelait encore le monde en voie de développement. Ils suivaient la force de Coriolis du service extérieur, croisade à visage humain menée par leur pays. Un jour, l'enfant tombé du ciel arriva dans la Cité des anges, capitale du Pays des hommes libres.

Sa première bribe de langue libre – entendue dans la bouche d'un soldat armé en tenue kaki, préposé au contrôle des passeports à l'aéroport de fortune – lui parut plus mélodieuse que tous les chants. S'il avait su comment, il aurait demandé au militaire d'entonner encore cette phrase. Nul besoin : la ville entière était accordée à une gamme chantante de notes parlées.

Il avait vécu dans des villes mises à sac une douzaine

de fois avant que la Cité des anges n'élève sa première muraille. Pourtant, elle lui semblait le plus ancien de tous les endroits qu'il eût jamais vus, et le moins soucieux du temps qui passe. Elle était bâtie sur le coude d'un fleuve sénile dont les méandres s'étirent jusqu'à la mer de Chine méridionale en lacets aussi paresseux que les sutures d'un crâne de bébé. Posée comme une araignée d'eau sur cette zone inondable, la cité radeau avait formé une île en prenant racine. Les rares routes qui la sillonnaient étaient encore des canaux quelques années plus tôt.

Sans plan établi, Krung Thep s'étalait à partir du fleuve, poussant son réseau de canaux comme des colonnes de fourmis sur une nappe de sucre. La maison où son père les conduisit faisait face à une rue couverte de végétation et donnait à l'arrière sur un canal desservi par des bus et des taxis fluviaux. Comme tous les autres bâtiments de la ville, cette maison dansait sur des pilotis fixés sur les hauts-fonds.

Entourée d'un mur, l'enceinte de sa nouvelle maison comprenait tout ce qu'il avait appris à connaître en grandissant : l'habituel logement des serviteurs, une blanchisserie à ciel ouvert, un bassin d'eau de pluie rempli de larves de moustiques et un taillis d'arbres fruitiers aromatiques trop mûrs. Mais une touche exclusivement locale distinguait les lieux. Du côté où le mur couronné de tessons bordait le canal, sous un arbre qui donnait des cloches de la liberté comestibles d'un rose poudré, se trouvait une toute petite maison. Ses piliers, conçus pour des poupées, soutenaient un toit de céramique orange et verte à trois gradins, au faîtage aigu. À chaque angle, des épis en forme de flammes ornaient les avant-toits incrustés.

Ricky demanda au cuisinier, son confident, ce qu'était ce logis miniature. Dans un patois qui fournit à l'enfant son passeport pour la langue libre, Som lui expliqua qu'il abritait toutes les essences déplacées pendant la construction de la grande maison. En un geste qui tenait de la vénération et de l'excuse, Ricky aimait déposer du jasmin sur le pas de la minuscule porte d'entrée et faire brûler des bâtons d'encens.

La cité flottante consistait en d'innombrables maisons des esprits, réelles et grandeur nature. Les banques, les arcades, les bars, les bains turcs, les lupanars, les marchés, les clubs de polo, les ambassades et les sombres labyrinthes des taudis y proliféraient, sans bornes. Pourtant la capitale libre ne connaissait qu'une seule industrie décisive : la propitiation.

La ville existait pour bâtir des monastères. Cette entreprise avait canalisé l'essentiel de la volonté libre. Il y avait un monastère juste au bout de la rue où habitait Ricky et un autre à une centaine de mètres en aval du canal. Un autre encore en face de l'Institut international où il se rendait. Un énorme complexe de temples, cité ceinte de murs à l'intérieur de la cité, occupait l'anse du fleuve, le noyau de la vieille ville. Dans leur majorité, les trois cents monastères – villages tentaculaires ou cabanes isolées – étaient de style classique : colonnades flanquées de stûpas en forme de cloche, aux toits en terrasses surmontés de flammes et piqués de flèches effilées.

La ville travaillait à un projet pluriséculaire : se convertir en gigantesque relais pour les indigents du royaume des esprits. Même ceux que le manque d'eau potable rendait désespérément pauvres – quelques millilitres en plus ou en moins décidaient de la vie ou de la mort de deux millions d'habitants dans la Cité des anges – participaient à cette édification. Une semaine de salaire disparaissait dans le remplacement d'une tuile de toit, signée sur l'envers avant d'être mise en place.

Le paradis libre, apprit l'enfant, n'était pas un lieu mais un affranchissement du lieu, une libération des tours de la roue du Dharma. New York céleste, Tokyo mendiant, Paris incorporel, la Cité des anges se construisait sur une architecture inaccessible au désir.

Les quartiers qui renonçaient aux lumières se présentaient sous forme de baraques à un étage en béton coulé. Les boutiques au rez-de-chaussée étaient coiffées d'un ensemble combinant officine, réserve et cube d'habitation. Dans ces boutiques, l'enfant apprit à marchander. Même cent grammes de sucreries cachaient un prix que l'acheteur et le vendeur devaient découvrir de concert. Ricky savait jouer la stupeur devant un montant proposé ou feindre l'indifférence à propos d'un article qu'il brûlait d'acquérir pour tous les fonds de poche de son existence, et davantage. Il perfectionna l'art de tourner les talons puis de revenir à l'instant précis de la suprême lassitude pour suggérer un compromis dans un langage tonal des plus résigné. Les boutiquiers le taquinaient avec des prix gonflés rien que pour voir ce misérable semblant d'albinos déballer son répertoire.

Son vocabulaire s'étoffa bien vite. À treize ans, il avait l'oreille encore malléable. Il existait des sons dans cet alphabet immense que ses parents n'entendaient pas et étaient plus incapables encore de restituer : un intermédiaire entre le *b* et le *p* ; un intraitable *ng* initial qui venait d'un endroit situé à l'arrière de la gorge, absent chez les Blancs adultes. Désavantagés, les parents de Ricky se servaient de lui pour négocier avec les commerçants ou calmer les angoisses de Som quand le *pallo* du soir était envahi par des hordes ailées.

Une barrière plus infranchissable que la prononciation empêchait ses parents de jamais parler la langue libre. Le sens d'un mot y reposait sur le déploiement correct des cinq tons. Sa mère, musicienne amateur, entendait bien quelque chose d'extraordinaire dans chaque syllabe. Mais ni elle ni M. Kraft ne distinguaient – et *a fortiori* ne pouvaient reproduire – la différence entre *couleur* et *quatre*.

L'enfant au contraire connaissait le ton d'un mot avant même d'en avoir appris le sens. Il savait que le ton était le mot. Ainsi pouvait-il formuler à partir de cinq syllabes, équivalentes pour ses parents, cette question brillante quoique rhétorique : « La soie nouvelle ne brûle point, n'est-ce pas ? »

Il étudia la langue libre à l'Institut international de la Cité des anges. L'école, qui accueillait les enfants étrangers de la ville, formait un complexe monastique aux toits sans flammes. La mascotte de l'école – plaisanterie raciste à l'adresse de tous les *farangs* quel que soit leur type de mélanine – était Hanuman, le général singe au poil blanc, héros du poème épique national.

Ricky ne tarda pas à étudier la langue auprès des anciens et en apprit même l'écriture compliquée. Il sut bientôt nommer une douzaine de variétés de bananes en négociant sur les embarcations des canaux. Som lui montra comment chanter dans une gamme de sept notes en imprimant à chaque ton l'inflexion du mot correspondant. Mais son véritable laboratoire de langue, il le trouva dans les rues où il apprit très vite à tout dire, de *coup franc* à *va enculer ta mère*.

Le temps ne fleurissait pas dans le verbe mais dans le contexte : Hier, il pleut. Cet après-midi, il pleut. Dans les siècles des siècles, une fois quittée cette gangue charnelle de l'histoire, il pleut. Les colorations subtiles d'un temps sans temps l'imprégnaient en profondeur. Il comprenait peu à peu ou, comme on dit dans l'idiome de la langue libre, ça lui entrait au cœur.

Ça lui entrait tant au cœur qu'il avait comme la sensation de n'être que là où il était, fantôme blanc dans un port intérieur, sur le golfe du Pays des hommes libres, dans une rue envahie de cyclo-pousse et de marchands barguigneurs, semée de jasmin et du son des cloches dont résonnent les temples – ces cloches frappées par le bâton des pèlerins sur les mêmes intervalles que les chants à sept notes appris avec Som. Il chantait ces chants à treize ans et entendait déjà ce qu'ils donneraient une fois leurs notes reprises, quand le seul endroit auquel il eût jamais appartenu se résumerait à cet exotique récit de voyage, à ce pâle dessin.

Ses parents étaient résignés à son assimilation. Ils le laissaient se promener au hasard dans la ville. Pour deux cents et demi, il prenait un des bus aux cent codes couleur, suspendu à la porte arrière laissée ouverte, même quand l'affluence ne l'y obligeait pas. Il traînait sur le marché du dimanche où il regardait des membres tuméfiés par l'éléphantiasis désenfler grâce à l'application d'un fluide distillé à partir d'écorces rares. Il pouvait aussi acheter des poissons et des oiseaux pour le plaisir de les relâcher. Il trouvait des fruits qu'il n'avait jamais vus ailleurs sur la planète, des saveurs sans équivalent dans aucune langue hormis celle qu'il goûtait à présent.

Le marché du dimanche attestait de champs et de fleuves un peu plus généreux que dans la plupart des endroits où il avait vécu. Mais même ce bazar assez bien pourvu comptait d'imposants quartiers où des personnes difformes installaient leurs grabats, où des mères demandaient l'aumône pour leurs bébés hydrocéphales à la tête, lisse et brillante comme des vases de musée. C'est là que l'enfant investissait les recettes de ses marchandages. À treize ans, il nourrissait encore l'espoir ridicule de faire bouger les choses, même si au fond il savait déjà que toutes les piécettes de la Terre ne pourraient jamais libérer ne fût-ce qu'une fraction infime de la souffrance enfermée dans cet illusoire tour de la roue.

Le sud-est de la ville formait un taudis si vaste et épouvantable qu'aucune philosophie n'aurait su le réduire à une illusion. Ricky s'y aventura un jour ; l'un des rares coins de la cité qu'il n'avait pas encore vus. Le contrôleur du bus composta son ticket en se servant de l'ongle de son petit doigt, torsadé et long de quinze centimètres. Il lui demanda où il allait comme ça. Ricky répondit : « Je vis dans cette ville. » Je vis hier, aujourd'hui, dans mille ans.

Mais il n'était justement pas préparé à voir l'endroit où il vivait. Dans Squatter Town, les maisonnettes pour esprits déplacés étaient inutiles. Les vivants qui se trouvaient là ne déplaçaient rien ; ils n'avaient jamais pris possession du bail. Les pères déféquaient et les mères faisaient la vaisselle dans la mare fétide où leurs enfants trouvaient encore l'énergie de nager. Leur régime alimentaire ne pouvait même pas nourrir en eux l'espoir de s'évader par la religion. Les journées n'étaient pas une roue perpétuelle dont il fallait faire le tour en attendant que l'histoire relâche les résidents du jour. Là-bas, les jours ne passaient pas. Les jours étaient un luxe inconcevable réservé aux privilégiés et à ceux qui s'étaient déjà fait la belle.

Dans les rues, les enfants squatteurs ne prenaient même pas la peine d'assaillir Ricky venu leur tendre des pièces de dix cents. Ils prenaient la monnaie et détournaient les yeux d'un air las. L'un d'eux, plus âgé et aguerri, étincelle dans cette obscurité dévorante, réussit néanmoins à puiser en lui assez d'ironie pour joindre les mains devant son nez baissé, en signe de remerciement et d'au revoir.

Squatter Town guérit l'enfant de ses sautes d'humeur pour toujours. La taille du ghetto flottant, l'alanguissement infect de la vie nourrie de ses propres charognes tenaient en échec toutes les machinations que l'histoire humaine pourrait inventer en guise d'autojustification. Ricky découvrit, à l'âge où son corps perdait son rose de vermisseau et se couvrait de touffes de poils, que les malheureux du marché ne se cantonnaient pas à quelques stands de mendicité sous licence. Ils proliféraient dans des villes à eux, des zones franches autonomes qui dépassaient en croissance par habitant tout ce que le monde ascendant pouvait espérer compenser.

Il ne parvenait pas à comprendre l'étendue galopante du taudis. Cette image le poursuivait avec une assiduité pointilleuse partout où il allait. Il demanda à son ami libre, le vigile de l'Institut, comment un taudis de cette taille pouvait consumer une ville pourvue de tant de dons. L'homme prit un air sombre et formula son explication.

— Tu connais Hitler ? demanda le vigile.

Ricky admit en avoir entendu parler.

— Je veux faire pour nos Chinois ce que Hitler a fait pour vos juifs.

L'enfant ne put même pas cracher le « Pourquoi » coincé dans sa gorge.

— Les Chinois prennent tout le travail. Ils épousent nos femmes. Ils se font un tas d'argent sur nos sacs de riz et nous obligent à payer le double pour nous les rendre.

Ricky porta sa question à l'église – établissement luthérien dont les membres se réunissaient dans une soupente de l'école catholique. Ricky interrogea le professeur qui le préparait à sa confirmation, un capitaine de l'armée de l'air. Celui-ci l'informa d'un ton tranquille. La guerre mettait le sous-continent à sec. Et ce bien inutilement, à cause de législateurs en pantoufles qui n'étaient jamais venus jeter un coup d'œil dans le coin. Une seule mesure pouvait arrêter cet effroyable drainage : la permission de saturer le Yangtsé, tous les cent kilomètres. Le capitaine tapotait la paume de sa main tavelée, traçant sur la ligne de vie un diagramme de précision. Il affirmait que ses collègues thaïlandais, sur les bases louées à l'aviation américaine, étaient tous d'accord. Ricky sentit qu'il lui faudrait bientôt oublier les enfantillages.

Il essaya de se perdre dans les distractions. Il assistait à des combats rituels – de cerfs-volants, de poissons, de coqs, de kick-boxing. Il achetait à des marchands ambulants des doses étourdissantes de sucre de canne et de café glacé, des magazines à scandale sur papier qui tache, des racines pour restaurer l'esprit vendues sur les flottilles des canaux. L'Institut international lui servait à tuer trente heures par semaine : les cours dispensés ignoraient avec sérénité la crise décisive que Ricky venait de mettre au jour. Après l'école, il trouvait refuge dans des films indiens dont les héros exécutaient des bonds de dix mètres et retombaient à terre en faisant tournoyer leur machette et en troussant une rime bien sentie. Mais un jour, le film terminé, au garde-à-vous devant une projection du roi, tandis qu'un *piphat* s'insinuait dans un fac-similé de l'hymne royal, le petit Kraft comprit que son désir d'effacement réclamait, plus que jamais, une issue évidente.

L'enfant dit à ses parents qu'il voulait entrer dans un monastère au début de la prochaine saison des pluies.

« Réaction typique, gloussa son père comme s'il avait déjà catalogué l'esprit du jeune adolescent. Dommage que tu n'aies pas l'âge légal. Ils pourraient peut-être t'employer dans la Légion étrangère. »

Ricky ne voyait pas du tout de quoi parlait son père. Entre l'enfant et lui, chaque kilomètre au compteur avait instauré sa distance. Ses parents l'avaient élevé sans cruauté, dans tout le confort nécessaire. Mais les efforts qu'ils faisaient pour le comprendre étaient condamnés, comme son exposition tardive au sport national, à d'enthousiastes ratages. Comment pouvaient-ils croire qu'il voulait oublier quelque chose ? Erreur totale. Il éprouvait le puissant besoin de se rappeler quelque chose.

La plupart des hommes libres passaient quelque temps sous l'habit du moine. Ses parents, que son apprentissage de la langue avait ravis, qui l'avaient emmené partout dans le pays et lâché dans la capitale, ne pouvaient pas émettre d'objections. À quatorze ans, on était mûr pour le noviciat ; il arrivait que des garçons entrent au monastère dès l'âge de huit ans. Certains restaient trois semaines ; d'autres demeuraient dans le temple année après année et finissaient par mourir là où, au commencement, ils avaient demandé à entrer.

Les postulants suivaient des cours d'instruction religieuse. Ils commençaient par l'histoire de l'Éveillé. Un riche prince traverse une crise spirituelle : il comprend qu'il ne peut rien attendre au bout du compte, sinon la maladie, la souffrance et la mort. Le prince renonce au monde et se retire dans la solitude. Il part à la recherche de la vérité absolue, rejetant divers chemins et s'affamant au point de voir ses os lui percer la peau et ses cheveux mourir à la racine.

Un jour, sous un arbre de la Bodhi, il lutte contre le Tentateur qui lui dit de choisir la vie. Il triomphe du désir et acquiert ainsi la connaissance de ses vies antérieures puis voit le flux des perpétuelles renaissances de la création. Il s'éveille à la nature de la souffrance, du sentiment et de la migration éternelle : l'univers comme étang de lotus.

L'enfant découvrit les trois plans, la forme du cycle du temps et le nom de nombreux points fixes de la sphère tournoyante. Il apprit les étapes qui mènent à l'éveil et mémorisa les fragments d'écriture qu'il lui faudrait réciter le jour de son ordination. Il fut accepté dans un petit temple sur l'autre rive du fleuve. Un moine confirmé lui rasa intégralement la tête, y compris les sourcils. Ricky, apercevant le résultat, éprouva un choc à la vue du terrain déformé, en bosses et crevasses. L'argot désobligeant des rues avait raison : il était albinos – un vrai phénomène. Son crâne nu était plus blanc que le papier pelure d'oignon avec lequel il avait autrefois décalqué les pays du monde.

Enveloppé d'un linge aussi blanc que son crâne vierge, on l'emmena faire trois fois le tour du temple sous une ombrelle. À l'intérieur, assis en tailleur devant l'abbé et une douzaine de moines, il fut interrogé ; toutes ses réponses étaient prêtes. À la fin de l'examen, l'abbé – un vieillard en perpétuel danger de disparaître sous son habit orange – le scruta derrière ses lunettes et lui demanda à brûle-pourpoint : « Où vas-tu ? »

La panique déferla sur Ricky telle une mousson. Mais comme la pluie du jour qui, une minute, peut se faire aussi opaque qu'un rideau de métal, puis s'en aller plus vite qu'elle est venue, la confusion de l'enfant se dissipa, changée en bleu limpide et équatorial. Il donna la première réponse qui lui vint à l'esprit, une expression familière qui dit à peu près « J'ai déjà été ». Le petit sourire de l'abbé indiqua que si Ricky n'avait pas entièrement réussi l'examen, il serait néanmoins accepté à titre d'exception prometteuse.

Isolé dans la communauté, on le conduisit à sa cellule – un cube ouvert en teck recouvert d'une moustiquaire, avec un petit carreau de prière et un baquet d'eau à partager avec trois autres moines. Les plus jeunes novices s'attroupèrent autour de lui jusqu'à ce qu'un moine confirmé vînt les chasser. On apprit à Ricky à passer son vêtement et à en rouler les plis. Puis il fut livré à lui-même.

La bonne façon de parler, la bonne gestuelle, la bonne expression du visage. Pas d'effets personnels. Pas de nourriture passé midi. Pas de chant, pas de musique, pas d'images, pas d'informations. Interdiction de quitter l'enceinte sinon à l'aube pour aller pieds nus dans les rues demander l'aumône et recevoir la nourriture du jour des mains de donateurs en quête de mérites. Il connaissait ces règles mais ne savait pas, en dehors du repas pris en commun et des diverses psalmodies, ce qu'on attendait de lui toute la journée.

Rien. Tout. Il pouvait assister à l'instruction en compagnie des moines confirmés. Il pouvait réfléchir ou écrire. À certaines heures, il pouvait parler à mi-voix avec les autres garçons. Il pouvait méditer. L'abbé lui donna sur ce sujet un livre en anglais pris à la bibliothèque du monastère. Aucun des autres moines ne savaient le lire et l'abbé était très curieux de connaître son contenu.

Ce livre – *Conscience de l'air* – était pour commencer aussi limpide que la lune dans l'eau immobile d'un baquet, mais à chaque relecture il se brouillait de replis infinis. Chaque ligne défaisait et retissait le précédent paradoxe opalin. L'intrigue tout entière expliquait comment rester assis en silence, si attentif à sa respiration qu'on finissait par l'oublier à nouveau. Elle disait comment maîtriser ses mains, son cou, son corps. Mais quand le texte décrivait la maîtrise des pensées, le propos devenait insaisissable.

La méditation s'élevait par étapes, comme les degrés de son ombrelle de procession. Redresser la colonne vertébrale, fermer les yeux, se concentrer sur le filet d'air qui passe dans les poumons. Avec un peu d'effort, Ricky parvint au détachement puis retourna à sa lecture.

Venait ensuite la concentration intense. Il respira un long moment sans jamais savoir s'il avait atteint l'état recherché ou croyait seulement l'avoir atteint. Il reprit son livre et découvrit que cette incertitude constituait précisément une étape sur le chemin d'une indifférence plus profonde. Quand approcherait la lumière blanche, il ne devait ni se fermer à elle ni lui céder, mais la traverser pour parvenir à une dépossession plus complète. Après s'être perdu pendant des jours dans diverses positions, il approcha de la lumière blanche mais l'excitation dissipa cet état.

À la dernière page du livre, il lut que tout ce qu'il venait de lire jusqu'ici était sans valeur. Les mots et l'étude constituaient les pires ennemis de la chose que l'étude et tous les mots étaient censés éduquer. Ricky rapporta le livre à l'abbé et lui annonça que cet ouvrage recommandait sa propre destruction. L'abbé sourit et hocha la tête, puis replaça le livre sur son étagère.

L'enfant continua de respirer en silence sans essayer à présent de parvenir à autre chose que respirer. Ses journées étaient si dégagées de toute distraction qu'il ne parvenait plus à se rappeler l'urgence qui l'avait poussé ici. Les heures devenaient vagues ; l'intervalle entre deux volées de cloches se creusait d'une béance grotesque. Dans le silence de sa cellule, la sinusoïde de la lumière suivait en son flux et reflux l'essor et le déclin d'existences entières. Une fois, pendant un après-midi qui dura plus longtemps que l'appartenance à ce monde, il se crut tout près de recevoir la connaissance de ses vies antérieures.

Au bout d'un moment, le temps cessa. M. Kraft vint s'enquérir de l'enfant. Ayant renoué assez avec la conversation pour savoir déjà combien le temps lui redeviendrait insoutenable après le départ de son père, Ricky supplia celui-ci de rester pour la nuit. Mais son père avait du travail ; il devait s'occuper des exploits de la volonté politique mondiale.

Ricky aimait se rendre dans le cabinet de travail de l'abbé pour contempler une image de l'Éveillé, une céramique noire qui le représentait étendu de tout son long, allégé par la délivrance, la tête posée dans le creux de son bras. Cette statue n'évoquait aucune des mille manières thaïes de traiter la pose. Elle était étrangère, autre. L'abbé lui expliqua que la statue venait de loin.

— Loin comment ? demanda le novice.

— Plus loin que tu ne pourrais marcher au long de ta vie. Et elle est aussi vieille qu'elle vient de loin.

— Plus vieille que je ne pourrais aller en marchant ? demanda Ricky dans un gloussement, à l'encontre des préceptes.

Mais l'abbé se joignit discrètement à lui.

— C'est l'une des plus anciennes représentations de l'Éveillé dans sa forme humaine. Avant, les artistes se contentaient de dessiner ses emblèmes : l'empreinte de son pied, l'arbre.

— Pourquoi est-elle si étrange ?

Les lèvres de l'abbé se crispèrent.

— Les premières images étaient encore sous le charme de l'Occident. Mi-hindoues, mi-romaines.

— C'est vrai ?

Ricky toucha la figure allongée, découvrant en elle une autre âme déplacée.

— Je ne te mens pas ! Qu'est-ce que tu préfères en lui ?

Ricky répondit aussitôt.

— Son visage.

— *Heu.*

L'interjection pouvait signifier n'importe quoi.

— Son visage ?

— Il est tout en contraires. Il a ce profond sourire mais…

C'est le visage d'un enfant de mille ans.

L'abbé compléta cette pensée inaccessible.

— Mais rien dans le monde ne prête à sourire.

Ricky fixait du regard la béatitude douloureuse qu'exprimait ce visage.

— Elle a de la valeur ?

Il détesta cette question sitôt qu'elle lui fut sortie de la bouche. Sa valeur au catalogue – sa rareté – dépassait celle des bâtiments du monastère mis bout à bout. *D'autres ont-ils besoin de cette image autant que moi ?* Voilà la question qu'il avait voulu poser. Mais en chemin, l'idée s'était perdue dans l'air.

L'abbé ne le réprimanda pas.

— Nous nous en servons.

L'enfant tendit la main – pour quoi ? – pour caresser la statue ? la consoler ? Mais sous l'effet d'une pulsion inattendue, sa main trembla. Il essaya de contenir le tressaillement mais la volonté avait un pas de retard sur le muscle. Avant même que la statue ne glisse de son étagère pour finir en morceaux sur le sol, Ricky vit l'irréversible et voulut mourir, flotter sans vie au-dessus de l'atmosphère terrestre.

L'abbé, qui renonçait pourtant depuis vingt ans à l'illusion des choses, poussa un cri devant le tas de tessons absurdes et son crâne rasé devint aussi pâle que celui du novice blanc. Il ne dit rien et la dureté de ce silence infligea à l'enfant une blessure pire que la catastrophe.

À peine quelques mois avant l'arrivée de Ricky, dans une cellule voisine de la sienne, un vieux moine s'était pendu. Mais l'enfant ne trouva aucun endroit au désert du plafond où attacher le coin de son vêtement. Il s'assit sur le sol nu, refusant ses repas, renonçant aux prières, incapable même dc fermer les yeux et d'écouter sa respiration. Il ne s'autorisait qu'à revoir le film de l'événement : la statue avait-elle glissé avant que sa main ne tressaute ? Non ; il ne récrirait pas la chronologie. Avait-il eu le désir de détruire l'objet ? Pourquoi ?

Rien n'avait de sens et surtout pas l'impression que son spasme avait répondu à quelque injonction venue des plis enfantins de ce visage. Juste un instant avant d'envoyer la statue s'écraser à terre, il avait entendu quelqu'un – pas l'abbé et certainement pas l'Éveillé – quelqu'un qui, étendu sur le tas de bois humain, criait avec force depuis l'intérieur du four : « Sors d'ici ! » Et ces mots avaient tatoué sur son bras un numéro de série, provoquant le réflexe fatal.

Le souvenir de la statue fracassée le faisait tourner en rond dans sa cellule comme un coq de combat au bout de sa chaîne. Il se claquemura jusqu'à cet après-midi où il n'eut plus d'autre choix que mourir d'asphyxie ou partir. Quand enfin il ouvrit sa porte, la puissance du soleil l'aveugla comme l'ampoule dénudée d'un interrogatoire. Il franchit le porche d'un pas mal assuré pour retrouver un lieu oublié où il manqua de trébucher sur une masse posée en travers du seuil. Il tomba à genoux et joua avec la chose comme un homme des cavernes avec son premier silex. Il s'agissait du plus gros débris de la statue brisée.

Ricky remporta le morceau de céramique à l'intérieur. Pas le monticule entier de sa honte indélébile ; juste cette longue surface intacte aussi onduleuse qu'un coquillage sensuel. Il regarda cette courbe simple – qui fut autrefois le galbe du côté d'un homme allongé dans l'attente de la dernière migration. Après avoir longtemps regardé, il prit une décision. Avec la lame d'un petit couteau et une aiguille à coudre qu'on lui avait prêtée pour raccommoder son habit orange, il se mit à travailler la surface minérale. Il en fouilla la profondeur à la recherche d'artefacts, grattant avec la pointe de l'aiguille comme avec le pinceau d'un archéologue.

Ricky grava pendant trois jours. Il découvrit que ses mains étaient les seules parties de son corps têtu à bien vouloir exécuter ce qu'il leur disait de faire. Il pouvait penser un arc presque trop petit pour l'œil puis le reproduire sur la peau de pierre. Quand il posa la dernière ligne entre les minuscules vertèbres, réplique magique en taille-douce des capillaires, il sut qu'il avait terminé, qu'il avait accompli ce qu'il avait besoin de faire avec ce débris.

Il apporta le tesson à l'abbé et le lui tendit. L'abbé fixa l'objet à travers ses lunettes à l'épaisse monture noire, le visage rembruni.

— Qu'est-ce que c'est ? demanda doucement l'abbé.

Ricky ne pouvait rien dire. Il ne pouvait ajouter à la chose aucune description que la chose ne contenait déjà.

L'abbé plissa les yeux en passant l'ongle sur le détail stupéfiant de la face interne.

— Sais-tu ce que c'est ? demanda à nouveau l'abbé.

Ricky n'osait pas incliner le cou.

— C'est le larynx du dernier enfant à quitter la roue.

Il mit son doigt dans l'une des stries.

— L'endroit d'où surgira l'ultime cri d'adieu.

Il se mit à rire doucement dans sa barbe, remercia Ricky pour ce cadeau et le posa sur l'étagère qu'occupait autrefois l'inestimable statue.

Le jour vint où le jeune garçon devait quitter le monastère. Et ce jour-là, il fit un dernier tour des lieux, prenant congé des moines – l'abbé, le moine confirmé qui lui avait rasé la tête, la nouvelle moisson de novices. Quand on lui rendit ses vêtements de laïc, Ricky, à son grand effroi, se retrouva à se demander ce qu'il avait retiré de cette expérience.

Qu'il se posât encore la question indiquait qu'il

n'en avait rien retiré. Il resterait pour toujours le fruit de son éducation. Sous sa peau pâle, battait le misérable préjugé de son îlot natal : il faut que l'existence aille quelque part. Un quelque part sans précédent. Il n'échapperait jamais au besoin de démêler les choses, d'accroître, de partir. La question elle-même, le désir d'arriver, interdisait le passage. Il n'avait rien acquis sinon la faculté de psalmodier en pali, de survivre à un ennui assommant et de maîtriser assez sa main pour réaliser une gravure.

Il fut stupéfait d'apprendre qu'il était resté au monastère un peu moins d'un mois. La rentrée scolaire était encore à des semaines de là. Quand il eut fait quatre pas dans le monde, sa tête s'ouvrit tout entière. À la lisière du dehors, il resta figé comme une créature des cavernes aveuglée. Ses yeux, ses oreilles, sa gorge, son nez et les pores de sa peau entièrement dilatés faisaient marche arrière pour s'adapter à l'échange qui de tous côtés menaçait de les submerger.

Quatre semaines de privations avaient ralenti ses sens pour les nourrir de la plus ténue des pulsations. À présent, la ville faisait irruption autour de lui en une gigantesque fête de l'Eau, une célébration du Nouvel An aux dimensions obscènes. Partout, des gens lui criaient de hâter le pas, de leur acheter quelque chose, de sauver leur enfant, de s'écarter de leur chemin. Chaque mot tirait un feu d'artifice à côté de son oreille. Il était bousculé par des frôlements, des heurts, des collisions accidentelles, des assauts de séduction mercenaire lancés par une kyrielle infinie de chats sans nourriture qui venaient faire le gros dos contre ses chevilles.

Et les senteurs : un mur de durians envahissants, de jasmin, de charbon de bois, de déjections animales maintenant couvertes de parasites à l'odeur âcre. Écorces de quinine, décoctions antimoustiques, bois de santal dont le parfum tombait d'une fenêtre en hauteur, huile de banane en train de frire, encre de la presse du cœur à bon marché, amidon des uniformes d'écolières, peur sous ses différentes espèces urbaines, scarabées exhumant le sol, fumée crachée par le mini-dragon des industries, feuilles de lotus pourrissant dans un canal, papier de riz, boutons de fièvre des nourrissons poudrés de talc, escarres des vieillards – chaleur, fièvre, extase, survie, glace qui fond. Le parfum de la glace qui fond !

Et partout, de la nourriture, une indécente variété de nourriture. Chips de crevettes grillées, saté, poisson bouilli, feuilles de thé, cacahuètes sucrées ou enrobées ; graines de sésame, gélatine de poudre de riz, pièces de viande dont Ricky établissait seulement maintenant la terrible origine. Il arrêta un marchand ambulant et acheta une mangue découpée en lamelles. Accroupi sur le bord du trottoir, il en porta de gros morceaux à sa langue. De doux venins fondirent tout droit sur son cortex cérébral pour se répandre en explosions sur la carte des synapses comme le plus pur des opiacés du Triangle d'or. Jamais encore – il le savait à présent ; il n'oublierait jamais (même si la sensation se dissipait déjà, impossible à fixer) –, jamais encore il n'avait goûté.

Sur la toile d'araignée des canaux pavés, incapable de tenir un cap, comme un poids coq qui aurait pris trop de coups sur la tête, il s'enlabyrintha dans une ville qui, en son mois d'absence, s'était rendue méconnaissable. Comment avait-il pu manquer tout cela ? Juste de l'autre côté du fleuve, dans une ruelle non loin du palais, il fut pris d'un saisissement si violent qu'il se mit à courir. Une chose vivante, complexe, un désordre globulaire et palpitant exécutait des culbutes comme l'armée des singes de Rama saccageant la forêt vierge. Il connaissait cette chose de très longue date. Le son le remplissait et il ne pouvait le contenir tout entier. Cette attaque lui dilatait les veines comme un ballon chirurgical.

Elle ne venait pas d'une seule source. L'air lui-même engendrait un accord coordonné de particules, une sphère sonore. Reconnaissant enfin la chose, Ricky hurla dans la foule occupée à balayer les pas de porte ou à suspendre des carcasses : « De la musique ! » Quelqu'un quelque part avait allumé une radio ; voilà tout. Mais l'abstinence prolongée de l'oreille lui donnait l'impression que toutes les molécules de la Terre s'étaient changées en un immense philharmonique de gongs en acier. Il y a une éternité et plus, il avait appris le chant de la vie :

Dis-moi, petite : as-tu jamais vu un éléphant ?

Il réapprit ce chant folklorique en cours de langue libre, le semestre suivant, presque avant que son oreille se fût réhabituée au monde extérieur. Ses cheveux repoussaient et il était assis au milieu de camarades que leurs circuits bisannuels avaient rendus sophistiqués avant l'heure, enfants élites d'une cinquantaine de pays – rejetons d'organisations humanitaires patronnées par les Nations unies, de négociants intercontinentaux, de militaires de carrière ou de conseillers clandestins ; des enfants qui, comme Kraft, affirmaient ne pas savoir ce que faisaient leurs parents – liés les uns aux autres par la honte de bénéficier du statut privilégié de sahibs, rendus moites par la friction, le supplice et l'inquiétude exquise de leurs appétits naissants, poursuivant tous avec fébrilité la formation fluide de leurs goûts et allégeances, bataillant tous pour venir à bout de cette ritournelle de bambins, banale à l'extrême, que pour la dernière fois ils chantaient encore avec une demi-conviction, avant la chute dans un silence embarrassé et blasé.

Le visage de Ricky s'enflamma et ses yeux d'albinos, délateurs et transparents, se mirent à déborder. Ricky chantait à pleins poumons, des trémolos dans la voix, tandis qu'autour de lui ses camarades de classe riaient de bon cœur. Ses bras et son torse émacié tremblaient comme s'ils étaient nus dans l'Arctique, mais il riait lui aussi, riait de comprendre : il n'avait rien gagné du tout. Rien qu'il n'eût possédé depuis toujours, depuis le commencement du temps.

Il chantait *forte* pour noyer la brûlure de cette toute petite voix de soprane qui accompagnait la mélodie, cette supplication insupportable. Mais son chant ne pouvait l'emporter sur la mémoire. À la fin de la comptine, avant la leçon de géométrie plane, il leva le doigt et dans son thaï le plus parfait, avec cette éloquence douce et insistante des enfants (tribu de l'âge de la pierre disséminée sur la planète mais toujours confondue en un seul clan), il dit ce qu'il avait appris pendant son absence.

Il expliqua qu'il y avait des enfants de leur âge, près de la ville, à portée de main, qui dépérissaient dans des conditions abominables et appelaient cette classe internationale – ce *nous* – à sortir d'ici. À sortir pour les sauver.

Sa fermeté élastique, sensuelle dans l'étirement des chaînettes, miniatures spectaculaires même au regard des normes orientales, est si prodigieuse de perfection qu'elle se dispense d'un nombril, ne porte nulle trace de cette fossette par où le moule a reçu sa coulée. Quelle est donc cette chose ? Soyeuse, laquée, ondulée, striée, d'une telle complexité qu'un zoom en révélerait l'étendue infinie sous n'importe quel grossissement. Furtive, la petite entaille exemplaire qu'il pratique dans le poli de la surface dévoile des structures complètes intégrées aux replis de la structure d'ensemble. Ici, à hauteur d'organe, on croirait voir une musette bourrée de poches secrètes, un solide hyperbolique, extensible, fait d'une seule paroi, retenant grâce à la tension superficielle une humeur vitrée qui sans cela irait se répandre dans toute la cavité.

Comprime ce que tu veux, pousse ce sous-assemblage avec ta lame, ce cale-porte si effilé qu'il en devient une arme mortelle. Interroge les marbrures argileuses du bout de cette machine, la plus ancienne et la plus simple qui ait jamais figuré sur le curriculum vitæ de la race humaine. Sépare et disjoins, ouvre la mer des corpuscules rouges jusqu'à ce que la chose quitte sa gaine, se clive et redevienne cette coupe transversale à la Rothko qui n'existait pas sous sa forme discrète avant le chenal bien droit qui lui a fourni son vecteur.

Mais surtout – mon Dieu – ne pense pas que c'est elle. Ce n'est pas un corps, pas une vie, pas cette petite fille qui… Non. Tiens-toi seulement à ces quarante centimètres, de là à là. Pure heuristique. Réalité virtuelle. Un simulateur de vol grandeur nature. Docteur… euh… Kraft. Asiatique de sexe féminin, douze ans. Présence insidieuse et œdémateuse d'une saloperie active qui remonte vers… À toi de choisir le club et le fairway d'entraînement. À toi de dire.

L'enfance et sa pratique interculturelle de la torture animale préparent à cette tâche. Dans chaque pays où Kraft s'est produit, elle occupe l'espèce entière. Les expériences des mini-docteurs Mengele, les jeux de Qui-que-quoi-dont-couic, les « cent une astuces électrochimiques à tester sur les sauterelles ». Les boucles ornementales confectionnées avec des abdomens de luciole. Les cordons en ligaments de moineau. Les scarabées rhinocéros rendus fous de rage, jetés dans des transes de poids welter. Les lézards électrocutés au courant basse tension, les poissons écaillés vivants. Les roussettes ligotées à un bâton – hélicoptères télécommandés du pauvre.

Toutes ces récréations clandestines visent à récupérer par la violence ce que la violence refuse aux enfants. Et les plus durement tourmentés, les plus inconsolés s'égarent dans le sadisme professionnel.

Cette résistance élastique, offerte à l'incision, à mi-chemin du tapioca raté et de la gomme mâchouillée : voilà la pornographie primordiale, l'objet de toute fascination lascive. Cette tendre obscénité s'étend à un micron de latex de ses doigts. Il lui faut ouvrir une voie jusqu'à la hanche à travers cette matière lubrique. Lancer l'expédition de recherche et de destruction.

Encercler l'Empire du mal des microblastes conquérants, l'envelopper et l'exciser. Établir des hameaux stratégiques, des zones de tir libre et, de là, progresser vers l'extérieur.

Mais n'était-ce pas ce qu'avait à l'esprit l'enfant au fond de lui ? Atténuer l'insupportable, avancer dans la lumière ? *Nous devons progresser vers l'intérieur du pays.* Nous. Notre coalition arc-en-ciel. La communauté internationale des tout-petits. Le brillant Mickey Li, qui échangeait des cours d'idéographie contre des leçons de tir en suspension. Gopal, pour qui son gouvernement nourrissait déjà des projets quand il aurait fini sa scolarité. Tati, drapée de batik par adoption et par grâce. Claudio et ses légendaires sandwichs au chocolat. Ali, dont le flair pour les vicissitudes du marché permit la réussite ébouriffante d'une série d'entreprises commerciales lancées depuis l'escalier de la pause-déjeuner. Tous partants pour répondre, à pied si nécessaire, à l'appel d'un village frère, hameau de douleurs passé derrière l'horizon de l'explicable. Y arriverons-nous à la lueur des bougies ?

Où ça ?

Au cœur de cette tumeur efflorescente.

Il entend le Boulet lui envoyer sa soufflerie dans l'oreille, lui faire son numéro de moniteur d'auto-école croulant, à un mois de la quille. Au plus près du mal, luttant à coups de poing contre les nodules, Kraft les brûle par infimes degrés, les élimine à l'aide de minuscules pincettes en acier trempé tandis que l'hypertendu qui l'assiste crache derrière son masque chirurgical : « A-a-attention ! C'est cette putain d'artère que vous triturez là. »

La blouse réglementaire qui lui tombe aux genoux tremblote un peu quand le Boulet écrase à coups répétés la pédale imaginaire du freinage d'urgence. Le bonhomme est au mieux instable par intermittence. Et aussi un zélote de la logorrhée. À l'instant précis où Kraft soulève le bord de l'adhérence et commence à détacher la tumeur de l'endroit où elle est accrochée, à l'extrémité des tissus acceptables, le Boulet entre en hyperventilation. « Qu'est-ce que vous cherchez ? Vous voulez transformer cette gamine en plat de nouilles ? »

Kraft, en réalité, éprouve des difficultés à mobiliser toutes ses capacités. Le Boulet reste là à le regarder fixement, comme le reste de l'équipe masquée. L'anesthésiste comprime sans relâche le punching-ball magique tout en égrenant des chiffres qui penchent résolument vers le déficit. Le Boulet crie : « Allez. On se reprend. Mettez-nous de l'ordre dans tout ça si vous ne voulez pas finir avec de sales cicatrices. »

Des cicatrices ? Une belle cicatrice sur toute la longueur du corps serait le résultat le plus heureux que la fillette puisse espérer. Kraft rejoint les forces ténébreuses du commando de choc parti se frayer à la machette un chemin vers l'intérieur, en amont du fleuve, dans les profondeurs reculées.

Il opère en rase-mottes, près des nœuds d'excroissance qu'il doit défolier. Ses lames vrombissent comme les libellules fantastiques qui acheminent ces fantômes en état critique. Comme ces appareils à bord desquels il a volé. L'essaim d'insectes qui a emmené dans la triple canopée leur section de sauveurs à bout de forces, écoliers sanglés à côté des chargements de matériel humanitaire. L'autre soir à la télé, il a revu l'un de ces essaims, confiné comme toujours à l'enceinte d'une séquence d'images vérité, atroce matériel éducatif, seuls programmes pour lesquels Kraft ait un peu de patience à ses heures de loisir inutilisables. Transe, rêve éveillé, hébétude, stupeur, coma dans l'attente du point final, du Big… comment appelle-t-on déjà le démolisseur du Bang ?

Ces hélicos à la télé : même modèle, même race, mêmes machines que celles qui, entre deux opérations de l'ombre, avaient emporté les préfas de leur école pour les déposer au milieu de la jungle, dans ce village de l'arrière-pays qu'il avait lui-même choisi sur la carte et réclamé avec insistance. Ce village qui l'avait appelé.

Le Boulet ne gesticule plus, ne respire même plus. Il attend que Kraft ait fini la partie délicate de l'opération pour lui flanquer une calotte et un carton jaune. Pareil calme ne régnerait pas s'il ne se préparait une embuscade. Quelqu'un a même coupé la radio, la vidéo, l'éternelle et omniprésente bande sonore. Voici l'heure anacoustique du silence, du ressac sanguin au creux de l'oreille. Quelque part à l'extérieur de la salle d'opération (où donc ? Dans une pièce adjacente ? Juste au-dessus ? Se sont-ils échappés ? Ont-ils pris le contrôle de l'institution ?), il entend la rumeur familière de son service, les enfants de la maltraitance quotidienne, voix dans les sous-bois qui chantent la dernière comptine à la mode, lignée interrompue de refrains partis se propager hors des liens du mariage, inconscients de leur parenté :

Ching, Chang, le Chinois a chopé un rat,
L'a gobé comme un éclair au chocolat.

Et puis *l'a englouti*, et puis *l'a boulotté*. Toutes ces insatiables permutations semées sur le chemin du retour à l'innocence infantile. Chopé, chop suey, Chang, Chinois, et soudain Kraft comprend, en un éclair au chocolat : l'angoisse déguisée, dissimulée dans cet enchantement de bouts-rimés. Comment allons-nous rejeter à la mer cette armada d'Asiatiques mangeurs de rats, la chasser de nos rivages déjà misérablement surpeuplés de rebuts ?

Le monde vu de nuit, à doses croissantes de télévérité

absorbées pour sombrer dans l'inconscience, grouille de canots de sauvetage. Marocains venus accoster sur les plages à casinos du sud de la France. Cubains arrivés à Miami en barques à fond plat. Chalutiers albanais qui gîtent vers l'Italie. Kurdes, pris pour cibles par tous les envahisseurs, échoués, enclavés dans des océans de montagnes arides. Asie inondée, endiguée derrière des palissades grillagées à Hong Kong, à Taïwan, au Japon.

Les plus fortunés subissent l'interrogatoire complet des camps de rétention. Êtes-vous un vrai réfugié politique ou juste un crève-la-faim ? (Comme si l'indigence n'était pas le nom de jeune fille de l'oppression.) Le tamis trie la vie en colonne de droite et colonne de gauche, ces deux vieilles files d'attente qui scellent les destinées, vanneuses quintessentielles des camps. Vastes parodies de la dernière épreuve, à ceci près qu'aucune épreuve n'est jamais la dernière. Vous : entrez. Vous, vous et vous : un immense pas en arrière.

Échapper à ce déluge en renvoyant dans leurs prétendus territoires une poignée de fins goûteurs de rats ? Pitoyable et absurde, comme le geste du petit blond des Pays-Bas qui voulait colmater la digue avec son doigt. Les pires cauchemars concertés des bien lotis : le salaire des empires. Des enfants trouvés, des enfants adoptifs à la peau brune, qui reviennent se venger. Ils promènent leurs dragues en convois compacts ; chaque rafiot en état de naviguer est réquisitionné pour fuir en cachette les grands charniers d'os et de chaux. Des petits ruisseaux d'humanité forment des torrents qu'on ne peut assécher, un raz de marée noie les contours topographiques des privilégiés. Ils emportent les îlots épars de répit, les submergent en une seule crue qui provoque leur érosion instantanée.

Désamarré, le Sud tout entier fuit par n'importe quel moyen la spirale ascendante de la privation, devançant d'une courte tête les fusées éclairantes et les balles traçantes. L'air lui-même s'embrase derrière cette effervescence, l'onde de choc soulève les fugitifs, les envoie valser comme des gibbons vers ce fantasme de délivrance. Chassés – et par qui ? Par les expropriateurs de droit souverain, les mêmes squatteurs que ceux dont ils prennent d'assaut les destinations bienheureuses.

Chassés par des libellules, ces agents provocateurs qu'il a revus la nuit dernière dans un simulacre aux phosphorescences bleues, lueur douillette et vacillante de la même couleur qu'une lampe anti-insectes dans un patio. Et qui émet le même murmure, quoique plus glaçant et sinistre, sans bruit de fond. Une voix off sobre et clinique, c'est tout : « Pendant la saison des pluies de l'année soixante-*bip*, les forces spéciales alliées de *bip*… » Ce petit plan surréaliste et magique… Mais réel aussi. Comme on dit d'une chose qui s'est vraiment passée. Et voilà qu'apparaît – consignée sur la pellicule des faits, pendant que le narrateur joue les médiateurs de l'escapade – l'opération Âme errante. Un nom parmi une longue liste d'entreprises aux appellations suggestives : opération Flaming Dart. Mayflower. Royal Phoenix. Rolling Thunder. Niagara. Junction City. Sea Swallow. Linebacker II.

Comme il ne pouvait espérer dormir, Kraft avait choisi l'engourdissement de cette distraction, le récit vérité de cette âme errante, sinistre rafle aux ailes de chrysope. D'un ton professoral, la voix off explique, décrit la petite excursion tous frais payés, plus littéraire que militaire. La nuit venue, des libellules se regroupent en essaim au-dessus de villages qui ne se doutent de rien, assez haut pour qu'on ne puisse distinguer le bruissement de leurs ailes de la rumeur des sauterelles en cette saison, ce ténébreux rayonnement nocturne. À un signal convenu, des voix spectrales interrompent les conversations, allument la nuit comme des fusées éclairantes sonores. « Nos tout-petits, appellent les voix de collaborateurs indigènes qui traduisent ces mots dans leurs variantes régionales. Chair de notre chair ! Nous avez-vous oubliés ? »

Des signaux désincarnés, glaçants, diffusés par mégaphones à trois heures du matin, tentative grossière et baroque de démoralisation braillée au-dessus d'une jungle animiste depuis un ciel hanté. Une mousson de voix invisibles et amplifiées, surgies d'un monde parallèle et irréel. Il s'agissait seulement d'engorger les canaux gastriques, de hérisser le poil, d'extraire la terreur cachée dans la honte en lançant les affirmations auxquelles ces villageois étaient les plus enclins à croire. Nous sommes vos ancêtres, chassés de vos autels domestiques que les bombes à fragmentation ont fracassés, exilés par votre mauvais karma et une politique néfaste. Renoncez, capitulez, revenez à nous. Faites-le, c'est notre dernière volonté.

Le projet aurait pu être pure mise en scène, ovni cinématographique américain au milieu de la jungle. Mais le récit est d'un surréalisme trop flagrant pour que Kraft n'y reconnaisse pas les exploits de l'aile combattante du corps diplomatique. La séquence ne rendait pas compte de la panique au sol et ne disait pas non plus si ce bâton brûlant enfoncé dans la fourmilière avait porté ses fruits. Tout résidait dans l'inférence, la reconnaissance aérienne, une prise de vue granuleuse, sous-exposée, tournée caméra au poing depuis les hauteurs, à l'intérieur d'un hélico – le désordre sous-entendu.

Mais les effets de l'opération, ses résultats ne furent jamais sujets à discussion. Les enquêteurs, comme toujours, couraient après une seule et même chose : les honneurs, un surplus de reconnaissance pour dérèglement inventif. Regardez ce qu'on a fait. Voilà notre programme, notre action, notre infatigable supériorité fixée par la destinée. Prends ça. Rends-moi coup pour coup. Dis-moi ce qui se passe ensuite. Aime-moi.

La caméra effectue un panoramique trop rapide pour permettre de distinguer les protagonistes. Les voix qui se crient des directives les unes aux autres sont noyées par les porte-voix qui jouent les âmes des grands-parents et par le narrateur omniscient occupé à transformer de nouveau cette dinguerie en fable. Kraft avait examiné l'image de près, le nez contre l'écran comme un môme collé à une vitrine dans un centre commercial. Il ne voyait rien. Mais avant même la diffusion de l'émission, il savait qui faisait voler ces monstres. Ceux-là mêmes qui avaient imaginé le projet de bombarder massivement les campagnes de postes à transistor pour que les paysans des rizières puissent écouter l'agit-prop. (Ils se servirent des piles pour fabriquer des bombes.) L'équipe à l'inventivité infinie, pères féconds de cette colonne sinueuse qui vient de décoller pour l'arrière-pays, à deux dominos de là. Air America sous tous ses alias multinationaux.

Puis, fixé fugitivement sur le celluloïd mental de Richard, penché par l'ouverture de la cage pour scruter l'obscurité impénétrable sous ses pieds : voici M. Kraft. Il se penche trop loin vers l'avant, trop inquisiteur, et le porte-bonheur, à la première invitation malhabile de la gravité, se détache de son cou. La breloque d'argent que papa a toujours portée – celle qui l'a protégé de la chute dans une corruption complète et pragmatique – est perdue. Il lui faut dix ans ou plus pour traverser le millefeuille des courants atmosphériques. Des années durant, les vents se la renvoient doucement comme des phoques un ballon de plage. Au fil de son lent parachutage, elle passe les frontières hermétiques et se pose au milieu d'une vallée, dans l'attente du prochain enfant.

Ce rapide aperçu du groupe d'assaut des armées de l'ombre avait laissé place en un montage abrupt à un appel aux dons à l'occasion duquel le thermomètre de la souffrance indiquait que seuls quelques degrés nous séparaient encore de la fin du besoin. Cette association d'idées l'avait condamné à exhumer une certaine opération Mayflower, contemporaine de la première, une comédie musicale montée par des collégiens sur des mélodies chipées à un succès fracassant adapté d'un joyeux petit roman de Dickens qui décrit des êtres d'une scandaleuse indigence. La production avait élu domicile à l'Hôtel Chao Phraya River, établissement dont Somerset Maugham faisait ses délices. C'était un spectacle de Thanksgiving, fête dont la moitié du corps estudiantin n'avait jamais entendu parler. Acte I : les Pèlerins accostent à bord d'un *khlong boat*, rencontrent des Amérindiens et parviennent à une relative entente culturelle avec ceux-ci. Acte II : des contemporains répètent la manœuvre, accostent en amont du fleuve dans une Cité des anges moderne (qui – c'est adroit – joue ici son propre rôle) et certifient aux indigènes libres venus les accueillir :

Nous donnerons tout, oui, tout
Pour que fleurisse encore la paix,
Car elle est tout, oui, tout (vraiment tout ?)
Pour chacun d'entre nous !

Mon Dieu ! Quelle idée avaient-ils donc eue en tête ? La même que celle qui habillait encore chaque épisode des infos du soir. Porter assistance à l'histoire par toutes les opérations de protection nécessaires pour la conduire à son issue déchaînée. La pousser sur le chemin qui est le sien, le moteur à deux temps de la civilisation, condenser à partir d'une froide poussière cosmique les coups de boutoir et les consolidations de la puissance qui est sa seule fin. Et la matière de toutes les comédies musicales montées dans les écoles.

La chose lui traverse l'esprit en un éclair tandis qu'il courbe l'échine au-dessus de l'opération Opération (le Boulet prêt à le retenir si d'aventure il lui en offre l'occasion). L'expiation. Tout dans son innocente proposition – partons pour l'intérieur du pays, nous autres les nantis, et bâtissons une école –, chaque mot dans ce renversement désintéressé du « S'il vous plaît, monsieur, j'en veux encore » sentait déjà la réparation réclamée par un enfant. L'expiation des péchés commis par le monde des adultes. Quelque part, dans ce lieu ravagé par l'histoire, ils pourraient peut-être réparer l'outrage fait aux ancêtres défunts.

Dans quoi pourrait-il tailler à présent ? Là, voici quelque chose à trancher. Correction, petit coup de scalpel, piécette à déposer dans la cagnotte pour le vieux rêve du méliorisme. Il encercle les parties étrangères hideuses, resserre sur elles le nœud coulant, les coupe et les tue. Il jette les nodules insidieux, boulette après boulette, dans le bassinet prévu à cet effet. Un de ces vases d'offrandes pour saints remplis de dents tombées, d'yeux crevés, de doigts tranchés. Emblèmes et moyens perpétuels du martyre. Mamelons maculés, déposés sur un plateau.

— Tu veux que je te dise un secret ? lui avait demandé un soir la mère adoptive de la petite fille, à leurs débuts, quand tous leurs secrets avaient déjà été pris en otages. Va savoir pourquoi, mes seins…

— Attends, attends ! Tu ne vas pas m'obliger à faire un truc pervers ?

Il savait encore parler comme ça en ce temps-là. Il y a combien de temps ? Juste une semaine ? Quel monstre de dissimulation ! Où avait-il trouvé la force d'un tel semblant de bravoure ?

— Chut. J'essaie de te dire quelque chose.

Quelque chose que tu pourras toujours retenir contre moi.

— Va savoir pourquoi, mes seins…

— Ceux-là ?

— Arrête. Bon… mes seins… ne sont pas sensibles. D'habitude, je ne sens rien du tout de là à là. Mais quand je suis avec toi…

L'annonce ressemblait à une petite victoire, une prochaine invitation à dîner. Ils étaient jeunes alors, irréfléchis. Cela avait duré tout un quart d'heure, un samedi soir, avant qu'ils déposent leurs pseudonymes respectifs.

— Comment ça, « d'habitude » ?

Cette femme-là n'était plus Linda, même en apparence. Prête à filer ou à foutre le camp – voire les deux.

— Je voulais dire *avant*.

— Il te fallait un homme plus âgé, voilà tout.

Toujours prêt à la plaisanterie, toujours convaincu que c'en était une, incapable de voir comment l'ironie tombe à l'eau du réel. Parce que oui, il les faisait pointer et languir, se dresser et leur donnait du prix. Lui seul, mais seulement parce que les autres n'avaient jamais su trouver la clé des femmes à l'optimisme maladif. Ils sont animés de ce désir insatiable qu'il leur déplaît de reconnaître. À vrai dire, ils ont cette haine en eux. L'envers sinistre des bienheureuses îles aux enfants. Ils aiment se retrouver coincés dans l'étau, se faire pincer les nerfs du cou et finir au garde-à-vous, sabre au clair, paralysés par des incisives, mordus.

Intimité vulgaire – équivalent malsain de ce que font ses doigts en cet instant, qui tripotent chaque secteur nu et marqué à la craie de ce corps pubescent et comateux.

Une petite fille et un homme mûr qui la connaît plus intimement que jamais aucun amant, si elle vit assez longtemps pour en rencontrer un. Une cuisse reste une cuisse : le doux pli de l'aine rendu plus suggestif par la couleur cire et pêche de l'épiderme incisé, par le sang qu'aspirent la succion et l'odeur du bistouri électrique. Sans cette bande de tueurs à gages autour de lui, il lui parlerait, l'apaiserait avec ces préliminaires bouleversants face auxquels elle feint seulement l'anesthésie.

Lui parlerait. Doucement, dans cette langue que, rentré en lui-même, il se dépêche d'arracher à la structure en flammes. Doucement, en cet instant où tout peut être dit, tout absolument. Il évoquerait ce récit qu'il reconstruit à la seconde même, lui expliquerait pendant son sommeil, quand les frayeurs les plus étranges s'échappent comme des créatures affolées, quand elles quittent le placard de la nuit resté bêtement entrouvert. Tandis qu'il manie les ciseaux au fil effroyable, ses mains se détachent de son corps. Elles continuent de travailler, aussi discrètes et souveraines que les gants blancs de l'homme invisible. Alors que la peur inhibe ses sites récepteurs, il regarde cette matière primitive et convulsive, comme dans ces rêves éveillés où, croyant décrocher le téléphone dans l'obscurité impénétrable, il touche une main humaine. Terreur, non de la menace imaginaire, mais de l'acte d'imagination.

La parade qu'il a lui-même inventée défile sous ses doigts autonomes. Après deux inertes décennies, les détails de cette tentative de court-circuitage de la souffrance lui reviennent. Une vingtaine d'enfants venus d'une dizaine de pays différents : le plus âgé a seize ans ; le plus jeune, neuf. Aucun n'a une quelconque expérience dans le bâtiment. Ils voyagent sous la bannière de l'Institut – le singe blanc, général des armées –, ne représentent aucun gouvernement et n'appliquent aucun programme sinon celui du soin porté à autrui. Bien sûr, il leur fallait un nom pour leur opération. Toute action humaine réclame sa couverture. Ils avaient emprunté la leur à la culture dominante cachée derrière ce front arc-en-ciel, celle dont cette cinquième colonne fantastique voulait obtenir la rémission des péchés : opération Père Noël.

Alors que Kraft traque l'infection en amont de la jambe anéantie, ces quatorze jours remontent de la béance ouverte dans la hanche de la petite fille. Les détails de la catastrophe ancienne éclosent comme des larves malariques dans la salle aseptisée. Il doit se confier à quelqu'un ou finir aspiré par le courant sous-marin de la mémoire. Se confier à qui ? Pas à Linda – impossible. Elle devinerait aussitôt, entendrait dès la première syllabe pourquoi il l'a aimée ne fût-ce que vaguement. Elle comprendrait en un instant sous quel jour elle lui est apparue la première fois : ce soupçon d'étrangeté en elle, sa peau de sang-mêlé, brune à demi, ces traits auxquels il s'était accroché tout en les fuyant.

Il ne peut rien lui dire. Pas après la transaction d'horreurs qu'elle lui a déjà consentie. Pas après le courage désinvolte – une forme d'anesthésie, il le voit à présent – qu'elle a eu de lui confier son pire fardeau en cherchant à débusquer le sien pour l'en soulager.

Tandis que ses jointures butent contre les pinces et les écarteurs qui éloignent de sa main les strates envahies de Joy, il se repasse ces séquences mentales mutilées. Pour s'assurer, il arrime son pouce au tibia réduit en charpie. L'événement perdu est hors d'atteinte. Rien de ce qui s'est produit avant ces quatre derniers jours, au début de son tour de garde – éternité de l'internat –, n'est récupérable. L'avant-prépa médecine baigne dans un flou rococo. Les détails, les noms et les dates, les clartés aveuglantes, les bombes de précision qui s'affichaient dans des encadrés à la une des premières éditions officielles de sa vie : envolés.

Le tressaillement d'un muscle refusant l'entaille irréversible que Kraft s'apprêtait à infliger à ce pelvis le ramène à la réalité. Il relève la tête dans une salle peuplée de masques qui jacassent. Quand le nez et la bouche sont occultés, le rire et l'horreur se confondent en une même fente. Il est couvert : il peut rentrer dans le rang comme s'il ne s'en était jamais absenté. Peut opérer une triangulation à l'aide de mots-clés.

— Vous avez entendu parler de cette gamine de cinq ans déclarée coupable d'avoir provoqué son agression sexuelle ? Le juge a dit qu'elle avait eu un comportement aguicheur.

Sujet brûlant du temps présent. Il faut plaisanter avec l'équipe, faire de son mieux pour tenir en respect l'horreur de l'intérieur. Qui parle ? Impossible de différencier ces gens. Ils forment une compagnie de desperados masqués tous identiques – coiffe verte, bandana blanc remonté sur le nez – venue attaquer la diligence de la vie. Jetez vos membres par terre et il n'y aura pas de bobo. Il les regarde les uns après les autres, plisse les yeux. Impossible de dire qui parle ; il ne le saurait pas, même s'il pouvait remonter à la source. Il ne connaît aucune de ces personnes.

— Une petite pute effrontée. Elle a eu ce qu'elle réclamait.

Monstrueux. Nul ne ferait cette blague sans lui donner son assentiment. Mais pourquoi en vouloir à qui se contente de répéter ce que le juge a bel et bien dit ? Même si on casse le jugement en appel, si on révoque le juge, si on radie ce connard, la chose transpire encore. Ce pays – cette race qui se profane elle-même, dont la conscience vacillante, outragée, psychotique, à l'empreinte vocale accusatrice, cherche le soulagement dans l'aggravation de l'insulte – est sa patrie. Elle se démène sur tous les fronts de libération mais omet la source de l'absolution.

Devenue rebut inutile, la mémoire transforme ce qu'il reste de probité sociale en comédie de farces et attrapes. Kraft – inerte au milieu d'une poignée d'adultes sans vergogne, fringués comme une bande de travelos du Ku Klux Klan au rabais, qui se bidonnent devant les entrefilets de l'apocalypse et les anecdotes bouche-trous venues couronner le JT du millénaire, des pros rendus si esclaves du spirochète qui leur enflamme la cervelle que les mots « décence morale » déclenchent chez eux un ricanement nerveux et ironique – songe : oui, nous avons eu ce que nous réclamions. Nous avons provoqué notre viol généralisé comme les sales petits bambins au croupion frétillant que nous sommes.

Une illumination maladive éclôt au fond de lui comme une fleur brillante. Un soir, lors d'une récréation tardive, une éternité après leur lune de miel ciné-marathon. Avec ses poings, Linda l'avait enfoncé dans l'oreiller et cherchait à le retourner, manœuvre insistante qu'il avait déjouée sans mal à l'aide de quelques contorsions et privautés, en lui mordillant les côtes peut-être. Elle avait soudain demandé : « Petit garçon ! Où es-tu donc ? As-tu été victime d'agression sexuelle dans ton enfance ? »

Il avait déjà peaufiné son petit rire à demi étranglé.

— Pour autant que je me souvienne, non.

Mais évidemment, on se souvient toujours autant que l'expérience se l'autorise.

— Pourquoi cette question ?

Il ne reconstruit la réponse qu'aujourd'hui, sur les décombres de la réaction à retardement de l'idiot. Car Linda, elle, l'avait été ! Cette intuition est aussitôt violée en réunion par de grotesques considérations hors de propos. À quel âge ? Pendant combien de temps ? Jusqu'à quel point ? Par qui ? Un inconnu ? Un ami de la famille ? Un membre de la famille ? L'objet principal du soupçon – oh, quelle horreur ! – est toujours la victime.

— Tu présentes tous les symptômes classiques, l'avait-elle taquiné en lui chatouillant les flancs.

Cette exubérance espiègle, ce ton intime et entendu.

La petite Linda, agressée sexuellement ? En une seconde, l'idée enfle et explique tout, aussi totale qu'hypothétique. Il voudrait quitter en hâte la salle d'opération, courir jusqu'au bureau de Linda au troisième étage en traînant derrière lui les tissus mous de la fillette fragile. Et sur le pas de la porte, la gronder. Comment oses-tu sourire ainsi ? Comment peux-tu accorder ta confiance ? Comment fais-tu pour vivre ?

Un frisson glacial remonte le long de sa nuque, craquement soudain du parquet dans une nuit d'encre. Cet optimisme stupide est sa cicatrice, cette incapacité à sentir, à admettre combien nous sommes effrayants en réalité… Ce grand manège perpétuel de thérapeute holiste vouée de manière compulsive au don de soi : voilà l'esquive ultime, l'infirmité suprême. Le sceau anesthésique total, incurable car sans amnésie possible.

Le sexe, l'abandon expert et moite de cette femme, leurs délicieux pugilats débraillés sur le plancher de l'appartement : *On fait encore un petit peu d'aérobic ou quoi ?* Qu'elle ait pu seulement demander sans avoir de haut-le-cœur et même implorer avec tant d'ardeur, tant d'avidité… Le plaisir qu'il l'a vue prendre à leurs échanges, sa lascivité, est inconcevable, pire qu'obscène. Mascarade fébrile de la guérison complète. Elle se jetait à corps perdu dans la chose qui lui révulsait l'âme rien que d'y penser.

Les sarcasmes du bloc visent à présent cette collégienne qui a tué son bébé parce que les tribunaux lui refusaient de la faire adopter. En silence, Kraft referme ce qu'il reste de la fillette en ruine. Indissociable désormais de cette petite Asiatique de douze ans rencontrée sur l'autre rive du fleuve par son groupe de pèlerins pendant leur opération de Noël tropical, à un demi-monde de là. Une petite fille chassée de son village par des voix, par des ancêtres qui appelaient depuis le ciel. Petite fille captée sur la pellicule (trop familière aujourd'hui pour inspirer l'horreur ; c'est d'ailleurs pour cela qu'on réimprime à l'envi ce cliché, afin d'en tarir la menace et la substance), ses vêtements partis en fumée dans une colonne de feu, qui court sur la route vers l'aide la plus proche, l'adulte le plus proche, occupé à photographier ce nu enfantin.

Il recoud la petite aguicheuse qui, au terme de sa recherche avide d'approbation, serait plus heureuse désormais si, dans un geste de clémence, on la lobotomisait. Il ne reste rien d'elle sinon des tissus macérés. La chair préservée conserve sans doute des atteintes. Les opérations de recherche et destruction restent aussi vaines que jamais. Et lui, Kraft, a commis cette atrocité, brutalisé cette petite fille bien plus salement que l'aurait fait n'importe quel membre des gangs, tueur en série défoncé au crack, qui frappe au hasard, les doigts tremblants. Cet acte, le sien, est plus impardonnable car plus consciencieux, moins désintéressé, professionnel, calculé, nécessaire : amour mutilé à l'autoclave.

Linda s'introduit en silence. La clé qu'il lui a prêtée glisse dans la gorge de la serrure Yale. Après le raid euphorique d'il y a quelques jours, sa présence aujourd'hui ressemble plutôt à une réponse à injonction. Dans ces intermèdes où il est soi-disant de repos, elle ne sait jamais plus à quoi s'attendre. Elle se tient sur le pas de la porte crochetée, à l'écoute d'un indice dans le noir. Le bruit d'une respiration retenue à l'autre bout de l'appartement suffit à raviver de très anciennes crises de panique, un étourdissement brutal. Les menaces *sotto voce* qui montent de l'entrée silencieuse l'emplissent du désir de refuser tout attachement avant que cela lui soit refusé. Ses mains s'efforcent de claquer la porte une bonne fois pour toutes tandis qu'elles poussent sur la poignée pour l'ouvrir. Pas d'autre remède que le poison lui-même.

L'appartement de Kraft est une fosse, un abîme. Mais pourquoi diable s'est-elle liée à ce lépreux de l'affectif quand tous les signaux d'alerte la mettaient en garde, quand lui-même la prévenait, dans un dernier reste de charme terrestre, que leur relation tournerait un jour au cas chirurgical ? Pas de doute, c'est bien elle la grande malade, embourbée jusqu'à son insigne de thérapeute. Vouloir aimer cet homme sans autre raison que de prouver au monde son erreur. Un simple petit sourire d'encouragement, un seul scénario récréatif de thérapie par le jeu, et elle espérait retrancher de l'examen clinique du patient, sombre et sans appel, cet apprêt induré et permanent du « je te l'avais bien dit ». Pourquoi tenter de plaider une guérison ridicule en ce lieu irrévocable ? La charité est toujours un genre de revanche à retardement.

Elle l'avait reconnu sur-le-champ : l'aisance blagueuse du verbe, les manœuvres de drague alors même qu'une armada de postures révélatrices se pressait derrière son aplomb comme des canons vivants surgis des murs du salon. Elle avait envisagé de le battre sur le terrain de l'esquive, de lui tendre les bras – sa meilleure parade depuis toujours. De déployer tout l'arsenal de l'attention. *Je peux te rendre ce qui te manque. Te masser le cœur pour qu'il reparte.* Trousse pathétique des premiers secours, aussi efficace qu'un badigeon de camphre sur un emphysème.

Il lui fallait l'infirmité du petit Ricky pour atteindre un objectif personnel. Pour vaincre cette terreur exacte qui se dilate en elle sous l'effet d'un mécanisme thermostatique, emplit sa cavité intérieure, l'immobilise en convoquant les pires fantômes que la mémoire et l'imagination puissent susciter. Dans la pièce obscure, la respiration lourde de Kraft monte par vagues autour d'elle. Elle s'était crue capable d'aimer ce son mais si elle le pouvait, elle le fuirait à présent.

Un de ces jours, je rentrerai à la maison et il... Elle se repasse les pires scénarios en allumant la lumière d'un geste timide, son sac d'épicerie au creux du coude. Et avant que la pensée ait pu prendre forme autour de l'image, elle le trouve dans l'état prédit par ses terreurs bien exercées. L'état précis où elle savait devoir le trouver un jour en rentrant. Il est assis dans son coin-repas improvisé pour célibataire. Il pourrait attendre simplement le retour de sa compagne, l'attendre pour lui raconter, dans un long sourire sans rime ni raison, sa journée de reprises de volée chirurgicales. Mais non.

Il est assis au comptoir, le dos voûté, la tête basse. Rangées devant lui en colonnes et alignements méticuleux, sur toute l'étendue d'une plaine synthétique en formica, sorte de verger parfait, des briques de lait se dressent, plus nombreuses que Linda ne peut en compter. Il y en a assez pour arroser tous les nourrissons d'une pouponnière, assez pour tremper les biscuits de toute une garderie pendant une semaine de généreuse distribution. Et chaque beffroi de carton suintant est blasonné d'un portrait flou en niveau de gris assorti d'une légende : AVEZ-VOUS VU CET ENFANT ?

Elle fait entendre une inspiration aiguë. Voici venir la terrible abrasion et la précision des contours s'estompe sous le refus. Sans même remarquer sa présence, il reste là à scruter d'un air abattu les visages et les informations relatives aux disparitions, en quête d'une configuration éclairante. Devrait-elle appeler quelqu'un ? Et qui ? Sûrement pas les barjos des urgences. Son sang-froid clinique, remarque-t-elle au passage, n'est efficace qu'au royaume des cas pédiatriques. Elle se sent plus que démunie quand il s'agit d'aider quelqu'un qui avait déjà dix ans lorsqu'elle dégoulinait encore de placenta.

Avec précaution, elle s'avance vers lui en prenant soin de ne pas le faire sursauter.

— Ricky ? J'espère au moins que c'est de l'écrémé.

Elle subdivise méthodiquement l'espace qui les sépare, pensant que si elle parvient seulement à poser la main sur son épaule… Elle réduit assez la distance pour voir que les photos transférées sur le carton ciré qu'il fixe avec tant d'intensité sont presque jumelles, stéréoscopiques. Au moment des faits et maintenant : cinq ans lors de l'enlèvement ; neuf aujourd'hui. Mais si l'enfant a disparu, comment alors… ?

Une légende fournit l'explication. Le dernier portrait connu du disparu en ce monde – photo de classe ou cliché pris sur le vif lors d'un anniversaire – a été vieilli par ordinateur. Le cartilage composite et souriant du kidnappé a subi une transformation accélérée qui sait tout de la façon dont les tissus gonflent, s'étirent et se relâchent année après année, tout même de ce qu'un visage rougi par la surprise inestimable de l'amour doit inévitablement devenir au fil dispersif du temps.

Elle a vu ces portraits trois fois la semaine au cours des dix dernières années et elle tressaille encore. Elle, Linda, qui ne bronche même plus devant les gesticulations des handicapés moteurs ou les pierres à aiguiser humaines, pourpres et livides. Encadré d'utilité publique tristement célèbre de l'industrie laitière. Pourquoi sur ces emballages-là et pas sur les paquets de pain de mie ou sur les joyeux bocaux bicolores de beurre de cacahuète Peter Pan ? Cela a-t-il un rapport avec les effets nocifs du calcium sur les enlèvements d'enfants ? S'agit-il de faire honte à l'espèce la plus répandue de ravisseurs – le parent séparé – pour que devant un bol de céréales au chocolat, il consente à restituer le bien sacrificiel dérobé ? Non, la raison du lait, comme les sujets nocifs des briques, cette brigade des éternels disparus, gît dans les profondeurs géologiques du plateau nord-américain, le schiste de Vishnu.

Le joueur de flûte ne chôme pas ces temps-ci, il fait des heures sup, capitalise sur l'avancée généralisée de la nuit, promène sa drague sur les quotes-parts de Coproland, les fermes isolées et les logements sociaux condamnés, les bidonvilles tentaculaires et illégaux qui composent l'habitat temporaire de ce monde. Il passe partout, enchaîne des siècles de départs de routes serpentines, multiplie les prises sur tous les continents d'une manière si aléatoire qu'aucun bureau international ne saurait nourrir l'espoir de retrouver plus qu'une fraction résiduelle de ses itinéraires et modes opératoires.

Linda lutte contre l'envie de caresser du doigt l'un de ces dossiers de cire, sachant que, comme pour les déchets jetés dans la rue, la responsabilité échoit au dernier qui les touche. Elle a déjà participé à cette campagne organisée par l'État, qui signale les enfants les plus à risque. Elle a vu les autorités constituer, photos et faits à l'appui, les dossiers de futurs kidnappés, les a vues prendre par avance des empreintes digitales dans l'attente presque jouissive du vol qu'elles voulaient prévenir.

Message anticipé à toutes les patrouilles. Nouvel exemple du don que le Golden State a de transformer ce qu'il touche en or. État des boulimiques. État de la mort subite du nourrisson. En cet instant même où Linda se demande si elle doit tourner les talons et s'enfuir, un panneau publicitaire vide, quelque part à une poignée de kilomètres de là, attire des foules nocturnes venues s'attrouper sous sa silhouette pour y apercevoir l'apparition fantomatique d'une petite Latina de neuf ans récemment enlevée. Depuis deux semaines maintenant, c'est un « point de ralliement » et le théâtre de violentes manifestations contre le refus opposé par la compagnie propriétaire du placard vierge de l'éclairer chaque soir de pèlerinage. État des présages. État de l'intenable. Ne rien donner, sauf une bonne vidéo.

Linda recule d'un pas devant la galerie de briques, l'annuaire du collège de l'Annihilation, certaine, si elle regarde bien, de découvrir parmi les visages de cette classe perdue celui de la petite fille miraculeuse.

— On s'apprête à se pinter au lactose, l'ami ? dit-elle, mais sa plaisanterie tombe à plat et fragile, elle part à la recherche tâtonnante de ses bras.

Le contact rend un bruit sourd et neutre.

— Milk-shake ? Lait malté ? Frappé ? Smoothie ?

Répéter le pauvre gag jusqu'à obtenir un rire anémique, une remontrance, un hurlement – n'importe quelle réaction.

Quand il relève la tête : stupéfaction ! Ses yeux sont noyés de conspiration, traversés par l'éclair de théories si lumineuses qu'il n'a même pas besoin de les formuler. Regarde : partout les enfants se préparent, s'exercent – enfants des projets meurtriers, prématurés de la seringue à deux livres la pièce, plus légers que les rations de substances contrôlées ingérées par leurs mères en fin de grossesse, tueurs des gangs, brindilles des nations du Sud et même ces petits princes privilégiés, enlevés sous les yeux de leurs éducateurs du Mouvement créatif – tous se préparent et vont rejoindre nuitamment une vaste répétition générale en costumes, planétaire et encore obscure…

Devant lui, le regard de Linda s'embue, supplie, mais Kraft grogne, coupé dans son élan par l'incapacité de cette femme à saisir son illumination. Rebuté, il s'éloigne, échappe à son étreinte et retourne passer en revue ses troupes comme un vieil empereur accablé, monarque des briques de lait qui aligne ses cohortes de céramique glacée, les rassemble une dernière fois avant la fosse commune qui les ensevelira tous. Kidnappés, enlevés, saisis, emportés, *enshanghaïés*. Marco-poloïsé, l'homme qui s'en est allé juste après le bataillon des enfants et se trouvait encore là quand la deuxième vague d'émigrants, l'expédition Chasseur de rats, largua les amarres vers des ports inconnus. Croit-elle vraiment que son contingent d'ignorants historiques a choisi ce scénario parmi les cinq milliards de fables offertes aux membres du physio-théâtre amateur juste parce que l'intrigue leur plaisait ? Linda repousse ses accusations avant qu'elles précipitent en elle. Encore un lien motivique incriminateur et elle aussi tombera à quatre pattes sous le coup de l'émotion, grattant le sol avec ses ongles à côté de Kraft pour tenter d'arracher un sens à ces emballages résistants.

Ils se multiplient sous ses yeux, les portraits appariés diffusés par le service public. À gauche : l'enfant au moment de sa disparition ; à droite : l'enfant que l'ordinateur a fait grandir jusqu'à ce jour. Chaque cas distinct la réclame, demande des thérapies encore inconnues, des batteries d'exercices à inventer, susceptibles de briser cette spirale. Chacun sourit, voire grimace devant l'objectif : *Ne te rate pas cette fois, parce que moi je mets les voiles*. Leurs sourires malicieux, tendres baisers d'adieu, laissent vaguement entrevoir l'inévitable. Mais autour des yeux, sur les joues qui se plissent pour feindre la gaieté et qu'une crédulité perplexe fait pourtant trembler, là, au-dessus d'un col de robe pour maison de poupée ou d'un minuscule blazer avec cravate pincée, les langes de la peau répriment déjà un spasme, la crispation d'un autre enfant de naguère, plus âgé, extradé, qui voulut – tentative peu judicieuse hélas – chasser l'horreur avec un sourire.

Douze douzaines de kiosques qui demandent AVEZ-VOUS VU CES VISAGES ? ont poussé comme des champignons sur le comptoir de Ricky : un verger de l'effroi. Linda n'aura jamais l'occasion de soigner l'un de ces cas. Ils sont plus inaccessibles que les plus mutilés de ses vétérans du charcutage. Elle ferme son esprit à cette mer de vues stéréoscopiques, l'occulte pour sa propre sécurité. Le seul cas qu'elle puisse encore espérer influencer, c'est lui. L'empereur.

Elle veut ranger les boîtes, les flanquer dans tous les réfrigérateurs disponibles avant que l'exposition prolongée à la température ambiante ne les infuse de toxines. Le frigo d'étudiants de Ricky, modèle miniature, pourrait en contenir six environ.

— Par la sainte nourrice, qu'est-ce qu'on va faire de tout ce lait ?

Elle le serre contre elle et il se soumet à ses caresses.

— ... Tu ne sais donc pas que les produits laitiers sont à l'index ?

Chassés du panthéon des quatre groupes d'aliments, ajouterait-elle si elle en trouvait le courage. Ils pourraient les donner, les distribuer de porte en porte comme une promo sur un nouveau produit à la mode. Mais dans un pays où même le film plastique inviolable des emballages renferme d'occasionnelles malignités, personne n'accepterait un cadeau aussi compromis.

Elle berce cet homme assez vieux pour être son oncle auteur de sévices. Après leur première soirée officielle en tête à tête – ce cinéthon d'il y a seulement quelques semaines –, Linda avait appelé sa mère : « Écoute, je sais que je me suis déjà trompée par le passé, mais ce garçon… Je n'ai plus besoin de rien à présent. Toutes mes angoisses se sont envolées. J'ai l'impression… comment dire ? D'être arrivée. D'être de retour à la maison. »

Elle avait bel et bien lâché à voix haute le mot tabou connu des deux personnes qui partageaient avec elle cette longue pratique du chantage mutuel, refus tacite de livrer les négatifs du lieu. Sa mère, qui conservait de l'eau bénite au réfrigérateur et piquait des crises raffinées de colorature pour bien moins que ça, s'était contentée d'un haussement d'épaules audible à l'autre bout du fil, puis avait demandé : « Comment peux-tu savoir que tu l'aimes ? Je ne l'ai pas encore rencontré. »

Personne ne rencontre jamais personne. Éternelle affaire d'équanimité et de clandestinité, concordance entre parties manquantes sous le couvert d'une obscurité récusable. Il plaisantait autrefois à ce propos : au bruit de son pas furtif quand elle entrait dans la pièce, il relevait la tête et disait « Oh, ce n'est rien ! » Aujourd'hui, quand elle l'embrasse sans autre raison que leur égarement partagé, motif d'alerte à toutes les patrouilles, il relève la tête de la même façon mais seule la terreur et le secret sont réels.

Elle ne sait absolument rien de lui. Et elle va le quitter maintenant, accepter enfin d'être celle qui abandonne, comme il le voulait depuis le début, moins renseignée sur lui que le jour où leurs chemins de ronde se sont croisés. Elle entreprend de sortir les briques de l'appartement, quatre par quatre, pour les abandonner à la gale qui pourrait proliférer dans la ruelle. Son regard tombe sur l'étui ouvert de l'instrument, le cor d'harmonie terni, posé sur la table en formica, trop amoché pour être convoqué et interrogé, voire passé à tabac. A-t-il vraiment joué de cette chose antique pour divertir l'auditorium de ses enfants kidnappés avec des gammes ou les réminiscences d'un répertoire de fête d'école ?

— Ricky ? Tu as sorti ton cor ?

Bien sûr, poser la question ne sert à rien. Comme toujours, les inconséquences accumulées, les futilités qui font toute la différence dans ce monde habité n'appellent aucune réponse.

Elle prend la spire de cuivre tortueuse et la lui tend.

— Joue-moi quelque chose.

Monte dans ta chambre et exerce-toi pendant une heure avant même de songer à sortir.

Elle le soumet au processus inverse du vieillissement par ordinateur, le ramène à ses huit ans. Lui ou plutôt un autre : un orphelin déplacé qu'elle cache contre son cœur et qui emprunte à Ricky son visage pour se fondre dans ce nouvel environnement, passer inaperçu à force de mimétisme. Renaissance d'une moitié de Kraft, mais révisée aux couleurs brunes de Linda, repérable à ces lobes d'oreilles ridicules et ces grandes dents qui un jour, mais trop tard, après que le traumatisme précoce et coïncident aura pris corps, seront magnifiques. Un instant, elle entrevoit les traits du jeune garçon et ses poumons s'effondrent sur eux-mêmes comme si l'enfant, animé de ressentiment, l'avait frappée au plexus solaire. Elle doit fuir cet appartement avant de regarder cet homme la tuer.

Il ne viendra plus désormais, le dénouement qui leur était soi-disant réservé. Cette histoire va plutôt finir comme la dernière colonne d'un feuilleton pour magazine féminin, amputée par le découpage d'un bon de réduction au verso de la page. Elle essaie de se ressaisir, de se consoler avec une pragmatique sévère.

Ils auraient fait les pires parents du monde. Étant donné leurs engagements professionnels combinés, de vrais enfants eussent été impossibles, sauf à imaginer un système de garde en multipropriété, deux semaines par an, comme dans ces résidences pieds dans l'eau au bord du golfe. Et les dernières photos des perpétuels bulletins d'informations se seraient faxées d'elles-mêmes sur papier thermique, inscrites sur le visage en pâte à modeler de leur nouveau-né, rendant insupportable le moindre symptôme de croissance.

Kraft, version adulte, dont la croissance est en tout point achevée, sauf pour l'essentiel, regarde l'instrument de musique que cette femme place dans ses mains. Il le retourne, inspecte les pistons comme un convive jette un coup d'œil discret à l'estampille de la porcelaine. Il enfonce une main recourbée dans le pavillon et, lèvres serrées, émet ce crachotement, signature des joueurs de cuivre qui chauffent leur embouchure. Linda nourrit un instant l'espoir étourdissant qu'il se mette à jouer, ramène à la vie les photos d'identité sur boîte en carton et que celles-ci, formant une longue file, se rangent derrière lui en chantant. Mais il éloigne le cor de ses lèvres avant qu'un véritable son ait pu s'en échapper.

Quand enfin il parle, ses mots sont tout à fait cliniques. Compétents, chirurgicaux, parfaitement modulés, comme si jamais il ne s'était penché sur l'abîme de qui que ce soit et que son âme n'eût pas été écartelée d'un bord à l'autre de sa nuit noire.

— La petite restera sans jambe, si cette grâce au moins lui est accordée. Plus rien en dessous de la hanche. Une mutilation. Pire que le plus stupide des accidents, si tu veux mon avis.

Pire parce que antiseptique et calculée. La société que la fillette a adoptée l'a marquée à vie, comme certains clans qui défigurent un enfant souffreteux, le débitent en morceaux pour éviter que le prochain nouveau-né soit infesté à son tour.

Linda regarde par la fenêtre, vers l'est, du côté du désert où des gens ensevelissaient autrefois leurs petits sous le plancher des cuisines pour garder sur eux un œil éternel. Les marques qu'il a faites sur cette petite fille, ce démembrement maîtrisé et de haute technologie, n'ont servi qu'à une chose : empêcher son âme de revenir, de reprendre d'assaut le monde sous l'apparence de leur propre enfant, l'enfant qu'elle vient d'apercevoir à l'instant et qui, maintenant, ne reviendra plus.

Elle bondira vers la porte dès qu'il aura le dos tourné. Mais d'un calme inquiétant, comme ceux qui se sont réconciliés avec la perspective d'une mort à crédit programmée dès l'origine, Kraft reste assis là à tripoter des bouts de tuyaux démontables. Il a déjà fait un pas de géant vers la ligne d'arrivée, en deux fois moins de temps qu'il n'en faut d'ordinaire dans le service voisin, reflet inversé du leur, où une deuxième bande d'incontinents fait cercle autour de la télé et souille le sol comme des poneys au manège.

L'hôpital : elle essaie de se rappeler combien de temps doit durer le stage de Kraft au Carver. Peut-elle l'éviter dans les couloirs jusqu'au jour où il devra s'en aller ? Elle pourrait faire la morte jusqu'à ce que son départ imminent le rende responsable de la séparation. Elle réfléchit à ce qui attend Richard ensuite. Le service de réanimation.

Ils sont collègues pour un moment encore, journaliers sur le chantier high-tech d'une cathédrale. Il lui serait possible de l'éviter pendant des semaines dans les immenses cloîtres monastiques, parmi la communauté complexe, autorégulée et autosuffisante, des spécialistes de tout poil, standardistes de la maltraitance ou barjos de la chirurgie plastique et reconstructrice qui estiment qu'un implant mammaire en silicone exposé sur une table basse fait un merveilleux sujet de conversation.

À dire vrai, le métier est si vaste qu'il est parvenu à dissimuler son objectif principal, même au regard de Linda. Ils sont en pleine construction d'un chemin de fer clandestin qui conduit les causes perdues, aussi vite que possible, d'ici au prochain relais du cauchemar. Voilà leur gagne-pain à elle et à cet homme, son amant topique, ce présentateur instable au visage de latex qu'elle a trouvé assis dans le noir, entouré d'une radieuse assemblée générale de portraits sur briques de lait en voie de péremption. Le boulot du petit joueur de cor consiste à découper des enfants malades : il est leur ravisseur légal et sacré.

Ce que réclame l'enfance moribonde – chose évidente, songe-t-elle, pour qui y est attentif – n'est pas un infanticide tapageur de plus, façon Carver, ce pseudo-réservoir d'eaux usées où on prépare les subclaquants. Ce qu'il lui faut, c'est un village de vacances plus vrai que nature avec des cabanes dans les arbres, où il est possible d'effectuer les transactions d'une vie entière plus vite qu'à l'extérieur. Linda en connaît les contours : un sanctuaire pour enfants environné d'arcades, de terrasses, de jardins, de cours, orné de céramiques et de brocarts, de colombages et de coupoles ouvragées, une anthologie habitable des architectures hospitalières au sens le plus ancien du terme. Tout le monde est bienvenu ; faites viser votre maturité au guichet. Plusieurs semaines de congé, toutes fêtes payées, à rôder dans les douves et sur les remparts de placo en compagnie de psys et de désentortilleurs de muscles, qui pour une fois chahutent avec eux. Si, parvenu aux sources du mal, on trouvait un remède aux lésions purulentes de la société, la moitié des problèmes insolubles d'une journée ne sécherait-elle pas sur pied ? Il suffirait, en une génération, de briser la spirale infernale, ce vampire de l'indigence et…

Et le coût, mademoiselle ? Moins élevé que celui de n'importe quel autre château en Espagne, complexe commercial, centre multiplexe, silo à missiles, usine d'avions furtifs ou grand déversoir pour fabricants de toxines. Elle pourrait mener campagne, démontrer à l'aide de graphiques irréfutables que nous pouvons régler la note maintenant ou payer plus tard et bien plus cher. Mais le chiffrage exige de la prévoyance, cette denrée de plus en plus chimérique. La sagesse populaire – vieil oxymore – ne peut se permettre de détruire les monstres qui dévorent tout cru nos richesses. Tant que les indigents n'auront pas renoncé à leur débilitante pauvreté, nous creuserons ce gouffre perpétuel. C'est aussi simple que ça. Simplicité adaptée à la vie dans ce royaume de la richesse autrefois obscène, où le service de la dette accumulée sur l'exercice précédent suffira bientôt à creuser un an de déficit supplémentaire. Pays de la cellule centriste étendue à la nation, prête à réagir brutalement contre tout ce qui laisserait deviner son état de santé réel. Hôpital inhospitalier aux dimensions continentales qui s'accroche à un statu quo lézardé…

Linda se remet à débarrasser le lait. En elle, le réflexe de la fuite et sa forme étouffée – l'envie de courir vers Richard dans un élan altruiste d'assistance à personne en danger – entrent en collision comme deux cousins surexcités qui, au volant de voitures volées, lui beuglent dans la tête à la manière de marines cherchant à se terroriser l'un l'autre jusqu'à l'ultime instant de l'impact.

Elle ne supportera pas de le regarder une seconde de plus.

— Pas d'inquiétude, sifflent ses lèvres enflées. Nous avons mis un peu de baume du tigre sur le moignon et on reste aux aguets.

Paroles prononcées presque avec tendresse, sur un ton rassurant, référence sordide à cette mère d'un patient récemment admis qui pendant deux mois avait utilisé cet onguent oriental populaire, ce remède à tout, pour traiter une ombre furtive venue rôder dans le dos de son bébé et lui dissoudre les vertèbres.

— Le jardin du Baume du tigre, à Hong Kong ! Le plus clinquant des Disneyland de la guérison, le pendant du parc d'Anaheim sur l'autre rive du Pacifique. Le Wonderland chinois. J'y suis allé lors de ma précédente incarnation en gamin d'Asie. Je te l'ai déjà dit ?

Tu ne m'as jamais rien dit à part « Ferme-la », voudrait-elle répliquer d'un ton monocorde. Elle le déteste aujourd'hui, comme une fille rejetée par son père ou quelqu'un de plus proche. Elle veut lui fermer les yeux pour de bon, d'un coup d'ongle acéré. Mais emporté par un geste brusque, il la devance et embouchant la corolle de crocus du cor, il se met à jouer.

Il est rouillé, mal assuré, d'une lancinante maladresse. Il n'a pas joué ce soir, ni même une seule fois au cours de cette décennie. Mais un autre babil vient subvertir le son. Il essaie d'imprimer aux notes dans le tuyau une inflexion trop marquée pour qu'elles s'accommodent du calibre occidental. Soufflant trop fort, n'enfonçant les pistons qu'à moitié, il laisse résonner des tons exclus depuis longtemps du championnat des harmoniques orchestrales. Une autre gamme, un son plus loin.

Il range l'instrument sans la regarder.

— Un chant thaï, lui explique-t-il sur le mode de l'excuse.

Ces trois mots, si doux, si terribles, si désemparés, s'insinuent dans la poitrine de Linda et, sans bruit, lui infligent une meurtrissure incurable. Elle ne partira plus maintenant, à jamais incapable de se sauver ou de le sauver. *Ricky, Ricky*, voudrait-elle lui dire, *repose la tête ici, sur ma mollesse*. Mais sa gorge a coagulé, irrécupérable.

— Chère lune, poursuit-il, donne-moi du riz. Donne-moi du curry. Donne-moi un anneau de cuivre à ceindre au poignet de mon petit. Donne-moi un éléphant que mon petit puisse monter. Et donne-moi un lézard qui crie « Tokay ! ».

Repensant au temps où cette manœuvre était thérapeutique, elle l'emmène dehors. Chaque tronc du maigre bouquet de palmiers situé devant son immeuble est blasonné de cunéiformes psychédéliques qui, lus les uns derrière les autres comme une enfilade de panonceaux publicitaires sous acide, annoncent : « La came guérit de l'espoir. »

Linda le fait marcher comme l'un de ses naufragés des muscles tenseurs. Elle essaie de lui raconter quelque chose de distrayant, quelque chose de palpable à quoi il pourrait se raccrocher. Elle lui parle de l'atelier théâtre. Nicolino…

— Qui ça ? Ah oui : Mathusalem.

Il feint de ne pas connaître la créature qui menace la distance instaurée entre eux.

Nico a eu une idée magnifique. Elle rit rien que d'y penser et retrouve presque un semblant d'équanimité, la sérénité de ceux qui ont vingt ans, qui sont beaux et peuvent aimer sans discrimination.

— Ils veulent monter une troupe Hamelin itinérante. C'est génial, non ? Hé ho ? Je te parle.

Il lui adresse un bref sourire et hoche la tête.

— L'un d'eux a déniché un mini-plan illustré de la

ville et ils choisissent des lieux de représentation. Ils veulent produire le spectacle partout, dans chacun de leurs quartiers, jouer…

— Jouer ? Devant des gens ?

— Ce n'est pas le principe d'une pièce de théâtre ?

— Et où s'imaginent-ils… ?

Un spasme électrographique fait tressaillir la tempe de Linda. En douceur, elle canalise Kraft. Étonnant comme il est facile de feindre un calme crédible.

Elle hésite une minute, l'observe puis, en dépit de toute son expérience, n'adopte pas le comportement adapté.

— Ils ont établi leur sélection, poursuit-elle. Les écoles s'arrachent ce genre de spectacles quand ils sont gratuits. Foires artisanales, jardins publics, maisons de retraite… On pourrait donner une représentation par après-midi jusqu'à ce que tous soient devenus adultes. Enfin, sauf toi peut-être…

Il se force à émettre le grognement attendu, mais un temps trop tard.

— Tu es vraiment de la vieille école, hein ? On les laisse au lit en attendant qu'ils chopent des ulcères purulents au trou de balle ? Tu ne comprends donc pas ? Un truc comme ça leur est plus bénéfique que tous nos ateliers de carrosserie réunis. Voir du pays. Jouer. Et pour le public aussi, ce n'est pas si mal.

Elle renonce à tout espoir d'accomplir sa mission : expliquer à Kraft son rôle, le recruter comme premier Arlequin. Elle vire une nouvelle fois, avec trop d'entrain.

— Oh, il faut que tu viennes voir les costumes qu'ils ont fabriqués à partir de rien. Les rats ! On dirait des vrais. La plus duveteuse des vermines qu'on puisse…

Les rats : en skate-board, sur les terrains de basket, armés de crans d'arrêt, sniffeurs de colle, danseurs de slam, collectionneurs de cartes, pourris de vidéo, innocents, appauvris, cibles d'offenses coupables, en butte à la discrimination, victimes des aires de jeux. Ils tuaient les chats et mordaient les bébés dans leurs berceaux. Les rats. Ces temps-ci, le mot a fleuri dans la presse populaire bien intentionnée : il est l'euphémisme en vogue pour désigner les mineurs des rues dans cette luxuriante zone subtropicale où *disparaître* et *faire disparaître* sont depuis longtemps synonymes. Où la police a plus vite fait d'assassiner un môme abandonné que de remplir la paperasse. Où, comme ici à présent, les villes d'avant-poste ont déjà perdu pied, enlisées dans des guerres de territoire incontrôlables, aspirées par le vortex du libre marché des trottoirs où s'affrontent grand capital et petits mendigots. Où des pays entiers, oubliés de tous, consomment à jet continu, sur la pente qu'ils dévalent résolument, des provisions de vies taillées en pièces.

Même ici, dans le Nord, sur des terres situées un mètre encore au-dessus de l'inondation, intactes pour une demi-décennie, tous, d'une façon précoce et sophistiquée, sont devenus rats, transformés en vieux croulants pour avoir assisté avant la puberté à mille morts au ralenti. Persuadés, comme on le leur a certifié, que l'intégralité du monde achetable leur appartient, puis fouillés au corps sans cérémonie pour s'en être saisis, ils connaissent très tôt leur véritable héritage, la transparence des fables qu'on leur fourgue.

En silence, Kraft songe : elle n'aurait jamais réussi à leur faire remettre ces vieux costumes de contes de fées – campements de l'innocence en déroute – si cela ne contribuait à la réussite de leur projet secret. D'une certaine façon, ils la manipulent.

Et pourtant, pleine d'allant, sans se douter de rien, elle continue à vanter les mérites de cette idée.

— Ensuite, au deuxième acte, ils reviennent sur scène déguisés en…

Il essaie de se le rappeler, ce poème pestilentiel, né d'un autre mythe encore plus pernicieux qui refuse de relâcher son étreinte. Celui-là est en vers, composé, comme Kraft l'a appris à l'école dans l'un ou l'autre hémisphère, pour le fils invalide d'un ami de l'auteur. Et soudain il veut savoir : de quoi souffrait cet enfant ? A-t-il survécu ?

— Ils comptent…

L'expression qu'il cherche ne lui revient pas tout de suite.

— Ils comptent passer à l'action ?

— Oui.

Elle pleure à présent, incapable de lui sacrifier quoi que ce soit de plus. Les alcalis s'écoulent goutte à goutte, toute cette pression résiduelle sulfureuse laissée par le désir de bien faire et l'échec, l'échec toujours, quelles que soient les tentatives.

— Oui, bordel ! Je viens de te le dire. Tu ne peux donc pas… ? Qu'est-ce qui déconne chez toi, putain de merde ?

Il n'entend même pas ces jurons inconcevables sortir de sa bouche.

— Sans Joy ?

Il suit à grands pas une angoisse associée, besoin de déterminer l'ampleur véritable de ce que combinent les membres de cette bande avant qu'ils se blessent, avant qu'ils ne mettent à exécution leur plan compliqué.

— Non, impossible. Tu ne peux pas les laisser sortir. Tu ne lis donc pas les journaux ? Le bilan des victimes, les statistiques ? Nom de Dieu, tu vois bien comment on nous les amène par la rampe d'accès au rez-de-chaussée ? Le ballet incessant des effets Doppler. Le grand Barnum de la fusillade. Tu veux les emmener faire une petite sortie sur le terrain ? Et me les renvoyer ensuite après avulsion générale par suite d'un écrasement ?

Surgie à point nommé pour confirmer ses dires, une voiture de police se faufile à leur hauteur. L'agent baisse la vitre d'un quart de poil et demande si tout va bien. Peut-être leur véhicule est-il tombé en panne ?

Furieux, Kraft se retourne contre les policiers.

— Pourquoi vous n'allez pas plutôt tabasser un couple de gorilles bouffeurs d'allocs ?

Seul le geste rapide de Linda qui le retient par l'épaule lui évite une arrestation, voire pire.

La paix relative du quartier, la tranquillité privilégiée de leur environnement immédiat ne sont qu'une distorsion, un accident local extraordinaire, une liqueur de marasquin achetée grâce à d'ingénieuses facilités de crédit ou tout bonnement volée. Et cela s'en va, est en voie de réforme. Elle le prend par le coude pour le mettre sur le long chemin du retour.

Devant la porte de service, les attend la tribu des briques trouvées qu'ils viennent de mettre dehors. Kraft n'a même pas la force de lever la tête pour soupirer « Tu ne vois donc pas où ils veulent aller ? ». Pour se frayer un chemin, il enjambe les enfants perdus, ceux qui sont partis quand nous étions petits.

— Mes vieux camarades de maternelle, dit-il en se retournant sur le seuil, bien trop loin de la cohérence pour que Linda comprenne.

Il se tient dans l'embrasure, au milieu de cette réunion de feu de camp. Pleins d'impatience, les visages stéréoscopiques le fixent et, d'un sourire, l'invitent à prendre place, désireux d'entendre l'épisode du soir, son témoignage direct. Amis d'autrefois, assagis, vieillis par ordinateur, portraits crachés de la première vague du hold-up final anticipé. Ramenés au présent, Dieu seul sait pourquoi. Confiés à sa garde dans l'unique intention d'être à nouveau enlevés.

Écoutez, mes enfants, et vous entendrez. Vous entendrez les restes du cœur incessible sur lequel l'Autrefois fut autrefois construit. Voici ce qui se rapproche le plus de ce que vous pourrez jamais connaître, ces traces qui demeurent en vous quand il n'est même plus possible d'en retrouver la source. Voici le texte, les élucubrations des aïeux, fantastiques et inquiétantes, au fond d'arrière-salle, près de cuisines qui empestent les conversations de latrines, ces débriefings de ruelles en dédales, ultime récapitulation avant l'extinction des feux.

Écoutez bien, ne cessez jamais d'écouter les reprises des feux de camp éternels. Consignez dans vos mémoires ces impératifs nocturnes qui, à des avenirs d'ici, vous sembleront les conséquences étranges et inconcevables d'éventualités qui ne se sont jamais fait jour. Recréez sous forme d'hologramme verbal, de modèle mental en fil de fer, ces quatrains anachroniques et monotones, et apprenez à nouveau que chaque récit est en soi la mosaïque des failles temporelles qu'il décrit si minutieusement.

À intervalles livides, les mots reviendront vous hanter – même vous, au fond de la classe, vous les gros durs du cran d'arrêt. D'eux-mêmes, ils referont surface, indéfectibles, comme de vieilles inculpations pour homicide involontaire. Recueillez la dernière narration et ressassez-la en vous retournant, dans la lumière réfléchie du récit, sur le cercle des visages effrayés et récurés, marqués par l'horreur totale des événements relatés, les visages de ceux qui sont assis là à écouter, à écouter simplement, avant le grand saut.

Il y a ici matière à examen final. Perceptible même derrière cette tentative d'ouverture conventionnelle. Il était une fois, autrefois avant ce monde. Autrefois : il y a bien longtemps, comme on dit. Jamais ici. À Cottonwood. Là-bas, au loin. Dans un royaume au bord de la mer. Vous – vous surtout – devez vous souvenir. Car l'Autrefois n'a pas d'autre moyen visible de subsistance. Il meurt à jamais si vous en perdez le moindre détail.

Le temps des histoires est révolu et pourtant la récitation la plus rouillée viendra vous reprendre le jour où vous vous y attendrez le moins. Vous êtes aussi anciens que le plus vieux des jadis. Tous les théâtres d'ombres du monde – les cabanes magiques, les armées de singes, les spinnakers indéchirables, les rêves enchâssés, les arbres fruitiers qui donnent en hiver, les anneaux portant inscriptions, les machines insidieuses – ne parviennent à leur terme prescrit que si vous restez sagement assis, si vous cessez de vous agiter une minute et écoutez.

Autrefois, très loin d'ici, vivait un enfant qui voulait réparer les torts. Il allait trouver sa mère après le dîner, torchon en main, et elle secouait la tête d'un air navré en se demandant comment le monde finirait par le tuer. Quand les trois vœux inévitables se présentèrent pour lui tendre une embuscade, il les refusa tous poliment, sauf un. Qu'on me laisse seulement essayer de réparer les choses. La demande était assez simple et l'enfant se proposa de montrer le chemin qui menait à ce lieu brisé, cet endroit en mal de réparation.

Il avait habité partout, n'était de nulle part et avait déjà rencontré une détresse assez immense pour saturer le plus blasé des touristes de la famine. La souffrance était la règle sur les deux tiers du globe que l'enfant avait visités. Huit de ses meilleurs partenaires de football improvisé étaient morts de carences. Ses amis habitaient dans du carton et survivaient en vendant des tresses de jasmin aux automobilistes pris dans les embouteillages. Il collaborait avec le club de bénévoles de son école, apportait son aide à un asile d'État où des alvéoles en béton grouillaient d'enfants difformes, infectés, mutilés par des maladies dégénératives, empoisonnés par les industries, tous entassés là, laissés accroupis des journées entières à se bercer d'avant en arrière sur le sol nu. Là-bas, sans pouvoir rien faire, il avait vu un garçon de son âge recueillir à l'arrière de sa tête une matière visqueuse et essayer d'atteindre son cerveau pour arracher son malheur à la racine, comme l'enfant d'un continent plus chanceux pourrait creuser un rayon de miel.

Après un été de retraite monastique, il comprit l'évidence : la souffrance n'était pas une condition. C'était une chose. Le besoin, comme la richesse, sa cousine usurpatrice (que le jeune garçon avait vue elle aussi lors d'un triste retour chez lui), pouvait être fait et défait. La pauvreté était un détour malheureux, la secousse qui ébranle un monde lancé trop vite vers son unique chance d'atteindre le bien-être. La souffrance n'avait rien à voir avec le pouvoir et l'exploitation, la lutte du bien contre le mal. Elle était affaire de logistique, de livraisons plus efficaces.

Des générations d'adultes avant lui avaient négligé ce correctif tout simple. Il serait passé à côté lui aussi si un enfant très âgé ne le lui avait soufflé à l'oreille. Garde un peu de la récolte miraculeuse pour les semences. Puis envoie les pousses là où rien n'a encore pris racine.

Et il existait un tel endroit, pas plus loin que la direction dans laquelle pointait son doigt. Un jour, au moment opportun, en plein milieu d'un cours (les cours, vous vous rappelez ? Les salles dans lesquelles vous travailliez avant cette salle-ci ?), l'enfant leva la main et demanda : « Qu'est-ce que ça coûterait… ? » Et c'est ainsi qu'il mit la chose en train. Il possédait assez de connaissances pour parler le dialecte de la personne à qui il s'adressait. « Qu'est-ce que ça coûterait… » (Il se doutait bien que jamais encore on n'avait chiffré sur une étiquette le montant total auquel s'élevait notre présence ou non en ce monde.) « … de construire une école ? »

Il avait cette idée simple et inexorable. Implanter une école au bon endroit : voilà qui devait suffire. Le plus négligeable des riens se développera en un tout s'il porte en son cœur cette étincelle qui se propage d'elle-même. Haricot magique. Locomotive capable d'envoyer au loin son troisième fils qui gravit alors toutes sortes de montagnes de verre par la seule force de sa volonté. Poule aux œufs d'or – qui éclosent. Il n'était pas naïf et savait que la nourriture disparaîtrait en une semaine. Les vêtements quant à eux dureraient au mieux jusqu'à la décennie prochaine. Mais une école…

L'instituteur de l'enfant commit l'erreur fatale de se prêter au jeu de cette question farfelue. Construire ? Où ça ? L'enfant tenait sa réponse prête : dans l'arrière-pays. Un de ces villages cachés d'où affluaient en permanence les plus démunis de Squatter Town. Il désigna sur la carte accrochée au mur de la classe l'endroit qu'il avait choisi, une zone tribale près de la frontière.

« Juste là, dit-il. Nam Chai. » C'est au sommet des collines qu'il est le plus facile d'assécher l'océan des souffrances, là où le torrent n'est encore qu'un ruisselet.

L'instituteur jongla avec quelques approximations

grossières, cours improvisé d'économie. L'idée plut aux camarades du jeune garçon. L'instituteur mit alors en place un groupe de travail qui rédigea une proposition destinée au directeur de l'Institut, dans l'espoir qu'une condamnation à mort par le tribunal de la démocratie gangrénerait ce dessein.

Le projet de l'enfant en serait resté là sans l'ironie des machinations. En froissant la proposition, le directeur s'infligea une vilaine coupure avec la tranche du papier. Et quand il porta à la bouche l'extrémité de son doigt pour en étancher le sang, la goutte sur sa langue lui parut froide comme une feuille d'or déposée sur la pierre d'une statue.

Ceci ramena à l'esprit du directeur l'histoire de cette figure en plâtre à l'effigie de l'Éveillé, qui se trouvait dans un monastère de la Cité des anges ; jolie mais sans valeur. Un jour, tandis qu'on le manipulait, le plâtre se fendit. Tout au fond de la fissure quelque chose scintillait. On retira le plâtre qui laissa apparaître une figurine d'or pur. C'est alors seulement que cessa l'oubli : pour prévenir sa capture pendant l'une de ces éternelles incursions, la statuette avait été recouverte. Et pour la protéger encore, la ville avait sombré dans une amnésie volontaire ; ultime rempart.

Cette histoire remontait à des années, bien avant la naissance de l'enfant. Mais la lettre, ou la sensation laissée sur la langue du directeur par la coupure au doigt, en éclairait la morale. La ville elle-même se fissurait. Le masque de son consentement immémorial était irrémédiablement compromis, il avait été arraché au cours d'un accord pragmatique consenti sous la menace de missiles. La région était déjà perdue, sacrifiée en passant aux destinées de l'histoire. Ses zones de pêche et ses champs féconds avaient été repeints aux couleurs de l'Air Force. Le monde touchait à sa fin et s'apprêtait à renaître ; qui pouvait dire quel or terrible apparaîtrait cette fois sous le masque de plâtre ?

La lettre tombait à point nommé. Cette maigre coalition, dirigée par une nation qui refusa jadis les éléphants proposés par le roi libre pour qu'elle les emploie dans sa guerre civile suicidaire, avait grand besoin de relations publiques. Elle perdait la bataille, vaincue par sa propre conscience accusatrice. S'ils étaient défaits avant l'heure, les *farangs* n'achèveraient jamais de réduire en enfer total la dernière zone du globe encore saine, condition indispensable au retour en enfance du monde. Un seul rapport favorable sur la philanthropie étrangère dans la région suffirait à prolonger encore un peu la purge. Et en effet, songea le directeur en lisant la pétition. Pourquoi pas les élèves de l'Institut international ?

En vérité, le jeune garçon se souciait du monde comme d'une guigne. Les intérêts internationaux ne comptaient pas plus à ses yeux que le refrain des gangs qu'il connaissait si bien dans une demi-douzaine de langues : Reste de ton côté de la frontière, sinon tu meurs.

Le monde pouvait bien pourrir sur place, comme toutes les mangues inaccessibles perchées dans l'arbre des intérêts nationaux. Il pouvait s'immoler par le feu – objectif de tout gouvernement – dès lors qu'il laissait à cet unique espace d'innocence une chance d'atteindre le centre immobile du moyeu des cieux. Les ordres angéliques de la cité – le parfum lourd des orchidées et des pots d'échappement de cyclo-pousse, les currys sulfureux et les durians aux effluves douceâtres d'excréments, les recettes de Som gorgées de safran, le timbre de la cloche des temples, les tractations sur le marché du dimanche, les cinq tons – avaient trop de prix pour qu'on tolérât de les perdre.

Pourtant la ville avait déjà entamé sa marche de la mort. Ce qui la sauvait depuis des âges vénérables, sa complaisance calculée, avait fini par céder. La défaite résidait là, dans mille et un établissements de bains turcs, dans le pouvoir d'achat brutal des soldats en perm qu'amenait un état de guerre stationnaire, dans l'argent qui, à coups d'échanges commerciaux, conduirait ce pays accommodant à la prospérité.

Contre l'avis de l'Éveillé, la cité flottante avait choisi la croissance, la vie, l'illusion. À l'heure du dîner, le père de l'enfant, dérouté par ce fait qui s'attachait toujours plus amoureusement à lui après chacun de ses voyages d'affaires clandestins, disait : « Dans dix ans, ce pays sera sur la voie de la richesse ou aura flambé comme un misérable bout de charbon. » Étang de lotus ou cloaque. Une humeur s'empara de cet homme, comme jamais encore dans aucune des autres contrées bien plus misérables qu'il avait contribué à subvertir.

L'enfant regarda son père hocher la tête et soupirer : « Graves problèmes d'infrastructure. » À quatorze ans, le jeune garçon avait une idée vague – qui le resterait – de ce qu'était une infrastructure. Il s'agissait des routes, des lignes téléphoniques, des dépôts, des égouts : réalités aussi éthérées en la Cité des anges que ce pèlerinage sur le bord de la roue.

Il se proposait donc d'améliorer cette infrastructure en commençant par une école dans l'arrière-pays, ce tremplin, ce capital requis en vue du décollage. L'instituteur médusé relaya auprès d'une classe en liesse le message du directeur annonçant qu'une école ne coûterait presque rien, si du moins on la construisait soi-même.

Dans un grand élan d'entreprise, les écoliers affrétèrent des autocars, firent provision de fournitures, réquisitionnèrent du matériel et obtinrent l'aval de l'État. Des manuels scolaires, de la craie, des baguettes d'instituteur et des globes terrestres (dont certains proclamaient encore des frontières obsolètes) s'accumulèrent bientôt par miracle, comme sortis d'un chaudron fabuleux. Les inspirateurs furent dessaisis des questions de logistique. Mais enivrés par leur réussite, l'enfant et ses camarades sentirent à peine le coup de force, le putsch autocratique de l'expérience.

Ce projet improbable, le leur au moins en esprit sinon dans la lettre, fut bloqué par un feu nourri de candidatures plus nombreuses que nécessaire. Le directeur en élimina suffisamment pour parvenir au montage définitif, comme on distribue les rôles à l'approche du spectacle musical du printemps. Le mélange final tenait d'un savant calcul. Kraft, le jeune fondateur, était flanqué d'un conseil de sécurité composé d'élèves de terminale : Elaine Chang (un compromis sur les deux questions chinoises), Dimi Popovich, Gopal Patnaik, Eleni Katzourakis, Bandele K et Jien Daishi. Pour renforcer ce noyau dur, on avait levé une armée de Tati, Claudio, Yuan, Pierre, Paul et Jacques qui recrutait du cours moyen à l'âge quasi adulte. Le directeur, Sampao, le professeur d'arts plastiques thaï et le vieux Springer, qui enseignait les sciences sociales à l'Institut depuis tant d'années qu'il n'avait plus de nationalité, comptaient parmi les chaperons.

Cet équilibre interculturel minutieux fut renversé d'un seul coup quand vint le moment de baptiser le projet. Parce que nous étions en décembre, parce que l'école en kit serait un cadeau tombé du ciel, et pensant peut-être fournir à cette entreprise un déguisement ironique en l'affublant d'une connotation paramilitaire, le directeur appela l'expédition « opération Père Noël ». Ce nom horrifia l'enfant et il faillit quitter l'aventure à la dernière minute. Seul le retint Gopal qui lui assura que le Père Noël était l'une des incarnations officielles et reconnues de Vishnu le défenseur.

L'expédition s'ouvrit sur une sensation grisante de voyage scolaire. La caravane consistait en un autobus de volontaires suivi par des camions à benne déglingués, remplis d'outils et de dons de fournitures. À bord du car, les festivités consistaient à chanter en chœur un perpétuel *Ninety-Nine Bottles of Beer* repris dans ses équivalents anthropologiques sur quatre continents.

Kraft alla rejoindre les enfants précoces de l'Institut à l'arrière du bus. Les avions en papier étaient l'obsession du moment. Ces deux premières semaines pendant la récréation, les garçons étaient allés résoudre sur le toit des problèmes d'ingénierie et trouver la meilleure façon de plier une feuille de papier pour qu'elle défie la gravité. L'ingéniosité de centaines de profils expérimentaux continuait de s'exprimer avec constance dans l'espace exigu du véhicule livré à la frénésie des enfants, même si les vols d'essai avaient tendance à se faire un peu capricieux. Un consortium africain et moyen-oriental planchait sur un modèle à tube et plan de sustentation pour maximiser la distance et le temps de vol. L'alliance anglo-européenne, sentant s'effriter son avantage dans la compétition, visait des vitesses ascensionnelles et une propulsion tape-à-l'œil. Kraft travaillait pour un groupe d'indépendants qui cherchaient à produire le plus improbable et le moins maniable des avions capable de voler malgré tout.

À proximité de leur premier ravitaillement en carburant, ils visitèrent le sanctuaire d'une des plus célèbres manifestations de l'Éveillé. Les écoliers voyageurs marchèrent l'un derrière l'autre au-dessus d'une dépression de deux mètres creusée dans le sol. Ce trou – il fallait un moment pour s'en apercevoir – était la trace d'un pied long comme deux hommes couchés. L'empreinte des orteils rayonnait en cercles concentriques parfaits. Le pied lui-même était ovale, d'une forme irréprochable, aux sinuosités aussi magnifiques que celles des nageoires d'un combattant. Plus miraculeux encore, le pied n'avait pas laissé cette impression dans la terre mais dans une matière plus résistante, métallique. Des paillettes d'or martelé, pas plus épaisses qu'une poignée d'atomes, restaient collées à la relique, comme le support éphémère en papier des faux tatouages.

Ce soir-là, ils établirent leur camp dans une clairière au creux de ce qui semblait la plus douce des forêts. Sampao, le professeur d'art, qui avait choisi le site, allait et venait en souriant jusqu'à ce que les enfants comprennent qu'il y avait là quelque chose d'étrange. Kraft fut le premier à saisir : leur forêt était constituée d'un seul arbre total. Ils étaient installés sous un unique banian dont chaque branche lançait vers le sol des racines aériennes qui, devenant à leur tour des troncs, reprenaient tout le cycle et s'étalaient indéfiniment depuis le centre pour former une forêt enchantée capable d'engloutir la société entière des élèves, un labyrinthe de fourrés si étendu et si dense que même la cartographie et ses traditionnelles miettes de pain (mangées, dans cette version-ci non par des oiseaux mais des fourmis rouges géantes) ne serviraient à rien.

Les histoires qu'ils se racontèrent autour du feu étaient inspirées de leur aventure surnaturelle et sans défense, par leur présence dehors à une heure si tardive, sans couvre-feu et sans maison où rentrer au matin. Gabi Lauter leur parla de la Kinderzeche, fête annuelle célébrée dans sa ville natale en l'honneur des enfants qui avaient sauvé la cité de la destruction pendant une guerre longue de plus d'une génération. Farouk Ali (un de ces petits génies démoniaques financés par des bourses pour enfants prodiges, cachés derrière les litanies en apparence spontanées des cours d'école du monde entier, les cris de guerre des mangeurs de colle et de gomme, derrière les calomnies dictées par la peur face auxquelles même les capitaines d'industrie qui, venant à passer par là et se croyant visés par les sarcasmes, perdaient leur sang-froid) leur servit des vers en arabe qui, librement traduits, disaient à peu près : « Cendrillon, vêtue de jaune canari, alla en ville trouver son p'tit ami. »

D'un air affable, Farouk émit tout haut l'hypothèse que Guus Vandersteenhoven avait été sélectionné parce qu'une mission comme celle-ci réclamait la présence d'au moins un garçon prêt à colmater avec son doigt une digue qui fuit. Guus jura que personne dans son pays n'avait jamais entendu cette histoire, ni d'ailleurs celle du gamin en patins à glace.

Claudio, un intellectuel indécrottable dont la pratique sportive la plus violente consistait à surcouper avec un atout, détourna la conversation en proposant un conte fantastique dans lequel des trésors artistiques étaient transportés en Angleterre *via* Khartoum où ils avaient été acheminés depuis l'Orient défaillant par Gordon Pacha, ce messie guerrier, soldat de l'armée toujours victorieuse. Dimi déclara avoir lu la même histoire quelque part dans un livre et Farouk lui demanda s'il avait réussi à en colorier toutes les illustrations.

Menu quintessentiel des barbecues, en somme, suivi d'histoires de fantômes et de bananes grillées sur les dernières braises de la nuit. Tant que durait la lumière, quelques-uns organisèrent des parties de cartes ou d'awélé. Les plus jeunes s'échangeaient des babioles – figurines en plastique ou petites voitures en fonte – tandis que les plus vieux se défiaient sur les paroles des dernières chansons américaines parvenues jusqu'à eux et dès lors tristement datées.

L'âge adulte ne les atteignait presque que par surcroît : les populaires Sud-Américains avaient pour ainsi dire réglé la question de la vice-présidence de leurs banques ; les Chinois et les Indiens, celle de leurs officines gouvernementales, élitistes mais sans lustre. Les petits eurocrates voyaient dans ce voyage une expérience inestimable à coucher sur leur CV, tandis que les rejetons des cartels asiatiques internationaux se rappelleraient ces forêts tropicales, des années plus tard, comme les cases d'un échiquier dont il leur fallait tirer profit. Les fils et filles des militaires de carrière et des personnels employés dans les magasins de l'armée, la longue lignée des caristes qui, une fois n'est pas coutume, passait pour socialement acceptable pendant cette sortie du rang déguisée, sentaient par avance l'exclusion réflexe dont leurs camarades d'école, même pré-sophistiqués, taisaient le nom.

Kraft, qui la nuit venue formait déjà le rêve de sauver d'inondations à l'échelle du Gange toutes ses connaissances, comprit devant le vacillement des flammes rassembleuses d'insectes qu'il était destiné, en fin de compte, à ne mener que de futiles missions d'endiguement. Assis dans le cercle de ces visages éclairés dont les traits lui parurent soudain bien trop jeunes pour lui être contemporains, il se figea, incapable de raconter une histoire quand vint son tour. Son allégorie nationale – celle du type qui se trimballe avec un sac de pépins de pomme – s'était dégradée en chemin, avait pris l'apparence d'un mercenaire en col blanc, un M. Kraft penché à la portière de sa machine dans la nuit d'encre, lançant des appels amplifiés au désordre sur des terres trop rétives pour qu'on les réforme d'une autre manière. D'une certaine façon, le refuge des déplacés universels était devenu le prince du mal, l'appui de tous les tyrans de cambrousse armés d'un aiguillon à bestiaux. Il s'était disloqué sur l'écueil du profit cynique, corrompu d'une seule traite, et personne ne savait ni comment ni pourquoi.

Quel récit national pourrait-il leur livrer, lui qui n'avait vécu dans son pays natal que six semaines ? Il envisagea de leur raconter le « Sors d'ici ! » lancé par l'enfant qui avait inspiré ce projet en plein air. Mais il préféra s'acquitter de sa dette en jouant du kluay, instrument obligé, tandis que Francisca Ng, fille d'un responsable haut placé à l'Aide économique internationale, chantait :

> Où vas-tu si tard, petite fille ?
> Les grenouilles appellent-elles ?
> Les chouettes troublent-elles ton sommeil ?
> Jusqu'où dois-tu donc aller, à cette heure ?
> Cela ne peut-il attendre ?

D'où cet air pouvait-il bien venir ? Nul ne savait. La jeune fille, d'un an plus âgée que Kraft, était capable de chanter ces paroles dans n'importe quelle langue sans toucher à la ligne mélodique. Sa voix était spectrale, au-delà de l'oubli. Tous ceux qui l'entendaient voulaient se dresser d'un bond et prolonger cette nuit, progresser jusqu'aux bords du banian sans limites et s'enfoncer dans la campagne menacée.

Le deuxième jour, lors d'un arrêt effectué pour se dégourdir les jambes et faire une petite partie de *takraw*, l'un des rares sports coopératifs inventés par l'humanité, ils furent rejoints par un Américain en tenue kaki sorti comme par enchantement de la jungle. L'homme leur demanda à manger et raconta devant un conseil d'élèves incrédules qu'il rentrait chez lui à pied. Il les quitta aussi vite qu'il leur était apparu. Cet échange poussa le directeur à leur rappeler qu'ils approchaient de la zone de tir ; la guerre qu'ils avaient tous vue aux informations était proche, réelle et violait les frontières. Des tribus qui habitaient les collines de la région faisaient fréquemment les frais de rafles organisées par le gouvernement et étaient envoyées se battre contre les insurgés, d'autres paysans du coin, eux-mêmes victimes d'un recrutement symétrique.

À leur arrivée sur place, Nam Chai tenait moins du village que de la lettre d'intention. Le gouvernement avait commis une erreur colossale en acceptant de les laisser voir cet endroit et plus encore en les autorisant à y tenter un acte de philanthropie. Non seulement il n'y avait pas d'école mais pas non plus de marché, d'échoppes, de bureau de poste, d'égouts, de garage ou de clinique. Les habitations n'étaient pas plus grandes que les maisons des esprits de la Cité des anges.

La délégation descendit de l'autocar et toutes les âmes qui vivaient sur ces quelques kilomètres carrés formèrent deux files d'incrédulité réciproque. Il suffit d'un regard pour établir que l'émancipation par l'éducation était ici pure chimère. Ce village avait un problème, un problème si grave qu'aucune école ne pourrait jamais le régler. Une antique malédiction – un troll venu prélever chaque semaine son tribut de sang, un vampire opiniâtre, l'adjonction impure de métaux lourds dans l'eau du ruisseau à tout faire, un terrain qui invitait à d'incessantes invasions étrangères – planait sur cet endroit, rendant toute assistance presque cruelle.

L'internationale des ambassadeurs de bonne volonté autoproclamés déchargea ses camions. Tous entassèrent les cloisons modulaires, les globes terrestres, les tableaux à craie et les petits pupitres à côté du site de la fondation dans le marigot. Ces amoncellements eussent été plus utiles comme bois de chauffage. L'inventaire paraissait aussi absurde qu'un stock de sorbetières de mille watts restées à rouiller dans un trou perdu sans électricité. Sur ces caches confuses flottait le drapeau de l'école avec la silhouette d'Hanuman.

Dans le village, un enfant sur deux souffrait d'une affliction exotique contractée dans la jungle. Les visages tuméfiés se refermaient sous l'assaut de parasites. Des sangsues dessinaient des échelles sur les jambes. Des anomalies étranges courbaient les phalanges vers l'arrière comme les doigts de laiton d'une danseuse classique ou faisaient pousser des moignons d'ailes entre les omoplates. Ils étaient les ectoplasmes bâtards de l'UNICEF, ces infirmes pouilleux que les privilégiés étaient censés sauver en deux trois collectes de quatre sous.

Mais ce qui affligeait Ricky, c'était la joie abjecte de ce panthéon monstrueux. Même les plus malades galopaient en tous sens sous l'effet d'une excitation incontrôlable. Ils faisaient le tour du village en criant dans les dialectes des collines que tout enfin se réalisait. L'armée des singes était arrivée, directement de la Cité des anges.

Dans l'ensemble, la mosaïque des internationaux réagit mieux que Kraft au choc provoqué par ces enfants. La frêle Janie Hawkins, dont les seins gros comme des cuillères à café avaient fait leurs récents débuts dans la revue nocturne du jeune garçon à l'heure du sommeil, berça instinctivement au creux de ses bras couverts d'un duvet blanc un nouveau-né sans mains ni jambes, aussi petit et blafard qu'un ballon de rugby décoloré. Elle chanta la première chanson qui lui vint à l'esprit, une berceuse de son Kentucky depuis longtemps oublié :

> Chaque fois que bébé pleure,
> Je fourre le doigt dans ses yeux.
> Que ferons-nous donc de ce bébé ?
> Que ferons-nous de ce bébé-là ?

Il existe un patois connu de tous ceux qui n'ont pas atteint l'âge du consentement. Un système de cris et de postures suffit ; les mots ne feraient qu'embrouiller les choses. En un après-midi, des troupes venues des quatre coins du terrain de jeux planétaire avaient formé une équipe de travail. Ils se lancèrent dans leurs projets improvisés comme dans la construction d'un château de sable grandeur nature. Des garçons qui n'avaient jamais entendu parler de latrines s'attelèrent à la tâche et en creusèrent toute une rangée sans réclamer la moindre indication. Charretiers, transporteurs, terrassiers, plombiers, menuisiers, charpentiers, métallos, maçons, ponceurs, porteurs d'eau, gardes d'enfants chargés de ceux qui étaient encore trop petits pour se faire journaliers : chacun s'attribua une besogne sans qu'on l'y affecte. Le miracle d'ingénierie prit forme à partir de rien, sinon la mémoire.

Des enfants qui se contentaient de sourire sans malice, comme à l'écoute d'un mythe comique, bataille aller-retour de l'été contre l'hiver – des enfants qui ne reconnaîtraient pas, au creux de l'estomac, le frisson sinistre d'un septembre orangé venu secouer leurs gamelles de midi – collaboraient à leur propre défaite en érigeant l'édifice qui, pour des générations à venir, imprimerait en eux le calendrier de cette école. Kraft commençait à se demander s'il avait choisi le bon endroit, s'il n'avait pas mal interprété cet appel de détresse transmis sur la Citizen-band.

Le travail avançait à grands pas. Les petites mains de l'Institut ne s'étaient pas laissé beaucoup de temps – deux semaines de vacances d'hiver, une tournée de distribution de cadeaux en coup de vent, même pour le Père Noël. Le plan de niveau prévoyait une grande salle circulaire qu'on pouvait ouvrir aux éléments, déployant ainsi la tente du savoir comme une ombrelle de procession ou un sarong sans bord.

Une fois le sol apprêté et les pilotis enfoncés, la membrane fut montée à une vitesse qui surprit tout le monde. Chaque équipe d'ouvriers miniatures jouait du marteau comme en un joyeux mécanisme et bourdonnait dans l'enceinte de cet ensemble en voie d'assemblage. Les murs furent dressés en la moitié d'un après-midi tant l'effort était habilement partagé. À ce rythme, le pavement céleste pourrait être posé d'ici un mois : Cleveland, Djakarta, Addis-Abeba verraient bientôt fleurir des cylindres de savoir aux beaux marbres texturés, qui donneraient à New York et à Tokyo des airs de patelins mal finis, si tous les adultes du monde travaillaient comme ils jouaient autrefois.

Un après-midi, à mi-chantier, quand l'élévation rapide des linteaux de teck suscitait parmi l'équipe des vagues de plaisir anticipé, le paysage se mit à trembler doucement comme si la pièce qu'ils venaient d'y insérer avait déclenché une oscillation dans la trame de l'air. Les enfants de ce hameau stratégiquement insignifiant identifièrent le son avant les gosses sophistiqués de la ville. Ils se dispersèrent dans le sous-bois avec des aboiements de panique mêlée de jouissance.

Les *farangs*, comme toujours, ne surent pas reconnaître l'œuvre de leurs mains avant qu'elle les assaille de tous côtés. La première réaction de Kraft fut de penser que papa l'avait localisé et donné ordre de stopper puis d'interdire l'opération Père Noël qui, mue par sa propre initiative, allait contre les intérêts supérieurs de la coalition. Les mégaphones se déclencheraient bientôt, à moins que les hélicoptères de combat ouvrent d'abord le bal, avant de poser des questions. Une charge creuse bien placée sous le bureau du professeur ou encore une roquette à dix mille fléchettes. Ou, le plus ingénieux de tout, un missile équipé d'une caméra, déroulant derrière lui un câble métallique qui transmet les images à un jeune délinquant de quatre ans plus âgé que Ricky, calé sur sa plateforme volante devant un moniteur comme devant une diffusion d'*American Bandstand*.

Les aéronefs se posèrent et Nam Chai quitta ses abris. Les machines crachèrent une petite équipe d'hommes pâles et bedonnants avec du matériel de tournage. D'interminables écheveaux de câbles et des générateurs électriques surgirent de nulle part, encombrant la zone d'atterrissage improvisée aux abords de l'école. Un albinos en treillis camouflage usé comme seuls en portent les adolescents fans de heavy metal et les novices du service de presse investit le secteur en demandant à voir le responsable.

Les fuites discrètes orchestrées par le directeur au moment où l'expédition quittait la ville avaient, comme les branches d'un banian, pris racine. La rumeur d'une improbable mission de bienfaisance itinérante était parvenue aux oreilles des médias internationaux, façon bouteille à la mer. Provisoirement rassasiée du spectacle de soldats occupés à s'incendier les uns les autres, l'œil éteint pour un bref instant devant la prévisibilité assommante de l'horreur, et toujours à l'affût de la dernière curiosité, la télévision avait dépêché sur place une équipe mobile pour tourner un sujet sur ce groupe de gosses qui cherchaient effrontément à établir leur propre système d'entraide.

Pas de bons sentiments à la con, s'empressa d'assurer le producteur. Pas d'appel téléphoné à envoyer chier la géopolitique. « Juste un témoignage, voyez ? Le genre sorti de la bouche des enfants. »

Le directeur opinait, au service du tour de la roue.

Le déballage du matériel laissa stupéfaits même ceux qui venaient de l'hémisphère Nord. L'équipement était un vivant fétiche du culte du cargo. Sampao exécuta une série d'esquisses sur papier de riz. Les villageois, convaincus qu'il s'agissait de la deuxième étape du projet incompréhensible, jouaient les porteurs indigènes.

« Vous pourriez me donner un bel éventail de couleurs ? » demanda le producteur. Le directeur choisit un échantillon représentatif de doux enfants par la bouche desquels le monde apprendrait précisément ce qui l'attendait. Il retint un élève issu de chaque continent perdu et Kraft, le Nord-Américain le plus haut en couleur de l'expédition.

Ricky suggéra que soit inclus un enfant de la tribu. Il en choisit un appelé Lok dont le passe-temps consistait à badigeonner d'argile rouge le museau des animaux domestiques. Les membres de l'équipe accueillirent cette nouveauté avec enthousiasme. Ils caressèrent l'enfant sur le dessus de la tête, violant ainsi une dizaine d'interdits culturels, puis lui demandèrent son nom. Lok répondit « *Yet ma* », ce que Kraft s'abstint de traduire.

Le type placé devant la caméra était un ancien athlète professionnel visiblement surpris qu'aucun de ces enfants ne lui demande d'autographe. Kraft mentit en disant qu'il croyait avoir entendu parler de lui, ce qui le rasséréna assez pour lui permettre de commencer.

« Les régions intérieures de la jungle d'Asie du Sud-Est, à quelques heures à peine du Mékong… » Gopal gâcha la prise en ricanant. « … sont tout à fait l'endroit, reprit l'ancienne vedette sportive après raccord, où on s'attendrait à rencontrer une armée de guérilleros. Mais cette armée-ci va vous étonner. » Sa voix prenait peu à peu l'inflexion d'un boniment publicitaire, comme s'il s'apprêtait à donner un numéro de téléphone gratuit à composer pour passer commande.

« Cette armée est une armée de paix, dit-il en appuyant sur l'extravagance du dernier mot. Ces guérilleros viennent de plus d'une douzaine de pays différents. » Gopal donna un coup de coude à Ricky et demanda si les Américains savaient compter aussi loin. « Et cha-cun d'eux, articula l'ex-sportif qui préparait sa chute, est un en-fant ! »

Il posa sa première question à Elaine Chang qui ressemblait à une Orientale et qu'on lui avait désignée comme le cerveau de l'Institut. « Peux-tu nous dire ce que toi et tes camarades faites ici ? »

« Une interview pour la télévision ? » répondit Elaine, hésitante. À la deuxième prise, elle donna la bonne réponse : « Nous construisons une école. »

« Et peux-tu nous dire pourquoi ? » *Allons, tu peux y arriver*, suppliait la voix du reporter.

Kraft retint son souffle mais Elaine, d'un bon sens remarquable, répondit à la perfection. « Parce qu'ils n'en avaient pas. »

« Oui, admit le reporter en adressant aux téléspectateurs américains un sourire semblable à celui de ce présentateur, auteur d'un livre intitulé *Les enfants sont le plus renversant des prodiges* dont la sortie avait été éclipsée par le saut de sa fille depuis la fenêtre d'un étage élevé. Mais penses-tu que votre choix de construire une école ici ait un rapport avec ce qui se passe dans les environs ? »

Il attendit, plein d'espoir, que d'autres lèvent poliment la main. « L'un de vous peut-il me dire ce qui se passe dans la région ? »

Gopal s'éclaircit la voix et se lança. « Si vous-mêmes ne l'avez pas encore compris, je crains fort… »

Le reporter intercepta l'enfant avec adresse. « Gopal. Tu nous viens de… ? »

« Je viens d'Inde. Un grand pays qui se trouve pile de l'autre côté du globe si on creuse en partant de… »

Ainsi se déroula l'interview qui transforma en l'habituel cirque télévisuel le plus simple des gestes d'attention. Le reporter ne voulait pas d'enfants partis bâtir une école dans l'intérieur du pays. Pas de « J'ai quinze ans, je m'astique le manche tous les soirs, j'ai fumé deux fois de la ganja et mon boulot, c'est de creuser des trous pour y enfoncer des poteaux ». Pas de « J'ai huit ans, j'aime bien faire fondre mes poupées et je n'ai pas le droit de ramener d'amis à la maison quand ma mère est là ». Il voulait une allégorie. Une Little Eva ou une Little Nell, une friandise de deux minutes, croquée de la manière dont on peint d'habitude la classe des sans-droit : des créatures inconnues, d'une petitesse perverse, des artistes de variétés dans leurs délicieux costumes de Miniville, qui dansent, cabriolent et vivent des idylles comme des homoncules adultes. Le reporter reformulait chaque question, la transformait en une description compliquée à laquelle l'écolier n'avait plus qu'à répondre par un « oui ».

« Ce petit garçon s'appelle Luc… »

« Lok », rectifia Kraft, sachant que l'homme allait s'interrompre pour lui expliquer avec une irritation croissante que la télévision américaine ne donnait la parole qu'à une seule personne à la fois et que cette personne, jusqu'à nouvel ordre, c'était lui.

« Ce petit garçon a grandi ici même, dans ce village, un hameau oublié, perdu au milieu du champ de tir, mais où ses nouveaux amis venus de nombreux pays lui construisent à présent une école qui pourrait changer sa vie. Luc, peux-tu nous dire comment la guerre te touche ? »

Kraft joua l'interprète et les caméras se délectèrent de cette image où deux enfants aux cheveux ras baragouinaient ensemble, le plus brun s'exprimant avec un petit sourire timide. Kraft se tourna vers le maître de cérémonie. « Il veut savoir si vous avez des chewing-gums. »

Abrité derrière le bouclier du montage omnipotent, le reporter continua. « Qu'est-ce que ça te fait d'entendre des tirs au loin ? Tu as peur qu'ils se rapprochent ? »

Kraft relaya consciencieusement la question puis la réponse de Lok : « Il dit qu'une fois il a vu un corps étendu sur le chemin de fleuve. Plein de petites bestioles faisaient leur nid dedans. »

Le reporter s'anima ; voilà un passage qu'ils pourraient utiliser. Peut-être serait-il possible de conduire l'enfant jusqu'à cet endroit pour une prise de vues. « Luc, peux-tu dire aux petits garçons et aux petites filles d'Amérique ce que tu veux le plus apprendre dans ta nouvelle école ? »

Une menue altercation s'ensuivit : les deux enfants s'aboyaient dessus dans leur sabir de terrain de jeux. Le reporter rappela gentiment à Kraft qu'il ne devait rien garder pour lui.

« Il veut savoir si les Américaines ont une touffe de poils entre les jambes. »

Des hourras s'élevèrent de toutes parts et Kraft fut réprimandé pour avoir gâché des mètres de pellicule hors de prix.

« Et toi ? » Le reporter s'était tourné vers lui une fois le fracas retombé. « Ça te fait peur de te retrouver ici ? »

Une bouffée d'avenir traversa la clairière et Kraft sut alors que ce refuge était déjà perdu. Les haricots magiques qu'il espérait dissimuler dans le sol ne prendraient pas racine avant que cet arpent de terre soit submergé lui aussi par une marée de demandeurs d'asile. Il se sentit alors libre de dire ce qu'il voulait, avec la certitude que toute vérité sortie de sa bouche ne franchirait jamais les tables de montage de ce nouvel abécédaire de l'illettrisme et de la fuite, testament et dernières volontés de ce monde.

Écoutez, mes enfants, et vous entendrez la signification des paroles que prononça ce jeune garçon à l'heure où l'âge adulte s'agrippait à elles. La télévision voulait une guerre sous forme d'anecdotes – divertissement du moment pour les groggys du stimulus. Très bien. L'enfant se mit à parler d'une voix douce en martelant le rythme de ses phrases comme dans une comptine pour corde à sauter. Il parla de tous les endroits brûlants de la planète où il avait fait escale un moment et qu'il avait été forcé d'évacuer. Il parla d'une île des Caraïbes qui préférait ensemencer ses champs avec les carcasses des siens plutôt que de partager la terre. Il décrivit un demi-milliard d'habitants du sous-continent partis s'amonceler en vagues sacrificielles, machette à la main, sur la forme de la divinité. Il décrivit un palais parfait surmonté de tours blanches au bord de la mer, puis l'incendia.

« Vous n'avez pas peur, vous ? demanda-t-il en gloussant. N'avons-nous pas tous peur ? » Il essaya d'expliquer en quoi chaque endroit où il avait vécu était un camp fortifié où des bataillons d'adolescents sans chemises, qui n'avaient pas l'âge de combattre, se promenaient avec des lance-grenades individuels. Il dit avoir lu que depuis le début de l'histoire, on comptait deux guerres par an et que chacune coûtait environ un quart de millions de vies.

La guerre de l'autre côté du fleuve, dit-il, intéressait les caméras seulement parce que des enfants du pays y mouraient. Nous utilisions des bombes filoguidées et des aérosols défoliants. Eux utilisaient des enfants avec des bombes sanglées sur la poitrine, remplies de bouts de ferraille. D'ici quelques années, la guerre du reporter à laquelle s'opposait cette sortie scolaire serait sans doute transformée en violence anonyme et élégante pour les heures de grande écoute, combats de *punji* hauts en couleur destinés à faire les meilleures audiences. Des commandos torse nu, coiffés de foulards, parés de leurs M16, filmés devant un bouquet de bambous, changeront la guerre en berceuse de petit calibre.

Il marmonnait ses prédictions, sans accuser personne. Avait-il peur ? Tous ceux qui n'avaient pas peur ne faisaient pas assez attention. C'est à ça que servirait cette école : à apprendre aux enfants du village tout ce qu'on infligeait autour d'eux aux enfants de la planète Terre. Juste le qui, le quoi, le quand et le où, le pourquoi solitaire étant trop dur à supporter. Ricky déclara qu'il n'existait qu'une seule issue à la crise de l'autre côté du fleuve, au traumatisme qui, muni d'un visa touristique illimité, se répandait dans chaque pays : le mariage mixte et forcé sur cent générations, jusqu'à ce qu'enfin tout le monde se ressemble trait pour trait. À mesure que ses phrases s'allongeaient, il savourait sa première pointe de cynisme au fond de la langue, juste derrière l'aigre et le salé, comme l'indiquaient les schémas de *La Science et toi*. Et avec ce goût en bouche, il franchit une frontière souterraine vers le grand âge.

Il acheva sa diatribe dans un silence de mort. Les caméras avaient cessé de tourner depuis longtemps. Par gestes, le reporter demandait déjà que les enfants aillent près de l'école remuer des troncs de teck. La parabole impromptue de Kraft fut aspirée par un tourbillon de poussière dans le ciel vide au-dessus de Nam Chai. Le vent emporta ses mots au loin comme un cerf-volant de combat. Kraft regarda le reporter tourner la conclusion qu'on lui avait préparée, sa veste kaki flottant dans la brise devant ses camarades qui, chacun de leur côté, frappaient sur un clou imaginaire, coupables de trahison mais incapables de s'en empêcher.

« Nous connaissons tous ce verset “Et un petit enfant les conduira”. La question est de savoir si ceux d’entre nous qui sont assez vieux pour se souvenir auront le courage de suivre. C’est la… »

Cette nuit-là, Kraft alla camper dans la grande salle à ciel ouvert, seul refuge dont il eut besoin. Il jouait avec un rapporteur géant, outil commode pour projeter des cercles euclidiens sur les broussailles sans arc. Le projet tout entier lui semblait soudain cruel ; poser ces fondations puis se replier sur la Cité des anges sans avoir apporté la seule chose nécessaire au déclenchement de la genèse : un instituteur. Il fouilla les caisses de fournitures à la recherche d’un détonateur mais n’en tira qu’une pile de moules à tarte découpés en parts, un puzzle du monde dans son cadre épais (« Moyen-Orient », « Asie du Sud-Est » : de grosses bulles faciles à assembler), et un cœur de la taille d’une balle de base-ball avec des valves en coupe qu’il referma comme la mâchoire pendante d’un mannequin pour ventriloque.

Un bruit de pas annonça l’arrivée, dans le noir, de quelques autres membres du conseil de sécurité *ad hoc*. Jien et Bandele qu’il parvenait à distinguer. « Ils te cherchent, mon pote, dit une voix qui semblait être celle d’Eleni Katzourakis. Les adultes. Le directeur. Herr Springer. »

Des silhouettes se dispersaient autour de la salle inachevée, se faufilant dans les interstices de la matrice des pupitres qu’on avait poussés sur les bords pour éviter de les abîmer pendant la construction. « Hé ! Kraft. » C’était Farouk. « Ton petit discours… » Il fit entendre un mince sifflet admiratif et incrédule.

« Ouais », lancèrent ensemble les contours de Janie et la voix d’Elaine. Puis à nouveau en stéréo : « Sensas ! » Comme s’il était facile, ici dans l’obscurité inachevée, de prétendre encore à l’immaturité.

Gopal gloussa. « Pas mal pour un larbin progressiste. »

Quelle que fût leur nature, les autres votes de confiance que la délégation était venue lui accorder furent noyés par l'arrivée de Lok à la tête d'une troupe de vauriens parvenus à échapper à leurs entraves sous le couvert de la nuit. Quoique sur la pointe des pieds, les petits villageois – catalogue de déficiences dont la seule revanche consistait en un amusement irréfléchi – firent irruption avec fracas.

Lok se précipita vers Kraft en crachotant de joie dans son dialecte des collines. « Dis, recommence encore une fois. » Cette tirade insolente, ce laïus à l'adresse de la meute d'hélicoptères qui n'avaient rien apporté, ni cigarettes, ni opiacés, ni sucreries.

L'avenir de Nam Chai se mit à manœuvrer dans la pièce, à fouiller les conteneurs interdits et à réclamer des explications sur chaque article ésotérique. Ils trouvèrent et déroulèrent une banderole qui, faisant le tour de la salle, déployait un abécédaire illustré : *kh* comme bouteille ; *k* comme buffle des marais. Du fond d'un cageot de tout-venant, sortit un livre publié au soleil couchant de l'empire, ouvrage destiné à la Malaisie occidentale ou à la Birmanie, mais qui avait atterri ici, dans le seul pays qui n'eût jamais été une possession coloniale.

On demanda à Kraft – le héros populaire du jour – de faire la lecture. Il dut répéter mille fois l'histoire du rat et du crapaud pour les plus petits qui n'avaient aucune idée de ce que signifiaient ces mots, même sommairement traduits, mais savaient bien, à l'occasion, reconnaître une drôle de voix. Les rappels, réclamés aussi par les anglophones amusés et narquois, étaient ponctués des « *Beb-jab !* » fanatiques que poussait Lok pour qui taupes et blaireaux incarnaient de monstrueuses fantaisies aussi outrancières que les singes généraux ou les rois démons. D'où venait l'attrait d'une histoire tortueuse qui s'amusait à sauter de navire en navire sans aller nulle part ? Kraft continua à faire les voix, les timbres aigus et les grognements des créatures – seule explication fournie.

Un visage, qui avait seulement attendu le rassemblement du contingent, apparut alors dans l'une des ouvertures inachevées. Au premier regard, il fit retomber l'hilarité, la confisqua comme un billet intercepté. La tige effilée d'un corps se dressait là, enveloppée d'une robe découpée dans un vieux sac de riz dont la marque au pochoir avalée par une couture restait visible. Cette toile de fortune conférait à sa propriétaire l'aura d'une bête hirsute. Ceux qui venaient de l'hémisphère Nord crurent d'abord qu'elle était du village mais sa présence surprit encore davantage les enfants du cru.

Deux écoliers fondateurs débloquèrent les charnières du mur mais la créature refusait d'entrer. Comme une arme automatique veloutée, elle répétait les deux mêmes syllabes chantantes. Ce n'était pas du thaï ou une autre langue que Kraft eût déjà entendue. « Qu'est-ce qu'elle dit ? » demanda-t-il à Lok.

En dialecte, agressif mais ravi, Lok répondit : « On voudrait bien le savoir. »

Et tout aussitôt, Kraft entendit, quoique les syllabes fussent toujours impénétrables. La petite fille au sac de riz psalmodiait dans une sorte de pali primitif les mêmes mots que ceux prononcés par la statue revêche chez l'abbé, un instant avant d'aller s'écraser au sol. « Sortez d'ici ! » Sortez d'ici.

Les gestes furieux de l'inconnue confirmaient l'intuition de Kraft. Asiatique au teint pâle et lumineux, elle rougissait comme un filament impatient. Elle décrivait des cercles et glapissait, s'élançait vers le sous-bois puis revenait au bout de quelques pas pour voir ce qui les retenait encore. À tout instant, elle lâchait des salves d'explications, des suppliques qui pouvaient signifier n'importe quoi : un parent mordu par un serpent, prostré sur le chemin, une maison en feu ou une fête, à un village de là, avec *piphat* et bananes grillées à volonté. Sa chorégraphie attestait l'envergure de l'enjeu comme la danse d'une abeille décrit à la ruche une découverte d'importance.

Les enfants médusés regardaient la danseuse puis se regardaient les uns les autres. Même les élèves des classes supérieures s'en remettaient à Kraft, comme si son incantation briseuse de tabou prononcée dans l'après-midi avait fait apparaître ce farfadet. Bien qu'il n'y eût jamais aucune autre issue, pas même un bref instant, Kraft prit une inspiration. « D'accord. Qui est partant ? » demanda-t-il en anglais. Puis à nouveau dans la langue à cinq tons : « *Bai mai ?* »

Personne ne fut surpris qu'elle les conduisît au désastre voisin. Même ceux du Nord s'aperçurent bientôt que la randonnée sinueuse les rapprochait doucement du fleuve, cette zone tampon imaginaire entre le seul pays jusqu'alors officiellement indemne et celui déjà souillé par le cauchemar qui lui était adjacent. Mais leur destination précise, Kraft pouvait seulement l'imaginer. Dans sa tête alourdie par le manque de sommeil, elle prenait la forme d'un paradis improvisé de l'aide d'urgence, un regroupement forcé sur l'itinéraire de la vraie stupéfaction, une colonie en plein essor au bord du fleuve où, chassées de leurs vies, se pressaient les victimes du napalm et de la claymore.

Un camp d'enfants, pensait-il. Elle est venue chercher le tout dernier contingent de recrues, des vies neuves pour renforcer celles qui s'étaient déjà rassemblées là-bas. Ces raisonnements luttaient contre le rotin et les fougères, les plantes ténébreuses qui lui éraflaient le visage sur le chemin obscur. La petite fille connaissait le terrain et restait sur la meilleure trace, une étroite éminence à la fois sèche et dégagée, mais point trop exposée à la lumière crue de la lune. Ils marchèrent assez pour perdre la notion du temps et seul le hurlement des gibbons dans la canopée lointaine permettait à Kraft de se convaincre qu'ils avançaient en effet.

Bien qu'il fût plus âgé que leur guide, il avait l'impression d'être le petit enfant de cette petite fille. Combien de kilomètres encore ? Sommes-nous bientôt arrivés ? Il comprit qu'ils risquaient de ne pas atteindre leur destination et en être revenus avant que Nam Chai s'éveille pour pleurer leur absence.

Un crépitement semblable à celui de brindilles qui craquent sous les pieds s'amplifiait peu à peu à mesure qu'ils marchaient et Kraft fut bien obligé de l'identifier : des tirs sporadiques d'armes à feu. Alors, parvenus au sommet d'une pente raide, ils le virent. Elle les avait conduits jusqu'au fleuve, là où il est le plus étroit, ce même fleuve qui coulait de méandre en méandre jusqu'à la douairière sénile, mille kilomètres en aval – la cité bâtie à son embouchure aux lèvres malades. À cet endroit, le fleuve était assez étroit pour qu'avec un peu de chance on parvienne à jeter par-dessus une pièce de monnaie. Avant qu'ils aient pu saisir cette vue, la fillette, vingt mètres à l'avant-garde, ôta son sac de riz et se mit à patauger dans le courant en tenant sa tunique au-dessus de sa tête.

Parvenue sur l'autre rive, elle se rhabilla en hâte. Agacée de voir que les autres ne la suivaient pas, elle leur adressa ce vieux geste de la main : paume tendue vers le bas et ondulation répétée des doigts. Pour un rejeton de l'Occident, ce signe voulait dire au revoir, *goodbye*, *auf*… Jamais nous ne nous reverrons. Mais dans cette région-ci, cette agitation des doigts était d'une clarté implacable : *ma mee*, magnez-vous, ne restez pas plantés là. Partie mortelle de tir à la corde.

Lok fut le premier à se jeter dans le fleuve après elle. Il entra dans l'eau comme dans une mare à bestiaux. Terrifié, Kraft regarda Janie Hawkins se déshabiller et descendre dans le courant derrière Lok. Alors les autres ombres commencèrent à retirer leurs frusques et le groupe devint un filament de mouvements de brasse et de nage en chien, aussi silencieux que la tension le permettait, un cortège de vêtements tenus au-dessus de têtes qui dansaient sous les rayons obliques et sinistres de la lune.

La contrainte avait balayé le risque d'un revers de main. Un à un, les nageurs se détachaient du groupe comme les miettes d'un croûton de pain dur. Kraft resta sur la rive libre du fleuve avec ceux que le manque de cran ou le fait de ne pas savoir nager rivetait sur place. On les avait conduits jusqu'ici pour leur faire passer le grand examen classique de l'existence : regagner le camp maintenant et retrouver une vie de sécurité sans substance, ou continuer sans garantie, suivre une apparition qui pouvait se révéler tout autant maléfique que révélatrice.

Responsable de chacune des vies qui composaient cette conga mâtinée de serpent d'eau, Kraft prit la mesure de l'instant. La fillette, que son visage de militante d'Oxfam International désignait comme l'insurgée parfaite, était venue attirer une unité d'impérialistes étrangers dans une embuscade. Elle avait fait les frais d'une Pentecôte des forces spéciales tombée du ciel et avait erré pendant des jours, stupéfaite, jusqu'à trouver les seules personnes en qui elle pouvait avoir confiance, des mineurs, qu'elle ramenait à présent sur les lieux d'une laideur inimaginable. Elle était le chat dans une partie de chasse multinationale disputée sur des millions de millions d'hectares, ce jeu planétaire dont chaque enfant sait bien qu'il se joue sans lui, et les ayant trouvés rassemblés là aux heures avancées de la nuit, elle avait décidé de les faire entrer dans la danse. Elle était le bras recruteur d'un cartel d'enfants décidés à stopper la guerre là où les adultes avaient échoué et elle les emmenait maintenant, irréprochables et sans entraînement, vers le front. C'était une créature capable de changer de forme, un démon sorti du *Ramakien*, venu leur apprendre la vraie signification des contes.

Ricky savait ce qu'il devait faire. Arrêter tout. Ramener le contingent au bercail. Mais au lieu de cela, sur la rive obscure, il commença à déboutonner sa chemise. Quand il porta la main à son col, un bruit glissa sur l'air immobile, le plus ténu des clic. Il savait, aux franges de l'attaque, ce qu'était ce bruit. La fillette venait de poser le pied sur le genre de mine qui, dans un geste absurde de politesse, avertissait sa victime en faisant entendre l'amorçage de l'allumeur.

Tout à l'excitation de faire avancer la colonne, la petite fille avait baissé la garde juste assez pour ne pas remarquer le monticule artificiel caractéristique. Kraft n'eut pas le temps de crier *stop*, mot qu'il ne connaissait d'ailleurs pas dans la langue de la fillette. Il n'en eut pas besoin. Elle sut ce qu'elle avait déclenché à l'instant même où l'onde du déclic lui avait traversé le pied.

Le son l'avait saisie sur le premier temps de sa marche. Elle était si exercée aux récits sur ce bruit-là qu'elle s'était figée sur place avant la suite fatale. Elle restait clouée là, incapable même de transférer le poids de son corps d'un pied sur l'autre.

Comme un appareil humide verrouille la main sur l'ampérage meurtrier, une terreur électrique fixa les enfants au lit du fleuve. Tout ce que soupçonne l'âge tendre est vrai : il n'y a pas de plancher, pas de plafond, pas de chaleur, pas de voix rassurante venue de la chambre d'à côté, pas de lit – mais seulement ce qui se cache dessous. Rien, sinon une berceuse prête à vous consigner.

Chacun d'eux avait assez de maturité pour paniquer. Ceux qui se trouvaient dans l'eau firent volte-face au milieu du courant pour rejoindre la rive libre. Ceux qui étaient encore sur la terre ferme se recroquevillèrent ou se jetèrent au sol. Ricky – le gamin qui au théâtre de Guignol criait toujours « Attention ! Regarde derrière toi ! » – s'élança vers la petite fille. Il se mit à crier tous les ordres qui lui passaient par la tête. Ne bouge pas. On va venir glisser une pierre sur l'allumeur. Respire le moins possible, ralentis ton cœur pendant que quelqu'un retourne en courant au village. Reste calme. Ne déplace pas le poids de ton corps. Masse-toi la jambe si elle s'engourdit. Dis-nous ce dont tu as besoin et nous te l'apporterons.

Du charabia. Ses mots s'effilochaient dans l'air avant d'avoir atteint la fillette. Elle n'entendait pas ; c'est du moins ce que l'enfant dut se dire pendant les années qui suivirent. Elle hésita un moment entre le bon sens et le besoin. Elle s'accroupit et creusa de ses ongles la terre qui cachait la mine en vagissant comme un animal pris au piège. Les autres lui hurlaient d'arrêter. Elle ne releva même pas la tête. Elle commença à gémir en lançant des regards dans la direction où elle les emmenait, vers une brèche invisible, une chance historique qui se refermait. Elle trépidait, agitait les cuisses comme si elle était consignée derrière un pupitre dans sa nouvelle prison-école. Dans toutes les langues qu'ils connaissaient, les enfants braillaient en direction de la fillette pour lui dire de ne pas sautiller, de ne pas s'affoler.

Son exaspération s'accumulait et l'obligation de partir maintenant, quand il était encore temps, avait grandi au point que l'immobilité l'aurait tuée aussi sûrement que le mouvement.

Une faction s'était déjà élancée sur le chemin du retour dans le sous-bois. Pour amadouer la petite fille, un autre groupe tournait avec précaution autour d'elle, se faufilant dans la pépinière des bulbes mortels, conscients de son impuissance même s'il parvenait à la rejoindre. Il pouvait au mieux la retenir sur la mine, lui apporter à manger, évacuer ses déchets pendant des décennies, jusqu'à ce qu'elle meure de vieillesse.

Dans le temps qu'il faut pour frapper une balle et réussir un coup de circuit, Kraft rejeta toutes les autres options. Il s'élança vers le fleuve et en quelques foulées battit son record personnel du cinquante mètres. Il courait à perdre haleine, en silence. Il lui semblait avancer en un ralenti lancinant. Ses yeux allaient plus vite que ses jambes et à trois pas de la rivière il vit qu'elle allait bouger. Il s'arrêta pour hurler mais ne parvint pas à expulser l'air de sa gorge avant qu'elle fût déjà partie.

Elle plongea vers un coin de la clairière, arrachant tout son corps au détonateur comme si le salut dépendait d'un nouveau délai. La vue qui s'offrait à elle, à l'horizon proche, l'obligeait à l'envol ou à l'annihilation forcée. Elle savait et jamais ne se retourna. La lumière qu'elle déclencha en partant illumina la canopée.

Jamais aucun son ne retentit, même des années plus tard. Le crépitement des mottes de terre retombant en un fin crachin sur le sol auquel eux n'avaient pas su échapper fut le premier bruit que Kraft parvint à se rappeler. Mais bien après. D'abord, il lui fallut reconnaître, projetée sur l'air indifférent comme en un théâtre d'ombres épique, la vision que la petite fille poursuivait. L'explosion la transfigura en un mur d'images aussi fracturé que l'œil convexe d'une mouche. L'intervalle infini du flash condensait en un éclatant reportage sur le vif la campagne menée partout sur le globe.

La mine, posée là dans le sobre calcul qu'elle pourrait prendre une petite fille, emporta avec elle l'âme de tous ceux qui se trouvaient dans le périmètre du souffle. Elle ouvrit dans l'air nocturne une brèche par laquelle ils restèrent tous à regarder, cloués sur place. Faisant saillie à travers un gauchissement du firmament, sur le plus grand des grands écrans, s'affichait la destination prise par chaque enfant tzigane jamais embarqué dans une rafle et recouvert de chaux vive.

Avant que Kraft ait pu se forcer à détourner les yeux, il vit. La vieille histoire avait été défigurée par le bouche à oreille. Ce que les rapports décrivaient toujours comme une vision de béatitude interdite, celle du paradis des enfants, un paradis refusé par sadisme à ceux qu'on avait laissés derrière, était en réalité ceci : un premier aperçu de la zone d'attente où se rassemblaient les plus affligés. Et le chagrin des laissés-pour-compte, enfermés dehors, était le supplice des réformés.

Le son et lumière, le front de la déflagration, s'effondra sur lui-même aussi vite qu'il s'était déployé et alla rejoindre la confusion semée par le souffle. La fillette et Lok tombèrent tous deux du côté opposé de l'explosion, ce qui permit à Kraft de croire un instant à la fiction d'un vol plané qui les aurait mis hors d'atteinte, où seul le membre fourvoyé serait perdu – mutilation partagée par un quart de la population dans ces parages. Dans l'espace qu'il fallut à l'onde de choc pour se disperser, il les voyait déjà guéris, les ramenait avec exaltation à une vie prothétique. Puis la compensation se dissipa et il se précipita dans le fleuve, buvant la tasse tandis qu'il se débattait dans l'eau pour atteindre le cratère.

Quand arrivèrent les adultes – le directeur, les chaperons, les villageois alertés par des messagers incohérents –, ceux-ci lancèrent leurs procédures soigneusement répétées en cas de catastrophe. À l'aube, chaque enfant qui avait quitté Nam Chai la veille au soir répondait à l'appel, à l'exception du petit Lok et de l'étrangère dont les adultes n'accréditaient qu'à demi l'existence. Le sol soufflé par l'explosion ne portait aucune trace d'ossements ou de chair. La mine avait fait disparaître toute preuve incriminante. Un dédommagement expéditif fut accordé au nom de l'Institut aux parents du disparu, concédé par acte notarié en même temps que les ballons de football, les tee-shirts et les recueils de textes du primaire classés par niveau.

On jugea la construction de l'école suffisamment avancée pour permettre son achèvement à l'aide des ressources locales et des technologies adéquates – ou tout autre euphémisme en vigueur pour signifier l'abandon. Les écoliers de l'Institut furent poussés à l'intérieur des autocars dont la caravane alla rejoindre la Cité des anges, sans escale cette fois. Pendant un an ou deux, ceux qui avaient participé à l'expédition reçurent de loin en loin un compte rendu des progrès accomplis par l'école jumelle qu'ils avaient aidé à fonder. Les enfants apprenaient, s'accordaient à dire les rapports. Ce qu'ils apprenaient au juste n'était pas précisé.

Et l'enfant ? Bien sûr, vous voulez savoir ce qu'il advint de l'enfant à l'idée merveilleuse. Par le plus ténu des hasards, il passa entre les mailles de la conscription, vécut ses vingt ans dans cet interlude anormal que le Nord appelait la paix. Renvoyé dans une patrie à laquelle il ne pouvait s'intégrer, il fut instruit dans l'art impossible de remembrer les corps. Après un long bannissement, il se remit peu à peu à songer à cette expédition dans l'intérieur des terres – cette opération Père Noël, au Pays des hommes libres – comme aux fragments d'un mythe à ne pratiquer que lors des nuits troublées par les gardes.

Quant à la Cité des anges où il avait vécu ses dernières années d'appartenance, il prenait parfois de ses nouvelles dans les journaux, lorsqu'il en lisait. Bangkok s'était industrialisé depuis peu, avait payé son droit de passage dans le camp dominant, s'était transformé en un petit Tokyo. Selon tous les rapports, la ville avait tourné au nid d'aiguilles infectées par le sida, une cité hérissée de buildings, tentaculaire et à l'expansion galopante. Elle était devenue un des grands souks du trafic d'enfants. Quelque cent mille prostitués adolescents des deux sexes gagnaient leur vie dans ce chef-lieu du meurtre de l'Orient exotique, le fourgue du Triangle d'or, le mignon des touristes de première classe, mis à sec par les voyages tous frais payés de chez CarniCroisière et les ateliers de semi-conducteurs, suintant le postcolonialisme épais, défrichant ses forêts irremplaçables pour entretenir ses habitudes.

Depuis sa détention aux États-Unis (il était l'homme doté d'un pays, inverse cauchemardesque de cet apologue avec lequel on vous terrorise ici dès le collège, quand vous êtes le plus vulnérable), l'enfant apprit que des étudiants libres mouraient en masse, baignaient les rues de leur sang, qu'ils s'étaient sacrifiés en voulant reprendre le pouvoir aux vieilles routines de la corruption et des putschs, qu'ils mouraient – et pour quoi ? Pour de la politique, la pire des illusions de la roue.

L'endroit devint une pure invention de l'enfance, un point sur un itinéraire qui, dès l'origine, ne faisait que prolonger la vocation de l'autorité, le rêve de ses parents. Eux aussi se révélèrent à lui, au fil du temps. Sa mère acquit le statut d'un certificat classé une fois pour toutes, et il la dépassa en âge. Quant à M. Kraft, l'orchestrateur sinon l'ingénieur de l'opération Âme errante, il entra dans la vieillesse qui lui revenait de droit : un studio dans une maison de retraite rempli de Post-it qu'il s'adressait à lui-même : « Gazinière ? » « Mégots de cigarette ? » « Interrupteurs ? » De place en place sur les murs, accueillant l'enfant lors de ses visites filiales, des randonnées mentales dessinaient le parcours de la terreur laissée dans leur sillage par les mots éphémères qui échappaient au vieil homme : « lénifiant », « imputabilité », « vêpres ».

Parfois arrivait une lettre de papa, trop affranchie, bardée de timbres, l'adresse rédigée dans une écriture tout en boucles semblable à celle des premiers décalques tentés par l'enfant sur papier pelure d'oignon : « Cher Richie, L'article ci-joint explique à merveille les miracles du laser. Top secret ! J'ai pensé que tu aimerais être mis au parfum. » Retour à l'état primitif, juste avant l'exil permanent.

Et ainsi l'enfant est-il devenu plus vieux, plus simple, plus endormi, jusqu'au jour où les écoliers oubliés de la jungle sont revenus le chercher. Tous, un à un, ils sont revenus de ces années enfermées dans quelque Westerbork de transit (dont les peintures murales, il vous faudra l'apprendre tôt ou tard, représentaient un joueur de flûte aux couleurs vives plus grand que nature, occupé à remplir sa tâche éternelle). Il a grandi jusqu'à ce que vous veniez l'assaillir, vous, mes vieux amis, vous, les victimes de demain, vous, les exposés tardifs du jour.

Écoutez, mes enfants, et comme le disent tous les contes jamais consignés dans la mémoire, *c'est une bien longue histoire.* Et vous voici parvenus à son terme.

Ils voyagent léger, limitent le poids à transporter. Rien que le strict nécessaire. Quand arrivent les handibus réquisitionnés pour la tournée, ils n'emportent sur leur dos que leurs costumes et quelques accessoires : une tonette et un flanc de montagne en papier mâché qui s'ouvre par le milieu, révélant une crevasse fugitive.

La Cité des anges n'est pas l'endroit qu'ils ont quitté en intégrant l'antre des réparations magiques. Ils voient pour la première fois cette ville qui se fait passer pour leur chez-soi. Ils jouent les touristes de leurs *barrios* reculés, ceux que les voyages organisés traversent en hâte derrière des vitres teintées. Ils jouent dans l'*alma mater* de Jorge et Roberto où des classes sous surveillance, fouillées par des vigiles armés, entrent par roulement dans l'auditorium. Dans le public, en plein milieu de la représentation, un élève de cinquième est expédié au Carver quand le ballon du contrebandier qu'il a ingéré plus tôt dans la matinée se déchire à l'intérieur de son estomac.

Ils jouent sous un belvédère dans ce qui fut autrefois un jardin des quartiers est où des indigents de tous âges, sortis de leurs bicoques en aggloméré, se plantent devant l'impénétrable cérémonie comme devant un nouvel avis d'expulsion illisible. Une aumônerie devant laquelle ils se produisent un après-midi fait les frais d'une descente de police deux jours plus tard, soupçonnée d'avoir donné refuge à une nuée d'illégaux. La nécrose gagne du terrain. Partout elle vient à échéance, la dernière traite du crédit prolongé. Aujourd'hui, la privation coûte davantage que ce que la richesse – vieux système pyramidal – peut espérer générer.

Ils traversent la frontière et entrent dans la vallée joyeuse où la mauvaise conscience les a retenus pour une matinée à la Galleria. Ils jouent devant une foule d'enfants en week-end qui appellent leurs parents par leurs prénoms. Des enfants à qui on offre chaque semaine les coiffures du Top 40, des baskets gonflées à l'hélium à deux cents dollars la paire, des sacs à main aux couleurs coordonnées en soie filée et en forme de lèvres, bourrés de cartes de crédit avantage, portés près de la taille opulente.

Les rats de Hamelin tombent des nues. Ce fossé infranchissable explique la grogne partisane qui se répand partout, les tee-shirts GAZEZ-MOI CES BÂTARDS, l'effondrement de l'économie des rues, réduite à une seule et pauvre boutique de farces et attrapes, pourvoyeuse de haine et colère, comme si le PNB de demain dépendait de notre capacité à nous offrir toujours les uns aux autres des coussins péteurs et des tasses à café estampillées FERME TA GRANDE GUEULE. Ce fossé explique les six cents armées d'anges autonomes, principale source actuelle d'emplois pour les mineurs. Il éclaire l'existence du consortium des syndicats de commerce de détail aux recettes non imposables d'un million de dollars par semaine, ces intermédiaires du cataclysme, vendeurs de tickets à la sauvette devant la grande fête d'adieu réservée aux seuls détenteurs d'un billet.

Voyager leur ouvre l'esprit d'une façon stupéfiante. On les emmène au centre-ville où ils ne sont jamais allés, plus loin que les tours des sociétés d'investissement aux façades de verre fumé et les locaux des compagnies aériennes. Chaque édifice est un blanchiment de la comptabilité architecturale, un dispensaire maquillé. Même ici, le fléchissement a commencé, plus rapide et abrupt que ne le soupçonnent les responsables de l'urbanisme.

À bord du mini-bus, ils s'amusent avec des jeux de voyage. Le fragment de plastique granuleux d'un jouet Nerf et les paroles du dernier rap les captivent tout au long des embouteillages. À force d'intimidation, Nico persuade le groupe de faire croire à Joleene qu'elle a des pouvoirs télépathiques.

— Pas possible ! Tu as encore deviné notre objet secret. Arrête maintenant. Comment tu fais… ? Tu joues avec notre tréfonds, ma p'tite.

— Je ne sais pas comment je sais. Je sais, c'est tout. Je pense et ça me vient. Ça jaillit comme ça, dans ma tête.

Ils passent du ricanement contenu à l'effroi révérencieux devant les pouvoirs fraîchement découverts de la petite fille. Mais jamais ils ne lui disent la vérité. Elle mourra en se croyant télépathe.

Dans le bus, Nico est partout à la manœuvre – meneur de revue, professeur de chant, guide touristique. Il travaille au corps les malades dont la plupart ne devraient pas être autorisés à mettre un pied hors de la maison des pestiférés, fût-ce pour ces brefs après-midi homéopathiques. Il joue avec les plus jeunes.

— Allez, la racaille, ramenez-vous par ici. On révise la tactique.

Il les prépare pour la sortie plus longue dont

l'échéance approche à grands pas. Il agite devant eux une bande dessinée comme un leurre pour la pêche au gros mais les mômes restent là à le regarder, assis sur le vinyle tailladé au couteau. Chez eux, même l'instinct de se blottir du bon côté de la page s'est converti en méfiance, anéanti par un conditionnement précoce et inavouable. Voir tout ce qui manque encore à ces invalides chétifs pour être enfin prêts fait mal au cœur.

— Corbleu ! Quelle bande d'ignares vous êtes, vous les jeunes. Hé toi, oui, toi avec le fond de culotte humide. Complète-moi ces vers : « J'ai vu un gros rat qui fendait… »

Un regard oblique plein de soupçon cède au crescendo à retardement d'un soulagement quasi extatique.

— « Du bois ! »

— Mouais, coup de bol. « J'ai vu une anguille qui coiffait… »

— « Sa fille ! »

— « J'ai vu un gros freux qui mangeait… »

Pause angoissée. Panique totale face au sujet d'examen.

— « Des cheveux » ?

— Satanés bon Dieu d'éclopés ! Oui, d'accord. Pardon. Des cheveux, soit. Arrêtez quand même de raconter n'importe quoi.

Mais après tout ? Ces très jeunes connaisseurs des saveurs âcres ne se sont-ils pas raccrochés au réflexe primaire de porter à la bouche tout ce qui se présente : colle, plastique, emballages, crottes de nez durcies, salades composées de gravier et d'ordures, tartes aux vers de terre, croûtes pâteuses, écailles de peinture au plomb ? Parmi les mille trente et une saveurs laissées à leurs papilles rescapées, la mèche de cheveux reste bien l'une des plus innocentes. Et d'ici un mois, elles leur manqueront fort, ces papilles.

— Bon, les gars, je vous laisserais volontiers goûter les miens, mais…

Il leur adresse le sourire malicieux que les vampires lancent toujours à leurs victimes.

— … je n'ai pas de cheveux !

Il soulève sa casquette. La mappemonde translucide rouge et violette de ses veines sur parchemin racorni déclenche les cris de plaisir et de terreur espérés.

Prenant de l'assurance, une des petites misérables demande au lieutenant Chuck si elle peut satisfaire une envie impudique qui la tenaille depuis des semaines. Elle voudrait glisser ses doigts dans le trou béant qui s'enfonce encore profondément dans la partie inférieure gauche de son visage reconstruit. Chuck écarte un désordre de prothèses amovibles et, stoïque, se prête à la demande non pas une fois mais plusieurs, tandis que les petits rats poussent des trilles de fascination et de dégoût chaque fois que la fillette sonde la cavité.

— Arrête d'agiter les doigts, prévient Nico, ou tu vas lui toucher la cervelle.

L'avertissement déclenche une nouvelle vague de sauve-qui-peut chez les apprentis cauchemars. Chuck reste impassible : tout pour la cause. À l'approche imminente du Big One, on doit être prêt à tout endurer pour acquérir la confiance nécessaire.

Après une altercation lors d'une représentation dans une école, la tournée est suspendue le temps que Linda règle certains problèmes juridiques. Un élève de fin de primaire, en retard pour son âge et d'une santé diabolique, armé d'un revolver à canon court, veut à tout prix suivre les enfants de Hamelin dans la montagne de papier mâché jusqu'à cette perspective dissimulée en coulisse sur laquelle ouvre la béance. La frayeur n'est que routine, souffle au cœur urbain en ces temps avancés, mais elle suffit à les consigner un peu plus dans l'enceinte de l'hôpital. Pendant que les acteurs attendent que l'incident soit clos, Nico continue de recruter les membres de la troupe.

Son porte-à-porte le conduit jusqu'aux prénourrissons : il rôde autour d'une couveuse, palais de verre et jardin d'hiver d'une betterave à sucre rouge de six cents grammes née quatre mois trop tôt. Il accable les infirmières de questions qu'elles trouvent d'abord charmantes, jusqu'à ce que cet interrogatoire obsessionnel vire peu à peu au macabre. Il leur demande des précisions sur les cathéters, ces stimulateurs enfoncés dans les poumons dépourvus de tensioactifs pour les empêcher de s'effondrer comme des barres d'immeubles vérolées par la corruption. Il veut connaître les caractéristiques techniques de l'aiguille hypodermique plantée dans l'ombilic et qui plonge jusqu'au cœur, cette canule inamovible utilisée pour les injections et les prises de sang. Il se demande tout haut ce qui arriverait si, par accident, on la débranchait. Il tient absolument à savoir si d'aventure ces âmes encore informes, les seules venues respirer à la surface avant leur année zéro, restent assez voisines de l'expulsion pour que leurs cerveaux sans langage gardent quelques traces du lieu originel.

— Passez-les donc au scanner, demande-t-il avec insistance, d'un air presque engageant pour commencer puis armé de son bec de vautour quand on le rabroue en plaisantant.

Il défie les autorités, leur adresse une multitude de préavis marmonnés distinctement, assez fort pour que même les paquets de préexistence entendent.

— Oui, dit-il, en écrasant presque les lèvres contre le plexiglas. Vous aussi, mes petiots.

Rapportez-moi quelque chose, supplie Joy chaque fois que la troupe part pour une nouvelle destination. Elle est en réanimation, n'a droit à aucune visite, inconsciente, emmaillotée de la tête au moignon, attachée aux appareils électromagnétiques qui maintiennent ses fonctions vitales et sans lesquels rien – plus rien.

Le personnel ne se doute pas que grand-papa junior lui rend des visites clandestines. Les infirmières de réa, si elles venaient à le croiser là, tandis qu'elles communiquent avec la petite comateuse dans un improbable sémaphore, ne comprendraient même pas comment il a pu forcer l'entrée du service.

Quoi ? Qu'on te ramène quoi ? Il lève un sourcil dégarni comme pour demander : *Quelle relique des affres de la mort hors les murs veux-tu en souvenir ?*

Inutile de poser la question. La réponse est évidente, étalée partout, stérile, sur le lit recouvert d'un maquis de tubes. Des livres, bien sûr : avant de passer sur le billard, avant d'accepter l'anesthésie, Joy a fait promettre à ses médecins de déposer auprès d'elle la pile de son trésor magique, de sorte que la collection hétéroclite des sortilèges imprimés soit là, en réanimation, dès son réveil.

Bouquiner encore, bûcher l'examen final dont on lui a déjà fait la surprise. Nico prend un volume après l'autre, feuillette, secoue la tête. *Comment tu fais pour lire ces trucs, Joyeuse ? Il n'y a pas une seule image là-dedans.*

Ceux qui contiennent des illustrations sont les plus austères. Des négatifs sales, en noir et blanc, de pays rayés de la carte peuplent un pathétique traité de sciences sociales, optimiste sans raison valable même au temps de sa publication, aux alentours de leur année de naissance. Les bricolages au Crayola de précédents emprunteurs ont ouvert des pistes illicites dans le livre d'histoire que Joy a truffé de signets. Les lavis des détrempes aux couleurs vives expliquent le livre placé par Linda au sommet de la pile – fleurs pastel déposées aux avant-postes sur une tombe de granite. Des volutes romantiques bordeaux et argent enluminent la légende de saint Georges dont la tâche, c'est écrit juste là, fut de terrasser un dragon qui avait développé un goût fâcheux pour les jeunes humains, les tendres côtelettes de petits enfants. Aujourd'hui, dans la plupart des États, ça ne lui coûterait pas six mois de liberté surveillée.

Il prend un recueil intimidant à en juger par sa police de caractères minuscule, de celles qui ne viendraient pas enquiquiner les gosses ordinaires avant au moins quatre ans d'école supplémentaires, si du moins ces gosses se souciaient encore de lecture à ce moment-là. Le volume, au dos assoupli avec précaution, s'ouvre sur une nouvelle dans laquelle des enfants sont vendus au porte-à-porte pendant une guerre. Les maisons brûlent et les Boches reprennent leur numéro d'envahisseurs galactiques. Il préfère le champ de bataille du Pacifique. Mais bon, ça ferait quand même une chouette BD : le limier cosmique est transporté dans une autre dimension jusqu'au lieu où on expédie tous ses enfants…

À la fin de l'histoire, sous la rubrique « Pour aller plus loin » – il n'en revient pas –, elle a griffonné pour de vrai toute une mini-bible de réponses, dans une minuscule écriture arachnéenne, comme si elle utilisait encore le sanstruc. Pour la dernière question (« Interrogez un contemporain… »), elle a patiemment rédigé une longue étude de cas en lettres bien trop petites pour être déchiffrées.

Il referme le livre d'un coup sec, pour piéger les réponses à l'intérieur. *D'accord, Joyeuse. On te rapportera tout ce que tu veux. Tu n'as qu'à nous donner le titre. On le fera sortir pour toi de la prochaine bibliothèque scolaire où nous jouerons.*

Il ne mentionne pas le fait que la tournée pourrait rester à jamais sans suite. Il secoue la poche à perfusion de Joy, équivalent pratique d'un croche-pied sur l'asphalte implacable, et se prépare à repasser en douce les lignes ennemies.

Nico, attends. Ne t'en va pas tout de suite. J'ai peur.

Profonde inspiration, lente, pour reprendre vigueur. Nous avions presque réussi à nous épargner ça. *Peur de foutre le camp d'ici ? Il n'y a pas de quoi.*

Ça ne va pas marcher. Nous allons la rater encore une fois, n'est-ce pas ?

Grandis un peu, tu veux ? Il donne un petit coup de coude dans son cadre de traction. *Nous sommes à ça de réussir notre coup une bonne fois pour toutes. Exactement comme je te l'ai expliqué.*

Nico, j'ai lu des livres.

Sans blague.

Chut. Ce qui nous arrive, c'est... plus loin que tu ne crois. Plus vaste. Bien plus complexe que nous le pensions. Cette histoire. Ils... ils se sont trompés quand ils ont voulu se rappeler ce qui est vraiment arrivé. Ils se sont embrouillés dans l'intervalle qu'il a fallu pour tout écrire. Cet endroit où ils s'échappent, les moumes... ?

Les mômes – espèce de réfugiée.

Ce n'est pas ce qu'on croit. La façon dont vous jouez la scène... c'est faux. Tu ne te souviens pas ? Vraiment ? Il ne s'agit pas d'évasion. Il n'est absolument pas question de s'en aller. Le trou dans la montagne n'est que l'endroit où ils sont retenus, jetés ensemble dans des cages avant d'être réexpédiés.

Réexpédiés, pour quoi faire ?

Tu ne vois donc pas ? On a encore besoin de nous, ici. Personne ne peut s'en aller tant que tout le monde...

Il ne l'a jamais vue si bavarde, et certainement pas quand elle avait encore l'usage de sa voix. Elle n'est plus la même : c'est une convertie qui tient avec acharnement à son unique raisonnement. Et tirant les pensées de Nico par la manche, elle persiste : *Regarde ici. Et encore là. Et partout.*

Elle brasse ses livres, fouille dans ceux que même les adultes ne pourraient consulter sans un mot d'autorisation préalable de leur mère. Elle choisit des passages révélateurs, les lui colle sous le nez depuis l'horizontale de son coma. *Regarde ici : trois mille nouveaux réfugiés par jour. Et le chiffre double en moins de dix ans.*

Elle déballe ses sinistres idéogrammes, comme un petit comptable sourcilleux de l'UNESCO qui se renfrogne, le regard vide et sans prière. Tenez : les parties tendres des sans-abri transgresseurs, rassemblées dans des sacs-poubelle en plastique, payées à la livre de cartilage. Juste au bout du couloir : voici l'arrivage des petites fratries du crack et du VIH, redistribué au rythme national d'une banlieue par mois. Un enfant sur cinq naît dans une famille située en dessous du seuil de pauvreté. Et cela, le sermonne-t-elle les yeux fermés sur ses orbites liquides et tuméfiées, sans jamais quitter d'un pas la nation la plus riche du monde.

L'almanach des temps qu'elle lui inflige n'est qu'un catalogue de plus, hors d'usage, un texte impénétrable dans un monde devenu sénile à force d'images. Mais elle dispose de ses propres preuves visuelles pour bien lui faire comprendre les contours du voyage. Elle le conduit à un diagramme baroque réalisé au feutre à pointe fine sur plusieurs pages volantes reliées au ruban adhésif. Par vingtaines, des repères de différentes couleurs marquent le spectre des évacuations, l'étendue et la portée des différentes atrocités. Il trouve la carte du trésor par télépathie, glissée avec soin derrière la page de garde d'un livre intitulé *En attendant 2000 : petit guide du passeur de millénaire à l'usage des écoliers*.

L'atlas historique des nuages de points qu'elle a reliés avec application ne laisse pas de territoire au doute. Le jour de la remise des diplômes approche déjà et leur groupe de travail a planché sur une projection obsolète et fragmentaire des lieux, la féerie d'une terre plate.

Sous la chape des sédatifs, elle lui adresse un sourire, faible mais chaleureux, l'invite à percer son dernier secret.

Tu sais, ce qu'ils t'ont appris au commencement, quand tu allais encore à l'école ? Que la surface du globe est couverte d'eau pour l'essentiel ?

Il ne dit rien. Il peut déjà finir son raisonnement, exemple laissé à l'élève en guise d'exercice. Ce que les instituteurs omettent toujours de préciser. Ce que sait d'emblée le premier gamin du quartier le plus récent : les habitants de la Terre flottent sur les eaux, pour l'essentiel.

Allez. Pas de panique, JS. C'est moi qui te le dis, ma grande. Nous avons choisi notre moment et dès qu'il se présentera...

Vous allez vous glisser dans la brèche sans moi. Et quand vous reviendrez... ce sera pire. Vous vous retrou-

verez tous dans un autre endroit sans savoir comment vous y êtes arrivés. Vous ne vous souviendrez plus pourquoi nulle part ailleurs, à des milliers de kilomètres, personne ne parle et ne s'habille comme vous. Vous ne serez même plus capables de dire ce à quoi vous vouliez échapper.

Partir sans toi, Joyeuse ? Pour quel genre de monstres nous prends-tu ?

Une dernière fois, le monstre en question survole avec ennui la pile des vérités du terrorisme psychologique. Son petit sourire en coin fait mine de ne pas savoir qu'on le surveille de près.

En plus, ajoute-t-il en ajustant sa casquette des Dodgers dans le reflet de l'appareil d'assistance respiratoire, *les petits pique-niques qu'on organise en ce moment ne sont que des missions de reconnaissance. Alors relax, d'accord ? Le jour où on retouchera la fin de l'histoire, tu seras du voyage.*

Il se lève une deuxième fois pour s'éclipser discrètement, mais elle ne veut toujours pas le laisser partir. Des sueurs froides font frissonner ses membres. Tout son torse tremble en silence, comme si le lit cachait un matelas vibreur. Elle est prise de spasmes, des spasmes mécaniques. Il doit partir en courant maintenant ou succomber lui aussi à l'hypothermie. Au savoir.

Nico, Nico, Nico, dit-elle, juste pour dire quelque chose, pour tenir à distance l'autre terme de l'alternative. *Non, l'autre pile, juste en dessous*. Elle le dirige vers un très mince volume, comptine tardive pour chambre d'enfants, qui enveloppe encore la fillette de son regard originel. Le signet indique qu'il reste quelques pages dans celui-là.

L'emprise tenace du livre sur la fillette est aussi puissante que la première étreinte au berceau, l'instinct de s'agripper à des index géants, d'attraper des hochets, de se cramponner à la première perche que les immenses créatures tout là-haut tendent pour nous attraper. Il prend le livre en grognant.

Nico, supplie-t-elle. *Nico ? Tu veux bien me le lire ?*

Les dernières consultations de la semaine l'ont lessivée. Elle en ressort comme un napperon passé dans un bain de soude. L'ultime séance de trente minutes programmée dans l'après-midi s'est changée en perpétuité : un couple qui, malgré le diagnostic prénatal, a décidé de garder et d'élever ce que les résultats qualifient de handicap mental sévère. Comme si par ici tous les couples n'étaient pas déjà assez handicapés comme ça. L'enfant semble devoir étaler sur dix ans la terrible période des vingt-quatre premiers mois et la mission toute simple de Linda consiste à l'empêcher de se mordre la langue au sang chaque fois qu'il fait un mouvement.

Seule une blessure d'incompréhension infinie fait tenir le couple debout. Il ne lui vient jamais à l'esprit que ce salmigondis de manies, quotidien et intolérable, eût été moindre sans doute avec un enfant différent. L'amour, semble-t-il, outrepasse le choix, le questionnement. C'est en soi un handicap sévère.

Elle sort en nage de sa séance de punching-ball, crasseuse, immonde à ses yeux. Elle ne rentrera pas chez elle. L'endroit a pris depuis peu l'apparence d'un soulier géant et vide, rempli du silence des cris sacrifiés. Elle pourrait à la rigueur se rendre au rez-de-chaussée, prendre une douche dans les cabines réservées au personnel, trouver là-bas une cachette provisoire, un coin repos inoccupé où l'humanité handicapée la laisserait se blottir et s'endormir pour un siècle.

Ah ! mais pour ça, elle doit passer sans se faire voir devant cette cellule monacale où elle a autrefois tenté de le séduire : *Tiens, tiens. Voilà le bon vieux docteur Kraft qui se tire sur la tige.* Qui était donc cette fille ? Où est-elle passée ? Est-elle morte ? Déportée ? Il m'a embaumée, m'a farcie avec les onze plantes et épices secrètes des pharaons. M'a refondue, rééduquée à son image. Et il a eu bien raison : le style Clara Barton, ça ne donne jamais rien de bon. Chaque après-midi apporte son lot supplémentaire, toujours plus mutilé, plus dérouté. Mieux vaut être comme lui, posséder au moins une carapace, être d'une efficacité redoutable, manœuvrer en écoutant la voix off embarrassée qui résonne dans ma tête.

La douche brûlante ne dilate que ses vaisseaux superficiels. Elle pourrait sortir quelque part, purifiée, briquée, et se trouver un homme. Ça l'aiderait peut-être ce soir, la tirerait des ronces immédiates. Mais cet homme, ce serait lui, à nouveau, et la charge microbienne qu'il lui adresserait en recommandé resterait tout aussi fatale. En plus, elle saboterait son maquillage de petite poupée, s'envelopperait de soie et de parfum dans un geste trop désespéré. Franchise et vigueur ne marchent jamais, même sur les cibles les moins avisées des foires aux célibataires en mal de chair. Manque l'indispensable aveuglement. Elle n'arrivera jamais à se bâillonner assez les nerfs pour vivre une autre histoire. Là, tout de suite, elle n'a même pas l'énergie nécessaire à un petit plaisir savonneux.

Elle s'essuie avec méthode, sèche toutes ses parties cachées ; le bâtiment est un vrai bouillon de culture : septicité et champignons. Il s'en faut de peu que son teint poudré de bébé ne vire au blême quand, se retournant, elle découvre une présence dans la pièce. Ce n'est qu'à la vue de cet autre corps qu'elle entend, à rebrousse-temps, entrer l'infirmière Spiegel. Le joli petit lot, la copine de Kraft – avant. Avant elle. Linda veut lui demander comment elle fait pour vivre encore après avoir rampé au bord du puits de mine sans air qui s'enfonce à l'intérieur de cet homme.

Mais Spiegel est la première à poser sa question qui, au soleil des affects du Golden State, ne saurait identifier sa nausée même si l'infirmière se vomissait dessus.

— Salut, Lin. Tu t'en sors, ma chérie ? Je voulais te demander un truc. Toi et ta bande, vous travaillez sur un nouveau bal costumé ?

Espera doit réfléchir : Toi et ta bande ? Un bal costumé ?

— Non, dit-elle, à la recherche d'une réponse plus amicale que ce monosyllabe, mais incapable de développer.

Les contours de la gentillesse ont disparu, ensevelis sous les scories.

— Non, murmure-t-elle à nouveau.

Les sorties sont annulées ; sa tentative de renouveau est tombée à l'eau.

— Pourquoi ?

— Tu es bien sûre ?

Soupçon cordial et insidieux, agaçant petit coup de coude.

— Ce ne sont pas tes demi-portions déguisées que les infirmières voient partout alors ?

Linda est la dernière informée. Spiegel, qui n'a que le plus théorique des motifs de rancune pour vouloir la tromper, lui raconte une fable extravagante et corrélée. Une épidémie de récits vagues, des silhouettes aperçues au détour d'une coursive, d'improbables détachements au bout d'un long couloir. Ce sont des paroles en l'air : Spiegel ne connaît pas d'autre registre.

— Et je ne parle pas seulement des infirmières, mon

chou. Le docteur Kean, connu pour donner à fond dans le zéro drogue, nous disait l'autre jour avoir aperçu une bande de minuscules mineurs, les sept nains, tout barbouillés de poussière noire et vêtus de bleus en toile. Et aussi un tas de petites filles en ouvrières des filatures…

Linda jette par réflexe un œil sur sa montre à calendrier. Vieux truc de music-hall. Le professeur : À quand remonte la révolution industrielle ? Le petit malin : Ça dépend, quelle heure est-il maintenant ? Pourtant, ce n'est pas encore Halloween. Pas même l'automne. Elle réfléchit : son groupe a appris à entrer en contact avec ses cellules jumelles, ses filiales à travers le temps.

Avertie, Espera surveille le service, s'informe en permanence de l'emploi du temps de chacun. Mais autant poster un garde devant le bal des douze princesses. Pas moyen de les coincer. Ils se volatilisent par dizaines en un clin d'œil et impossible de les pister dans ce bâtiment labyrinthe. Ils reviennent une heure plus tard, des inventions transparentes à la bouche : nous étions à la cafétéria. *Je suis allée à la cafétéria*. Ah, c'est vrai, après la cafétéria on a traîné un peu dans la réserve au septième.

— Inutile de me mentir, leur dit-elle de son timbre le plus doux de lectrice à voix haute, espérant renouer le fil d'une confiance qui s'est tristement rompu.

Mais la trahison est profonde, plus profonde que la miséricorde. Ils nient tout en bloc. Même ses petits prétendants les plus méchamment mordus ne lâchent rien.

Elle n'a cependant pas besoin d'aveux. C'est elle qui a tout déclenché ; l'idée qu'elle a fait germer a pris racine en eux comme une foule de petites expériences scientifiques, rangs de haricots plantés dans leur coton humide. Les enfants s'en vont en secret.

Ses patients en phase terminale et les irrécupérables lancent maintenant leurs propres excursions dans une ville dont l'accès leur est condamné. Ils font éclore des villages conçus pour chaque tranche d'âge : une fois encore, tous ceux qui ont moins de seize ans partent à point nommé pour établir des colonies bien à eux. D'autres bandes en vadrouille viennent les réclamer, les guider vers le rassemblement général qui s'accumule depuis si longtemps. Ils en rejoignent les rangs, prennent place dans ce périple, ce Grid dont l'achèvement les attend.

Sans l'ombre d'une preuve, elle voit apparaître le complot tout entier : l'évacuation en miniature. Partout, elle en entend la promesse secrète comme si, horrible pituiteuse, elle ne s'était pas elle-même endurcie. D'un bref battement d'ailes, ils comptent échapper à l'imbroglio malsain qui incise l'innocence, cette proposition, la sienne, qui a submergé pour toujours ce qu'il restait du véritable pays imaginaire sans donner prise au repentir.

La revoilà, la clause suspensive béante qu'elle savait devoir retrouver un jour si, postée *ad vitam* auprès d'enfants, elle se contentait de patienter jusqu'à ce qu'on ne la remarque plus. Et même s'ils refusent de l'emmener – elle ! –, Espera peut encore obtenir sa rédemption par procuration en étant celle qui aurait pu les arrêter cette fois, et qui sursoit.

Mais les circonstances ne lui laissent guère l'occasion de montrer sa complaisance. Le fléau s'abat sur les adultes de l'hôpital, prenant au dépourvu même ceux qui s'y attendaient. Le mercredi qui suit l'annonce de leur départ secret, Linda fait face au meneur présumé.

— Tu peux me faire confiance, Nico, lui dit-elle en sachant pertinemment que, prononcés à voix haute, ces mots sont un mensonge.

— Faut dessoûler, poupée, lui répond-il sèchement.

L'après-midi suivant à quatorze heures, comme si elle avait semé la panique parmi les instigateurs du projet en manquant deviner leur plan, l'enfance déchaîne son branle-bas d'enfer.

Il n'a pas dormi depuis, oh ! mettons une semaine complète pour une personne. Il a enfin réussi à donner son corps à la science : une de ces enquêtes menées sur la côte Ouest pour savoir à partir de combien de jours de privations vous commencez à converser avec des gremlins qui brandissent des machettes au pied de votre lit.

Le plus drôle est que cette veille marathon pour piste de danse assortie d'une marche rituelle sur tapis de braise ne lui est plus imposée par son apprentissage, le système agréé par le Conseil national des écoles de médecine qui distingue les grands garçons des simples gamins, les sadomasos purs et durs des aspirants zombies. La privation de sommeil est devenue affaire de choix personnel. Il se régale de voir ses éblouissements se pétrifier, à la manière de stalactites, et se changer en tableaux palpables. Plus curieuse encore est l'image que la mémoire, obligeante maman mouette, vient régurgiter partout sur lui, prédigérée, pour qu'il s'en nourrisse. Dans l'enceinte de son crâne, il projette ce film amateur aux vues saccadées qui montre sa jeunesse d'autrefois, désormais perdue dans les jungles de l'expérience.

Conduire est une aventure particulière. À y réfléchir, elle tient un peu de la navigation à voile, avec ces huit couloirs de circulation qui filent droit devant et scintillent comme le soleil sur des vagues d'écume, aussi fermes que des crêtes de blancs en neige. Il s'aperçoit qu'il peut diriger sa demi-tonne de métal sans rien faire, en sentant ce que veut le volant, exactement comme naviguent depuis toujours un million et demi d'autres usagers. Il ricane derrière son gouvernail en songeant qu'il lui aura fallu cette corvée accablante pour comprendre où voulaient en venir ses compagnons de dérive angelins.

Et tandis qu'il roule vers le Carver (sans plus trop savoir d'où il vient), il reçoit son premier signal en provenance de l'espace interstellaire. Au mouillage dans le remous des véhicules, le bout de son aile dansant contre celle de la Toyota Cressida placée devant lui comme le pare-battage d'un yacht bute contre le quai, il aperçoit parmi les Pages jaunes du bas-côté saturé de l'autoroute trois croix géantes et un placard qui annonce ICI ON RECONSTRUIT L'ARCHE DE NOÉ.

Le deuxième signal lui parvient tard dans la soirée, ou peut-être le lendemain. Kraft revient momentanément à lui devant un écran sur lequel des bambins, au fond d'un abri à monter soi-même, dans un pays montagneux qui s'applique à s'anéantir sous les bombes, sont assis derrière de faux pupitres. Pour son seul plaisir de spectateur, ils interprètent une chanson en anglais international, attentifs aux caméras pourvoyeuses de tout fléau et de toute manne : « Arrêtez la guerre » *deux, trois*, « pour les zenfaaants ». Kraft était absent, il ne sait plus à quelle guerre au juste ce refrain entraînant fait allusion. Une connerie dans les Balkans ou la zone quelconque choisie cette année. À l'évidence, les gamins adorent parce qu'ils tapent en cadence sur leurs pupitres. La vidéo s'en délecte. Le divertissement : deuxième part du volume net des exportations de ce pays. Script modulaire 38-B. À un signal, le ténor léger (comment arrive-t-il à faire ça avec sa voix ?) entonne l'introït. « Toute guerre est une guerre d'enfants. » Même ton suave de message publicitaire décervelant que celui utilisé dans ces drames factices, le théâtre venu remplacer la sensation de l'histoire en marche. « Ce dimanche, sous le regard du monde, deux anciens rivaux se rencontrent face à face pour décider une fois pour toutes… »

La crise est devenue si adroite qu'elle n'auditionne plus ses otages que parmi ces offrandes de choix. Ils chantent pour la caméra, pris dans la violence du progrès qui bouleverse tout et change moins que rien. La supplique est entièrement médiatisée, présentée sous l'emballage d'une bande d'actualités hors réel, car si jamais elle sortait pour de bon des décombres d'une crèche démolie au bazooka en hurlant maman, aucun de ceux qui sont à l'écoute ne pourrait vivre. Toute l'hyperactivité léthargique en quoi consiste l'attente se figerait aussitôt, devenue lucide.

Un sopranino bien amoché continue de lui envoyer ses trilles tandis que son sang goutte encore sur les gravats de la ruelle où il fut attaqué. Les paupières en panne, Kraft l'entend la nuit en comptant les bouchons de champagne qui sautent sous sa fenêtre, espérant que l'escalade des exposants puisse entraîner une somnolence. C'est le signe ténu, très vaguement concevable, que les ébats excitants de la dernière ligne droite avant l'hécatombe – quand les magazines féminins s'interrogent : « Que répondre si le prétendant parfait vous propose un snuff movie ? » – pourrait n'être qu'une gigantesque correction des marchés sur le chemin de l'accomplissement durable et du magnétoscope pour tous.

La voix dit : *Ricky, frappe dans tes mains*. Peut-on envisager que le prélude d'un choral soit si ample que chaque note du *cantus firmus* – une vie entière qui résonne dans le noir – sature nos oreilles d'éphémères d'un son semblable au crissement sur un tableau noir d'ongles encrassés de sang ? Mais *frappe dans tes mains*, le supplie l'espoir : ne laisse pas mourir cette petite elfe sadique. Elle ne voulait de mal à personne. Et puis, il faut frapper dans ses mains ou céder aux caresses de l'abîme que les heures de grande écoute ouvrent sous ses pieds.

Il essaie pour voir : *Le vent va bientôt tourner*. L'expression constitue son mythe national, le rêve de ce pays cocardier aux lauriers défraîchis sur lequel Dieu a autrefois déposé Sa grâce comme un serpent à sonnette dépose sa mue. Toute son autobiographie attend ce rebondissement. Révolution des énergies solaires. Fusion froide. Thérapie génique. Banques de semences cryogénisées venues endiguer juste à temps l'extinction massive et volontaire. Un sursaut de l'ONU. Des nirvanas tout juste en voie d'industrialisation. Trois cent cinquante millions de consommateurs acquis au libre marché dans ce qui fut autrefois l'Orient. Puces à seize mégabits. Programmes à la demande – l'arrêt de mort des diffusions en direct.

La check-list de l'espoir est réduite à néant par le bilan démographique d'une nuit aux urgences. Chaque parcelle de bien-être obtenue en cette vie repose sur le sacrifice perpétuel de ceux qui, sans recours et à découvert, sont dévorés vivants. La vérité relève de collets en cordons érectiles amoureusement brodés, de tours réalisés en société avec des débris de verres à shot dont Plummer et consorts ne peuvent contenir l'hémorragie. Les dessous fin-de-siècle de l'époque sont en dentelle et ouverts à l'entrejambe, cadeaux de Saint-Valentin gravés d'immortels « Fais-moi mal ». Au nom des pères, chaque victime apprend à reproduire les sévices précoces qu'elle a subis. Ce gène acquis et accablant se répandra tant que tous n'auront pas été maltraités et que chaque surgélateur du psychisme ne renfermera pas son bébé congelé.

Face à cette évidence qui enfle dans sa carotide, un choix s'offre à lui. Il peut emporter son sac de couchage dans les ténèbres extérieures et, allongé là, bien éveillé, compter les hurlements. Ou bien, il peut changer de chaîne. Il appuie sur la télécommande comme pour faire éclater un douloureux kyste gorgé d'eau. Sur le canal suivant, un publireportage brûlant révèle comment, appliquée sur le visage toutes les heures par doses dispendieuses, la formule secrète d'un extrait de carotte conserve sa jeunesse à votre peau – et faut-il croire, vous conserve à l'intérieur de celle-ci – jusqu'à la fin des temps. Dans cette culture suprême et imbécile, être né plus tard est une vertu morale.

Ce boniment est interrompu par une authentique publicité pour un produit véritable : la chaîne de télévision elle-même. « Notre série en quatre parties sans concession sur le sensationnalisme dans les médias. » Dimanche prochain, juste après l'adaptation vidéo de la novélisation du champion toutes catégories de la réédition : *Comment tirer parti de l'effondrement total.*

Une tempête d'endorphines se déchaîne et sa mère vient s'asseoir à côté de lui. Il griffonne sur un bloc-notes au papier jaune canari qu'il doit, si son état se stabilise un jour, penser à vérifier la date et la cause du décès. En attendant, maman, qui n'a jamais eu grand-chose à dire de son vivant, est plongée dans l'un de ses souvenirs préférés.

— Tu ne voulais pas tenir en place, dit-elle. Ça arrive avec les bébés qui ont des coliques, surtout quand ils ont aussi d'autres problèmes. Alors l'infirmière et moi, nous avons tout essayé. On te calait en position assise, on te coinçait entre des peluches. Mais tu ne restais pas tranquille.

Kraft sourit à peine au récit du spectre. Il connaît la chute de l'histoire pour l'avoir entendue des centaines de fois.

— C'était à Séoul, en 57.

— En 56, corrige-t-il.

— Ne reprends pas ta mère. Où donc as-tu été élevé ? Dans une grange ? C'était en Corée ; à des lieues de la modernité. Dieu sait d'où venaient leurs rayons. De nos vieux rebuts, probablement. Bref, il n'y avait pas d'autre moyen pour te donner ta dose que de te tenir moi-même dans mes bras et de rester avec toi devant cette horrible machine…

Voilà le premier nœud sacrificiel qu'il ne pourra jamais délier. Mouillé et étranglé, le « Oh, Ricky » de sa mère désigne une plaie plus profonde. Elle ne l'a jamais aimé davantage qu'en ce temps de petite enfance parce qu'il ne pouvait pas encore lui faire de mal en lui rendant son amour.

Par une indémêlable association d'idées, il revit l'étape occidentale de ses désastreuses retrouvailles avec le pays. Il est dans un parc national, au bout de cette route à l'auto-stoppeuse fantôme. Sa mère et lui, penchés sur une vitrine consacrée à « la Conquête de l'Ouest », lisent dans un silence gêné :

Anneaux antisuccion

Ces anneaux à pointes de métal étaient placés dans les naseaux des veaux pour les sevrer…

Chez les humains, se rappelle-t-il avoir alors pensé, on accomplit cela sans qu'il soit besoin d'aucune quincaillerie. La blessure grandit au même pas que le veau. Aucun parent n'aime avec autant de violence un enfant – il l'a constaté ici même, dans les camps de la mort assidus des indigents – que lorsqu'il le perd à la naissance. La preuve est affichée sur le panneau en liège de la salle de repos : distribuée au personnel du service d'obstétrique, une carte accompagnée d'un poème fait mémoire d'un bébé qui avait reçu un nom et l'investiture pleine et entière de la vie, mort au bout d'un jour. Et aimé atrocement, bien pire qu'un enfant perdu dans la fleur de l'âge. La chose est hantée, tout en distiques du siècle dernier, traduite d'un original disparu : Laissez venir à moi votre petit enfant ; je le conduirai à sa maison.

Tous ces coups étouffés l'étranglent centimètre après centimètre, événements iatrogènes, blessures causées par le traitement médical. L'hôpital public : une casse pour effrayer la mort qui frappe dans le ghetto ? Grand Dieu ! Le plan quintessentiel du temps présent consiste à régler sa dette à coups d'emprunt. D'une pression réflexe sur la télécommande, il éteint le poste. Ce geste renvoie aussi maman dans l'antichambre des fantômes – provisoirement.

Il est en retard d'une demi-éternité pour ses visites. La question n'est plus de savoir s'il peut faire face à cette perspective. La question est de savoir s'il va y faire face et ce débat migre dans ses bras et ses jambes.

Aujourd'hui, quand il arrive, elle est réveillée pour la première fois depuis qu'elle a sombré. Papa Wisat, délogeur d'esprits nomades enfermés, s'en est allé. Son âme voyageuse a été retrouvée par les services de l'immigration qui, insensibles à sa situation, ont par ailleurs un pays à protéger.

Le sourire de la fillette, naguère automatique, ne parvient pas à percer sous les couches d'appareils fixés à son visage. Les couvertures s'aplatissent à son sud, soixante centimètres trop tôt : absence, obscène numéro de disparition. Son torse est pris sur le fait en train de glisser vers un autre monde. Kraft sent encore sur elle les arômes que la foreuse et la râpe à os ont dégagés de sa personne.

— Coucou, ma jolie, dit-il en s'étouffant avec la paille de fer de ses mots. Comment allons-nous ce matin ?

Ce pluriel est un poison. Le visage de Joy reste impassible sous son fouillis de bleu et de noir, archive des divers instruments contondants qu'on y a enfoncés. Peut-être a-t-elle perdu son vocabulaire, expulsé méthodiquement à coups de burin. Ou peut-être la réponse est-elle trop évidente pour les mots. Nous avons mal. Rien d'autre n'existe.

Il la retourne, l'ausculte et consigne avec un soin pointilleux tous ses relevés dans le compte rendu. L'écolière taillée en pièces, qui lui écrivait autrefois des lettres de remerciement timides en vérifiant l'orthographe d'un mot sur deux dans son dictionnaire, reste muette tout au long de l'examen. Abstraction faite de son halètement difficile, elle l'accable de silence. Cela lui est insupportable. Il va se faire une ordonnance magique. Ce serait facile. Un jeu d'enfant.

Les yeux de Joy sont des vitres froides. Ils ne laissent rien paraître sinon l'indifférence aux attentions du traître. Elle est si choquée par le tripotage infligé à son intérieur qu'elle ne peut même pas appeler au secours et moins encore le vouloir.

Il faut qu'il l'entende parler, même pour dire le mot qui exposerait sans ambiguïté sa haine, l'accusation contre laquelle il refuserait de se défendre. Il doit lui expliquer, façon *Journal de Lisette*, comment s'est passée l'opération, ce qu'ils ont trouvé, ce qu'ils ont tenté, ce à quoi ils ont renoncé. Synopsis léger à prendre sur le pouce (assaisonné d'une moutarde dont la couleur rappelle exactement ces pots de jaune que les journaux imprimés réservent aux soleils radieux) de ce que la vie qui lui reste peut lui laisser attendre.

Tu as peut-être noté que ton corps s'arrête un peu plus tôt qu'avant. Quelque chose dans son refus de parler dit qu'elle a une meilleure conscience que lui de l'endroit où elle se trouve, plus profonde et plus réelle que ce que les diagrammes de Kraft peuvent espérer représenter.

Il pourrait couper court, jouer leur savoir partagé cartes sur lit comme on abat une main au huit américain. Tu sais ; tu sais. Joy, mon enfant, ne m'oblige pas à le dire. Mais face à l'intuition d'un désastre imminent, pire que le mal, il reste là à fixer son bloc-notes. La vraie révélation doit venir d'elle.

Il envisage un coup de bluff frontal : je sais ce qui t'a menée jusqu'à cet hôpital, ce qui vous pousse à vous rassembler tous ici. Je sais, au moins dans les grandes lignes, ce que toi et ton copain projetez de faire. Mais cette manœuvre ne pourrait que le ramener au sinistre cul-de-sac, déboussolé devant la fillette. Agité par un balancement et dans tous ses états, pris de sanglots incontrôlables comme les résidents spéciaux du quatrième étage.

Tandis que sa tension grimpe, il se met en chasse d'une chose à prononcer tout haut. Parle, baragouine un truc, mais fais vite.

— Très bien, mademoiselle Stepaneevong…

Son accent est parfait, quoique méconnaissable sous l'effet du chevrotement.

— … l'heure des révisions de fin d'année a sonné. Ce questionnaire éclair que tu attends depuis le début. Vérification cruciale à la dernière minute du degré de préparation atteint dans chaque matière. États et capitales. Planètes du système solaire. Tableau périodique des éléments. Le contenu n'a pas la moindre importance, du moment qu'ellc parle. La somme de travail qui attend Joy enfle devant elle comme sous le zoom affolé d'un objectif hypergone, et soudain l'évidence lui apparaît aussi manifeste que la meurtrissure qui fut autrefois son visage. Parler, improviser, c'est la seule compétence dont elle aura besoin dans la classe supérieure qui l'anéantira.

La matière du contrôle surprise promis gît partout à portée de main. Elle a, entassés tout autour d'elle en prévision du moment où elle serait prête à les utiliser, les recueils de sa bibliothèque personnelle, une anthologie du dire. Il se saisit d'un bout de papier abandonné sur la pile la plus proche et s'assoit au pied du lit, largement libéré à présent, comme si l'amputation l'avait attendu.

Sur la coupure de presse, un encadré a été abondamment commenté au stylo-feutre d'une main qui n'est pas celle de Joy. Des flèches attaquent sur ses flancs le titre de l'article tandis qu'une écriture ronde et maladroite demande : « Celui-ci ? » Ses yeux parcourent le texte. Synchrones, ses lèvres remuent en silence comme s'il lisait encore en s'aidant de roulettes stabilisatrices.

> James explique que quand les troupes rebelles ont incendié son village, il s'est enfui dans une direction et ses parents dans une autre. Il ne les a pas revus depuis ce moment de confusion. « Ils ne sont pas morts, insiste-t-il sans même s'arrêter de moudre le grain du repas collectif de ce soir. Je ne sais simplement pas où ils sont. Si je le savais, j'irais les rejoindre. Mais je ne sais pas, alors je reste ici. »

« Ici », c'est-à-dire un camp de réfugiés sur la rivière Akobo, à la frontière entre deux républiques africaines durement éprouvées. Par sa misère, le camp ressemble aux milliers de bidonvilles qui prolifèrent à travers le monde. Mais les résidents du camp d'Akobo sont deux fois victimes. Ils ont fui la guerre civile au Soudan pour rejoindre le seul endroit où ils pouvaient échapper à l'esclavage, aux mutilations ou à la mort. En trouvant cet asile éthiopien, ils se sont heurtés de plein fouet au soulèvement qui ravage aujourd'hui le pays…

Le camp d'Akobo est remarquable pour une autre raison : aucune de ces personnes deux fois déplacées, arrivées ici après des voyages de plusieurs centaines de kilomètres qui les ont menées d'un front dévasté par les bombes à un autre, n'a plus de seize ans…

— Ce n'est pas réglo, dit-elle dans un souffle qui lui coûte énormément. Pas réglo de lire en silence.

Pas de pardon ni d'accusation dans sa voix. Mais le son insuffle en Kraft une chose qui ressemble dangereusement à l'espoir.

— Pas d'insolence ou tu auras un bonhomme qui grimace en haut de ton rapport.

Il replace l'article si bas dans la pile qu'elle n'aura jamais à le lire. Il l'échange contre le livre placé sur le dessus, plus adapté aux adolescentes à en juger par cette petite Nancy Drew à barrettes qui figure sur la couverture avec son air godiche et son minois de corbeau. Voilà qui est mieux. Une espèce de journal de jeune fille écrit depuis assez longtemps pour être aujourd'hui un roman désamarré du monde. Il se met à lire, sans comprendre, puis reprend à la ligne, comme il le fait dans son lit quand il dort mais refuse de l'admettre, revenant sur ses pas à chaque virgule, retournant chaque phrase jusqu'à comprendre qu'il ne comprend rien et moins que rien encore à la deuxième tentative.

En force, il parcourt les mots du regard et songe, quand ceux-ci refusent de se mettre à table : *Très bien. Accroche-toi, mon Ricky.* Par la seule puissance de sa volonté, il concentre son attention comme le faisceau d'un projecteur, en réduit le périmètre, passant de la phrase bredouillante à la proposition hésitante puis au mot brumeux. Il tourne et retourne cette orthographe dérangée mais familière, cette étrange ressemblance, comme un idiome aux airs de frère caché qu'on visite une fois l'an, enfermé dans cette institution tacite dont on ne parle pas.

L'explication s'impose à lui sans produire le soulagement adéquat : il s'agit d'une langue étrangère. Mais qu'est-ce que Joy fabrique avec… ? Elle possède à la rigueur quelques mots de français hérités des restes d'un fantôme colonial. Mais impossible qu'elle connaisse cette langue-là. Où fallait-il aller la chercher ? En Indonésie, au minimum. Dans les Indes orientales néerlandaises.

— D'accord…

Il s'adapte et en désespoir de cause choisit de ne pas tenir compte de tout cela, ces incohérences, ces alertes aux populations, ces préavis précoces, pour faire encore mine de croire à un semblant de sens. La persévérance au bord du trépas.

— Voilà ta question. Qui est…

Il parcourt les premières lignes.

— … *Lieve Kitty* ?

Réponds avec soin en faisant des phrases complètes.

Avant qu'elle ait pu le reprendre, Kraft comprend. Kitty est partie, elle a fait le grand saut et s'en est retournée en douce dans le rêve dont elle était sortie. Cette Anne aux cheveux corbeau sur la couverture l'a inventée, elle a fait apparaître Kitty, l'a tirée de la loge des amis cachés, l'a sculptée à partir de rien pour se tenir compagnie la nuit, dans le grenier derrière la fausse cloison, pendant les derniers mois solitaires avant la déportation.

Kitty est ce livre. La correspondante secrète que la petite Frank a créée parce qu'on est toujours obligé d'écrire à quelqu'un. *Parce que le papier est plus patient que les gens.* Chère Kitty est le fruit de l'imagination de cette photo, cette gamine assise devant vous au cours moyen, dont les yeux, une saison avant le terminus, sourient faiblement, par avance, à la pire chose que l'ingéniosité humaine puisse imaginer lui faire subir.

Joy, ou ce qu'il en reste, tire du fond de sa gorge un son à mi-chemin entre le rire et le râle.

— Il n'y a pas de Kitty.

Exaspération devant la stupidité des adultes, leur refus d'accepter le réel.

Journalisme et journal : Kraft aurait dû s'en douter. Ces deux genres de narration tardifs parachèvent le nuancier succinct mais complet, le jeu de cartes des histoires à échanger, que Joy et ses complices se sont employés à collectionner. Pépites inscrites sur le plan de la chasse au trésor : ordre de les trouver n'importe où dans la ville et interdiction de revenir avant de les avoir toutes. Maintenant ils les ont. Elle peut revenir, comme une ethnographe au bout de son année d'étude sur le terrain. *Chère Kitty, J'ai bon espoir à présent ; tout ira pour le mieux en fin de compte. Pour le mieux, vraiment !*

Voilà. La liste est au complet. Ou presque. L'équipe des collectionneurs doit encore monter une grande opération coup de filet dont Kraft ne distingue que vaguement l'ampleur. Ils vont draguer les fonds en quête des lectures à voix haute qui manquent à l'appel, les derniers *Lieve Kitty* de Bergen-Belsen et de ses descendants directs, ces notes écrites par des citoyens responsables qui indiquent aux autorités l'emplacement de la chambre secrète.

Ce ne serait pas du bluff maintenant de la fixer sans baisser les yeux. Il pose la main sur le moignon enveloppé de gaze et pense : je sais ce que vous mijotez, vous autres.

Mais les mots qu'il prononce tout haut devant l'air témoin déjouent son intuition. Fais-toi discret, lui souffle quelque chose, et continue de vivre. À voix haute, il se contente de dire : « Alors, ma beauté ? Y a-t-il quoi que ce soit que je puisse faire pour toi ? »

Elle s'épanouit devant ce petit nom, assez pour incliner la tête.

— Oui, s'il vous plaît.

Elle sourirait sans ces capitons de lésions sous-cutanées qui lui empèsent les joues.

— Docteur Kraft.

Le son est si faible qu'il l'invente peut-être.

— Docteur Kraft. Je ne sais pas comment y arriver.

Sept d'un coup ! Explosion staccato de mots prononcés avec une légère cadence asiatique. Elle se rend à l'évidence, à la chose que la lâcheté de Kraft fortifie en la fuyant. La jambe seule – le bas du corps tout entier – ne suffira pas. Ce sacrifice puéril n'a apaisé personne. *Dites-moi comment faire*, implorent ses yeux éclaboussés de capillaires. Donnez-moi la marche à suivre.

Aujourd'hui, contrairement à la première fois où il l'a regardée mourir, aucune porte ne s'ouvre. Depuis la fenêtre du service de réanimation, la vue est vide à l'exception d'un palmier miteux, d'une rangée de poubelles d'hôpital et d'un marchand d'houmous posté de l'autre côté de la rue. L'instant s'étire, insupportable, conscient du peu de chance qu'il a de survivre. Kraft n'ose pas lui dire *Tiens bon*, parce qu'elle s'y risquerait.

Il pourrait lui parler de sa propre déportation, archive très récemment exhumée de la fosse où elle fut longtemps enterrée vivante. Mais son évacuation à elle est d'une autre portée, plus radicale, et l'emmène au-delà de toute préparation. Il tâtonne, en quête de la seule revanche insuffisante jamais offerte.

— Moi non plus, je ne sais pas.

Il libère sa bouche d'une mèche de cheveux mous qui s'y était collée. Et continue de lui expliquer, en autant de mots que nécessaire, l'intérêt qu'il y a à toujours prendre le chemin d'un il était une fois. Le sens de la fin selon un chirurgien.

Dans la salle de repos, il s'extirpe du lit tout habillé, sans que ses paupières se soient rejointes une seule fois. Une douche chaude et voilà qu'il se noie, qu'il sombre pour la troisième fois. Même en étouffant le jet d'eau, il n'arrive pas à trouver sa respiration dans les turbulences écumantes de l'air. Il doit l'appeler. Elle, le quasi-détournement de mineure dont il caressait les membres il y a peu encore en se gardant de toucher à l'amplitude plus terrible qui les séparait. Son nom va lui revenir dans une seconde. Linda, qui l'a enfin quitté comme il le lui avait conseillé lors de leur tout premier flirt.

Il pourrait se traîner à l'étage, se laver les cheveux, se changer (à force de crasse et de sang, sa tenue commence à se golemiser) et la séduire à nouveau en lui lançant un « Mademoiselle, vous me devez un déjeuner ». Insouciant, avec cette pointe parfaite de vulnérabilité et le symptôme discret de la décompensation psychotique totale qui le guette, à quinze minutes de là, pour le plonger dans les grands fonds d'un caisson d'isolation sensorielle, si Linda ne vient pas lui donner sa dose et le border.

Petite attention élémentaire, un bonjour ne ferait pas de mal et il pourrait même vider son sac, lui confier tout ce que pour l'instant il n'a dit qu'à lui-même. Il veut quitter sa cellule mais en est empêché par un petit groupe menaçant de tiers-mondistes armés de fouets électriques. Où allez-vous d'un pas si pressé, mon bon monsieur ? Allons, allons, couchez-vous là. Ils le poussent sur le lit où il est chahuté (les comprimés qu'il a engloutis commencent à agir) sur les déserts alcalins de ses pores. Un millier de catastrophes à ressort se déclenchent simultanément dans ses entrailles.

Il s'enfonce dans le lit au ralenti. Ses mains battent l'air en direction du chevet à la recherche d'une lecture qui puisse le calmer et il tombe sur ce numéro de mai de *Tir & armes à feu illustrés*. Tout cela lui semble étrangement familier. Il a déjà vécu ce moment, mais où ? Cette même époque de panique croissante, sédatée, crispée, répandue dans le corps social. Il est vital qu'il se souvienne. Pourtant, le dossier du patient est truffé de ces manques. C'est une campagne ininterrompue de sauts d'archipel en archipel, de *fin de* en *fin de* qui allume son propre bûcher, certaine, absolument, de l'imminence du désastre, toujours dans l'attente du dernier mot.

Mais jamais ça n'a été à ce point. Jamais avec ces moyens-là, ces mégatonnes brutes et la fenêtre de tir dont dispose une cité comme celle des anges, un pays comme celui indiqué sur le passeport de Kraft. Jamais la peur n'a été aussi savamment institutionnalisée, commercialisée à une échelle si étourdissante, vendue en des termes si flatteurs et sans frais supplémentaires. Or redouter quelque chose avec assez d'ingéniosité revient à le provoquer, tout d'un bloc, bien avant la date magique.

Encore dix ans et ils finiront par brancher des générateurs sur des bicyclettes pour écouter les messages d'alerte à la radio. Débiter des traverses de chemin de fer pour se chauffer. Lécher les couvercles des poubelles. Rodeo Drive sera devenu un vaste marché parallèle, comme celui des rues qui environnent le Carver. Lente et trop vaste dérive vers un suicide à l'esthétique de vidéoclip, due à un trouble dissociatif de l'identité étendu aux masses : fin parfaite pour un monde qui a atteint l'objectif suprême d'être à la fois plus savoureux et moins substantiel.

Et c'est à Kraft seul qu'il revient de lier l'apocalypse aux disparitions d'enfants. Anneaux de croissance scarifiés, anciennes hémorragies internes, mythes originels des trépanés incrédules. La maltraitance est la mise de fonds initiale. Le bannissement met en marche le *Bildungsroman* et chaque page à venir est un gosse assis à l'arrière, qui demande « Quand est-ce qu'on arrive ? » « Et après, qu'est-ce qui se passe ? ».

Ce qui se passe n'est pas une chose mais un endroit, le souvenir d'une prémonition assez cathartique pour refermer la déchirure initiale.

Telle est l'illumination de Kraft à l'instant où il sombre. Personne de ce côté-ci de l'exil imposé à l'enfance, aucun mémoire ou livre d'images condescendant, n'a vu juste une seule fois. Mais personne non plus n'a jamais perdu cette première maison où le besoin et la terreur – les petits soldats du moi lui-même – n'ont pas encore accompli leur séparation et leur solidification au contact de l'air. Il a observé la chose de près, sous ses loupes. Du meneur, ce Khrouchtchev formule Weight Watchers, jusqu'à *Lieve Kitty* la martyre, tous sont un petit bout d'ombilic racorni, une canule résiduelle avec accès direct au placenta, le monde souterrain.

La mélasse des narcotiques du sommeil imbibe presque assez le cerveau antérieur de Kraft pour le ramener là lui aussi. Contours de la ronde oubliée : septembre, retour précipité à la maison sous la pluie, page détrempée des additions oppressantes à rendre pour le lendemain, odeur puissante des vers de terre, partout, qui imprègne la muqueuse du nez. Retrouve – rendues à tes tripes – les antennes de voiture cassées sans raison, par pure méchanceté ; les leçons sur les bombardements intensifs reçues au catéchisme sans surcoût spirituel ; le parfum au point du jour de l'équivalent local du porridge venu du quartier des squatteurs ; la breloque, achetée pour cette belle petite voisine à demi japonaise (qui te laissera à jamais le désir inadéquat d'une moitié), jetée dans un canal quand le cran a manqué – retrouve cela et c'est gagné, tu l'as. La perle, le point de convergence de ce « là » où ils se kidnappent tous. Le lieu de la fragilité permanente, écœurant et sans défense, cet endroit que grandir revient à nier avec plus ou moins de réussite.

Alors, au-dessus de Kraft flotte le pardon sous la forme d'une réunion d'élèves. Ils reviennent, ces deux étrangers, pour jeter sur lui un nouveau regard, soulever le tissu troué et observer les suites opératoires maintenant que le voilà grand, responsable et soi-disant avisé. Deuxième tentative, dans un corps plus fort. Maintenant, il pourrait s'occuper des choses telles qu'elles sont – maintenant que le pire est accompli, qu'il a tout perdu et que rien ne peut lui nuire davantage. Et songeant *Je m'en souviendrai à mon réveil ; il suffira d'un déclic, d'un rappel*, il tombe dans son premier trou de paix réparatrice depuis que les incurables Hansel et Gretel ont été admis dans son service.

Plummer le réveille. Ce maniaque fait irruption dans la salle de repos, en tenue et gloussant comme un dément.

— Tu ne… tu ne vas pas le croire. Mon petit gars, mon petit gars ! nous avons pour toi une belle brochette de célébrités.

Kraft sort de son coma, assez pour évaluer cette perturbation. Un adolescent attardé se tient au-dessus de lui, les yeux humides, remplis d'un colloïde d'effroi et d'excitation. Thomas – chose impensable – pleure. Et il ne veut rien lui dire, mais dans son exultation hystérique face à la survenue, enfin, d'un événement, cette chose définitive qui a fini par rentrer au bercail, il se contente de tirer Kraft du lit et de le pousser dans le couloir pour le dénouement.

Ça commence aux urgences, ça s'étale dans les coursives adjacentes et jusque dans le hall comme une fête du Travail célébrée en famille. S'il ne s'agit pas exactement du scénario attendu par Kraft, c'est à n'en pas douter son parent le plus proche. Il se sent presque soulagé que la chose se réalise, qu'elle ait pris corps et dépassé l'imagination.

Mais sans assistance, l'imagination ne serait jamais arrivée à ce résultat. Plummer est tout à son verbiage survolté de commentateur sur le vif.

— J'ai essayé de te biper, astucieux docteur Kraft, mais ton numéro n'était pas en service. Chose plutôt suspecte, ça ne répondait pas non plus chez toi. Mais on s'en fout, hein ? On te tient maintenant ; la bande est au complet : le père Chini, le docteur La Purge, Miss Pêche…

Le timbre de Plummer commence à ressembler aux basses d'acid music palpitantes que diffuse au loin l'autoradio à plein volume d'une Mazda arrêtée à un feu rouge. Belle intelligence civilisatrice celle qui place toujours les urgences au rez-de-chaussée, tout près des quais de déchargement du parking. Idéal pour les livraisons en gros.

Les couloirs se remplissent de plaintes désincarnées et spectrales, d'ordres en tagal prononcés par des auxiliaires médicaux, de cris lancés par les infirmières des admissions dont la bureaucratie s'effondre sous le poids de cette avant-dernière catastrophe. Un kaléidoscope de chaos sonore. Kraft jette un regard sur l'événement à l'instant précis où les équipes de l'infodivertissement débarquent par les portes coulissantes avec leur minicam.

La chose venue jouer ici, et qui dépasse l'aptitude narcotisée de Kraft à en saisir la mesure, n'est que l'ordinaire consommé et posturbain d'un carnage de taille moyenne. L'atrocité, comme l'art, est sensible à l'air du temps. Elle engloutit des sommes astronomiques dans la recherche et le développement pour produire un imaginaire ajusté à une sensibilité habituée à toutes les horreurs possibles hormis la sienne.

— Ha ! jacasse Plummer à côté de Kraft. Ce n'est pas grand-chose, mais c'est notre chez-nous. Devine. Devine pour voir. Jamais, même en un million, en un milliard, en un trillion de…, tu ne…

Deviner quoi ? Même cela échappe à Kraft. L'identité du monstre qui a fait ça ? Le roi Hérode derrière l'épisode du jour pourrait être n'importe quel camé employé au comptoir d'un magasin d'usine avec cinquante dollars en poche pour se payer un flingue, petit cadeau plus facile à acheter qu'une bouteille d'alcool dans certains États. Les cinquante billets ne sont même pas indispensables : il existe toujours des solutions de crédit.

Une fois encore, le mitrailleur n'est qu'un agité comme les autres, privé de sommeil, un peu plus fêlé que la moyenne, poussé à rivaliser d'horreur avec l'horreur par ce terrorisme omniprésent que finance le gouvernement : ces quartiers prisons qui le cernent de toutes parts. Boucher, boulanger, ex-criminel de guerre sous le parrainage de la NSA, franc-tireur minute, vétéran des opérations de maintien de l'ordre à l'étranger, ministre de la Santé, de l'Éducation et de l'Aide sociale, occupant d'un appartement en carton, bourré de médocs et qui pète les plombs. Jusqu'en quel lieu haut placé est-on prêt à pointer un doigt accusateur ? Qui veut-on incriminer ?

— Alors, mon petit Kraft, ton intuition sur ce coup-là ? Les Sharks contre les Jets ? La mafia chinoise ? Une fusillade au fast-food ? Il faut sortir, mon gars. Ça, c'était bon l'an dernier. Une émeute dans un stade de foot ? Arrête ! Laisse ça à ces tapettes d'Européens. Un attentat terroriste perpétré dans un aéroport par des séparatistes écotopiens de l'Oregon ? Le fauchage à l'aveugle des badauds d'une galerie commerciale ?

Ils se frayent un chemin parmi une jonchée de brancards. Des corps suintants bordent les couloirs parce qu'il n'y a plus de lits disponibles à l'hôtellerie des urgences. Sans conviction, ils se laissent entraîner vers le bloc, avec à l'esprit l'idée vague d'apporter leur aide, armés de leurs seaux de plage en plastique au milieu de cette marée rouge.

Devant le silence drogué de Kraft, Plummer perd patience.

— Putain de mère de Dieu ! hurle-t-il.

Dans la panique générale, personne ne relève seulement la tête.

— Regarde autour de toi, tête de con. Mais regarde !

L'ordre est si violent que Kraft s'exécute en soulevant un drap remonté sur des yeux fixés au plafond, puis un autre. Il ne voit pas le dénominateur commun à cet océan de victimes, tant il est saillant, si longtemps attendu, présupposé.

— Tu te fous de ma gueule là ? Tu es aveugle ou quoi ? Comme cette pisseuse de Helen Keller ?

Kraft cherche quelque chose de plus profond, plus subtil, plus insidieux. Quand Plummer beugle l'axiome transparent, seul le donné de l'observation le choque.

— Une école primaire, crétin !

Kraft cède enfin à la panique.

— Quelle école ?

— Nom de Dieu ! Collège Martin Luther King, école élémentaire Bobby Frank, école Montessori de la fillette au fond du puits ! Quelle différence ?

Kraft aimerait bien lui flanquer son pied dans la figure, façon thaïe, mais il n'en a pas le temps. Il fait volte-face et veut gravir quatre à quatre la demi-douzaine d'étages qui le séparent du service de pédiatrie pour demander où se produisait le joueur de flûte aujourd'hui. Mais il se souvient que la tournée a été annulée. Vient alors le contrecoup écœurant, la honte de prononcer ce refrain parental : Dieu merci, ce n'est pas mon enfant.

Plummer jette un regard circulaire, sourire aux lèvres.

— Bougez pas, les mômes. C'est l'heure du fusil d'assaut chinois. Trois, deux, un… Que vous soyez prêts ou non, j'arrive…

Face à cette sortie aussi fêlée que les craquelures d'une porcelaine céladon, Kraft saisit le poignet de Plummer et essaie de prendre un ton posé.

— Thomas.

— Quoi ? « Du cran », non ? « On est des médecins, bordel ! » Tu n'avais jamais noté combien nos tenues ressemblent à des camisoles de force traditionnelles ?

Plummer se met à produire des trilles sur l'air de *Siffler en travaillant*, sans omettre le gazouillis caractéristique de la fin des années trente. Le doux trémolo des nains ne sert qu'à enfoncer davantage les contours de la révélation dans le cœur qui fibrille.

Kraft se plonge jusqu'aux biceps dans un bain de teinture d'iode. Il écoute l'océan des voix autour de lui. La salle d'opération flamboie dans le vacillement haute fréquence des lumières fluorescentes, tendre version domestique de l'étoile séduisante du sapin de Noël, des cierges shintô, du chandelier à sept branches, de l'intense lumière blanche tout au bout du long crotale noir de fibre optique de la civilisation.

Les yeux de Kraft doivent se dilater, s'ajuster au spectacle du banquet dressé pour eux. Ils n'ont jamais trop su percevoir la profondeur, surtout dans une telle lumière. Mais ceux que les chariots amènent encore avec leurs perfs qui se dandinent au-dessus d'eux comme des fanions de voiturettes de golf – ces équipes de softball massacrées, ces chorales, ces passeurs de billets secrets – sont reconnaissables entre mille. Il n'a même pas besoin de leur éponger le visage pour confirmer leur identité. Ce sont des camarades de classe d'il y a vingt ans. Les stars des lignes arrière. Les vieux copains du quartier.

Le travail commence sans préliminaires. Il se poursuit avec le strict minimum d'émissaires verbaux, se prolonge au-delà du dicible. Ils effectuent un premier tri, séparant les brancards en deux camps – couvertures rouges et couvertures bleues –, ceux dont il est peut-être encore possible de s'occuper et ceux pour lesquels une négligence réfléchie, accompagnée d'une injection, constitue à présent le dernier traitement charitable. La décision est rapide, concise, appliquée à chaque nouvel arrivage. Le tamis est axiomatique. Les soins prodigués à ceux qu'on peut encore sauver se résument à du rapiéçage. Gestes cliniques approximatifs, suffisamment approchants, partage du temps de travail entre les points d'impact, avec le vague espoir d'y revenir ensuite pour stabiliser la situation.

Les mains de Kraft prennent leur autonomie ; leur savoir-faire appris encore et encore le précède. De temps à autre, il s'arrête pour désigner certaines procédures par leur nom : la blessure située dans l'hypocondre droit nécessite une hémostase immédiate par l'application d'un… Mais mêmes ces bribes prononcées à voix haute sont une sorte de liturgie en latin marmonnée par cœur sans attention au sens des mots. Plongeur de grands fonds, il drague les abîmes couverts de récifs.

Au bout d'un moment – impossible à estimer maintenant que le temps a officiellement pris fin – l'activité s'accumule dans la salle. Elle se condense en efforts concertés comme se forment des planètes solides à partir de poussière stellaire. Le luxe de l'examen, l'idée d'un plan opérationnel réfléchi, prend un aspect risible de Club Med : stratagème décadent de donneurs de premiers soins vivant encore le rêve d'une pérennité qui a ici volé en éclats.

Ils opèrent au jugé, gala d'improvisation, scène libre. Kraft pique du nez sur une ligne blanche éclaboussée, et toujours efficace au travail, reprend ses esprits, hors de son corps, en lévitation au-dessus d'une face antérieure gauche modèle réduit dont il étire à la main le trou béant pendant que le docteur Braque remet à pleines poignées dans cette *piñata* fendue les bonbons dispersés. L'accoutumance est une merveille. Le Technicolor agressif et dévastateur cesse dès qu'il devient familier. Ensuite, les procédures d'urgence standard imposent leur propre contre-rythme. Un peu de mouvement, une légère brise face à l'invivable. La capacité à endurer est une simple fonction de taux.

Il existe plus de manières d'user et d'abuser de l'enfance qu'un humain ne peut en compter. Le marigot dans lequel il patauge est le quota de l'année condensé en une heure. Ils posent les mêmes garrots, réalisent les mêmes surjets à points passés, ligaturent les mêmes tissus vivants avec leur fil chromique 2-0. Alors, où situer le seuil, le point au-delà duquel ce qui reste n'est plus la vie mais sa parodie grimaçante ? Eh bien, en un mot : ici. Même essayer d'en rendre compte est obscène. C'est terminé. Fini. Ne reste plus qu'un *comme si* stylisé, un subjonctif, le mouvement réflexe d'un verbe *être*, d'un possible. L'ordinaire des tours de garde.

Pendant que Kraft enfonce le doigt dans un trou dont gicle du sang, une petite mélodie d'une fausse naïveté passe en boucle dans sa tête. C'est une phrase sortie d'une fable picaresque illustrée, pleine d'attente, mais charmante, sombre et plus éloignée des réalités qu'on ne saurait le dire. Les paroles répètent : « Reste encore. Ne tombe pas. » L'air est une berceuse absolue. En fredonnant, Kraft va repêcher un morceau de plomb qui s'est écrasé contre ce qui fut autrefois des vertèbres. Il calcule le lâcher du plomb dans le bassinet en inox pour qu'il tombe pile sur la cadence.

Même si le temps a pris fin, quelque chose continue de changer dans l'espace à l'extérieur de la salle d'opération. Les gosses ont dû se faire tirer dessus avant trois heures de l'après-midi, à la sortie de l'école. La dernière fois qu'il est allé prendre l'air, il faisait nuit. Mais si un changement persiste au-dehors de l'hôpital, il ne s'agit que d'un reste, une pantomime inertielle, une conservation du cycle hormonal après hystérectomie, le retour d'une personne d'âge mûr dans le cercle des célibataires pour des raisons qui lui échappent. La nuit tombe, comme toujours. Les feux des facettes taillées s'allument encore partout sur la Cité d'émeraude. Un ravissant halo pétrochimique et astigmate enchante l'étendue de la ville, faisant miroiter la promesse aguicheuse d'un parc à thème des sociétés postindustrielles, au bord de son achèvement toujours imminent.

Le tout, bien sûr, réalisé en transparence, surimpression, flou artistique – arnaques visuelles efficaces de l'industrie cinématographique. La dépendance à l'espoir n'est pas surprenante chez une créature dont l'âme est un bricolage complexe, le revêtement que l'imagination dépose sur des circuits animaux superflus. L'esprit imbécile aspire à son enfermement aborigène. *Et après, que s'est-il passé ?* Ça. Cette offensive éclair du récit. Ces petits quémandeurs de Halloween lacérés, déposés à la porte de Kraft.

Les infos couvrent l'événement toute la nuit, tant que l'épisode est encore chaud, entre « Amours de stars » et des récits tortueux d'incestes fortuits. Ce soir en tout cas, la chose fait la une. Mort collective dans une cour d'école – toute la clique des *Beverly Hills* et autres *Dawson* du réel, comme une impatiente moisson de médaillés avec mention, rassemblée là pour prononcer son discours d'adieu. L'intrigue fournit au pays la pleine ration d'ébats gothiques qu'il réclame à présent chaque soir.

Le personnel des urgences et ses conscrits temporaires – assermentés selon la clause de force majeure – restent scotchés toutes les trente minutes aux comptes rendus de la fusillade qui leur a échu. Ils en suivent la chronique sur d'immenses téléviseurs installés dans les locaux à des points stratégiques. Ils laissent les postes allumés, les saignent pour recueillir ce vernis sans éclat qu'ils donnent à l'événement. Ils regardent les minicams pénétrer dans le service des urgences, effectuer un panoramique des lieux et viser les écrans qui disparaissent alors au fond d'un terrier de rétroaction vidéo.

Une demi-douzaine de fois, passant par de subtiles variations, ils voient en plongée chaque abdomen béant. « Nouveau point sur la situation », comme les marchands de dépêches appellent ces flashs à répétition. Pourtant, les seules informations nouvelles – en dehors de la photo du tueur prise dans l'annuaire de son école, d'un aperçu de sa cache d'armes souterraine et de quelques statistiques retouchées, empruntées à la fiche technique du fusil d'assaut – sont celles que toutes les personnes présentes dans la pièce connaissent déjà : l'augmentation du bilan, inventaire d'une vente de charité qui s'affole.

Les journalistes commencent à relayer sous le nom d'information des éléments discutés sur tous les autres médias. Des brochettes d'experts picorent sans entrain dans ce fatras, comme des otages aux mains du Clean Plate Club jouant avec leurs pointes d'asperges. Les statistiques font germer les preuves que chacun subodorait en son for intérieur : un écolier américain sur cinq a au moins une fois été en possession d'une arme à feu. Chaque jour, cent mille élèves pénètrent armés dans l'enceinte de leur école.

Sur la scène internationale, la jubilation par procuration donne le ton. L'Iran, la Syrie, l'Afrique du Sud – les parias habituels – s'en donnent à cœur joie. Le BBC World Service qualifie la fusillade solo à OK Corral de « crime proprement américain ». Pourtant, songe Kraft, si tel est bien le cas, ce n'est que pour montrer combien les États-Unis, fût-ce dans un dernier soubresaut, restent le leader mondial de l'innovation, porte-étendard fatigué de la migration vers l'Ouest des échanges, théorisée pour la première fois par l'un des rejetons de la dynastie Adams.

Les infos font aller et venir dans le champ des caméras les chiffres surréalistes ordinaires. Cette ronde écœurante n'a d'égale que la marée continue des foules qui entrent et sortent des salles d'opération où règne un calme frénétique. Pur opéra, somptueux *Médée* en costumes contemporains, monté par des artistes internés dans les camps de détention de l'exil. Un conseiller municipal fait remarquer que la plupart des homicides par arme à feu recensés sur une année sont commis avec des armes non déclarées. Aussi, faciliter les déclarations est la vraie mesure indispensable pour décourager les ventes illégales. La ville pourrait même liquider une partie de sa dette accablante en vendant une fraction de l'énorme arsenal saisi par…

Les infirmières du bloc déposent dans la paume de Kraft les lames réclamées dans un jeu bien connu de « passe à ton voisin ». Les têtes oscillent à la manière d'oiseaux buveurs, se redressent pour fixer les écrans, à l'écoute pendant que les mains clampent et cautérisent, comme si l'indice de la prochaine incision, le mystère tenu serré sous les gants de latex, se trouvait exposé là. Dans les vues en gros plan de ces mères de famille, hystériques sous les projecteurs. Dans l'anecdote bouche-trou de ce gamin dont la vie a été épargnée par un après-midi d'école buissonnière à la galerie de jeux vidéo. Dans les œuvres d'art au pastel affichées sur le panneau de liège de la classe décimée.

Corps et légers différés. L'équipe regarde les deux images en même temps : ne manquent que les lunettes colorées pour passer à la 3D. Ils regardent dans le calme abasourdi qui s'installe après que l'événement a dépassé tout entendement.

À la douzième réédition du « Priorité à notre dossier du jour » lancé par une présentatrice minaudière, quelqu'un aboie. C'est Kean qui explose : « On est vraiment obligés de supporter ça ? On ne pourrait pas avoir un fond sonore un peu moins tarte ? » Son ton est puéril, sur le mode du « Je n'ai pas signé pour ça ». Même ici, le désastre est, *de facto*, un chacun pour soi.

« Qu'est-ce que tu veux, père Chini ? se moque une voix étouffée sous un masque. Une symphonie de Mozart ? » Dans un monde où ces choses auraient encore de l'importance, il en cuirait à Thomas de s'être laissé aller à pareil éclat. Kean s'assurerait en personne qu'il ne décroche jamais sa certification. Cette pensée est une curiosité oiseuse. Devenue hypothétique, éparpillée au milieu des dizaines d'écoliers qui jonchent le sol des salles d'opération du Carver.

Une arpette a l'amabilité d'aller couper le média. Le niveau de décibels chute si précipitamment que Kraft ne parvient pas tout d'abord à identifier le fracas du ressac qui déferle à la place des infos. Puis la physiologie lui revient : c'est le bruissement des capillaires qui secouent la membrane du tympan. En se concentrant, il peut couler ce son dans le moule de l'hallucination auditive de son choix. Il s'essaie à un morceau d'avant-garde contemporaine, composé de tons équivalents aux points tracés sur une courbe de température prise au hasard.

Il réalise cette construction aléatoire les doigts dans le nez. Alors il s'enhardit et fait coller l'ensemble à une mélodie des *Kindertotenlieder* : une petite lumière s'est éteinte sous ma tente. Là, faisant un gigantesque bond en arrière, il façonne la pulsation sur les cadences du frisson baigné d'encens des polyphonies renaissantes, pauvre petit *Gloria Dei* surgi de la multitude des poumons gros comme le poing d'un chœur d'enfants – ces organes qu'il tient à l'instant même dans le creux de ses mains. *Et in terra*. Les résonateurs haut perchés prennent leur envol ; les lignes du dessous les propulsent vers la voûte en un tourbillon complexe mais concerté, torturé de courage et de persévérance, dont émane le parfum en plain-chant du lieu où mène toute note sensible.

La musique sort de la moelle de son crâne, écriture automatique comme celle à laquelle ses mains répondent. Ce sentiment éclate quand les notes commencent à s'écrire sous la dictée d'un madrigal venu d'ailleurs. Avant même de lever la tête, il entend le chœur au-dessus de lui. Là-haut, dans la galerie d'observation, une rangée d'enfants regarde, les yeux écarquillés, les mains plaquées contre les vitres.

Ils ouvrent doucement la bouche, comme des perches effarées sorties de l'eau, silencieux n'était la partition à douze voix du *Stabat Mater* qui monte et déferle dans les oreilles de Kraft. Leur motet ne tarde pas à tenir de ce sinistre Noël – Nicolas, leur saint patron – où se révèle au grand jour cette préparation visionnaire au Jugement dernier. Il les reconnaît à peine tant ils se sont faits beaux, en surplis, sur leur trente et un – des altos aux timbres les plus graves, qui entonnent sans effort ce morceau répété depuis tant de semaines. Ils font monter leur chant de louange stupéfait, imprégné du requiem qui les rassemble, arrachant aux balcons de la catastrophe un *in paradisum* sans tonique.

Il les attendait. Chuck le Sans-visage, Joleene, qui fait retentir sa voix de fausset derrière Peppa la Pipelette ; les frères Hernandez, Latins solennels, aussi radieux que des enfants de chœur ; la Rapparition, qui fait bondir le phrasé des cantiques avec ses syncopes plus libres. Les avant-postes du jour, rassemblés dans son service pour une même raison, attendaient seulement que ces cohortes franchissent les portes séculaires de la disparition avant d'attaquer les vêpres du finale, la vague montante du *tutti*.

Venus de toutes les béances de l'histoire, ils convergent. Les enfants des mines, les victimes des incendies d'usines, les bandes incarcérées pour restreindre l'indigence. Ceux qui, au fil de générations honteuses, furent convertis aux fables et aux contes de fées. Ils occupent toute la galerie circulaire et contemplent l'œuvre de Kraft. À un signal invisible, ils interrompent leur antienne et attendent les ordres de leur commandant actuel dont le visage, vu d'en bas, apparaît plus aquilin et flétri, le crâne plus chauve, l'énergie fébrile plus préméditée.

Le petit père Chronos coiffé de sa casquette des Dodgers compte les victimes, scrute le bain de sang à la recherche du signe attendu. Ses yeux, à cette distance, sautent de place en place parmi les lambeaux et les fragments comme des moineaux en quête des miettes d'un déjeuner. L'inventaire dressé par son regard parcourt les blessures à la tête et les poitrines éclatées. Son visage s'imprègne des traits de ceux que l'on transforme comme des aliments, au-delà du méconnaissable, inidentifiables en tant qu'humains.

L'inspection s'attarde sur les morceaux d'éponge en charpie que Kraft prétend recoudre. Kraft suit la direction de ce regard plongeant et pour la première fois voit la petite fille sous ses instruments. De sa main gantée, il longe les contours de l'entaille encore bouillonnante laissée par le projectile. Il place son doigt dans l'œsophage rompu et les tendons sectionnés relâchent les muscles de la bouche où se dessine alors un sourire rayonnant de paix venu du Quattrocento. Au moins, elle n'aura pas à affronter le temps de la connaissance. L'âge du consentement.

Il lève les yeux vers la galerie, impuissant. Quoi ? Qu'est-ce que vous voulez que je fasse ? La réponse est impossible ; la fillette placée derrière Nico fait un pas en avant, sort de l'ombre où elle se cachait. Il s'en faut de peu que Kraft quitte précipitamment l'équipe chirurgicale, se rue vers la galerie pour empoigner la malade et la ramener en réanimation. Mais le regard qu'elle fixe sur lui, mesuré et appréciateur, le cloue sur place. Quelque chose a changé en elle, une transformation qu'il ne parvient pas bien à nommer. Puis il saisit. Elle est debout. Entière. A retrouvé ses jambes.

Soudain, ils lui font signe d'approcher, écopent des brassées d'air par-dessus leurs épaules. Ils se retournent, pointent du doigt un chemin qui n'attendra pas. Les yeux de Kraft sont noyés de sel. Il les supplie de patienter juste une minute. Je ne peux pas. Pas maintenant. Je n'ai pas le droit de laisser ça en plan.

Il ne lui faut qu'un bref arrêt du cœur pour comprendre, humilié : ce *Sors d'ici* n'est pas pour lui. Qu'auraient-ils à faire d'un traître, d'un géant grotesque et repoussant, d'un monstre qui réduirait en miettes tous les pavillons dans lesquels il tenterait de se glisser, d'un agent double perfide à la solde de l'âge ? Il ricane devant son erreur, son arrogance, ce vieux débris pitoyable qui n'est pas fichu de reconnaître ses propres rides dans la glace. Ce n'est pas lui qu'ils sont venus emporter, mais leurs camarades de classe massacrés.

Le *Knabenchor* reprend *a cappella*. Leurs notes limpides et envoûtantes lancent une prière pathétique vers la claire-voie, message d'assistance qui, le temps d'une hémiole encore, retarde le passage d'écluse. *Tous les malades et les jeunes enfants. Les orphelins de père et les veuves. Tous les voyageurs par terre et par mer.*

Donne la paix à notre temps. Préserve-nous de tous les périls et de tous les dangers de cette nuit. La mélodie s'envole, lâchée dans les hauteurs comme un gibier à plume suicidaire. Elle continue de s'élever, dépasse l'atmosphère, aussi éternelle qu'un alliage trempé, aussi effroyable et permanente qu'un satellite traçant son sillon dans le vide obscur, répétant sans rime ni raison son message de salutation, des millénaires après que tous ceux qui l'ont envoyé ont disparu.

Kraft retourne se noyer dans son exercice vain, un peu juste pour le sauvetage et trop loin du salut. Automate dans la nuit, il travaille dur, plongé dans le bain sans fond des sévices corporels. Il ne lève plus les yeux vers la vitre d'observation, ni pour regarder sous ses mains les visages des paquets de viande déchiquetés.

Le tempo faiblit imperceptiblement. Il serait possible maintenant de faire une pause pour compter les corps, si on en avait le cœur. À défaut d'être nettoyée, l'aire est au moins préalablement déblayée. Une fraction des enfants fauchés a été réacheminée par les airs vers des « établissements plus adaptés de la région », comme l'administrateur de l'hôpital en informe la presse. Une autre portion, dont le volume augmente de manière constante, est emportée par les suites opératoires, abandonne la lutte avec langueur ou confirme le pronostic posé dès l'arrivée.

Il ne peut s'expliquer comment ses collègues font pour tenir. À part un ou deux excités, tous ont cessé de parler depuis longtemps sauf pour réclamer une pince ici ou là. Une rotation de petits sommes prend le relais quand l'assaut de violence ne suffit plus à tuer la fatigue. Le Grand Chef vient vous taper sur l'épaule : à votre tour de sombrer dans l'oubli pour un court instant.

Quand Kraft plonge, l'obscurité est si moite et épaisse qu'elle roucoule.

Cela va sans dire, il continue de couper et de coudre dans son sommeil. Surgies des poitrines crevassées des enfants, des créatures lui sautent à la figure ; des corps disparaissent tout entiers au fond de trous qui s'ouvrent dans la table d'opération. Ils lui claquent entre les doigts encore plus vite ici.

Des nouvelles filtrent, déversent sur le paysage de son rêve les débris surréalistes du quotidien. Profitant du fait que tout le personnel chirurgical est débordé par cette brillante diversion, les guérilleros font mouvement et l'évacuation cauchemardesque commence pour de bon. Dans le chaos suscité par l'attaque, les prématurés s'évaporent en un fin brouillard, avec leurs couveuses de plexiglas. Dans leur sillage, la deuxième vague – les malformations lourdes et les handicaps profonds – se disperse comme un seul homme ; elle attendait cet instant (Kraft aurait pu rassembler les pièces du puzzle), retranchée, cantonnée jusqu'à ce que lui parvienne ce signal.

Il se réveille dans un violent sursaut juste avant le dernier pas de danse. Il coupe encore, aux côtés de Kean et d'un intérimaire qu'il ne saurait reconnaître. Kean pérore. « Eh bien, mes petits, nous avons sauvé celui-ci. Celui-ci et peut-être la blessure à la tête d'hier. Mais ceux qui sont là sont foutus. »

Il secoue ses gants au-dessus de la poitrine ouverte. « Enfin, deux sur vingt-cinq, ce n'est pas mal étant donné les circonstances. On devrait être bons pour un certificat signé par la mairie. » Kean se retourne vers Kraft. « Vous allez pouvoir demander à finir votre internat dans l'établissement de votre choix. »

Kraft passe en revue ce qu'il reste de la salle. Des torses gisent dans toutes les contorsions imaginables, déposés vifs dans leurs sépulcres neufs, dernière édition des antiques sacrifices. De ses doigts gantés, il part à la recherche d'une breloque pour dire sa compassion. Plus rien d'autre n'a d'importance. Il s'arrête devant un écolier auquel Kean ne laisse aucun espoir. Ils sont faciles à trouver, ceux qui s'apprêtent à s'envoler. Il parcourt le dossier pour vérifier ; oui : irréparable. Alors il passe l'ange en fer-blanc, infecté par le dépôt du temps, autour du cou gracile et cisaillé.

Sans transition, il est dehors, dans le vestibule, peut-être pour souffler, sans avoir rien à faire de plus réparateur que rester derrière la vitre à regarder l'urgence toujours en cours. Quelqu'un enveloppe son biceps dans le brassard d'un tensiomètre qu'il gonfle jusqu'à faire garrot.

Kraft se retourne et découvre un extraterrestre vert, masqué et ganté, qui lui tire le bras. C'est une de ces créatures venues d'ailleurs, qui emmagasinent de l'énergie depuis des âges infinis et assemblent une machine aussi vaste que l'imagination de la galaxie, un broyeur de particules qui brisera les liens de la mémoire, délivrera la vie du toujours, simplement et d'une manière expédiente : en fissurant le temps. Tous ceux qui sont encore en âge d'apprendre une langue étrangère ont été recrutés. Parce que Kraft se trouve être le seul adulte à avoir eu vent de l'affaire, ils viennent à présent l'enlever.

Il lui faut un instant pour comprendre.

— Mon Dieu, Espera. Te voilà. Dis-moi. Où as-tu emmené la troupe ? Dans quelles écoles ?

Elle éclate en sanglots hystériques mêlés de rires nerveux – sorcière d'Oz aspergée d'eau. Ce qu'elle essaie de camoufler traverse soudain l'esprit de Kraft : l'itinéraire, les lieux de la tuerie du lendemain et du surlendemain.

Il veut lancer son accusation mais les gloussements de Linda, incontrôlables, le mettent hors de lui.

— Écoute. C'est important. Qui jouait… ?

Secouée, elle retrouve son calme. Elle fait rouler sa tête sur ses épaules d'avant en arrière, incrédule face à cet homme, à ses théories, ici en ce lieu qui met à mort toute théorie.

Les jurons qui ponctuent les mots d'Espera se perdent dans une langue inconnue de Kraft.

— Espèce de grand malade, murmure-t-elle. Regarde-toi. Regarde autour de toi.

Elle n'a plus de gorge, elle est prête à le gifler, à lui jeter au visage la pire et la plus détestable des choses corrosives qu'elle puisse dire à un être humain : grandis. Grandis, bon sang. Elle le fixe du regard comme si ses mains étaient des instruments tranchants.

— Oh, Ricky. Ricky.

Espèce d'enfant.

— Elle a laissé ça, dit-elle d'un ton sourd. Sur la tablette à côté de son lit.

Elle lui tend un billet arraché à un carnet. Le *Lieve Kitty* de Joy. Kraft est terrifié à l'idée de le prendre. Il refuse le bout de papier, alors Linda, habituée à la chose, lit à voix haute.

Bien sûr que vous êtes à moi ! Sinon, je ne vous embrasserais pas, non ? Maaais… vous êtes mon meilleur ami, hein ? Est-ce qu'on va se marier et vivre ensemble dans une grande maison ? J'ai vu une belle maison blanche avec des volets bleus. Tout près d'un jardin d'enfants. Et ensuite ma maman et mon papa pourront venir y habiter – oui ou non ?

Affectueusement,
Joy

Une simple lettre d'amour, donc. Il est détruit, abandonné, comme promis depuis le début. Linda s'arrête, la voix suspendue dans l'allégation.

— Ce mot n'est pas pour moi, objecte-t-il. Je ne l'ai jamais embrassée. C'est pour l'autre, le petit vieux…

Un rire étouffé déchire la trachée de Linda. Elle retire son masque et ses gants. Une dernière fois, un bref instant, c'est elle, ce rayonnement qui a failli le sauver. Elle secoue la tête, se mord la lèvre, frémit. *Incorrigible, incorrigible*, comme s'il venait de rentrer avec son manteau neuf déchiré malgré ses avertissements.

La révélation le rattrape, comme une confirmation à retardement, conclusion sans clôture, une fois de plus. Le nombre des victimes à présent transforme le chagrin en déplorable complaisance. Il s'accorde cinq secondes de déni. Il est au-delà des faux-semblants, perdu pour l'anesthésie.

Mais la douleur est moins vive si on ne s'arrête pas d'un coup.

— Et l'autre ? demande-t-il. Le petit Mathusalem ?

Une expression passe sur le visage de Linda, pêle-mêle stupéfait de dégoût et de peur. Alors, tu étais au courant. Tu savais tout ?

— Ils sont venus le prendre. Les chercheurs.

Le ton de sa voix suggère une trahison auxiliaire, clandestine, assistée, un mercantilisme parental.

— Mon Dieu, sanglote-t-elle. Combien de temps lui restait-il de toute façon ?

— Et les autres ?

Elle lui renvoie son regard mat, ne comprend pas. L'hallucination atteint un pic. Il ne se rappelle plus si le carnage a bien eu lieu ou s'il l'a inventé. Il se raccroche au minerai de fer terne de ces yeux et s'aperçoit que Linda aussi est droguée. Qu'elle l'est depuis un moment.

Elle se penche pour le saisir, l'envelopper, punir, venger et absoudre tout. Mais alors qu'elle s'apprête à le reprendre en adoptant un point de vue supérieur, elle se décompose, ses mains se crispent sur les vêtements de Kraft à la recherche d'une prise. Elle attrape tout ce à quoi elle peut s'accrocher, réflexe d'agrippement du nourrisson. Lâcher reviendrait à glisser sans fin. Elle marmonne quelque chose contre son sternum et la morsure des mots lui entame le cartilage. *Te necesito. Me sofoco. Cuando no estás, no tengo aire.*

Saturée de mort, elle revient à sa véritable langue. En moins de temps qu'il n'en faut aux doigts ventouses de Linda pour s'enfoncer dans le cou de Kraft, la compassion le défait. Jamais il n'a posé à cette femme la moindre question sur sa vie. Il la voit maintenant, plus réelle que la sienne. Enfin, il ose sauter le pas, comprendre pourquoi elle est venue le chercher. Comment elle l'a trouvé. Ce qu'ils font ici tous les deux, embourbés jusqu'à la taille dans ce génocide de petits enfants. Il s'agit simplement de passer à l'envers les premières images du film, de les retoucher. Encore un coup.

Illuminé par cet éclair, il voit l'assaillant que la réalité a machiné pour elle. Pas le frère de maman, ce solide gaillard à la peau laiteuse qui l'entraînait en douce dans le placard et, des années durant, l'a battue comme plâtre, l'obligeant à force de terreur à un pacte d'intimité dont elle ne sortirait plus jamais sinon par le don obsédé de soi. Celui qui l'étouffe est plus sinistre, plus ombre, un coupable du Sud. À chaque minute de sa vie, chaque fois qu'elle gémissait de plaisir et de douleur sous les doigts de Kraft, elle nourrissait le fantasme de pouvoir ouvrir les yeux sur lui, son destructeur, pour lui cracher au visage ou tomber dans ses bras en pleurnichant. L'amour : voilà le nom du violeur qu'elle a juré, couteau sous la gorge, de ne jamais dénoncer, et qui lui rend ses visites nocturnes, refuse de la tuer pour la délivrer, quel que soit l'âge qu'elle a atteint.

Refuse jusqu'à cet instant. Kraft la regarde pour la première fois, contaminée, condamnée. À part elle, il ne lui reste plus rien et l'aimer en retour est pire que tout ce qui est imaginable. Elle se libère de l'étreinte qui les soutient. Elle jette un regard par-dessus l'épaule à cette démence répandue autour d'eux, la fuit au fond des ruelles de l'obscurité. Il scrute son visage – Linda ? – mais elle a le regard fixe et affolé.

Finissons-en alors, décide-t-elle. Suffoquons. Disparaissons nous aussi avec ces tout-petits : c'est la meilleure délivrance qu'on puisse espérer. Elle opine, hurle en silence son acquiescement, tout contre cette proximité néfaste qui infuse chaque instant jusqu'au dernier.

Il essaie de combler l'espace qui les sépare, de lui administrer une sorte de sédatif. Mais elle recule devant ses mains comme devant un tison.

— Tu m'as touchée, dit-elle. Tu vas devoir repasser sous la brosse à récurer.

Le cataclysme s'étale devant lui, presque total. Il lit déjà le rapport, le voit tel qu'il apparaîtra dans le morceau d'anthologie que le Grand Chef lui donnera à étudier pour le club de lecture du mois prochain. Voici comment nous avons tué nos enfants. Quelle forme l'explication prendra-t-elle cette fois-ci ? Celle que l'époque réclame. Une fable corrompue qui parle de survie, détraquée à tout jamais. Inspirée d'un fait réel, comme toujours, mais défigurée à force de redites désespérées.

À moins qu'il ne raconte, lui. Un récit de première

main, pour une fois, une transcription affranchie des carnets, des journaux, des recueils du soir. Il dira ce que tous les témoins oculaires ne cessent de répéter depuis le premier feu de camp. Il lui dira : je les ai vus. Je sais maintenant où ils s'en vont. Je sais d'où ils viennent. Ils nous ont laissés derrière eux, sans rien pour vivre que cette maigre intrigue. Vivre encore, le temps d'une autre phrase.

— Linda, dit-il.

Comment ça commence déjà ? Frappe dans tes mains.

— Linda. Écoute.

Un homme en blanc, au milieu de la trentaine, grimpe sur le toit d'un hôpital public dans un quartier de la Cité des anges en phase terminale, un mercredi soir sur la Terre. Des enfants, enlevés dans leur chambre au crépuscule devant un millier de témoins, l'entourent avec excitation. Ils sont montés en passant par le vestibule, se sont faufilés devant la loge des réceptionnistes et le bureau des infirmières, ont évité les rangées d'ascenseurs à disposition du public allant et venant comme des faux, ont préféré s'en tenir aux marches qu'ils ont gravies à une allure remarquable pour une bande aussi estropiée.

Ils vont comme une masse, montent, montent toujours, escaladent les cages fermées des escaliers de secours. Ils progressent vers la surface, comme des bulles sur la coque d'un navire. Sur ses épaules, à la manière d'un pompier, l'homme porte à tour de rôle une fillette amputée, qui meurt au seuil de la puberté, un jeune garçon sérieux en costume marin avec sa valise, un blessé par balles dont les poumons ne tiendraient pas un étage sans assistance.

Ils atteignent le toit bien après la fin des heures de visite. Sur cette passerelle, tertre de goudron et de gravier, à l'ombre d'une forêt d'excroissances destinées à la ventilation, conduits de refroidissement, tuyauteries et grilles qui dessinent des maillages impossibles à suivre, ils se regroupent et sondent le précipice. Si on voyait…

Mais personne ne voit. Mais *si* – ce mot de l'imaginaire, foyer de toute signification –, si on pouvait voir, tout semblerait parfaitement à l'échelle : un exercice incendie dans une école, n'était ce saint Christophe géant au milieu d'eux.

L'air est d'une aigreur surprenante, les enfants pas assez couverts, la ville épuisée, saturée jusqu'à l'absurde par la circulation, plus méandreuse qu'aucun d'eux l'avait imaginée. Les contes exposent leurs itinéraires, comme les breloques d'un bracelet dont les incantations doivent être lues dans l'ordre. Mais s'ils n'avaient pas bien compris les histoires, s'ils les avaient mal lues ?

Depuis le bord du toit jusqu'à l'horizon olive sombre, aucun signe de l'endroit où ils doivent se rendre ce soir. Leurs chances d'arriver intacts se réduisent comme une peau de chagrin dans ces étendues stériles de pierre reconstituée. Ils hésitent maintenant que les hélicoptères approchent, suivant le pinceau de leurs projecteurs comme des bergers à la poursuite de leur nova.

Mais le flottement, si réel soit-il, ne dure pas plus que leurs nuages d'haleine condensée. Au monosyllabe prononcé par l'homme, ils se mettent en marche, enjambent la palissade et, désincarnés, franchissent la barrière de l'édifice pour traverser ce mur de brouillard blême, acidifié, qui coagule, et en quelques bonds empruntent l'Imperial Highway. Ils établissent un nouveau cap, caché dans la rose des vents jusqu'à cet instant, qui imite les autres directions de la boussole mais se révèle aujourd'hui perpendiculaire à toute chose.

Laissez les médicaments et tout l'attirail, ordonne l'interne. Il faut réduire le poids à transporter. Gardez un change de vêtements, une brosse à dents si nécessaire. Un luxe : ce livre d'histoires pour le soir, propriété commune, aux somptueuses illustrations. Dans ce genre d'entreprise, voyager léger est vital. Nous sommes déjà trop près de la limite, du seuil de l'opaque. Nous n'arriverons jamais à destination tant que nous ne nous serons pas dépouillés pour retrouver l'essentiel.

Les mains vides donc, éveillés, ils remontent l'artère un moment en suivant une contre-allée cachée. Ils cherchent la porte familière de cette arrière-salle laissée ouverte, la béance qui les invite à entrer dans cette soie damassée chauffée par les corps, le salon lambrissé de la conversation.

Sous eux, les repères se dissipent : l'hôtel de ville. L'Observatoire. Les trois tours que l'immigrant a bâties de ses mains. L'archange Gabriel. Et plus loin, ces rangées de moulins à vent qui traient les crevasses du désert, mendient leur énergie auprès de l'air. Les témoins de la masse invariante de la migration rétrécissent sous leurs pieds : têtes de basalte qui penchent et de nouveau s'enfoncent dans le sol insulaire. Missionnaires du Pacifique à la dérive sur une chaloupe. Muraille de pierre aussi longue qu'un continent. Montagnes dorées qui s'amenuisent en pointes solitaires. Route qui s'étire de la Perse à l'Espagne. Roches de cinquante tonnes dressées en cercle. Fragments de verre regroupés en fréquences froides qui ouvrent sur les cieux les lucarnes de leur transept.

Ils dorment à la belle étoile. Les discussions qui animent leurs campements provisoires sont toujours les mêmes : la nature de cette chasse au trésor, leur destination, la proximité de la police et des autorités hospitalières lancées à leurs trousses.

Raconte-nous-en une, parlementent les enfants avant d'aller se coucher. Et ce soir, parce qu'il a égaré le livre quelque part pendant le trajet, l'adulte solitaire doit improviser de mémoire une histoire d'origines.

Une duchesse voyageant en grand équipage sur une route poussiéreuse s'arrêta pour faire la charité à une femme qui allaitait dans la crasse en pleurant ses jours heureux. Les jumeaux de la mendiante, désespérés, affamés, couverts d'escarres infectées, suscitèrent l'indignation de la duchesse. « Femme, où est ton mari ? Comment se fait-il qu'on t'ait laissée seule avec deux bouches à nourrir ? » La mendiante n'avait pas réponse à cela, alors sa généreuse sœur lui en fournit une. « Voilà ce qui arrive quand on couche avec deux hommes. »

La mendiante fut remplie d'une indignation aussi pure que la pauvreté. Elle maudit la duchesse : si les jumeaux sont le prix de la bigamie, alors que cette dame porte autant d'enfants qu'il est de jours dans une année. Et c'est ce que la duchesse fit aussitôt le vendredi saint, à l'Aïd el-Kébir, à la Holi, au Nouvel An chinois, au jour de la Libération de l'an x. Trois cent soixante-cinq d'un coup. On appela tous les garçons Jean et toutes les filles Élisabeth dans la langue du pays où chacun alla s'aventurer en sortant du ventre ouvert.

Un bâtard par jour ? Qu'est-ce qui leur est arrivé ?

Au bout du premier soir, ils étaient tous partis. La moitié s'en était allée en Asie centrale. Deux autres avaient fabriqué une pirogue et sautaient d'île en île à travers l'Océanie. Trois ou quatre douzaines, ayant appris à leur épiderme ce tour de passe-passe qui défie le cancer, restèrent en Afrique. Presque autant, devenus blanc fantôme, partirent sillonner le Nord inhos-

pitalier. Cinquante se répartirent dans les Amériques. Un enfant rejoignit une expédition scientifique vers les deux pôles.

Et comment ont-ils vécu ? Sont-ils parvenus là où ils voulaient aller ?

Vingt-trois furent chassés de leurs villages par des bombardements. Onze se sont dressés devant des chars avec des briques. Douze autres pilotaient les chars. Dix pour cent furent envoyés dans des camps et, pour la moitié d'entre eux, le transfert fut consommé. Une petite fille devint une enfant star et parcourut le monde sous un nom d'emprunt. Cent un furent obligés d'interrompre leurs études pour se lancer prématurément dans les affaires. Plusieurs accomplirent le hajj*, allèrent flâner sur la route de Compostelle, se lancèrent à l'ascension de la Cité interdite. Six se produisirent en tant que prodiges. Cinq entrèrent dans un cirque. Quatre jouèrent les intermédiaires illégaux. Deux autres devinrent des agents infiltrés du Département d'État. Dix-sept succombèrent directement à la curiosité, et le reste, majoritaire, mourut sous des porches, gonflé de poison et d'antidotes ingérés.*

Aucun ne s'attarda ici bien longtemps. La course aux kilomètres commença dès le début, bien que le moteur de ce départ massif fût peut-être simplement la recherche d'un repas ou une bonne paire de chaussures adaptées à une longue marche.

L'histoire fait l'affaire pour le moment, l'effroi force même les plus âgés à s'endormir sagement. Mais au matin, certains parmi les plus petits regrettent d'être venus. Les plus jeunes disparaissent en premier, les blessés graves, les amputés, ceux qui n'ont plus qu'un bout de cœur. Des enfants qui seraient morts le lendemain dans leur lit ont été contraints de parcourir des distances qui esquinteraient les plus affûtés des adultes.

L'enchantement s'effiloche sur les bords et on commence à murmurer.

Les lits d'hôpitaux semblent meilleurs vus d'ici, les maladies moins inexorables. Se rendre leur serait aussi facile maintenant qu'attendre sans bouger qu'on vienne les trouver. Après le trajet supplémentaire de cette journée, même ceux dont les jambes sont un peu plus grandes commencent à s'éteindre. On est arrivés ? C'est encore loin ?

Vieille question, plus vieille que tout vivant. Disciplinés derrière leurs pupitres à Meerut, des enfants de dix ans couleur sépia, une semaine avant la révolte des cipayes, feuillettent leurs exemplaires écornés des *Comptines pour tout-petits* datant d'un demi-siècle, livres dans lesquels on leur demande d'apprendre par cœur et réciter sur les accents parfaits de l'empire :

> Combien de miles d'ici à Babylone ?
> Comptes-en soixante-dix.
> Puis-je m'y rendre à la lueur d'une bougie ?
> Oui, et en revenir aussi.

Les Enfants de Dieu, soixante-dix ans captifs sous le joug de Babylone, lancèrent une enquête discrète sur leur propre évacuation. *Que cherchons-nous ?* La salle des congrès où se réunissent tous les enfants cachés de la planète. Un autre lieu susceptible d'éclairer ce qui s'est passé ici. *On y est presque ?* demandent les petits Saxons de l'expédition Rattenfänger et encore une fois, dans ces trains de nuit, six siècles et demi plus tard. *C'est encore loin ?*

Si vous avez le pied léger et agile, vous pourrez peut-être vous y rendre à la lueur d'une bougie.

Mais où ? Se rendre où ?

Ce soir, les candidats pédiatriques à l'évasion

triés sur le volet ne sont pas la seule bande qui rôde dans les parages, emprunte les bas-côtés, longe les petites routes en retrait des voies principales. Les lieux regorgent de villages d'enfants, du Nebraska jusqu'au territoire des Dinkas. Des adolescents solitaires battent la campagne, suivant un chemin vers les endroits épars du rêve. Une école remplie de mineurs gallois disparaît sous une montagne. De jeunes Indiens de langue gé s'isolent du monde en amont du fleuve. Des divisions entières de préadolescents vadrouillent dans le couloir de Vakhan en trimballant des missiles. Une classe de petits villageois boliviens suit un enfant étrange jusqu'à la terre des ancêtres. Des réfugiés pubescents forment une nation autonome de garçons qui vagabondent dans le désert subsaharien. Plusieurs milliers d'enfants pour qui l'âge adulte eût été une complication superflue se mettent au service de causes, assoiffés de martyre – massacre à l'égal de leur innocence.

Ils s'en vont à présent, en toute époque, toute région, ils font leurs bagages à la lueur des bougies. Les histoires continuent d'affluer. Les mythes se fondent en reportages, les faits en inventions. Si demain autour du feu, pour stimuler le courage nécessaire des enfants, celui qui mène ce groupe Dieu sait où devait tracer un diagramme sur un ruban plus étrange que celui de Möbius, marquant d'un point chaque lieu où un jour un enfant a disparu, une courbe révélatrice se dessinerait-elle ? Une tendance, un horaire des marées dont l'extrapolation dévoilerait ce lieu unique, cette Babylone pour laquelle des écoles entières se mettent en route à n'importe quelle heure, perdant tout en chemin ?

Tant sont livrés à eux-mêmes ce soir, dehors aux heures tardives de la nuit, trop loin de chez eux. Ils émigrent, font campagne, colonisent, vont en pèlerinage, sont déplacés, dispersés, fuient devant la torture et la mort. Tant interrogent les kilomètres aller-retour que, quelque part au fil du temps, tous les mythes inventés par le besoin pour lever la carte de leur voyage verront le jour. Comme celui-ci. Celui-ci y compris.

Leurs déplacements sont aussi nombreux que les endroits du monde qu'ils n'atteindront pas. Leurs chemins sont plus fracturés, moins prévisibles que le temps de fin d'été qui les jette cette nuit sur la route. « Demain, leur promet l'adulte solitaire, nous serons à la maison. »

Mensonge assez doux qui omet seulement de préciser que la maison aussi est une forme de départ. Partir est ce en quoi elle consiste, un départ aussi certain que toute soif, plus durable même que la sensation d'être revenu. Les bardeaux charmants, la table de la cuisine si parfaite pour les réunions de fin de soirée attendent patiemment le retour des occupants. Mais personne ne s'arrêtera. Le retour sera de courte durée : deux nuits, un long week-end tout au plus, pendant les vacances.

Quelle que soit la maison que cette bande pourrait finir par localiser, l'odeur renfermée dans ses meubles, dans les conduits des radiateurs, sous le papier peint qui se décolle, sera celle de personnes disparues il y a longtemps. Par la fenêtre ouverte pénétrera le parfum des prairies, des bois qui brûlent, des forêts tropicales, des toundras, des jungles, des fonds marins, de l'azote qui s'attarde un instant dans les écheveaux du sol avant de repartir pour un cycle. Au premier signe d'une soirée libre, ils n'y tiendront plus : ils s'en iront de nouveau, laissant sur la table de la cuisine la lettre qui explique leur fugue estivale. Relais sur la route tout au plus, la maison sera moins qu'une touche légère, outrepassée de longue date par le désir de l'atteindre.

Mais à la simple mention de ce mot, les fugueurs, dont certains laissés aux bons soins de l'État anesthésiant n'auraient pas duré la semaine, sont prêts à reprendre le programme initial de l'enfance : l'obligation d'interroger le monde. Pour un jour encore, ils sont certains du toujours et la nuit leur appartient. Ils voient dans le noir : leurs yeux sont encore tout neufs.

Le chef de l'excursion enlève sa blouse, uniforme de l'hôpital, l'insigne qui l'accuse et la glisse sous sa tête, là, dans l'herbe. Parfait oreiller de fortune. Partout autour de lui, ces vies nouvelles se pelotonnent, preuves encore du souvenir d'un appétit plus persistant que l'appartenance. Elles ne sont pas ici depuis assez longtemps pour croire en un mythe aussi transparent que la permanence. Elles veulent entendre l'épisode de ce soir avant de sombrer. Ces trois cent soixante-cinq frères et sœurs : comment ont-ils fini ? Se sont-ils jamais retrouvés ?

Oh, peut-être. Au fil des ans. Ils se réunissent de temps à autre, ceux qui sont encore là, pour fêter leur anniversaire. Ils comparent leurs notes de voyage, la géographie des lieux, toutes leurs excuses secrètes pour aller plus loin, pour naviguer. Ils parlent de terres ouvertes, de portes sans verrou, d'endroits où ils pourraient bien bâtir des villes, ou des façons de démolir leurs erreurs anciennes et terribles.

Ils étudient les sciences économiques, écrivent de longs ouvrages, toujours somptueusement illustrés. Ils couvrent les murs de fresques représentant d'impossibles pays de Cocagne, envahis de verdure et oubliés. Ils formulent une histoire plus durable même que l'espoir de son imminence. Ils envoient une malle inter-

stellaire s'égarer dans le vide assourdi pendant des millénaires, à la recherche d'un endroit où elle serait susceptible d'atterrir enfin avec à son bord, en guise de troc interplanétaire, un lot d'histoires, d'images, de messages énoncés dans soixante-dix langues bornées au périmètre du globe, toutes inintelligibles pour l'être que le Voyageur pourrait un jour rencontrer, et qui disent chacune : « Salutations de la part des enfants de la Terre. »

C'est une histoire que mon frère aîné, le chirurgien, a confiée à son petit frère, le conteur. Une lointaine approximation de l'exact pour dire comment celui qui fut autrefois moine est entré en possession d'une lettre de remerciement présentée dans un cadre, en l'honneur de deux vies d'enfant sauvées parmi une abominable multitude.

Il était interne en chirurgie d'urgence dans le Watts quand le cauchemar à répétition s'est produit pendant une de ses gardes. Les journaux contiennent tous les détails, si vous voulez les lire.

Je lui ai envoyé mon brouillon pour voir si, d'une manière ou d'une autre, il saurait le sauver lui aussi de son inéluctable fin. Malgré mes meilleures intentions, je n'avais pas réussi à disperser les rigueurs du réel.

Il m'a dit : « Appelle cette femme, Linda. » Celle avec qui j'avais dansé maladroitement au Women's Club de Pasadena. « Elle vit toujours à Los Angeles. Elle a une histoire à te raconter. »

En effet. Depuis son bureau à l'hôpital, Linda m'a dit que la vie, revenue écouter aux portes, dépassait les pires inventions, dans l'horreur comme dans la joie. Elle m'a décrit une petite fille dont l'existence reproduisait trait pour trait celle que j'avais imaginée. Pour le meilleur ou pour le pire, celle-là avait été sauvée.

Cette histoire ne signifiait rien en dehors du fait qu'elle était arrivée.

J'ai voulu savoir ce qu'il était advenu du garçon.

« Quel garçon ? Oh, lui. Il va revenir. » Ils reviennent toujours. L'année suivante, dans la classe supérieure.

« Comment va la vie ? » lui ai-je demandé.

Je l'ai entendue hausser les épaules.

« Moi ça va. Mais toutes les deux secondes et demie, un enfant meurt de pauvreté. » Un tous les quatre mots prononcés.

Comme mon frère aîné, elle n'est pas mariée et n'a pas d'enfants. Ils ne sont pourtant vieux ni l'un ni l'autre, mais leur âme, si. Peut-être sont-ils trop englués dans tous ces diagnostics et dossiers condamnés pour ne pas vouloir prendre d'otages supplémentaires.

Si cela était possible, je leur raconterais comment, sous la colle d'une reliure différente, ils vivent un autre livre ouvert. L'histoire d'une vie sauvée de justesse, la vôtre.

« Est-ce qu'elle finit bien ? a demandé Linda. Je veux un *happy end*. Débrouillez-vous au moins pour que quelqu'un fasse un don d'organe. »

Quelqu'un fait un don, quelqu'un donne tous ses organes : vous.

Au rappel d'une vieille douleur, déjouée jusqu'à présent contre toute attente, vous mettez fin au conte. « Ça suffit pour ce soir. Au lit. »

Ces paroles dites à voix haute résonnent, comme adressées à un enfant assis dans le noir sur le palier de l'étage.

L'enfant est abasourdi. « Papa ! Tu avais promis. »

Vous ne répondez pas, n'élevez même pas une objection. Prenant de l'assurance, comme tous les enfants plus âgés (et celui-ci l'est même davantage que le père qu'il supplie), le garçon tente sa chance. « Raconte-moi encore celle qui fiche les jetons. » Tu sais. Toi, maman et ces gosses malades. Qui errent au hasard.

Il veut une frayeur qui dissipera ses pires craintes.

Le souvenir revient, aussi intact que la violence originelle. Il vous transperce, révolté, aussi vif que l'aiguillon initial, le désir d'étrangler au berceau cette chose qui vous détruira si on lui retranche ne fût-ce que la plus petite de ses cuticules parfaites.

Vous détestez ce môme pour vous avoir forcé à aimer, à l'aimer comme... oui – comme un enfant. Le premier, le plus écœurant : un amour si terrible qu'il vous oblige à regarder cet être sombrer en vous appelant, stupéfait que vous ne voliez pas sans effort à son secours. Vous savez maintenant comment vous le regarderez tomber, tomber pour toujours, d'une chute qui ne s'arrêtera pas au genou écorché ou au bras cassé, à un plâtre que des camarades d'école pourront dédicacer au pastel. La fin de toute chute est un impact sans fin.

Vous lui donnez une petite calotte, lui mettez sa casquette de guingois, passez la main dans ses cheveux drus. « Demain. Rappelle-le-moi. » Avec des grognements de circonstance, il monte en tapant des pieds dans sa chambre sous les toits – toujours sous les toits.

Dans la cuisine, vous demandez à cette femme – cette autre qui partage avec vous cette maison, cette marmaille, cette vie – s'il se peut que nous

nous soyons regroupés ici, à l'abri, dans l'attente d'un retour.

Qu'est-ce que tu veux dire ? *demande-t-elle, bien qu'elle ait compris. On en revient toujours là. Tous les soirs.*

Vous lui parlez encore de cet engin spatial lancé quand vous étiez tous deux trop jeunes pour savoir que vous l'étiez. Celui qui emporte des images, des enregistrements et ce message en tant et tant de langues. Un jour, en ce lieu où ils ont disparu, ceux qui restent remonteront jusqu'à nous la trajectoire de l'engin, ils frapperont à notre porte et nous demanderont de venir jouer avec eux. Mais les seuls mots qu'ils sauront dire seront ceux que nous leur aurons appris : « Salutations de la part des enfants de la Terre... »

Cette idée la fait rire et, blessé, vous défendez votre point de vue. Encore une fois, vous la suivez jusqu'au lit dans le noir.

En chemin, vous trouvez, pelotonnée en haut de l'escalier, cette forme sous une couverture. La femme, votre femme, prend les choses en main cette fois. Responsabilité assassine, partagée entre vous par le milieu.

« Qu'est-ce que tu fais ici ? demande-t-elle d'une voix qui joue la comédie de l'autorité. Retourne te coucher... Tu devrais dormir. Je croyais que ton père t'avait justement dit... »

Mais c'est la petite cette fois, et ses yeux sont rouges, humides, incrédules, en feu. Ils portent en eux un regard, un tel regard qu'il vous effraie tous deux.

Il ne peut s'agir que d'une chose, une découverte assez douloureuse pour atteindre cette cote d'alerte.

Tu te rappelles ? Tu t'en souviens ? Alors oui, elle avoue, elle reconnaît ; chaque mot accroche, la déchire à cause de la beauté implacable de la chose. « Je l'ai fini. Le livre que tu m'as donné. Ton préféré depuis toujours. Je viens de le terminer. »

MIXTE
Papier issu de
sources responsables
FSC® C003309
FSC
www.fsc.org

10/18, une marque d'Univers Poche,
est un éditeur qui s'engage pour
la préservation de l'environnement
et qui utilise du papier fabriqué à partir
de bois provenant de forêts gérées
de manière responsable.

Imprimé en France par CPI

N° d'impression : 3039301
X07633/01